무정부주의자 친구

무정부주의자 친구

안드레아 데 카를로 지음
정란기 옮김

이 책의 내용은 작가의 상상력으로 지어낸 이야기다. 역사적인 사건, 인물, 장소들이 실제로 존재하는 것은 아니며, 이름이나 캐릭터 등도 작가의 의도대로 꾸며 낸 것이다. 실존 인물의 이름이나 실제 명칭과 일치하는 것들이 있다면 우연일 뿐임을 밝혀 둔다.

차례

Part 1   7

Part 2   194

Part 1

1

나와 귀도 라레미가 처음 만난 건 우리가 정서적으로 혼란스러울 때였다. 우리 둘 다 비쩍 말랐고 서로가 있는지도 몰랐다. 게다가 당시의 불안정한 상황 속에서 이미 과거가 되어버린 것들을 더 이상 기대하지도 않고 방관했다. 사실 우리의 첫 만남은 내 기억을 다시 짜 맞춘 것으로 원래는 그렇게 대수롭지 않은 일이었다. 뭔가 특별하게 보이려고 세부적으로 덧붙이고 수정한 기억일 뿐이다.

이렇게 만들어진 기억 속의 나는 길 건너편에 서서 오래된 회색 건물에서 쏟아져 나오는 아이들을 지켜보고 있었다. 10미터 정도 되어 보이는 철제 담장에 겨우 매달린 낡은 문으로 학생들이 쏟아져 나왔다. 나는 코트 깃을 추켜올리고 주머니에 손을 쑤셔 넣었다. 나도 15분 전에 그 문을 빠져나왔으면서 지금은 그 무리와 상관없는 것처럼 보이려고 애쓰고 있었던 것이다. 당시 열네 살이었던 나는 내 생김새뿐 아니라 입고 있는 옷마저 진절머리가 났고 혐오스럽기까지 했다. 지금 이 자리에 내가 있다는 사실조차 끔찍했다.

아이들 무리는 마치 홍수로 넘친 강이 바위와 통나무에 가로막혔다가 분출하는 것처럼 보였다. 인파가 정문까지 다다르고 내가 서 있는 곳까지 침수되었다. 그들은 모두 얼굴이 창백하고 마른 체형이었다. 손이나 어깨에 걸친 가방의 무게는 제각기 달랐지만 누구 하나 똑바로 걷는 사람이 없었다. 무심한 그들의 움직임은 운동에너지 낭비에 지나지 않았다. 내가 그들보다 잘났다고 생각한 게 아니라, 단지 나 같은 애들이 사방에 그렇게나 많이 널린 것을 참을 수 없었을 뿐이다.

나는 머리통과 몸통들로 복잡하게 얽혀 움직이는 무리 속에서 며칠 전 알게 된 여자아이를 찾으려고 애쓰고 있었다. 그러던 중 무리에 섞이지 않은 얼굴로 학생들을 헤치고 나오는 강렬한 눈빛의 소년이 보였다. 그는 불청객이나 이방인 같은 느낌이었는데, 어쩌면 스스로 그렇게 거리를 두는 것 같았다. 표정에서 풍기는 분위기나 고개를 오른쪽에서 왼쪽으로 돌리는 사소한 동작에서도 그렇게 보였다.

이렇게 재구성까지 했건만 이 직후는 잘 기억나지 않는다. 세상과 동떨어진 것 같은 귀도 라레미의 표정은 배경 속으로 사라진다.

나는 오토바이 체인을 벗기고 시동을 걸었다. 엄청난 노력을 요구하는 이 단순한 동작을 반복하다 보면 진저리가 난다. 아무런 상관없는 굴러다니는 먼지마저도 싫어질 지경이다. 오토바이 시트에 앉은 나는 사람들과 자동차 사이의 빈 곳을 헤집고 나가려 했다.

그때 누군가 핸들의 한쪽을 치는 걸 느끼며 균형을 잃고 오토바이가 넘어졌다. 무거운 코트 아래로 교과서가 든 책가방이 떨어져 바닥에 질질 끌렸다.

그 순간 나는 둥근 머리, 긴 목과 사과, 호박, 잣 모양 같은 얼굴, 뚫린 병 바닥 같은 작은 안경들이 내 위에서 빙글빙글 도는 것을 보았다. 난 다행히 다치지 않았는지 일어서자마자 그것들은 희미하게 사라져 버렸다. 몇 미터 떨어져서 넘어져 있는 귀도가 손으로 엉덩이 한쪽을 문지르며 내뱉었다.

"에이, 씨!"

헝클어진 금발에 밝은 색 눈동자의 그는 내 또래로 보였다. 그가 입은 영국 스타일 레인코트는 그에게 어울리지도 않았고 좀 커 보였다. 그의 옷깃도 나처럼 치켜세워져 있었다. 나를 노려보는 그의 표정에는 이질감에 더해 짜증까지 뒤섞여 있었다.

"미안해."

나는 오토바이를 일으켜 세우며 말했다. 우리는 혼란으로 가득한 학생들에 둘러싸여 있었다. 뒤섞인 학생들은 괴성을 지르고 웃거나 서로 밀치고 기대면서 건물을 떠나고 있었다. 자동차들은 달팽이 같은 속도로 기어가다가 멈추기를 반복했다. 차에서 뿜어 나오는 배기가스는 차갑고 탁한 공기를 더 안 좋게 했다. 나이든 여교사가 맹수처럼 화를 내며 빠르게 지나갔다. 그렇게 잠시 위험한 느낌이 드는 순간이었다.

나는 다시 귀도에게 사과했다. 그는 내게 살짝 미소를 지었다.

"괜찮아."

그의 목소리는 거친 편이었다. 우리는 고함, 자동차 엔진 등의 소음이 가득한 도로 한가운데 서서 어설펐지만 격식을 차린 악수를 했다. 그는 내게 마치 보상이라도 하라는 것처럼 자기를 태워줄 수 있냐고 물었다.

나는 다시 오토바이 시동을 걸었고, 그가 내 뒤에 올라탔다. 우리는 오토바이를 타고 학생들과 자동차 사이를 지그재그로 헤치고 달렸다. 내 초경량 오토바이는 2인용이 아니어서 안장은 짧고 뒷바퀴에 발받침조차 없었다. 귀도는 계속 발을 쳐든 채로 가끔 "조심해!"라고 소리쳤다.

그때의 밀라노는 가장 가혹할 정도로 어스름한 회색으로 가득한 11월이었다. 나는 내가 점심 먹으러 오기를 기다리고 있을 집으로 가고 싶지 않았다. 오후에는 재미나게 할 것도 없었고, 데이트할 예쁜 여자 친구가 있는 것도 아니었다. 매일 똑같고 무의미하고 지루한 일상이었다. 흥미로운 것이 너무 없어서 이렇게 오랜 시간이 지난 후에 떠올리는 기억인데도 결코 그립지 않다. 오토바이는 덜그럭거리며 차가 막히는 오래된 거리를 끌려가듯이 따라가고, 귀도는 내 뒤에서 오토바이에 매달려 있었다.

2

처음 만난 그날 이후 우리는 아홉 달이 지나도록 만나지 못했다. 나는 그를 데려다 주면서 서로에게 호감이 있다는 것을 느꼈지만 이름조차 묻지 않고 헤어졌다. 학교에서도 몇 반인지 알아볼 노력도 하지 않았다. 뭔가 일어날 것 같았던 시간은 증발한 듯 처음부터 존재하지도 않았던 것처럼 사라져버렸다. 당시를 회상해보면 무기력하고 계속 나른했던 감각이 떠오른다. 그 감각이 느껴짐과 동시에 사라지고 나는 유충기를 돌아보는 벌레처럼 스스로를 되돌아보곤 했다.

무기력과 불안, 주근깨, 단편적인 이미지, 모호한 말투, 먼 곳을 바라보는 눈빛을 떠올리며 우연한 만남을 기대하고 있었는지도 모르겠다. 학교에서 나는 라틴어, 고대 그리스어, 대수학 수업을 들었지만 형식적으로 출석할 뿐이다. 학문의 근본 구조나 내가 배운 내용이 교실 밖에서 어떻게 적용될지에 대해서는 이해는커녕 생각조차 하지 않았다. 그저 선생님의 설명을 듣고 암기하는 데만 집중했을 뿐이었다. 마치 앵무새처럼 곡소리 같은 공식과 어구의 억양을 단조롭게 흉내 냈다. 집으로 돌아와서는 책상에 앉아 책장이나 허공을 멍하게 쳐다보곤 했었다.
그냥 학생으로 존재하는 것 외에 실질적으로 할 수 있는 일도 없었고, 다른 대안도 없는 시기였다. 머릿속에 떠오르는 미래의 모습은 그저 먼 나라 얘기 같았다. 마치 무성영화의 한 장면처럼 말이다. 이민을 떠나 육체노동으로 세월을 보내거나, 돈을 벌어 부자가 되려고 이리저리 떠도는 모습을 상상해보기도 했다. 그러나 이런 상상들이 정말 현실이 되려면, 지금보다 더 절망적인 상황에 처해야 될 것 같다. 굶주림을 견디지 못하거나 알코올중독자인 부모에게 학대를 당하는 식으로 말이다. 하지만 나는 나의 학교생활과 성적에 관심을 많이 가지며, 잘하든 못하든 나를 감싸주고 보호하는 화목한 중산층 가정에서 성장했다. 나를 힘들게 하거나 삶 자체를 비관하게 만드는 사람은 없었다.
가끔 내가 이런 어정쩡한 상태에서 벗어나면 과연 뭐라도 성취할 수 있을까 생각해보기도 했다. 하지만 결코 그럴싸한 대책을 마련하는 결론으로 이어지지 않았다. 나는 욕실 거울에 비친 스스로를 바라보며 이런 저런 표정을 지으며 내 미래를 상상해본 적이 많았다. 나의 작은 문제는 어머니와 새아버지와 함께 식사를 해야 하는 것이었다. 그들이 진부한 농담을 하거나 이미 백 번도 넘게 들은 다른 누군가의 험담을 말할 때마다 움찔거렸다.
나는 너무나도 익숙한 모습과 몸짓의 미로에 갇혀 그들과 함께 여전히 머물러 있는 내 자신이 나약하다고 느꼈다. 하지만 한 번도 거기서 벗어나려고 시도해보지도 않았다. 그들이 이런 불편한 내 마음을 알아채지도 못한다고 생각했다. 다행히 나는 이 어색한 분위기를 잘 넘기는 수완이 있어서 그들의 걱정이나 간섭에서 벗어날 수 있었다. 이런 나의 처신 덕분에 일요일에는 어머니가 방에 들어와 블라인드를 올리고 이

불을 젖힐 때까지 정오나 오후 한 시까지도 늦잠을 잘 수 있었다.
나는 기타를 연주하기도 했다. 하지만 악보도 못 읽을 뿐더러 좋은 소리를 낼 능력도 되지 않았다. 그래서 좌절감만 느끼게 하는 연습 대신에 알고 있는 코드 몇 개만 반복해 연주하곤 했다. 이것마저 하지 않는다면 그저 아무 의미 없이 둥둥 떠다니며, 매일 해야 할 의무 같은 일들을 하면서 잠깐이라도 생기는 여유시간에 할 일이 없어서 멍하게 있어야 했다. 이렇게 나의 시간은 흘러가는 것이 아니라 그냥 흘려보내지고 있었다. 시간이 엄청 느리게 지나가고 있는 것처럼 느껴졌다.

3

마지막 학기가 시작될 무렵 귀도가 우리 반으로 옮겨왔다. 우리가 라틴어 수업 때문에 예민해져 있을 때 그는 교장을 따라 교실에 들어왔다. 그의 머리카락은 처음 만났을 때보다 더 길고 제멋대로 뻗쳐 있었다. 그때와 다르게 옅은 청바지와 테니스 신발 차림이라 그를 바로 알아보지 못했다. 심지어 개성이 더 선명해진 얼굴로 변해 있었다. 반짝거리는 파란 눈동자는 초점이 또렷해졌다. 교탁 옆에 가만히 선 그는 교장 쪽으로 몸을 살짝 기울였다. 그리고 자신은 이 상황과 아무 상관 없다는 듯 호기심 어린 눈으로 교실을 둘러보았다.

교장은 경찰국장처럼 콧수염이 가늘고 빈약하며 잘난 척도 심하고 땅딸막한 남자였다. 그는 드라티 선생님에게 작게 뭔가를 설명했다. 선생님은 학생들에게 귀도를 소개했다.

"학교에서 오늘부터 귀도 라레미를 이 반으로 옮기기로 결정했다."

약간 당황해 보이는 선생님들과는 달리 귀도는 주머니에 손을 찔러 넣은 채 서 있었다. 교장은 의자 끄는 소리, 기침 소리, 웅성거림을 뒤로 하고 교실에서 나갔다. 선생님은 귀도에게 빈자리를 찾아 앉으라고 했다.

그는 교실 뒤쪽을 향해 걸어가며 옆자리가 빈 몇몇 학생의 얼굴을 훑어보았다. 내 자리까지 온 그는 나를 쳐다보지도 않고 옆에 앉았다. 그는 그저 정면을 바라보며 뭔가에 집중하는 것처럼 눈을 가늘게 떴다. 마침내 그가 내게 몸을 돌려 "어이."라고 아는 체를 하는 데 이삼 분 정도가 걸렸다.

수업이 끝나고 줄지어 교실에서 나가 계단을 걸어 내려가면서 나는 그에게 왜 우리 반으로 오게 됐는지 물었다.

"좀 어이없는 일 때문에."

그는 더 이상 설명할 생각이 없어 보였다. 집까지 태워다줄지 물었더니 누구를 기다려야 한다는 대답이 돌아왔다. 여자를 기다리는 것이 분명했다. 그는 이상하게도 도둑질이라도 할 것처럼 항상 조심스럽고 주변을 경계했다. 그는 반대쪽 도로로 건너가 내가 그를 처음 봤을 때 서 있었던 바로 그 자리에 섰다.

다음 날 그가 다시 끝에서 두 번째 줄에 있는 내 책상 옆에 앉았다. 그렇게 우리는 차츰 친구가 되었다. 그것은 주위에서 변화를 알아채기 어려울 정도로 느린 과정이었다. 우리 둘 다 다른 동급생 누구와도 강한 연결고리가 없었다. 나는 수줍음이 많고 다른 아이들이 나와 다른 세계에 속한다고 스스로 생각하고 있었다. 귀도의 경우 그가 일반적인 또래와 너무 달랐다. 아블론디와 파르보는 귀도와 어울리려고 부단히 노력했다. 둘은 우리 반의 괴짜 지식인으로서 귀도의 외모와 말하는 방식에 깊은 인상을 받은 것이었다. 그들은 영화, 문학, 현대미술 등에 관해 책에서 읽었거나 부모에게서 주워들은 소양을 공유하고 싶어 했다.

그들이 쉬는 시간에 그에게 와서 관심을 드러냈지만 귀도는 전혀 흥미 없어 보였다. 그는 그 애들의 말을 한 귀로 흘려버리고 대꾸도 없이 자리를 피해버렸다. 그러자 귀도에 대한 호감은 바로 분노로 바뀌었다. 그 뒤 그들은 먼발치에서 그를 노려보곤 했다. 귀도에 대해 멋대로 정의한 그들의 눈초리는 적대감으로 가득 찼다. 그러나 직접 비난하지는 못 하고 그에 대해 더 알아볼 생각이 없는 것 같았다.

귀도는 이런 상황을 전혀 모르는 것처럼 보였다. 그래서인지 나는 그가 내 옆자리를 택했다는 사실에 기분이 좋았다. 우리는 자리에 얼어붙은 듯 꼼짝도 않고 수학과 문법 수업을 들었다. 다른 친구들도 마찬가지겠지만 우리 모두 이해하지 못한 암호와 부호에 대한 질문에 대답해 보라고 이름이 불릴까 두려웠다.

선생님들은 대놓고 우리 학생들을 향한 절대적인 권력을 누렸다. 아직 어려서 최소한 미래가 보장될 가능성이 있는 학생들을 억압하는 게 즐거운 것이 분명했다. 학교라는 울타리 밖에서 그들을 기다리는 감정, 돈 또는 건강과 관련된 현실적인 문제를 외면하려는 방식인 것이다. 수업시간은 그들의 초라한 집, 괴로운 결혼생활, 고달프고 구차한 출근길과 전혀 상관없었다.

일단 학교에 들어서서 교실로 들어오면 그들은 표정부터 180도 달라졌다. 납작하고 푹신한 모자와 푸른 코트를 걸고 책상에 앉아 반쯤 감은 눈으로 숨을 죽인 서른 명의 학생들을 살폈다. 선생님은 그 시간을 즐기며 지배하려 했다. 우리가 고통을 느끼는 모습에서 희열을 짜내기 위해 언제 어떻게 덮칠지 계획했다. 예컨대 검지로 출석부를 천천히 훑어 내려가며 이렇게 말하는 것이다.

"어디보자……. 아, 아니지……."

그럴 때면 교실 안의 공기가 사라진 듯 숨소리가 멈췄다. 이런 상태에서는 어조가 평소와 느낌이 달라 작은 움직임 하나하나가 크게 느껴졌다.

교실 뒤쪽 내 옆자리에 처박혀 앉은 귀도는 모든 게 불만인 듯 중얼거렸다. 처음에는 혼잣말처럼 들렸는데, 조금씩 내가 낄 수 있도록 목소리가 커지기 시작했다. 서로를 잘 쳐다보지 않았지만 우리는 선생님이 뭐라고 떠들든 집중하는 척 은밀하게 대화했다. 곧 우리는 사이드카가 달린 모터사이클이나 봅슬레이처럼 2인 경기에서 볼 법한 공모자 같은 것이 되었다. 나는 그의 파트너로서 균형을 잡고 궤도를 유지할 수 있게 돕는 역할이었다. 계속되는 그의 논평에 꼭 필요한 관객이었다.

그는 남의 말투를 흉내 내고 두드러지는 특징을 짚는 데 뛰어난 재능이 있었다. 그는 관찰 대상 중 한 명을 콕 집어 아주 쉽게 재창조했다. 또한 그에게는 내가 예상치 못한 광기까지 엿보였다. 갑자기 주제를 바꾸고는 성분을 자세하게 하나씩 비교하기도 했다. 가끔은 한 요소를 곱씹으며 더 검증할 수 없을 때까지 다양한 관점에서 분석하기도 했다.

가끔 선생님이 이런 우리의 행동을 알아챌 때도 있었다. 드라티 선생님이나 카브랄리 선생님은 우리를 쳐다보고는 손바닥으로 책상을 꽝 내리치며 소리쳤다.

"거기 뒤에 뭐하는 거야!"

분위기가 험악해져 인질과 같은 서른 명의 학생들은 숨 쉴 엄두조차 못 냈다. 귀도는 가만히 상황이 지나가길 기다렸다가 논평을 다시 시작했다. 속삭임으로 바뀐 거칠고 쉰 목소리에 긴장감이 더해져 그의 비평은 더 날카로워지고 흥분으로 가득했다.

그는 록 스타야말로 원하는 것을 뭐든 할 수 있고 생명력 있는 유일한 젊은이라고 주장했다. 이런 생각은 3년 전 텔레비전으로 본 롤링스톤즈 라이브 콘서트에서 비롯했단다. 하지만 콘서트 중 아주 일부만 나왔고 그나마도 이를 비꼬려는 실황 중계 해설자의 목소리에 묻혀 제대로 못 들었다고 한다. 그럼에도 그 음악은 그에게 굉장한 인상을 남겼다고 했다.

"정말 생생했어. 멤버들 다섯 명이 자기 일에 엄청난 에너지랑 분노를 쏟고 거기다 즐거움까지 불어넣었어. 책임이나 격식 따위에 신경도 안 쓰고 잘난 척도 안 하고 남들을 합리화하지도 않았지."

하지만 그는 기타 연주를 배우려 하지는 않았다. 록은 결코 이탈리아에서는 뜨지 않을 거라는 생각에 흥미가 없단다. 이탈리아어는 오페라 말고는 어떤 음악장르에도 어울리지 않고 인위적으로 들리는 언어라고 했다. 그는 누군가가 록 연주를 시도하는 것을 들으면 오히려 슬프고 당혹감마저 든다고 했다.

그는 노래 가사를 베끼는 데 미쳐있었다. 포켓 사전을 가지고 다니며 가사를 정성스럽게 번역하곤 했다. 그가 찾는 표현은 대부분 우리말로 옮기기에 너무 추상적이거나 새로웠다. 그는 약간 음정이 맞지 않는 거친 목소리로 몇 소절을 흥얼거렸다.

"정말 멋지지 않아?"

그는 강렬하게 조합된 소리의 이미지를 전달하려고 애썼다. 드라티 선생님이 고장 난 레코드판처럼 되풀이하는 라틴어 불규칙동사 활용형을 내가 다 외울 때까지 한 소절을 계속 반복하곤 했다.

그는 또한 글을 쓰려는 열정도 있었다. 책상 광택제가 닳아 구멍이 숭숭 난 낡은 책상에는 연필로 끼적였다. 줄이 있는 연습장에는 펜으로 뭔가를 적었다. 책을 넣어 다니는 국방색 캔버스 가방 위쪽에는 펠트 팁 마커로 갈겨썼다. 그는 비스듬히 기운 글씨로 뭔가를 재빠르게 휘갈겼다. 어디서 읽은 구절이나 자신이 만든 가사나 누군가에게 들은 인용구 따위였다. 그 문구들이 우리가 처하는 특정 상황에 어울리는 것처럼 느껴졌다. 그럼에도 그는 결코 자신이 뭔가 중요한 것을 썼다거나 글귀를 규칙으로 여기는 것처럼 행동하지 않았다. 그는 관습에 얽매이지 않은 독창적인 방식으로 표현된 생각이나 감각이 떠오를 때마다 명화를 감상하듯 찬사를 보냈다. 그는 가짜 인용구를 만들거나 시를 쓰기도 했는데 전부 그럴싸했다.

선생님이 수업하는 동안 나는 우리만의 세상에서 신경질적으로 속삭이는 구절과 거미줄 같은 낙서에 사로잡혔다. 어쩌다 보면 이 두 개의 다른 세상이 겹칠 때가 있었다. 그것은 어떤 단어나 시선 또는 귀에 거슬리는 소리에서 시작했다. 그러면 우리는 잠시 우리만의 세계를 팽개치고 수업에 참여했다.

귀도가 베일에 싸인 여자 친구를 기다리지 않아도 될 때면 나는 그를 집까지 태워다줬다. 내가 먼저 물어본 적은 없고 그가 요청하기를 기다렸다. 그는 나를 힐끗 보며 부탁했다.
"나 좀 데려다줄래?"
말하는 걸 보면 그에게는 그것이 크게 대수롭지 않은 듯했다. 그는 집까지 걸어가도 상관없었다.
나는 순환도로 바로 옆 오래된 노란 외벽 건물 앞에 그를 내려주곤 했다. 그러면 그는 몇 발자국 뒷걸음질 치며 손을 흔들었다. 나는 그가 건물 안으로 들어가는 것을 본 적이 없었다. 헝클어진 머리에 비쩍 마른 그는 언제나 거리에서 달리는 차를 보는 것처럼 한쪽으로 약간 몸을 기울이고 섰다.

우리는 거의 매일 붙어 다녔고 같은 취미를 공유했다. 하지만 방과 후나 주말에는 절대 만나지 않았다. 몇 번 우리 집에서 같이 공부하겠냐고 물었지만 언제나 바쁘다고 했다. 학교 앞에서 누굴 기다려야 한다고 말할 때와 같은 어조였다. 그 뒤로 다시는 그 말을 꺼내지 않았다. 우리의 우정은 학교에서만 존재한다는 것이 암묵적인 규칙이 되었다. 그래서 내게 아침은 하루 중 최고의 시간이고 오후는 텅 비어서 활기 없는 희미한 그림자처럼 느껴졌다.

4

귀도는 그의 별나지만 낭만적인 분위기 때문에 여학생들에게 인기가 많았다. 그들은 사소한 일로도 그의 주위에 몰려들어 관심을 끌기 위해 애썼다. 그는 그들과 잘 지내다가도 갑자기 차가워졌다. 그런 태도에 여자애들은 겁을 먹었다. 그의 연애 관념이 학교의 범위를 넘어갔다는 것이 그를 더욱 매력 있고 위험한 존재로 보이게 만들었다.

반 남학생들은 그런 그를 멀리서 바라보며 질투했다. 속내를 숨기지 못하고 얼굴에 드러냈다가 금방 지워버리는 공허한 질시였다. 돌이켜 보면 그때 우리의 감정은 다 그런 식이었다. 그를 적대하는 아블론디와 파르보를 제외한 다른 남자애들은 모두가 도달하려고 애쓰는 위치에 오른 기분을 무시하는 귀도를 어떻게 대해야 할지 몰랐다.

여학생들은 대체로 남학생들보다 훨씬 더 괜찮았다. 하지만 대부분은 특별한 매력이 느껴진다기보다 뭔가 촌스러웠다. 예쁜 애들은 그림의 떡이었다. 그들은 교실, 복도, 계단의 특정 구역, 내가 있는 복도보다 한참 떨어진 구역에서 나보다 더 성숙하고 멋진 남학생과 어울렸다. 그리고 내가 상상도 못할 행동을 했다. 그들은 가끔 수백 명의 학생들 사이로 지나가며 내 앞을 스쳐갔지만 내 시선조차 눈치 채지 못했다.

우리 반에 마음에 드는 예쁜 여학생은 딱 두 명뿐이었다. 그 중 파올라 아마리고라는 금발 여자애는 열여덟 살짜리 남자 친구가 방과 후 매일 오토바이로 데리러 왔다. 다른 여자애는 흑발이 매력인 마르게리타 타르티니였다. 나는 파올라와는 전혀 가망이 없음을 잘 알기에 마르게리타에게 집중하기로 했다. 수업시간에 나는 그 애가 눈치 채고 돌아볼 때까지 쳐다보았다. 잠깐이나마 그녀와 눈이 마주치는 것만으로도 내게는 굉장한 일처럼 느껴졌다. 이런 일에서조차 나는 시간을 고갈되지 않는 자원이라고 생각했다. 마치 내가 이런 일에서 시간을 잘 활용하는 방법을 배울 때까지 계속 기회가 있을 것이라고 착각하는 듯했다.

귀도는 방과 후 비밀스러운 여자 친구 기다리기를 그만뒀다. 그 뒤 그는 열흘 정도 슬프고 우울해 보였다. 수업이 끝나면 바로 내 오토바이로 와서 주위에 눈길 한번 안 주고 바로 가자고 말했다. 학교에서는 연습장에 짧은 문장을 초조하게 휘갈겨 썼다. 나에겐 말도 안 걸고 노랫가락만 반복해서 흥얼거렸다. 마치 강박관념에 사로잡힌 것처럼 보였다. 우리 사이에 형성된 비밀스럽고 암묵적인 친밀감 때문에 아직은 그런 일을 언급하면 안 될 것 같았다. 우리는 아무 일도 없는 것처럼 지냈다.

그러다 갑자기 귀도가 파올라 아마리고를 의식하기 시작했다. 그의 얼굴이 다시 밝아지기까지는 그리 오래 걸리지 않았다. 동급생 누구도 감히 넘볼 수 없다고 여긴 그녀였다. 그녀는 그동안 누구에게도 전혀 관심을 보인 적이 없었다. 그저 왕관을 쓴 어린 공주처럼 맨 앞줄에 혼자 앉아 있었다. 꼭 필요한 경우가 아니면 자기가 먼저 시선을 주거나 말을 건네지 않았다. 그녀에게 학교는 커다란 오토바이를 탄 남자가 와서 자신에게 어울리는 특별한 존재가 되기 전에 잠시 머무르는 곳에 불과했다. 어쩌면 더 멋진 사람이 나타날 수도 있었다. 게다가 그녀는 아주 밝은 금발이었다. 이탈리아에서는 정말 못생기지 않은 한 금발은 모든 여자가 부러워하는 신체 요건이었다.

귀도는 그녀를 그의 반어적인 논평 대상으로 삼았다. 뻣뻣하게 앉은 자세나 머리 모양을 다듬는 그녀를 흉내 내기도 했다. 그는 그녀에게 '바비 인형' 또는 '록펠러 공주'라는 별명을 붙였다. 외모에 신경 쓰는 버릇 때문이기도 했지만 그녀의 아빠가 은행장이기 때문이었다. 그러다 점점 더 자주 그 애 얘기를 했다. 빈정거림은 점차 줄었다. 그리고 이런 질문을 불쑥 던지기도 했다.

"파올라가 뭘 먹기는 할까?"

"파올라도 화장실에 가겠지?"

그는 확실히 이 완벽해 보이는 존재에 푹 빠져들었다. 그녀는 너무나 세련되고 우아해서 실재하는 것 같지 않아 보였다.

나는 마르게리타를, 귀도는 파올라를 꽤 오랫동안 쳐다보았다. 서로를 갈라놓은 고작 몇 줄의 책상은 결코 범접할 수 없는 거리였다. 그 애들 쪽에서 강렬한 눈길을 주는 것 이상의 관심이라도 보이면 우리는 열광했다. 이런 매혹적인 순간이 내게는 안개처럼 느껴졌다. 하루가 갈수록 그 애들과 어떻게든 실질적인 관계로 발전할 가능성은 점점 멀어져갔다. 하지만 앞으로 어떤 일이 일어날지 상상하는 것은 무엇을 공부

할지 고민하는 것보다 훨씬 흥미진진했다.

귀도와 나는 한동안 가만히 앉아 움직이고 싶지 않은 것처럼 이런 사색에 잠겨있었다. 어느 날 쉬는 시간이 끝나갈 무렵 그가 갑자기 결심한 듯 말했다.

"자, 이제 내가 나서볼까."

나는 그가 교실을 가로질러 바로 파올라에게 가서 뭐라고 말하는 것을 보았다. 그녀는 놀라서 어쩔 줄 모르는 것처럼 보였다. 그러나 곧 찬란하게 빛나는 금발을 넘기며 미소 지었다.

그들은 쉬는 시간이 끝날 때까지 이야기를 나누었다. 다음 수업이 시작되고 귀도가 자리로 돌아왔을 때 왠지 그가 달라 보였다. 그는 방금 무슨 일이 있었는지 전혀 말해주지 않았다. 하지만 나는 그가 매우 신이 나서 기대감으로 차기 시작했다는 것을 알 수 있었다.

그는 많은 시간을 낭비하지 않았다. 바로 다음 날 그는 같은 행동을 했다. 그녀에게 다가가 말을 걸고 다시 미소 짓게 만들었다. 그의 행동은 제법 자연스러워 꾸며낸 것 같지 않았다. 그는 목표물을 노리는 게 아니라 호기심에 말을 건 것처럼 능청스러웠다. 그는 서두르지 않았고 그녀를 보는 눈빛은 뭔가 특별했다. 부드럽지만 전에는 몰랐던 약간 무자비한 표정도 보였다.

파올라는 차츰 그가 그녀를 둘러싼 방어막에 틈을 만들어 들어오게 했다. 파올라는 수업시간 중에 어깨 너머로 우리를 쳐다보았다. 이제 귀도가 말을 걸 때면 마음에서 우러난 자연스러운 미소를 지었다. 남자 동급생들은 그녀가 자신이 생각한 만큼 접근하기 어려운 상대가 아니었나 싶어서 당황한 눈치였다. 이는 그들에게 귀도가 자신들과 뭔가 다르다고 여길 또 다른 이유가 되었다.

귀도는 점점 더 수업에 집중하지 못했다. 연습장에 뭔가를 휘갈겨 썼는데 분명 수업 필기는 아니었다. 사실 그는 이야기를 만들고 있었다. 한두 쪽 분량의 삽화를 연결해 하나의 줄거리를 가진 이야기로 엮었다. 나는 그가 이야기를 쓰는 동안 어깨 너머로 조금 읽어보았다. 그의 언어는 종이 위에서 형태를 갖추고 물 흐르듯 쏟아져 나왔다. 즉석에서 등장인물이나 분위기에 생명을 불어넣는 모습이 놀라웠다. 그는 말할 때보다 더 집중해서 막힘없이 글을 썼다. 가끔 특징이 너무 압축되어 캐리커처처럼 보이는 비현실적인 두 인물이 등장하는 막간 희극을 만들어냈다. 그는 주저하지도 않고 빠르게 이야기를 만들어갔다. 때로 긴장을 늦추기도 했고 예측 가능한 사건은 순서를 다시 배치했다. 어쩔 때는 '소매치기의 고백' 같은 제목을 만들어놓고 내게도 몇 가지 아이디어가 나올 수 있도록 이끌었다.

선생님들이 교실 뒤쪽에서 뭔가 수상한 일이 벌어지고 있음을 눈치 채기 시작했다. 그들은 무서운 표정을 짓거나 거칠게 소리 지르며 손뼉을 치면서 우리 쪽으로 다가오곤 했다.

귀도는 하던 일을 멈추고 얼마 정도 가만히 있다가 상황이 지나가면 더 집중했다. 그는 위험을 두려워하지 않았다. 그는 파올라에게 자신의 우수한 창조성을 선보임으로써 마음을 사려고 했다. 나는 그의 조력자 역할에 충실하면서 마르게리타의 관심을 끌려고 애썼다. 반 아이들의 우리의 비정상적인 행동에 열광했다. 하지만 경고 받는 것을 보면 바로 자기는 관련 없다는 듯 무심한 표정을 지었다.

어느 날 수학시간 전 창문 앞에서 파올라와 있는 귀도를 보았다. 그가 손가락으로 가볍게 그녀의 뺨을 건드리자 그녀는 웃음을 터뜨렸다. 우리는 한동안 그녀와 관련된 대화를 피해왔다. 하지만 귀도가 아무리 신중하고 은밀하게 행동해도 무슨 일이 벌어지는지 내게는 숨길 수 없었다. 우리는 어항 속 물고기였다. 우리 각자의 몸짓이나 표정은 결국 다른 이에게 노출되어 있었다. 이런 현상은 사생활 존중을 무색하게 했지만 그래서 오히려 우리의 행동이 더 소중했다.

나도 드디어 마르게리타에게 작업을 걸기 시작했다. 귀도처럼 여유 있고 가벼운 전략을 사용하는 것은 무리였다. 쉬는 시간에 나는 그녀 가까이에 서 있었다. 하지만 책상 사이를 거쳐 그 애 쪽으로 가는 것만으로도 스스로가 어설프고 일이 꼬인 것처럼 느껴졌다. 심장이 미친 듯이 뛰어 움직임도 어색했다. 그녀에게 말을 건넬 때면 나도 모르게 표정까지 일그러졌다. 어떤 방법을 쓰더라도 그녀에게 좋은 인상을 줄 자신이 없었다. 내가 그녀에게 어떤 몰골로 보일지 눈에 선했다.

귀도는 이삼일 정도 모르는 척 곁눈질로 나를 쳐다보기만 했다. 그러다 어느 날 아침 드라티 선생님이 단조로운 목소리로 대 카토(에스파냐를 통치한 로마의 정치가이자 장군이며 문인-역주)의 견디기 어려운 장황한 연설을 해석하는 동안 말했다.

"너 지금 유리벽 뒤에 있는 느낌일 거야. 나도 그랬어. 벽 너머는 보이는데 손에 잡히지는 않아. 나는 그 유리통에서 인생의 4분의 3을 보냈어. 그러다 나가려면 그냥 벽을 부수면 된다는 걸 알았지. 차일 것 같아도 한번 해봐. 다 늙어서 숨넘어가기 직전에 후회할 네 모습을 상상하면 용기가 날걸?"

정말 이상했다. 그 순간까지 우리는 열정적으로 평가하려들고 추측하는 것에 열을 올렸다. 가식적이고 변덕스러웠지만 언제나 우연히 같은 열차를 탄 승객처럼 행동했다. 함께 창문 너머의 풍경을 보고는 있지만 서로가 모르는 사람인 것처럼 앉은 것이다. 그러다 갑자기 서로의 존재를 인식하고 같은 극의 등장인물이라는 사실을 깨달은 것 같았다.

그의 충고를 들은 뒤 나는 마르게리타와의 어색한 분위기를 깰 수 있었다. 나는 그녀에게 밥 딜런의 노래 "Just like a woman"의 가사를 적어 선물했다. 내가 이탈리아어로 번역해서 몇 부분은 그녀에 맞게 살짝 고쳤다. 그녀는 내가 자리로 돌아가기를 기다렸다가 두 번 접은 종이를 펼쳤다. 그것을 홀깃 보고 나서는 뒤를 돌아 나를 바라보았다. 그녀의 예쁘고 부드러운 뺨이 붉어졌다. 그 모습에 내 가슴이 요동쳤다.

다음 날 나는 현관 앞 복도에서 그녀에게 말을 건넸다. 그리고는 밖으로 함께 걸어 나갔다.

그 다음 주에 나는 그녀를 오토바이에 태우고 갔다. 귀도는 학교 밖에 있는 아이들 틈에서 우리가 속도를 내어 멀어지는 것을 지켜보았다. 그리고 마치 잘해보라는 듯 손을 흔들었다.

5

나는 옷차림도 바꾸기 시작했다. 코듀로이 진 한 벌, 아메리칸 스타일 셔츠 두 벌과 체크무늬 울 코트를 샀다. 가게를 나서니 몸도 마음도 완전히 달라진 것처럼 느껴졌다. 학교에서 마주친 귀도가 내게 미묘한 미소를 지었다.

"너도?"

내가 자기를 따라한다는 것을 그가 알아챘지만 신경 쓰지 않았다. 나는 내가 살아온 지난날들을 모두 지워버리고 싶었다. 귀도는 내가 되고 싶었던 모습과 완전히 일치했다. 나는 머리를 기르고 빗질도 집어치웠다. 내 머리는 귀도처럼 제멋대로 뻗치지 않았다. 대신 곧고 단정하게 얼굴을 감싸 꼭 벨 보이 같았다. 머리가 자라도 나는 여전히 모범적인 마마보이처럼 보였다.

어머니는 이런 변화를 못마땅하게 여겼다. 아마 독일계 혈통이라 어느 정도 그런지도 몰랐다. 아버지와의 끔찍한 결혼생활에 대한 반작용이기도 했다. 어머니의 행동 이면에 숨겨진 이유를 알고 있었기에 나는 가능하면 어머니와의 관계가 악화되어 극단적으로 치닫기를 바랐다.

하루는 학교를 마치고 나오면서 귀도에게 우리 집에 가서 점심을 먹자고 했다. 그는 잠시 망설였지만 나는 카페에서 전화를 걸어 어머니에게 그 사실을 알렸다. 갑작스러운 통보에 어머니는 당황해서 수선을 떨었다. 나는 어머니가 반대하기 전에 전화를 끊어버렸다.

집에 들어가면서 나는 귀도의 눈치를 봤다. 귀도는 회색빛 대리석이 깔린 현관에 들어서며 계단 옆 화분들, 유리로 된 중문, 승강기의 은색 광택을 그의 방식으로 섬세하고 천천히 살폈다. 승강기에서 내릴 때 그를 흘깃 보았다. 모난 성격이 적나라했고 약간 불안해하면서도 기대하는 것처럼 보였다. 나는 삶이 너무 괴로운 나머지 충동적으로 그를 초대했다는 사실을 깨달았다.

문을 열어준 어머니는 불안해 보였다. 우리를 보자마자 집이 지저분하다며 미안하다고 했다. 내가 귀도에게 어머니를 소개하자 그는 어머니의 손등에 입을 맞추었다. 그렇게 완벽하고 멋진 행동은 처음 봤다. 의식적이거나 어색하지도 않았고 과장도 없었다. 세상에서 가장 자연스러운 일인 양 귀도는 그렇게 어머니에게 인사했다. 잠깐 살짝 미소를 띤 어머니의 얼굴이 순수한 소녀처럼 환하게 빛났다. 그러나 그가 몸을 돌려 나를 봤을 때 그의 얼굴은 그다지 밝지 않았다. 자신이 한 행동에 확신이 없었던 것이다. 하지만 바로 평정심을 되찾고는 하녀에게 겉옷을 건네주고 벽에 걸린 그림들을 보았다.

우리는 5분 동안 날씨 같은 일상적인 얘기를 나눈 뒤 식탁에 가서 앉았다. 그리고 새아버지가 들어왔다. 귀도는 일어서서 그와 악수를 했다. 하지만 이야기를 나누며 빈 의자를 멍하게 쳐다보는 걸 보니 방금 합류한 우리 집 가장에게 별 감흥이 없는 게 분명했다.

새아버지는 우리에게 인사를 했다. 그는 자리에 앉으라고 말하며 어머니의 머리카락에 입을 맞추었다. 그리고 의자에 앉아 귀도를 보며 말했다.

"오, 이제야 만나는구나."

귀도는 그에게 예의바르게 미소를 지었다. 나는 마치 땅이 꺼지는 것 같았다.

하녀가 파스타를 내왔다. 새아버지는 평소처럼 엄청난 열정으로 자기 몫의 음식을 게걸스럽게 먹었다. 마치 스스로에게라도 뭔가를 증명하려는 것 같았다. 그는 포크 가득 파스타를 말아 들고 열렬히 입술을 쭉 내밀었다. 던져주는 물고기를 받아 채려는 물개나 바다코끼리처럼 보였다. 나는 그가 음식을 먹을 때만큼은 물리적 쾌락에 완전히 몸을 맡긴다는 사실에 언제나 감탄해왔다. 그런 열정은 최소한 다른 활동에서는 결코 볼 수 없었다. 하지만 귀도가 와 있는 지금 나는 어머니 옆에 앉은 그를 쳐다볼 수 없었다. 딱딱하게 굳은 모습으로 앉아 있는 어머니의 식기가 부딪치며 달그락거리는 소리를 냈다. 나는 상투적이고 진부한 연극의 한 역할을 강요받은 배우가 된 기분이었다. 그냥 자리를 뜰 수만 있었으면 싶었다.

귀도는 특별히 좌불안석처럼 보이지 않았다. 그는 학교에 대한 어머니의 질문에 대답했다. 그의 집중력이 우리가 학교에서 떠들 때보다는 덜 산만해서 그의 말을 이해하기 쉬웠다. 그는 자기 생각을 솔직하게 표현했다. 그는 학교에서 배우는 과목의 4분의 3은 실생활에 불필요하며 교사들은 뼛속까지 사디스트라고 했다.

새아버지는 학교와 인생, 어리다는 것과 성인이 된다는 것에 대해 몇 마디 조언했다. 그와 나는 좀 알 수 없는 이상한 관계였다. 그는 내가 평소에 갖는 욕구는 사실상 무시했다. 그러면서도 내게 영향을 줄 수도 있을 보편적인 문제는 걱정했다. 그는 민사 전문 변호사였다. 그는 어머니와 내 친아버지간의 이혼 소송을 담당하면서 어머니를 만났다. 소송이 마무리되기도 전에 아버지가 간경변증으로 돌아가셔서 결국 헛짓거리가 됐지만 말이다. 그는 기본적으로 좋은 사람이었다. 심술 맞거나 고압적이지도 않았다. 하지만 별로 매력이 없었다. 알코올중독에 빠진 예술가였던 전 남편과의 경험을 통해 안정과 안전을 추구하던 어머니는 그의 이런 면에서 정신적인 평안을 찾았을 것이다. 그러나 현재의 질서정연한 생활에도 불구하고 어머니는 여전히 예술가의 보헤미안적 기질에 끌렸다. 어머니가 그림이나 연극 또는 콘서트에 대해 얘기할 때처럼 생기 있고 호기심이 가득한 표정으로 귀도를 바라보는 모습에서 그것을 알 수 있었다. 하지만 어머니는 귀도와 어떻게 대화를 이어가야 할지 몰랐다. 자신의 역할에 갇혀 엄마 같은 태도로 짧은 담소를 나누는 것에 그쳤다.

커피를 마실 시간이 되었을 때 새아버지가 귀도에게 물었다.

"아버지는 무슨 일을 하시니?"

귀도는 대답하기 전에 잠깐 망설였다.

"투자와 관련된 일을 하세요."

"어디에 투자하시는데?"

그의 질문에 딱히 부정적인 뉘앙스는 전혀 없었다. 단지 그의 호기심이 매우 편협하다는 것과 그가 본디 무심한 사람이라는 점을 알려줄 뿐이었다.

귀도는 다시 한 번 약간 망설였다. 그 짧은 순간이 내게는 식탁보를 찢어버리고 접시와 유리잔을 바닥에 팽개칠 만큼 충분히 길게 느껴졌다. 그가 입을 열었다.

"주로 제삼세계를 위한 일이에요. 제 생각에는 아프리카와 동양 쪽을 대상으로 하시는 것 같아요 주로."

그는 처음 '주로'라는 말을 더듬거리며 빠르게 말했다. 그래서 끝에 다시 한 번 언급해야 했다는 듯했다. 점심식사를 마치고 복도로 걸어 들어가면서 나는 내 집이 생기기 전까지는 절대 누구도 집에 초대하지 않겠다고 결심했다.

6

나와 마르게리타 타르티니가 학교 밖에서 만날 수 있는 유일한 시간은 토요일 오후였다. 평일에는 전화도 안 했다. 그녀는 일요일이면 가족과 바레제 호수에 가는 것 같았다. 그래서 토요일에 다른 커플 몇몇을 만나 영화를 보러 가거나 시내에서 돌아다니곤 했다. 우리 나이에 맞는 건전한 교제였다. 충동적인 계획을 세우거나 위험한 행동을 하는 일은 없었다. 단지 우리는 어두운 영화관에서 서로 입맞춤을 했다. 나는 그녀가 손을 밀어낼 때까지 허벅지를 어루만지거나 가슴을 애무하기도 했다. 우리 일행의 다른 커플끼리 곁눈질을 주고받았다. 그런 감시의 눈길이 불안감을 없애주었다.

귀도는 한 번도 우리와 같이 어울리지 않았다. 그는 언제나 다른 계획이 있었다. 하지만 그 계획이 뭔지 절대 말해주지 않았다. 파올라와 그의 관계는 그렇게 단순할 수가 없었다. 그들이 좀 더 친밀해진 뒤에도 매일 방과 후에 오토바이를 탄 그 남자 친구가 파올라를 태워갔기 때문이었다. 마지막 수업이 끝나면 그녀는 귀도를 의식해서 무기력하게 느릿느릿 계단을 걸어 내려갔다. 하지만 일단 교문에 다다르면 다시 흠잡을 데 없는 모습으로 돌아갔다. 그녀는 그를 완전히 무시하고 거만하게 솟은 콧날이 도드라지는 얼굴을 좌우로 돌리며 순진한 눈으로 남자 친구를 찾아 두리번거렸다. 귀도는 어깨 너머로 그녀를 돌아보지도 않고 급히 집에 가야 한다는 듯이 내 오토바이 쪽으로 걸어왔다.

그러던 어느 토요일 오전, 그는 쉬는 시간 동안 파올라와 은밀하게 대화를 나눴다. 우리 책상으로 돌아온 그가 말했다.

"우리 둘이 우리 집에서 보기로 했어. 너랑 마르게리타도 와."

나는 다른 질문은 하지 않았지만 그런다는 상상만으로도 초조해지기 충분했다.

나는 얼른 마르게리타에게 바뀐 계획을 설명하는 쪽지를 보냈다. 그녀를 설득하기 위해서는 쪽지를 두 번 더 보내야 했다. 거기에 더해 의미심장한 시선을 몇 번 그녀에게 던졌다. 그녀와 파올라는 멀리서 서로 몇 차례 눈짓을 주고받았다.

세 시 삼십 분에 나는 마르게리타의 집으로 그녀를 데리러 갔다. 그녀는 평소보다 더 예쁘고 생기 있었다. 그녀를 보호해줄 다른 아이들 없이 데이트를 한다는 생각에 약간 긴장하고 흥분한 것처럼 보였다. 두 번째로 맞닥뜨린 신호등에서 나는 그녀에게 키스했다. 뒤에서 차가 경적을 울리기 시작할 때까지 멈추지 않았다. 귀도는 내가 항상 그를 내려주는 곳에서 조금 떨어진 길모퉁이에서 기다리고 있었다.

그는 손에 페이스트리 봉지를 들고 파올라가 올 방향을 초조하게 바라보고 있었다. 우리가 오토바이에서 내리자마자 그는 마르게리타에게 물었다.

"걔가 오긴 한대?"

"그럼."

무슨 근거인지는 알 수 없었다. 귀도와 얘기할 때 그녀의 목소리가 평소보다 더 활기찼다. 그를 바라보는 눈길과 머리를 매만지며 웃는 모습에서 마르게리타가 귀도에게 끌린다는 것이 보였다. 거의 모든 여자가 그에게 이런 식으로 반응했다. 내게는 너무 익숙한 상황이라 질투도 나지 않았다.

길 건너편에서 택시 한 대가 멈췄다. 그는 차문을 열기 위해 건너편으로 황급히 뛰어갔다. 차에서 내리는 파올라의 피부는 창백한 흰빛을 띠었다. 그녀는 파란 코트에 무릎까지 올라오는 부츠를 신고 있었다. 그녀는 학생이기보다는 성인 여성처럼 보였다. 그녀의 어른스러운 냉담한 분위기에 나는 문득 귀도의 집에 들어가도 될지 마음이 불편해졌다.

귀도는 그녀에게서 눈을 떼지 못했다. 사소한 부분까지도 집어삼킬 듯 그녀를 뚫어지게 바라보았다. 그가 누군가에게 그렇게까지 홀딱 반한 모습을 보긴 처음이었다. 상대에게 그렇게 바싹 붙어서 함박미소를 짓는 모습이 낯설었다. 그는 왁스칠이 잘된 나무 냄새가 나는 오래된 승강기 안으로 우리를 데리고 갔다. 귀도는 긴장감을 감추려고 애썼지만 다 티가 났다. 그는 머리 위로 보이는 케이블과 도르래를 가리켰다.

"느려 터졌네."

5층에 다다르자 그는 손을 떨며 열쇠를 뒤적이더니 문을 열었다. 그리고 내가 상상한 것보다 더 넓고 부르주아 스타일 가구로 꾸며진 아파트 안으로 우리를 안내했다. 거실은 엄숙하고 격조 있었다. 커튼, 카펫, 소파, 의자와 안락의자는 물론 테이블, 소파 옆 작은 탁자, 장식장에 이르기까지 모든 게 완벽하게 조화를 이뤘다. 가구는 전부 정해진 자리에 질서정연하게 줄지어 있었다. 여기에 비하면 우리 집은 휑하고 격식 따윈 없어 보였다. 귀도는 페이스트리 봉지를 탁자 위에 올려놓았다. 파올라와 마르게리타는 두리번거리며 분위기를 살폈다. 귀도는 그 애들의 코트를 받아들고 현관에 걸어두러 갔다. 그리고 거실로 돌아와서 분위기를 띄우려고 시도했다. 그는 파올라의 어깨를 가볍게 두드렸다.

"어이!"

방 안에는 뭔가 기묘하고 불편한 느낌이 감돌았다. 아마도 가구에서 느껴지는 압박감이나 우리 넷 사이의 팽팽한 긴장감 때문이었는지도 모르겠다. 파올라가 갑자기 고개를 홱 돌리며 물었다.

"네 방은 어디야?"

귀도는 어두운 색의 거대한 벽장이 빼곡한 복도로 우리를 이끌었다. 그는 문 하나를 열었다.

"여기야."

그 방은 이 집의 다른 곳과 같은 형식으로 꾸며져 있었다. 거부감까지 느껴질 정도로 지나치게 근엄했다. 벽에 붙인 침대가 하나 놓여 있었다. 창을 바라보게 놓인 책상과 책이 조심스럽고 가지런히 꽂힌 책장이 있다. 벽에는 작은 그림이 두 개 걸려 있었다. 바다를 그린 깔끔하고 흔한 풍경화였다. 나는 방을 샅샅이 둘러보았지만 내가 아는 귀도를 떠올리게 할 만한 어떤 단서도 눈에 띄지 않았다. 내가 상상한 귀도의 방에서 기대한 색상, 개성, 창의성은 흔적도 없었다. 마치 18세기 관료나 경망을 거부하는 젊은 억류자의 방 같았다. 창으로 들어온 햇빛은 방에 있는 사물을 둘러싸고 가만히 후광을 드리웠다. 그 전에 누구의 손길도 닿지 않은 것 같았다. 파올라와 마르게리타도 나처럼 당황한 얼굴이었다. 우리는 무슨 말을 해야 할지 몰랐다.

귀도는 우리가 어떤 기분인지 깨달았다. 그러나 이상하게도 어떻게든 반응하기 힘든 것처럼 보였다. 나는 그를 돕기 위해 음악이라도 틀면 어떨지 물어보았다.

"그래, 그러자."

그는 안도의 한숨을 내쉬며 우리를 다시 거실로 데려갔다. 나는 현관 가까이 있는 작은 테이블에 레코드판에 쌓인 것을 보았다. 귀도는 롤링 스톤즈의 "Between The Buttons"를 골랐다. 그는 턴테이블 위에 판을 올렸다. 호두나무 재질의 거대한 확성기 캐비닛이 딸린 레코드플레이어는 교향곡 감상용이었다.

첫 번째 곡이 시작되자 우리 집에 있는 학생용 싸구려 소형 레코드플레이어에서 비어져 나오는 것보다 열 배는 크고 풍부한 소리가 터져 나왔다. 귀도는 창문과 선반 위 자기와 크리스털 그릇이 진동할 정도로 볼륨을 더 높였다. 파올라는 아연실색해서 손으로 귀를 막으며 자기보다 두 배는 더 나이 먹은 여자가 낼 법한 어조로 소리쳤다.

"미쳤어?"

귀도는 그녀의 어깨를 잡고 살짝 거칠게 흔들며 그녀를 억지로 웃고 움직이게 만들었다. 긴장감이 깨지자 분위기가 부드러워졌다. 우리는 숨 막히는 가구들 사이에서 춤을 추기 시작했다. 귀도는 파올라를 미끄러지듯 이끌었다. 그의 눈이 반짝반짝 빛났다. 속도를 늦추지 않고 빙글빙글 돌다가 팔걸이의자와 장식장에 부딪쳤지만 계속 나와 마르게리타와 떨어지지 않으려고 주의를 기울였다. 그 순간의 강렬한 흥분과 연대감을 지속하기 위해 계속 우리를 바라보며 미소를 지었다. 그 커다란 방의 공허를 보상하려는 것처럼 자신의 에너지를 마지막 한 방울까지 쏟아 부었다.

다음은 느린 곡이었다. 우리는 고막과 횡격막까지 부르르 떨리는 시끄러운 베이스 음률의 리듬에 맞춰 춤을 췄다. 여자애들이 공기 중에 은은한 과일 향을 남겼다. 향이 지금 이 순간과 마음을 사로잡는 갈망과 함께 어우러졌다. 이제 창으로 들어오는 빛은 거의 스러져갔다. 우리는 어둠 속에서 꼭 붙어 따뜻한 물결에 몸을 맡기고 떠다니는 수달처럼 이리저리 흔들렸다.

나는 마르게리타를 더 꼭 끌어당겼다. 그녀의 체온, 한결 같은 존재감과 심장 박동에 사로잡혔다. 타인의 숨결 깊숙이 자리한 온기의 일부에 그토록 매료된 기분은 처음이었다. 나는 몽상이나 여름의 낭만을 경험한 적이 한 번도 없었다. 심지어 감각을 하나하나 분리한 경계가 무너져 모든 것이 밀려오는 파도에 뒤섞이는 듯한 압도적인 욕망도 느껴보지 못했다.

시선의 끝자락에서 나는 귀도가 파올라와 함께 소파 위로 미끄러지듯 올라가는 것을 보았다. 아주 잠깐 사이에 일어난 일이었다. 나는 빈틈없이 마르게리타를 꽉 끌어안았다. 말 그대로 우리 사이의 거리를 좁힌 것이었다. 한 손은 그녀의 엉덩이를 만지고 다른 한 손은 목부터 천천히 엉덩이 쪽으로 내린 뒤 다시 등을 느리게 쓰다듬어 올라갔다. 내 배에 그녀의 배가 단단히 밀착했다. 몸에서 달콤한 마찰이 일었다. 등을 만지던 손이 그녀의 가슴을 향해 올라갔다. 그녀는 숨을 헉 내쉬며 내 손목을 잡았지만 손길을 막지는 않았다. 그녀의 손바닥은 따뜻했고 땀으로 축축했다.

그녀의 블라우스 맨 위 단추를 풀고 브래지어 안으로 손을 살며시 넣었다. 부드러운 면과 피부 사이로 내 손가락이 미끄러져 들어갔다. 그녀가 침을 삼키는 것이 들렸다. 그녀의 호흡이 음악보다 더 느려졌다. 나는 조금씩 그녀를 소파 쪽으로 이끌었다. 우리는 몸을 포갠 채 소파 위로 쓰러졌다. 눈을 감고 부드러운 꿈속에 내려앉듯이 그 속으로 서서히 가라앉았다. 그녀의 목 아래에 키스를 하며 단추 하나를 더 풀었다. 가슴에 입을 맞추려고 브래지어를 내렸다.

"안 돼."

하지만 그 소리는 너무 부드러웠다. 아치형으로 휜 등과 내 머리를 움켜쥐며 귀에 숨결을 토해내는 행동은 다른 말을 했다. 나는 그녀의 무릎으로 손을 내려 스타킹의 섬세한 그물망으로, 스타킹이 끝나고 부드러운 맨살이 시작되는 쪽으로 천천히 움직였다. 정신이 혼미해서 내 행동과 의도를 분별할 수가 없었다. 그때 초인종이 울렸다.

딩-동, 딩-동, 딩-동. 초인종 소리가 롤링스톤즈의 음악을 날카롭게 꿰뚫으며 네다섯 번 쯤 연속으로 빠르게 울렸다. 마르게리타는 내 손을 밀어내고 소파에서 벌떡 몸을 일으키며 비틀거렸다. 나는 그녀를 잡으려고 했지만 그녀가 나를 힘껏 밀쳤다. 너무 어두워 그녀의 얼굴이 잘 보이지 않았다. 거실의 다른 한쪽에서는 귀도가 의자에 걸려 넘어지고는 더듬거리며 전등 스위치를 찾아 불을 켰다.

순식간에 넓은 거실에 있는 우리 모습이 보였다. 이제는 둥둥 떠다닐 물이 없어 무방비상태에 놓인 수달 같았다. 마르게리타는 내 시선을 외면하며 치마 매무새를 바로잡고 재빨리 블라우스 단추를 채웠다. 파올라는 제일 멀리 떨어진 소파에 있었다. 머리가 온통 헝클어지고 혼란해 보였다. 귀도는 방 한가운데 서서 공황상태에 빠져 사방을 둘러보고 있었다. 신발도 신지 않고 셔츠자락을 늘어뜨린 채였다. 초인종은 쉬지 않고 집요하게 우리를 방해한 2음조 벨소리를 냈다.

귀도는 신발을 꿰어 신고 음악 소리를 줄였다. 그는 무슨 일인지 보러 나간다며 등 뒤로 현관문을 닫았다. 우리는 노여운 목소리로 꾸짖는 여자 목소리와 반론하는 귀도의 목소리를 들을 수 있었다. 둘 중 어느 쪽도 지나치게 큰 소리를 내지는 않았다. 대화는 숨죽인 거친 속삭임으로 이루어졌다. 확실하게 들리는 "다시는 절대!"라든지 "수천 번도!" 아니면 "아무것도!" 같은 몇 마디를 제외하고는 누가 뭐라고 말하는지 구별하기 어려웠다. 여성의 날카로운 목소리가 귀도의 낮은 목소리를 사납게 단칼에 잘라버렸다. 귀도는 자기 의견을 지키기 어려운 것처럼 들렸다.

거실에 남은 나머지 셋은 각자 자리에 못 박힌 듯 꼼짝 않고 앉아서 서로의 눈을 피하며 아무것도 안 들리는 척했다. 밖에서 들리는 두 목소리는 절정으로 치달았다. 결국 귀도가 화난 목소리로 맹렬히 외쳤다.

"알았어요. 알아들었다고요. 알겠다고!"

문을 쾅 닫고 몇 번이나 열쇠를 돌리며 잠그는 소리가 들렸다.

귀도는 입가에 음산한 미소를 짓고 거실로 돌아왔다. 우리 셋은 뭔가 설명을 기다리며 그를 바라보았다.

"우리 어머니야!"

그는 관자놀이를 손가락으로 톡톡 두들겼다. 마치 그녀가 미친 사람이라고 말하는 듯했다. 그러나 여자애들의 표정은 긍정적으로 바뀌지 않았다. 우리가 함께 만들었던 분위기는 완전히 사라졌다. 우리는 잠시 미동도 없이 가만히 앉아 있었다. 그 다음에 파올라가 손목시계를 보더니 말했다.

"나 가야 돼."

"정말?"

귀도는 그녀의 마음을 바꿔보려 애쓰지 않았다. 그는 레코드플레이어를 끄고 턴테이블에서 레코드판을 꺼냈다.

우리는 집을 나서서 외곽순환도로와 만나는 길모퉁이에 다다를 때까지 조용히 서로 시선을 피했다. 조금 전 중요한 분위기를 망쳐버린 것이 실패한 범죄처럼 우릴 무겁게 짓눌러 몸짓을 어색하게 만들었다. 모퉁이에 다다르자 파올라는 택시를 잡아달라고 했다. 귀도는 택시 한 대를 발견하고 도로 한가운데로 뛰어들었다. 그를 치지 않으려고 급정거한 기사는 귀도에게 욕을 퍼부었다. 파올라는 택시에 올라서 입술도 거의 안 떼고 "안녕"이라고 말했다. 마르게리타는 파올라에게 가까운 데까지만 같이 갈 수 있냐고 물었다. 이런 상황에서 그녀를 구출하기에 이젠 내 오토바이가 못 미더운 듯했다.

귀도와 나는 택시가 차량의 물결에 합류하는 동안 보도에 서 있었다.

"쟤네 별로 재미없었지, 응?"

"그러게."

불과 10분 전까지만 해도 실감났던 감각이 순식간에 사라졌다. 나는 그 감각을 떠올려 보려고 애쓰며 귀도의 말에 맞장구쳤다.

귀도는 거기 서서 지나가는 차들을 바라보았다. 그리고 나를 향해 돌아서서 말했다.

"거기 우리 집 아니야. 내가 엄마 열쇠를 슬쩍 했어. 아버지가 사라져버린 뒤부터 엄마가 그 아파트 관리인으로 계시거든."

나는 혹시 농담을 하는 건가 싶어 그를 바라보았다. 하지만 그의 표정은 진지했다.

"그러니까 너 거기 안 산다고?"

내가 물어다. 그를 바래다줄 때마다 그가 보도에 서서 내가 떠날 때까지 차도를 바라보았다는 사실이 떠올랐다.

"거기 살아. 지하에서."

그는 당황하기보다는 그 얘기를 해야 한다는 사실에 더 화가 난 것처럼 보였다.

나는 우리가 만난 순간부터 내가 혼자 만들어왔던 그의 이미지를 정리해보려 애썼다. 현재에서 과거까지 그에 대한 내 해석을 되감았다. 특히 그의 가족과 어린 시절, 성장에 관한 내 추측이 터무니없이 틀렸다는 것에 충격을 받았다. 나는 그가 가식적이지 않고 관찰에 있어서 얼마나 기막힌 감각을 발휘하는지 생각했다. 혹시 내가 관리인에 대해 경솔하고 멍청하게 계급을 의식하는 말을 한 적은 없는지 기억을 뒤져보기도 했다. 나는 밀려오는 놀라움과 죄책감, 충분한 근거를 가진 의심에 어쩔 줄 몰랐다. 결국 나는 입을 열어 대꾸했다.

"하! 우리한테 보여준 그 방 되게 별로더라!"

귀도는 내가 자신과 똑같은 어조를 사용했다는 것을 깨닫고 미소를 지었다.

"그 집은 개 같은 파시스트 변호사 거야. 미라 같은 마누라와 같이 살아. 지금은 리비에라에 있는 저들의 다른 감옥에서 휴가를 즐기고 있어."

우리 옆을 지나는 대로의 차량이 겨울 저녁의 연기와 둥근 후광을 통과하고 있었다. 나는 우리 사이가 어느 때보다 끈끈하고 단단하게 맺어진 것처럼 느껴졌다. 이제 관계의 균형을 잡아줄 추나 사전 검열할 내용이 줄어든 것이다. 우리는 길모퉁이에서 15분 정도 더 서서 모든 일에 대해 웃고 떠들었다. 매번 헤어지려고 할 때마다 갑자기 뭔가 할 말이 생각났다.

7

귀도는 남의 집을 자기 집으로 속였던 그날 저녁 이후 파올라와의 관계를 회복할 수 없었다. 그녀가 자기 기분을 그렇게 갑작스럽고 난폭하게 방해받은 적이 없었기에 되돌리기 어려울 지경까지 간 것 같다. 아니면 그 사건을 마음 정리할 구실로 삼았는지도 모른다. 월요일 아침 학교에서 귀도가 쉬는 시간에 그녀에게 다가가서 말을 걸었다. 그녀는 신중하게 생각해봤다며 이제 서로 친구로 지내는 것이 좋겠다고 말했다.

귀도는 어차피 이렇게 될 줄 알았다고 했다. 그녀의 평범하고 진부한 말과 표현, 그런 단어를 발음하는 어조만으로도 그녀가 왜 그 큰 오토바이 탄 남자를 신뢰하고 삶을 더 편하게 살아갈 준비가 되었다고 생각하는지 알 만하다고 했다. 그런 상황을 이해하는 것도 별로 어렵지 않았다고 했다. 그는 태연해 보였지만 내심으로 슬퍼한 것이 틀림없었다. 노래 한 곡과 두 장짜리 이야기를 써서 그녀의 책상에 놓아두고 온 것을 보면 말이다. 그녀는 자리에 앉아 조금의 흐트러짐 없이 냉정하고 침착하게 몇 분에 걸쳐 그것을 읽었다. 그러나 결코 귀도 쪽을 돌아보거나 표정을 바꾸지 않았다.

그는 몇 번 더 그녀의 마음을 돌이키려고 하다가 갑자기 그녀가 사라진 듯 아는 척하지 않았다. 그녀에 대해 더 이상 말하지도 않았다. 한 달 정도 지나서 그녀가 머리 자른 모습에 대해 신랄하게 몇 마디 내뱉기까지 입 밖에 낸 적이 없었다. 그는 냉소적이고 반어적으로 보호막을 만들어 그 속의 자신의 감정을 숨겼다. 때로는 너무 잘 숨겨서 그 자신조차 당시의 감정을 되찾지 못했다.

그 토요일 이후 나와 마르게리타의 사이도 이상해졌다. 그녀는 자신을 너무 쉽게 내줬다고 생각했는지 경계선을 다시 긋고 건전한 관계를 원했다. 아마도 앞으로의 일탈 가능성을 확실하게 막아야겠다고 생각한 것 같았다. 복도에서 잠깐 얘기했는데, 그녀는 우린 아직 연애할 나이가 아닌 것 같다고 통보하듯이 말했다. 그녀의 부모님이 들었다면 자랑스러워했을 어조였다. 나는 동조하지 않고 토요일 오후에 볼 만한 영화가 있다고 장난스럽게 말했지만 오히려 우울하고 좌절감이 느껴졌다. 이런 기분을 달래보려고 그녀의 싫은 점을 곰곰이 떠올렸다. 그러나 약간 후두음이 섞인 알프스 산골 억양이 거슬릴 뿐 무엇 하나 흠 잡을 게 없었다.

귀도와 나는 낙제하지 않을 정도만이라도 공부하려고 수업에 집중해봤지만 그것도 쉽지 않았다. 문학, 역사, 지리, 영어 같은 흥미로운 과목조차 선생님의 성의 없는 수업방식 때문에 관심이 생기지 않았다. 선생님들은 학생들이 못 알아듣는 이질적인 주제에 미쳐 시간과 기력을 모두 쏟았다. 귀도는 우리가 그들의 말을 해석하지 못하면 배움이 쓸모없음을 증명하지 못하니까 일부러 그런다고 했다. 우리는 잘 모르는 지식을 교사가 안다는 것만으로 그들이 가르치는 내용과 그 필요성을 의심할 수 없다. 때문에 이해할 수 없는 그들의 독단론 속으로 도망쳐 숨어 있다는 것이다. 이런 상황에서 우리는 몇 시간이고 의자에 멍하니 앉아 있었다. 그렇게 생각의 타래를 타고 멀리 대양의 파도 속으로 떠내려 갔다.

귀도는 자신이 읽고 있는 책에 대해 얘기해줬다. 스탕달, 카프카, 스콧 피츠제럴드 얘기를 할 때면 그는 다른 주제에 대한 대화보다 훨씬 더 열정적이었다. 한 작가에 매료되면 그는 몇 주고 그 작가가 만들어낸 분위기에 푹 빠져 지내곤 했다. 그리고 작가의 삶과 관련된 모든 정보를 모았다. 책 속에 여과되고 위장된 작가의 개인적 경험을 유추하려고 애썼다.

그는 우리가 꼭 배워야만 했던 국내 작가에 대해서는 재미도 없고 공감이 가지 않는 좋은 의도로만 가득 차 있다고 생각했다.

"착한 사람 콤플렉스라도 있나봐."

그는 알레산드로 만초니를 경멸했다. 그는 드라티 선생님이 교탁 뒤 벽에 걸린 십자가상에 대한 비난보다 만초니에 대한 비난을 더 듣고 싶지 않을 거라고 빈정거렸다.

"만초니 같은 사람이 마음을 사로잡는 책을 쓸 수나 있겠냐? 하루 종일 집에 처박혀서 친척이랑 하인 깔보는 얘기나 하는데. 교황보다도 꽉 막혔고 교훈 빼면 시체에 방구석에서 돈 몇 푼에 벌벌 떠는 겁쟁이가 어떻게 그러겠어? 아마 평생 유쾌한 흥분이나 기이한 사건은 한 번도 없었겠지."

귀도는 이에 반하는 낭만적인 세계관을 갖고 있었다. 이미 그때부터 늘 '유쾌한 흥분'이나 '기묘함' 같은 단어를 마음에 품었다.

어느 날 아침 등굣길에 그를 만났다. 지각이라 이미 정문이 닫혀버렸다. 들여보내달라고 문을 두드리며 애원한다면 들어갈 수 있겠지만 귀도는 어깨를 으쓱했다. 마치 학교에 관한 것은 영원히 잊어버리자고 하는 듯했다.

"하루 빠진다고 뭔 일 안 생겨."

우리는 영화를 보러 오전 상영을 하는 시내의 작은 예술극장에 가기로 마음먹었다. 그곳은 거의 학교를 빼먹는 학생을 위한 전용관이나 마찬가지였다. 우리는 먼 길로 돌아가며 지나가는 다른 행인과 상점 진열장과 길가의 건물을 구경했다. 죄의식과 대범함이 뒤섞인 우리만의 분위기에 휩싸였다. 수많은 선택지가 눈앞에 놓여있다는 생각에 흥분했다. 하지만 영화 감상보다 더 나은 일을 생각해낼 수 없는 현실에 곧 절망했다.

대성당 앞 광장 주위를 빙 돌아 걸었다. 이런 이른 시간에는 비둘기 떼와 사진을 찍은 두어 명의 관광객 같은 사람들, 퇴직하고 할 일 없어 보이는 연금생활자들, 목적 없이 배회하는 두세 명의 학생들밖에 없었다. 아마 그 애들도 우리처럼 땡땡이치고 놀러 나왔을 것이다. 이런 공허한 분위기에서 성당은 평소보다 더 장엄하게 보였다. 광활한 회색 공간에 재로 덮인 건물이 우뚝 섰다.

우리는 광장을 가로질러 걸었다. 유리 구조물의 두 구획이 만나는 지점에 이탈리아 국기가 그려진 간판이 달려있었다. 그 옆에 세 남자가 서 있었다. 우리가 지나쳐가는데 그 중 한 명이 귀도에게 두꺼운 글자로 쓴 문장이 적힌 종이 한 장을 건넸다.

귀도는 힐끗 눈길을 주는 둥 마는 둥 몸을 돌려 그에게 종이를 되돌려주었다.

"필요 없어."

그 남자는 놀란 것처럼 보였다.

"무슨 문제라도 있나?"

그의 친구들이 좀 더 가까이 다가섰다. 그들은 모두 스무 살 정도로 보였다. 세 명 모두 덩치가 크고 어깨가 떡 벌어졌다. 그리고 같은 외투를 입고 있었다. 눈이 작고 얼굴이 납작한 그들은 단춧구멍에 이탈리아 국기 배지를 달고 있었다.

귀도는 신경을 곤두세우고 첫 번째 남자의 얼굴에서 불과 몇 인치도 안 되는 거리에 얼굴을 마주하고 섰다. 그는 남자의 눈을 똑바로 바라보며 말했다.

"그래, 문제 있지. 그쪽한테 구린내가 난다는 거."

그 파시스트들이 귀도가 뭐라고 했는지 알아듣는 데 일이 초 정도 걸렸다. 귀도의 말이 의식의 바닥에 가라앉았다가 표면으로 튕겨 나오기 전에 뇌를 감싼 촘촘한 막을 힘겹게 뚫고 지나가야 한 것 같았다.

"뭐라고?"

그 남자는 이 깡마른 열다섯 살짜리 꼬마가 자기한테 감히 그런 식으로 말했다는 것에 경악했다. 그는 그의 친구들을 돌아보며 눈을 꿈쩍였다. 그들은 이미 우리를 바싹 둘러싸고 있었다. 그들의 눈에는 감정이 없었고 입가에는 기분 나쁜 미소가 떠올랐다.

피가 차갑게 식는 것 같았다. 가능한 한 빨리 자리를 피하고 싶었다. 나는 귀도의 팔을 잡고 끌어내리려고 했다. 하지만 그는 팔을 비틀어 뿌리치고 무모하기 짝이 없이 도전적인 얼굴을 하고 파시스트들에게 다가갔다.

"혼자서는 몸 사리는 게 뭘 믿고 나대, 이 통돼지 새끼야."

이번에는 그 파시스트가 제대로 알아들었다. 그는 귀도에게 홱 돌아서며 얼굴에 주먹을 날렸다. 귀도가 뒤로 나가떨어지자 파시스트는 귀도 위에 올라탔다. 나는 그들이 서로 맞잡고 뒤엉켜 발로 차고 주먹을 날리는 것을 보았다. 그들은 각자 무자비한 강타를 날렸다. 순간 나는 공포와 분노 사이에서 어쩔 줄 몰라 주춤거렸다. 다음 순간 내 모든 다른 감정을 섬멸한 갑작스럽고 맹렬한 분노에 사로잡혀 폭발했다. 나는 크게 고함을 내지르며 온힘을 다해 그 파시스트의 머리를 발로 찼다. 곧 그가 귀도를 놓고 둔탁한 소리를 내며 옆으로 뒹구는 것을 보았다. 순간 다른 두 파시스트가 내게 달려들기 직전 미치광이처럼 눈이 희번덕거리는 것이 보였다. 나는 몸을 한껏 웅크리고 충격을 감내해보려 했다.

그 두 명은 나를 덮쳐눌렀다. 세차게 흔들리는 주변 공기와 그들의 체중으로 인한 압력과 희미한 열기 외에는 아무 느낌도 없었다. 갑자기 끼어든 손과 목소리가 우리를 가로막았다. 몸집이 거대한 두 경찰이 나타나 외치며 우리를 떼놓으려 했다.

"무슨 일이야!"

나는 귀도 쪽을 쳐다봤다. 귀도와 파시스트는 여전히 땅에 구르다가 천천히 몸을 일으켰다. 내가 발길질을 한 파시스트는 나에게 고래고래 소리를 질렀다.

"저 거지 같은 빨갱이 새끼들."

그는 손으로 머리를 부여잡고 있었다. 엄청 아팠던 것이 분명했다. 또한 한쪽으로 미는 경찰에게 크게 저항하지 않았다. 그리고 귀도와 내가 싸움을 걸었다고 소리 지르기 시작했다. 그동안 길을 가던 행인과 근처의 연금생활자들이 모여들어 아마도 더 재미난 싸움이 계속되길 바라는 듯 우리를 지켜보았.

귀도의 셔츠가 피로 얼룩졌다. 코에서도 피가 흘렀다. 하지만 여전히 그는 아까처럼 반항적인 눈빛이었다. 그는 처음 그 파시스트에게 가까이 다가가며 말했다.

"너희는 역사에 고여 썩은 쓰레기일 뿐이야."

나는 그가 지금처럼 완전히 흥분해서 제정신이 아닐 때조차 이렇게 상스럽게 욕하는 것을 들어본 적이 없다는 사실에 충격을 받았다.

두 경찰 중 한 명이 우리를 뒤로 밀치며 소리쳤다.

"계속 그러면 철창에 넣어버릴 줄 알아."

"학생이 공부는 안 하고 쌈박질이나 하고 다녀? 부모님은 아시냐?"

또 다른 경찰도 말했다. 만약 둘 중 한쪽 편을 들어야 한다면 그들이 파시스트의 손을 들어줄 것이 뻔히 보였다. 나는 경찰과도 문제를 일으키기 전에 귀도의 팔을 잡아끌었다.

우리는 아무 말 없이 영화관 쪽으로 걸어갔다. 나는 어릴 적 바닷가에서 몇 번 작은 다툼을 해본 것 외에는 실제로 물리적인 폭력에 휘말린 적이 없었다. 점점 귀와 무릎, 빗장뼈가 욱신거리기 시작했다. 거길 맞았다는 사실조차 인식하지 못하고 있었다. 귀도는 손등으로 얼굴에 흐르는 피를 슥 닦아 재킷 소매에 얼룩을 남겼다. 우리가 얻어터진 채 절뚝거리며 걸어가자 사람들의 뚫어지는 시선이 느껴졌다. 밀라노 사람들의 전형적으로 병적인 호기심과 신중함이 뒤섞인 눈길이었다.

학교에서는 선생님들이 계속해서 수학 공식과 단어의 어형 변화를 목구멍에 억지로 쑤셔 넣듯이 주입시키려고 했다. 자신의 목적을 달성하기 위해 그들은 기계적으로 교과서 내용만 줄줄 읊었다.

"효과도 없는데 물건만 팔면 그만인 오래된 약방 점원 같아. 자기가 파는 물건이 유통기한이 안 지났는지 단골이 다 죽어버린 건 아닌지 조금도 생각 안 하나봐."

먼지가 잔뜩 쌓인 오래된 물건에 둘러싸인 기분은 단지 학교에서만 느끼는 것이 아니었다. 나는 내 주위의 모든 것이 썩어가는 것을 볼 수 있었다. 전차를 탄 행인의 적막한 얼굴, 도로마다 빼곡히 줄지어 선 감옥 같은 빌딩, 라디오에서 흘러나오는 가식적인 달콤한 노래, 내가 태어나기 전부터 정부를 구성한 이 나라 정치인 중 한 명이 텔레비전에 비친 모습에서도 느껴졌다. 나는 저들에게서 나는 악취가 그들이 질식할 때까지 공기 중에 퍼지는 것을 감지할 수 있었다.

가끔 내가 인생으로부터 너무 멀리 떠내려 온 것처럼 느꼈다. 인생의 모든 것은 나에게 와서 닿기 전에 다른 것들에 의해 걸러지고, 변형되고, 덧칠해지고, 해석됐다. 나는 멀리서 인생의 메아리나 희미한 진동만을 느낄 수 있는 것 같았다. 언제부터인지 어딘가에 유배당한 것 같기도 했다.

어느 날 시내 중심가의 한 길을 따라 집으로 돌아가는 중이었다. 길이 잔뜩 막혀서 운전자들이 경적을 울려대고 엔진을 공회전하고 있었다. 매캐한 매연 냄새가 공기 중에 고였다. 평소에 밀라노에서 어쩔 수 없이 들이마셔야 하는 화학약품 연기보다 더 독한 악취가 풍겼다. 나는 오토바이를 타고 정체된 자동차 사이를 천천히 비집고 나갔다. 잠시 후 수많은 사람의 함성과 메마른 폭음이 들려왔다. 한 떼의 청년들이 옆 골목에서 튀어나와 길가의 담을 스쳤다. 자동차 사이를 혼잡하게 빠져나간 그들은 순식간에 흩어졌다. 조금 뒤 같은 골목에서 손에 곤봉을 든 경찰이 벌떼 같이 쏟아져 나왔다. 불편한 제복과 투구와 진압신발 때문에 청년들보다는 행동이 굼떴다. 청년들은 화살처럼 튀어나가 펄쩍 뛰어올랐다. 옆으로 혹은 뒤로 걷기까지 하며 길을 가로질렀다. 경찰관들은 투우장의 성난 황소처럼 앞으로 돌진했지만 밀려오는 물결은 이미 힘을 잃고 있었다. 그들은 길 한가운데에 서서 망설이며 위협했다. 이쯤에는 이미 젊은이들은 멀리 떨어져 있었지만 계속해서 무슨 일이 일어나는지 보러 돌아오며 구호를 소리 높여 외쳤다.

다음 날 아침 나는 귀도에게 그 얘기를 들려줬다. 그는 미소를 지으며 마치 다 알고 있다는 듯이 고개를 끄덕였다.

8

학교는 겉으로 보기에 평소와 다를 바 없었다. 그저 여느 때와 같은 일정, 과정, 규칙으로 이뤄졌다. 하지만 지지대는 서서히 약해지고 있었다. 마치 얕은 물에서 천천히 가라앉는 낡고 오래된 배를 타고 여행하는 것 같았다. 승객들이 갑판 아래로 숨거나 배를 버리고 떠나는 동안, 승무원들은 평온하게 배를 조정하며 항로를 유지했다. 뱀장어 같은 눈을 가진 나이든 여교사와 심술궂어 보이는 코를 가진 늙다리 남교사는 경로를 벗어나지 않도록 배의 키를 조정하려고 했다. 하지만 차츰 그들조차 배가 암초를 향해 돌진하고 있음을 깨닫기 시작했다. 매일 선체 여기저기에서 삐걱거리는 소리가 새롭게 들렸다.

처음에는 마치 멀리서 들리는 메아리 같았다. 귀도와 나는 책상 뒤 우리 자리에 갇혀 그런 변화를 잘 알아채지 못했다. 하지만 우리는 귀를 쫑긋 세워 공기 중의 떨림까지도 감지하려고 애썼다. 그 변화가 우리 쪽으로 다가오기를 바랐다.

그러던 어느 날 아침, 학교에 거의 다다랐을 때 공기 중에 심상치 않은 분위기가 떠돌았다. 뭔가 돌이킬 수 없이 파괴된 것처럼 각각의 소음과 움직임이 이상한 방식으로 내 주위에 파도치며 울렸다. 운동장으로 난 문이 활짝 열려 있었다. 학생들은 문을 지나 서둘러 체육관 쪽을 향해 쏟아져 들어갔다. 수위 두 명과 관리인이 부질없이 그 무거운 철문을 닫아보려고 애썼지만 학생들이 새로 무리지어 오는 것을 보더니 힘없이 물러섰다. 뭔지 몰라도 방금 일어난 일이 그들을 충격에 빠뜨린 것 같았다.

나도 운동장을 가로질러 체육관으로 갔다. 그 안에 사람들이 꽉 들어차 있었다. 거칠고 흥분한 목소리, 시선, 움직임으로 체육관 안의 공기가 떠들썩했다. 서로 반은 물론 심지어 학교도 다른 것 같은 수백 명의 학생들이 모였다. 그들의 얼굴에는 각자 정해진 시간과 공간의 경계를 깨뜨려 무질서하고 자유롭게 모인 것이 놀랍다는 표정이 배어 있었다. 나는 그 군중 속으로 섞여 들어갔다. 우리 학년에서 한 번도 못 본 예쁜 여학생이 그렇게나 많이 보인다는 사실이 놀라웠다. 그 전까지 상상도 못 한 그들의 얼굴과 몸매뿐 아니라 개성이 넘치는 모습에 감탄까지 했다. 갑자기 지금까지 내가 무심코 받아들였던 모든 경계가 무너졌다. 내게 주어진 가능성이 수백 배로 늘어난 것만 같았다.

학생들이 모두 바닥에 앉았다. 책상 위로 올라간 고등학교 3학년 학생 한 명이 확성기를 잡고 말하기 시작했다. 확성기가 그의 말소리를 일그러뜨려 뭐라고 말하는지 이해하기 힘들 정도로 큰 소리가 사방으로 퍼졌다. 녹색 면 코트의 단추를 다 채워 입은 그는 특별히 누구도 쳐다보지 않고 다리를 살짝 흔들었다. 우리가 학교에서 겪고 있는 모든 문제를 얘기했다. 너무 오래된 교과과정, 비합리적인 교수방법, 어떤 변화나 노력조차 거부하는 교사들의 잘못된 점 등을 나열하기 시작했다.

그의 목소리는 성실한 모범생이지만 극단적이고 정확한 용어를 사용해 자신이 맞고 그것을 증명할 수 있음을 아는 격분한 어조였다. 하지만 그의 말을 제대로 듣고 있는 사람은 별로 없었다. 단지 문을 강제로 열어 그가 말하고 있음을 인지하고 막을 수 없을 것처럼 보였던 시스템을 멈추게 만들었다는 막연한 공모의식이 존재했다. 그가 말하려는 주제에는 관심 없다가 박수치고 구호를 외칠 때나 산발적으로 터져 나왔다. 어쩔 때는 그저 서로 눈짓과 신호를 주고받기만 했다.

관심이 모였다 흩어지기를 반복했다. 다닥다닥 붙은 사람들이 거의 다 담배에 불을 붙이고 연기를 뿜어댔다. 기지개를 켜거나 다른 이의 관심을 끌기 위해 미소를 지어보이기도 했다.

나는 반 친구들 중 누구라도 있는지 찾아보려고 주위를 둘러보았다. 그러나 모두 교실로 가버린 것이 분명했다. 사실 거기에 중학생은 몇 없었다. 그리고 나서 연사가 올라간 책상 옆에 서 있는 귀도를 발견했다. 나는 군중을 헤치고 그에게 다가갔다. 도달하기까지 5분은 걸렸다. 그는 내 팔을 쳤다.

"어이!"

그는 지금 벌어진 사건에 흥분해 있었다. 이 분위기에 흐르는 긴장감과 앞으로 어떤 일이 일어날지 예상할 수 없는 미래를 기대하는 얼굴이었다.

"우리 반 두 심술쟁이를 생각해봐."

나는 드라티 선생님과 카브랄리 선생님이 교실에서 그들의 수감자와 함께 방벽을 설치하고 아래층에서 일어나는 일에 대해 무력한 분오로 가득 찬 모습을 상상할 수 있었다. 귀도는 한 곳에 집중하지 못한 채 계속해서 사방을 두리번거렸다.

"정말 굉장하다."

하지만 다음 날 우리는 모두 교실로 돌아갔다. 아래층 체육관은 다시 정해진 시간에 규칙적인 활동을 하는 공간이 되어버렸다. 반 아이들은 자리에 못 박은 듯이 앉아 단체로 보복을 받지 않을까 겁을 먹었다. 드라티 선생님의 얼굴이 분노로 퍼렇게 질렸다.

"너희 둘은 고등학교에 갈 생각 마라."

그녀는 귀도와 나에게 그렇게 말하고는 곧바로 그리스어 수업을 시작했다. 독기에 찬 그녀가 각 문법적 어미와 접미사를 발음했다. 각 단어를 발음할 때마다 매번 아랫입술을 씰룩거려서 목 아래에 사선으로 주름 두 겹이 생겼다. 귀도가 그것을 가리키며 과장해서 유난을 떨어 나는 웃음을 참으려 씰룩거렸다.

학교 당국의 책임자들 중 누구도 전날 우리가 체육관에서 발표한 요구사항을 고려할 생각조차 하지 않았다. 교장은 맨 처음에 철책 문을 강제로 연 게 누구인지 책임소재를 밝혀내려는 조사위원회를 열었다. 교육감은 모든 학생이 평소처럼 면학활동으로 즉각 되돌아가기를 바란다는 공문을 보냈다. '바란다'는 말은 이 나라 정치인이 텔레비전에 그 추악한 얼굴을 내비칠 때마다 매번 사용하는 유행어 같은 것이었다.

"이 낡아빠지고 역겨운 시스템을 조종하는 사람은 귀먹은 사기꾼인데 변화를 요구하는 게 소용이 있겠어?"

우리는 신문을 읽었다. 프랑스, 독일, 미국, 일본에서도 학생들이 학교에서 문제를 일으키고 경찰과 투쟁하며 거리를 점령하고 돌을 던지고 자동차로 벽을 쌓고 있다는 기사를 볼 수 있었다. 마치 아주 멀리까지 몰아치는 폭풍 같았다. 그 폭풍이 우리에게까지 도달했을 쯤에는 맹렬한 기세가 살짝 누그러졌지만 여전히 기상변화를 가져오기에 충분할 정도로 강력했다. 다른 고등학교와 대학에서 무허가 대규모 집회가 열렸다. 거리에서 시위가 일어나 경찰과 충돌하는 일도 있었다. 귀도와 나는 오토바이에 황급히 올라타 그 장소에 도달하려고 안달하며 사건이 일어나는 곳으로 달려가곤 했다.

어느 아침, 드라티 선생님은 출석부를 천천히 손가락으로 훑었다. 학생들의 이름 첫 음절을 중얼거리며 두려움에 빠지게 하는 가학적인 게임을 즐기는 것이었다. 그리고 늘 그렇듯 갑자기 불쑥 이름을 불렀다.

"라레미!"

위기를 모면한 아이들 사이에 늘 그렇듯 안도의 한숨소리가 들렸다. 귀도가 일어서는 동안 자세를 바꾸고 의자를 끄는 소리로 교실이 어수선했다. 그는 교탁 쪽으로 걸어가면서 나에게 살짝 윙크했다. 나는 순간 우리의 이중성을 생각했다. 우리는 변화를 열망하면서도 나서지 않고 일상의 둔중한 현실에 끌려 다녔다.

메마른 목소리로 드라티 선생님이 말했다.

"121쪽의 이 문단을 해석해보도록."

그녀는 귀도가 교과서를 펴는지 확인했다. 그러면서도 그의 시선은 피하며 기다리는 듯 고정된 한 지점에 뻣뻣하게 섰다. 아이들은 한 동급생의 추락이 코앞에 닥친 광경에 얼어붙어 숨도 제대로 못 쉬었다.

귀도는 페이지 속 아무 연관성 없는 그 깨알 같은 글자들을 지그시 응시했다. 그는 한 손으로 머리를 쓸어 넘기고는 고개를 저었다. 드라티 선생님은 얇고 창백한 입술을 꽉 다물었다.

귀도는 그녀를 바라보았다. 나는 한계에 다다른 귀도의 다른 인격이 튀어나와 소리를 지르고 그녀를 모욕하고 목을 조를지도 모른다고 생각했다. 하지만 그는 고개를 푹 숙여 책을 보면서 말했다.

"옛날 옛적에 숲속 작은 집에 아기돼지 세 마리가 살았습니다. 그들의 이름은 지미, 토미, 새미였어요."

반 전체는 충격에 빠져 조용해졌다. 드라티 선생님은 고개를 살짝 뒤로 젖혔지만 움직이지 않은 채 아무 반응도 하지 않았다. 귀도는 진짜로 자기 눈앞에 놓인 그리스어 교과서를 제대로 해석하는 것처럼 너무도 진심어린 모습이었다. 이는 절대로 우스운 광경이 아니었다. 우리 중 누구도 '아기돼지 삼형제' 이야기를 들으며 박장대소하는 건 꿈도 꾸지 못했다. 대신 침묵 속에 얼어붙어 있었다. 귀도는 눈도 깜빡이지 않고 교탁 옆에 똑바로 서서 진지하게 계속해나갔다.

"하루는 첫째 돼지가 자기 집을 짓기로 마음먹……."

드라티 선생님이 한순간 마비상태에서 깨어났다. 망연자실해 그에게 다가오는 그녀의 목소리가 파르르 떨렸다. 그녀는 쪼글쪼글한 자기 손이 아플 때까지 교탁을 내려쳤다. 그녀는 히스테리 상태에 빠져 교장선생님께 보고할 것이며 그리스어 점수는 10점 만점에 3점을 줄 것이라고, 다시는 꼴도 보기 싫다고 귀도에게 악을 썼다.

귀도의 얼굴에는 이제 반쯤 미소어린 슬픔이 떠올랐다. 그 끔찍한 소리와 표정을 지켜보는 것이 고통스러운 듯했다. 복도로 걸어 나가는 그는 내가 봐온 그의 모습보다 훨씬 더 연약해 보였다. 그는 그저 밝고 풍성한 금발에 상상력이 풍부한 열다섯 살 소년이었다.

반 아이들은 쥐죽은 듯 가만히 있었다. 아무도 주위를 돌아보지 않았다. 드라티 선생님은 진정하지 못하고 숨을 헐떡거리며 팔까지 부들부들 떨었다.

이제 낡은 배의 침몰은 불가피해 보였다. 하지만 학년말이 가까워오기 시작하면서 학생들이 좀 더 이성적으로 행동하기 시작했다. 운동장

문을 부수고 체육관에서 긴 연설을 했던 학생조차 고분고분해졌다. 그들은 지금 가장 중요한 것은 교사들에게 그들을 낙제시키는 만족감을 안겨주지 않는 거라고 말했다. 그들은 갑자기 돌변해 본격적으로 자리를 잡고 공부하기 시작했다. 좋은 성적을 받으려고 어느 때보다 열을 올렸다. 낡은 배는 다시 제자리로 돌아왔다. 마치 위기 상황 따위는 일어난 적 없다는 듯이 항로를 되찾았다. 승무원들은 만족감을 감추려고 하지 않았다.

귀도와 나는 계속해서 귀를 쫑긋 세우고 뭔가 새로운 사건이 생기는지 계속 주의를 기울였지만 곧 전부 다 끝났다는 것을 깨달았다. 우리는 다시는 들여다보지 않길 바랐던 책을 어쩔 수 없이 펼쳤다. 그리고 그 모든 쓸모없는 개념을 이해하는 데 집중해야 했다. 이런 일을 해야 한다는 생각만으로도 좌절감이 들어 같이 공부할 수가 없었다. 학교가 파한 뒤에는 각자 복습했다. 아침에는 공부 얘기를 피했다. 마르게리타는 이제 토요일에도 나와 데이트를 하지 않았고 우리는 학교 공부에 전념해야 한다고 말했다. 우리의 미래는 공부에 달려 있었다. 6월 내내 나는 오후면 방에 틀어박혀 잠시 내 앞에 활짝 열렸던 지평선이 어떻게 다시 찌그러져 이전보다도 좁아졌는지 생각했다.

7월, 우리는 고등학교 진학 시험을 치렀다. 만약 드라티 선생님과 카브랄리 선생님이 마음대로 했다면 귀도와 나는 틀림없이 낙제했을 것이다. 다행히 다른 선생님도 시험에 관여했다. 그 중 한 명이 귀도의 긴 머리에 대해 신랄하게 비난했다. 다른 선생님은 내 이탈리아어 작문에 부정적인 평을 했다. 하지만 그들은 최소한 우리에게 개인적으로 유감이 있는 건 아니었다. 열흘 뒤 우리는 학교 현관에 붙은 시험 결과를 보고 합격했음을 알았다. 이 사실은 특별히 우리에게 별 영향을 끼치지 않았다. 단지 희미한 안도감을 느꼈을 뿐이었다. 우리는 숨 막히는 밀라노의 열기 속으로 접어 들어갔다. 중학시절은 이제 끝났다. 우리 앞에는 광활하고 막연한 여름 방학이 펼쳐져 있었다.

9

10월, 우리는 새로운 교실에서 다시 만났다. 우리 반 교실은 복도에서 문 하나를 더 지나야 했다. 햇볕에 검게 그을린 친구들의 얼굴과 대조적으로 귀도는 내내 숨어 지냈는지 창백했다. 하지만 더 어른스러워 보였다. 이목구비가 거의 완성된 듯 또렷해졌다. 혹시 나도 그처럼 변했는지 궁금했지만 누군가 말해주지 않는 한 알 수 없었다. 마르게리타는 나 같은 애한테 낭비할 시간이 없다는 듯 문제풀이에 몰두하는 척 건성으로 인사했다. 그런 그녀를 보니 우리 사이가 얼마나 멀어졌는지 실감할 수 있었다.

다들 새로운 시작에 집중하려고 애쓰고 있었고, 전보다 조금 더 자신감을 갖게 된 것 같았다. 가장 분명한 변화는 더 이상 드라티 선생님을 상대하지 않아도 된다는 것이었다. 우리는 새로운 선생님과 수업방식을 맞이했다. 뻣뻣한 대머리 철학 선생님, 카브랄리보다 더 친절한 수학 선생님, 젊었을 때 시를 썼다는 주정뱅이 같은 이탈리아어 선생님, 첫날부터 "나는 현대적이지만 융통성은 없을 거야."라고 말한 짙은 피부의 라틴어 선생님을 만났다. 이제 어떤 방식으로든 극단적인 통제는 없었다. 밀폐된 교실에서 개개인에게 가해지던 조직적인 괴롭힘도 없어졌다. 귀도가 내뱉는 가장 별 것 아닌 말조차 일탈로 취급하던 숨 막히는 공포도 다른 감정에 섞여 희미하게 사라졌다.

새 선생님들은 지난봄에 일어났던 모든 일이 흔적도 없이 사라진 것처럼 수업을 시작했다. 나는 그들이 진심으로 그렇게 믿는다고 생각하지 않았다. 왜냐하면 이따금씩 그들의 태도에서 의심스러운 정황을 발견했기 때문이다. 그들은 어쨌든 수년간 이 여전한 풍경 속을 터벅터벅 걸어왔다. 그러니 실제로 변화가 일어날 수 있다는 것을 믿기 어려웠을 것이 틀림없었다.

귀도는 그들이 기반을 둔 시스템 전체가 시간의 흐름에 영향을 받지 않은 것처럼 보인다는 사실에 놀라워했다. 이 생각은 모든 것을 괴팍한 두 선생 탓으로 돌렸던 중학생일 때보다 그를 더 강하게 사로잡았다. 그는 이렇게 말하곤 했다.

"수준이 한 백 년은 후퇴했어. 로큰롤, 영화, 팝아트 같은 건 나오기도 전이고 재즈나 인상주의도 없던 시절로 말이야. 우리 지금 있는 데가 지하도시는 아니겠지?"

실제로 교과과정이나 교과서에서 현시대적인 내용을 찾기 어려웠다. 우리더러 죽은 언어의 내면이나 탐구하게 하려는지 지리나 외국어 같은 과목은 폐지됐다. 교사들은 이런 수업 내용이 '이탈리아 문화의 초석이자 논리학 발전의 근본'이라고 주장했다. 역사는 로마 건국부터 르네상스, 국가부흥운동에 이르기까지 과거의 부끄러운 잘못은 모두 피해가며 조심스럽게 선별된 사건만 짜깁기로 보여주었다. 문학은 몇 안 되는 국내 시인을 집중적으로 조명하며 현대 외국 작가는 철저히 배제했다. 외부와 단절됐는데도 바깥세계와의 접촉 따위는 필요 없음을 자랑스럽게 여기는 일종의 고립된 식민지에 사는 것과 마찬가지였다.

새로운 변화에 대한 신기함은 곧 빛이 바랬다. 흥미를 잃은 귀도와 나의 대화는 더 이상 초조함을 표현하기에 충분하지 않았다. 우리는 열린 곳으로 가고 싶었다. 귀도는 자신의 의견을 소리 내서 말하기 시작했다. 또 질문을 던져 수업을 방해하고 설명을 요구해 교사의 기분을 거스르거나 당황하게 만들었다.

곧 배의 난파가 임박했다는 신호가 나타났다. 다른 반에서도 논쟁과 항의가 일어났다. 대표단이 교사들과 교장에게 요구사항을 전달했다. 하지만 별 다른 성과는 없었다. 어느 날 우리는 다시 한 번 체육관을 점령하고 새 집회를 열었다. 귀도와 나는 운동장을 가로질러 작년보다 두 배는 늘고 지나치게 흥분한 군중 속에 끼어들었다. 이번에는 아무도 교실로 간 것 같지 않았다. 체육관은 미어터질 지경이었다. 누군가 한쪽 벽에 밀어붙인 테이블 위에 올라가 확성기에 대고 연설을 시작했다. 선동하는 사람은 주로 고등학교 3학년 학생이었다. 이들은 작년보다 더 급진적이고 전체적인 고찰로 자신의 주장을 확대했다. 주로 국제 문제와 세계 각지에서 일어나는 일들이었다.

귀도는 긴장한 채 계속 주위를 둘러보며 귀를 기울였다. 그러다가 점점 연단 쪽에 다다를 때까지 군중을 헤치고 나갔다. 그러다 연설자 명단에 자기 이름을 적었다. 그는 거기서 어슬렁거리며 기다렸다. 나는 초조한 다른 사람들 머리 사이에서 그의 머리를 볼 수 있었다. 과연 그가 연설을 할 수 있을지 궁금했다. 마침내 그들이 귀도를 불렀다. 그는 연단 위로 껑충 뛰어올라가 확성기를 집어 들었다. 그는 다른 사람들보다 훨씬 어렸지만 그의 단정한 모습과 표정, 마구 헝클어진 머리는 모두에게 강렬한 인상을 남겼다. 아주 멀리 있는 사람에게조차 그의 모습이 눈에 들어왔다. 첫인상이 매우 중요한 순간이었다. 아무 정보도 없을 때 외모에서 강렬한 적대감이나 친근함을 느끼게 할 수 있기 때문이다.

귀도가 연설을 시작했다.

"우리가 사는 이 나라가 케케묵은 구식이고 노후하고 세계와 동떨어져 있다면 그것은 학교의 잘못입니다. 이곳을 통치하는 개자식들, 그러니까 정치인, 임원, 교사 이 모두가 우리와 똑같이 학교에서 공부했습니다. 그리고 이 역겨운 쓰레기 속에서 성장했죠. 라틴어 인용구처럼 사소한 일을 쓸데없이 골치 아프게 파고들고, 의미 없는 말을 늘어놓고, 가장하고, 기만하고, 배신하면서요. 이게 그들을 이룬 것들입니다. 우리가 시체 박물관에서 화석이 된 것을 암기하느라 시간을 낭비하는 대신 자유롭게 실질적으로 유용한 내용을 공부한다면 더 멋진 것을 익혔을 겁니다. 4개 국어나 5개 국어, 그림 그리는 법, 악보 읽는 법을 배울 수도 있었겠죠. 실제로 세상이 어떻게 돌아가는지, 세계정세도 습득했을 겁니다."

그의 목소리에는 나와 개인적으로 토론할 때와 달리 이상하게 순진하고 연약한 면이 있었다. 마치 일부러 그들의 지지를 얻기 위해 다른 사람들과 같이 자신의 보호막을 의도적으로 없애버린 것 같았다. 자기가 공격당할 것을 알면서도 일부러 방어 자세를 풀어버리는 것이다. 그는 확성기를 제대로 잡지도 않았다. 가끔 입에서 너무 멀리 떨어뜨려서 말이 잘 들리지도 않았다. 그는 갑작스럽게 연설을 마쳤다. 모두가 그의 말이 계속되길 기다리고 최소한 더 격조 있게 마무리되길 바라던 참이었다. 모두 그의 연설에 박수를 쳤지만 크게 감명 받은 것은 아니었다. 바로 다음 사람이 그에 이어 말했다.

한 주가 지난 뒤 우리는 이전 시위 동안 연달아 일어난 체포에 항의하는 데모에 참가했다. 우리가 그 시작점인 대학에 도착했을 때는 이미 시위대가 떠난 뒤였다. 그래서 시내 중심가로 그들을 쫓아가야 했다.

우리는 교통 체증이 일어난 곳과 행인의 표정을 지표로 삼아 시위대를 추적했다. 시위대가 이미 거의 중간 지점에 접어들었을 때야 그들을 따라잡았다. 교도소 담장을 따라서 난 길에서 우리는 약 팔백 명 정도의 사람들이 빼곡하게 모인 틈을 비집고 들어갔다. 그들은 모두 정부에 항의하는 격렬한 구호를 외쳤다. 경찰차 몇 대가 시위대 앞에 있었다. 뒤쪽에 선 경찰 지프차와 트럭에 헬멧과 곤봉으로 무장한 경찰이 꽉 차 있었다.

귀도와 나는 대부분의 시위 참가자보다 나이가 어렸다. 그래서인지 흥분해 있었고 이런 사건의 중심부에 있다는 것이 더 불안했다. 우리 뒤쪽 차량은 거의 멈춰 있었다. 거칠게 울려대는 경적 소리가 들렸다. 방범대원들은 차가 다시 움직일 수 있도록 빈 차도를 번갈아 지나가게 했다. 그러나 차량이 마주보며 들어오다가 서로 오도가도 못 하게 되어 대로 한가운데에 극심한 교통 체증이 생겼다. 이런 약간의 혼돈조차 우리를 짜릿하게 했다. 시민보다 차를 더 중시하는 사회에서 차가 멈춰버린 것이다.

우리는 교도소의 길고 높은 벽 아래에 서 있었다. 건물 중 창살로 막힌 창문 하나만 겨우 보였다. 누군가 고함을 지르기 시작했다.

"석방하라! 석방하라! 석방하라!"

곧 우리는 모두 한 목소리로 주문을 외듯 같은 구호를 외치기 시작했다. 억울하게 갇힌 수감자뿐 아니라 학교나 집이나 사무실처럼 감옥과 비슷한 건물에 갇힌 사람들을 석방하라는 듯했다. 모두가 구호의 박자에 맞춰 팔을 올렸다 내리며 신체의 자유를 향한 갈망, 억눌린 분노와 좌절감을 표출했다.

갑자기 옆쪽에서 뭔가 우리를 가격했다. 모두가 대로 가운데로 달리기 시작했다. 미친 사람처럼 서로 밀치고 팔을 허우적대며 충격으로 어쩔 줄 모르는 눈이었다. 얼마 지나지 않아 구호를 외치던 군중은 체면 따위 팽개치고 황망히 흩어졌다. 군중의 적개심과 분노는 도망치려는 광란으로 바뀌었다. 귀도와 나는 영문도 모르고 서로 밀치고 앞서려는 사람들과 함께 고함과 폭음과 귀를 찌르는 호각 소리를 뚫고 달렸다. 어느 새 머리 위를 지나가는 최루탄과 곤봉을 치켜들고 앞뒤 가리지 않고 우리를 쫓아오는 경찰들이 눈에 들어왔다. 순수하게 위험하다는 느낌이 내 걸음을 재촉했다. 어릴 적에 들에서 독일산 셰퍼드에게 쫓겼을 때를 빼고는 그렇게 뛰어본 적이 없었다. 만화영화에서처럼 불가능할 정도로 너무 빨라서 발이 땅에 닿지 않을 만큼 잽싸게 달렸다. 귀도 역시 내 오른편에서 도망치는 사람들 사이를 누비며 그답게 가볍고 날랜 모습으로 나는 듯이 뛰었다.

달리는 속도가 점점 느려지며 뜀박질에서 총총 걸음으로 잦아들었다. 옆길로 새거나 뒤로 돌아가는 사람들과 함께 우리도 멈춰 섰다. 우리는 완전히 탈진하고 땀에 젖은 채 사람들 틈에 서 있었다. 경찰과 우리 사이는 아스팔트 바닥을 뒤덮은 최루가스 연기로 자욱했다. 사복경찰들이 나란히 선 전경들을 재정비하며 성가시다는 몸짓을 했다. 제복을 입은 사람들의 대열이 좌우로 흔들렸다.

우리는 그들의 움직임을 지켜보며 약간의 기미만 보여도 도망칠 준비를 했다. 두려움에 밀려났던 분노가 되살아나 공포가 만든 공황의 자리를 대신해 밀려들어왔다. 누군가 고함을 지르며 허공에 주먹을 날렸다. 점점 더 많은 외침과 움직임이 모여들었다. 우리는 아까와 같은 박자에 맞춰 구호를 외쳤다. 박자는 점점 강렬해지고 고함소리는 점점 커져갔다. 우리는 자석에 끌리듯 경찰 쪽으로 다가가기 시작했고 매 걸음마다 조심성을 잃어갔다. 누군가 가로수 옆에서 돌을 하나 주워들어 폭탄처럼 손에 꼭 움켜쥐고 앞으로 나갔다. 그러자 많은 사람이 그를 따라 경찰에게 돌을 던지기 시작했다. 그 주동자는 용기와 무모함 사이에서 강렬한 열정에 사로잡힌 것 같았다. 귀도도 돌을 들고 앞으로 뛰어나가 있는 힘을 다해 던졌다. 대부분은 과녁을 맞히지 못하고 중간에 떨어졌다. 실제로 방패를 맞힌 돌은 얼마 되지도 않았고 피해도 주지 못했다. 그러나 그게 목적은 아닌 듯했다. 중요한 것은 안정된 분위기를 깨고 중간의 빈 곳을 뚫고 나가는 것이었다.

　우리는 계속 고함을 지르고 돌을 던지며 경찰에게 다가갔다. 마침내 이탈리아 국기 색 띠를 두르고 나타난 경찰청장이 다시 공격하라는 신호로 나팔을 울리라고 명령을 내릴 때까지 계속했다. 우리는 또다시 두려움의 파도에 실려 도망쳤다. 그러나 뭔가 그 물결은 덜 긴장되고 이전보다 짧은 것처럼 느껴졌다. 우리는 멈추고 숨을 돌리면서 거리를 두고 경찰을 지켜보았다. 귀도는 경찰의 속도나 진행거리를 계산하는 것이 어렵지 않다고 말했다. 그들은 똑바로 달리고 지칠 때까지 똑같은 돌격을 되풀이하며 이동했다. 그는 역동적인 에너지로 가득했다. 귀도의 머리카락은 이마 위로 마구 헝클어져 내리고 동공은 커졌다. 본질적으로 정열적인 그의 성격이 그대로 드러났다.

　우리는 계속 뒤로 밀렸다. 경찰이 한 번 더 우리를 향해 돌격했다. 쫓기는 것은 여전히 무섭지만 이제는 좀 재미있기까지 했다. 이번에는 소규모 접전으로 변했다. 그러나 양쪽 진영 간의 물리적 접촉으로 발전하지는 않았다. 거리 유지에 실패하거나 넘어지지 않는 한 실제로 큰 위험은 없었다. 경찰이 우리를 추격하는 방식이나 우리가 돌을 던지며 구호를 외치는 방식에도 직접적인 제지는 없었다. 대치 상황 자체는 그 사건의 원인이 주는 인상보다 중요하지 않았다. 현실에 대항하는 이런 분위기를 널리 확산시키겠다는 열망이 중요했다.

귀도는 피곤한 기색도 없이 쉬지 않고 날개가 달린 것처럼 달렸다. 내가 그와 속도를 맞추려고 했지만 쉽지 않았다. 우리는 시내 중심가 쪽으로 난 샛길을 거슬러 올라갔다. 도로와 하나가 된 듯 멈춰선 차량 사이를 누비며 경찰과 대치했다가 도망치고 다시 가기를 반복했다. 벽에 바짝 붙어 있거나 건물 회랑으로 몸을 피하거나 창문에 얼굴을 들이댄 사람들이 우리를 바라보았다. 상점들은 셔터를 내렸다. 귀도가 그들에게 외쳤다.

"당신들은 모든 게 그대로인 것에 만족하죠. 코앞에 있는 게 똥인지 된장인지도 모르면서!"

그는 자동차에 발길질을 했다. 사실 우리는 모두 난동을 부리고 문제를 일으키고 현 상황에 조금이라도 책임이 있어 보이는 사람이라면 누구든 잡고 싸움을 걸고 싶었다.

우리는 계속 그 감정을 유지했다. 영원히 그럴 수 있을 것 같았다. 하지만 차츰 팽팽한 긴장감이 수그러들었다. 갑자기 피로가 밀려왔다. 어둠이 깔리기 시작하고 다른 사람을 쫓아가는 이들도 줄어들었다. 여기저기서 말소리가 들리고 움직이는 모습이 보였지만 점점 산발적으로 흩어졌다. 마침내 교통정리가 끝나고 차량의 물결이 거리를 홍수처럼 뒤덮었다. 자동차가 다시 도시를 정복하고 모든 것을 기계적인 움직임과 소음으로 가득 메웠다.

언론은 교도소 앞의 충돌을 '실제 전투'처럼, 시위 참가자들을 범죄 집단으로 묘사했다. 우리 철학 선생님은 그 일을 '수치스러운 사건'이라고 칭했다. 동급생들은 호기심과 일탈의 욕망 사이에서 자못 흥분했다. 그들은 조심스럽게 나와 귀도에게 자세한 이야기를 캐묻다가도 너무 많은 직접적인 정보를 얻는다는 사실에 두려워했다. 아블론디와 파르보는 마치 그들이 특권을 가진 우월한 입장에서 그 광경을 전부 목격한 것처럼 사건을 분석했다.

그 전투에서 귀도의 역할이 전설처럼 학교에 퍼졌다. 입에서 입으로 옮겨지면서 과장되고 왜곡되었다. 마침내 그는 전설 속 영웅대접을 받았다. 그는 그 일을 농담거리로 삼으려고 애썼지만 이제 그의 이미지로 고정되어 영광스러운 후광을 비추고 있었다. 여자아이들은 그를 흠모하는 눈빛으로 바라보는 반면, 교사들은 더 적개심이 가득한 눈으로 노려보았다.

그 뒤에 학교마다 또 다른 시위와 점거, 경찰과의 충돌, 투석, 자동차 바리케이드와 유리창을 부수는 사태가 일어났다. 수업은 자주 오전 중에 중단되었고 거리에서는 구호가 들려왔다. 교실 창문 아래로 시위대의 행렬이 지나가곤 했다. 우리는 교사와 교사를 내버려두고 싶어 하지 않는 소수의 열성분자를 남겨두고 교실 밖으로 뛰쳐나가 시위대열에 합류하곤 했다. 때로는 급작스러운 토론회가 열리기도 했고 체육관은 다시 그 뜨거운 열기로 달아올랐다.

나는 갑자기 모든 것이 변할 것 같은 기분에 휩싸였다. 그것은 오직 어떻게 문제를 해결하느냐에 달린 것 같았다. 귀도는 이렇게 말했다.

"이제 이 구역질나는 시대는 끝났어. 진작 규칙을 바꿨어야지, 자식들. 자업자득이야."

그의 비난 대상은 과거 세계의 창립자와 소유자, 그의 호위병과 관리자였다.

오후에 우리는 대학에 갔다. 길모퉁이를 돌아설 때까지 잔뜩 기대에 부풀어 있었다. 모든 것을 어떻게 개혁할지 토론이 벌어지는 계단식 강의실에 담배연기가 자욱했다. 대학에서는 고등학교보다 훨씬 더 진중하고 대담한 차원에서 토론이 진행되는 것 같았다. 우리는 대학생들의 모습에 홀딱 빠져들었다. 그들이 입은 밀리터리룩 국방색 캔버스 재킷과 어른스러운 아이러니의 아우라, 처세술, 그 근간을 이룬 위험한 분위기를 감지했다. 우리는 그것이 낭만적인 놀이 같은 것임을 어느 정도는 눈치 채고 있었다. 사람들은 저마다 간직한 문학적, 역사적, 회화적 혹은 음악적 모델을 기반으로 만든 등장인물을 연출하는 것 같았다. 하지만 우리는 삶의 현장에서 우리가 옳다고 믿는 신념과 우리의 환상을 향한 출발점으로서 그것들을 기꺼이 받아들일 준비가 되어 있었다.

우리가 들은 얘기들은 다른 가능한 세계, 다른 나라에서 실현되었거나 시도된 세상 또는 그저 이상적인 꿈으로 남아 있는 세상을 상상하게 했다. 모두가 역사를 파헤치고 우리가 교육받아온 것과는 전혀 다른 과정으로 역사를 되돌아보기 시작했다. 그들은 매일 같이 새로운 사실을 발견했다. 이 새로운 발견은 바로 또 다른 갈등을 야기했다. 발굴자 사이의 경쟁하는 분위기가 공기 중에 또렷이 감지되었고 모든 것을 계속 진행할 수 있는 생기를 부여했으며 우리는 도시 이쪽에서 저쪽으로 이리 저리 뛰어다녔다.

귀도는 논쟁하는 것보다는 실제로 뭔가를 하는 것을 선호한다고 주장했다. 그러나 그도 역사책을 읽기 시작했다. 소설을 읽을 때만큼이나 열정적이었다. 그는 도서관에서 책을 빌리거나 시내의 책방에서 책을 훔치곤 했다. 진열대 사이를 반시간 정도 왔다 갔다 하다가 문고판으로 된 프랑스 혁명사와 러시아 혁명사 또 그밖에 흥미를 끄는 책을 숨겨

두툼해진 외투자락을 감추며 서점을 나오곤 했다.

그는 주로 오후나 밤에 집에서 책을 읽었다. 그에게 집은 학교에서 수업시간 동안 공부를 하느라 뒤죽박죽인 머리를 정리하는 곳이었다. 이제는 손에 책을 들고 있지 않거나 책에 대해서 토론하지 않는 그의 모습을 보기 어려울 정도였다. 그는 마르크스의《자본론》과 레닌의《무엇을 할 것인가》등 그 당시 널리 읽힌 거의 모든 책을 읽었다. 그리고 고등학교 3학년 학생과 대학생이 토론 중에 매번 인용하는 다른 책을 탐독했다. 그는 내게 그런 책 뒤에 있는 이가 실제로 어떤 사람인지 알고 싶다고 했다. 그러면서 자신이 그들을 정말 알고 싶은지 아닌지는 잘 모르겠다고 했다.

이러한 미지의 영역을 탐사하는 동안 그는 어떤 조언도 거부하고 오직 자신의 본능만을 믿었다. 그는 일단 정보를 흡수해서 자기 가치관에 보탤 뿐 주체적인 척 하지 않았다. 마르크스를 읽는 동안 내가 그의 생각을 물을 때마다 그는 "아직 잘 모르겠어."라고 대답했다.

10

어느 날 오후 귀도와 나는 대학에서 집회를 마치고 오토바이를 타고 돌아가고 있었다. 산 바빌라 광장의 어느 카페 앞에서 귀도는 오토바이를 세우라고 했다. 나는 그의 생각을 돌려보려고 애썼다. 바로 수십 미터밖에 떨어지지 않은 곳에 신 파시스트당의 본거지가 있었다. 무장한 파시스트 당원은 머리가 길거나 테니스화를 신은 사람이라면 닥치는 대로 시비를 걸고 공격했다. 귀도는 오토바이에서 내렸다.

"5분만 있다 가자."

그곳은 호화롭고 오래된 밀라노식 카페였다. 온통 거울과 놋쇠와 짙은 색 목재로 꾸며져 있었다. 우리가 1층을 가로질러 지나는 동안 점원이 이상하게 쳐다보면서 따라왔다. 우리는 조그마한 나선형 계단을 올라갔다. 조그만 탁자들이 놓인 발코니에 눈이 번쩍 뜨이는 두 여성이 앉아 있었다. 그들은 우리보다 한두 살쯤 더 나이가 많아 보였다. 우리 학교 여자애들보다 수천 배는 더 매혹적인 모습이었다. 파올라 아마리고는 이들에 비하면 성적 매력이라곤 찾아볼 수 없이 비쩍 마르고 빈약한 싸리 빗자루 같았다. 그 둘 중 한 명이 우리에게 시선을 돌렸다. 그녀의 얼굴이 환해졌다.

"귀도!"

귀도는 다가가 볼에 입을 맞추고 그녀의 옆자리에 앉았다. 나는 테이블 가까이 서서 열망과 두려움을 동시에 느끼면서 나선형 계단 꼭대기에서 파시스트 무리가 우르르 몰려나오면 어쩌나 걱정했다. 귀도는 짧게 소개를 했다.

"마리오, 니나와 안토넬라야."

안토넬라는 다른 여자의 이름이었다. 나는 그녀 옆에 앉았다. 주문을 받으러 올라온 나이 많은 웨이터가 귀도와 나를 부정적이고 불쾌한 시선으로 노려보았다. 귀도는 다른 것을 주문한 여자들의 청을 무시해 버리고 바로 독한 아페테리프 네 잔을 주문했다. 그리고 우리가 일행이라는 걸 인식시키려고 애쓰는 것처럼 행동했다. 이런 귀도를 보고 여자들은 서로를 바라보며 웃음을 터뜨렸다. 자세히 살펴보니 안토넬라는 니나만큼 예쁘지 않았는데 그녀의 눈이 더 작았고 턱이 두꺼웠다. 그러나 그들 둘 다 내가 이전에 결코 어디에서도 만난 적 없는 유형이었다.

웨이터가 오렌지 껍질로 장식한 거대한 붉은 술잔 네 개를 들고 돌아왔다. 웨이터는 눈을 부릅뜨면서 계산서를 내밀었다. 내가 어떻게 반응하기도 전에 귀도가 주머니에서 둘둘 말린 천 리라짜리 지폐뭉치를 꺼내더니 세지도 않고 웨이터에게 쥐어주었다. 웨이터는 테이블 위에 지폐를 하나하나 펴보고는 3분의 1 가량을 돌려주었다.

"넣어두세요."

이렇게 말하는 귀도의 태도는 누가 봐도 허세 부리는 것처럼 보였다. 그가 내민 돈은 내가 일주일치 용돈으로 받는 금액이었다. 귀도가 나보다 더 많은 용돈을 받지 않는 것은 분명했다. 그의 얼굴에서 그가 약간 자의식을 느끼고 있음을 볼 수 있었다. 자기 잔의 술을 한 모금 오랫동안 들이키고 여자들 쪽으로 잔 두 개를 밀어주는 모습이 자신의 실체를 들키지 않으려고 애쓰는 모양새였다. 웨이터는 최대한 냉랭하게 감사를 표하고 돌아섰다. 그 돈이 훔친 것이라고 의심하는 투였다.

니나는 밀라노 교외의 한 파티에서 집으로 돌아가다가 타고 있던 낡은 메르세데스가 웅덩이에 빠지는 바람에 한 연예인이 자기를 집까지 데려다준 이야기를 늘어놓기 시작했다. 그녀는 자잘하고 재빠른 손짓을 해가며 즉흥적으로 이야기에 살을 붙여 재미있게 풀어놓는 기막힌 말솜씨를 가졌다. 하지만 그다지 똑똑해 보이지는 않았고 목소리는 불안정한 여운을 남겼다. 중요하지 않은 곳에서는 이야기를 질질 끌다가 남자에 대해서는 몇 번이고 표현을 고치다가도 재빨리 말을 이어나가기도 했다. 얘기 도중 그녀는 여러 번 관점을 바꾸었다. 귀도는 홀린 듯 그녀를 바라보며 술을 마시다가 새로운 이야기가 시작되면 고개를 번쩍 들곤 했다. 나도 한 모금 마셨다. 알코올이 빠르게 흡수되며 몸 구석구석으로 퍼져나갔다. 감각이 무뎌지기 시작했다.

우리는 계속해서 니나를 바라보았다. 그녀가 수녀학교의 독일어 선생을 묘사할 때 사용하는 단어 하나하나에 흥미를 내보이며 귀를 기울였다. 안토넬라가 시계를 보았다.

"우린 이제 가야 해."

니나가 말을 중간에서 끊더니 외투를 집어 들었다. 귀도가 일어서며 의자를 하나 넘어뜨렸다. 우리는 두 여자 뒤를 따라 계단을 내려왔다.

"우리가 집에 데려다 주면 안 될까?"

귀도가 진지하게 받아들일 수 없을 정도로 애원하는 말투로 물었다.

"고맙지만 됐어."

여자들이 말했다. 알코올은 판단력을 흐리고 느리게 만들었다. 귀도가 니나에게 다가가려 했지만 실패했다. 여자들의 향기, 머릿결, 둥둥 떠내려 오듯 계단을 내려가며 주고받은 시선이 아른거렸다.

밖은 이미 어둡고 쌀쌀했다. 시끄러운 차량의 소음과 바삐 걷는 사람들, 자동차의 헤드라이트와 표지판 등이 거리를 메웠다. 귀도는 니나와 대화를 계속하고 싶어 했지만 안토넬라가 그녀의 팔을 꼭 잡았다.

"잘 가."

귀도는 그녀의 마음을 돌이키고 설득하기 위해 생각해 낼 수 있는 모든 말과 몸짓을 짜냈다. 고급 원피스로 치장한 너무도 아름다운 그들 곁에 선 귀도는 초라하고 볼품없어 보였다. 터무니없는 고집을 부리는 것도 같았다. 마침내 그는 포기했다. 니나와 그녀의 친구는 거의 도망치듯이 뛰어서 첫 번째 사거리의 길모퉁이를 돌아서 사라져버렸다.

나는 그가 언제 어디서 그들을 만났는지 묻고 싶었지만 그는 바로 오토바이로 걸어가더니 내가 오기를 기다렸다. 그의 집 앞에 거의 다다라서야 그가 말했다.

"삶은 역겹지만 살면서 조금씩 나아지는 것을 보면 위안이 돼."

나는 차들의 시끄러운 소리 때문에 겨우 그의 씁쓸한 목소리를 알아들을 수 있었다.

학교에서는 동급생 중 가장 수동적인 학생마저 우리가 공부해야만 하는 과목들과 교육방식에 대해서 불평을 늘어놓기 시작했다. 교사들은 목소리를 높이고 우리의 기를 죽이기 위해 교과서 내용이 얼마나 이해하기 어려운지 강조하려고 했다. 우리는 처음부터 상당히 합리적인 요구를 했지만 그들은 딱히 고려해볼 생각조차 하지 않는 듯 했다.

한번은 귀도가 라틴어 선생님에게 교과서만 줄줄 읽기보다는 일상적인 문법으로 이뤄진 문장을 익히자고 제안했다. 무식하게 번역하는 괴로움보다 실용적인 문장을 해석하는 즐거움을 알아가는 게 좋다는 얘기였다. 하지만 선생님은 말이 끝나기도 전에 버럭 소리부터 질렀다.

"너희는 내가 읽으라고 하는 걸 읽어. 그리고 내 수업에서 나를 가르치려 하지 마, 이 게으르고 무식한 거지같은 자식들아!"

그녀는 5분이 넘게 반 전체에게 욕설을 퍼부었다. 얼굴이 벌겋게 상기되고 염색한 머리카락이 마구 흔들렸다.

그녀가 나가고 더더욱 수업방식에 불만을 품게 된 동급생들은 어떻게 대응하면 좋을지 토론을 벌였다. 아블론디가 구체적인 항의서를 작성하자고 제안했다. 파르보는 변호사인 자기 아버지를 통해 그녀를 고소하자고 주장했다. 이번에는 거의 모든 학생이 의견을 냈지만 그들의 눈은 사소한 이의 제기에도 흔들렸다. 그들 중 누구도 자기가 제안한 바를 실제로 실행할 거라는 생각은 하지 않았다. 그때 귀도가 한 가지 의견을 냈다. 그는 반을 휩쓸고 지나간 격정적인 감정의 물결을 타고 모든 학생이 단결해서 자기를 따르게 하는 데 성공했다.

다음날 라틴어 수업이 시작되기 바로 전 우리는 교실 뒤쪽을 향하도록 의자를 돌려놓고 칠판을 등지고 앉았다. 파올라 아마리고와 티르몰리라는 군주주의자만 이 단체 행동에 참여하지 않겠다며 냉담한 표정으로 복도로 나가버렸다. 라틴어 선생님이 들어왔을 때 우리는 귀도의 계획에 따라 완벽하게 손발을 맞춰 여느 때와 같이 수업에 열중하는 것처럼 등을 돌린 채 조용히 앉아 있었다.

선생님은 놀라서 비틀거렸다. 볼 수는 없어도 그녀의 침묵 속에서 우리는 칠판에 그녀의 옷이 스치는 소리를 감지해냈다. 귀도가 움직이지 말라는 듯이 내게 곁눈질을 했다. 우리의 등 뒤로 맹렬하게 수위를 높여가는 압박감이 느껴졌다. 선생님은 우리에게 돌아서라고 미친 듯이 소리를 질러대기 시작했다. 하지만 아무도 꼼짝하지 않았다. 나는 가지런히 줄맞춰 의자에 앉아 갈등하는 동급생들의 얼굴을 보았다. 아마도 그때쯤 아이들은 자신들을 이런 일에 끌어들인 귀도를 원망하고 있었는지도 모르겠다.

선생님은 책상 사이를 누비고 다니며 마치 악몽에서 깨어나려고 발악하듯 소리를 지르고 발을 동동 굴렀다. 그녀는 누군가를 지목하고는 얼굴을 바짝 들이밀고 소리쳤다.

"네가 하자고 했지?"

우리는 노련한 대배우가 아니었다. 계속해서 정면을 바라보며 벽에 시선을 고정시키기 위해서는 대단한 노력이 필요했다.

선생님이 다시 목소리를 높였다. 성대가 손상되지 않을까 싶을 정도로 점점 커지며 갈라지는 목소리로 그녀는 비명을 질렀다.

"당장 그만해! 다아아아앙자앙!"

극적으로 치닫는 상황에서 아이들의 몸이 떨리는 것을 볼 수 있었다.

고함을 질러댈 때마다 아이들의 몸은 점점 움츠러들었다. 하지만 우리는 귀도가 말한 대로 계속 움직이지 않고 우리만의 라틴어 수업에 집중하는 척했다.

차츰 그녀의 목소리가 갈라졌다. 그녀는 자기 책상으로 돌아갔다. 우리는 그녀가 몸을 떨며 흐느끼는 동안 조금 더 가만히 있었다. 그러고 나서 귀도가 몸을 돌리더니 부드럽게 물었다.

"우리는 왜 이렇게 싸워야만 하죠? 대화로 푸는 것이 더 쉽지 않겠어요?"

그의 말투에 비꼬는 느낌은 전혀 없었다. 방금 실직했거나 남편을 잃은 여인과 얼굴을 맞댄 듯 진심으로 안쓰러워하는 것처럼 들렸다. 선생님은 그 목소리의 어조에 충격을 받았다. 그리고 우리가 모두 몸을 돌렸을 때 그녀는 일그러진 얼굴로 귀도를 노려보고 있었다. 그러다가 갑자기 문을 향해 뛰쳐나가며 소리를 질렀다.

"너희 전부 다 정학당할 줄 알아!"

우리는 복도에서 멀어지다가 멈추고 돌아오다가 문을 피하면서 다시 멀어지는 그녀의 둔한 발소리를 들었다. 우리가 이긴 것이 확실했다. 우리는 망설임에서 의아함으로 다시 복받치는 희열의 감정을 연달아 느꼈다. 우리는 웃고 소리 지르며 폴짝폴짝 뛰기까지 했다. 지금까지 우리가 참아왔던 파노라마가 이제야 풀리는 것 같았다. 원하는 것을 할 수 있는 자유로운 공간이 된 것이다. 그 떠들썩한 가운데에서 귀도만 혼자 슬픈 표정을 짓고 있었다. 그는 그 불쌍한 여선생이 가엽다고 내게 말했다.

다른 선생님도 그들에게 익숙한 풍경이 눈앞에서 허물어지는 것을 목격했다. 너무나 오랫동안 억눌려온 분노는 가장 먼저 수업 계획을 개선하라는 요구로 바뀌었다. 또 학교의 의미를 전반적으로 재점검해보는 것으로까지 나아갔다. 그것은 실제로 물리적인 분노였고 쉽게 폭력으로 변해갔다. 귀도와 나는 언젠가 대학에서 수백 명의 학생들에 의해 그 자리에서 단상 아래로 쫓겨나는 교수를 보았다. 그 교수는 학생들이 뱉는 침과 동전과 온갖 욕설을 뒤집어쓰고 범벅이 되었다. 경관 두 명이 학생들의 폭력에서 그를 구해내려 애쓰는 동안 교수의 얼굴은 시체처럼 납빛으로 질려 있었다. 우리는 흥분한 군중의 비열한 행동에 역겨움을 느꼈지만 우리 역시 적당한 계기와 구실만 있다면 테러리스트가 될 수 있다는 사실을 아주 잘 알고 있었다.

우리 둘은 거의 매일 오후 만났다. 우리는 이제 모든 일이 빠르게 일어나는 시대를 살고 있었다. 지난 시절 거의 아무 변화 없이 정체되어 있던 때와는 달랐다. 부모님은 당연히 이런 나를 달갑게 여기지 않았다. 내가 들어오고 나갈 때면 늘 걱정스러운 얼굴로 주변에서 일어나는 일을 설명해 주려 했다. 그러나 나는 그들에게 전혀 귀 기울이지 않았다. 그들이 말을 멈출 때까지 손으로 귀를 막곤 했다.

나는 귀도를 태우러 가서 함께 시내로 나왔다. 거의 매일 같이 우리는 광장에 집결해 시위에 참여하고 집회를 열었다. 열기 띤 토론, 미묘한 토론, 이해할 수 없는 논의가 진행되었고 경고가 되풀이 되었다. 그러면 갑자기 파시스트 무리가 접근해 오는 소리가 들렸다. 무리 사이에서 동요와 당혹감과 예측들이 오고갔다. 우리는 준비 방법을 논의하고 대비했다.

자신이 실제로 하는 일이 무엇인지 잘 아는 것처럼 보이는 지점에 이르기까지 자신만의 방식으로 여러 가지를 시험해본 소수의 대학생이 있었다. 평균보다 더 키가 크고 건장한 그들은 공통적으로 확고한 시선과 절도 있는 동작을 하고 단호한 말투를 썼다. 그 즈음 헬멧과 곤봉으로 무장한 사람들이 드문드문 나타나기 시작했다. 그들은 입구마다 경비를 섰다. 가난한 농촌을 지켜주려고 출동한 무사 같았다. 어린 우리의 눈에 비친 그들의 모습은 무척 고무적이었다. 여자들은 감탄의 눈으로 그들을 바라보았고 남자들은 경쟁심을 느꼈다. 귀도는 그들의 평판에서 사람들이 말하는 장점이란 그저 태도와 행동에 관한 것뿐이지 그 이상은 없다고 지적했지만 그조차도 그들이 만들어낸 낭만적인 이미지에 사로잡혀 있었다.

파시스트는 거의 모습을 드러내지 않았다. 항상 도시의 외진 지역에 나타났다가는 즉각 사라지곤 했다. 그들은 귀도가 두 여자 친구들을 소개한 카페 근처의 특정 구역에서 진을 치고 있었다. 우리 중 누구도 감히 그곳으로 갈 생각을 하지 않았다. 다른 도시에서는 파시스트가 실제로 위협을 가했지만 밀라노에서는 드물었다. 우리는 오랫동안 헛된 기다림 속에 흘러가는 시간을 지켜보며 즉각적인 위험이 사라지는 것은 시간문제라는 것을 깨달았다. 우리는 어쩌면 모든 일을 누군가 나서서 실행해주길 바랐는지도 모른다. 그러나 그런 사람을 발견하기란 쉽지 않았다.

우리 선생님들은 조금만 압박감을 느껴도 즉각 수업을 중단했다. 이제는 우리만큼이나 그들 또한 그들이 가르친 것들의 희생양이 된 것 같았다. 경찰은 그저 명령을 따를 뿐이었다. 실제로 책임이 있는 곳은 명확하지 않았다. 정부나 자본주의 또는 제국주의 같은 것이다. 그들에게는 얼굴도 이름도 없었다. 그래서 우리는 거리를 행진하며 좌절감으로 가득 차 빌딩 숲이나 차들의 후미에 대고 소리를 질렀다. 때로 우리는 눈에 띄는 무대소품을 다 때려 부수고 연극을 망쳐버려서 숨은 감독과 배우를 보고 싶다는 충동을 느끼곤 했다.

11

귀도는 계속해서 책을 읽고 자신이 수집한 자료와 직관에 기반을 둔 자신의 견해를 정리해나갔다. 하루는 귀도가 내게 마르크스가 이념의 철장을 만들어낸 것 같으냐고, 그의 저작들이 가톨릭처럼 독선적이고 독단적이라고 생각하느냐고 물었다.

"그건 공식이야. 그게 그 책들이 그렇게 효과적인 이유지."

그는 다른 경로를 탐색하기도 했다. 크로포트킨과 바쿠닌, 구소련의 서북부 크론시타트와 러시아 무정부주의자의 운동사를 읽었다. 그의 독서는 질서정연하지 않았다. 항상 그렇듯 성급하게 이 책 저 책을 들추고 책장을 마구 넘기며 읽어치웠다. 나는 그가 무엇을 읽든지 자신만의 견해를 만들어낸다는 것을 깨달았다. 그는 한 가지 이론을 알게 되면 그 본래의 원리를 조금도 생각하지 않고 재구성했다. 가끔 그가 말해준 책을 읽어보면 차이점을 발견하고 그가 다른 용어를 사용해서 설명했다는 사실을 알게 되곤 했다. 내가 그 점을 지적하면 그는 빙긋 미소만 지었다. 그는 자신의 신념을 내게 관철시키려는 생각 따위는 하진 않는 것 같았다.

독서가 깊어지면서 그는 점점 무정부주의 쪽으로 기울었다. 무정부주의는 그를 분노하게 하는 구조적이고 융통성 없는 사상에서 명백하게 벗어난 유일한 사상인 듯 보였다. 다른 사상들의 권력 남용은 그가 품은 반동적인 분노에 기름을 부었다. 우리가 도시 곳곳을 돌아다니며 본 무정부주의자들도 다른 집단의 참가자보다 훨씬 공감할 수 있는 모습을 했다. 그들은 즉흥성과 오락성 면에서 더 개방적이고 자유로웠다. 우리는 집회에 섞여 들어오는 무질서한 소규모의 무정부주의자들과 어울리기 시작했다.

귀도는 논리를 펼쳐가며 억지로 나를 자기편으로 끌어들이려 하지 않았다. 단지 그의 생각과 내 의견은 무리 없이 공존할 수 있었다. 그리고 그런 생각들의 본질에 따라 방향을 잡아가도록 할 뿐이었다. 그런 것들이 나에게 절대적인 영향력을 준다고 여기지는 않았다. 나는 언제나 귀도에 비해 한발 뒤늦게 파편을 주워들고 그와 똑같은 결론에 도달하곤 했다. 게다가 귀도는 아직도 나와 대화를 나눌 때보다 더 깊이 있는 사색을 정리해 갔다. 그는 여러 사람과 함께 어울리는 동안 그런 생각을 떠올리곤 했다. 그럴 때면 그런 행동을 하는 열정, 단일한 언어 체계, 확고한 생각의 기반 체계를 갖춘 그가 자신의 생각을 어떻게 신뢰할 수 있는지 새삼 놀라고는 했다. 그는 가능한 한 가장 단순한 방식으로 머릿속으로 이미지를 만들어냈다. 그리고 그 이미지가 자체적으로 고스란히 표출될 수 있도록 스스로에게 의지했다.

한번은 학교 체육관에서 집회가 열렸다. 그는 연설자들이 계속해서 같은 주제와 용어와 견해를 반복하는 것에 초조해 하면서 내 옆에서 30분가량 그들을 비평했다. 그러다가 발언권을 신청하고 나서 자기차례가 오자 격한 감정을 추스르지 못해 어쩔 줄 몰라 하며 연설을 시작했다.

"지금 같은 상황에서 피할 수 있는 건 없습니다. 있다면 아주 적은 확률에 불과할 겁니다. 산 사람에게는 적대적이고 가혹하고 불쾌한 모습으로 찾아오겠죠. 하지만 우리는 원한다면 그런 것을 완전히 바꿀 수 있습니다. 주변에 널린 모든 것, 도시, 가정, 자동차, 옷, 사물을 바라보고 말하는 방식 같은 것을 싹 다 걷어치울 수 있습니다. 원한다면 다른 해결책을 찾을 수도 있고 돈과 딱딱하고 차가운 물질, 전력 없이도 해낼 수 있습니다. 우리는 도시를 나무로 가득 채우고 광장에 수풀이 우거지게 할 수 있습니다. 아스팔트를 부수고 자연의 생생한 색채를 되돌려야 합니다. 공장을 폐쇄해 다른 작업방식으로 대체하고 정말 필요한 물건만을 친환경 재료로 생산하는 겁니다. 다른 운송수단도 고안해서 길에 음악이 흘러넘치게 합시다. 우리는 원한다면 그림책처럼 모험으로 가득 찬 삶을 살 수도 있습니다. 이 혐오스러운 세계를 유지하기 위해 지금도 파괴되는 자원을 활용한다면 전혀 문제없을 겁니다."

산발적인 박수소리가 들리다가 잠잠해졌다. 연단 주변에 모여 있는 연설자들이 야유에 찬 비평을 했다. 아마도 몇 달 전이었다면 지금보다는 더 호응을 얻었을 것이다. 그러나 처음 그 억제할 수 없는 에너지의 분출은 이제 누그러졌다. 다른 기류가 이미 명확한 경로를 통해 흘러나오고 있었다.

학교 현관에서는 옅은 미소를 지으며 서 있는 대학생을 매일 볼 수 있었다. 그들은 싸우기 좋아하는 학생 패거리를 붙잡아 잘 꾸며진 근방 운동장으로 데려가려고 나와 서 있는 젊은 선생처럼 보도 난간에 걸터앉아 있었다. 그들은 같은 뿌리에서 나왔지만 서로 적대적이었다. 어떤 이들은 단춧구멍에 모택동의 얼굴이 그려진 도금 배지를 달고 있었다. 또 어떤 이들은 마르크스와 레닌 아니면 트로츠키와 스탈린의 이름이 교차된 등사지를 들고 있었다. 이들은 각자 자기의 원류에 대한 정통성에 남다른 확신을 품고 있었다. 그리고 이를 의심하는 사람이라면 누구에게나 적대적인 태도를 보였다. 그들은 보통 가끔 식민지에 들르는 사절단처럼 교대로 왔다. 그러나 간혹 같은 날 서로 맞부딪히는 불상사가 생기면 폭력까지 써가며 자신들의 구역을 나누는 말라비틀어진 방어막을 지켜내려고 애썼다.

언젠가 한번은 귀도가 그들 때문에 한번 혼쭐이 난 적이 있었다. 그 자들의 사상의 고루함과 그들이 주장하는 바를 검증하려고 역사를 끈질기게 추적하는 방식이 그를 자극했던 것 같다. 귀도는 비아냥거렸다.

"쟤들은 과거로 후퇴하기 위해 세계를 변화시키려 해. 저놈들 뇌는 과거의 기념비나 오래된 책 표지, 흑백 사진이나 〈전함 포템킨〉 같은 영화, 사회주의자 화가 펠리짜 다 볼페도 따위로 꽉 찼지. 아마 자기들 목숨이 걸려도 새로운 건 못 만들걸."

사실, 최근까지 변화를 추구하고자 하는 이의 특징이었던 즉흥성이나 풍자를 전혀 볼 수 없다는 것은 이상했다. 그들은 우리 선생님들과 더 공통점이 많았다. 고등학교 첫날 귀도와 나를 충격에 빠뜨렸던 것과 똑같은 태도를 공유하고 있었다. 시간의 흐름에 전혀 영향 받지 않는 고립된 식민지에 사는 것처럼 행동하는 것을 자랑스러워했다. 그들은 우리의 화석화된 풍경에 색과 감정을 더했던 모든 것의 흔적에 대해 수도승 같은 열의로 자기 논의를 펼쳤다. 역사기록저장소에서 가져온 그들의 수사학은 여전히 분노로 가득했고 지나치게 격식을 차려 부자연스러웠다.

그들의 슬로건은 대중에게 총을 쥐어줄 것과 인민에 의한 규탄과 재판을 지지하며, 사형과 군사 행진에 찬성하고 독제체재 수립과 역사에 그들의 발자취를 남기자고 선동하는 것이었다. 그들 중 일부는 가톨릭 조직이거나 극우주의자였지만 편의에 따라 소속을 바꾸었다. 우리가 분노와 열기에 사로잡혀 도시의 이편에서 저편으로 뛰어 다니는 동안 그들은 난데없이 어디선가 나타난 것 같았다. 마침내 그들의 존재를 깨달았을 때는 이미 항상 거기 있었던 것 같았다. 그들의 작은 정당과 서열과 은어와 의식과 함께 말이다.

그러나 내가 보기에 우리에게는 아직도 충분하게 열린 가능성이 있었다. 분위기는 가변적이고 완전 예측 불가능한 상태였다. 귀도와 나는 포르타 티치네제 구역의 한 백화점에서 열린 무정부주의 모임에 가보았다. 우리는 세계의 여러 가능한 변화에 대해 몇 시간을 토론했다. 여기에는 서열이나 계급 따윈 없었다. 누구든지 원할 때 발언할 수 있었고 다른 이의 의견에 이의를 제기할 수 있었다. 지극히 비공식적이고 유연한 분위기였다.

귀도 역시 처음에는 상황을 파악하려고 다른 사람들의 말을 들었다. 그러다가 말하기 시작했다. 그리고 자기 머릿속에 담겨진 생각과 이미지를 통해 표출하는 독특한 방식으로 모두의 주의를 끄는 데 성공했다. 그는 도시를 어떻게 바꿀지에 대한 자신의 전망에 사로잡혔다. 그의 머릿속에는 이전에 사물을 담은 조각난 사진을 대체할 완전한 일련의 필름이 담겨 있었다.

먼지가 자욱한 낡은 창고에서 격렬하게 손을 흔들어대는 그의 몸짓을 보면서 나는 그가 밀라노에서 가난에 찌든 어린 시절을 겪으며 키워온 것이 분명한 고통과 분노를 느낄 수 있었다. 언젠가 한 번에 그가 네다섯 살 때 기억을 들려 준 적이 있었다. 도심의 회색 거리를 따라 어머니 손에 이끌려 석탄가루와 연기로 꽉 찬 차가운 안개 속을 걷던 기억이었다.

"쾌적한 냄새나 색깔이라든가 촉감은 전혀 없었지. 엄마는 나를 잡아끌었고 나는 반항했어. 뒤에 보이는 거라고는 너무나 지독하고 역겨운 것뿐이어서 그만 길바닥에 쓰러져 죽어버리고 싶다는 생각밖에 안 들었어."

 자연에 반하는 물질과 형식, 새장 같은 건축물, 대기의 화학적 변화에 대한 그의 증오는 그렇게 생겨났을 것이었다. 그는 세상의 모든 악의 기원은 대체로 산업에서 비롯했다고 믿었다. 산업이 기계문명에 적응하기 위해 공간을 황폐화하고 우리 삶의 균형과 복합적인 조화를 전부 파괴했다고 생각했다.

 "물건이 왜 만들어지는지 알아? 돈을 쓰게 하려는 거야. 굳이 뭔가를 살 필요가 없으면 일을 할 필요도 없겠지. 가게에는 필요 없는 도구나 사자마자 고장 나는 장난감이라든지 유행이 곧 지날 옷으로 가득해. 쇼윈도를 보면 지나가는 사람을 잡아끄는 것이 꼭 자석 같아. 그렇게 공장이 돌아가고 시민들이 살아가지. 우리가 의식주를 통제할 수 없으니까 그렇게 사는 거야. 다들 빚지고 저당 잡혀서 살아. 그렇게까지 해서 필요한 걸 다 사는데도 뭔가 부족해. 아무리 사도 모자란 것 같거든. 하지만 모든 산업이 붕괴되면 다시 이상적인 공간에서 살 수 있어. 더 이상 행복해지기 위해 물건이 필요한 사람은 없을 거야."

 그가 말하는 이상적인 세계는 자급자족하는 마을로 이루어진 곳이었다. 이런 마을은 농업과 수공업에 의지하며 물물교환과 의사소통으로 연결될 것이라고 했다. 권력과 권위의 법칙을 폐지하고 싶으면 소규모로 하는 작업이 중요하다고 그는 말했다. 이런 식으로 개인은 자신의 생존에 각자 책임을 질 것이고 그러면 모든 것이 혼란하지 않을 거라고 말이다.

 귀도가 학교에서 이런 이야기를 할 때면 여기저기서 야유와 빈정대는 시선이 쏟아졌다. 말이 끝나자마자 바로 여기저기에서 이의가 제기되었다. 무엇이 현실적이며 그렇지 않은지, 무엇이 환상이고 역사의 영역인지 또는 발전과 퇴보인지에 대해서 이견이 쏟아졌다. 아블론디와 파르보는 분개하며 불쾌해했다. 그들은 이 시점에서 이제 막 자기 신념 속에서 새로운 안정감을 얻었다. 그 신념은 누가 다스리든 변화를 통해 세계를 개선하는 것은 전부 도시와 산업에 달려 있다는 것이었다. 귀도의 가설을 받아들이는 건 오직 무정부주의자뿐이었다. 그들은 마치 모든 것이 가능하다는 듯이 다양한 관점에서 이런 가설을 논의하곤 했다.

그들은 해결할 필요가 있는 여러 가지 기본적인 질문을 제기했다. 만약 우리가 모두 아무에게도 아무것도 위임하지 않는 원칙을 모두 지지한다면 누가 정확하게 세상이 어떻게 변해야 좋은지 결정할 것인가? 마을이 어느 정도 큰 규모가 되어야 할지 누가 정할 것인가? 그리고 뭘 경작하는 게 좋을까? 만약 누군가 초고층 아파트에서 계속 살고 싶어 하거나 차를 몰고 싶어 하면 어떤 일이 벌어질까? 그리고 만약 누군가 다른 사람의 것을 훔치거나 누군가의 목숨을 빼앗으면 어쩔 것인가? 권력 남용을 하지 않으면서 그들의 생각을 바꿀 책임을 질 것인가?

우리는 연기와 먼지가 가득한 창고에서 오후 내내 열띤 토론을 벌였다. 우리의 모습은 바로 다음 날이라도 실행될 계획을 세부적으로 검토하는 것 같았다.

12

귀도는 내게 두세 번인가 니나를 보러 간다거나 만나고 왔다고 했다. 그는 어디에선가 들은 적 있는 책을 한번 읽어볼 생각이라고 말하는 것처럼 아무렇지 않게 말했다. 나는 감히 자세한 내용을 물어볼 엄두도 내지 않았다. 우리는 여전히 사적인 얘기를 할 때는 조심했다.

그러던 어느 날 그는 니나와 사귀고 있다고 말했다. 하지만 그녀의 가족은 끔찍하고 특히 니나의 아빠는 거의 나치 수준이라고 했다. 한번은 대문 밖에서 입맞춤을 나누다가 니나의 아버지에게 들켰다고 했다.

"그 멀대같은 아저씨가 바짝 굳어서는 날 싸늘하게 노려보더라. 내가 괴물도 아닌데 그렇게 부들부들 떨기나 하고 말이야."

그들은 만나기 위해서 복잡한 계획을 꾸며내야 했다. 시간과 장소와 핑계거리를 정하고 친구들을 끌어들여 알리바이를 만들어야만 했다.

우리는 한동안 이 일에 대해 말하지 않았다. 그러던 어느 오후 귀도가 카페에서 본 니나의 친구 안토넬라의 집에서 만나지 않겠냐고 물었다. 명백히 그녀는 우리가 만난 뒤에 나에 대해 더 알아보고 니나에게도 많은 것을 물어본 모양이었다. 나는 당연히 가겠다고 했다. 이미 머릿속으로 온갖 종류의 상상이 떠올랐다.

점심식사 뒤 나는 귀도를 태우러 가서 함께 다시 시내로 돌아왔다. 그는 아무도 모르게 안토넬라 집의 골목 어귀에 오토바이를 주차하고 열쇠로 잠가두라고 했다. 도둑질 같은 위법행위를 저지르는 기분마저 들었다. 불안감이 마음을 무겁게 했다.

우리는 고개를 숙이고 주머니에 손을 넣은 채 현관홀을 따라 재빨리 걸어 들어갔다. 수위가 우리가 정말 도둑이라도 되는 양 우리를 멈춰 세웠다.

"무슨 일로 왔습니까?"

그는 당장 곤봉을 집어 들거나 경찰에 신고할 것처럼 우리 신발과 머리를 노려보았다. 귀도는 안토넬라를 만나러 왔다고 말했다. 수위는 우리에게서 눈을 떼지 않은 채 뒷걸음질로 인터콤 쪽으로 갔다. 현관홀은 호화로웠다. 금색으로 끝을 칠한 연철 대문에 대리석 조각상이 있고 뒤로 작은 정원이 있었다. 귀도는 퍼스티언 재킷 속에 깊이 가라앉아 탈

출구를 찾는 것처럼 주위를 둘러보았다. 수위는 올라갈 수 있다는 표시로 우리에게 고개를 끄덕였다. 우리는 슬그머니 그 자리를 빠져나와 벽에 가깝게 붙어 걸었다.

승강기는 바로 아파트 안으로 연결되어 있었다. 안토넬라와 니나가 카페에서 처음 봤을 때보다 더 아름답게 치장한 모습으로 다가와 문을 열어주었다. 니나는 팔을 활짝 벌려 귀도를 끌어안았다. 그들은 입맞춤을 하며 서로 눈을 고정한 채 뗄 줄 몰랐다.

안토넬라는 손에 힘도 주지 않고 나와 악수를 했다.

"잘 지냈어?"

그녀는 거대한 쪽모이 세공을 한 마루가 깔린 거실에서 뭔가 불편해 보였다. 그녀는 부모님이 저녁까지는 돌아오지 않을 거라고 말했다. 나는 왠지 이 소식이 어떤 의도나 나를 포함한 어떤 계획을 내포하는 듯한 인상을 받았다. 나는 갑자기 당황해서 도움을 청하기 위해 귀도를 바라보았다. 하지만 귀도는 니나에게 딱 달라붙어서 다른 생각을 할 겨를이 없었다. 그들은 복도를 지나서 사라져버렸다.

안토넬라는 그들의 뒤를 따라 크리스털 샹들리에 휘장과 거울과 금빛 소파가 놓인 좀 더 큰 방으로 나를 안내했다. 지나치게 고집스러운 부유함이 주위에 진열되어 있었다. 그것은 방 안의 가구들과 안토넬라의 시선에서도 느껴져서 행동이 불편할 지경이었다. 나도 그녀도 다음에 무엇을 어떻게 해야 좋을지 몰라 시작할 방법을 찾으려 애쓰며 계속 주위를 둘러보았다. 안토넬라는 몇 초마다 한 번씩 창가에서 서로를 애무하는 귀도와 니나를 쳐다보았다. 그들은 너무 달라서 잘못 엮인 연인 같았지만 그럼에도 서로에게 엄청 끌리고 있었다.

"너희 그러다 서로 잡아먹게 생겼다!"

그녀는 제자리에서 그들을 불렀다. 농담이었지만 나는 그녀의 짜증을 감지할 수 있었다. 그리고 아마 그녀는 니나의 입장이 되고 싶어 한다는 사실도 알았다. 안토넬라는 생기 있었지만 밀라노의 양갓집 규수답게 얌전했다. 그녀의 어머니가 어떻게 생겼을지, 안토넬라가 자신의 어머니 정도 나이가 되면 어떤 모습일지 상상하기란 어렵지 않았다. 그녀의 옆모습을 찬찬히 뜯어보며 나는 그녀가 매력적이라고 느꼈다. 그녀는 코가 작았고 비쌌고 부드러운 울 치마 아래의 다리는 단단해 보였다.

귀도와 니나가 말 한마디 없이 방에서 나가 사라져버렸다. 나는 여자와 경험이 별로 없었다. 한 번 밖에 보지 못한데다 전에 알던 그 어떤 여자보다 훨씬 더 성숙하고 복잡해 보여서 더더욱 어쩔 줄 몰랐다. 곧 나는 당혹감에 마비된 듯 몸이 굳어버렸다. 벽에 걸린 커다란 레판토 전쟁 그림에 대해 뭐라고 말을 해보려고 했지만 안토넬라는 별로 흥미를 보이지 않았다. 그녀는 뭘 마시겠냐고 물었다. 나는 그녀를 따라갔지만 너무 긴장해서 카펫에 걸려 넘어질 뻔했다.

식당은 집의 나머지 부분만큼 화려했다. 흰 선반과 캐비닛, 엄청난 가전제품이 완벽하게 구비되어 있었다. 안토넬라는 거대한 냉장고를 열어 몸을 구부리고 줄지어 놓은 온갖 크기의 다양한 병을 살폈다. 잠깐 그녀가 자신감을 되찾고 안심하기 위해 병들을 살펴보는 것처럼 보였다.

그녀는 그 가문 특유의 각 단어의 마지막 모음을 길게 끄는 발음으로 물었다.

"뭐 마시고 싶어?"

"잘 모르겠어."

그녀는 백포도주 한 병을 꺼내서는 병을 따도록 나에게 건네주었다. 우리는 조금씩 홀짝거렸지만 별 맛을 못 느꼈다. 그저 최소한 이야기를 나눌 수 있을 만큼 분위기를 누그러뜨릴 무언가 필요할 뿐이었다. 나는 한 순간에서 다음 순간으로 가는 준비과정, 우리 네 명간의 대화나 분위기 전환도 없이 이런 함정에 빠지게 되리라고는 예상하지 않았다.

우리는 이야기를 나누기 시작했다. 그녀는 학생을 유혹해서 해고된 교사 얘기를 했다. 또한 우리가 지금 이렇게 대화하는 동안 얼마나 갈지 모르는 남자 친구와 영화를 보고 있을 하녀 중 한 명에 대해서 말했다. 그녀는 멍청하고 꽉 막혔다. 그저 자기 가족의 편견을 앵무새처럼 따라할 뿐이었다. 만약 그녀에게 남자 형제가 있다면 귀도와 내가 그를 학교 밖에서 만났을 때 그를 때려눕혔을 것이다. 그럼에도 불구하고 나는 그녀에게 매력을 느끼고 있었다. 이제 와인의 취기가 올라와 생각을 혼란하게 만들고 있었다.

우리는 몇 분마다 계속 자리를 바꾸었다. 탁자에서 식탁으로, 의자로, 냉장고 모서리로 옮겨갔다. 그녀가 거리를 두려는 것인지 아닌지 알 수 없었다. 안토넬라는 내가 보기에 성숙하고 세련된 방식이거나 아마도 그녀가 그렇다고 생각하는 방식으로 포도주를 마셨다. 조금씩 그녀도 긴장이 풀렸는지 더 적극적으로 자신을 표현했다. 그녀의 태도가 과장됐다가 무관심해지더니 호기심으로 추파를 던지는 것처럼 보이기 시작했다.

그녀는 귀도에 대한 질문을 시작했다. 그의 가족을 아는지, 아버지는 뭘 하시는지, 그가 관계에 충실한 사람인지, 다른 여자와 데이트를 했는지, 그 여자들을 만나본 적이 있는지, 니나에게 진지한 것 같은지, 그들이 얼마나 오래 갈 거라고 생각하는지 물었다. 나는 그녀의 질문들에 가능한 한 모호하게 대답하려고 애썼다. 하지만 내가 얼버무릴수록 그녀는 더 집요해졌다. 어쩐지 점점 가까이 다가와 대답을 강요했다.

"난 한 번도 공산주의자를 만난 적이 없어. 부모님이 그런 사람을 싫어하시거든."

"나는 공산주의자가 아니지만 너희 부모님이 딱히 좋아하실 것 같지는 않네."

그녀는 내 말을 귀담아 듣지 않았다. 나에게 원하는 건 오직 귀도에 대한 정보뿐인 것 같았다.

"혹시 귀도가 내 얘기 한 적 있어?"

"아니."

그러나 그녀는 나를 믿지 않고 계속 눈을 똑바로 노려보았다.

내가 화제를 바꾸려는데 아무 말 없이 그녀가 나에게 몸을 던졌다. 그러더니 입에 키스를 하며 벽장에 밀어붙였다. 마르게리타 타르티니와 경험했던 신중한 입술과 혀의 촉감에 반해 안토넬라가 키스하는 방식은 탐욕스럽고 집요했다. 그녀가 다리와 배와 가슴을 내게 밀착시켰다. 우리 사이를 막은 얇은 천을 통해 모든 것을 느낄 수 있었다. 심장이 이렇게까지 쿵쾅거리긴 처음이었다. 나는 당황과 욕망의 파도에 휩쓸려 지금까지는 막연하게 상상해왔던 어느 순간을 향해 밀려갔다.

몸이 떨어졌을 때 나는 뭔가를 물어보려 했다. 그녀는 다시 처음보다 더 뭔가를 갈구하는 자세로 밀착한 채 기댔다. 내 배를 쓸어내리던 손이 더 아래로 내려갔다. 그녀가 깊은 숨을 내쉬었다. 그녀의 숨결은 달콤하고 와인 맛이 났다. 그녀의 혀와 손이 사방에서 침투해 민감한 지점까지 파고들었다. 너무 흥분됐다. 다른 생각을 할 수 없을 정도로 두려웠다. 뭔가를 말해야 한다고 생각했지만 아무 말도 할 수가 없었다.

그녀가 내 팔목을 잡고 주방에서 나와 거실로 이끌었다. 문 뒤에서 우리는 귀도와 니나가 키득거리고 한숨을 쉬며 속삭이는 소리를 들을 수 있었다. 안토넬라는 마치 그녀가 내 입 안으로 혀를 밀어 넣는 것처럼 느끼게 만드는 시선으로 나를 오랫동안 바라보았다. 그녀는 이제 더 세게 내 팔을 잡아당겼다.

나는 그녀를 따라 짙은 향기가 나는 복도를 지나 파스텔 톤 가구로 꾸며진 그녀의 방으로 들어갔다. 더 이상 아무 소리도 들리지 않았다. 생각도 할 수 없었다. 그녀가 나를 당기는지 내가 그녀를 미는지 모를 지경이었다. 나는 침대에 벌렁 누웠다. 그녀가 짓누르듯이 내 몸 위를 타고 올라왔다. 그녀를 보고 싶었다. 그 동시에 나를 강타한 열 가지 정도의 인상에 압도당하고 말았다. 유리 같은 눈과 무릎, 그녀의 향기와 머리카락의 감촉, 머리 위에 걸린 배우와 가수의 포스터, 진열장에 늘어놓은 엽서, 분홍색으로 칠한 그녀의 손톱.

아무 생각 없이 나는 그녀의 스웨터를 벗기기 시작했다. 내 머리는 본능적인 충동, 전생의 기억처럼 언뜻언뜻 떠오르는 장면과 영화와 책에서 엿본 이미지로 터질 것 같았다. 그녀는 나를 돕기 위해 몸을 숙이며 내 목과 귀에 키스를 했다. 나는 그녀의 파란 블라우스에서 주춤했다. 블라우스를 다림질한 가정부와 그 옷을 산 상점 앞에 어머니와 함께 서 있는 안토넬라가 떠올랐다. 손가락이 단추를 풀지 못하고 자꾸 미끄러졌다.

마침내 단추를 다 풀었다. 그녀는 자기를 포기한다는 듯이 침대에 등을 대고 누웠다. 그녀가 숨을 쉴 때마다 올라갔다 내려가는 흰색 면 브래지어를 보며 심장이 미친 듯이 뛰었다. 나는 그녀가 전에 얼마나 경험이 있는지, 나에게 정확히 무엇을 원하는지 알고 싶었다. 그녀는 눈을 감고 입술을 살짝 벌리고는 이 시점에서 바보처럼 수동적이었다.

나는 그녀의 치마 지퍼를 더듬었다. 지퍼를 내리고 브래지어와 한 쌍인 흰색 면 팬티를 보았을 때 내가 정말로 여기까지 도달했다는 것을 믿기 어려웠다. 손을 뻗어 비너스 언덕의 작은 능선을 만졌다. 손가락으로 그녀의 허벅지 사이를 쓸어내렸다. 막힐 것은 없었다. 순간 나는 몸을 떨고 무슨 일이 일어나진 않을까 망설였다. 그녀에게 손을 뻗었다. 다행히 아무 일도 없었다. 그녀가 한숨을 내쉬었다. 나는 그 속으로 거꾸러졌다.

그녀가 옷을 입고 침대를 정돈할 때 특별히 애정을 느끼거나 영향을 받은 것처럼 보이지 않았다. 그녀는 증거를 남기지 않는 데 훨씬 더 몰두해 있었다. 나도 그녀에게 그다지 특별한 감정을 느끼지 않았다. 나는 애착과 분리, 매력을 구분할 수가 없었다. 그녀의 목소리를 듣고 싶어서 괜찮은지 물어보았다.

"괜찮아."

그녀는 다시 한 번 차갑고 감정 없는 밀라노 말투로 말하고는 욕실로 들어갔다. 나는 움직일 때마다 만족감의 잔향으로 몸이 떨려왔지만 옷을 다 입을 수 있었다. 그런데 그녀가 문을 열고 몹시 불안해서 어쩔 줄 몰라 말했다.

"빨리 너희 둘 다 나가야 돼! 하녀가 돌아왔어!"

그녀는 나를 방 밖에서 끌어내 복도 끝으로 데려갔다. 귀도는 혼자 벽에 기대어 현관 앞에 서 있었다. 우리는 집 안 어딘가에서 다른 목소리를 들을 수 있었다. 안토넬라는 작별인사조차 없이 우리를 승강기 안으로 밀어 넣었다.

우리는 내려가면서 아무 말도 하지 않았고 로비를 재빨리 가로질러

나갔다. 그리고는 오토바이를 두고 온 골목 안으로 접어들 때까지 미친 듯이 달렸다. 우리는 완전히 겁에 질린 서로를 바라보다가 웃음을 터뜨렸다. 원하는 것을 훔쳐낸 두 도둑의 초조한 웃음이었다.

다음날 내가 안토넬라와 사랑을 나누었다는 생각을 하니 정말 이상한 기분이 들었다. 매번 그 사실에 대해 생각을 할 때마다 끈적끈적한 당혹감에 압도당할 것 같았다. 나는 마침내 반대쪽을 바라보기만 했던 유리창을 뚫고 지나간 것 같은 느낌이 들었다. 더 이상 세계는 내가 닿을 수 없는 범위를 훨씬 벗어난 것처럼 보이지 않았다. 나는 이 생각에 더 확신을 느끼고 싶었지만 그런 감정은 들지 않았다. 그래서 나는 귀도에게 언제 그들을 다시 만날 수 있냐고 물어보기 시작했다. 그는 니나가 안토넬라의 하녀가 자기 부모님에게 우리가 함께 있는 것을 봤다고 말했을까 겁에 질려 있다고 했다.

"이건 뭐 19세기 소설도 아니고."

나는 그 점이 그가 니나에게 매료된 가장 큰 이유라고 생각했다. 그녀가 우리와 얼마나 다른지, 그 모든 시간 동안 우리가 하는 모든 일이나 말로부터 그녀가 얼마나 동떨어진 존재인지 모르기 때문이라고 말이다.

13

우리는 그 뒤에 딱 한 번 다시 그들을 함께 만났다. 대학에서 열린 집회가 끝나고 그들이 우리를 만나러 왔을 때였다. 안토넬라는 매우 불안해했다. 나에게는 거의 말도 걸지 않고 내내 다른 곳으로 눈길을 돌렸다. 나는 그녀가 나와 침대로 간 것은 단지 귀도를 얻을 수 없었기 때문이었고 이제 내게 짜증과 분노를 느낄 정도로 그 사실이 몹시 신경 쓰였음을 깨달았다. 이 깨달음으로 나는 정말 속이 상했다. 우리가 서로를 거의 알지 못하고 아마 의견이 맞는 점이라고는 아무것도 없을지도 몰랐다. 그럼에도 나는 이제 우리 사이에 어떤 연대감 같은 것이 존재하고 자연스럽게 결속했다고 생각했다.

하지만 니나는 귀도에게 흠뻑 빠졌고 귀도 역시 그랬다. 귀도도 니나가 남달리 똑똑한 여자가 아니라는 사실을 깨달은 것이 분명했다. 그럼에도 그는 주변의 모든 것으로부터 에너지를 빨아들이는 그녀의 쾌활함과 언제나 모두의 주목을 끄는 관심의 대상이 되는 것에 경박하고 유치한 기쁨을 느끼는 모습에 빠져 들었다. 나는 그가 또한 자기와 너무도 다른 배경을 가진 여자 친구와 사귄다는 생각에 강한 흥미를 느꼈을 거라고 생각한다. 그가 단지 외부에서 보기만 했던 밀라노의 특정 지역에서 태어나고 자란 여자 친구와 말이다.

그들은 만나기가 점점 더 어려워졌음에도 불구하고 만남을 계속해서 이어나갔다. 그들은 일정과 이동과 경계심이 가득한 가정부와 간수 역할까지 겸한 학교 수녀들의 온갖 방해를 피해야 했다. 그들은 길거리나 카페에서 만났다. 그들은 쓸 수 있는 그 짧은 시간 동안 이야기를 나누고 입맞춤을 하고 산책을 했다. 귀도는 차량이나 다른 사람으로부터 멀리 떨어져 그들이 함께 단둘이 있을 수 있는 공간이 어디에도 없어서 몹시 화를 냈다. 그는 더 이상 그가 사는 빈 아파트를 사용할 수 없었다. 그의 어머니가 이제는 열쇠를 서랍에 넣어 잠가두고 다녔기 때문이다. 그리고 카페에 가서 앉아 있을 돈이 항상 있는 것도 아니었다. 내가 돈을 얼마든 빌려주겠다고 했지만 그는 언제나 거절했다. 한번은 어머니가 외출한 오후 두 시간 동안 그에게 집을 빌려 주겠다고 제안했다. 그는 내 제안을 받아들였지만 썩 내켜하지는 않았다.

"이 망할 도시는 뭐라도 내놓지 않으면 두 사람이 마음껏 같이 있을 쪽방 하나 주질 않아."

거의 대부분 니나에게 정신을 팔고 있긴 했지만 귀도는 무정부주의자 집회와 학교 토론회에도 계속해서 참가했다. 계속 책을 읽고 우후죽순으로 솟아나 정돈되지 않은 수많은 사상을 자기 것으로 차곡차곡 정리해 나갔다.

학교는 중단되었다가 다시 굴러가길 반복했다. 하루는 모든 것이 영원히 그대로 변하지 않고 멈춘 것 같다가 갑자기 정상으로 돌아온 것처럼 보였다. 교사들은 우리의 요구에 굴복했다가 복수하려고 했다. 그리고는 다시 적극적이 되었다가 고분고분해졌다. 동급생들은 교사들에게 맞서 일어나서 고압적으로 명령하지 말 것이며 시험을 언제 볼지 미리 공지하라는 등의 요구를 했다. 그러다가 자신이 감수하고 있는 위험이 두려워져서 책상 뒤에 숨어 다시 모범생처럼 행동하기 시작했다. 교장은 경찰이라도 된 양 행동했다. 처음에는 그래도 논리적으로 모두를 협박하다가 나중에는 한심해 보이는 지점에 이르렀다. 그러다가 다시 고약하게 돌변했다. 모두가 썰물과 해류의 흐름을 따랐다. 자신이 방향을 잃고 반대쪽으로 헤엄쳐가는 모습을 깨닫지 않도록 이런 각각의 흐름이 얼마나 강력하게 또 오래 지속될 것인지를 파악해보려 애썼다.

갑자기 여름이 되고 모두가 책에 전년도에 그랬던 것과 똑같이 책에 머리를 파묻고 공부에 전념했다. 세계에 대한 논의와 세계를 변혁하자는 논의, 신학적인 인용과 논쟁은 급속히 사그라졌다. 귀도는 격분했다.

"다들 그 잘난 졸업장을 향해 아장아장 걷는 것에만 관심 있어."

나도 더 이상 학교생활 1년이 아무 소득도 없이 눈앞에서 그냥 지나가 버리는 것을 두고 보지 않아도 되어 안심했다. 또 부모님과 그것에 대해 싸울 수밖에 없는 처지가 되거나 한 순간마다 자유낙하 실험하는 기분을 느끼지 않아도 된다는 사실에 안도감을 느꼈다. 교사들은 여기저기 흩어진 우리의 학점을 대략적으로 다시 재정비했다. 더 이상 아무도 선을 넘고 싶어 하지 않았기 때문에 그 해에 낙제를 면하기란 별로 어렵지 않았다.

귀도와 나는 여행 계획을 세우기 시작했다. 산타마르게리타에서 가족과 석 달을 보낸다는 것은 생각만 해도 숨이 막혔다. 귀도와 그렇게 오랫동안 연락을 끊는다는 것도 쉬울 것 같지 않았다. 귀도는 작은 텐트를 가지고 해안을 따라 이탈리아의 가장 아래쪽까지 내려갔다가 거기서부터 다시 반대편 해안을 따라 올라올 수 있을 거라고 했다. 우린 둘 다 밀라노에서 멀리 벗어나 본 적이 없었고 그런 여행을 계획하는 것조차 일종의 모험이었다. 귀도는 자꾸만 여행 얘기를 끄집어내며 구체적인 사항을 설명했다. 생선과 과일을 훔쳐 먹으며 지내고 화물차가 정지하는 순간에 재빨리 통로를 빠져나가 올라탄다거나, 세스트리 레반데에서 죄수처럼 지내는 니나를 가족들로부터 구출해 함께 여행하고 나를 위해 니나만큼 매력적이고 아름다운 여자를 찾아보겠다는 등의 이야기였다. 이런 계획들은 그가 빨아들인 모든 책과 노래, 무작위적인 이미지의 산물로서 그의 상상 속 깊은 곳에서부터 거품이 이는 듯 솟아나는 것 같았다. 그의 생각은 전염성이 있었고 정치에 관한 그의 이야기가 그랬던 것과 똑같은 방식으로 나를 자극했다.

우리는 이탈리아 전역을 도는 여행 계획을 얘기하며 거의 한 달을 보냈다. 한 달이 끝나갈 무렵 니나는 오스트리아의 여름학교로 보내졌다.

귀도의 어머니는 탈장 수술을 받아야 했다. 그래서 귀도가 수위 직무를 대신하게 되었다. 나도 밀라노에 남겠다고 했지만 그건 말이 안 된다고 했다. 그리고 가능하면 자기가 산타마르게리타로 와서 나와 합류하겠다고 했다.

산타마르게리타에서는 여태까지 겪은 어느 때보다 감옥 같았다. 마치 죄수처럼 세계 밖으로 유배된 느낌이었다. 이른 새벽에는 수영을 하고 낮 동안에는 귀도의 얘기를 통해 이미 익숙하게 느껴지는 책을 읽으며 안뜰 정원에서 지냈다. 내게 강렬한 인상을 남기는 페이지는 귀도가 언젠가 특별히 언급한 내용이 담긴 부분이었다. 나머지는 손으로 움켜잡기 힘든 바다 생물처럼 그저 미끄러져 도망가 버리곤 했다. 그럼에도 불구하고 노력했고 매일 조금씩 발전하는 것처럼 느꼈다. 새아버지는 쓸데없는 친절을 발휘하여 해변으로 나를 유혹해내려 했다.

"이제 네가 집 안의 화초처럼 보이기 시작하는구나."

14

9월 말 귀도와 나는 우리 집 근처의 한 카페에서 다시 만났다. 나는 내가 얼마나 더 독립적이고 성숙해졌는지, 외부 환경에 덜 취약해졌는지를 그에게 증명해 보이려고 안달을 냈다. 그는 늘 그렇듯이 일찍 와서 문 옆에 서 있었다. 그리고 언제나 그랬듯이 여름 동안 그에게 어떤 일이 있었는지 아무 실마리도 주지 않았다.

우리는 완곡한 방식으로 서로를 살펴보았다. 곁눈으로 서로를 응시하며 우회적인 방법을 통해 사소한 변화를 파악했다. 카페에 들어갔지만 둘 다 별로 뭔가를 마시고 싶은 마음이 없다는 것을 알아챘다. 그래서 카페를 나와 길을 걸으며 이야기를 나누기 시작했다.

그는 니나를 만나러 오스트리아로 갔다고 했다. 그러나 니나가 있는 학교는 일종의 호화로운 감옥 같았다. 숲으로 둘러싸인 높은 담벼락과 제복을 입은 경비원이 문 앞을 지킨다고 했다. 그는 일주일 동안 근처 마을에 묵으면서 기숙사에 사는 학생은 매주 토요일 오후에 몇 시간 동안 외출 허락을 받아 나온다는 사실을 알아냈다. 하지만 니나는 가족의 요청으로 이런 외출도 금지돼 다른 몇몇 여학생과 함께 기숙사에 머물렀다. 그래서 귀도는 니나의 동급생 중 한 명에게 접근해 니나에게 다음날 밤 귀도가 만나러 간다고 전해 달라고 부탁했다. 하지만 그 친구가 원장에게 고해바친 게 분명했다. 귀도가 담을 기어 올라가자마자 경비원들이 그를 체포해서 경찰서로 데리고 간 것이다. 다음날 아침 그는 강제로 오스트리아를 떠나야 했다.

그는 분명 재미있게 얘기하려고 노력했지만 그런 일을 겪어 슬픔과 분노에 빠진 것이 분명했다. 그는 여전히 니나로부터 아무 소식도 듣지 못했고 그녀의 부모가 영원히 외딴 곳에 그녀를 격리시킬까 두려워하고 있었다. 그는 뭐라도 아는지 안토넬라에게 물어보려고 했지만 그녀와도 연락이 닿지 않았다고 했다. 하녀가 의심하는 태도로 전화를 받았다고 했다.

"그 돼지 같은 아저씨 처음부터 마음에 안 들었어. 눈에 띄면 죽여버릴 거야."

그는 내게 여름을 어떻게 보냈는지 물었다. 나는 가능한 한 짧게 몇 마디만으로 설명하며 읽은 책에 대해서 이야기했다.

그러고 나서 우리는 어느새 다시 모두 석 달 더 나이를 먹은 동급생들과 학교로 돌아와 있었다. 교사들은 신중한 태도로 수업을 시작하고 경계하며 주위를 둘러보고 모든 것이 정상으로 돌아왔는지를 확인했다. 하지만 얼마 지나지 않아 파업과 집회와 시위가 재개됐다. 그것들은 작년보다도 더 심하게 모든 것을 마비시켰다. 학교는 뒤죽박죽이 되었다. 교사들은 학교를 유지하고 수업을 계속 하려는 노력을 포기했다. 그들은 단지 살아남으려고 애쓰기에도 바빴다.

학교 안팎에서 데모가 점점 더 잦아졌다. 시위대는 급속하게 우리의 개인적인 목적과는 급격히 점점 더 동떨어진 다양한 원인을 포함한 요구를 확대해 나갔다. 국제 권력의 균형, 외국의 전쟁들, 글로벌 경제 같은 것으로 말이다. 그런 이유에 전부 동의하긴 하지만 더 이상 시위에서 일상 문제의 해결책을 강구하지 않는다는 사실에 충격을 받았다. 우리는 학교를 거창한 연설을 하기 위한 송화구처럼 사용했다. 그 공간을 우리가 만든 거대한 쓰레기 속에 썩어가도록 내버려 두었다. 베트남 전쟁에 반대하는 행진을 하면서 우리가 살고 있는 끔찍하고 흉측한 도시를 어떻게 바꿀지 고민하는 사람은 아무도 없는 것 같았다. 모든 것이 현실과는 동떨어진 말과 행동으로만 이루어지는 이론적인 고찰과 장기적인 계획이라는 비행기를 타고 미끄러져 가는 것처럼 보였다. 우리는 일부 메커니즘을 무너뜨렸고 또 다른 메커니즘에 타격을 주기도 했지만 결코 뭔가 구체적이고 기능적인 것으로 이들과 대치하지는 못했다.

정치적인 상황은 점점 더 경색되고 도식화되어갔다. 소규모 정당들은 힘을 얻었고, 조직된 그들이 불협화음과도 같은 사상이 퍼져갔다. 그들 중 과격분자는 언제 어느 상황에서도 적용할 수 있는 인용구와 해설을 모아 인쇄한 작은 안내 책자를 들고 돌아다녔다.

학교에서 이 그런 그룹의 가장 영향력 있는 과격분자는 실바노 골레미라고 하는 뚱뚱한 고등학교 3학년 학생이었다. 그는 영감의 원천인 그들의 도해법에 너무도 깊은 영향을 받아 눈썹이 점점 치켜 올라가고 눈이 가늘게 찢어졌다. 그가 속한 조직의 임원은 그에게 팸플릿과 책과 잡지를 제공했다. 모택동이나 레닌의 얼굴이 새겨진 배지와 엠블럼을 상자 가득 가져와 나눠주기도 했다. 휴식시간이나 방과 후면 그는 경쟁 교단이 먼저 교화시키기 전에 개종자를 포섭하느라 혈안이 된 선교사처럼 동료들과 유인물을 배부하며 동분서주했다.

작년에는 특별히 어느 쪽에도 쏠리지 않았던 많은 학생이 학교로 돌아오자마자 믿을 수 없을 정도로 빨리 굳건한 의견을 형성했다. 갑자기 아블론디와 파르보는 자신들이 남극이라도 발견한 듯이 거들먹거리기 시작했다. 그들은 인용구에 인용구를 거만하게 들이밀며 보편적인 이론을 메아리처럼 따라 말했다. 그건 거의 일종의 생물학적인 돌연변이라고 해야 할 정도였다. 그들은 가장 위험하고 힘든 시기를 청소년기라는 누에고치 속에서 안전하게 틀어박혀 있었다. 모든 것이 자리를 잡자마자 갑자기 귀도와 나보다 훨씬 더 지혜롭고 균형 잡히고 더 세련된 모습으로 밖으로 기어 나왔다. 그들은 자신들을 옹호하기 위해 우리의 미성숙한 태도와 부족한 역사적 원칙을 비판했다. 마치 자신들이 항상 그런 일관된 생각을 가지고 있었으며 그런 사상을 수호하기 위해 중요한 투쟁에서 싸웠던 것 마냥 떠들어댔다. 동급생들은 그들의 말을 들으며 모두 당혹감과 위협을 느꼈다.

귀도는 우리나라에는 갑작스러운 대규모 토론 전통이 있다고 했다. 이런 전통은 리소르지멘토(1750년에서 1970년 사이에 일어난 이탈리아 통일운동)와 레지스탕스 운동 때에도 일어났으며 역사의 모든 중요한 전환기마다 그러했다고 주장했다. 소수의 사람들만이 감히 위험을 감수하고 스스로의 힘으로 매우 제한적인 자원을 가지고 맞서 싸웠다. 하지만 곧 모든 것이 그들이 원하는 대로 움직였다. 그 뒤에는 그들을 버린 사람들이 주위를 둘러싸고 그들의 편이었다고 주장하며 그동안 내내 지지해왔다고 말하는 것을 이 몇몇 사례에서 볼 수 있다고 했다.

"여긴 겁쟁이 소굴이야. 모두가 이긴 쪽에 붙고 싶어 하지."

학교에서의 집회에서 귀도를 지지하는 일부 학생들이 있었지만 그들은 어떤 단결된 기반을 형성하지는 않았고 항상 오고 갔다. 귀도는 이미 주도권을 놓고 싸우는 모택동주의나 마르크스-레닌주의자, 트로츠키주의자와 경쟁할 공식적인 단체를 수립하려는 노력은 결코 하지 않았다. 그들이 어째서 보다 안정된 단체를 만들지 않느냐고 물을 때면 그는 이렇게 말했다.

"오, 그래, 진짜 정치적 정당을 만드는 건 어때. 중앙 위원회와 서기장과 회의장도 선출하고."

그는 사람들이 구조를 수립하고, 흑백으로 인쇄된 사상 속에서 의무적인 언급으로 역사의 승인 하에서 확신을 얻고 검증을 받으려는 사람들의 경향에 불안해했다. 그는 우리 집회를 매주 같은 날이나 같은 시간으로 잡는 것조차 원하지 않았다.

"집회는 최대한 미루자. 모이기 싫을 수도 있고 다른 신념을 가질 수도 있잖아."

그는 또한 항상 어디 머물러 있지 못하고 안절부절못했다. 같은 장소에 오래 머무르거나 한 가지 주제로 한참 진행하는 것도 견디지 못했다. 그는 항상 다른 시각에서 보기 위해 돌아다니고 싶어 했다.

귀도에게 끌려서 우리와 합류한 대부분의 사람들은 결국 실망하고 보다 믿을 수 있고 편안함을 주는 다른 그룹을 찾아 떠났다. 그런 그룹을 찾기는 쉬웠다. 그때까지만 해도 의구심을 막아주고 확신만을 심어주는 단체가 많았기 때문이다. 우리와 함께 남은 사람은 소명의식이나 열성분자적인 측면이 없는 이였다. 심리적으로 문제가 많은 여자애들, 비쩍 마른 중학생 남자아이들, 관용을 모르는 비정상적인 철학가와 불평분자였다. 회합에서 다른 그룹들은 토론에서 우리 입을 막아버리도록 공모를 했다. 그들은 우리가 특정 패러다임을 가지고 있지 않은 것이 미성숙함을 표명한 것이며 역사의 성벽에 부딪히면 가루가 되어버릴 운명이라고 암시하며 빈정거렸다. 더 나아가 귀도는 열일곱 살밖에 되지 않았고 그에 비해 고등학교 3학년들은 우월한 견해, 신체적인 힘, 법적 성인의 자격을 얻었다는 의식으로 고양된 자신감에 이르기까지 모든 면에서 우월하다고 여겼다.

  가두 투쟁에서 귀도와 나는 시위행렬 맨 끝에 선 검은 깃발을 든 무정부주의자들 틈에 섞였다. 그들은 여전히 내 눈에 다른 단체보다 더 자유롭고 창의적으로 보였다. 그러나 동시에 이미 전투에서 패배한 분위기를 풍겼다. 앞으로 나아가는 것은 그들의 물리적 힘에 비례해서 늘어나는 것이기에 다른 단체들이 그들보다 더 앞서 나가 행진하는 것을 그들은 돌이킬 수 없는 불이익이라고 느끼는 것 같았다. 매번 우리가 고정된 자리에서 벗어나 앞으로 뚫고 나갈 때마다 점점 더 폭력적인 몸짓과 사나운 위협이 늘어나 우리는 쫓겨 되돌아오곤 했다.
  우리는 또한 같은 계파의 여러 노선이 서로 마이크를 잡으려고 싸우는 대학 강의실에서 열리는 대형 집회에서도 무정부주의자들과 어울렸다. 거기에서는 우리가 끼어들 틈은 조금도 없었다. 단지 우리는 발언하는 사람에 대해서 평을 하거나 언저리에서 작은 반동을 일으킬 뿐이었다.

하지만 귀도는 실제로 자기가 무정부주의자라고 주장한 적이 한 번도 없었다. 그는 그들의 거의 모든 것을 지지하지만 그들이 가진 20세기 초의 전통문화와 희생정신의 전통과 우리가 여전히 부르곤 하는 감상적인 노래 따위가 너무 한심하다고 했다. 그는 자신과 가장 가까운 이일지라도 비판을 멈추지 않았다. 그의 집중력은 하나의 날카로운 칼날처럼 모든 것에 작용했고 끝내 그 범위에 들어오는 누구든 잘라내는 것으로 마무리되곤 했다.

때로는 마르크스-레닌주의자의 시종들이 귀도를 어떻게 분류하면 좋을지 몰라 화를 내기도 했다. 그들은 귀도에게 입장을 명확히 하거나 그가 누구와 동일시하는지를 공개적으로 선언하라고 강제하고자 했다. 그는 웃음을 터뜨리고 이렇게 대답했다.

"나는 귀도 라레미 편이야."

때때로 귀도는 나에게 니나에 대한 이야기를 했다. 그녀는 밀라노로 돌아와 다시 수녀원 학교에 다닌다고 했다. 하지만 그녀의 부모가 엄격한 감시를 하고 있어서 그들의 은밀한 만남은 극히 신중하게 계획을 세워야 했고 매우 짧았다.

귀도는 짜증과 분노로 어쩔 줄 몰랐다. 그들이 초기에 겪었던 어려움은 그의 낭만적인 영혼을 자극했다. 하지만 이제는 그저 고통스러울 뿐이고 그에게 분노만을 남겼다. 그는 이 모든 이론적 토론과 경쟁 단체와의 분쟁과 힘겨루기나 도시를 가로지르는 질주와 경찰과의 충돌이 어떻게 하면 여자 친구와 만날 수 있는지 그리고 마침내 여자 친구를 만났을 때 그녀를 어디로 데리고 갈지 같은 단순한 문제를 해결하는 데 결코 도움이 되지 않는다는 사실을 믿을 수 없었다.

"우리는 혁명 놀이를 하는 거였어. 작고 제한적인 공간에서 자기가 중요하고 위험한 존재라고 여기지만 현실로 돌아오면 가난하고 보잘것없는 약자에 불과해. 아직 부모 집에 얹혀 사는 돈 없는 학생이라 우리 인생을 어떻게 해볼 수가 없어."

시간이 흐르며 학교에서의 정치 활동은 대학에서 일어나는 일을 조금 더 반영하는 정도로 점차 줄어들었다. 이런 미니어처 정당들의 계급 구조는 더 어린 열성분자의 즉흥적인 가능성을 차단했다. 그들에게는 선택의 여지가 없고 리더의 명령에 따라야 했으며 자신이 배운 공식만을 반복했다. 그동안 파생 단체들은 동일한 원전을 가지고 해석하는 전쟁 속에 서로 경쟁을 하게 되었다. 그들은 레닌의 한 문장이나 자본론 중 한 구절의 의미를 가지고 싸움을 벌이거나 용어 하나를 해석한 것으로 누군가가 두들겨 맞는 일도 있었다.

귀도는 흡사 기독교 교회 속에서 벌어진 내부 투쟁의 축소된 모델 같아 보인다고 말했다. 단 하나의 정통성을 위해 변절자를 만들고 이교도와 싸우고 파면시키고 종교 재판소를 만들고 십자군을 조직하는 그와 똑같은 욕망이 자리하고 있다고 했다.

"이 나라는 너무 끔찍할 정도로 가톨릭이야. 이름만 바꾸고 알맹이는 그대로라고."

알비노 아블론디는 심지어 여자 친구까지 생겼다. 성이 마그리우고인 우리 반 동급생이었다. 그녀는 민달팽이처럼 통통하고 흐리멍덩했고 다른 애정행각을 하지 않을 때는 그의 손을 잡고 있었다.

귀도는 우리가 고속도로의 시대에 진입했으며 모든 사람이 그룹에서 일직선을 따라 움직인다고 했다. 복잡하게 빙 돌아가는 경로는 완전히 폐지되어 버린다고 그는 계속 주장했다.

물러서는 대신 그는 더 거세게 맞섰고 더 많은 위험을 감수하기 시작했다. 한번은 학교에서 연좌농성을 하는 동안 모택동의 포스터를 가져왔다. 그는 아이스크림 사진을 오려서 사진 속에서 들고 있는 빨간색 모택동 어록 위에 풀로 붙였다. 지금 와서 돌아보면 정말 너무도 악의 없고 무해한 짓이지만 그 당시의 시대정신으로는 실제로 신성모독 같은 행동이었다. 알비노 아블론디는 골레미에게 달려가서 일렀다. 골레미는 다른 네 명의 3학년 열성분자를 데리고 달려왔다. 둘은 포스터를 갈가리 찢어버리고 나머지 당원은 귀도에게 주먹질과 발길질을 퍼부었다. 나는 그를 보호하려고 아수라장 속으로 뛰어들었지만 그들의 상대가 되지 않아 둘 다 얻어터졌다.

나는 이후 그가 이 일에 대해 불평하는 것을 한 번도 듣지 못했다. 그는 이 모든 것이 일반적인 것처럼 행동했다.

집회가 있을 때마다 마르크스-레닌주의자 그룹의 회원들이 확성기를 독점해서 귀도를 제외시키려고 했다. 그는 언제나 어떻게든 확성기를 잡아내고 일부러 이미 그를 증오하는 이들의 분노를 끓어오르게 하는 태도로 말하곤 했다. 때로 그는 다다이스트 같은 태도를 보이기도 했다. 예를 들어 한창 논의하던 주제 대신에 지미 헨드릭스의 노래 가사를 낭송하거나 지극히 개인적인 이야기를 하는 식이었다. 그곳이 행사장인 것처럼 자기 침실에서 보이는 황량한 풍경이나 니나와 전화 통화가 거의 불가능할 정도로 어렵다는 등의 사담을 늘어놓는 것이다. 자기들 개인을 집단으로 묶던 습관에서 벗어난 우리 동료에게 그의 태도는 용납할 수 없는 것이었다. 미니 정당에서 미쳐 날뛰던 보잘 것 없는 졸개들은 얼굴이 빨개지도록 귀도에게 소리를 지르고 주먹을 흔들어 보였다. 나는 종종 이런 상황에서 그를 보호하며 함께 얻어맞곤 했다.

모든 정당은 가장 강력한 열성분자를 상근 경호원으로 활용하기 시작했다. 그들은 쇠 지렛대와 렌치로 무장했다. 보다 낭만적이었던 원래의 무사 유형은 사라지고 열성 당원과 그들의 지위, 관료와 돌격대원으로 대치하기 시작했다. 그들은 데모에서 진정한 전투적 자긍심에 넘쳐 붉은 군대 노래를 부르며 이목의 중심에 뻣뻣하게 서 있었고 한 목소리로 자신들이 배운 공격적인 구호를 외치곤 했다.

곧 군대조직과 유사한 이들 조직의 가장 강력한 핵심부를 이루는 그룹으로서 '학생운동'은 둥지에 들어앉은 쥐처럼 대학을 점령했다. 그들은 쇠 지렛대와 렌치로 창고를 가득 채웠다. 벽마다 포스터와 대자보로 도배를 했으며 현관문 위에는 구호가 가득 적힌 플래카드를 걸어놓았다. 그들은 책에서 그대로 가져온 정말 멍청한 방식을 학생들에게 주입했다. 역사와 철학과 시민권 부서 조교의 교정을 거쳐 승인을 받아야 했다. 그들의 영웅은 비밀경찰의 우두머리인 스탈린과 베리아였다. 그들은 초기 마르크스-레닌주의 집단보다 훨씬 더 헛된 폭력을 권장했고 그걸 증명할 기회를 놓치는 법이 없었다. 그들은 여자를 하인이나 조수처럼 대했다. 본능적으로 곤봉, 시거, 강력한 오토바이 같은 확장적인 물건에 끌렸다. 그들은 갑작스런 공격으로 정치적인 갈등을 해결했고 신중하게 상대방 한 명에 자기편 열 명 정도를 배치했다. 그리고는 바로 다음 순간 자신들이 한 모든 일을 부인하고 그런 비난에 분개하는 척했다.

귀도는 이런 사악한 롤 모델을 누군가가 의식적으로 모방할 수 있다는 생각에 놀라워했다.

"스탈린은 사람을 이백만 명이나 죽였어. 베리아는 사람 죽이는 데 도사였지."

그는 이러한 상황에서 사용됐던 그토록 오래전에 만들어진 비도덕적인 이론의 유산에 도달하기까지 그들이 그토록 열성을 다했고 얼마나 자연스럽게 이런 일들이 발생했는지에 대해 큰 충격을 받았다. 실제로 다른 그룹들에 비해서 이들은 과거와 훨씬 더 구체적인 연대감을 느끼고 있었다. 그들의 지도자는 최소한 40대 이상이었고 지금까지 부모나 교사를 통해서만 접해왔던 세대에 속해 있었다.

이 조직의 진정한 심장과 영혼은 빨간색 2인용 영국 컨버터블을 몰고 다니며 트위드 슈트를 입고 다니며 머리부터 발끝까지 자기도취에 빠진 듯 보이는 현대사 강의의 조교였다. 공공장소에서 그는 항상 겸손한 자세를 취하며 자신의 진짜 모습보다 그림자 속의 카리스마적인 존재로 일했다. 그는 강력하게 무장함으로서 앞서 나갔고, 이중적인 의제들과 전략적인 동맹 강력한 무장의 과거 사례에 영감을 받은 것이 분명해 보였다.

귀도는 역사는 언제나 이런 식이었으며 군중이 참을 수 없어서 집단적으로 폭발하고 나면 권력은 차츰 소집단으로 번지고 그들은 사람들의 자발적인 열정을 덮어버리기 위한 감옥을 냉정하고도 신중하게 건설한다고 말했다.

어느 시위 도중에 학생운동에 속한 행동대원들이 한 열다섯 살 무정부주의자 소년을 두들겨 패서 늑골 두 개와 팔목을 부러뜨렸다. 그들은 피를 흘리는 소년을 땅바닥에 쓰러진 채로 두고 가버렸다. 다음 날 귀도는 카드보드 한 장과 펠트 팁 마커를 가져와 손에 렌치를 들고 휘두르는 유인원 그림을 그려 넣었다. 그리고 아래에 '비열하고 개 같은 겁쟁이 스탈린주의자'라고 적었다. 그는 대학 현관 게시판에 이걸 붙이러 가겠다고 했다.

나는 매우 위험한 생각이라고 그를 설득하기 위해 안간힘을 썼지만 그는 들은 체도 하지 않았다. 그는 진짜 화가 났음을 의미하는 차가운 얼굴을 하고 있었다.

"넌 같이 안 가도 돼."

당연히 나는 그와 함께 갔다. 플래카드를 들고 있는 귀도와 그곳에 가까워질수록 공포로 피가 굳는 것만 같았다. 우리는 아무 말도 하지 않고 앞만 바라보았다.

입구에 다다르자마자 학생운동 행동대원 열 명 정도가 우리 쪽으로 다가왔다. 우리는 곧 열 명도 넘는 행동대원에게 둘러싸였다. 그들은 암살자 같은 표정을 하고 있었다. 근육과 재킷 아래 숨겨둔 렌치로 자신감이 넘쳤다. 군중심리로 흥분이 고조된 상태였다. 너무도 만만한 두 명의 희생자를 찾아냈다는 것이 그들을 즐겁게 했다. 그들은 심한 야유와 조롱을 하고 비꼬며 여기에서 뭘 하는지 물었다.

귀도는 대답하지 않았다. 그는 천천히 집회를 알리는 포스터가 어지럽게 붙어 있는 게시판으로 걸어가서 내게 압정을 좀 달라고 했다. 나는 떨리는 손가락으로 압정을 꺼내어 그에게 주었다. 그는 자신이 만든 사인보드를 붙이기 시작했다.

스탈린주의 행동대원들은 모두 변호사, 의사나 사업가의 아들이었다. 그들은 모범생 같은 얼굴을 하고 우리를 바라보며 서 있었다. 그들은 우리를 죽이기 전에 가능한 한 오래 이 순간을 즐기고 싶은 것 같았다. 그들은 귀도가 사인보드를 마저 붙이도록 내버려 두었다. 그리고 무슨 비밀 요원처럼 흰 레인코트를 입은 한 명이 말했다.

"이제 그거 떼."

귀도는 그를 처음 본다는 듯이 그를 물끄러미 바라보았다.

"왜? 이거랑 엄청 닮았잖아?"

우리는 둘 다 게시판을 등지고 있었고 달아날 길이라곤 없었다. 나는 그들이 나를 바닥에 때려눕힐 때 최소한 머리를 보호할 수 있는 방법이 없을까 생각했다.

행동대원들은 귀도의 현재 상황에 대한 두려움이 전혀 없는 태도에 무방비한 상태로 서 있었다. 바로 다음 순간 그들의 우두머리 중 한 명이 교수와 함께 현관 홀로 들어섰다. 당수의 눈앞에서 집단 폭행을 하도록 두기에는 너무도 공개적인 상황이라고 생각한 것이 분명해보였다.

"가게 해줘. 여기 모두가 자기 의견을 표현할 자유가 있다."

행동대원 무리는 아무 말도 하지 않고 흩어졌다. 귀도와 나는 출구 쪽으로 나왔다. 길모퉁이를 돌고나서야 우리는 서로의 얼굴을 바라보았다. 귀도의 얼굴은 매우 창백했다. 나는 그가 무모한 짓을 한 것이 아니라 오히려 세상이 돌아가는 방식에 대한 그의 분노에서 비롯된 자기 파괴적인 충동에 이끌린 행동이라는 것을 깨달았다.

15

12월의 어느 추운 날이었다. 그날 오후 귀도와 함께 나는 한 모임에 참석하기 위해 길을 가고 있었다. 발밑에서 길과 주위의 집이 흔들리는 진동이 느껴졌다. 무슨 일인지 알 수 없었다. 행인 중 누군가가 보일러가 터졌다고 소리 질렀다.

저녁 뉴스에서는 시내에 있는 어느 은행에서 폭탄이 터졌다고 보도했다. 이 사건으로 수십 명이 다쳤다고 했다. 경찰은 수사를 하고 있었지만 정치적인 음모와 관련된 혐의는 두고 있지 않다고 했다. 앵커는 자기가 할 수 있는 가장 극적인 어조로 말했다. 이름은 밝힐 수 없지만 마치 범인을 잘 알고 있다는 듯 저주를 퍼부었다.

다음 날 학교에서 우리는 신문을 보았다. 파괴된 은행 내부에 핏자국, 조각난 나무들, 석회 부스러기가 어지럽게 널린 처참한 광경이 대문짝만하게 실렸다. 사망자의 사진이 틀에 끼워져 나왔고 부상자의 명단이 올라왔다. 기사 맨 아래쪽에는 전날 저녁 뉴스앵커의 음성처럼 최근에 감히 사회 질서를 운운하며 떠들던 사람들에 대한 신랄한 비판이 수록돼 있었다.

경찰은 곧바로 전혀 아무 관계도 없는 한 무정부주의자를 체포했다. 그리고 그가 은행에 폭탄을 운반하는 것을 보았다고 맹세한 거짓 증언자를 내세웠다. 그러자 갑자기 혁명적인 의견을 가지고 있는 사람은 누구든 이 끔찍한 전말에 도덕적 차원의 책임을 져야 할 것 같은 분위기가 형성되었다. 이 침묵의 비난은 어떤 울분을 숨기고 있었다. 그것을 감히 표현하지 못했던 사람들을 끌어들이고 분노를 자유롭게 풀어주는 텔레비전과 신문의 반복되는 보도로 인해 부메랑 효과를 가져왔다.

그날 아침 우리는 모두 두오모 광장까지 행진했다. 귀도와 나는 흑사병 환자처럼 후미에 뒤쳐져 시위대의 경계를 이룬 무정부주의자들 틈에 끼어 있었다. 그렇게 많은 사람이 소리 하나 내지 않고 움직임도 없이 모인 것을 보기는 처음이었다. 분위기는 거의 참을 수 없을 정도로 우리가 서 있는 공간을 짓눌렀다. 고요함은 모든 표현이 형상화되기도 전에 얼어붙게 만들었다. 귀도는 우울한 얼굴을 하고 검게 물든 대성당 주위에 몰린 말없는 군중을 바라보았다. 그가 내뱉었다.

"무슨 꼴이야, 이게."

장례식과도 같은 분위기는 자유롭고 창의적인 사람을 위축시켰다. 반면 공공기관에서나 할 관계분류처럼 실질적이고 경직된 활동을 강화했다. 소수 무정부주의자 단체들은 쇠진해갔다. 허위기소나 도주 또는 아무 활동도 하지 않았던 단원은 지나치게 도덕을 문란하게 했다는 누명을 쓰고 감옥에 보내졌다. 학생운동회 스탈린주의자들은 그들이 찾은 모든 공간을 점령해 그들의 사상가들이 바쁘게 자신들의 주장을 퍼뜨리는 대학 내에서 자신의 위치를 강화해나갔다.

조금씩 귀도는 정치에 대한 관심이 시들해지기 시작했다. 이제 학교에서 회합을 계획하고 주도권을 가지고 앞장서며 교실에서 교실로 뛰어다니며 메시지를 전달하고 플래카드를 쓰는 것은 나였다. 나는 스탈린주의자가 우리를 짓밟지 못하게 하기 위해서는 모임에 계속 참석하는 것이 중요하다고 그를 설득하려 했다. 하지만 그는 그의 신념을 잃어버렸다. 그는 단지 참여만 한다는 생각이 민망하다고 했다. 다시 한 번 그가 늘 하던 대로의 버릇이 나왔다. 뭐든지 자신을 실망시킨 대상으로부터 거리를 두고 처음부터 거기에 관심이 없었던 척 하는 태도 말이다. 그의 태도는 결코 일관성이 없었다. 심지어 이런 것에서조차 그랬다. 때때로 그는 이 새로운 체제순응주의의 불어난 물을 휘저어 남다른 반향을 일으킬 방법을 생각해내곤 했지만 차츰 이런 일도 뜸해졌고 대부분의 시간 다른 곳에 정신이 팔려 있었다.

니나와의 관계도 그의 정신 상태에 영향을 끼쳤다. 그는 단지 달콤한 말이나 신중한 몸짓으로만 무장해서 어마어마한 장벽에 맞서고 있다는 느낌을 갖게 되었다.

그는 내게 모호한 태도를 취하며 달리 확실한 얘기를 하지 않았지만 이따금씩 절망적인 눈빛에 감추지 못했다. 늘 그랬듯이 내가 도우려고 애쓰는 것을 그는 좋아하지 않았다. 그는 자신이 너무 노출됐다고 느끼면 곧바로 화제를 바꾸곤 했다. 그는 점점 더 학교에 다니는 것이 부조리하다고 생각하기 시작했다. 마치 다른 대안은 전혀 없다는 듯이 그렇게 증오하는 일을 계속 해야 한다는 것에 무슨 의미가 있는지 그는 알 수가 없었다.

"누가 우리더러 그러라고 강요해? 누가 억지로 여기 질질 끌고 와서 불평을 늘어놓을 수 있게 해주는 거야? 저 밖의 세상에는 이것과 똑같은 선상에 놓인 무한한 가능성이 펼쳐져 있어. 우리가 해야 할 일은 그 가능성을 찾아 나서는 거야."

내 생각도 귀도와 같았다. 그러나 이런 생각은 현실과 동떨어진 것처럼 보였다. 나는 불만에 찬 학생이라는 내 역할이 부여해주는 보호막을 내던진다는 것을 상상조차 할 수 없었다. 내가 예술적 자질이나 기술적 지식을 갖고 있지 않다는 것을 잘 알고 있기 때문인지도 모른다. 또 외부세계에서 안락함을 느끼지도 못했다. 학교는 가족을 제외하면 상대적으로 안정된 유일한 환경이었다. 학교를 버린다는 생각은 집 안에서 기르던 닭이 벌판을 앞에 두고 느낄 수 있는 공포와 불안감을 내게 불러 일으켰다.

귀도는 하루하루가 다르게 학교에 오는 횟수가 줄어들어갔다. 어느 날 아침 그를 볼 수 없었을 때 몸이 좋지 않거나 니나와의 비밀 약속이 있다고 생각했다. 그런데 수업이 끝나고 보니 그는 익숙한 곳을 여행하는 여행자처럼 보도의 담벼락에 기대어 서 있었다. 그는 고등학교의 보기 흉한 회색빛 건물을 가리키며 말했다.

"이제 여긴 안녕이야."

그의 눈빛에서 이미 그의 마음이 확고하며 돌이킬 수 없다는 것을 느낄 수 있었다.

또다시 나는 그에 대한 죄의식이 들었다. 그것은 그의 생각을 현실로 받아들일 능력이 없는 부르주아 가정의 모범생 아들로서의 빈껍데기 같은 희망이었다. 나는 그를 집까지 바래다주었다. 가는 도중 그는 내내 몸을 내게 꼭 붙이고 이야기에 열중했다. 나는 나도 그의 결정에 동참한다는 것, 내게도 그럴 힘이 있다면 그와 똑같은 일을 할 거라는 의지를 그에게 보여주려 했다. 그는 아르바이트 몇 개를 뛰어서라도 미국이나 영국 아니면 네덜란드에라도 갈 만큼 돈을 벌고 싶다고 했다. 그리고 니나를 수녀학교와 가족에게서 빼내어 함께 떠날 수 있기를 바랐다. 하지만 동시에 그는 우리 지방에서 일용직 일자리를 구하는 게 얼마나 어려운 일인지, 니나가 근본적으로는 얼마나 규율에 충실한 여자인지를 잘 알고 있었다.

그는 확신과 의혹 사이를 왔다 갔다 하며 이런 이야기를 했다. 그의 시선은 나를 바라보는가 하면 이내 흐트러지곤 했다.

우리는 그의 집 앞에서 헤어졌다. 오토바이를 타고 가며 나는 아마 우리 관계는 앞으로도 큰 변화가 없을 거라고 생각했다. 계속해서 오후면 서로 만나고 전화로 얘기를 나눌 것이고 우리 우정은 언제나 견고하고 절대 사라지지 않을 것이다.

그러나 모든 것이 바뀌었다. 귀도는 학교 문 앞에 두어 번인가 더 왔다가 더 이상 오지 않았다. 오후에 열리는 우리 모임에서도 점점 더 보기 힘들어졌다.

그는 어머니가 고등학교를 포기하겠다는 자기 결정에 심한 충격을 받고 볼 때마다 슬픔과 눈물과 애걸과 협박으로 그를 억누르고 있다고 했다. 귀도는 하루 종일 집에서 나와 있다가 될 수 있는 한 늦게야 잠을 자러 집으로 돌아갔다. 한번은 중앙시장에서 과일 상자 나르는 일을 했는데 그에게는 너무 힘든 육체노동이었다고 했다. 그 다음날 사람들은 그를 다시 써 주지 않았다. 그는 쉬지 않고 일을 찾아다녔지만 그를 위한 자리는 없었다. 게다가 니나의 부모가 그들이 다시 만나는 것을 알아채고 니나를 더욱 엄중하게 통제하며 외국 대학에 보내겠다고 위협을 했다.

이런 모든 실제적인 문제의 포위공격 앞에서 우리 소집단의 토론은 그에게 추상적이고 공허하고 지상에서 멀리 떨어진 곳에서의 행위처럼 보였을 것이 분명했다. 어느 날 오후 그는 모임에 와서 먼저 쌓인 커다란 방 한 구석에 앉아 내내 입을 다물고 있었다. 모임이 끝나고 함께 밖으로 나왔을 때 왜 말이 없었는지 물어보았다. 귀도는 이제 흥미를 잃었다고 말했다. 언어는 이제 구토를 일으킬 뿐이라나.

나는 우리 사이의 거리가 생기고 있음을 느꼈다. 우리는 반대 방향으로 흘러가는 두 물결에 실려 표류하고 있었다.

16

학교에서 나는 로베르타 제멜리라는 3학년 여학생을 만났다. 나이는 열아홉이고 반짝이는 검은 머리, 곧게 뻗은 다리, 초롱초롱한 눈, 화려하지 않은 분위기를 지닌 사랑스러운 여자였다. 대부분이 그랬듯 그녀도 우리의 가변적인 소집단 속에서 귀도에게 관심을 가졌다. 그녀는 귀도의 개성적인 매력에 이끌려 그와 자주 접촉하려고 시도했다. 나는 그녀를 자주 바라보았고 다른 사람들 틈에서 그냥 옆에 앉으려고 했다. 그녀는 그때까지 내가 알고 지내던 어떻게든 액세서리를 가지고 싶어 안달하고 외모에만 관심 있는 여자들과 달라 보였다. 다방면에 걸친 지식과 사물을 판단하는 명석하고 성숙한 모습을 지니고 있었다.

그러나 나는 어떤 식으로도 나를 부각시키지 못했다. 귀도에 대한 관심 때문에 그녀는 나를 인지하지 못한다는 생각이 들었다. 그리고 우리의 대화는 형편없었다. 각자의 개인 생활이 달라서 서로 공감할 수 있는 부분이 하나도 없는 것 같았다. 귀도는 그녀와도 모든 여자와 가능했던 육체적인 교제를 나누었다. 농담을 하고 손이나 팔을 만지고 어떤 때는 머리를 쓰다듬기도 했다. 니나로 인해 곤란을 겪는 그의 정열이 더 이상 이를 발전시키고자 하는 마음을 얼마나 억누르고 있는지, 겉보기에는 그저 가벼운 친밀감으로 보이는 그 이면에 다른 무엇이 일어나는지 나는 알지 못했다. 이제까지 내가 좋아했던 여자들처럼 로베르타도 내 능력 밖에 있다는 느낌이 들었다. 그녀에게 관심은 있었지만 나는 항상 그랬듯이 소극적이어서 망설이고 주저했다.

귀도는 모임에 참석하지 않았다. 우리 소집단에 어느 정도 활발하게 참여했던 사람들은 모두 고아가 된 느낌이었다. 그가 없는 첫 모임은 공허감이 감돌았다. 모두의 얼굴에 낙담의 빛이 어렸다. 토론은 격렬하지 않았다. 그렇다고 발전적인 방향으로 나아가는 것도 아니었다. 아무 확신도 없이 계속되던 논의는 명확하지 않은 말로 점철되어 사라져갔다.

두 번째 모임에는 나를 빼고는 겨우 다섯 명이 참여했다. 로베르타 제멜리도 그 중에 끼어 있었다. 모임이 끝나고 우리는 함께 밖으로 나왔다. 나는 그녀에게 버스 정류장까지 바래다줘도 되는지 물었다. 정류장으로 가는 길에 우리는 귀도 얘기를 했다. 그가 떠나버린 이유와 그의 성격, 앞으로 그가 할 수 있는 일들에 대해서 예측했다.

그녀는 내 말에 귀를 기울였다. 그녀는 보도를 따라 걷는 동안 거의 내게 닿을 듯이 가까이 다가왔다. 그러다가 내 팔을 잡았다. 나는 그녀가 나에게 관심이 있는지 귀도 얘기에 관심이 있는지 정확히 알 수가 없었다.

정류장에 서서 멀리서 버스가 다가오는 것을 보았을 때 나는 그녀가 가버리는 동안 유리창 뒤에 갇힌 듯 가만히 있을 수는 없다고 생각했다. 그래서 몸을 뻗어 그녀의 이마에 입을 맞췄다. 그녀는 잠시 놀란 듯했다. 머리가 곧바로 뒤로 물러나고 눈동자가 커지는 것이 보였다. 나는 몸을 돌려 정류장에서 있는 사람들을 밀치고 달아나고 싶은 충동을 느꼈다. 그러나 그녀는 내 입술에 재빨리 키스를 하고 버스에 올랐다. 나는 걸어서 집으로 돌아갔지만 조금도 피곤하지 않았다. 얼마나 행복한지 잘 펴놓은 융단 위를 걷는 것 같았다. 나는 유리벽을 부수고 나아가는 행동이 불확실한 욕망을 그렇게 빨리 현실로 바꿀 수 있다는 사실에 어리둥절해졌다.

로베르타와 나는 매일 오후가 되면 만났다. 모임이 없을 때에는 영화관에 가거나 뭘 마시러 갔다. 아니면 그저 거리를 함께 걷기도 했다. 그녀는 언제나 명석하고 치밀한 모습을 보였다. 대부분의 시간을 책에 대한 고찰을 하는 데 보냈다. 그 점이 나는 좋았다. 그녀는 나보다 훨씬 더 많은 책을 읽고 비슷한 수준의 남학생과 어울렸다. 벌써 어느 정도 다른 세대에 속해 있는 듯했다. 아블론디와 파르보는 학교의 복도나 뜰을 걷는 우리를 보면 얼굴에 떠오르는 시기심을 감추지 못했다. 귀도가 떠난 뒤로 그들은 내 주위에 아무도 없게 만들려고 갖은 짓을 다 했다.

그런데도 내가 혼자서 내 판단대로 잘 처신해 나가는 것을 보고는 확실히 불안해했다.

우리가 키스한 지 두 주일쯤 지난 토요일 오후 로베르타가 자기 집에 나를 초대했다. 우리는 함께 침실로 갔다. 그녀는 피임약을 먹었고 걱정할 필요가 없다고 말했다. 가족들은 다음 날까지 밀라노 밖에 있을 것이기 때문에 밤새 같이 있을 수 있다는 것이었다. 고작 열일곱 살 밖에 되지 않은 내가 여성과 그토록 어른스러운 대화를 나눈다는 사실을 믿을 수가 없었다. 다음 날 아침 우리는 함께 식사를 하고 신문을 사러 나갔다. 나는 완전히 그녀에게 사로잡힌 기분이 들었다. 보다 성숙하고 안정된 새로운 질서에 따라 내 관심사가 재배치된 것 같은 기분이었다.

나는 언제나 로베르타와 함께 있었다. 다른 것은 생각할 수가 없었다. 학교에 나가면 다시 정치에 참여해보려고 이리저리 시도를 해보았지만 귀도가 그랬듯이 나도 흥미를 잃게 되었다. 아마도 내가 아니었다면 계속해서 정치에 흥미를 가졌을 그녀도 나처럼 감흥을 못 느끼게 만들었다. 나는 그녀가 다른 일반적인 문제보다 나를 더 생각해주길 바랐고 다시 집에 초대해주길 원했다.

얼마 지나지 않아 그렇게 되었고 매일 오후에 만나기 시작했다. 그녀의 부모는 수의학 연구를 했고 여덟 시에나 귀가했다. 그래서 우리는 거의 매일 저녁시간까지 함께 있었다. 나는 세 시경에 그녀의 집에 가서 곧바로 책과 장신구와 개와 고양이 사진이 빼곡한 그녀의 방 작은 침대에서 주어진 몇 시간이 끝날 때까지 사랑을 나누곤 했다. 나는 이런 일에 많은 경험이 없었지만 진정한 성적인 열정에 압도되는 느낌은 아니었다. 오히려 내가 해보려고 하는 모든 시도를 방해하는 외부 세계의 모든 마찰과 어려움을 잊은 채 미지근하고 흐릿한 존재의 차원으로 미끄러져 들어가는 그런 느낌이었다.

내 인생 처음으로 내가 좋아하는 것을 단절시키는 시간이나 의무나 약속 따위의 숨 막히는 제약이 없는 것 같았다. 이제는 교과서에 1분도 더 시간을 낭비할 필요가 없었다. 모임에 나가서 논쟁에서 비롯된 긴장에 신경을 곤두세우지 않아도 되었다. 친구와 공부하러 간다는 핑계가 어머니와 어머니의 남편의 걱정을 불식시켰다. 내가 해야 할 일이라곤 시내를 가로질러 로베르타의 집까지 가서 승강기를 타고 올라가 현관에서 그녀와 키스하고 서로 몸을 꼭 밀착한 채 침실로 이끄는 것뿐이었다. 우리는 매일 똑같은 시간과 똑같은 동작 그리고 똑같은 말에 서로를 맡겼다. 아주 자연스럽게 연속되는 이러한 일들은 매일의 반복을 예견할 수 있기 때문에 가능했다. 사랑을 나누지 않을 때에는 미래에 대한 계획을 했다. 어떤 직업을 가지고 싶은지 어떤 도시에 살고 싶은지 그려보았다. 로베르타는 자기가 찾는 것에 확신을 가지고 있었다. 그녀는 의심과 두려움이 거의 없었다. 그리고 나는 그녀의 신뢰할 만한 의견들이 내가 흥미를 가지는 일을 찾는 좋은 시작점이 될 것이라고 느꼈다.

우리는 실제보다 더 성숙하고 자신 있는 사람인 것처럼 행동했다. 그런 식으로 어른스러운 역할놀이를 해나가다가 지치면 그냥 원래 모습으로 돌아가서 사랑을 나누었다. 그건 중립적인 공간에 임시로 거주하는 것 같았다. 진정한 독립성이 없어도 별로 문제되지 않는 자유무역지구 같은 것 말이다. 여덟 시가 되기 10분 전에 나는 옷을 입고 재빨리 작별인사를 하고 로베르타의 부모님이 집에 도착하기 바로 전에 계단을 뛰어 내려가 집을 빠져나가곤 했다. 내 일상의 리듬은 이제 반대가 되었다. 오전은 생기를 잃고 오후의 창백하고 희미한 그림자가 되어버렸다.

나는 모임 후 학교 문 앞에서 귀도를 딱 한 번 더 만났다. 포옹을 했지만 이야기를 나누려 할 때 우리 사이에 자연스럽게 대화하기 어렵게 만드는 이상한 당혹감 같은 것이 있음을 감지했다. 아마도 이전에 그랬던 것 같은 눈으로 그를 바라보는 로베르타에게 소유욕을 느꼈는지도 모르겠다. 아니면 그가 별 보장도 없이 그에게 의지했던 누군가에게 일말의 책임감도 보이지 않고 갑자기 사라져서 원망스러운 마음이 들었는지도 모른다.

그는 내가 그에게 약간의 적개심을 품고 있다는 걸 깨닫고 신경 쓰지 않는 척 무마하려고 했다. 나는 그에게 최근 학교에서 일어난 정치적인 사건을 설명해주었다. 비록 별로 참여하지도 않고 흥미도 없었지만 말이다. 하지만 그는 전혀 관심이 없었다. 그는 나에게 아르바이트를 하고 있다고 했지만 더 자세히 말해주지 않았다.

"곧 떠날 생각이야."

어디라고는 밝히지 않았다. 우리가 주고받는 말은 짧았다. 안절부절못하는 몸짓에 시선은 이리저리 흔들렸다. 우리는 둘 다 표현하지 못한 생각과 감정을 조심스럽게 숨기고 있었다. 작별인사를 할 때는 거의 안도감마저 들었다. 곧 다시 보자고 약속했지만 우리 둘 다 그러지 못할 거라는 걸 알았다.

학기가 끝나고 나는 진급을 했다. 다른 사람과 마찬가지였다. 이 때 어머니와 새아버지는 내가 진급을 위해 아무 노력도 하지 않았다는 것을 전혀 알지 못한 채 나에게 125cc 구찌 오토바이를 선물하려고 했다. 그냥 만져만 봐도 짜릿했다. 빨간색이었고 내 낡은 오토바이보다 더 튼

튼했다. 나는 이 오토바이를 타면 내가 원하는 곳은 어디라도 갈 수 있겠다고 생각했다.

로베르타와 나는 2인용 소형 텐트와 침낭 두 개 그리고 작은 가방에 옷을 넣어 떠났다. 우리는 남쪽으로 가서 귀도와 내가 한두 해 전 지도를 보며 계획했지만 결코 떠나지 못했던 경로와 비슷한 길을 따라 남쪽으로 향했다. 우리는 해안선을 따라가며 한 번에 짧은 거리를 여행했다. 바닷가의 공터나 숲속에서 텐트를 치고 야영을 했다. 거의 아무것도 먹지 않다시피 했다. 일광욕을 하고 수다를 잔뜩 떨고 작은 공기 주입식 매트리스에서 사랑을 나눴다. 가족으로부터 독립해서 떠난 내 생애 첫 휴가였다. 아주 멋진 시간이었다.

17

갑자기 다시 10월이 되었고 나는 학교로 돌아왔다. 이 때 쯤에는 현재 상황을 받아들일 수 없었던 몇몇 선생님은 퇴직하거나 지방으로 전근 신청을 했다. 아마도 거기에서는 변화가 훨씬 더 천천히 찾아오기를 바랐을 것이다. 나머지 교사는 학생들의 요구를 모두 받아들였다. 사전 공지 없이 구술시험을 보지 않고, 최소 학점을 보장하고, 수업시간에 개방적인 토론을 허용했다. 하지만 그들은 과거의 수업계획을 그대로 답습했다. 거기에 이의를 제기하는 학생은 더 이상 없었다. 그리고 그들은 아무 신념도 가지지 않았다. 아니 더 나쁘게는 겉으로만 수용한 척 냉소적으로 가르치는 선생 밑에 있게 됐다. 학생운동의 스탈린주의자는 파생분파를 확실하게 눌러버리고 그들이 지하에 은둔할 수밖에 없게 만들었다. 그들 이데올로기의 냉혹하고 절대 굽힐 줄 모르는 강직성이 그 시점에서는 그저 아무 방해도 받지 않고 공부를 하고 싶었던 대부분의 학생들에게 겁을 주었다.

로베르타는 아주 오래 전부터 자기는 결코 부모님과 같은 직종을 따르지 않겠다고 말했지만 수의과 대학에 진학했다. 곧 거의 매일 오후마다 그녀는 수업을 듣거나 세미나에 참가해야 했다. 나는 우리가 작년과 같은 빈도로 계속해서 만나고 사랑을 나눌 수 있을 것이라고 생각하지 않았다. 어쨌든 우리의 그런 반복적이고 예측 가능한 육체적 관계가 서로의 매력을 많이 앗아간 것은 사실이었다.

내 생각엔 그녀가 고등학교에서의 좌절감을 뒤로하고 실제로 적용할 수 있는 분야에서 능력을 쌓고 싶어 초조해하는 것 같았다. 그녀는 이제 종종 모든 것을 의심하고 비판하는 내 태도에 싫증내기 시작했다. 나의 이런 모습은 전반적으로 열의도 없고 아무것도 하지 않으면서 빈둥거리는 사람의 특징이었다. 가끔씩 나는 수의학과에 그녀를 데리러 갔다. 나는 같은 과정을 공부하는 학생들과 어울려 나오는 그녀를 보면서 마치 아내의 심부름이나 하면서 무료한 날을 때우는 실직한 남편 같은 기분이 들었다.

나는 테스타리라는 친구와 함께 학교 복도나 정원을 배회하거나 교사의 자동차에서 우리 오토바이에 채울 요량으로 가솔린을 슬쩍 빼돌리면서 오전시간을 보내곤 했다. 수업시간에는 귀도가 추천해준 소설을 읽었지만 별로 재미가 없었다. 지겹고 트라우마에 사로잡힌 듯한 교실의 분위기가 내가 읽고 있는 책장들 사이로 짙은 그늘을 드리우며 그 책들의 매력을 가렸다.

오후에는 오토바이를 타고 돌아다녔다. 가끔은 테스타리와 함께 아니면 혼자서라도 영화를 보러갔다. 사람들의 회색 얼굴과 이 도시의 익숙한 불결함으로 우울해질 때까지 거리를 거닐었다. 주말에는 로베르타를 만났다. 하지만 이제 우리는 함께 보내는 대부분의 시간을 당일치기 여행을 가거나 따분한 대화를 나누거나 각자 책이나 신문을 읽으면서 보냈다.

때로 귀도는 어떻게 되었고 뭘 하고 있을지 궁금했다. 전화를 걸어보았지만 그의 어머니는 그가 집에 없다고 했다. 귀도가 나에게 다시 전화를 거는 일도 결코 없었다. 때때로 나는 그가 사는 거리로 오토바이를 타고 지나쳤지만 한 번도 근처에서 그를 본적이 없었다.

나는 내가 그를 그렇게 그리워하지 않는다고 생각했다. 이제 그는 이미 지나가버린 시간 속에 속해버렸다고 여겼다. 그를 떠올리는 일이 점점 줄어들기 시작했다. 좀 지나고 나서는 거의 그에 대한 생각을 하지 않게 되었다.

내가 고등학교에서 원했던 것은 이제 전부 지나가버렸다. 고등학교를 졸업하고 내가 뭘 하고 싶은지 전혀 알지 못하는데도 말이다. 나는 열두 살이나 열세 살이었을 적에, 그러니까 고등학교의 흐리멍덩한 인문학의 안개 속에서 길을 잃어버리기 전에 오히려 훨씬 더 내 인생에 대한 실질적인 계획을 가지고 있었던 것처럼 느꼈다. 이제 나는 마치 제대로 이해되지 못하고 활용이 불가능한 추상적인 생각과 간접적인 관념으로 가득한 모든 가능성의 지점에서 동일한 거리를 두고 떨어져 있는 것 같았다.

나는 최소한 이 녹색 석고 벽으로 둘러싸인 복도와 교실 그리고 텅 빈 강의일정과 시간으로부터 벗어날 수 있는 가능성에 집중했다. 나는 이제 몇 달, 몇 주, 며칠이 남았는지를 손꼽았다. 학교를 마칠 때까지 얼마만큼의 시간이 남았는지 계속 날짜를 세고 또 세어보았다.

6월에 졸업시험을 치렀다. 아무 어려움 없이 시험에 통과했다. 어머니와 새아버지는 축하의 의미로 저녁 식사를 성대하게 차려주셨다. 이번에도 역시 내가 칭찬받을 만한 뭔가를 이루었다는 인상을 주고 싶지 않았다. 그들의 칭찬은 나를 슬프게 만들었다.

로베르타는 기말고사를 준비하느라 바빠서 모험적인 여행을 떠나자는 생각에 관심이 없었다. 끝없는 논의와 말다툼 끝에 우리는 8월을 내 부모님과 함께 산타마르게리타에서 보냈다. 그건 일종의 조용한 감정적 자살 시도였다. 끈적끈적한 권태가 우리를 두텁게 덮어버렸다. 서로가 무관심속에 젖어갔다.

우리는 거의 서로 말도 하지 않았다. 그녀는 하루 종일 말의 창자에 관한 책을 보았다. 나는 내가 꼬마 때부터 우리 집에 있었던 베르네와 살가리의 옛날 소설을 다시 읽었다. 가끔씩 우리는 샌들을 신고 터덜터덜 길을 따라 걸어 내려갔다. 그녀는 해변에 누워 일광욕을 하고 나는 파라솔 아래에서 다리를 모으고 앉아 몸을 드러내고 있는 주위의 가족들을 지켜보곤 했다.

저녁 식탁에서 로베르타는 산지에서 생산된 햄과 구릉지에서 생산된 햄의 차이가 무엇인지, 기름진 토양에서 자란 포도와 척박한 땅에서 자란 포도가 어떻게 다른지 떠드는 새아버지의 이야기에 맞장구를 치며 거들었다. 때로 내가 밖에 나가 정원에 있을 때면 세 명이 함께 내 성격이나 장래 진로에 대한 억측을 늘어놓는 것을 엿들을 수 있었다. 완전한 무기력함으로 이런 지점에까지 이르렀다는 사실을 믿을 수가 없었다. 나는 불과 2년 전에 내 인생에 정해진 길을 벗어나 어디든 원하는 곳으로 자유롭게 갈 수 있을 거라고 생각했다는 사실을 곰곰이 회상해 보았다.

나는 한때 학교생활이 끝나길 원했던 것만큼 간절하게 이 여름이 지나기를 바라기 시작했다.

18

밀라노로 돌아왔을 즈음, 나는 휴가를 통해 새로운 아이디어나 문제를 대면하고 해결할 수 있는 에너지 따위를 눈곱만큼도 얻지 못했다. 그저 지루하게 보내버린 8월로 진이 빠져 느릿느릿 집에서 어슬렁거렸다. 매일 아침 늦잠을 자고 방에 틀어박혀 음악을 들었다. 어머니와 새아버지는 남편은 뭐라도 진로에 대한 결정을 하라고 나를 설득했다. 그래서 나는 뭐든 영감이라도 찾아볼까 싶어 대학에 진학했다.

늘 정치적인 활동으로 들어가던 대학의 문을 정치와 무관하게 걸어 들어간다는 생각과 더불어 학생운동파의 과격한 행동대원이 이제 나이든 학자들과 공생하는 대학 복도를 걷고 있다고 생각하니 기분이 이상했다. 나는 강의실 문 앞에서 교수의 이름과 그들이 가르치는 과목을 보았다. 각 학과의 게시판마다 붙어 있는 강의계획표를 보았다. 그 모든 것에 똑같이 아무 흥미도 느낄 수 없었다.

나는 몇 시간이고 어슬렁거리며 각 수업 과정에 소요될 시간과 에너지를 계산해보려고 했다. 마침내 철학을 선택했는데 그건 단지 다른 학과보다 시험이 적고 가장 무난해 보였기 때문이었다. 부모님은 내 선택을 말해주자 기뻐했다. 그들의 초조함도 가라앉았다.

학생들이 접수를 하는 유리창이 있는 커다란 빌딩에는 증명서와 공문서를 움켜쥔 사람들이 몰려 있었다. 다양한 학부의 카운터 주위는 혼잡했다. 마치 무료 약품이나 조기 퇴직금을 받으려는 사람들을 기다리고 있는 것 같았다.

그 후로 내 삶은 알 수 없는 진창 속으로 빠졌고 말이 되는 거라곤 하나도 없는 그 진흙탕 위에 안착하게 되었다.

나는 학생들이 시험을 보기 위해 수업에 꼭 참석해야하는 건 아니라는 사실을 발견했다. 그저 게시판의 목록에 적힌 책을 몇 권 읽고 원하는 시험을 신청해서 기다란 목록에 자기 이름을 추가하기만 하면 되었다. 고등학교와 마찬가지로 최소학점은 보장되었지만 그 과정은 고등학교보다도 더 틀에 박히고 비인격적이었다. 구술시험을 치르는 동안 복도에서 강당까지 쭉 길게 줄이 늘어섰다. 학생들은 자기 차례를 기다리며 삼삼오오 무리지어 앉아 자기들이 한 번도 만난 적 없는 교수와 강사에게서 뭘 배웠는지를 논의했다.

나는 내가 듣는 모든 것에서 이와 같은 종류의 피상적인 사회학적 담론을 알아챘다. 뻔한 문장과 의무적인 인용구, 낡아빠진 똑같은 이름과 제목이 각기 다른 맥락에서 암기되고 남용되었다. 사실 한 과목과 다른 과목 사이의 연관성을 포착하면 책을 두어 권 정도만 공부하고도 구술시험을 서너 개는 볼 수 있었다. 아직까지도 부지런히 공부한 내용을 토론하고 싶어 하는 소수의 학생이 있었지만 나머지는 부끄러움도 없이 시험 준비도 안하고 나타나 자신의 무지함을 그저 오만과 몇 마디 협박성 발언으로 상쇄하려고 했다. 책상 뒤에 웅크리고 앉은 교수는 형편없고 전형적인 짤막한 발표를 듣곤 "좋아"라고 말했다. 그들은 점수를 적고 서명을 했다. 학생들은 마치 퀴즈쇼 참가자라도 된 듯 몇 개 항목에 표시가 되었고 몇 개나 남았는지 확인하며 시험 성적표를 손에 들고 걸어 나왔다.

준비가 되자마자 나는 바로 시험 전날에나 만난 다른 학생 세 명과 함께 첫 번째 시험을 치렀다. 내 예상과 달리 모든 것이 얼마나 간단했는지 깜짝 놀랄 정도였다. 어머니와 그녀의 남편은 내 성적표를 보고 근거 없는 기쁨에 어쩔 줄 몰라 하며 계속해서 열심히 하라고 했다.

그 외에 내가 하는 일이라곤 먹고 자고 저녁이나 주말에 로베르타를 만나거나 몇 시간이고 그녀와 전화로 수다를 떠는 것뿐이었다. 언제든 누가 나에게 뭘 하냐고 물어보면 대학에 다닌다고 말할 수 있었다. 그렇게 일자리가 없는 것을 정당화하고 당혹감을 피할 수 있었다.

로베르타는 수의학 공부를 집어치우고 광고 회사에 다니기 시작했다. 그녀는 돈도 못 벌고 혼자 독립할 집도 없고 원하는 대로 할 자유도 없는 것이 지겹다고 했다. 그녀는 미래를 유예하는 것을 견디지 못하고 보다 적극적으로 자신의 삶을 통제하고 싶어 했다.

나는 무방비 상태에서 완전히 허를 찔렸다. 나는 종종 학생으로 머물러 있는 것의 무용함과 현실세계에서 우리 역할이 얼마나 아무 소용없는지에 대한 귀도의 말을 반복해왔다. 그녀는 자신의 선택에 대해 그리고 제한된 책임과 그에 수반된 장기적인 계획에 만족한다고 주장했다. 우리는 거기에 대해 말다툼까지 했다. 각자의 조그만 언어의 참호를 파고들어가 자기가 주장하는 이론적 토양에 확신을 가지고 한 발짝도 양보하려고 하지 않았다. 그리고 아무 예고도 없이 그녀는 자신의 입장과 생각을 바꿔버리고 말보다 먼저 행동으로 그 사실을 보여줬다.

그건 마치 너무 오랫동안 내면에 억눌렸던 엄청난 에너지가 갑자기 표출된 것 같았다. 그녀는 매일 아침 일곱 시 반에 침대에서 벌떡 일어나 광고회사로 달려가 복사를 하고 붙이고 타자를 치고 전화를 하고 도시의 반대 끝까지 자료를 가져다주고 가져왔다. 저녁에 만날 때면 그녀는 완전히 지쳐 있었지만 만족해했고 말투에 더 단호하고 초조한 기색이 생겼다. 그녀는 어른이 되었고 더 이상 여전히 내가 사는 안개 낀

수렁에서 머물고 싶은 생각이 없었다.

  나는 가장 가까운 사람이 변화의 기색을 느낄 기회조차 주지 않고 어떻게 이렇게 갑자기 바뀔 수가 있는지 아연했다.

  이제 더 이상 참고 견뎌야 할 고등학교 시간표도 없었기에 나는 계속 잠만 잤다. 때로는 열 시간이나 열한 시간씩 잘 때도 있었다. 그건 마치 머리를 솜으로 가득 채운 것 같은 느낌을 남기고 마치 병치레를 하고 난 후 요양을 하는 양 내 반사작용을 느리게 만드는 밀도 높은 잠이었다. 나는 단지 집에만 있기 민망해서 대학에 갔다. 뭔가 영감이나 방향 전환이 될 만한 계기를 찾으며 복도를 왔다 갔다 했다. 이따금씩 그저 뭔가를 해야겠다는 생각으로 네오스탈린주의 모임에 참여하거나 헤겔이나 스피노자에 대한 이해할 수 없는 강의를 듣기도 했다.

  로베르타는 나도 직장을 구하는 게 좋을 거라고 했다. 나는 그녀만큼 결심이 서지도 않았고 그저 누군가에게 고용해달라고 청한다는 생각만 해도 공황상태에 빠질 것 같았다. 스스로가 쓸모없는 존재처럼 느껴졌다. 나는 오래되고 완강하기 짝이 없는 나라에 살고 있는 머릿속에 언어만 가득한 열아홉 살 소년이었다.

  때로 나는 내가 아무것도 하고 있지 않다는 사실을 합리화하는 데 모든 시간을 보내는 것처럼 느꼈다. 그런다고 거기에서 아무 위안도 얻지는 못했다. 때로는 창문에서 뛰어내리고 싶기도 했다. 하지만 그런 짓을 실제로 저지르기엔 나의 불안감은 너무나도 그 형체가 명확하지 않았다.

19

 6월의 어느 오후 집에서 교수학 시험을 대비하기 책을 읽어보는데 경비원이 인터콤을 울렸다. 아래층에 귀도 라레미가 와 있다고 했다.

 나는 문 앞에서 마지막 우리가 보았을 때 그의 행동 때문에 긴장한 채 조심스럽게 그를 기다렸다. 승강기에서 걸어 나온 그는 주변 사람을 전염시킬 듯한 에너지를 내뿜고 있었다.

 "어이!"

 옛날 말투 그대로 그가 말했다. 거의 어깨까지 기른 그의 곱슬머리가 굽이쳤다. 옷차림은 낡고 구겨졌다. 그 외에는 별로 변한 게 없어 보였다.

 함께 복도를 걸어가면서 나는 어머니가 들어와 우리가 사춘기 소년이라도 되는 것처럼 잔소리를 하거나 질문을 던지지 않길 바랐다. 내 방으로 들어서자 나는 곧 밥 딜런과 바쿠닌의 오래된 포스터가 벽에 붙어 있고 작은 고등학생용 책장에 크로포트킨과 케루악의 문고판 책이 놓인 내 방이 얼마나 변변치 않아 보일까 하는 생각에 당황했다. 귀도는 아무 말도 하지 않고 내가 열심히 필기하고 있던 노트와 책상에 펼쳐져 있는 교재를 흘깃 보았다.

 나는 대학의 상황을 설명하며 그 결함을 과장해서 떠벌렸다. 하지만 내 모습은 그저 어리석고 수동적으로 보일 뿐이었다. 나는 좌절감으로 얼굴이 붉게 달아올라서 창문을 열었다. 창문 아래 도로를 달려가는 자동차들의 소음이 들려왔다.

 그는 탁자에 앉아 내 말을 들었지만 뭔가 다른 생각에 정신이 팔려 있었다. 그는 주머니에서 은박지에 쌓인 뭔가를 꺼내 뒤적이더니 작고 까만 뭉치를 꺼냈다. 라이터로 달구자 곧 송진 냄새가 방을 가득 채웠다. 그는 해시시냐는 내 질문에 웃음을 터뜨리고 그렇다고 했다. 그는 학교에 있을 때보다도 더 길 잃은 짐승이나 무법자처럼 보였다.

해시시를 다 피우고 나자 그는 가느다란 담배에 불을 붙여 연기를 한참 깊숙이 들이쉬었다. 나에게도 건네줘서 한 모금 들이마셔 보았지만 곧바로 질식해서 죽을 것처럼 기침이 나왔다. 별 다른 효과는 없는 것 같았다. 나는 혹시 사물이 다르게 보이나 싶어 방 안을 둘러보았다.

"무슨 일이 생겼는지 맞춰봐. 나 영장 나왔어. 역겨운 개자식들."

연기구름 속에서 다리를 꼬고 앉은 그의 모습은 실제로 근심이 많아 보였다.

나는 입영통지서가 어떻게 생겼는지 궁금했다. 한 순간 뭔가 감지할 수도 없는 변화가 일어났다. 나는 이 상황을 동시에 안팎에서 보는 것 같은 느낌을 받았다.

귀도는 탁자에서 미끄러져 내려와 우리에 갇힌 동물처럼 초조하게 왔다 갔다 하기 시작했다.

"20일 이내에 가야 해. 차라리 다른 데로 가버릴까? 서른다섯, 아니 쉰 살까지 이 나라에 못 돌아온대도 상관없어."

나는 그가 말하는 것을 순간적으로 TV연속극처럼 눈앞에 그려보기 시작했다. 슈트케이스를 들고 기차에 오르는 귀도. 서른다섯 살이 된 귀도. 쉰 살에 귀향하는 귀도. 우리가 진지한 이야기를 하는 건지 아니면 이게 다 농담에 불과한지 알 수가 없었다. 스스로 마구 움직이는 이미지를 멈추기 위해 나는 물었다.

"입대를 연기할 다른 방법이 없을까?"

그는 서성거리며 말했다.

"없어. 작년에는 심장약을 먹고 건강상 복무 부적합상태를 증명하려고 해봤어. 그랬더니 일주일이나 군대 병원에 잡아 두더라고. 근데 거기 있으니까 진짜 부적합한 상태가 되어가기 시작했지 뭐야. 매번 갑자기 움직일 때마다 심장이 터질 것 같았어. 그래서 약을 끊었더니 두어 시간 만에 증세가 사라져버렸어. 다음날 심전도 측정을 했더니 모든 게 완벽하게 정상인 거야. 결국 그 고생을 하고 얻은 결과는 사기꾼이나 가는 칼라브리아 형무소에 갇히는 거였지."

"그럼 이제 어떻게 할 거야?"

나조차도 내 목소리가 들리는지 확신하지 못하며 물었다.

"이건 정말 말도 안 되는 권력의 횡포야. 이 개 같은 나라는 사람을 납치해서 1년 동안 인질로 잡아둘 권리가 있다고 생각한다니까."

"이제 어쩔 거냐니까?"

귀도는 창 쪽으로 얼굴을 돌려 밖을 바라보았다.

"이제 내가 할 수 있는 건 미친 척 하는 것뿐이야. 그것도 안 통하면 프랑스로 튀어야지."

나는 '미친 척한다'는 게 무슨 뜻인지 물었다. 그는 선반에 놓인 고장 난 슈트케이스 손잡이를 발견했다. 그것을 바닥에 놓더니 온힘을 다해 잡아당기는 척했다. 갑자기 방이 분리되어 공중에 날아가는 듯했다. 우리는 둘 다 균형을 잃고 넘어져서 미친 듯이 발버둥 치며 웃음을 터뜨렸다.

일주일 후 우리는 귀도의 집 근처 카페에서 다시 만났다. 밀라노는 시럽처럼 달짝지근하고 끈적거리는 여름 속에 잠겨 있었다. 귀도는 정신이상 진단서를 떼기 위해 정신과 의사 두 명을 만나보았지만 군 입대 이야기를 꺼내면 바로 무슨 말도 들으려 하지 않았다고 했다.

"파충류를 보는 것 같았어. 돈다발을 자루에 가득 담아서 줬으면 진단서 써줬겠지?"

그는 주변을 날카로운 시선으로 두리번거렸다. 나는 그가 덫에 걸린 심정이고 어쩔 수 없이 결단을 내릴 수밖에 없는 궁지에 내몰렸음을 감지할 수 있었다.

나는 이젠 어떻게 할 생각인지 물었다. 대학생이라는 안전한 입장에서 그와 이런 문제를 의논할 수 있다는 사실과 내 개인적인 근심에 너그러워질 수 있다는 사실에 스스로가 혐오스러웠다. 그가 함께 도망치자고 강권해주기를 바랬다.

"이 시점에서 내게 남은 유일한 기회는 내가 정말 미쳤다고 믿게 만드는 거야. 내일 정신병원에 자진해서 입원하려고."

내가 도와줄 수 있는 게 없는지 묻자 그는 나를 올려보며 병원까지 태워줄 수 있냐고 물었다.

다음날 아침 나는 그를 데리러 그의 집으로 갔다. 그는 늘 똑같은 그 자리 아래층 복도에서 나를 기다리고 있었다. 나는 불과 몇 미터 가까이에 다다를 때까지 그를 알아보지 못했다. 그는 삭발을 하고 그에겐 지나치게 크고 길이가 짧은 회색 양복을 입었다. 목까지 단추를 채운 흰 셔츠에 무거운 등산화도 신고 있었다.

그는 나를 보고 설핏 미소를 지었다. 그는 평소보다 깡말라 보였고 삐딱한 자세는 더 틀어진 느낌이었다.

"가자."

그가 오토바이에 올라타며 말했다. 그는 자기가 입은 양복이 아버지 것이었다고 말했다. 그리고 지난 밤 시립 도서관에서 훔친 만성 우울증에 대한 논문을 밤새 읽었다고 했다.

우리는 벌써부터 차량으로 길이 막히는 대로를 따라 북쪽으로 도시를 가로질러 달렸다. 자동차와 트럭이 회색 빌딩의 장벽 사이로 굉음을 내며 질주하며 우레 같은 소음과 유독가스를 남기고 갔다. 길을 걷는 사람들은 마치 도로를 둥둥 떠다니는 유령 같았다. 모호한 발걸음으로 그들이 갇혀 있는 이 음울한 환경과 똑같은 색의 옷을 입고 똑같은 얼굴색을 하고 있었다.

정신병원은 시멘트 빌딩 정글 속에 자리한 또 하나의 시멘트 빌딩이었다. 나는 주차장에 오토바이를 세웠다. 귀도는 오토바이에서 내려 재킷을 바로잡고 실제로 그의 목을 조르고 있는 셔츠 깃을 매만졌다. 그는 마치 유죄선고를 받고 추방당하는 이의 얼굴에서나 볼 법한 표정으로 나를 바라보았다. 나는 그의 눈에서 우리가 방금 겪은 끔찍한 드라이브의 여파를 볼 수 있었다. 거의 입술을 움직이지 않고 그가 말했다.

"어떻게 되어 가는지 알려줄게."

나는 그와 함께 안에 들어가려 했지만 그러지 않는 게 좋겠다고 그가 말했다. 그래서 나는 그가 그 무거운 등산화를 질질 끌고 손목과 발목에서 너풀거리는 회색 양복을 입고 길을 잃은 모습으로 입구 쪽으로 걸어가는 것을 바라보았다. 문 앞에 다다르자 그는 뒤돌아서서 학교에서 처음 봤을 때처럼 세상에 홀로 고립된 듯한 얼굴로 나에게 어색하게 살짝 손을 흔들었다.

나흘 뒤에 그가 전화를 걸어 복도나 현관에 있는 듯 웅성거리며 울리는 소리를 뒤로하고 조용히 속삭였다.

"어떻게 됐어?"

"나를 여기에 계속 두겠대. 달리 뭘 해주는 건 아냐."

"거기에 얼마나 오래 있어야 하는지 알아?"

"몰라."

대화가 쉽지 않았다. 나도 내가 낼 수 있는 한 최대한 태연하게 조용히 웅얼거렸다. 거기서 먹을 건 무엇을 주는지 물었다.

"줘도 안 먹어."

그는 작별인사를 하고 갑자기 전화를 끊었다. 아마도 누군가가 자기 대화를 엿들을까 눈치를 보는 듯했다. 나는 모퉁이마다 스파이와 형사가 감시하고 있는 경찰국가에 있는 것처럼 귀신에 홀린 듯 1, 2분간 전화기 근처에 머물렀다.

나는 귀도가 소식을 전해오길 기다렸지만 그는 다시 전화를 하지 않았다. 일주일이 지난 뒤 나는 그의 어머니에게 전화를 걸었다. 그녀 역시 아무것도 몰랐다. 내 전화에 그저 깜짝 놀랐을 뿐이었다.

무슨 일이 벌어지는지 궁금했다. 보름 뒤에는 정말 걱정이 되기 시작했다. 나는 최악의 상상을 한 나머지 로베르타가 지겨워 할 정도로 그녀에게 계속 귀도 걱정을 늘어놓았다.

그러던 어느 날 오후 니나에게 전화가 왔다. 그녀가 너무 긴장해서 목소리를 간신히 알아들을 수 있을 정도였다.

"귀도의 상태가 정말 안 좋아. 목소리가 끔찍해. 거기 갇히더니 정말로 미쳐가고 있어."

나는 아마 그가 일부러 그런 느낌을 주려고 했을지도 모른다고 말했다. 혹시 도청을 당할까 자세한 상황언급은 피하려 했다. 하지만 그녀는 내가 왜 그렇게 얼버무리는지 내 말이 무슨 뜻인지 이해하지 못하는 것 같았다. 나는 그녀에게 우리는 그에게 시간을 좀 줘야 하며 만약 상황이 나빠지면 그가 소식을 전할 것이라고 했다. 내가 작별인사를 할 때도 그녀는 불안을 씻지 못했다. 그녀는 두렵다고 말했다. 나는 구출을 시도하는 편이 좋지 않을까 하는 생각이 들기 시작했다. 정신병원으로 침입해서 그를 몰래 빼내고 어딘가에 숨겨야 하는 게 아닐까.

5분 후에 귀도가 전화를 걸었다. 그는 니나가 자신을 면회할 수 있게 데려와 줄 수 있냐고 물었다.

"혼자 오는 건 무섭대."

그의 목소리는 정말 고통 받고 있는 것처럼 들렸다. 그가 아마도 그저 자기가 선택한 연극의 역할을 하고 있을 뿐이라고 스스로를 납득시키는 데는 조금 시간이 걸렸다.

다음날 오후 나는 한 카페 앞으로 니나를 데리러 갔다. 그녀는 그녀의 눈 색을 도드라져보이게 하는 작은 녹색 원피스를 입고 있었고 겁에 질린 듯 보였다. 그녀의 가족이 여전히 감시하고 있어서 다섯 시까지는 무슨 일이 있어도 집에 돌아가야 한다고 했다. 우리는 아무 말도 없이 도시를 가로질러 갔다. 너무 가까이 밀착한 그녀의 존재가 의식됐다. 커브를 돌 때마다 밀착되어 오는 그녀의 향기와 부드러움이 밀려왔다. 다른 운전자들이 우리 옆을 지나가며 그녀의 다리를 훔쳐보려고 고개를 돌렸다. 나는 그들의 시선을 막으려고 애썼다. 귀한 크리스털 잔을 맡아가지고 있으면서 순간의 방심으로 돌이킬 수 없는 흠이라도 날까 겁에 질린 사람처럼 느껴졌다.

정신병원의 주차장에 도착해 오토바이를 세우자 그녀는 길을 잃은 것처럼 주위를 두리번거렸다.

"여기에 그 애가 있는 거야?"

그녀는 말했다. 나는 걱정하지 말라고 했지만 별 도움이 되지 않았다. 내가 기억하는 그녀는 훨씬 더 자신에 차 있었다. 지금 그녀의 눈에 가득 찬 망설임 같은 것은 한 번도 볼 수 없었다.

안쪽에는 유인원 같은 얼굴을 한 경비원이 유리로 막힌 부스 안에 앉아 있었다. 나는 귀도를 보러 왔다고 했다. 아마도 뭔가 신분증이나 도장이 찍힌 허가서 같은 증명을 요구할 거라고 생각했다. 하지만 그저 무표정하게 손으로 복도를 가리켰을 뿐이었다. 우리는 조용히 잽싸게 그가 가리키는 방향으로 걸어갔다.

니나가 내 팔을 꼭 잡았다. 허공에서 양배추 수프와 소독약 냄새가 났다. 창문은 모두 닫혀 있었다. 간호사 두 명이 창문 앞에 서서 말다툼을 했다. 파자마를 입은 작은 남자가 그 주위를 어슬렁거렸다. 여러 가지 움직이는 소리가 매끈한 표면에 반사되어 울렸다.

우리는 침대로 꽉 찬 커다란 방을 지나갔다. 누군가 화난 듯이 바닥을 청소하는 동안 여남은 명 되는 사람들이 침대에 앉거나 누워 있었다. 나는 문 앞에 멈춰 서서 슬쩍 들여다보며 귀도 라레미를 찾으려면 어디로 가야 할지 아느냐고 물었다.

"그게 대체 누구야?"

그는 무례하게 대답했다. 우리는 복도를 따라 계속 갔다. 겁에 질린 니나가 나에게 꼭 달라붙은 채 몇 마일이고 갈 수 있을 것처럼 느꼈다. 나는 세상의 모든 복도를 걸을 수 있을 것 같았다.

우리는 다른 커다란 방들을 들여다보았다. 매번 몇몇 얼굴이 알 수 없는 흐리멍덩하고 희석된 것 같은 호기심어린 표정으로 우리를 돌아보았다. 마침내 우리는 의자와 벤치로 꾸며진 커다란 홀에서 귀도를 발견할 수 있었다. 그는 벽에 기대어 서 있었다. 처음 여기 데려다주었을 때 입었던 그 우스꽝스러운 회색 양복을 아직도 입고 있었다. 주위에는 다른 사람들이 있었다. 그들은 카드놀이를 하거나, 수다를 떨거나 지지직거리는 낡은 텔레비전 화면으로 뭔가를 보고 있었다. 그들 중 누구도 미친 것처럼 보이지 않았지만 모든 동작, 모든 소리, 길고 둔중한 시선마다 뭔가 기묘하게 어긋나 있었다.

귀도는 멍한 얼굴로 천천히 우리 쪽으로 걸어오며 살며시 말했다.

"안녕."

그는 지난 20일 동안 전보다 더 말라 있었다. 니나는 그를 바라보았지만 그의 모습을 납득할 수 없어 어쩔 줄 몰랐다. 귀도는 바닥을 바라보았다.

"저쪽으로 가자."

그가 말했다. 그는 여전히 그 무겁고 두꺼운 솔기의 등산화를 신고 있어서 제대로 걷기 힘들어했다. 우리는 그를 따라 복도로 나와 유리문을 통과해서 볕이 드는 작은 뜰로 나왔다. 벤치 몇 개가 땅에 볼트로 고정되어 있었고 보기 흉하게 가지가 잘린 플라타너스 나무가 두 그루 서 있었다. 니나는 그의 재킷을 움켜쥐고 말했다.

"대체 너에게 무슨 일이 생긴 거야? 여기 절대 오지 말았어야 했단 걸 알잖아."

귀도는 그녀의 손을 떼어냈다.

"그만 둬."

나는 둘만의 시간을 주기 위해 안으로 들어가려고 몸을 돌렸다. 하지만 그는 그냥 있으라는 몸짓을 했다.

나는 그들을 방해하고 싶지 않았다. 몸을 돌려 정신이 딴 데 팔린 듯한 정원 안의 다른 사람들을 보았다. 검은 옷을 입은 한 늙은 여인이 이마가 좁은 청년과 대화를 나눠보려고 뭔가 짧은 질문을 계속 반복했다. 땅바닥에 앉은 남자 간호사는 포르노 잡지에 몰두해 있었다. 여윈 남자가 축구공을 든 채 등을 벽에 바싹 붙이고 걸었다. 바람 한 점 없이 숨이 막힐 듯한 더위였다.

귀도는 벤치에 앉았다. 태양의 열기에도 불구하고 재킷의 단추조차 끄르지 않았다. 심지어 셔츠도 목 위까지 단추를 꼭 채우고 있었다. 니나와 나는 그의 양쪽에 앉아 어찌해야 할 바를 몰랐다. 그 예쁜 입술을 깨물며 니나는 그가 정말 귀도인지 확실치 않다는 듯 그를 계속 바라보았다. 니나와 나도 그 장소의 분위기에 빨려 들어 가버릴 듯한 느낌이었다. 우리는 몇 번 그런 느낌을 털어버리려 했지만 그런 느낌은 계속 우리를 조여 왔다. 내가 물었다.

"어떻게 된 거야?"

"아무것도 아냐."

그가 말했다. 그는 우리 중 누구와도 눈을 마주치지 않으려 했다. 그의 표정은 물에 빠져 죽은 사람처럼 생기가 없었다. 나는 이곳에 너무 오래 있어서 그가 정말 현실과 상상의 경계를 넘었을지도 모른다는 생각이 들었다. 원래 그에게 있던 불안한 성향들이 다른 작용으로 인해 그의 마음 깊은 곳에 잠재되어 있던 우울증을 일깨웠을 수도 있겠다.

"너 무슨일 있었지?"

내가 물었다. 우리 뒤에 서 있는 남자가 공을 튕기기 시작했다. 공을 튕기는 소리가 벽으로 둘러싸인 뜰에 울렸다.

"모르겠어. 의사를 두어 명 만났어. 매일 저녁 간호사가 회진을 돌며 약을 줘."

그는 원래 그의 고유한 억양이나 강조, 강세가 전혀 없는 말투로 더 자세한 설명을 하지 않았다. 니나는 그의 모습에 집중하며 그를 뚫어져라 바라보았다.

"검사라든가 뭐 그런 걸 하지 않아?"

그녀가 물었다.

"얼룩을 가지고 하는 검사가 있어. 잉크로 그린 건데 뭔가 모양이 보여. 그걸 보면 뭐가 떠오르는지를 말해야 해."

나는 그의 눈에 곧 여느 때 같은 빈정대는 듯한 번득임이 보이길, 예전과 같은 목소리를 듣게 되길 기대했다. 하지만 그는 예전 모습을 완전히 잃어버린 것 같았다. 자기 말의 억양에 이제 완전히 지쳐버린 듯했다. 뜰의 열기를 견디다 못해 내 셔츠가 등에 달라붙었다. 이마는 땀으로 흠뻑 젖었다.

니나는 울음을 터뜨리거나 비명을 지르기 직전처럼 보였다.

"그들이 널 얼마나 더 여기 가둔다는 거야? 언제 내보내 줄 거냐고?"

"몰라."

귀도가 대답했다. 나는 그가 감정을 통제하려고 노력하고 있는 건지 그녀를 안아주고 싶은 건지 아니면 정말 무관심의 벽 뒤로 영영 사라져버린 건지 알 수가 없었다.

우리는 그 황량한 뜰에서 몇 분간 더 머물렀다. 그리고 귀도가 우리에게 이제 그만 나가야 한다고 했다. 그는 우리를 몇 걸음 따라왔지만 문에 다다르기 전에 그는 몸을 돌려 벤치로 돌아갔다. 니나는 그를 따라가려 했지만 나는 그녀의 팔을 잡아끌고 복도로 나왔다.

주차장으로 나온 그녀는 열기 속에 잠겨 흐느끼기 시작했다.

"귀도 쟤 어땠는지 봤지? 이 고생을 하느니 차라리 입대 하는 게 낫다고 말했는데 귓등으로도 안 들었어. 걔 진짜 이상해졌어. 정말 평생 여기서 사는 거 아냐?"

그녀는 숨도 쉬지 않고 말하며 그 섬세한 손을 흔들었다. 나는 그녀를 진정시키려고 하면서 귀도가 얼마나 강하고 누구든 그를 쉽게 망치지 못할 것임을 확신시켜주려 애썼다. 하지만 그녀의 목소리는 이제 격

정보다는 분노로 가득했다.

"이제 뭔 일이 생겨도 나는 몰라. 못 참겠어. 정신병원에서 쟤 면회하기 싫어. 나는 정신 나간 범법자가 아니라 정상적인 애인을 원한다고!"

그녀는 귀도를 만난 뒤부터 자기 삶이 이 정도까지 꼬이게 만든 모든 것에 정말 분노했다. 그가 원인이 된 부모와의 불화, 그 결과 기숙학교로 보내진 것, 계속해서 엄격한 감시를 받아야 하는 것, 그렇게 유별나고, 불안하고, 믿을 수 없는 사람에게 맞춰주는 게 얼마나 어려웠는지 말이다.

나는 그녀가 귀도와 사랑에 빠진 건 바로 그의 그런 점 때문이었다는 걸 설명하려고 했지만 그녀는 나에게 화살을 돌리며 말했다.

"너는 뭐가 어떻게 되든 맨날 걔 편이지."

그녀는 바로 한 시간 전만 해도 부서질 듯 연약해보였다. 그런데 지금 그녀는 믿기 힘들 정도로 거칠어 보였다. 하지만 몇 초도 지나지 않아 그녀의 목소리가 흔들리더니 다시 흐느끼기 시작했다. 그녀는 두렵다고 말했다.

나는 고여 있는 더위 속에서 북에서 남으로 도시를 가로질러 그녀를 집으로 데려다 주었다.

일주일이 지나도록 귀도의 소식을 듣지 못했다. 니나와 귀도의 어머니는 내게 여러 번 전화를 했지만 나는 그들을 안심시킬 말이 없었다. 내가 할 수 있는 말이라고는 귀도가 얼마나 강인한 성격인지 상기시키는 것뿐이었다.

그러던 어느 저녁 여덟 시 쯤 막 식사를 하러 앉으려는 참에 초인종이 울렸다. 인터폰에서 귀도의 목소리가 들렸다.

"내려와."

나는 부모님에게 나가봐야 한다고 하고 계단을 뛰어 내려갔다.

그는 여전히 아버지의 회색 양복을 입고 있었지만 셔츠 깃의 단추는 끄르고 있었다. 그는 갈퀴처럼 말랐고 얼굴엔 퀭한 눈만 가득한 듯 했다. 그는 제대로 서 있지도 못했다.

"이제 다 끝났어. 파시스트 마피아 개자식들 저주할 거야."

나는 기뻐서 어쩔 줄 몰랐다. 이렇게 자유롭고 밝은 그의 모습을 보자 희미한 질투가 가슴을 찌르는 느낌마저 들었다. 나는 그가 날아다니는 동안 지나친 상식과 두려움으로 내 스스로 땅에 못 박힌 듯 움직이지 않고 있었던 것 같았다. 하지만 그건 1초도 안 되는 순간의 파편 속에 사라졌다. 다음 순간 나는 다시 기쁨에 들떠 어떻게 된 일인지 설명해보라고 다그쳤다.

"좀 걷자. 한 달을 꼬박 거기에 갇혀 있었거든."

그는 회색 재킷을 벗어 머리 위로 빙빙 돌리며 껑충 뛰어 한두 걸음 만에 길을 건넜다.

우리는 무작정 거리를 배회했다. 고인 공기는 질주하며 지나가는 차로 잠깐씩 흔들릴 뿐이었다. 귀도는 빠르게 말하며 사방을 둘러보았다. 그는 정신병원에서의 잉크 얼룩 테스트에 대해 말해주었다.

"처음 건 나비 모양 같은 거였어. 뭐가 연상 되냐고 물어서 짓이긴 개의 머리 같다고 했더니 아무 말도 안 하고 차트에 내 대답을 적더라고. 그 다음에는 오리를 보여줬어. 도날드덕 같은 거 말이야. 나는 죽기 전에 고통스러워하는 남자의 팔처럼 보인다고 했지. 20분 동안 잉크 얼룩을 보여주면서 계속 그걸 해석해보래. 내 대답이 아주 흥미로웠나봐. 아마 매뉴얼에 있는 임상 사례와 일치했을지도 모르지. 마지막에는 엉덩이도 둥글고 가슴도 크고 입술이 두터운 게 누가 봐도 벌거벗은 여자로밖에 안 보이는 그림을 보여줬어. 그게 무엇으로 보이냐고 물었을 때 나는 머리를 막 흔들면서 아무 말도 안 했어. 의사가 뭐라도 말해보라고 재촉하는데 그쯤 되니까 그 사람 좀 신났더라. 나는 펄쩍 뛰면서 정말 미쳐버린 것처럼 아무것도 안 보인다고 비명을 막 질렀어. 그랬더니 의사가 금맥을 발견한 광부 같은 표정으로 미친 듯이 휘갈겨 쓰는 거 있지."

우리는 그의 이야기가 휘저어 올리는 이미지에 사로잡혀 어디로 가는지 살펴보지도 않고 보도를 따라 걸었다. 그는 그들이 자신을 군대 병원으로 이송시켰다고 했다.

"나를 구급차에 실어 거기로 보내더라고. 나는 기겁할 만한 진단서가 든 봉투를 들고 경비병들에게 감시당했어. 거기 도착하니까 나를 발가벗기더니 갈색 파자마를 입히고 슬리퍼를 신기는 거야. 병동이 열 개도 넘을 정도로 넓었어. 복도에는 사람들이 득실득실했는데 다들 계속 왔다 갔다 하더라. 자기가 다른 사기꾼의 기술을 얼마나 완벽하게 따라할 수 있는지 배우려고 애쓰는 것 같았어. 심장병 병동에서는 심전도 앞에 서기 전에 계단을 오르락내리락 뛰어다니데? 열이 있는 것처럼 보이려고 체온을 재기 전에 담배를 겨드랑이에 끼는 놈도 있었고. 손가락을 병 주둥이에 집어넣고는 뼈가 부러질 때까지 흔드는 애도 있었어. 폐에 염증이 생길 때까지 가짜로 기침을 계속하기도 하고. 근데 빌어먹을 군의관에게는 씨알도 안 먹혔지. 어디든 부패했고 모두 그 거대한 바퀴가 돌아가는 데 자기 역할을 다했거든."

"그래서 넌 어떻게 했어?"

나는 마치 그것이 내게 일어난 일인 양 동요하며 그의 희한한 이야기에 열중했다.

"면담 한다고 나를 불러서 들어갔지. 나는 뭐라고 묻든 대답 하나도 안 했어. 질문한 사람을 쳐다보지도 않았지. 의대를 갓 졸업한 것 같은 애송이 군의관 두 명이 있었는데 정신병원에서 써준 내 진단서에 깊은 인상을 받은 것 같았어. 오늘 아침에 걔네가 대령한테 나를 보냈거든. 대기실에서 한 시간을 기다렸는데 문 너머로 대령 목소리가 들리는 거야. 그 사람 통화 중이었는데 계속 변명을 늘어놓더라고. 아마 누군갈 추천하려고 압력을 넣었는데 잘 안됐나 봐. 나를 불러 들였을 때는 완전히 화가 머리 꼭대기까지 나 있었어. 마치 아무것도 믿지 않겠다는 태도로 정신병원에서 보낸 내 서류를 살펴보더라고. '흠, 그러니까 네가 거의 신경쇠약에 가까운 심각한 우울증이어야 한단 말이지?' 그 작자가 독을 가득 품은 시궁쥐처럼 날 쩨려봤어. 그 눈빛을 보니까 그냥 우울증 정도로는 안 되겠다 싶어서 소리 질렀어. '난 그냥 군대에 가고 싶은 것뿐이에요! 제발 도와주세요. 우리 엄마를 죽인 수도사들이 나까지 죽이기 전에요!' 그 사람 얼굴 근육 하나 움직이진 않았는데 효과가 있는 것 같더라고. 그래서 점점 더 크게 소리치기 시작했지. '선생님, 제 신발을 돌려주세요! 입대해야 한다고요! 녀석들이 신발을 가져간 걸 알아. 썩은 당나귀로 가득 찬 늪에서 지난번에 봤어!' 나는 있는 힘 껏 소리를 질러대며 바닥에 드러누워서 몸을 떨고 침 흘리면서 데굴데굴 굴렀어. 그렇게 연기하는 건 별로 어렵지 않더라고. 책상 뒤에 앉아 있는 그 돼지를 생각하기만 하면 나머지는 자연스럽게 되더라니까. 그치 옆에 앉은 부관은 엄청 충격 받은 것 같던데. '집으로 돌려보내'라고 대령이 역겨운 듯이 말했어. 그 자식들이 내 발을 잡아당기더니 내 옷을 입게 했어. 친절하게 택시까지 불러주더라."

우리는 대로를 건너갔다. 차들이 굉음을 내며 사납게 지나갔다. 우리는 둘 다 이제까지 일어난 모든 일이 현실이라는 것이 믿기지 않았고 들떠서 흥분해 있었다. 귀도는 마치 지금까지 자신이 당한 모든 일을 되갚아 주기 위해 이 도시에서, 그리고 인생에서 뭘 더 훔쳐낼 수 있을지 결정하려는 듯한 시선으로 주위를 살피며 특유의 한쪽으로 기운 듯한 걸음걸이로 성큼성큼 걸었다.

20

7월 20일 오후에 귀도가 우리 집으로 찾아왔다. 그는 내게 니나와 헤어졌다고 말했다. 우리 어머니는 산타마르게리타에 갔다. 새아버지는 사무실에 있었다. 우리는 이야기를 나누러 거실로 갔다. 귀도는 안락의자에 앉아 손가락으로 팔걸이를 톡톡 두드리며 마치 모든 것이 끝났고 지겹다는 듯이 행동하려고 했지만 내가 무슨 일이 있었냐고 묻자마자 감정이 격해진 목소리로 자리에서 벌떡 일어났다.

그는 가족의 압력에 굴복하는 니나의 모습을 참을 만큼 참았다. 그러나 그녀가 용감하게 행동하겠다고 약속했으면서 다시 고분고분하게 가족이 그녀를 집에 가두도록 내버려두고 그에게 전화를 하는 것조차 겁내는 것에 질려버렸다고 했다.

"문제는 걔가 근본적으로 자기 가족이 옳다고 생각한다는 거야. 물론 내게 끌리겠지. 자기 친구들과는 다르게 특이하니까. 하지만 결국엔 더 현실적인 사람을 원하게 될 거라는 걸 자기도 너무 잘 알아."

그는 앞뒤로 왔다 갔다 했다. 그는 여전히 수척했다. 삭발한 머리가 덜 자라서 강제추방자처럼 보였다. 나는 그가 언젠간 그녀에게 버려질 것이라는 두려움 때문에 자기가 먼저 이별을 고하기로 결심했으리라

짐작했다. 헤어진 게 단지 그런 사유 때문만은 아니겠지만 그가 유일하게 인정한 이유였다. 그는 자기 인생에 뭔가 혁명적인 변화를 주기로 결심했고 세상을 보러 떠나고 싶다고 했다.

"와, 우리 이제 겨우 스무 살이야. 세상 밖에는 대체 뭐가 있을지 상상만 하면서 단지 우리 앞에 놓여 있다는 이유만으로 주어진 현실을 받아들일 수만은 없어."

그는 여기에서 태어났다는 이유 하나만으로 밀라노에서 계속 살고 싶지 않으며 이제 군 입대 문제는 해결했으니 머무를 이유가 없다고 했다.

나는 그에게 무슨 계획이 있냐고 물었다. 그는 그리스로 갈 생각이며 일단 도착한 뒤에 결정하겠다고 했다. 그에게 두세 달은 충분히 버틸 수 있는 돈이 있다고 했다. 돌아다니는 데 그렇게 많이 필요하지 않으며 시작하기에 그거면 충분할 것이라고 했다.

그의 목소리는 밝고 단편적인 이미지와 멈추지 않는 비전으로 가득했다. 두 번 생각도 않고 나는 그와 함께 가겠다고 말했다.

다음 날 우리는 여행사로 가서 베니스에서 피레우스(그리스 동남부의 항구 도시)로 가는 표를 샀다. 갑판석 두 장과 오토바이 표도 한 장 샀다. 우리는 재빨리 여행준비를 했다. 가지고 갈 몇 가지 짐을 골랐다. 나는 두 해 전 여름 로베르타와 내가 사용했던 2인용 소형텐트를 챙길까 했지만 귀도는 필요 없다고 침낭으로 충분할 거라고 했다. 이탈리아 밖으로 떠나는 건 생전 처음이었다. 그냥 생각만으로도 가슴이 떨렸다.

로베르타는 조금도 내가 자기를 버리고 간다는 듯 굴지 않았다. 그녀는 일에 완전히 몰두해서 몇 주간 내가 없어진다는 사실에 거의 기뻐하는 것처럼 보였다. 그녀는 8월 초에 그리스에서 만나자고 하며 어디 있는지 전보만 보내주면 된다고 했다. 이제 우리 관계는 서로 편한 시간이나 대화, 약속을 미리 정하는 실용적인 작은 문제를 해결하는 것으로만 이루어져 있었다. 매번 우리가 뭔가에 합의할 때마다 나는 안도감과 함께 전화기를 내려놓으며 자유 시간이 주어졌다는 것에 감사하곤 했다. 더 이상 우리 사이에는 진짜 에너지나 충동적인 욕망 따위는 더 이상 존재하지 않았다. 우리가 함께 한다는 건 내가 부모님과 살고 있고 대학에 다니며 밀라노에 머물고 있다는 것처럼 불가피한 일처럼 보였다.

출발하는 날 아침 여섯 시 반에 나는 여행 준비를 이미 다 마친 오토바이를 끌고 귀도를 태우러 갔다. 그는 현관에서 작은 캔버스 가방의 지퍼를 닫으며 음식과 문제가 생기면 어떻게 해야 할지 어머니의 마지막 당부를 듣고 있었다. 그녀를 만난 건 이번이 처음이었다. 그녀는 자그마하고, 힘든 일과 어려운 상황에 익숙했으며 모성본능이 가득했다.

"마리오 너만 믿는다. 너는 귀도처럼 무책임하지 않으니까."

나는 그저 그녀를 기쁘게 하려고 조심하겠다고 약속했지만 누구도 자기 아들을 제어할 수 없다는 건 누구보다 그녀가 제일 잘 알고 있었다. 그는 초조함과 애정이 뒤섞인 태도로 어머니를 대했다.

"걱정 마세요. 우리는 호주로 가는 게 아니라고요. 아시잖아요."

하지만 그는 이미 어머니에게 이것이 단지 짧은 휴가가 아니라 집을 떠나는 거라고 말했다. 그래서 작별인사를 나누는 오래된 현관에서 분위기는 긴장으로 무겁게 가라앉았다. 그의 어머니와 함께 있는 귀도의 모습을 보는 것은 깊은 인상을 남겼고 나는 그들이 푸른빛 눈동자를 제외하면 어떻게 닮은 구석이 없는지 깜짝 놀랐다.

마침내 귀도가 캔버스 가방을 집어 들고 나를 문으로 떠밀었다. 그의 어머니는 길까지 우리를 따라 나와 내가 오토바이에 시동을 거는 것을 지켜보았다. 귀도가 마지막으로 어머니에게 손을 흔들고 나에게 말했다.

"가자, 가자, 떠나자!"

우리는 마지막 고속도로 삼백 미터를 달린 진동으로 뼛속까지 흔들린 채 배 타는 시간에 딱 맞춰 베니스에 도착했다. 배 밑창에 오토바이를 주차하고 갑판으로 올라갔다. 갑판 위에는 젊고 뭔가 달라 보이는 사람은 별로 없었다. 주로 가족과 중년 부부 그리고 아마도 귀향하는 터키인이나 이집트 이민자처럼 보이는 사람들 몇몇뿐이었다. 귀도는 주위를 둘러보고 실망했다. 그는 우리 여행의 1막이 오른 순간부터 곧바로 흥미로운 만남과 경험을 기대했던 게 틀림없었다.

그는 나를 이끌고 하얀 금속 계단을 오르락내리락하며 이 갑판에서 저 갑판으로 이리저리 끌고 다녔다. 하지만 결코 예쁜 여자나 그가 찾는 흥미로운 사람을 발견할 수 없었다. 공장과 멀어지는 해안선을 뒤로 하고 배가 떠나자 귀도는 벤치에 걸터앉았다.

"이건 그냥 연결을 위한 중간과정일 뿐이야. 그러니까 이 연결고리는 진짜 여행으로 치지 않는 거야. 딱히 이도저도 아니니까."

중간과정이라는 건 그가 반복해서 말하는 개념이었다. 인생의 드물게 흥미로운 순간들로 그를 연결해주고 준비시키는 짧은 시간의 단락, 거리를 말하는 것이다. 그는 자신이 중요하지 않다고 생각하는 연결고리가 더 확장되거나 그것이 인도해야 마땅할 경험을 위한 시간이 아주 조금밖에 남지 않을 때까지 연장될 수도 있다는 생각조차 용납할 수 없었다.

우리는 이글거리는 정오의 태양 아래서 아테네 항구에 도착했다. 배가 정박하는 동안 우리는 높은 곳에서 선착장을 내려다보았다. 경치와 사람들의 얼굴, 낙서, 미친 듯 달리는 차들, 화물차, 스쿠터와 마차, 선원들, 브로커를 기다리는 사람들, 다른 목적지로 향하는 각기 다른 고향에서 온 관광객들. 우리는 이탈리아에서 이토록 먼 곳에, 우리가 전혀 알지 못하는 새로운 장소에, 아무 사전 계획 없이 와 있다는 사실에 들떴다.

마침내 배에서 내린 뒤 우리는 오토바이를 끌고 가며 주위의 온갖 인상을 받아들였다. 작게 무리 짓거나 쌍으로 혹은 혼자 온 젊은 외국인이 많이 보였다. 그들은 배낭과 침낭을 어깨에 짊어지고 모자나 반다나를 머리에 얹고 발에는 샌들을 신었다. 피부가 몹시 하얀 스칸디나비아 여자애, 기타를 퉁기는 미국인, 날씬한 프랑스 소녀와 머리 긴 독일인 무리가 보였다. 유럽 대부분을 돌아다닌 것이 분명한 그들은 배낭 무게로 살짝 몸을 구부정하게 굽힌 채 정박한 배 주위와 여행사들과 카페 사이를 둘러보며 서성거렸다. 북적거리는 항구는 무자비하게 내리쬐는 밝은 빛과 그리스어로 질러대는 고함소리로 혼란스러웠다.

귀도는 모든 것을 하나도 놓치지 않으려고 하며 얼굴, 옷차림, 국적이나 사람들의 관계에 대해 이야기했다.

"여기서 서로 다른 두 사람이 만난다는 게 얼마나 가능성이 희박한 일인지 알겠니? 모든 다른 곳 중에 바로 여기에, 그 모든 시간 중에 바로 이 순간에 말이야."

우리는 가능한 여정을 알아보려고 작은 여행사 중 하나에 들어갔다. 귀도가 카운터 주변을 둘러싼 외국인 무리를 헤치고 들어가는 동안 나는 밖에서 오토바이를 지켰다. 문에서 나는 그가 여자들을 살펴보고 벽에 걸린 지도를 보는 모습을 볼 수 있었다. 그는 내 의견을 물으러 몇 번 돌아왔다. 그는 눈을 빛내며 말했다.

"우리는 치클라디나 스포라디 아니면 크레타나 이드라로 갈 수도 있어."

우리는 시끄러운 목소리와 열기 속에서 상의했다. 흥미로운 섬의 이름이나 지도의 형태를 보며 계속 마음을 바꾸었다. 마침내 귀도는 다시 그 인파 속으로 들어갔다가 10분 후에 티켓 두 장을 들고 나왔다.

"레스보스로 가는 거야. 배가 한 시간 후에 떠난대."

우리는 오토바이를 끌고 배를 탈 선착장으로 향했다. 귀도는 나에게 스웨덴 여자애 두 명을 보았는데 그 중 한 명이 매우 예뻤고 레스보스행 표를 사더라고 했다.

"이건 운명이 보내는 신호 같아."

하지만 그는 선착장에서 대기하는 무리 중 어디에서도 그 애들을 찾을 수 없었다. 어쩌면 마지막 순간 그 애들이 계획을 변경했을지 궁금해 했다. 어쨌든 키득거리고 우리를 힐끔거리면서 뜨거운 태양 아래 우리 쪽으로 가까이 다가오는 다른 예쁜 여자도 많이 있었다.

마침내 우리는 오토바이를 선적했다. 오래된 강철 선체는 여러 번 페인트를 덧칠했으며 갑판은 항해를 위해 자리를 잡으려는 젊은 관광객으로 붐볐다. 그들은 매트나 수건을 깔고 그 위에 길게 눕거나 배낭과 침낭을 이용해 등이나 머리를 기대고 앉았다. 그들은 비어 있는 흰 벤치 보다는 갑판 바닥을 선호하는 것 같았다. 확실히 그 배는 낡은 그리스식 선박이었지만 일등, 이등, 삼등 객실로 나뉘었다. 바와 식당, 라운지, 복도와 방수 격벽도 갖추고 있었다. 하지만 젊은 여행자들은 그저 개방된 공간에 머무는 것에만 관심이 있었다. 가벼운 여름옷으로 겨우 몸을 가리고 맨발 아니면 얇은 가죽 슬리퍼를 끌고 다녔다. 그들의 관심사만을 본다면 그냥 뗏목이나 공기와 물을 가르는 얇은 막 위에 떠서 여행해도 상관없을 듯 했다.

남녀 여행자들 사이의 상호관계는 부둣가에서와 비교하면 활기를 띠기 시작했지만 아직 별다른 일은 일어나지 않았다. 아무도 서로를 알지 못하는 큰 파티에 온 것 같아서 모두가 무슨 시도를 하기 전에 누가 누구에게 관심이 있는지를 알아내고 싶어 했다. 귀도는 계속해서 주위를 두리번거리다가 나를 바라보았다. 그는 다양한 측면, 출신지, 태도와 행동들에 압도당한 듯 했다. 우리는 무한한 가능성의 평행선 사이를 걷고 있었다. 이런 생각은 그를 불안하게 만들었다. 마치 우리 삶의 결과가 이 여행의 처음 몇 분을 어떻게 보내느냐에 달려 있다는 듯이 말이다.

나는 갑판 위에 앉거나 누운 사람들 사이를 이리저리 헤치고 그를 쫓아갔다. 마침내 그는 두 스웨덴 여자를 발견했다. 우리는 그들에게서 불과 몇 미터밖에 떨어지지 않은 비좁은 공간에 자리를 잡고 앉았다. 배는 그 후로도 30분은 족히 정박해 있었다. 그동안 모두가 이글거리는 태양 아래 갑판 이쪽에서 저쪽으로 옮겨 다니며 자리를 다시 정돈했다.

드디어 배가 출발했다. 바람이 불었고 그늘이 움직였다. 우리 곁에 있던 한 독일 청년이 기타를 치기 시작했다. 누군가 마리화나에 불을 붙여 한 모금 빼고는 그것을 주위에 돌렸다. 물리적인 접촉과 눈짓과 몸짓의 언어로 암시되는 끌림으로 인한 흥분이 차오르며 재미를 느끼기 시작하자 분위기는 곧 달아해졌다.

갑자기 독일 청년이 밥 딜런의 노래 코드를 잡지 못하고 우왕좌왕했다. 주위 사람들이 빨리 하라고 재촉하며 함성을 질렀다. 그러자 귀도가 그에게 기타를 빌려달라고 청하여 특유의 살짝 쉰 듯한 목소리로 노래를 부르며 기타를 연주하기 시작했다. 능숙하게 코드를 잡은 그는 몇 년 동안 기타를 쳐온 나보다 더 훌륭하게 연주를 했다. 나는 언제 그렇게 기타를 배웠냐고 물었다.

"작년에."

그는 아무 일도 아니라는 듯 대꾸했다. 그는 계속해서 운율을 맞춘 짧은 영어 노래를 작성해서 불렀다. 주위 모든 사람이 장단을 맞추며 와자지껄하게 합창을 하고 웃음을 터뜨렸다. 그 두 명의 스웨덴 여자들은 벌써 귀도에게 호감을 가진 듯했다. 그들은 입술을 살짝 벌려가며 노래를 따라했다. 둘 중 한 명은 조금 뚱뚱했지만 다른 한 명은 정말 예뻤다. 그녀는 반짝이는 파란 눈에 주근깨가 박힌 작은 코, 별로 걸친 것도 없는 옷 아래 잘 빠진 날씬한 몸매를 드러냈다. 귀도는 독일 청년에게 기타를 돌려주고 그녀에게 가까이 다가갔다. 그가 영어로 말하는 것은 고등학교 때 비밀 이야기를 나누기 위해 수백 번 들은 적이 있다. 하지만 그가 외국인과 영어로 대화하는 것을 보기는 처음이었다. 그는 레코드판에서 들은 단어는 약간 미국 악센트가 섞인 발음으로 자연스럽게 말했다. 책에서 배운 말은 좀 더 불분명한 어조로 말했다. 그래도 그는 여전히 짧은 교과서식 문장으로 대답하는 스웨덴 여자애들보다 훨씬 더 효과적으로 자기 의사를 표현했다.

얼마 지나지 않아 그 여자가 드러누웠다. 귀도는 세상에서 가장 자연스러운 일이라는 듯 여자의 배에 머리를 기대고 누웠다. 귀도는 자유로운 즉흥적인 파도를 타고 한 주제에서 다른 주제로 끊임없이 이야기를 계속했다. 영어로 정확한 말이 생각이 떠오르지 않으면 꾸며내서 박자를 놓치지 않고 이야기를 이어나갔다. 나는 특히 이런 순간에 그의 예리한 두뇌가 얼마나 믿음직한지 생각했다. 마치 귀도가 주위에 둘러앉은 모든 사람을 여행에 대한 불안감과 혼란한 감정들로부터 지켜주고 있다는 느낌마저 들었다.

그는 자기가 매력을 느낀 예쁜 스웨덴 여자에게만 집중하지 않고 조심스럽게 그다지 예쁘지 않은 그녀의 친구와 나에게도 주의를 기울이는 것을 잊지 않고 말을 걸었다. 그다지 예쁘지 않은 여자애는 그의 말에 주의 깊게 귀를 기울였다. 그러나 몇 번이나 귀도가 몇 초 이상 자기를 쳐다보지 않고 고개를 돌리면 분해서 얼굴을 찡그렸다. 귀도가 이탈리아어로 내게 말했다.

"제발 재하고 말 좀 해라."

나는 귀도가 예쁜 여자와 자유롭게 대화를 나눌 수 있도록 그 못생긴 친구를 맡아야 한다는 생각에 마음이 상했다. 나는 종종 귀도가 여자에게 얼마나 쉽게 다가가는지를 볼 때마다 짜증과 감탄이 뒤섞인 감정을 느끼곤 했다. 하지만 그런 생각이 스치고 지나가자마자 나는 내 반응이 너무 심술궂었다는 것을 깨닫고 그다지 예쁘지 않은 여자와 이야기를 나누기 시작했다. 날씨와 그리스의 지리에 대해서 대화를 시도해 보려고 했다. 그녀는 귀도 대신 나를 상대해야 하는 것에 별로 기분이 좋지 않아 보였다. 배에 손을 가져가면서 전날 저녁 아테네에서 이것저것 섞인 생선 튀김을 먹고 탈이 났다고 했다. 그녀는 계속 귀도를 힐끗거리며 친구의 부드러운 금발을 쓰다듬는 그의 손을 바라보았다.

우리는 몇 시간 동안 갑판에 앉아서 타인과 일체감을 느끼는 분위기에 젖었다. 배의 진동과 바다 속으로 해가 저물어 깊은 오렌지색 그늘로 변해가는 노을에 물들어가고 있었다. 밤이 내려오자 공기가 차갑고 습했다. 귀도는 가방에서 그의 유일한 스웨터를 꺼내 예쁜 스웨덴 여자에게 주었다. 그녀는 살짝 의기양양한 미소를 지었다. 별로 예쁘지 않은 친구는 내가 같은 일을 해주길 기다리지 않았다. 자기 배낭에서 방수 재킷을 꺼내서 지퍼를 올리고는 대화에서 빠졌다.

  어둠 속에서 여행은 계속되었다. 젊은 여행자들은 최대한 몸을 가리고 체온을 유지하기 위해 서로 꼭 들러붙은 채 웅크리고 앉았다. 수많은 다른 언어로 말하는 목소리, 단어, 억양, 음색과 부드러운 기타 선율이 들려왔다. 어렴풋한 마리화나 향이 바람에 실려와 바다로 사라지기도 했다. 귀도와 예쁜 스웨덴 여자는 서로 키스를 하며 배의 흔들림에 몸을 맡기고 흔들거렸다. 별로 예쁘지 않은 스웨덴 여자는 잠들었다. 배낭에 등을 기대고 반쯤 열린 입에서는 그렁거리는 코고는 소리가 들렸다. 나는 누군가 맘에 드는 사람을 만나고 있었지만 갑판 위에서 다른 얼굴을 구별하기도 힘들었다. 눈에 보이는 것이라곤 빨간 점으로 빛나는 담뱃불과 물에 반사된 달그림자뿐이었다. 모든 것으로부터 멀리 떨어져 깊은 밤 운명에 나 자신을 맡기는 느낌은 기묘하게 강렬한 감각이었다.

  날카로운 사이렌 소리에 나는 깜짝 놀라 깨어났다. 배경처럼 주위를 둘러싼 웅크린 여행자들의 윤곽이 다시 살아나기 시작했다. 대부분이 천천히 몸을 일으켜 짐을 추스르거나 난간 기둥에 몸을 기댔다. 잠에 빠져 그저 몸을 뒤척이는 이도 있었다. 우리는 키오스 항구로 들어가는 중이었다. 가로등의 불빛 속에 하얀 집들의 외관과 알록달록한 고기잡이배들과 부두를 따라 부산하게 움직이는 선원들의 조그만 모습이 떠올랐다.

  못생긴 스웨덴 여자는 귀도에게 안겨 있는 친구에게 손을 뻗어 흔들어 깨우더니 배에서 내려야 한다고 말했다. 귀도는 다른 차원에서 억지로 끌려 돌아온 사람처럼 손목시계를 보고 나를 쳐다보았다.

예쁜 스웨덴 여자가 벌떡 일어나더니 말했다.

"우린 여기서 내려야 해."

그녀는 바지 주머니 한쪽에서 표를 꺼내 둥근 빛 아래에서 확인했다. 귀도는 당황했다. 그는 그들도 레스보스로 간다고 확신하고 있었다.

"아니 왜?"

예쁜 스웨덴 여자는 마음을 정하지 못한 것 같았다. 그녀는 친구에게 계획을 변경하자고 설득하려고 애썼다. 친구는 짜증스러운 쉰 목소리로 몇 마디 대꾸했다. 아마도 자기는 어쨌든 여기에서 반드시 내릴 것이라고 말하는 것 같았다. 그녀는 아마 소외감을 느꼈을 테였다. 이제 그것이 귀도에 대한 분개심로 바뀐 듯 했다. 그녀는 귀도의 시선을 피하며 배낭끈을 조절했다.

예쁜 스웨덴 여자는 체념한 표정으로 귀도를 향해 돌아섰다. 이제 배는 선착장에 정박했다. 그녀 뒤로 항구의 불빛이 그녀의 황금색 머리칼을 더 밝게 빛나게 했다. 귀도에게 빌린 스웨터를 입은 그녀의 모습은 더 자그맣고 예뻐 보였다. 그녀는 귀도가 우리도 여기에서 내리겠다고 말하며 짐을 꾸리기 시작하길 기대하는 기색이 역력했다.

하지만 귀도는 그저 "재미있게 보내"라고 이미 감정의 흔적을 찾기 힘든 무심하게 들리는 목소리로 말했을 뿐이었다. 예쁜 여자는 깜짝 놀란 눈으로 그를 바라보았다. 그의 스웨터를 벗어서 돌려주는 그녀의 입술이 바르르 떨렸다. 그녀는 어깨에 배낭을 짊어지고 못생긴 친구와 함께 떠났다.

배가 다시 항해를 떠나자 원래 타고 있던 사람들과 키오스에서 새로

승선한 여행자들 모두 침낭 속에 깊이 파고들어 고치 속의 번데기처럼 머리까지 뒤집어쓰고 추위와 어둠을 피해보려 했다. 귀도와 나도 그렇게 했다. 하지만 잠을 이룰 수 없었다. 머릿속에서 사람들의 얼굴이 둥둥 떠다녔다. 결국 자리에서 일어났다. 귀도도 방파 벽에 기대어 서 있었다. 그는 특별히 뭘 보고 있는 것 같진 않았다. 바다나 하늘 그 어느 곳도. 계속되는 한숨 같은 바람소리 외에는 아무 소리도 들리지 않았다.

21

우리는 아침 여섯 시에 레스보스에 있는 미틸레네 항에 도착했다. 갑판에서 밤을 보내 졸리고 몸이 쑤셨다. 도시는 귀도와 내가 상상했던 것보다 더 크고 더 흉했다. 이른 시간에도 불구하고 차량과 떠들썩한 소음, 고함소리로 북적거렸다. 우리는 배에 서서 그런 광경을 내려다 보았다. 둘 다 별로 썩 좋은 기분은 아니었다. 자기들끼리 재미있어 보이는 여행자는 모두 키오스에서 내렸다. 뭔가 음울한 사람만 레스보스까지 항해를 계속했다. 이제 선실에서 나오는 그리스 가족들과 섞였다. 중년의 몸과, 몸짓, 목소리, 아이들, 액세서리가 갑판을 점령했다. 귀도는 그들을 바라보았다. 나는 그가 수백 개의 다른 섬을 놔두고 잘못된 선택을 했는지 의심하고 있다고 확신했다.

우리는 오토바이를 찾아 배낭과 침낭을 실었다. 항구 도로에 다다르자 다음에 어디로 가야 할지 몰라 머뭇거렸다. 더 정보를 얻거나 최소한 이 섬의 지도라도 사고 싶었다.

"이 쯤에서 우리의 운을 한번 시험해보자."

귀도의 말에 우리는 카페에 들어가 요구르트를 먹고 어디로 향하는

지도 모른 채 북동쪽으로 무작정 떠났다. 우리는 인가로부터 멀리 떨어져서 황량한 들판을 가로질러 태양이 작열하는 구멍이 숭숭 파인 길 위를 달렸다. 아무 말도 하지 않았지만 둘 다 서로가 전날 피레오에서의 광경을 떠올리고 있을 거라고 생각했다. 환상적인 목적지를 향해 떠나는 다른 여행자들의 행복한 기대에 찬 얼굴. 어쩌다가 우리는 이 먼지만 풀썩이고 살아있는 것이라곤 보이지 않는 사막에 오게 되었는지 도무지 알 수가 없었다.

알렙포 소나무와 떡갈나무가 우거진 초록 구릉 지역으로 올라가면서 점점 풍경이 예뻐지기 시작했다. 그리고는 펼쳐진 올리브 숲으로 뒤덮인 경사로를 내려왔다. 우리는 달리고 또 달렸다. 아스팔트에 반사되는 이글거리는 태양의 열기로 다리에 화상을 입으면서도 마침내 바다가 눈앞에 펼쳐질 때까지 계속 달렸다. 우리는 만의 굴곡을 따라 이어지는 길을 따라 바다 위 암석투성이 언덕에 매달려 있는 미팀나의 작은 고대 도시로 올라갔다. 저 아래 고기잡이배로 가득한 작은 항구가 내려다보였다. 귀도가 감탄했다.

"어쩌면 뭐 그렇게까지 나쁘진 않을지도 몰라."

우리는 오토바이를 세우고 둘러보러 나섰다. 이 도시는 보기 흉한 건물이 어지럽게 들어서 있는 피레오와 미틸레네와는 사뭇 달랐다. 여기에선 오래된 집들 사이로 자갈이 깔린 좁은 길이 거미줄처럼 뻗어 있었다. 집은 하얀 석회석과 돌과 나무로 지은 것이 아마도 터키 양식인 것 같았다. 모퉁이를 돌 때마다 다른 결의 풍경이 드러났다. 완전히 다른 태양과 바다의 풍경이었다. 등나무가 벽을 타고 오르고 오래된 작은 카페에서는 최면을 거는 듯한 동양풍 음악 소리가 흘러나왔다. 천과 샌들, 팔찌나 가죽 끈을 파는 작은 가게도 있었다. 젊은 여행자 주위를 어슬렁거리며 볕에 그을린 느긋한 모습으로 마치 거기 사람인 듯 주민과 어울리고 있었다.

우리는 도시 위에 자리한 중세 요새의 유적이 남아 있는 곳까지 계속 올라갔다. 거기에서는 해안선을 따라 멋진 풍경이 펼쳐졌다. 쥐엄나무 그늘 아래 한 미국 소녀가 붉은 수염을 기른 덩치 큰 남자에게 《위대한 개츠비》를 읽어주고 있었다. 그들은 서로 마주보고 누워 있느라 우리가 지나치는 것도 눈치 채지 못했다. 태양의 열기는 강렬했지만 나무 그늘은 시원했다. 그 나무는 우리 주위를 둘러싼 돌벽만큼이나 오래되어 보였다.

마을을 가로질러 걸어 내려오자 귀도가 말했다.

"때로 뭔가를 잃어버렸다는 생각이 들 때가 있지만 어쩌면 더 나은 것을 발견하기 위해서였는지도 모르지."

이것이 삶을 극복하는 그의 방식이었다. 그는 임의의 신호 같은 것에 기반을 두어 선택한 뒤 나아가면서 모든 것을 과거 경험을 토대로 해석하곤 했다. 그는 처음 길을 떠났을 때와 똑같이 낙관적으로 보였고, 사람들과 정보 그리고 우리가 만난 우연들에 설레어 했다.

마을 앞에는 풀밭이 있었다. 여행자들이 거기에 낡은 차와 페인트를 덧칠한 소형 트럭을 세우고 텐트를 치고 침낭을 늘어놓았다. 귀도는 마음에 드는 장소로 낙엽송 그늘 아래를 골랐다.

"우와! 이제 우리에게 베이스까지 생겼어."

초기 기독교인처럼 보이는 독일 남자들 네댓 명이 나무 아래에 앉아 노래를 부르고 있었다. 튼실한 다리를 한 소녀가 대야에 티셔츠를 빨아 경주용 자전거의 핸들에 널어 말렸다. 짐을 그냥 두면 위험하지 않을까 하는 걱정은 떠오르지 않았다. 모든 것이 너무도 자연스럽게 보여 물질적인 소유라는 게 사라져버린 것처럼 느껴졌다. 우리는 오토바이에 올라 해변을 찾아 달렸다. 나는 마침내 그렇게 고대했던 대로 수영을 할 수 있었다. 귀도는 그저 물을 몇 번 끼얹기만 했다. 그는 바다를 좋아하지만 물속에 있는 게 안전하게 느껴지지는 않는다고 했다.

저녁에 우리는 마을로 걸어갔다. 빛이 희미하게 사라지고 오래된 집들 사이로 음악이 들려왔다. 아까보다 더 유혹적이고 동양식으로 들렸다. 젊은 외국인들은 작은 야외 식당의 흔들리는 식탁에 자리를 잡고 앉아 서로를 바라보며 우리가 배에서 본 여행자들과 비슷하게 행동했다. 공기는 향신료와 음식을 튀기는 기름 냄새로 가득했다.

귀도와 나는 자갈길을 따라 골목을 어슬렁거렸다. 깨끗한 옷으로 갈아입고 베이스캠프를 치고 나니 마치 이곳에 속한 기분이 들었다. 한 바퀴 돌아보니 모든 레스토랑은 색색의 와자지껄한 외국인들로 붐볐다. 우리는 요새의 잔해 속에서 《위대한 개츠비》를 읽던 두 미국인을 알아보았다. 그들은 테라스가 딸린 식당에서 다른 손님들 사이에 앉아 있었다. 그들 옆 자리에 앉아 있던 북유럽 커플이 일어나 자리를 떴다. 귀도와 나는 거기 가서 앉았다.

우리는 다른 사람들이 다 주문하는 백포도주와 요리를 따라 시켰다. 우리를 둘러싼 모든 소리와 냄새에 감탄했다. 와인은 얼음처럼 톡 쏘는 송진 맛이 났다. 우리는 와인을 꿀꺽꿀꺽 마셨다. 이것만으로도 섬을 가로지른 여행과 낮의 더위, 항구에 처음 배가 도착했을 때 느꼈던 실망감을 보상받기에 충분했다. 우리는 학교에서 완벽하게 완성한 기술로 주위 사람을 평가했다. 하지만 귀도는 그냥 거리를 두고 바라보며 이런 저런 평을 늘어놓는 것으로 만족하기에는 너무도 몰입해 있었다. 그는 술을 마시고 계속 주위를 둘러보다가 요새에서 책을 읽고 있던 미국 소녀에게 몸을 기울여 말했다.

"그건 내가 가장 좋아하는 책 다섯 권 중 하나야."

그가 무슨 말을 했는지 그녀가 알아듣는 데 몇 초 정도 시간이 걸렸다. 그녀가 웃더니 말했다.

"윌리가 워낙 책을 안 읽어서 말이야."

윌리는 수염을 기른 건장한 청년이었다. 그는 손을 흔들어 인사를 했다. 그녀의 이름은 레이첼이었다. 우리도 자기소개를 했다. 아마도 창문에 코를 누르고 서서 잔치를 구경하는 가난뱅이처럼 소심해 보였을 것이다. 귀도는 상황을 밀어붙이며 테이블을 붙여서 합석하면 어떻겠냐고 했다. 그들은 좋다고 했다. 우리는 울퉁불퉁한 돌바닥 위로 탁자를 끌어 옮겼다.

레이첼은 우리에게 자기들은 미국인이 아니라 캐나다인이라고 했다. 그녀는 합창단에서 노래를 하고 친구는 피아노 조율사였다. 윌리는 우리는 뭘 하는지 물었다. 그는 내 눈을 똑바로 쳐다보고 두툼한 손가락으로 나를 가리켰다. 나는 학생이라고 말했다. 그러나 말해놓고 곧 바보 같은 기분이 들었다. 내가 그보다 두세 살 어리긴 했지만 나는 학생이라는 것 외에는 내세울 게 없는 것처럼 들렸다. 내 말을 다시 주워 담고 싶었지만 그는 이미 귀도를 보고 있었다.

"너는?"

다른 테이블에서 들려오는 목소리와 소음 위로 그가 물었다. 갑자기 이탈리아에서는 이런 질문이 거의 모욕이나 다름없다는 사실이 떠올랐다. 뭐든 일자리를 찾기가 하늘의 별 따기였기 때문이다.

"나는 글을 써."

"소설?"

레이첼이 나만큼이나 놀라 물었다. 귀도는 약간 당황해서 고개를 끄덕였다. 이제 레이첼은 흥미가 동했다.

"넌 좀 이상해 보이긴 해. 머리도 짧고."

귀도는 그의 징병 기피 사연을 늘어놓았다. 때때로 실제 영어로 하는 대화에서 사용해본 적 없는 단어가 나오면 약간 더듬거렸다.

레이첼과 윌리는 보름 전부터 미팀나에 있어서 자기 동네에 있는 것처럼 편해 보였다. 주변에 앉아 있는 다른 외국인도 거의 다 알고 있었다. 귀도는 바로 우리 뒤에 앉은 록을 하는 것처럼 보이는 남자 두 명과 갸름한 계란형 얼굴의 여자와 그 옆의 머리색이 짙은 예쁜 여자의 이름이 뭔지 물었다. 스코틀랜드에서 온 계란형 얼굴의 여자만 빼고 다 미국인이라고 윌리가 말했다. 남자들은 형제고 이름은 닉과 테오라고 했다. 닉은 롤링스톤즈의 음향 기술자로 일했고 그의 형제는 전기 기술자라고 했다. 예쁜 흑갈색 머리 여자 이름은 루이제라고 했다. 그녀는 보스턴에서 레스토랑 직원으로 일하고 닉의 여자 친구라고 했다. 스코틀랜드 여자 트리치아는 지리를 공부한다고 했다.

그들의 영어를 완벽하게 이해할 수 없었기 때문에 이런 정보 중 일부는 놓쳤다. 하지만 귀도는 점점 더 흥미가 생기는 듯 계속 윌리에게 그들이 우리 옆자리로 자리를 옮기라고 하라며 설득했다. 윌리는 결국 항복하고 그들에게 물었다. 미국인들과 스코틀랜드 여자는 그저 우리를 보더니 처음에는 망설이다가 결국 합석했다. 귀도는 닉에게 그의 일에 대해 물었다. 그는 이전에 그가 참여했던 콘서트에 대해 이야기를 시작했다. 그가 내뱉는 단어에는 수년간 우리가 칭송한 미국 노래, 영화, 책의 악센트가 섞여 있었다. 세계의 중심부에서 온 사람이 가지고 있는 자연스러운 유연함으로 술술 쉽게 나왔다. 루이제와 테오는 내가 잘 이해할 수 없는 말로 중간에 참견을 했다. 하지만 그것도 똑같이 멋져보였다. 귀도는 나만큼이나 넋을 잃고 우리가 아는 사람들이 이름이나 장소를 언급하는 말을 듣고 그들의 이야기를 즐기며 웃는 모습을 바라보았다. 우리는 이탈리아에서 우리나라의 고립성과 외부에 대한 견해, 번역과 해석과 더빙의 장벽을 극복하면서 그렇게 힘들게 애를 써야 얻을 수 있었던 모든 정보를 직접 접할 수 있게 된 것 같았다.

그들 또한 이 점을 잘 알아채고 가지고 놀며 음악뿐 아니라 영화와 문학을 포함한 모든 예술의 대가인 것처럼 굴었다. 우리가 어린 시절 이후로 한 번도 소식을 못 들어본 미국 예술가를 다 안다고 주장했다. 윌리와 레이첼도 아는 척을 했지만 닉은 그들을 능가할 기회를 놓치지 않았다. 트리치아는 우리보단 덜했지만 겉돌긴 마찬가지였다. 그녀가 유일하게 유리한 점은 영어 사용자라는 것뿐이었다. 우리는 모두 계속해서 송진 향이 나는 와인을 마셨다.

대화는 점점 더 혼란스러워지고 또 가벼워졌으며 일관성이 없어졌다. 귀도는 다른 테이블에 따로 앉아 있는 아주 매력적인 여자 두 명을 발견하고는 윌리에게 그들을 아느냐고 물었다. 윌리는 그 애들은 리옹에서 온 프랑스인으로 이름은 안느와 자네트라고 했다. 닉과 테오는 이탈리아 종마에 대한 농담을 하기 시작했다. 귀도는 일어서서 프랑스 여자들에게 다가가 우리와 같이 앉자고 초대했다. 그들은 몇 초간 고민하더니 우리 쪽으로 왔다. 우리는 자리를 만들려고 조금씩 좁혀 앉았다.

이제 열 명이 된 우리는 멋지게 어울렸다. 분위기는 여전히 끌림과 관심으로 팽팽했다. 닉은 계속해서 세상을 다 아는 행세를 하며 자기의 화려한 이야기로 우리를 즐겁게 해주었다. 귀도는 그에게 약간 주눅이 든 것 같았다. 자기가 무슨 말을 하는 건지 확신할 때만 가끔씩 대화에 끼어들었다. 하지만 시간이 좀 지나고 좀 더 자유롭게 대화에 참여하더니 그의 말의 위력을 제한하는 외국어로 자기 생각을 표현하는 도전을 받아들이기 시작했다. 그는 점차 성공했고 테이블에 앉은 여자들이 그를 좀 더 눈여겨보기 시작했다. 그들은 그가 하는 말에 더 주의 깊게 귀를 기울였다. 예기치 못한 그의 목소리의 온기에 놀란 듯 했다.

닉은 경쟁적이 되어 말이 점점 더 빨라지더니 더 폭넓은 주제에 대해 말했다. 그는 작년에 이탈리아를 여행한 경험을 풀어놓았다. 그는 이탈리아에서의 경험이 아직도 매우 생생하고 재미있는 사람이 많았다고 하며 이탈리아 악센트를 흉내 내서 "잘 잤나요? 저녁 드셨나요?"라고 말했다. 귀도가 싸늘한 어투로 반박했다.

"이탈리아는 지난 30년 동안 정부를 망쳐버린 악당 때문에 파탄이 났어. 너에겐 이탈리아가 고풍스럽고 생생해 보이겠지. 근데 그건 엽서에서 본 풍경을 현실에서도 기대해서 그런 거야. 물론 어느 정도 찾을 수는 있어. 썩어서 냄새나는 구덩이를 파헤치면 어떨지 모르겠지만."

닉은 갑작스러운 그의 공격성에 놀랐지만 그가 왜 그런 반응을 보였는지는 알지 못했다. 그는 그 주제를 털고 넘어가려고 하며 말했다.

"난 불쾌한 건 못 봤어. 그리고 피자는 정말 훌륭하더라."

"너희 모두 다 시선이 정말 전형적이구나. 세계를 보는 시야가 단순해서 그런가?"

영어로 하는 그의 말은 훨씬 날카로웠다. 그래서 그의 목소리에 담긴 비꼬는 어조로 들리는 대신에 오히려 실제보다 더 강렬한 감정을 느끼고 있는 것처럼 들렸다. 사실은 그는 닉과 직설적인 미국인들의 허심탄회함에 감탄하고 있었다.

"너희 모두라니? 무슨 뜻이야?"

닉이 방어적으로 물었다. 루이제가 본능적으로 귀도의 편을 들어 말했다.

"맞아. 너는 언제나 잘 알지도 못하면서 떠들어대잖아."

"난 누구의 기분도 상하게 하고 싶지 않아."

닉이 물러섰다. 하지만 귀도는 전혀 기분이 상하지 않았다. 그는 미소를 지으며 닉의 잔을 채워주고 말했다.

"자기가 말하려는 것에 대해 잘 모를 때 그렇게 되더라고."

레치나(송진 향을 첨가한 그리스 산 포도주)는 각 문장 뒤에 숨은 의미를 확대하는 역할을 했다. 또 주고받는 눈길 속에 감정을 더해주었다.

나로 말하자면, 나는 분위기를 따라갔다. 외국어로 주고받는 이 대화에 내가 실제 참여하고 있다는 사실이 놀라웠다. 가족과 도시와 나라에서 완전히 독립했다고 느낀 건 이번이 처음이었다. 나는 흥미를 끄는 세상의 모든 것을 자유롭게 흡수할 수 있었다.

나는 자네트에게 레치나를 따라주며 이야기를 나누기 시작했다. 나는 그녀의 얼굴이 얼마나 예쁜지, 개암색의 아름다운 눈을 가졌고 길고 감각적인 목은 또 얼마나 고운지를 깨달았다. 나는 왜 하고 많은 곳 중에 하필이면 레스보스에 왔는지 물었다. 그녀는 3년 동안 사귄 남자 친구와 헤어졌다고 설명했다. 안느도 비슷한 일을 겪었는데 둘이 함께 여행사에 가서 우연히 레스보스 행 표를 샀다고 했다. 나는 이 순간에 우리가 이렇게 서로 이야기를 나누며 마주보고 있다는 사실이 내게 일어날 수 있는 모든 일 중에 가장 가능성이 낮은 일 중 하나라고 했다. 그녀는 무슨 뜻이냐고 물었고 나는 설명하려 애썼다. 우리는 이탈리아어와 영어와 불어를 섞어서 이야기했지만 실제로는 극히 신체적인 차원에서 가장 의사소통을 잘 하고 있었다. 우리는 그저 서로 바라보며 입술만 움직이며 앉아 있을 수 있었다. 우리는 몇 시간 동안이나 그 작은 식당의 테라스에 앉아 있었다.

마침내 주방에서 풍겨오던 향신료와 기름 냄새가 엷어졌다. 이 시간이 되자 다른 테이블의 손님은 모두 가버렸다. 최면을 거는 듯한 부주키(손가락으로 연주하는 그리스의 현악기) 소리도 사라졌다. 주인이 청구서를 들고 와서 잔을 치우기 시작했다. 우리는 그때쯤 작은 패거리로 진화했고 여러 가닥의 실로 함께 묶여 있었다. 우리는 좁은 자갈길을 올라 바다가 보이는 곳까지 천천히 걸어 올라갔다. 귀도는 안느와 루이제에게 그리스 해방전쟁에서 활약한 메솔롱기온(파트레 만에 면한 그리스 서부의 도시; 그리스 독립전쟁 중, 바이런이 죽은 곳-역주)의 바이런 이야기를 해주었다. 나는 자네트와의 대화에 몰두하고 있어 그의 말이 잘 들리지 않았다.

밤은 매우 깊었고 마을은 완전한 고요 속에 가라앉았다. 윌리와 레이첼은 자러 간다고 했다. 우리는 몇 분 동안 우왕좌왕하다가 각자 다른 방향으로 흩어졌다. 닉은 만나서 반가웠다고 하며 귀도에게서 루이제를 떼어내야 했다. 그의 형제 테오는 스코틀랜드 여자 트리치아와 떠났다. 그녀의 허리에 단단히 팔을 둘렀지만 모퉁이를 돌아 사라지기 전 그녀가 팔을 밀쳤다.

귀도와 나는 안느와 자네트와 함께 그들이 방을 빌린 집까지 걸어 내려왔다. 우리는 이제 먼지가 풀썩이는 골목에 멈춰 서서 시간과 거리의 감각이 우리를 저버린 듯 서 있었다. 나는 자네트에게 그녀의 목이 나에게 어떤 영향을 끼쳤는지 설명해보려 했다. 그녀는 웃기 시작했고 나는 귀도와 안느가 벽 뒤에서 키스하는 것을 보았다. 그 장면을 보자 나는 수심어린 분위기를 떨치고 자네트의 목에 입을 맞추려 했다. 하지만 내가 한 발짝 다가서자 그녀는 뒤로 물러났다. 대신 그녀의 입술에 키스했다. 나는 그녀의 입술의 맛, 불과 몇 시간 전만 해도 우리는 서로 만난 적도 없다는 사실, 길고 긴 일어날 것 같지 않은 가능성이 이어져 만나게 되었단 생각에 넋을 잃었다. 또한 로베르타와의 지난 2년이 얼마나 따분했는지 귀도가 아니었다면 우리 관계를 포기해 버렸을 거라는 생각도 들었다. 자네트의 입술이 새로운 감각의 세상으로 향하는 길, 내가 영원히 살고 싶은 세상으로 향하는 길처럼 느꼈다.

나는 우리가 이런 나른한 혼란 상태가 얼마나 오래 머물고 있는지 몰랐다. 어느 순간 귀도가 "우리는 아래로 내려갈게. 너희 둘이 방을 써."라고 말하는 목소리를 들었다. 그는 손을 흔들었지만 그건 수많은 동작 중 하나에 불과했다. 그와 안느는 팔짱을 끼고 가파르게 경사진 골목을 따라 내려갔다.

자네트와 나는 미끄러지듯 문을 통과해서 계단을 내려가 여기저기 어지럽게 옷들이 널려 있는 방으로 들어갔다. 그리고 침대에 누웠다. 우리 아래에서 침대 스프링이 삐걱거리며 요동을 쳤다. 우리는 계속 웃으며 서로를 바라보았다. 다 자란 어린아이처럼 옷을 헤치고 서로를 만졌다. 우울한 감정은 완전히 이끌림의 파도를 타고 사라져버렸다.

나는 그리스 면으로 된 그녀의 치마를 들췄다. 그녀의 피부는 하루 종일 태양빛에 흠뻑 젖어 놀라울 정도로 따뜻했다. 나는 그녀의 팬티를 벗겼다. 햇볕에 그을려 하얗게 남은 수영복 자국은 없었다. 배의 모든 매끈한 굴곡은 가느다란 음모를 향해 쭉 뻗어 내려갔다.

22

다음 날 아침 안느가 와서 방문을 두드리며 옷을 갈아입어야 한다고 했다. 자네트는 알몸으로 침대에서 벌떡 일어났다. 생각보다 잠에서 완전히 깨어 있었는지 말똥말똥한 얼굴로 내가 미처 바지를 입을 틈도 주지 않고 문을 열어주러 달려갔다. 그들은 뭔가 의미심장한 표정과 시선을 주고받더니 프랑스어로 속삭이다가 바닥에 사방으로 흩어져 있는 것들을 뒤지기 시작했다.

나는 옷을 입고 방문 쪽으로 향했다. 지난밤과 와인으로 인한 숙취 때문에 여전히 몽롱한 채였다. 자네트의 맛과 촉감이 여전히 얼얼하게 몸에 남아 있었다.

그녀는 지난 밤 우리가 만났던 그 작은 레스토랑에서 아침식사를 함께 하자고 했다.

"그냥 사라지면 안 돼."

그녀는 그게 실제로 벌어질 수 있다는 듯이 말했다. 나는 방을 나서기 전 입맞춤이나 포옹을 기대하며 그녀에게 가까이 다가섰지만 그녀는 그저 윙크를 했다. 뭔가 재미있어하는 표정이었다.

계단을 걸어 내려와 밖으로 한 발짝 내딛자마자 행복감은 사라져버렸다. 갑작스러운 낭패감과 무력감이 엄습했다. 내가 방을 나설 때 자네트의 표정은 자신에게 몰두하느라 무심해보였다. 지난밤의 흐릿한 기억 속에서 그것과 똑같은 표정이 언뜻 떠오르더니 밖에서 서로 이야기를 나누었던 기억이 났다. 밝은 햇살에 눈이 부셨다. 외국어로 떠드는 목소리들과 동양식 건축물에 멍해졌다. 낯선 형태와 알 수 없는 상황의 경계에서 나 자신을 지금 발견한 듯 무작정 골목길을 몇 걸음 걸어 내려갔다. 다시 계단을 뛰어올라가 방문을 벌컥 열고 자네트에게 확인을 받거나, 집으로 가는 가장 빠른 배를 타고 로베르타와의 익숙한 지루함 속으로 돌아가고 싶다는 충동을 느꼈다.

레스토랑 테라스에 놓인 작은 탁자들 중 하나에 자리를 잡고 앉아 있는 귀도를 보았다. 내 눈에 들어온 익숙한 그의 얼굴이 미친 듯이 질주하던 생각이 서서히 멈출 수 있도록 고삐를 당겼다.

그는 지난밤에 눈 한번 붙이지 못한 듯한 모습이었지만 기분이 매우 좋아보였다. 거기 있는 게 만족스러워 보였다. 레스토랑 주인이 다가와 주문을 받았다. 귀도는 마치 평생지기라도 되는 듯 친근하게 굴며 터키식 커피 두 잔을 시켰다. 그는 우리 주위의 모든 것에 황홀해했다. 이 작고 오래된 마을의 본질과 형태와 냄새, 그 모든 것에 감탄했다.

"정말 멋지지 않아?"

"그러게."

언젠가 나도 내적인 안정감을 얻을 수 있을지, 모든 감정의 변화에 영향 받지 않을 수 있는 나만의 불가침적인 중심을 구축할 수 있을지 궁금했다.

레스토랑 주인이 우리가 주문한 커피와 커다란 유리컵에 담긴 차가운 물 두 잔을 쟁반에 받쳐 들고 돌아왔다. 귀도는 그리스어로 감사인사를 했다.

"에프까리스또 뽈리."

그는 주인에게 이름이 뭐냐고 물었다. 그는 코스타스라고 대답했다. 귀도는 주인에게 자기 이름을 말하고 여기가 얼마나 아름다운 곳인지 말과 몸짓을 섞어서 표현했다. 나는 귀도가 세상을 대하는 느긋하고 태평한 태도가 물질적인 소유나 가족이나 사회적인 기대 또는 물려받은 역할로 부담을 느껴본 적이 한 번도 없기 때문인지 궁금해졌.

그는 나에게 지난 밤 안느와 함께 마을 아래의 초원에 누워 몇 시간이나 밤하늘을 바라보며 보냈다고 했다.

"별자리를 다 구별할 수 있었어. 여태까지 그렇게 또렷하게 별자리를 본 적이 없어."

그는 둘 사이에 무슨 일이 벌어졌는지 더 설명하지 않았다. 나와 자네트에 대해서 물어보지도 않았다. 나는 우리가 결코 이런 문제를 이렇게 터놓고 얘기할 수 없다는 것을 깨달았다. 그건 그저 우리 관계에서 별로 중요한 부분이 아니었다.

윌리와 레이첼이 나타났다. 안느와 자네트가 5분 후에 도착했다. 닉, 루이제와 테오는 좀 더 언덕 위쪽에 있는 빵가게에서 방금 산 따끈한 빵 한 덩어리를 들고 왔다. 트리치아는 마지막으로 나타났는데 혼자 남겨질까 두려운 것처럼 숨이 가빴다. 아침을 함께 먹으면서 전날 밤의 분위기가 다시 형성되었다. 우리는 다른 견해를 표현하고 서로에 대해 살짝 캐보기도 하고 각자의 문화와 물리적인 특성을 과시했다.

자네트는 한두 번 내게 빙긋 웃으며 빵 한 조각과 꿀을 권하기도 했다. 하지만 나는 우리 사이에 진정한 유대가 생겼다는 어떤 신호도 찾아낼 수가 없었다. 그녀는 그저 나에게 관심 있는 것만큼 다른 사람에게도 흥미 있어 보였다. 미소를 짓고 수다를 떨며 얼굴 표정과 자세를 바꾸었다. 자기 자신과 자신의 몸에 확신을 가지고 있었다. 반면에 그녀의 친구 안느는 귀도에 대한 그녀의 감정을 공개적으로 내보였다. 귀도가 루이제에게서 눈을 떼지 못하고 있다는 사실에도 불구하고 그의 옆에 착 달라붙었다.

나는 스스로 감정에 휩쓸리도록 내버려두면 안 된다는 것을 깨달았다. 나는 피아노 조율에 대해 윌리와 대화를 나누기 시작했지만 시시각각 자꾸 자네트 쪽으로 주의가 쏠렸다.

날씨가 매우 더워져서 수영을 하러 가기로 했다. 마을에서 2, 3킬로미터 떨어진 곳에 매우 아름다운 해변이 있었다. 모두 함께 떠나 자갈길을 걸어갔다. 나는 오토바이를 타고 오고가며 한 번에 한 사람씩 실어 날랐다. 30분 후 모두가 해변에서 발가벗고 수정처럼 맑은 물에서 수영을 하거나 매끈한 회색 자갈 위에 누워 일광욕을 했다. 매번 누군가 바다로 뛰어들어 대화를 방해했다. 누가 오고 가고 머무느냐에 따라 대화의 주제와 이야기를 나누는 방식이 달라졌다. 우리 사이에는 여러 가지 파동의 긴장감이 흘렀다. 내리쬐는 햇볕의 열기에도 불구하고 그 긴장된 분위기는 팽팽하게 주변을 가득 채웠다.

자네트는 바다 요정처럼 매끄럽고 교묘하게 물에 들어갔다 나왔다 했다. 모두가 비명을 지르며 첨벙대고 서로를 물에 빠뜨리며 장난을 치는 동안 나는 그녀 뒤를 따라 물에 뛰어들었다. 그녀의 허리를 감싸 안고 지난밤처럼 그녀가 웃음을 터뜨리게 하려고 했다. 그녀는 내 입에 키스를 하더니 내 품에서 미끄러져 나가 해변에 있는 무리 사이의 보다 복잡한 상호작용 속으로 돌아갔다. 수영을 하면서 그녀는 신체적으로 행복해 보였다.

두 시쯤에 우리는 마을에서 가져온 빵과 염소치즈에 바닷물에 씻은 토마토를 곁들여 먹었다. 윌리는 해변 뒤의 바위를 기어 올라가서 야구모자에 무화과나무 열매를 가득 채워 돌아왔다. 그리고 마치 일상적인 가정의 관례인 듯 우리에게 그것을 나누어 주었다. 정말로 이제 막 가족이 된 기분이 들었다. 약간 불안정하고 각자의 역할이 분명치 않았지만 그것을 즐기고 있었다.

귀도는 잉카제국의 종말에 관한 영어책을 소리 높여 읽기 시작했다. 쿠스코 성문에서 피자로가 저지른 대학살에 관한 부분에 이르자 그는 너무 화가 난 나머지 한두 문장마다 말을 멈춰야 했다. 역사책은 언제나 그를 분노하게 만들었다. 그는 여전히 그 분노를 극복하지 못했다.

월리와 여자들은 이 대학살에 대한 이야기에 깊이 빠져버렸다. 닉과 테오는 납작한 회색 조약돌을 파도 위로 튕겨냈다. 수평선 위로 터키 해변이 보이고 멀리서 폭발음이 메아리처럼 울리는 것을 들을 수 있었다. 우리는 해가 뉘엿뉘엿 저물고 대기가 다시 서늘해지기 시작할 때까지 계속 이야기를 하고, 듣고, 수영을 하며 자유를 즐겼다. 돌아오면서 다시 한 번 나는 오토바이로 사람들을 실어 날랐다. 이번에는 한 번에 두 명씩 태웠다.

그날 저녁 다시 함께 식사했다. 그 후에 미팀나의 작은 식당이나 카페라면 어디에서나 흘러나오는 동양풍 음악이 유난히 더 크게 흘러나오는 언덕 아래의 어느 곳으로 춤을 추러 갔다. 우리는 다시 술에 취했다. 바다와 햇볕에 몸이 익었으며 어떻게 끝날지 모르는 이 상황과 결말의 가능성에 대해 흥겨워했다. 귀도는 루이제와 안느, 홍에 겨워 아주 신이 난 자네트와 춤은 별로 잘 추지 못하지만 운동실력이 매우 뛰어난 트리치아와 함께 춤을 추었다. 우리 그룹의 다른 남자들은 그와 경쟁하기 위해 애를 쓰며 펄쩍펄쩍 뛰고 손을 휘저었다. 나도 거기에 끼어들어 자네트를 가까이 끌어당기고 다시 한 번 그녀의 관심을 끌어보려 했다.

마을을 향해 언덕을 다시 걸어 올라왔을 때는 벌써 밤 세 시가 지나 있었다. 우리는 완전히 탈진해서 서 있기조차 어려울 정도였다. 안느과 귀도는 같은 숙소에서 빌릴 수 있는 다른 방으로 갔다. 자네트와 나는 전날 밤 함께 했던 그 방으로 갔다. 우리는 다시 사랑을 나누었지만 이번에는 움직임 하나하나에 낙담한 내 감정이 뚜렷했다. 그녀에게 설명을 해보려했을 때 그녀는 다정하지만 단호한 미소로 답했다.

"다시 그냥 한 사람에게 얽매이게 될 때까지는 아주 오랜 시간이 걸릴 거야."

그땐 반박하기엔 너무 나의 감각에 도취되어 있었다.

그 이후의 며칠에 대한 내 기억은 영어로 뒤죽박죽된 모든 대화로 뒤섞여 있다. 크게 소리 내어 낭송한 이야기들, 헤엄치고 태양과 별 아래를 걸은 것, 레스티나 주와 염소 치즈의 맛, 부주키 음악 소리와 여자들의 벗은 몸과 이제 낯익은 외국인들의 얼굴, 세상과 세상의 여러 가지 측면에 대한 끊임없는 말들 그리고 밤늦게까지 의견을 나누던 목소리 따위였다. 일평생 동안 그렇게 잠을 적게 자본 적이 없었다. 그렇게 말똥말똥 깨어 있다고 느낀 적도, 그렇게 주의를 기울이고 지치지도 않고 움직인 적은 처음이었다. 때로 지난 과거의 여름들을 회상해보았다. 그 동안 많은 시간을 낭비하고 그렇게 수동적이고 멍청하게 보내버렸다는 사실을 믿을 수가 없었다.

나는 로베르타를 거의 떠올릴 수 없었다. 그녀 생각이 스쳐 지나갈 때마다 믿을 수 없을 만큼 멀리 있는 것처럼 느껴졌다. 영원히 잊고 싶은 마음 상태와 사람들로 이루어진 먼 과거의 일부가 된 것 같았다. 가끔 사무실에서 바쁘게 그래픽 디자이너, 카피라이터와 매니저, 고객을 상대하는 그녀를 떠올려보았다. 정확하고 팽팽하게 긴장한 채 전문적인 로베르타. 나는 2년 반 동안 우리를 묶어둔 것이 무엇일까 궁금했다. 나는 8월 초를 위한 우리 계획을 취소할 적당한 변명거리로 전보에 어떤 말을 쓰면 좋을지를 생각해내려 애썼다.

귀도는 루이제, 테오 그리고 닉에게 미국에서 사는 건 어떤지, 그들의 직업은 어떤지, 어떤 집에서 살고 어떤 음악을 듣는지 이것저것 계속해서 캐물었다. 그들의 대답에 완전히 만족하는 법이 없는지 계속해서 보다 정확하고 세세한 설명을 요구했다. 그는 이민자의 걱정과 갈망을 가지고 이민에 필요한 자료를 보았다.

안느, 루이제, 자네트와 트리치아는 그의 뿌리 없음에, 조국에 강한 애착 없이 그저 여기저기를 떠돌고 싶어 하는 그의 행동방식에 충격을 받았다. 나는 그들이 그에게 보호본능을 느끼고 그가 하는 모든 행동을 그저 찰나의 것으로 만들어 버리는 귀도의 충동과 동요를 억누르고 싶어 하는 것 같다고 생각했다.

남자들은 학교에서 우리의 옛 친구들이 느꼈던 것과 꼭 같은 질투와 경외가 뒤섞인 감정을 느꼈다. 모두가 따라야 하는 규칙을 무시하는 귀도의 행동방식에 동일한 유의 의심을 품었다. 그 모든 대화와 신체적인 친밀감과 함께 보낸 시간에도 불구하고 남자들은 여자들처럼 그와 가까워지지 않았다. 이것이 그들을 혼란스럽게 했고 그를 이해하기 어렵게 만들었다.

한번은 닉이 귀도가 본인에 대해 모두에게 말하게 하려고 출판사가 어디인지 어떤 책을 썼는지 물었다. 귀도는 아직 아무 책도 출판하지 않았다고 말했다. 그는 우리에게 자신이 쓰려고 구상하고 있는 이야기에 대해 들려주기 시작했다. 그 이야기는 바로 그 순간 거기에서 우리가 지내고 있는 생과 놀랍도록 비슷했다.

우리 패거리의 화학반응은 귀도의 성격만큼이나 불규칙했다. 계속 바뀌는 귀도의 관심도나 초점과 갑작스러운 소멸을 따라갔다. 어느 날은 그와 윌리가 가까워져서 미국인을 향한 냉소적이고 비꼬는 태도를 공유하다가도 다음날이 되면 서로 거의 말도 않고 지내기도 했다. 귀도는 윌리의 느려터진 정신적 반응을 참을 수가 없다고 말했다. 어느 저녁 루이제와 트리치아는 오랜 친구처럼 친밀하게 수다를 떨다가도 다음 날 밤이면 마주칠 때마다 서로를 노골적으로 거슬려했다. 심지어 거의 거만할 정도로 자신에 대한 확신으로 차 있는 닉과 항상 정신이 딴 데 팔려 있어 반응할 때 늘 한 박자 늦은 테오마저도 귀도의 행동에 자신의 행동을 견주어 보았다. 전체적인 균형은 그에 의해 좌우되었다.

귀도는 안느와 함께 잤지만 그녀가 지나치게 그에게 달라붙어서 숨막혀하기 시작했다는 것을 뻔히 볼 수 있었다. 그는 사실 각기 다른 방식으로 우리 패거리 내의 여자 다섯 명 모두에게 끌리고 있었다. 루이제는 미국인이어서 좋아했다. 자네트는 직관적이고 무심하기 때문에, 레이첼은 성숙한 지성 때문에 매력이 있었다. 그리고 그는 트리치아의 학구적인 냉철함에 감탄했는데 그것이 깊이 숨어 있는 정열을 숨기기 위한 것이라고 추측했다.

그는 한 번도 그들을 유혹하려고 하거나 추파를 던지는 말이나 행동으로 장난치지도 않았다. 하지만 이 점은 오히려 여자들이 그에게 더 흥미를 가지게 만들었다. 우리의 나날은 점차 체계를 잃어갔다. 우리의 관계도 그렇게 되면서 모든 것이 통제하기 힘들어졌다.

어느 날 우리는 언덕 아래 풀밭에서 모닥불을 피우고 둘러앉아 닉과 덴마크 남자의 기타연주를 듣고 있었다. 귀도는 오토바이를 빌려 탈 수 있겠냐고 물었다. 그는 전에 오토바이를 운전해본 적이 있다고 말했다. 달빛 아래에서 오토바이를 어떻게 몰면 되는지 보여주려고 길로 나오자 모두가 우리를 따라 나왔다. 그는 오토바이를 몰고 몇 번 왔다 갔다 했다. 모두가 키득거리며 뭐라고 한마디씩 했다. 하지만 기어를 너무 당기고 클러치를 삐걱거리는 것 빼곤 꽤 잘 몰았다.

그는 오토바이로 한 바퀴 돌고 오더니 혹시 같이 타고 싶은 사람이 있냐고 물었다.

"나 탈래."

누가 무슨 말을 꺼낼 겨를도 없이 자네트가 말하더니 오토바이에 올라탔다. 마치 약탈한 전리품을 가지고 떠나는 강도처럼 만족스러운 얼굴로 귀도는 엔진을 부릉거리고는 출발했다. 그가 소리를 질렀다.

"우리 기다리지 마!"

그러나 우리는 기다렸다. 밤 두 시가 돼도 그들은 돌아오지 않았다. 닉은 별 것 아닌 척 그만의 세련된 방식으로 대마초를 한 모금 빨았다.

"둘이 재미 보는 게 분명해."

안느는 눈에 띄게 동요하고 있었다. 다른 여자들도 안절부절못하며 뭔가 사고라도 난 건 아닌지 걱정하는 척했다.

나는 귀도가 이런 식으로 바로 내 눈앞에서 내 여자 친구를 태우고 가버린 것을 믿을 수 없었다. 동시에 귀도가 안느와 자네트에게 다가가 합석하자고 했던 그 첫날밤부터 이런 일이 일어날 것을 계속 느꼈다는 생각이 들었다.

나는 며칠 동안 그들을 보았다. 서로를 지나칠 때마다 그들의 얼굴 표정과 목소리 톤이 바뀌는 것을 눈치 챘다. 귀도가 가까이 있으면 내가 옆에 다가가거나 키스하려고 할 때 자네트의 몸이 뻣뻣하게 굳는다는 것을 느끼고 있었다. 다른 사람과 마찬가지로 나 또한 이 도발적인 밀고 당기기에 사로잡혀 그것이 정상이라고 생각하고 있었다. 결코 어떤 조치를 취하려고 시도조차 해보지 않았다.

하지만 이제 이 부정할 수 없는 뻔한 상황이 견딜 수 없게 느껴졌다. 분노와 초조감이 차올랐다. 나는 그들이 어느 곳을 향하든 도착하기 전에 가솔린이 떨어지기를 바랐다. 아니면 귀도가 마음을 바꾸기를 바랐다. 안느는 계속 그들을 찾으러 나서야 한다고 주장했다. 그녀는 연신 손목시계를 보면서 특유의 목이 쉰 듯한 영어로 같은 말만 반복했다.

"무슨 일이 일어난 게 틀림없어."

우리는 모두 무슨 일인지 상상할 수 있었다.

하지만 우리는 어쨌든 함께 떠났다. 옹기종기 떼를 지어 귀도와 자네트가 떠난 길을 따라 아무 소용없이 귀뚜라미로 가득한 들판을 500미터 정도 터벅터벅 걸어갔다가 발걸음을 돌려 다시 돌아섰다. 우리는 강렬한 태양 아래에서 하루 종일 보내고 저녁에 술을 마시고 담배를 피워 나가떨어질 만큼 완전히 진이 빠졌다.

"어쩌면 벌써 돌아와서 자고 있을지도 몰라."

닉이 말했지만 그건 단지 자신의 희망사항일 뿐이었다.

우리는 마을로 돌아와 언덕을 올랐지만 내 오토바이는 아무데도 보이지 않았다. 우리가 빌린 방도 모두 비어 있었다. 우리는 골목길에서 잠시 기다리며 피곤한 목소리로 음악과 여행에 대한 이야기를 나눴다. 그리고 윌리와 레이첼, 닉과 루이제, 테오와 트리치아가 자러 갔다. 쌍쌍이 각기 다른 방향을 향해 흩어졌다. 귀도는 단지 몇 시간 동안 사라져버렸지만 이미 우리 패거리는 응집력을 잃어버리고 뿔뿔이 흩어지기 시작했다.

안느와 나는 귀도와 내가 도착하기 전 그녀와 자네트가 함께 쓰던 방으로 올라갔다. 몇 시간이나 우리는 소중한 사람을 잃은 양 심란하고 무력감을 느끼면서 침대와 창문 사이를 초조하게 왔다 갔다 했다.

나는 여덟 시에 깼다. 순간적으로 질투와 분노가 혈관에 휘몰아쳤다.

안느는 문 옆에 서 있었는데 이제는 무엇보다 분노로 가득한 모습이었다. 그녀가 말했다.

"난 아침 먹으러 갈게."

우리는 작은 레스토랑으로 걸어 내려갔다. 거기에 귀도와 자네트가 세상에서 가장 자연스럽게 한 테이블에 앉아 요구르트를 먹고 있었다. 그들은 우리에게 미소를 지으며 손을 흔들었다.

처음에는 그들의 친근한 모습에 안심이 되었다. 하지만 그들이 얼마나 서로 잘 어울리고 육체적인 끌림이 역력한 친밀함을 주고받고 있는지를 깨닫자 그 느낌은 날아가 버렸다.

"너희가 죽은 줄 알았어."

안느의 떨리는 목소리에서 감정이 그대로 흘러나오고 있어 애처롭게 들렸다.

귀도는 우리가 늘 가던 곳의 북쪽에서 아름다운 해변을 발견했고 거기서 밤을 보냈다고 설명했다. 그는 숨길 것이 전혀 없다는 듯, 마치 어떤 약속도 어기지 않고 누구도 실망시키지 않았다는 듯이 말했다.

자네트는 계속 자기 요구르트를 먹었지만 귀도처럼 태연하지는 못했다. 그녀는 내 시선을 피하고 티스푼이 매우 흥미롭기라도 한 듯 시선을 고정하고 있었다. 나는 그녀에게 모두의 밤을 망쳐버린 대가를 치르게 하고 싶었다. 하지만 안느는 나보다 더 격분했다.

"잠깐 얘기 좀 해."

자네트는 그녀의 말을 못 들은 척 했지만 안느는 그녀의 팔을 잡아당겨 일으켜서는 평원 쪽을 바라보는 돌담 쪽으로 끌고 가서 몸짓과 말로 서로 다투기 시작했다.

귀도는 일어서서 말리려고 하다가 내가 그를 어떤 얼굴로 보고 있는지 깨달았다.

"뭔 일 있었어?"

나는 비꼬는 말이나 조금이라도 거리를 두고 냉정한 대답을 하고 싶었지만 분노에 사로잡혔고 안느보다도 더 통제력을 잃고 말았다.

"야, 이 개자식아, 보면 몰라? 너 어제 내가 보는 앞에서 잘도 내 여자 친구 채가더라? 내 오토바이를 빌리면서 어떻게 그래! 그러고는 아침에 아무 일 없었다는 듯이 나타나서 친한 척을 해? 말이 되냐?"

그는 어리둥절한 표정으로 나를 바라보며 물었다.

"너, 아니 너희 왜 다 그런 식으로 해석해? 나는 그냥 오토바이를 탔을 뿐이야. 자네트가 나와 함께 갔고. 그리고 밖에서 밤을 보냈어. 짜고 친 게 아니야."

"그게 뺏은 게 아니면 뭐야? 세상 여자들이 다 네 거라도 돼?"

나는 바로 그의 옆에서 폭발하는 분노로 소리를 질렀다. 하지만 그의 얼굴에 떠오른 표정은 이미 내 분노를 사그라뜨리고 슬픔으로 바꾸어 버렸다.

"그렇게 끔찍한 일은 일어나지 않았어, 마리오. 자네트는 자기가 네 여자 친구라고 말한 적 없어. 나는 누구에게서 아무도 빼앗지 않았어."

그때 레이첼과 윌리가 도착했다. 그들의 시선으로 우리가 어떻게 보였을지 상상이 갔다. 좁은 레스토랑에서 귀도와 자네트를 공격하는 안느와 나의 모습은 익살스러운 지중해식 희극처럼 보였을 것이다. 갑자기 자네트를 혼자 내버려둔 걸 보니 안느도 같은 생각을 한 것이 틀림없었다. 우리는 모두 테이블에 앉아 요구르트와 커피를 주문했다. 코스타스가 우리를 호기심어린 눈으로 바라보았다.

지난날의 분위기로 다시 돌아갈 여지가 없어 보였다. 세상에 혼자인 것처럼 느껴졌다. 일어난 일에 상처를 받았으며 자네트의 감정에서 완전히 제외된 기분이었다. 심지어 그녀의 시야에서도 제외된 것 같았다. 나는 첫날 아침 그녀의 방에서 내려오던 때보다 훨씬 더 심란했다. 이번에는 귀도를 보는 것이 나를 안심시키는 대신 훨씬 더 복잡하게 만들었다.

나는 다른 모두가 각자의 방식으로 관계를 회복하려고 하는 동안 그냥 테이블에 앉아 있었다. 갑자기 그다지도 안정적이고 안전한 로베르타와 함께하고 싶다는 간절한 열망에 사로잡혔다. 나는 오늘이 8월 1일이라는 것과 그녀가 이미 지금쯤 혼자 휴가를 떠났을 수도 있다는 사실을 깨달았다. 그렇게 오랫동안 그녀에게 전화조차 하지 않았다는 것이 떠오르자 괴로웠다. 나는 전날부터 계속된 가능성 게임의 위험과 흥분에 지나치게 휩싸여 있었었다.

나는 벌떡 일어나 우체국으로 달려갔다. 며칠 전에 레이첼이 돈을 인출해야 한다고 해서 간 적이 있었다. 작은 우체국 안에 연기가 가득했다. 전화 부스가 두 개뿐이어서 사람들이 밖에 줄을 지어 있었다. 나는 차례를 기다리며 로베르타의 밀라노 전화번호를 쉴 새 없이 되뇌었다. 제정신이 아니었다. 그녀와 연락을 해야 했다. 그녀를 만나야 했다. 나를 잠식해오는 이 공허감에서 탈출해야 했다.

나는 마침내 전화를 걸었다. 그녀는 딱 두 번째 신호음이 지난 후에 전화를 받았다.

"너 대체 어디야? 열흘이나 네 전화만 기다렸어."

그녀의 익숙한 목소리가 나의 모든 고뇌를 사라지게 한 것이 너무 이상했다. 그와 동시에 그녀를 보고 싶다는 열망도 바로 그 순간 사라졌다. 나는 그녀에게 전화를 건 것이 비열한 행동이라는 걸 깨달았다. 파티 도중 모르는 사람에게 말 걸기가 쉽지 않다고 엄마에게 달려가는 겁쟁이 같은 행동이었다. 하지만 그건 이미 너무 늦은 깨달음이었다.

"내일 아침 열한 시 오 분에 아테네 공항에 도착할 거야. 열두 시에 피레오 여행안내소 앞에서 만나."

나는 그녀에게 거기 갈 수 있을지 모르겠다고 말하고 싶었다. 그녀의 젊고 유능한 밀라노 직장인의 어조에 질렸다고 설명하고 싶었다. 그러나 이미 자기 말을 분명히 알아들었냐고 두 번이나 확인하고 나서 전화를 끊은 뒤였다. 우체국을 나오면서 나는 따끈한 빵 한 덩어리를 사서 작은 레스토랑 쪽으로 걸어 내려가던 닉과 루이제와 마주쳤다. 나는 떠나야 한다고 말했다. 그들의 얼굴에 떠오른 놀란 표정을 보자 마치 외국 전쟁에 끌려 나가기 직전의 징집병이라도 된 것 같은 기분이었다.

귀도와 나머지 다른 아이들도 속상해했다.

"걔한테 여기 와서 우리를 만나자고 말이라도 해볼 수 없었어?"

귀도가 물었다. 그는 로베르타가 우리 패거리와 결코 어울릴 일이 없을 거라는 걸 잘 알고 있지만 내가 떠난다는 사실에 진심으로 안타까워하는 듯 했고 슬퍼 보였다. 레이첼과 트리치아, 윌리와 루이제와 테오와 안느와 닉과 자네트 모두가 떠나지 말고 머물라고 나를 설득하려 했다. 아니면 최소한 밀라노에 다시 전화를 해서 다른 방법을 강구해보자고 했다.

"이렇게 그냥 떠날 수는 없어."

"우리를 두고 가지 마, 마리오."

그들이 언제 내 이름으로 나를 부른 적이 있었는지 기억할 수 없다. 하지만 나 역시 그들 이름을 부른 적이 한 번도 없었다.

갑자기 내가 모두의 호감과 관심을 얻은 것처럼 느껴졌다. 이 강렬한 놀람의 가능성과 기대하지 않았던 자원의 한가운데였다. 그 순간까지는 아무 노력도 하지 않고 남이 먼저 다가오기만을 수동적으로 기다렸다. 나는 귀도의 흔적을 따르며 그가 나를 위해 길을 열어줄 것이라고 믿었다. 다른 사람과 접촉하는 어려운 일을 시도해줄 거라고 당연하게 여겼다. 그리고 자네트와 잔 뒤 구두쇠가 저금통을 다루듯 그녀에게 달라붙었다. 일이 잘못되자마자 화를 내고 낙담해 얼마나 빠르게 유흥에서 빠져나가려고 했는지를 생각하니 스스로가 부끄러웠다. 10분 전으로 돌아가서 로베르타와의 통화를 지워버리고 다시 우리 패거리에게 돌아가 가능한 한 그들과 오래 머무르고 싶었다.

레이첼이 우체국까지 나와 함께 가 주었다. 가는 길에 나는 그녀가 얼마나 매력적이고 지적인지, 가는 줄무늬의 작은 그리스식 원피스를 입은 모습이 얼마나 사랑스러워 보이는지 여태껏 한 번도 깨닫지 못한 것을 이상하게 여겼다. 그녀는 나와 함께 줄을 서다가 내가 전화를 거는 동안 부스 밖에서 기다렸다. 백번도 더 시도해보았지만 전화는 연결되지 않았다. 그동안 내 머릿속은 테라스에서의 아침식사, 오토바이로 해변으로 모두를 태워 나르던 모습, 밤늦게까지 계속된 끝없는 대화, 수많은 형태의 끌림을 보여준 모든 몸짓에 관한 기억으로 가득했다. 그런 기억에 너무 정신이 팔려서 전화번호를 잘못 돌리기까지 했다.

결국 초조하게 자기 차례를 기다리다 화가 난 그리스 신사에게 전화를 양보하고 물러나야 했다. 다시 통화를 시도할 수 있게 되었을 때 마침내 연결이 되었지만 로베르타는 이미 집에 없었다. 나는 여행사에서 항공권을 찾아가는 그녀의 모습, 길을 나서며 늘 그렇듯이 우리가 만날 일정과 시간을 다시 한 번 확인하는 그녀의 모습을 상상했다.

레이첼은 안타까워했고 나중에 다시 시도해 보라고 했다.

"통화할 수 있을 거야. 한번 해봐. 아직 몇 시간 남았는걸."

그래도 우리는 피레오 행 배가 출발하는 시간을 확인하러 가보았다. 배는 일곱 시에 출항 예정이었다.

다른 사람들은 나를 혼자 두고 가지 않으려고 제일 가깝지만 제일 별로인 해변으로 가자고 했다. 그들과 함께 수영을 했지만 심란했다. 우리가 주고받는 모든 시선과 말이 마지막이라는 아우라에 둘러싸여 있었다. 그것이 배에 주먹을 날리는 것처럼 아프게 느껴졌다. 자네트는 귀도에게 달라붙었다. 하지만 그는 그녀를 거의 쳐다보지도 않았고 루이제에게 훨씬 더 관심을 보였다. 지난 밤 내 오토바이를 타고 가버린 그의 행동은 우리 패거리 안의 모든 관계를 분열시켰다. 닉은 이제 안느의 꽁무니를 따라다녔다. 트리치아는 윌리에게 관심을 보였다. 레이첼은 나에게 가까이 몸을 기댔다. 그녀의 머리는 젖어서 물이 뚝뚝 떨어졌다. 나는 아직 거기 있으면서 이미 그곳을 떠난 것 같은 비현실적인 감각을 느꼈다. 그것은 그 누구의 기분이라도 약간의 동요가 생기면 그것을 엄청나게 민감하게 느끼게 만들었다.

한 시에 나는 마을로 돌아왔다. 정오의 태양이 내리쬐었고 우체국 문은 닫혀 있었다. 이 경우를 예상했어야 마땅했다. 하지만 나는 어쩔 수 없는 운명에 사로잡혀 있었다. 그것은 나를 멀리 떠밀었다. 내 저항은 미미했고 갈피를 잡을 수 없었다. 나는 로베르타와 피레오에서 만나기로 한 약속을 파기하고 없던 일로 해버릴까 머리를 이리저리 굴렸다. 그녀가 별 말 없이 계획을 변경할지는 확신이 없었다. 물론 그녀는 이런 식의 예상할 수 없는 변화에 동요할 사람이 아니었다.

대신 나는 짐을 꾸리려고 방으로 올라갔다. 사방에 널려 있는 자네트의 물건을 보면서 약간 자기 파괴적인 만족감을 느꼈다. 나는 주인아주머니에게 요금을 지불하고 내 친구들은 거기 더 머물 것이라고 설명했다. 내 태도는 자살을 시도하려는 사람처럼 공손하고 초연했다.

누구와도 작별인사를 하고 싶은 기분이 아니었다. 해변으로 돌아가 포옹을 나누고 악수를 한다는 생각만으로 끝없는 슬픔이 차올랐다. 나는 오토바이에 배낭을 묶고 언덕 아래로 빠르게 내려갔다. 그리고 뜨거운 태양으로 달아오르는 미틸레네로 가는 길을 떠났다.

23

로베르타는 만나기로 한 여행안내소 앞에 시간을 딱 맞춰 도착했다. 그녀가 내게 다가오는 것을 보았다. 내가 기억하는 것보다 더 예뻐 보였지만 지금까지 익숙해진 여자에 비해 창백한 모습에 완전히 다른 스타일의 옷을 입고 있었다. 그녀는 내 꼴이 말이 아니라고, 수척해지고 피곤해 보인다고 했다. 나는 그 말을 하는 그녀의 눈에 의심이 서려 있는지 알 수 없었다. 내 지각능력은 잠시 작동을 중지해버렸다.

우리는 여행객으로 붐비는 항구의 여행사들 중 한 곳에 들어갔다. 로베르타는 파로스에 대해 좋은 말을 들었다고 했다. 나도 좋다고 했다. 항구는 지난 번 귀도와 왔을 때보다 훨씬 더 사람들로 붐볐다. 더위는 견딜 수 없을 지경이었다.

얼마 뒤 우리는 페리선 갑판 위에 놓인 벤치에 앉아 있었다. 로베르타는 광고회사의 문제들에 대해 이야기하기 시작했다. 상사와 동료 사이의 긴장, 앞으로의 커리어에 대한 전망 등에 대한 이야기였다. 나는 눈을 반쯤 감고 왜 그녀에게 전화를 했을까 생각하면서 가끔씩 고개를 끄덕거렸다.

파로스는 그리스, 독일, 일본 등지에서 가족 단위 관광객이 자주 찾는 커다란 섬이다. 모든 차는 아이들과 물놀이 용품, 쿨러와 고무 튜브 등을 자동차에 연결된 짐수레에 끌고 다녔다. 섬에 발을 디딘 순간 나는 레스보스에서 발견한 것과 같은 기분을 비슷하게라도 느낄 수 없을 것을 알 수 있었다.

머물 곳을 찾아 몇 시간이나 이리저리 간절한 마음으로 뛰어다닌 뒤에 우리는 하룻밤 숙박비가 미팀나에서 일주일 꼬박 머무는 비용인 준고급호텔에 방을 잡았다. 우리는 풀을 먹인 빳빳한 시트가 깔린 거대한 침대에서 사랑을 나누었다. 서로에 대한 애정에 감동하긴 했지만 우리 둘 다 너무도 익숙한 감각을 그냥 다시 되새기고 있다는 느낌이 들었다. 원래도 결코 놀랍거나 압도적인 감각은 아니었다.

다음날 아침 우리는 축축한 모래가 깔린 해변에서 좀 더 저렴한 호텔 방을 잡을 수 있었다. 하지만 이미 서로에게 더 이상 할 말이 남아 있지 않았다. 잠깐 동안 스펙터클한 파노라마를 훔쳐본 듯한 느낌이었다. 그리고는 그저 아무 저항을 할 시도조차 없이 질질 끌려오도록 나 자신을 내버려둔 것 같았다. 나는 수영을 하고 일광욕을 하고 산책을 하러 갔지만 항상 내가 다른 곳에 있는 모습을 꿈꿨다.

이틀이 지난 후에 로베르타에게 레스보스로 돌아가고 싶다고 말했을 때 그녀는 내 말에서 드러나는 모험에의 욕망에 충격을 받았다. 나는 그녀에게 몇 가지 핵심적인 정보는 빼놓은 채 귀도와 내가 다른 사람들과 거기서 낮과 밤을 어떻게 보내는지 말해줬다.

"그럼 진작 수동적으로 파로스로 오는 대신 같이 거기로 가자고 하지 그랬어?"

그때는 내가 미처 완전히 깨닫지 못했지만 그녀는 나만큼이나 우리 관계의 일상적이고 틀에 박힌 상태가 지겨웠던 것이다.

정보를 찾아보러 항구로 돌아갔을 때 우리는 미틸레네까지 가는 배는 일주일에 두 번 밖에 없다는 걸 알게 되었다. 그건 우리가 피레오에서 이틀 정도 더 보내야만 한다는 의미였다. 우리는 떠날 때를 매시간 손꼽아 기다렸다.

마침내 우리는 아테네로 돌아왔다. 거기서 레스보스를 향해 떠났다. 나는 로베르타가 우리 패거리와 잘 어울릴 수 있을지 생각하지 않으려 애썼다. 지금쯤 모두가 다시 긍정적인 분위기로 돌아갔기를 바랐다. 로베르타가 추워해서 우리는 갑판에서 자지 않고 이등석 선실을 잡아 감방 같은 녹슨 금속 벽들 사이에 갇힌 채 밤을 보냈다.

다음 날 아침 미틸레네에 배가 정착했을 때 우리는 승강구가 열리자마자 서둘러 배를 내려 내리쬐는 태양 아래로 미팀나까지 한 번도 쉬지 않고 달렸다.

우리는 머물 곳을 찾아보지도 않고 곧장 패거리가 함께 어울렸던 조약돌 해변으로 향했다. 내 마음은 이미 친구들의 얼굴과 표정의 이미지와 함께 헤엄치고 있었다. 그리고 중간에 방해를 받아 아직 마무리 하지 못한 대화를 머릿속에서 다시 돌려보았다. 로베르타는 몇 걸음 뒤에서 나를 따라오며 살짝 긴장한 듯이 보였다. 그러면서도 이제 그녀 또한 호기심에 차서 내가 말해준 흥미로운 사람들과 만나길 기대하고 있었다.

나는 해변을 전부 훑었지만 회색빛 조약돌 사이에는 처음 보는 외국인 커플만이 두세 쌍 흩어져 있었다. 로베르타와 나는 수영을 하고 여행으로 땀과 먼지로 범벅된 몸을 씻으며 실망도 함께 씻어 내보려 했다. 우리는 다시 오토바이를 타기에도 너무 지쳐 있어서 침묵 속에 잠시 해변에 머물며 수영을 하고 햇볕을 쬐었다.

저녁 무렵이 돼서야 우리는 미팀나로 돌아왔다. 하지만 이 작은 마을은 내가 있을 때와는 완전히 다른 종류의 관광객으로 붐볐다. 커플과 가족들, 중년 무리가 시끄럽게 작은 레스토랑과 직물과 테라코타를 파는 상점을 점령하고 샌들을 신고 가파른 골목길을 헤집고 다녔다. 로베르타는 내가 말해준 것들이 지금 상황과 얼마나 동떨어졌는지 모르겠냐는 듯 나를 노려보았다.

우리는 내가 자네트와 잤던 숙소에 들렀다. 늙은 주인아주머니가 문 앞에 서 있었다. 내가 귀도와 프랑스 여자들이 여전히 있는지 묻자 그녀는 고개를 뒤로 살짝 젖히고 눈을 감은 채 아니라는 듯 혀를 끌끌 찼다. 마치 몇 년 동안 사라졌다가 돌아온 느낌이 들기 시작했다. 그대로 남은 것은 아무것도 없는 것 같았다. 향수가 가득 차올라 나는 잃어버린 감정의 흔적을 찾아 어두운 그림자 속을 둘러보았다.

우리는 코스타스의 작은 레스토랑으로 갔다. 그는 바쁜 와중에도 따뜻하게 나를 반겨주었다.

"어이, 마리오, 귀도는 어디 있어?"

그가 이탈리아어로 내게 물었다. 나는 그에게 나도 귀도를 찾고 있는 중이라고 말했다. 그는 지난 며칠 동안 우리 일행을 아무도 보지 못했고 모두가 갑자기 사라져버렸다고 했다.

"윌리만 아직 여기 남아 있어."

로베르타는 배가 고팠다. 그래서 우리는 시끄러운 무리 사이에서 빈 테이블을 찾아 앉았다. 왁자지껄한 독일인들이 걸걸한 목소리로 웃으며 게걸스럽게 감자튀김을 집어삼켰다. 무기력해 보이는 이탈리아인들은 딱하게도 이탈리아 음식이 아무것도 없다며 불평했다. 영국인들은 맥주에 취했다. 이제 나는 다른 시각으로 다양한 호기심을 보았던 곳에서 나라별 전형을 볼 수 있었다. 한때 놀라운 다른 세계를 발견한 곳에서 그저 단체로 씹고 삼키는 모습만을 볼 수 있었다.

식사를 마치고 우리는 마을을 한 바퀴 돌아보러 나섰다가 윌리와 마주쳤다. 그는 나를 알아보았을 때 아직 꽤 멀리 떨어져 있었는데 모두가 뒤를 돌아볼 정도로 큰 소리로 내 이름을 외쳤다.

"마리오!"

우리는 귀도가 늘 그랬던 것처럼 포옹을 나누고 서로의 어깨를 주먹으로 툭 쳤다. 그리고 다시 만나서 얼마나 반가운지 모르겠다는 말을 주고받았다. 그는 자기 뒤에 서 있던 토베라는 이름의 노르웨이 여자를 소개했다. 나는 그에게 로베르타를 소개했다.

"귀도는 어디 있어?"

윌리는 내가 떠나고 이틀 뒤에 그가 자네트, 닉 그리고 루이제와 함께 아테네로 갔다고 했다. 거기서 산토리니나 크레타로 갈 계획을 세웠다고 했다. 다른 이들은 모두 다음 날 각자 다른 목적지를 향해 떠났다고 했다.

"상황이 뭐랄까 좀 혼란스러워졌어."

그는 레이첼 이야기는 하지 않았지만 그들의 관계 또한 그 혼란의 피해를 입었다는 건 명백해 보였다.

우리는 관광객들에 둘러싸여 서로를 바라보았다. 로베르타와 토베가 옆에 서 있었다. 우리 둘 다 오래전에 잃어버린 친구를 만난 것 같았던 열광이 이미 사라져버렸다는 걸 깨달았다. 그룹 안에서 각자의 역할을 부여해주던 귀도가 사라지자 우리는 마치 감독이 없는 배우처럼 각각 독립된 개체가 되어버렸다. 우리만으로는 계속 연기를 해나갈 수 없었다. 저녁에 뭔가 함께할 만한 일을 생각해보려고 했지만 마음 깊은 곳에서 다시는 우리 패거리의 분위기를 되살릴 수 없을 거란 사실을 알았다. 우리는 다른 언어로 소통하는 어려움이 만남을 끝내도록 내버려 두고 다음날 해변에서 보자고 하며 헤어졌다.

미팀나에는 빈 방이 없었다. 그래서 로베르타와 나는 마을 아래 언덕 밑 풀밭에서 침낭을 펴고 잤다. 다음날 아침 우리는 덜 붐비는 곳을 찾아 떠났다. 더 남쪽으로 내려간 작은 어촌 마을에서 머물 곳을 찾았다. 거기서 지난 두 번의 여름휴가처럼 따분한 보름을 보냈다. 문득 나는 귀도가 자네트, 루이제 그리고 닉과 함께 크레타나 산토리니에서 뭘 할까 궁금했다. 그가 얼마나 많은 불가능해 보이는 가능성들의 조합을 만들어낼 수 있었을까 궁금했다.

24

9월이 되자 상황은 예전과 똑같이 되돌아갔지만 뭔가 더 나빠졌다.

귀도는 여전히 돌아오지 않았고 편지를 비롯해 아무 연락도 없었다. 그의 어머니는 나에게 그가 런던에 있다고 했지만 그가 어디 사는지 얼마나 오래 거기 있을지 아무것도 알지 못했다. 그녀는 혹시 그가 나쁜 무리에 휩쓸린 것은 아닌지 걱정된다고 말했다. 자신의 근심을 털어놓으며 내게 전화를 걸어 10분 동안 붙잡고 있기도 했다. 귀도의 어머니가 세상에 대한 두려움을 말하는 것을 들으니 기분이 정말 이상했다. 그녀의 걱정과는 반대로 귀도는 여태껏 자신이 받아들이지 않은 경계를 힘들게 허물어 버린 뒤 아주 쉽게 세상을 돌아다니고 있으니 말이다.

나는 다시 대학에 나가기 시작했다. 매일 아침마다 나를 깨워 침대에서 끌어내리러 오는 어머니의 얼굴에 떠오르는 표정을 회피하려는 목적이 대부분이었다. 나는 뭔가 뜻밖의 일이 생기지 않을까 하는 희망을 가지고 학교까지 걸어갔다. 불이 난 건물, 믿을 수 없이 아름다운 여자……. 허무하게 반복되는 내 일상에서 벗어날 수 있게 해줄지도 모르는 일이 생겼으면 하고 말이다.

나는 대학의 게시판을 확인하고 계속 걷곤 했다. 수업이 진행되고 있는 강의실 뒤를, 네온 불이 켜진 회색 복도를 따라 계단을 오르내렸다. 네오스탈린주의 학생운동 회원들은 남성적인 힘과 위협을 과시하는 퍼레이드 등으로 홍보 활동을 계속해나갔다. 이전에 대학 서점이었던 곳에서 유인물을 뿌리고 포스터와 선전물을 판매했다. 그들이 지치지도 않고 꾸준히 그러는 것이 놀라울 뿐이었다.

때때로 나는 가족을 안심시키기 위해 시험을 준비하고 있다고 말했다. 가끔 실제로 공부도 했지만 그것이 큰 차이를 만들지는 않았다.

로베르타와 나는 중년 부부 같았다. 각자가 자기 할 일을 하면서 서로에게 아무것도 새로운 것을 기대하거나 변화를 위한 다른 여백을 허락하지 않았다. 그녀는 점점 더 일에 몰두했다. 저녁에 전화를 할 때도 일 이외에 다른 얘기는 일절 하지 않았다. 그녀는 종종 나를 만나기엔 너무 피곤하다며 빨리 가서 자라고 권하곤 했다. 당분간 서로를 그다지 그리워하지도 않을 것이란 사실을 알았다. 함께 만날 일을 미루고 나면 우리 둘 다 왠지 안도감을 느꼈다.

주말에는 그녀가 산 차를 끌고 드라이브를 갔다. 때로 밀라노 교외의 시골지방이나 호주 또는 평야나 도시 남쪽의 습한 교외지역으로 모험을 떠났다. 교외와 산업지역을 통과해서 차를 몰아 돌아올 때면 숨이 막히게 모든 것을 감싸버리는 메스꺼움에 압도당하는 기분이 들었다.

가끔씩 그녀의 부모님이 외출을 하면 그녀의 집에서 일요일을 보냈다. 소파에 몸을 파묻고 잠에 빠져들 때까지 무기력하게 누워서 아무 감정을 느낄 수 없는 상태에 지쳤다.

나는 우리 관계가 돌이킬 수 없이 악화되고 있음을 깨달았지만 불안해하기보다는 오히려 일종의 병적인 즐거움을 가지고 내 감정을 추적하고 관찰했다. 아무 목적도 없어서 어떤 종류의 변화도 긍정적이거나 새롭게 느껴지지 않았다. 그것이 심술궂고 파괴적일지라도 말이다. 어머니의 친척 중 한 명이 죽었다는 소식을 듣거나 신문에서 필리핀에 재앙 같은 대지진이 일어났다는 기사를 읽어도 어렴풋하게 알 수 없는 흥미로운 감각을 느꼈다. 나는 점점 삶에 참여한다기보다는 삶의 방관자가 되어가고 있었다.

어느 토요일 오후 로베르타의 집에 갔을 때 그녀는 평소보다 더 불안해 보였다. 계속 주위를 둘러보며 이쪽에서 저쪽으로 계속 물건을 옮겼다. 그녀가 마침내 내 눈을 바라보았을 때 우리는 부엌에 있었다. 한 손으로 열린 냉장고 문을 잡은 채 그녀가 고백했다.

"두 달 동안 다른 사람을 만나왔어."

아마도 몇 초 동안 내 얼굴에 충격을 받은 표정이 떠오른 것이 분명하다고 생각했다. 하지만 그 발언은 미묘하고 빠르게 스쳐지나가는 씁쓸한 쾌감을 주었다. 나는 레스보스를 떠올렸다. 그 분위기가 얼마나 갑작스럽고 불필요하게 방해를 받았는지 생각했다. 그것은 내 인생에서 흥분과 예측할 수 없는 상황의 한가운데에 있다고 느꼈던 매우 드문 경험 중 하나였다. 나는 우리 관계가 최소한 2년 전에 실제로 끝났으며, 단지 나에겐 그걸 인정할 용기가 없었고, 아무 반응도 하지 않으면서 그저 흘러가는 리듬에 갇혀 있었고 누군가 그 속에서 나를 끄집어내주기만을 기다렸다는 걸 생각했다.

로베르타는 친절했지만 단호했다. 우리가 친구로 남지 못할 이유는 없지만 당분간은 서로 만나지 않는 편이 좋을지도 모르겠다고 했다. 그녀는 나에게 뭐든 돈벌이에 나서거나 최소한 어디로든 여행이라도 떠나보라고 조언했다. 이미 오래전에 이런 결정을 내린 것이 분명한 듯 그녀의 말은 외운 대사를 말하는 것처럼 들렸다. 하지만 예측할 수 있는 말들 아래에는 우리의 관계를 끝내겠다는 확고한 의지가 깔려 있었다. 그녀는 내가 돌아올 만한 여지를 전혀 남기지 않고 싶어 했다.

나는 그녀가 전적으로 옳고 아마도 우리 둘을 위해서 그것이 더 나은 선택이며 단지 우리가 그걸 깨닫기까지 이렇게나 오래 걸렸다는 것이 안타까울 따름이라고 말해주었다. 최소한 나는 예기치 못했던 무심함과 다정함으로 그녀를 놀라게 할 수 있었다.

집으로 돌아오는 길에 변화를 마주한 기쁨이 서서히 사라지기 시작했다. 등 뒤로 방문을 닫았을 때 나는 전보다 더 깊은 우울감 속으로 빠져들 때처럼 내 결핍 속으로 빨려 들어간다고 느꼈다. 만약 아버지가 알코올중독자가 아니었다면, 그래서 이혼도 하지 않고 죽지도 않았다면 내가 얼마나 지금과 달라졌을지 사색했다. 아니면 만약 아버지가 나를 어딘가 다른 나라에서, 아니면 다른 시대나 다른 도시에서 다른 성격으로 다른 천성으로 길렀다면 어땠을까?

25

6월, 나는 근대사 구술시험을 치렀다. 내 뒤로는 네 명으로 구성된 스터디 그룹이 기다리고 있었다. 그들은 혹시 자기네 그룹에 들어오겠냐고 내게 물었다. 그러면 나는 그들과 함께 시험을 볼 수 있고 그들은 그렇게 오래 시험을 기다리지 않아도 된다고 말이다. 나는 동의했다. 나만큼 기다리는 것에 진력이 나긴 했지만 그들은 불안해하지는 않는 것 같았다. 우리는 교수의 반대편에 나란히 줄지어 앉았다. 그들 중 한 명이 엥겔스의 《영국 노동계급의 상황》에 대한 짧은 토론을 시작했다. 그의 발표는 일관되지 않은 어휘와 부적절하고 뻔한 이야기로 가득하고 맥락에서도 벗어나 있었다. 그는 아마도 수없이 많은 시험을 반복해서 치른 결과인 듯 기계적이고 단조로운 목소리로 말했다. 때때로 그도 그것을 깨달은 것처럼 보였다. 그럴 때마다 갑작스럽게 설득력 있는 목소리로 핵심적인 단어를 강조하거나 예상치 못한 열정적인 태도로 강렬한 문장에 힘을 주어 말했다.

교수는 손에 턱을 괴고 구부린 팔꿈치에 몸을 기대고는 다른 곳을 쳐다보았다. 우리 쪽으로 시선을 돌릴 때마다 나는 그의 눈에 체념으로 가려진 아래에 깊은 분노가 서려 있는 것을 볼 수 있었다. 그는 딱 한 번 불분명한 인용을 정정하는 말을 한마디 하고는 다시는 끼어들지 않았다. 조교 중 하나의 가슴을 날카로운 눈길로 쳐다보거나 가끔 우르르 모여 자기 차례를 기다리고 있는 나머지 학생들을 흘깃 보는 쪽을 더 선호하는 게 분명해보였다. 마침내 그가 말했다.

"그걸로 됐네."

그는 성적표에 점수를 매기더니 조교에게 주며 등록부에 기록하도록 했다.

강의실을 나왔을 때 나는 스터디 그룹 중 한 명인 아우렐리오 모스카르디와 대화를 나누기 시작했다. 그는 키가 크고 말랐으며 머리를 뒤로 잡아당겨 묶고 작고 동그란 안경알 뒤에서 끊임없이 눈을 굴리며 깜박거렸다. 그는 나에게 대학에 등록한 유일한 이유는 군대에 가지 않기 위해서라고 말했다. 그는 시험을 한두 개 보고나서 인도로 여행을 떠나기로 결정했다고 했다.

우리는 몇몇 학생이 잔디에 누워 책을 읽고 있는 작은 회랑으로 나왔다. 아우렐리오는 거기 앉아 대마초를 말기 시작했다. 나는 누가 봐도 상관없다는 듯이 대마초에 불을 붙여 한 모금 삼키는 그의 태연자약함에 놀랐다.

우리는 밀라노와 학생으로서의 우리 역할에 대해서 같은 의견을 가졌다. 특히 이 상태로 얼마나 계속 갈 수 있을지 모른다는 것에 의견이 일치했다. 이를 대신해서 그는 새로운 견해를 받아들여 기준점을 우리나라의 것보다 훨씬 더 흥미로워 보이는 문화와 음악, 철학과 리듬을 가진 오지의 나라로 옮겨갔다. 인도로 여행을 가겠다는 그의 계획은 이런 생각의 일부였다. 그는 거기에 완전히 온 정신이 팔려있는 듯 했다.

나는 부산스럽게 깜박거리는 그의 눈 때문에 자연스럽게 그를 바라보기가 어려웠다. 하지만 내겐 친구가 간절하게 필요했다. 반시간 정도 이야기를 나눈 후에 나는 친구를 찾았다고 느꼈다.

우리는 다시 만나서 영화를 보고 시내를 함께 걸었다. 지리 구술시험도 치렀다. 즉흥적으로 형성된 스터디 그룹에 가입해서 한마디도 안 하고도 최우수 학점을 받았다. 우리는 상대를 이해하고 상대에게 적응해야만 한다는 부담과 노력 없이 쉽게 대화를 나누었다. 그는 거의 매순간 마리화나를 줄담배로 뻑뻑 피웠다. 나도 거기에 맛을 들이기 시작했다. 그것은 내 불안을 달래주고 그 날카로운 모서리를 뭉툭하게 만들어 내 주위를 둘러싼 공허함 속에 모든 것을 뒤섞었다. 마리화나를 피울 때의 감각이 너무 많은 다른 자극, 생생한 경험과 어우러졌던 레스보스에서의 흡연 때처럼 강렬한 즐거움을 주지는 않았다. 그래도 나 자신과 해결되지 않은 내 인생의 모든 문제 사이에 거리를 두고 내 고통을 무디게 하는 데는 도움이 되었다.

우리는 마리화나를 피우고 적대적인 도시를 돌아다녔다. 그리고 다가오는 인도 여행에 대한 아우렐리오의 설명은 점점 더 내게 매력적으로 다가오기 시작했다. 곧 나는 그와 유고슬라비아, 그리스, 터키, 아프가니스탄, 파키스탄으로의 일정을 의논하기 시작했다. 우리는 함께 떠나기로 결정했다.

내 어머니와 새아버지는 내가 막 시험을 통과한 사실에 무척 기뻐했다. 그들은 축하해주고 계속해서 열심히 하라고 격려했다. 그들의 칭찬을 듣자 내가 도둑이나 된 것 같은 기분이 들었다. 하지만 그런 죄책감에도 불구하고 나는 그들이 이토록 기분이 좋을 때를 노려 아우렐리오와 인도로 가는 데 필요한 돈을 요구하지 않을 수 없었다.

어머니는 내가 세상을 보고 싶어 하는 것이 기쁘지만 왜 하필 인도를 선택했는지 이해할 수 없다고 했다. 나는 어머니가 그 직접적인 원인이 뭔지 바로 연결하지는 못해도 대마초 흡연으로 멍해진 내 얼굴 표정을 눈치 채기 시작한 것이 분명하다고 생각했다.

"그런 나라에서는 개처럼 산단다."

새아버지가 대신 프랑스나 영국 같은 곳으로 가라고 조언했다. 나는 인도 여행이 앞으로의 공부에 도움이 될 거라고 설득하기 위해 현대사 시험에서 다시 좋은 점수를 받아야만 했다. 내가 잘못했고 비열하다는 것을 알았지만 이런 자각을 중립적인 감정 밑에 숨겼다. 대마초가 그것이 표면으로 올라오지 못하도록 억눌러주었다.

9월 중순에 아우렐리오가 우리 집 앞으로 나를 데리러 왔다. 어머니와 새아버지는 내려와서 배웅을 하겠다고 고집을 부렸다. 그들은 배낭과 침낭, 물탱크와 가솔린, 캠핑 스토브와 모양과 크기가 각양각색인 냄비 등을 지붕에 빼곡히 실은 낡은 폭스바겐을 보고 당혹한 표정을 지었다. 나는 내 짐을 싣고 감상적인 작별인사를 길게 끌지 않으려고 아우렐리오에게 빨리 떠나자고 재촉했다.

차는 계속해서 덜덜 떨렸고 가끔 덜컹거렸다. 한 시간에 90킬로미터로 달리자 소리가 너무 커져서 서로 무슨 말을 하려면 고래고래 악을 써야 했다.

"걱정하지 마! 이 차를 3년이나 몰았는데 늘 이랬어!"

곧 그는 한 손으로만 운전하면서 대마초와 담배를 잘게 부수어 섞었다. 그는 내가 운전대를 잡길 원하지 않았다. 위험한 상황에서 위험한 행동을 즐기는 것에 특별한 즐거움을 느끼고 있음이 명백해 보였다.

유고슬라비아 국경에서 수비대는 우리 짐을 모두 꺼내게 했다. 그들은 뭔가를 반드시 찾아내겠다는 듯이 짐을 샅샅이 뒤졌다. 나는 공황상태에 빠져 몸이 차갑게 얼어붙었다. 아우렐리오는 대학에서 스터디 그룹에 낄 때처럼 무심한 표정으로 그냥 서서 그 광경을 지켜보았다. 그들이 우리를 향해 가라고 손을 흔들자마자 그는 의기양양해서 은박포일에 싸서 구두 안에 숨겨두었던 대마초 꾸러미를 꺼냈다. 그는 10년도 더 된 형편없는 옛날 노래를 흥얼거리며 뒤로 잡아당겨 묶은 머리 때문에 작아 보이는 곱슬곱슬한 머리를 까딱거렸다. 이제 우리는 이미 이탈리아를 떠나 먼 목적지를 향하고 있었다. 순간적으로 나는 이런 사람과 함께 이 여행을 하고 있다는 생각에 문득 아연해졌다.

우리는 첫날 아무것도 먹지 않은 채 400킬로미터를 달렸다. 더위와 소음과 대마초로 멍했다. 매번 마을을 지나칠 때마다 최소한 빵과 치즈라도 좀 사게 멈추자고 했지만 그는 계속해서 운전해야 할 구실을 만들어 내거나 이미 지나쳐서 차를 돌리기엔 늦을 때까지 내 말을 못 들은 척 하다가 "다음번에"라고 말했다. 우리는 계속 대마초를 피워댔다. 반사작용이 점점 둔해졌다.

다음 날 그는 먹을 것에 돈을 쓸 생각이 별로 없다고 인정했다. 터키에 도착하면 그 돈으로 대마초를 사려는 게 분명했다. 그는 인도 현인은 실제로 거의 아무것도 먹지 않고도 장수하고 건강하게 살았다면서 우리도 시도해 보는 게 좋겠다고 했다. 이 사상은 거의 병적인 탐욕과 거의 미각이 전혀 없는 상태에 기반하고 있었다. 그는 시골 가게에서 훔친 오래되어 산패한 땅콩을 먹으며 그게 맛있다고 주장했다.

지나치는 길가의 노점에서 무화과나 포도를 조금 사려고 잠시 차를 세우게 하기 위해서도 힘들게 싸워야 했다. 그러고 나서도 아우렐리오는 과일을 파는 친절한 농사꾼과 10분이 넘게 흥정했다. 나는 과일을 먹으며 죄책감을 느꼈다.

유고슬라비아에서 차가 두 번 고장이 났다. 두 번째로 고장이 났을 때 우리는 티토보라는 곳에 있었다. 비가 억수 같이 내리고 거기 사는 사람 모두가 중심도로가 진창 속에 휩쓸려 가는 것을 멍하니 바라보았다. 아우렐리오는 길을 잃어버리는 데 놀라운 재주를 가지고 있었지만 한 번도 그 사실을 인정하지 않았다. 갈림길만 나오면 어김없이 잘못된 길을 선택했다. 차를 돌리기 전에 몇 마일이고 달리고 또 달렸다. 자신이 차 주인이라는 사실을 무기처럼 휘두르며 쓸데없는 일에 의견이 맞지 않을 때마다 난리를 부렸다. 저녁에는 언제나 침낭을 펴기에 가장 축축하고 더러운 장소를 잘도 골랐다. 매일 아침 머리에서 불과 몇 미터도 떨어지지 않은 곳에서 불도저가 작업을 할지라도 늦잠을 잤다. 시간이 흐르며 나는 점점 더 그를 싫어하게 되었다. 결국 그가 무슨 말이나 행동을 해도 부아가 치밀어 올라 어쩔 줄 몰랐다.

우리가 그리스 국경에 도달하기까지는 8일이 걸렸다. 하지만 우리가 여행한 방식을 생각해보면 아마 한두 달도 족히 걸릴 수 있었을 것이다. 이제 아우렐리오와 나는 뭔가에 대해 말다툼을 하지 않는 이상 서로 말 한마디 주고받지 않았다. 도로 표지판이나 식당은 매번 싸울 구실이 되었다. 나는 운전을 하며 지나치는 풍경에 대한 그의 완벽한 무관심을, 길도 못 찾는 무기력함과 내가 운전을 하거나 먹지 못하게 하는 그의 약하지만 끈질긴 집요함을 참을 수가 없었다.

터키에 도착해서 처음 만난 큰 마을에서 차를 세웠을 때 그는 정오의 타는 듯한 태양 아래서 나에게 차를 지키게 했다. 그러더니 마침내 새로운 대마초 쌈지와 작은 아편 환을 가지고 돌아왔다. 이것들을 사는 돈은 공동 지출에서 먹을 것을 아낀 돈보다 훨씬 많은 금액을 차지했다. 하지만 그의 주장으로는 지금 돈을 잘 쓴 것이란다. 그의 초점이 풀린 눈은 만족감으로 빛났다. 우리는 아편을 담배와 섞어 피우고 나서 대마초를 피웠다. 내 허기와 아우렐리오에 대한 짜증도 사라졌다. 아니 그것들은 여전히 배경에 자리했지만 단지 더 이상 신경을 쓰지 않았다. 우리 여행에 대해서든 그 무엇에 대해서든. 내가 원한 건 단지 밀라노로부터, 내 가족과 내가 내려야할 모든 결정으로부터 가능한 한 오래 멀리 떨어져 있고 싶다는 것뿐이었다.

이스탄불을 지나 100킬로미터 정도를 갔을 때 차의 덜커덩거리는 소음 중 하나가 다른 소리를 누르며 요란해졌다. 그리고 몇 분도 지나지 않아 모든 것을 집어삼키는 폭음이 되어 울렸다. 늘 그렇듯이 아우렐리오는 뭔가 잘못되었다는 걸 인정하려 하지 않았고 요란한 소음으로 귀가 멀 지경이 될 때까지도 차 속도를 줄이려 하지 않았다. 우리는 탈미트라는 곳에서 5킬로미터 정도 떨어져 있었다. 폭음이 잦아들더니 자동차는 죽어가는 말벌처럼 덜덜거리며 덜커덕거렸다.

우리는 마을까지 차를 밀고 가서 젊은 정비공을 찾아냈다. 그는 엔진을 뜯어내서 정비소 바닥에 부품들을 죽 늘어놓더니 재조립을 할 수 없다고 했다. 그는 렌치를 들고 두어 시간 동안 땀을 뻘뻘 흘리고 화가 나서 씩씩거리며 애를 썼다. 그러더니 바닥에 침을 탁 뱉고는 너무 늦었으니 다음날 돌아오라고 몸짓으로 설명했다. 나는 계속 고쳐보라고 재촉하려 했지만 대마초와 허기로 기력이 없었다. 내 간청이 정비공에게는 그다지 설득력이 없는 듯 했다. 아우렐리오는 그저 서서 우리 가운데 어딘가를 멍하니 쳐다보며 탈미트에 머무르든 인도에 도착하든 아니면 밀라노로 돌아가든 아무 상관없다는 듯이 보였다.

우리는 침낭과 필요한 짐을 꺼내 잘 곳을 찾아 떠났다. 길에는 거의 아무도 없었다. 우리가 만난 몇 안 되는 사람들은 그저 적대적인 표정으로 노려보았다. 나는 너무나 지쳐서 거의 걷기도 힘들었다. 그냥 이탈리아에서 나를 사랑하는 예쁜 여자와 있었다면 얼마나 좋았을지 계속해서 생각했다. 우리는 어느 술집 앞에서 취객과 맞닥뜨렸다. 그는 우리와 대화를 시작하려고 애썼다. 아우렐리오는 그 특유의 순록 같은 웃음을 터뜨리며 그에게 우리 여행에 대해 설명하기 시작했다. 나는 의자에 앉아 꾸벅꾸벅 졸았다. 그 남자는 우리에게 그날 밤 머물 방을 빌려주겠다고 했다. 아우렐리오가 그 말을 전하자마자 다음날 일어나서 짐과 지갑이 사라진 것을 발견하는 우리의 모습이 눈앞에 그려졌다. 하지만 죽을 것처럼 피곤했고 무슨 일이 일어난다 해도 그런 일에 정말 연루될 거라는 실감을 느낄 수 없어서 동의해버렸다.

"그래. 좋아."

다음날 우리는 잠에서 깨어나서 우리 짐과 지갑이 사라진 것을 발견했다. 정비공은 차를 돌려주길 거부했다. 어차피 엔진도 없었다. 그는 우리 여행 장비를 전부 가져가는 대신 이스탄불까지 가는 버스비를 주었다.

우리는 이스탄불의 끔찍한 더위와 소음, 소리 지르는 사람들을 둘러싼 혼란과 경적을 울려대는 차와 지친 여행자 무리 속에서 이리저리 돌아다녔다. 아우렐리오는 좀비처럼 앞서 걸어가며 마지막 아편과 대마초를 잔뜩 들이마셔서 내 말에 대답조차 하지 못했다. 그리고는 작은 광장에서 적십자 트럭을 발견했다. 거기엔 영어로 이렇게 쓰여 있었다. "혈액 1파인트(0.568리터)당 10달러." 그는 바로 거기로 향했다.

나는 밖에서 그를 기다렸다. 밖으로 나온 그는 침대 시트처럼 핏기 없이 허연 얼굴이었다. 남자 간호사가 그를 부축해서 벤치에 앉혀주었다. 나는 피를 뽑으려는 생각이 없었지만 너무 기운이 없고 피곤해서 그들이 트럭 안으로 데리고 가도록 그냥 내버려두었다. 그들은 팔 주위로 압박대를 조이고 말에게나 쓸 것 같은 커다란 바늘을 내 팔에 찔러 넣었다. 나는 유리 실린더 안에 피가 차오르는 것을 지켜보았다. 50이라는 번호가 새겨진 표시까지 차오르더니 눈금을 넘어갔다. 남자 간호사는 모르는 척하고 그와 구석구석이 똑같이 범죄형으로 보이는 동료와 함께 시시덕거렸다. 나는 내가 쥐어짜낼 수 있는 한 최대한 큰소리로 울부짖었다. 그는 바늘을 빼고 내가 이제까지 본 것 중 가장 추악하고 멸시하는 미소를 띠고 나를 바라보았다.

그는 내 손에 10달러를 쥐어주고 트럭 밖으로 데려갔다. 눈이 부신 빛 속으로 걸어 나오자마자 나는 의식을 잃었다.

26

나는 하루 종일 침대에 누워서 읽지 않은 신문과 잡지와 책 더미에 둘러싸여 있었다. 나는 어떤 질문에도 대답하지 않았다. 사설 병원의 내 침대에 간호사들이 들락날락했다. 어머니가 얇게 저며 설탕에 절인 복숭아를 권하는 동안 가능한 한 가만히 누워 있으려고 했다.

매일 아침 의사가 차분하고 전문적인 목소리로 내 무너진 신체가 완전하게 회복되었고 혈액검사 결과도 완전히 정상으로 돌아왔다고 말했다. 나는 그의 말을 못 들은 척하고 쌓아놓은 베개더미 속으로 가능한 한 깊이 가라앉아 모든 책임과 결정 그리고 견딜 수 없는 인생의 요구로부터 도망치려고 했다.

이따금씩 나는 사람들의 평온함이 어떻게 지속적으로 계속되는 적대적인 공격과 감정의 피폐로 인해 얼마나 상처입고 손상되는지에 대해 귀도가 했던 말들을 떠올렸다. 나는 내 방문 밖에 펼쳐진 다른 인생의 여정과 인생을 담는 그릇에 대해서, 도시 속의 소리, 냄새, 풍경과 관계에 대해서 그것들이 얼마나 최악의 이유로 만들어졌는지에 대해서 생각했다. 다시는 팔이나 다리를 움직이고 싶지 않았다. 내가 원하는 유일한 일은 그저 내 안으로 침잠하는 것뿐이었다.

의사의 어조가 변하기 시작했다. 그는 내게 그렇게 어린애처럼 계속 모래 속에 머리를 파묻고 있을 수는 없다고 했다. 새아버지도 내게 더 성숙해지고 삶을 통제해야 한다고 설교를 늘어놓았다. 그는 제멋대로 터키까지 가서 아사하기 위해 많은 에너지를 낭비한 두 멍청이에게 아무 동정도 느낄 수 없다고 말했다. 심지어 아우렐리오까지 끔찍한 사이키델릭 미국 만화를 한 아름 들고 나를 보러 왔다. 그는 이미 그 특유의 낮은 에너지 레벨을 완전히 회복한 듯 보였다. 어머니는 그들이 내 회복에 도움이 될 것이라고 생각하며 이런 방문을 주선했다. 그러나 아무 효과도 없다는 것을 깨닫고는 절망하기 시작했다.

나는 내가 점점 더 곤란한 상황 속에 빠져들고 있다는 것을 깨달았다. 하지만 거기에 대해 되도록 생각하지 않으려고 노력하며 대신 나에게 정신적 괴로움을 주는 일이라면 그게 뭐든지 강한 방어막을 세웠다. 나는 텔레비전을 보고 잠을 잤다. 여러 날이 지났고 원하는 것은 아무것도 없었다. 의사가 내게 머리를 모래 속에 파묻고 있다고 한 말은 맞는 말이었다. 나는 내 삶이 모래 아래에 파묻혀 있는 것이 모래 위의 삶보다 더 낫다고 느꼈다.

어느 오후 나는 복도에서 속삭이는 목소리를 들었다. 어머니가 얼굴에 기묘한 표정을 짓고 들어왔다. 어머니의 언니가 함께 있었다. 어머니는 내 침대 쪽으로 몇 걸음을 떼다가 눈물을 흘리며 울음을 터뜨렸다. 그녀는 내게 새아버지가 오전 열한 시에 심장마비로 죽었다고 했다.

나를 둘러싸고 있던 투명한 껍질에 금이 가기 시작하더니 순식간에 대각선으로 뻗어나가 쪼개졌다. 갑자기 아무 보호막이나 여과장치 없이 나를 향해 비명을 지르는 감정이 사방에서 공격해오는 것에 무방비하게 노출된 나 자신을 발견했다. 새아버지는 언제나 내 삶의 안정적인 요소였다. 그는 정확하게 그의 한계 때문에 의지할 수 있었고 한결 같았다. 어느 날 갑자기 그가 완전히 사라질 것이라는 가능성을 떠올려 본 적조차 한 번도 없었다. 이렇게 바뀐 상황 속에서 내 삶을 다시 평가하고 구상해 보려고 했지만 그렇게 할 수 없었다. 바로 조금 전까지 나는 헌신적인 관객 덕분에 오만방자한 젊은 배우 같았다. 그런데 갑자기 구경꾼의 절반이 사라져 버리고 남은 관객은 눈물을 흘리며 무대 위로 난입해왔다.

어머니는 이제 정신을 못 차리며 언니에게 기대어 통곡했다. 나는 침대에서 뛰어내려 어머니를 팔로 감싸 안으며 위로하려 애썼다.

나는 장례식과 사망에 따른 모든 관례절차를 통과했다. 공식 직인이 찍힌 증명서와 법률적인 증명서 사본들 그리고 공증인의 공증을 받은 진술서까지 모두 처리했다. 어머니를 도와서 내가 가지고 있다고 결코 생각지도 못했던 믿을 수 없는 투지로 그 모든 끔찍한 절차를 해결해 나갔다. 거울에 비친 내 모습을 볼 때 마치 이제 내 눈 속에서 투지가 엿보이고 내 목소리에서, 내 움직임에서도 의지가 느껴지는 듯 했다. 나는 이제 세상과 맞서고, 더 이상 주저하지 않고 세상 속에서 내 자리를 차지하고 싶어졌다. 나는 어른이 될 준비가 되었다.

Part 2

1

새아버지는 유언장에 내게 약간의 돈을 남긴다고 적어두었다. 단 '뭔가 그럴싸하고 받아들일 만한 일'에 사용한다는 조건이었다. 변호사는 이 문장이 법적 효력을 가지기에는 충분히 명료하지 않으며 조건이라기보다는 고인의 조언이라고 설명했다. 하지만 나는 오히려 나에겐 그 문장이 충분히 명쾌하다고 내 입장에서는 법적으로나 도의적으로 의무가 있다고 대답했다.

나는 5년이나 늦었지만 필연적인 것처럼 귀도가 자퇴했을 때와 같은 입장에 놓였다. 밀라노가 끔찍한 도시라고 계속 불평하고 싶지도 않았지만 앞으로 여기서 살기도 싫었다. 대학은 실업자의 대기소일 뿐이라고 말할 건 아니지만 계속 대학에 다니고픈 마음도 없었다. 어머니와 함께 사는 게 이상한 일이라고 한탄하고 싶지도 않았다. 나는 더 이상 탐탁지 않은 무력감을 정당화하거나 설명하기 위한 정신적인 가설과 이론을 만들 생각이 없었다. 나는 여태까지 행동하지 않고 입으로만 나불거리며 근근이 살아왔다. 이제 그렇게 사는 것이 지긋지긋해서 견딜 수 없었다. 나 자신을 위해 다른 삶을 만들고 싶었다. 내가 행복할 장소에서 말 한마디 없이도 직접 손으로 만지고 냄새를 맡고 눈으로 볼 삶을 말이다.

어머니는 내가 떠나는 것에 슬퍼하지 않았다. 뭔가 해답을 찾으려고 헛된 노력을 하는 동안 내가 항상 얼마나 불행했는지 어머니는 알고 있었다. 사실 어머니 또한 남편의 죽음 이후 변화하기 시작했다. 회한의 베일 뒤에서 그녀는 더 마음이 가벼워지고 덜 속박된 듯이 보였다.

나는 작고 튼튼한 중고차 한 대와 지도 세트를 샀다. 그리고 산업화된 지역을 벗어나기 위해 둘러보기 시작했다. 대도시는 물론 중소도시로부터도 멀리 떨어져서 정처 없이 거친 시골길을 따라 갔다. 밤에는 차 안이나 로베르타와의 여름휴가 때부터 가지고 다닌 작은 텐트에서 잤다.

나는 수맥을 찾는 사람이나 자기 병을 치유해줄 약초를 찾아 킁킁거리며 돌아다니는 병든 개처럼 사방을 살피고 공기를 들이마셨다. 장소들의 진동, 지하수의 습기, 바람의 방향, 태양의 노출을 감지할 수 있었다.

지나친 개발과 들이부은 콘크리트, 고속도로, 하루가 다르게 솟아나는 아파트와 공장 창고와 슈퍼마켓의 영향을 받지 않은 장소를 찾기란 쉽지 않았다. 설령 찾아냈다 해도 그 장소의 분위기가 나에게 너무 생경했다. 어떤 장소는 나에게 슬프거나 우울하거나 불길한 인상으로 남았다. 어떤 곳은 너무나 휘황찬란해서 숨이 막혔다. 또 어떤 곳은 너무 외진 데 있어서 내 안이 텅 비어버린 느낌을 주었다. 하지만 고작 이런 것으로 낙담하지 않았다. 몇 달이고 계속 찾아볼 작정이었다.

9월 말로 접어들어 구비오 근처 언덕의 먼지가 풀풀 날리는 길을 따라 걷는데 뭔가 조화로운 파동이 내 안에 차오르는 것을 느낄 수 있었다. 떡갈나무와 쥐엄나무 숲으로 둘러싸인 숲 군데군데 풀밭이 보이는 평지 위에 오래된 돌집 두 채가 서 있었다. 둘 다 서쪽을 향하고 있고 두 집 사이에는 풀이 무성한 50미터쯤 되는 풀밭이 있었다. 한 집은 땅딸막한 정사각형 모양이었고 다른 한 집은 높고 폭이 좁았다. 나는 좀 더 자세히 살펴보고 벽을 만져보고 냄새를 맡아보고 싶어서 그쪽으로 걸어갔다. 어쩌면 내가 찾아 헤매던 새로운 평화의 중심이 될 장소를 찾은 건지도 모르겠다고 생각했다.

나는 구비오의 토지 등기소로 가서 그곳이 '듀 카세-두 채의 집'이라 등록된 것을 확인했다. 이 근처 12헥타르의 땅은 여러 종류의 토양이 섞였고 정중앙에 지하수가 자리 잡고 있었다. 소유주는 서로 사이가 나쁜 두 형제였지만 나는 결국 그 땅을 팔도록 그들의 동의를 이끌어낼 수 있었다. 나는 새아버지가 남긴 유산 중 약 절반가량을 썼다. 그리고 아마 이보다 더 알차게 돈을 쓸 곳을 찾지 못할 거라고 확신했다.

어떻게 수리할지 보려고 숙련된 석공과 함께 구비오로 돌아갔다. 그는 그 집이 무너지기 직전이라고 알려주었다. 벽을 지탱해주는 석회는 수년 동안 조각조각 부스러졌다. 대들보는 좀벌레가 쏟아서 구멍이 숭숭 나 있었다. 지붕은 거의 무너져 내리기 직전이었다. 내가 즉시 그 집으로 이사할 예정이라는 것을 깨닫자 그는 껄껄 웃기 시작했다.

"산 채로 깔리고 싶으면 그러든가요."

우두머리 석수는 그곳에서 8킬로미터 정도 떨어진 카 페르사에서 세 명의 다른 석공을 데리고 왔다. 그는 상대적으로 단단해 보이는 조금 더 큰 집부터 작업을 시작했다. 나는 잔디 위에 텐트를 치고 매일 아침 일찍 일어나 일을 거들었다. 일을 하면서 석공들에게 설명을 부탁하며 기술을 배우려고 애썼다. 내 손과 팔은 점점 강해졌다. 곧 이전에 시도

했다면 깔려서 나동그라졌을만한 무게도 들어 올릴 수 있게 되었다. 나는 미친 사람처럼 바퀴 하나 달린 손수레에 돌을 실어 내렸다. 모래주머니와 회반죽 양동이를 이리저리 나르고 어깨에 50킬로그램이나 나가는 대들보를 짊어지고 다녔다. 더 이상은 못하겠다 싶을 때면 풀밭 위에 앉아 주위의 풍경을 바라보았다. 언덕의 풍경이 마음을 안정시켜 주고 몇 분 만에 다시 새로운 힘이 솟게 만들었다.

나는 들어올리고, 자르고, 층층이 끼워 맞추는 일을 즐기기 시작했다. 조금씩 우리는 각 요소가 서로 보완하는 탄성적인 구조를 만들어 갔다. 각각의 활동이 만들어내는 리듬과 고르지 않은 울퉁불퉁한 돌의 표면, 나무의 향기로운 질감, 테라코타 타일이 만들어내는 메마른 음률에 둘러싸여 있었다. 이런 모든 감각이 매우 친숙했다. 오래 전부터 익숙했던 감각이 마치 언제나 그랬던 것처럼 다시 돌아온 것 같았다.

석공들과 나의 관계는 좀 이상했다. 인공적인 재료는 일절 쓰고 싶지 않다고 설명하자 그들은 내가 미쳤다고 생각했다. 하지만 일단 그 생각에 익숙해지자 자신들도 그런 방식이 더 마음에 든다고 인정했다. 하지만 여전히 내 집착에 당혹했다. 이렇게 외따로 떨어진 야생지에 가능한 한 가까이 머물고 싶어서 내 작은 캠프에서 자겠다고 하는 내 고집을 의아해 했다. 첫눈이 내리기 전에 마무리 지을 수 있겠냐고 물을 때마다 매번 그들은 고개를 흔들며 내가 왜 그렇게 서두르는지 이해하지 못했다.

그들이 집으로 돌아가고 난 후 매일 저녁 나는 작은 발전기를 돌려 켠 램프의 불빛 속에서 그들이 멈춘 지점에서부터 작업을 계속 이어나갔다. 불빛에 의지해서 지칠 때까지 계속 작업을 하다가 텐트로 들어가 잠들기 전 가스버너로 음식을 데워먹었다. 땅에서 올라오는 차가운 습기를 막기 위해 머리끝까지 침낭의 지퍼를 머리끝까지 잠근 채 곧바로 잠에 곯아떨어지곤 했다.

12월 말이 되자 눈이 내리기 시작했다. 그때쯤에는 이미 큰 집에 필요한 핵심적인 구조는 모두 마무리할 수 있었다. 벽을 더 강화했고 창문도 제자리에 달렸다. 새로운 대들보가 마루와 새로 타일을 올린 지붕을 떠받치고 있었다. 아직 전기나 수도를 끌어오지는 못했고 난방시설도 없었다. 나는 지역의 지자체의 간섭은 일절 받고 싶지 않았기 때문에 이런 것들을 요청하지 않았다. 내가 원한 것은 단지 자연적이고 독립적이며 풍경 속에 녹아드는 나만의 은신처뿐이었다.

나는 석공들에게 품삯을 지불하고 나머지 작업은 혼자 하겠다고 말했다. 내 말을 납득하지 못한 채 눈을 헤치고 멀어져가는 그들을 바라보았다. 그러다가 차에서 짐을 내려 풀고 내 짐을 모두 집 안으로 들여놓았다. 그리고 내부를 손보기 시작했다.

나는 공기를 채운 에어 매트리스 위에 침낭을 깔고 잤다. 작은 가스버너로 요리를 했으며 연기를 빨아들이지 않는 벽난로 앞에서 몸을 녹였다. 길 위에 눈이 쌓였다. 구비오에는 절대 갈 수 없었다. 카 페르사로 가는 것마저도 어려울 지경이었다. 타이어에서 스노체인이 번번이 미끄러져 뒤로 밀렸다. 웅덩이에 빠지지 않으려고 필사적으로 차를 밀어야 했다. 결국 나는 필수품이 떨어지면 걸어서 갔다. 돌아올 때면 못과 석회, 참치 통조림과 파스타로 가득한 짐의 무게에 완전히 기진맥진했다. 매일 하루의 3분의 1 정도는 땔감으로 쓸 나무를 모으고 말리고 조각조각 톱질하면서 보냈다. 그러나 들인 정성에 비해 집의 극히 일부분만을 따뜻하게 할 수 있었다.

벽난로는 자연환경에 따라 변덕이 심했다. 바람이 살짝 불거나 가랑

비가 와도 연기가 빠지는 방향이 뒤바뀌었다. 그러면 굴뚝으로 연기가 들어와 방 안에 자욱하게 퍼졌다. 때로는 연기가 너무 심해서 눈물이 맺힌 눈과 타는 듯한 폐를 안고 양동이로 물을 퍼서 불을 끈 뒤 창문을 모두 열어 얼음장 같은 바깥바람이 들어오게 해야 했다. 그럴 때면 난롯불이 개인적인 원수라도 되는 것처럼 너무 화가 났다. 종종 어머니에게 전화를 드리러 카 페르사로 가서 잘 지내고 있으며 모든 게 아주 좋다고 말했다. 그러고는 기진맥진해서 꽁꽁 얼고 더러운 상태로 집으로 돌아갔다.

나는 몇 주 동안이나 목욕을 못 했다. 손과 발은 쑤시고 아렸다. 때로 뜨거운 물로 목욕하고 싶어서 밀라노로 돌아가 봄이 될 때까지 다 미루고 싶다는 유혹에 시달렸다. 그러나 이제 이건 뭔가 원칙의 문제 같은 것이 되었다. 포기하고 싶은 생각이 들 때마다 부끄러워졌다. 그래서 심기일전하여 다시 작업으로 돌아가 더 장시간 동안 힘들게 일했다.

1월과 3월 사이에 욕실과 부엌의 배관을 고치고 방마다 빼놓지 않고 전기선을 배선하고 소형 발전기와 연결했다. 창에 나무 덧문을 만들고 의자 두 개가 딸린 식탁을 만들었다. 내가 한 작업은 완벽하지 않았지만 미숙한 마무리의 거친 느낌이 집에 오히려 더 자연적인 느낌을 주었고 주위와 조화를 이루며 숨 쉴 수 있는 자유를 남겼다.

2

봄에 작은 텃밭을 일구기 시작했다. 토양은 단단하고 점토질인데다가 돌멩이로 가득했다. 삽 아래에서 돌멩이가 쪼개졌다. 20평방미터를 파는 데 꼬박 사흘이 걸렸다. 일주일 후에는 땅이 내가 일구기 전과 거의 비슷하게 단단해졌다. 나는 무턱대고 당근, 토마토, 호박, 양상추, 딸기 씨앗을 흩뿌렸다. 씨앗들은 싹을 틔웠고 빼곡하게 돋아나 서로 태양 빛과 물을 나누기 위해 싸웠다. 매일 물을 줬는데 주면 줄수록 상태가 더 안 좋아 보였다. 작물을 잘 가꿀 수 없다는 생각에 좌절감에 가득 찼다.

래지라는 이름의 근처에 사는 농부가 파종 시기, 씨앗을 뿌린 깊이, 작물 간의 거리는 물론 일광에 노출되는 양 또한 잘못되었다고 말해주었다. 그는 내게 트랙터로 땅을 완전히 갈아엎고 암모니아 비료를 세 포 정도 뿌린 다음에 처음부터 다시 시작하라고 충고해주었다.

"어떤 종류든 모터로 돌아가는 기계나 화학약품을 사용하고 싶지 않아요."

"그럼 채소는 카 페르사에서 사 먹어야겠네요."

그는 낯선 이방인이 근처에 산다는 것, 그것도 아무 경험도 없이 다른 방식으로 모든 걸 혼자 하려는 사람이 이웃에 산다는 사실을 결코 달가워하지 않는 것처럼 보였다.

나는 구비오에서 원예학 교본을 샀다. 그 책에서도 병충해를 막으려면 밭에 화학 비료를 뿌리고 새싹에 유독한 약품을 뿌려야 한다고 제시하고 있었다. 나는 원예학 교본을 던져버렸다. 처음 잎에 벌레가 생겼을 때 하나하나 작은 솔로 잎을 쓸어 닦았다. 몇 시간이나 걸려 땅에 쪼그리고 앉거나 누워서 잎사귀를 닦으며 잎사귀를 갉아먹는 그 작은 벌레에 대한 원망으로 가득 찼다. 농부 래지는 한번은 지나가다가 나를 보았다. 그는 얼굴에 동정의 미소를 띠고 있었다.

결국 농사에 대해서 더 많은 곳으로부터 정보를 수집해야겠다고 결심했다. 더 전문적인 책을 사기 위해서는 페루지아까지 나가야 했다.

페루지아는 아름답고 역사적인 시내 중심부가 있는 적당한 규모의 도시였다. 하지만 중심부를 둘러싼 흉측한 외곽은 차량과 밀집한 집들,

물건이 쌓여 있는 상점들, 중소 도시의 소음과 냄새와 분주함으로 가득했다. 나는 7개월 동안 세상과 단절되어 거의 옷도 갈아입지 않고 면도도 하지 않았다. 신문을 읽거나 텔레비전을 보거나 래지와 석공들, 카페르사의 가게 주인아주머니를 제외하고는 아무와도 말을 해본 적이 없었다. 그래서 사람들이 너무도 신기했다. 모든 다른 얼굴과 체격, 다른 스타일의 옷차림과 다른 방식의 움직임이 모두 신기했다.

나는 커다란 서점에 들어가서 농사, 원예 그리고 과일과 채소 경작에 관한 책으로 가득한 구획을 발견했다. 마치 그 책들이 숨겨진 보물을 지키는 경비라도 되는 듯 표지를 하나씩 만져보았다. 보다 전문적인 책의 책장을 탐욕스럽게 넘겼다. 너무 많은 선택지가 있음에 허둥대면서 더 많은 정보를 얻으려 안절부절못했다.

계산대에 있는 여자 한 명 외에 판매를 돕는 여점원 두 명이 더 있었다. 그 중 한 명이 내게 강한 인상을 남겼다. 그녀는 책장 사이를 우아하게 움직이며 손님의 요구에 귀를 기울이고 예의바르게 대답을 해주었다. 그리고 손님이 부탁한 책을 찾으러 갔다. 나는 자꾸 책을 들고 앉은 자리에서 그녀를 찾아 두리번거렸다. 생기 있는 갈색 눈동자, 잘 조각된 듯한 작은 귀, 쭉 뻗은 아름다운 다리 등 그녀의 특징을 하나씩 발견했다. 드디어 내 시선을 의식한 그녀가 내게 미소를 짓고는 하던 일을 계속했다. 그녀에게 다가가서 말을 걸어보고 싶은 마음이 간절했지만 당황해서 몸이 마비됐다. 다시 한 번 유리벽 뒤에 갇힌 느낌이었다. 나는 귀도가 가르쳐준 그 심리 기술을 적용하기로 결심했다. 내가 후회로 가득 차서 죽기 직전이라고 상상해보았다.

나는 책을 손에 들고 그녀에게 다가가서 이 책을 추천하겠느냐고 물었다. 인조가죽 장정의 500쪽이나 되는 묵직한 농학 개론서였다. 그녀가 다시 미소를 지었다.

"대부분은 어려워하시는데 사실 손님께서 하시기 나름이에요."

"뭘 하기 나름이라는 거죠?"

나는 그녀의 목소리와 섬세하고 매끄러운 입술의 선에 홀린 채 물었다.

"손님이 뭘 하실 것인지에 따라 다르겠죠."

그녀가 대답했다. 그녀의 모습은 이상하게 낯이 익었다. 내게 드물게 일어나는 방식으로 생각을 혼란스럽게 만들었다.

나는 내가 하려는 일을 설명했다. 내 설명은 의도했던 것보다 훨씬 길어졌다. 나는 결국 밀라노에서의 실패와 어떻게 '듀 카세'를 발견했고 혹독한 겨울을 막 견뎌냈는지까지 털어놓고 말았다. 설명을 하고 또 했지만 텃밭 이야기까지는 시작도 하지 못했다.

그녀는 계속해서 서점에서 일어나는 일을 확인하기 위해 주위를 둘러보면서도 내 이야기를 놓치지 않고 다시 나를 돌아보곤 했다. 그녀는 내 이야기에 관심이 있는 듯 보였고 자세한 내용에 호기심을 가졌다. 그녀는 내 집이 어떻게 생겼는지 무엇으로 만들어졌는지 물었다.

순간 집을 보러 오라고 그녀를 초대해야겠다고 생각했다. 하지만 그녀와 말을 하고 있다는 사실만으로도 이미 너무 기적 같았다. 섣부르게 더 가까이 다가가다가 그녀가 눈앞에서 사라지는 것을 보고 싶지 않았다. 나는 국영 전기회사와는 아무 관련도 맺고 싶지 않아서 불을 밝히기 위해 작은 발전기를 사용한다고 말해주었다. 내 견해를 설명하려고 애쓰며 본능적으로 이것이 그녀와 비슷할 것임을 느꼈다.

그녀가 뭔가 내게 막 말하려는 참이었다. 나는 아직 입 밖으로 나오지 않은 말들이 그녀의 입술에서 형태를 갖추는 것에 온 신경을 집중했다. 그때 각진 턱을 한 여자가 와서 교과에 대해 뭘 물었다. 그녀는 내게 미소를 짓고 책을 찾으러 멀리 보이는 책장 사이로 미끄러져갔다.

나는 손에 그 엄청나게 두꺼운 안내서를 들고 끈기 있게 기다렸다. 그녀가 여자가 부탁한 책을 찾았을 때는 다른 두 손님이 그녀의 도움을 기다리고 있었다. 나는 거기 서서 좀 더 오래 기다리며 그녀가 최소한 내 쪽을 돌아봐주지 않을까 기대했다. 하지만 그녀는 그러지 않았다. 두 명의 다른 손님을 도와주고 나서 이쪽을 돌아보지 않은 채 뭔가를 찾기 위해 사다리를 타고 올라갔다. 어쩌면 서점에 들르는 다른 여느 손님처럼 나에게도 똑같은 친절을 보인 것인지도 몰랐다. 아니면 오랜 기간 동안 혼자 외떨어진 곳에서 지내다 보니 내 지각력이 왜곡되어 혼란스러워진 것이 아닐까 하는 생각이 들었다. 그 순간 가게 유리창에 비친 내 모습을 보았다. 누더기 같은 옷에 길게 자란 수염, 흐린 듯한 눈. 나는 난파선에서 겨우 살아난 사람처럼 보였다. 그녀 같은 여자가 나에게 관심을 가질 가능성은 결코 없을 거라는 사실을 깨달았다. 나는 책값을 치르고 서둘러 문을 열고 내 차로 돌아가서 언덕을 향해 차를 몰았다.

집에 돌아와서 농업 안내서를 공부하기 시작했다. 하지만 딱딱하고 어려운 용어로 쓰여 있고 독자에게 정보를 전달하려는 노력이 전혀 보이지 않았다. 고등학교 때의 낡은 그리스어 교본이나 물리학 교과서와 똑같은 종류의 이질감을 주었다. 그 책을 펼치고 몇 분 후면 독자의 집중력을 자동으로 차단하는 어떤 메커니즘이 작용하는 것 같았다. 아무 의미를 갖지 못한 단어들이 눈앞에서 스쳐 지나갔다. 내가 멍청한 건지 자연스러운 방어기제인지, 혹 학교가 나에게 지워지지 않는 상처를 남긴 건지 알 수 없었다.

나는 계속 서점의 그 여자에 대해서 생각했다. 몇 분마다 그녀의 얼굴이 머릿속에 다시 떠올랐다. 안에서나 밖에서나 일할 때마다 그녀의 모습이 어른거렸다. 나는 우리의 대화를 재구성해보려 했다. 그러나 우리가 나눈 말보다는 그녀의 움직임과 눈빛으로 이루어진 장면이 기억에 남았다. 나는 여전히 머릿속에서 그녀의 미소를 볼 수 있었다. 내 말에 귀 기울이며 고개를 살짝 기울이던 모습을 볼 수 있었다. 나는 욕실에 욕조를 설치하고 주방에는 수채통을 들였다. 그리고 내가 원할 때 집 안으로 물을 끌어들일 수 있도록 수도관과 두 대의 양수기를 설치했다. 개간지를 더 넓히고 소나무로 커다란 침대를 만들었다. 그리고 두 번째 집의 부서져 내리는 벽을 단단히 쌓기 시작했다. 나는 이런 작업들에 내가 가진 모든 육체적인 힘을 쏟아 부었다. 마치 이 모든 것을 서점의 여자를 위해서 하고 있는 것처럼 느꼈다. 어떤 종류의 인간적 접촉도 내 일을 방해하지 않았다. 내 생각은 오로지 그녀뿐이었다.

일주일 뒤 그녀를 다시 보고 싶은 마음이 너무 간절해졌다. 그녀에게 거절당할지도 모른다는 두려움을 극복해내고 페루지아로 갔다. 하지만 그녀는 서점에 없었다. 다른 직원이 그녀가 마실 것을 사러 갔고 그녀의 이름은 마르티나라고 말해주었다. 이름을 알았다는 사실에 강렬한 전율이 흘렀다.

다시 나갔더니 거기 그녀가 있었다. 그녀는 내게 반갑게 인사했다. 기쁨으로 눈을 빛내며 이미 우리가 오래 전부터 알고 지낸 사이처럼 행동했다. 여기에 고무되어 나는 지난 일주일 내내 그녀 생각을 했노라고 말했다. 마르티나는 그녀만의 아름다운 미소를 보여주며 그녀도 내 생각을 했다고 말했다. 거기 페루지아의 보도 위에서 낯선 사람들이 스쳐지나가는 가운데 우리는 얼굴을 마주보고 서 있었다. 나는 그녀를 품에 끌어안고 함께 가고 싶었다. 그리고 다시는 결코 놔주고 싶지 않았다.

나는 문을 닫는 시간에 서점 밖에서 그녀를 기다리며 어디든 식당으로 데리고 갈 생각을 하고 있었다. 그러나 그녀가 왔을 때 너무나 자연스럽게 이야기를 시작했다. 대화에 너무 열중한 나머지 먹을 생각 따윈 모두 잊어버린 채 그저 계속 걸었다. 그녀는 밀라노에서 태어나고 자랐으며 성은 퀴만디세트라고 했다. 아버지 집안이 원래 말타 출신이라서 그렇단다. 그녀는 페루지아에 온 지 2년이 되었다. 의학 공부를 하려고 왔는데 가장 큰 이유는 혼자 살고 싶었기 때문이라고 했다. 그러다가 대학 생활도 지루해지고 계속 가족의 지원을 받으며 살아야 한다는 것도 지겨웠단다. 그래서 서점에서 일자리를 찾았다고 했다. 그녀는 극히 자연스럽게 이런 이야기를 했다. 그녀와 같은 상황에 있는 스무 살 여자라면 누구나 그럴 거라는 듯이 자신의 독립심과 성숙함을 과시하지도 않았다. 하지만 그녀는 정말 독립적인 동시에 성숙했다. 본능적인 자신감을 보여주었고 마음을 가볍게 하는 지혜를 지니고 있었다.

우리는 자정이 될 때까지 아무것도 안 먹고 계속 걸으며 많은 이야기를 나누었다. 이따금 계단에 앉거나 오래된 도시의 낮은 돌담 중 하나 위에 걸터앉았다. 서로에 대한 정보를 주고받는 기쁨이 결코 사라지지 않을 것만 같았다. 나는 우리의 만남이 얼마나 큰 우연이고 또 얼마나 불가피한 것인지 생각했다.

우리는 어두침침한 작은 골목길의 모퉁이에 있는 그녀의 집 밖에서 입맞춤을 나누었다. 이 모든 것이 전부 내 상상인지 아니면 상상의 형태를 띤 실제 삶인지 알 수 없었다. 나는 그녀에게 서점에서의 일을 그만두고 함께 살면서 세상으로부터 떨어져 원하는 대로 우리의 작은 세상을 함께 만들어나가자고 했다. 불과 몇 달 전만 해도 감상적이고 진부하게 들렸던 단어를 사용했지만 상관없었다. 그 단어만이 내가 느끼는 감정을 드러낼 수 있는 유일한 표현이었다.

나는 그녀의 대답을 기다렸다. 너무 강렬하게 몰아치는 깊은 감정에 압도당해서 숨조차 쉴 수 없었다. 그녀는 그러겠다고 대답했다.

나는 그녀의 손을 꼭 잡았다. 우아함과 생기 있는 얼굴로 집중하는 모습에 너무 놀랐다. 그러고는 그녀의 얼굴을 뒤덮을 듯 입맞춤을 퍼부었다. 미친 듯이, 술에 취한 듯이 머리카락의 짙은 향기를 들이마셨다.

그녀는 집 안으로 들어오라고 권하지 않았다. 하지만 혹시 그랬더라도 들어가지 않았을 것이었다. 뭐든지 너무 서두르거나 소진해버리고 싶지 않았다. 우리의 관계를 마치 폭풍 속에서 깨지기 쉬운 귀중한 물건을 살피듯이 잘 보살피고 온 신경을 집중해서 조심하고 싶었다.

나는 텅 빈 도시를 가로질러 돌아오면서 전속력으로 펄쩍펄쩍 뛰며 달렸다. 때때로 고함을 질렀다. 내 목소리는 오래된 도시의 담 사이에 부딪혀 울리며 메아리쳤다.

3

6월 초에 마르티나는 서점을 그만뒀다. 셋방도 정리하고 나와 함께 살러 왔다. 차에서 그녀의 짐 가방 두 개를 내렸을 때 나는 이전에는 한 번도 느껴보지 못했던 책임감에 압도당했다. 나는 몇 달간의 노동으로 단련된 팔로 그녀가 비명을 지르고 웃으며 내가 자기를 아프게 한다고 말할 때까지 그녀를 꼭 끌어안았다.

우리는 밤새 사랑을 나누었다. 엄청난 감정과 감각의 상호작용에 빠져들어 서로를 구별할 수 없었다. 분리되어 있던 두 독립적인 존재가 하나의 새로운 존재로 완벽하게 융합되었다. 내가 그때까지 경험했던 한정된 몸짓과 일방적인 욕망의 주고받음과는 전혀 달랐다. 우리는 서로의 품 안에서 잠들었다. 나는 잠드는 순간까지도 이것이 현실이라는 것을 믿기 어려웠다. 그러고는 혼자 있다는 생각에 깜짝 놀라 잠에서 깼다. 나는 그녀가 정말 내 옆에 있다는 것을 스스로에게 확인시켜주기 위해 촛불을 밝히기도 했다.

며칠 사이에 집은 생기를 띠었다. 마르티나가 그녀의 취향에 따라 고르고 조합한 형태와 색이 어우러져 활기찼다. 단지 여기저기 한두 군데 손을 보는 것만으로 그녀는 분위기를 부드럽게 만들었다. 내가 살고 있던 차갑고 빈 공간에 온기를 불어넣었다. 벽에 벽걸이를 걸고 침실에는 작은 타원형의 거울을 걸었다. 그녀는 부엌에 작은 향신료 병을 나란히 놓고 욕실에는 밝은 색 수건을 가지런히 두었다.

그녀가 조금이라도 뭐가 제안을 하면 나는 미친 사람처럼 작업에 착수했다. 톱질을 하고 망치질을 하고 사포질을 하고 끝없이 솟아나는 에너지를 가지고 나무에 윤을 냈다. 내 인생에서 처음으로 나는 남성으로서의 모든 역량을 갖춘 어른이 된 기분이었다. 그것이 얼마나 나를 행복하게 하는지 결코 상상조차 하지 못했다. 나는 마르티나에게 안락한 집을 만들어주고 세상의 압력에 맞서 그 집을 단단히 하고 꾸밀 수 있다는 사실에 기쁨으로 가득 찼다. 불안정하고 무기력했던 사춘기 시절과 내게 주어진 역할이나 의무가 없었던 로베르타와의 관계를 되돌아볼 때 내가 얼마나 성숙해졌는지 믿기 어려웠다.

우리는 낙천적인 마음과 계획으로 들떴다. 매일 아침마다 두 집과 주위의 땅을 어떻게 개선할지 새로운 생각이 떠올랐다. 저녁에는 과실수 목록과 양봉 및 양계 교본, 생역학과 대체 에너지에 관한 책을 열심히 읽었다. 마르티나는 과수원과 곡차와 태양 난방장치의 가능한 형태를 연필로 그렸다. 그리고 계속 수집해 나가는 정보에 따라서 지우고 다시 시작하곤 했다.

우리는 그때까지 내가 이용했던 것보다 더 효과적인 도구를 구입했다. 카 페르사의 가게 주인아주머니는 오래 전 자기 아버지 때부터 처박아 놓은 낡은 수동 경작기를 우리에게 넘겨주었다. 그것을 밀려면 엄청난 노력을 기울여야 했지만 최소한 거기엔 모터가 달려 있지 않았다. 우리는 거의 죽을 만큼 일했다. 땅을 일구고 10킬로미터 떨어진 곳에서 소똥을 실어 날라 거름을 주고, 나무를 심을 구덩이를 팠다. 집 주위의 무화과나무와 야생 버드나무에서 가시나무와 담쟁이덩굴 걷어내는 일 따위로 나날을 보냈다. 잠시도 대화를 중단하는 일 없이 우리는 내리쬐이는 햇볕 아래 땀을 뻘뻘 흘리며 계속해서 몇 시간 동안 일을 했다. 근육이 쑤시고 피부는 온통 생채기투성이였다. 피로를 느끼기엔 너무도 우리가 하는 일에 몰두해 있었다. 간신히 눈에 보일만한 발전을 이루는 것이 너무 행복했다.

구비오의 토요일 시장에서 병아리와 새끼오리와 새끼거위 두 마리를 샀다. 차 안은 꽥꽥거리는 소리와 삐약거리는 소리로 가득했다. 우리는 어린애처럼 신이 났다. 그 동물들은 소리와 움직임으로 '듀 카세'에 생기를 불어넣었다. 더 유기적이고 사람이 사는 곳처럼 만들어주었다. 마르티나와 나는 병아리와 새끼오리와 새끼거위를 살피고 먹이를 주고 자연적인 본능에 맞는 환경을 만들어주기 위해 애를 쓰며 시간을 보냈다. 새끼거위와 오리들을 위해서 작은 연못을 만들었다. 어린 암탉을 위해서는 작은 계단과 횃대를 만들어주었다. 수년 동안 우리는 어린 시절의 상상력 위에 도시인의 억눌린 판타지를 쌓아왔다. 이제 우리는 어른이고 마침내 그 억눌렸던 판타지를 꺼내어 이렇게 저렇게 실험해볼 수 있었다.

9월이 되자 우리가 영국 제조사에 주문한 풍력발전기가 배달되었다. 그것은 구할 수 있는 가장 단순하고 저렴한 모델 중 하나였다. 그만큼 집에서 30미터 정도 떨어진 언덕 위에 작은 탑을 세우고 실내 축전기까지 전선을 연결하여 날개의 회전축을 맞추는 것은 쉽지 않았다. 우여곡절 끝에 발전기는 커다란 바람개비처럼 바람을 맞으며 윙윙 돌아갔다. 그것은 망치로 두들기는 듯한 소음과 악취로 1년 동안 나를 괴롭혀왔던 낡은 가솔린 발전기만큼이나 훌륭하게 전원 공급 장치 역할을 해주었다.

10월에 우리는 종묘상에 가서 살구나무와 사과나무, 체리나무, 자두나무 세 그루씩과 포도나무를 구입해 얼마 전에 파둔 구덩이에 심었다. 실망할 만큼 헐벗고 마르고 잎이 없어 보호대가 지탱해주지 않으면 바로 서 있기도 힘들어 보였다. 마르티나는 몇 년 뒤에 가지가 뻗고 열매를 맺으면 그 나무들이 어떻게 보일지 수채화로 그렸다. 매일 아침 그 그림을 볼 수 있도록 침실 벽에 걸어두었다.

또 구비오에서 발견한 낡은 나무난로를 거실에 설치하고 원할 때 물을 끓일 수 있도록 파이프에 실린더형 물탱크를 설치했다. 추위가 오고 낮이 짧아졌을 때 누구에게 요청할 필요 없이 우리 집에 빛과 온기를 들일 수 있다는 것이 정말 근사하게 느껴졌다. 저녁에는 이따금씩 그저 불이 밝혀진 창문을 보고 가늘게 솟아나는 나무 연기의 냄새를 맡으러 밖으로 나가곤 했다. 나는 우리가 사는 집과 아직 수리를 해야 할 집, 채소가 자라고 있는 텃밭과 과수원을 바라보았다. 아무것도 망치지 않고 변화시킬 수 있다는 사실을 깨닫고는 감상에 가득 차곤 했다.

겨울은 작년보다 더 혹독했다. 어쩔 땐 찬 공기에 발전기가 얼어서 몇 시간이고 작동하지 않았다. 그러면 전등불이 점점 흐릿해지다가 결국 우리를 칠흑 같은 어둠 속에 남겨두곤 했다. 바람이 너무 세게 부는 날엔 밖으로 뛰어나가 날개가 튕겨나가지 않도록 케이블을 잡아당겨 고정시켜야 했다. 엉성하게 설치한 발전기는 그다지 좋은 상태가 아니었고 꼭 우리가 서로를 위로하느라 소리 높여 책을 읽는 날이면 꼭 고장이 났다. 축전기를 설치한 방이 자꾸 물에 잠겨 단전되면 손전등 빛에 의존해 몇 시간 씩 물을 퍼내야 했다. 나무 난로에서는 툭하면 아무리 손을 저어도 사라지지 않는 연기가 뿜어 나와 연통이 반쯤 달궈질 즈음에야 빠져나갔다. 지붕이 날아가면 우리는 기왓장을 찾으러 그 위로 기어 올라갔다. 내가 밧줄로 몸을 칭칭 동여매고 처마를 향해 다가가는 동안 마르티나가 밧줄의 다른 쪽 끝을 꼭 붙잡았다. 추위에 닭 두 마리가 죽었다. 시끄럽게 우는 소리에 자다가 깨서 나가보니 족제비에 물려 닭 두 마리가 더 죽었다. 우리는 쉬지 않고 땔감으로 쓸 나무를 베고 말렸다. 쌓아두고 남은 땔감을 눈 속에서 질질 끌고 카 페르사까지 걸어 나가 팔기도 했다.

그러나 별로 신경 쓰지 않았다. 우리는 함께 행복했고 서로를 따뜻하게 해주었다. 마르티나는 어떤 역경 앞에서도 침착성을 잃지 않았다. 무엇이든 정면으로 맞서려는 내 고지식함을 다독여주기도 했다.

"당신은 누구에게도 아무것도 증명할 필요가 없어. 당신도 알잖아."

그녀는 이렇게 말하곤 했다. 우리는 재앙의 한가운데서도 웃음을 터뜨렸다. 지붕에 비가 새고 불이 꺼지고 연기를 좀 빼려고 창문을 열어놓은 채로 사랑을 나누기도 했다.

마르티나는 3월에 임신을 했다. 지난 두 달 동안 별 계획은 없었지만 피임을 하지 않았다. 우리는 그저 삶을 지배하는 흐름과 수많은 욕망에 몸을 맡겼다. 매일 아침 잠자리에서 눈을 뜨고 일어나는 것처럼 자연스러운 일이라 임신했음을 알았을 때 전혀 놀랍지 않았다.

우리는 결혼식을 올리는 것에 대해서도 한 번도 이야기를 나눈 적이 없었다. 국민을 통제하기 위해 혈안이 되어 있는 국가가 우리의 관계에 어떤 역할을 수행한다는 것은 터무니없는 일처럼 느껴졌다. 계약을 통해 사랑을 봉인할 필요를 느끼지 못했다. 우리는 내가 새아버지가 죽었을 때 그랬던 것처럼 관료와 공인 서류의 미로 속을 헤매고 싶은 마음이 전혀 없었다.

우리는 쟁기로 땅을 더 일구었다. 그리고 책에서 말하는 것처럼 메밀이 자라는지를 보기 위해 씨앗을 뿌렸다.

4월에 어머니가 우리를 만나러 왔다. 내가 밀라노를 떠난 후 처음이었다. 어머니는 손자가 자라고 있다는 것에 기뻐했다. 당신이 보기에는 우리가 생활하는 모습이 불편하고 문제가 있어 보여서 걱정했다. 사람들이 사는 마을에서 그렇게 멀리 떨어져서, 모터가 달린 기계도 없이 농사를 짓고, 난방도, 텔레비전이나 전화도 없이 물을 쓰기 위한 펌프 두 대와 빛을 위한 풍차만 가지고 살아갈 수 있는지 어머니는 이해하지 못 했다. 항상 발아래를 왔다 갔다 하는 닭과 새끼오리들은 말할 것도 없었다.

그러나 어머니는 밀라노에서 내가 얼마나 불행하고 무기력했는지를 너무도 잘 기억하고 있었다. 그녀는 내가 얼마나 변했는지를 보고는 마르티나와 농장에 감사했다. 곧 우리의 건강과 미래에 태어날 아이에 대한 걱정도 사라진 듯했다. 아침에 나는 어머니가 기운차게 텃밭을 파는 것을 보았다. 일생 동안 집안일은커녕 빗자루 한번 든 적 없는 우리 어머니가 말이다.

마르티나는 그녀의 자연스러운 방식으로 곧 자신에 대한 어머니의 본능적인 의구심을 불식시켰다. 며칠도 안 되어 둘은 오랜 친구처럼 수다를 떨었다. 나 역시 언제나 스스로를 감싸던 감정적인 무감각한 층을 거두려고 노력을 기울였다. 그런 노력을 통해 기묘한 발견을 했다. 나는 더 이상 어머니의 이야기를 듣는 것이 당혹스럽게 느껴지지 않았다. 어머니의 모든 말로부터 거리를 둘 필요를 느끼지 않았다. 나는 이제 진정한 나의 영역을 보유하고 더 이상 언어로 내 영역을 만들지 않아도 되었다. 어머니는 나만큼이나 행복해 했다. 그녀는 나에게 예술가였던 아버지의 생활이나 내가 모르는 지난 시절의 일화를 자세히 이야기하기 시작했다.

일주일 후에 페루지아 역으로 어머니를 모셔다 드렸을 때 어머니는 평생 어디에서도 이렇게 행복했던 적이 없었다고 했다. 어머니는 우리의 선택에 감탄하며 만약 자신이 더 젊었더라면 우리와 똑같은 삶을 선택하고 싶다고 했다. 우리 셋은 모두 감상적이 되어 기차역 플랫폼에 서 있었다. 마르티나와 나는 눈물이 글썽한 채로 집으로 돌아왔다. 나는 아마도 귀도가 우리 모두가 대가족처럼 각자의 독립성을 보장하면서 원할 때는 다른 사람과 접촉할 수 있는 공간에서 함께 살아야 한다고 제안했던 말이 옳았던 것 같다고 마르티나에게 말했다. 마르티나도 동의했다. 그러나 그녀의 부모는 유별난 분들이었다. 그녀는 자기 아버지가 어리석고 이기적인 나르시스트이며 어머니는 아버지에게 완전히 종속되어 있다고 했다. 휴일과 여행과 사회적인 책무에 얼이 빠져 자기네들 일 때문에 지나치게 자기중심적으로 살면서 마르티나와 그녀의 형제에게 관심을 가질 겨를이 없었다고 했다. 나는 내가 너무도 사랑하는 마르티나의 따뜻함이 아마도 그런 부정적인 상황들 속에 대조적으로 키워졌을지도 모른다고 생각했다. 마치 자연에 대한 나의 애착이 도시에 대한 혐오에서 생겨난 것처럼 말이다. 내가 그녀가 그렇게 끔찍한 부모님을 가진 사실에 영원히 감사할 거라고 하자 그녀는 웃음을 터뜨렸다. 어린 시절의 기억을 떠올릴 때마다 그 기억들이 그녀를 여전히 불행하게 하는데도 말이다.

6월이 되자 메밀이 꽤 자랐다. 과일나무 잎은 마르티나의 그림 속에 있는 것만큼이나 무성해졌다. 밭에는 당근과 상추와 호박과 양파, 완두콩과 토마토 줄기가 빼곡했다. 우리는 괭이질을 하고 뿌리를 덮고 비료를 주고 잡초를 뽑았다. 그리고 주변을 돌아다니며 비가 올 가능성을 재보기 위해 하늘을 물끄러미 바라보고 물 양동이를 날랐다. 겨울에 살아남은 닭 세 마리가 알을 낳았다. 나중에 새로 더 구입한 다른 닭들도 몸집이 점점 더 커지고 있었다. 아직은 여전히 완전한 자급자족과는 거리가 먼 생활이었지만 우리는 이르든 늦든 곧 그렇게 될 것을 알았다.

마르티나는 지치지도 않고 일했다. 주위의 모든 다른 것들과 마찬가지로 배가 천천히 불러갔다. 나는 가끔씩 자식과 함께 바로 여기 두 집 사이에 있는 우리 모습을 상상해보려 시도했다. "상상할 수 있겠어?"는 내 말버릇이 되었다.

8월에 우리는 메밀을 수확했다. 큰 낫으로 풀을 베었다. 우리는 두 집 사이의 잔디 위에 낫으로 벤 메밀을 펼치고 책에서 본 것처럼 두들기고 탈곡한 다음 채질을 했다. 마르티나는 오래된 커피 그라인더를 삐거덕거리며 200그램 정도나 될까 말까 한 밀가루를 만드느라 몇 시간을 보냈다. 그녀는 그 밀가루로 납작한 빵을 만들어서 오븐에 구웠다. 굉장히 납작하고 딱딱하며 향내가 났다. 우리에게는 실제보다 천 배는 더 맛있게 느껴졌다.

카 페르사의 가게 주인아주머니가 우리에게 태어난 지 몇 달 안 된 강아지를 주었다. 마르티나는 강아지를 '뎁'이라고 불렀다. 페루지아의 서점에서 그녀가 나에게 했던 첫마디의 첫 음절에서 따온 이름이었다. 언제고 일을 하지 않을 때면 그녀는 강아지와 놀며 어루만지고 안아주었다. 아마도 내 생각에는 곧 태어날 우리 아이에게도 똑같이 해줄 것을 다짐하는 듯했다.

9월에 우편배달부가 귀도에게서 온 엽서를 배달했다. 밀라노에 계신 어머니가 받아서 다시 전송한 것이었다. 엽서에는 쌍안경을 통해 바다를 바라보는 한 남자의 흑백사진이 그려져 있었다. 뒷면에 단지 "잘 지내? G."라고만 적혀 있었다. 내가 너무 잘 기억하고 있는 단정하고 비스듬히 기운 두꺼운 글씨였다. 엽서에는 오슬로 소인이 찍혀 있었다. 회신할 주소는 적혀 있지 않았다.

4

나는 카 페르사에서 귀도의 어머니에게 전화를 걸었다. 그녀는 그가 노르웨이에 갔을 거라는 생각조차 하지 않았다. 그녀가 알고 있는 한 그는 런던에 있었고 그곳에서도 거처를 열 번 정도 옮겼다고 했다. 언제나처럼 유목민 같은 아들의 존재에 대해 말할 때 그녀는 안절부절못했고 안심시켜드리려는 내 어설픈 시도를 무시했다. 나는 그녀에게 내 주소를 주고 귀도에게 소식을 들으면 좀 전해달라고 부탁했다.

마르티나는 이제 임신 7개월이었다. 종종 그녀는 아기가 움직이는 것을 느낄 수 있도록 내 손을 자기 배에 갖다 대곤 했다. 그녀가 잠시도 가만있지 않는 걸 보면 아기가 좀 쑤셔하는 게 분명하다고 했다. 그녀는 혼자 해가 뜰 때부터 해질 무렵까지 집 안팎을 다니며 끝없이 다양한 일에 매달려 쉬지 않고 움직였다. 그녀는 무력한 사람 취급을 받으면 참을 수 없어 했다. 내가 어쩌다가 힘든 일을 못 하게 하면 화를 냈다.

몇 달 전에 페루지아에 있는 산부인과 의사의 진찰을 받고 난 후 그녀는 의사의 오만함과 진찰실의 냉담한 분위기를 더 이상 견딜 수 없다고 말했다. 그녀는 가능한 한 병원에 가지 않겠다고 했다. 우리는 이 주제에 대해서 가장 쉽게 이해할 수 있는 책을 구입했다. 누구의 형식적인 조언을 받지 않고도 임신의 각 단계에서 정확하게 어떤 일이 일어나는지를 이해하려고 했다. 때로 나는 그녀에게 귀도가 너무도 사랑하던 딜런의 노래 중 한 구절을 불러주곤 했다.

"바람이 부는 방향을 말하기 위해 예보가 필요하진 않아요."

그 어느 때보다 지금 나에게 이 가사가 적절한 듯 느껴졌다.

다시 한 달이 지나도록 귀도에게서 소식을 듣지 못했다. 그러던 어느 날 우편배달부가 밀라노로부터 전보를 배달해주었다.

'내일 오후 일곱 시에 페루지아 역에 도착.'

다음 날 나는 그를 마중하러 나갔다. 마르티나는 손님방에 밝은 색의 천을 걸고 그녀가 그린 수채화 중 하나를 걸었다. 유리병에 야생화를 가득 꽂고 거실을 단장했다. 내가 그녀에게 들려준 귀도에 대한 얘기 때문에 그녀는 호기심으로 가득 찼다. 더군다나 우리는 지난 몇 달 동안 새로운 얼굴이라고는 본 적이 없었다. 외부 세계와의 접촉에 목말라 있었다. 역에서 기다리는 동안 나는 귀도가 마르티나의 기대나 내가 기억하고 있는 그의 모습과 일치할지 궁금했다.

기차는 45분 정도 연착했다. 귀도가 열차에서 내릴 때 나는 곧바로 그에게 어떤 실망스런 변화가 생기거나 그의 시각에 극적인 변화가 생기지 않았다는 걸 알 수 있었다. 우리는 포옹을 하고 서로의 어깨를 두들겼다. 그리고 언제나처럼 비스듬한 시선을 주고받았다. 그의 머리는 병역 기피 소동을 겪기 전처럼 다시 길었다. 그의 표정은 3년 전과 똑같이 초조한 모습 그대로였다.

그는 내 수염과 농부 같은 손과 차림새를 보고 놀랐다.

"맙소사 너 완전 딴 사람이 됐네!"

나는 정말 그랬으면 좋겠다고 답했다.

집으로 차를 몰고 가며 나는 그에게 1973년 여름부터 내게 일어난 일들을 들려주기 시작했다. 딱히 이유 없는 나의 쇠약과 시골로의 도피, '듀 카세'와 마르티나를 발견한 일, 우리의 농장일과 이제 곧 태어날 아기에 대해서 설명했다.

귀도는 혹시 내가 농담을 하는 것인지 가늠해보려는 눈빛으로 나를 쳐다보면서 정말 곧 아기가 태어날 예정이냐고 두세 번 되풀이해서 물었다. 그가 저물어 가는 황혼 속에 웅크린 언덕을 바라보며 부드럽게 혼자 흥얼거리는 모습을 보니 아기가 태어난다는 생각이 그에게 깊은 영향을 주었고 생각의 꼬리를 물게 만든 것이 분명했다.

우리가 집에 도착했을 때에는 아무것도 보이지 않을 만큼 날이 어두워져 있었다. 나는 과수원과 텃밭과 풍력 발전기가 어디쯤 있는지 손으로 가리켜 보여주었다. 그는 그다지 주의를 기울이지 않고 그저 쿵쿵대며 공기 냄새만 맡았다.

마르티나가 문을 열고 나와 그에게 악수를 청했다. 귀도는 그 특유의 거의 불편할 만한 강렬한 집중력으로 그녀를 쳐다보았다. 나는 두어 발짝 뒤에서 두 사람 사이의 반응을 불안하게 지켜보았다. 마르티나는 누구 앞에서도 쉽게 당황하는 여자가 아니었다. 그녀는 귀도와 똑같이 강렬한 시선으로 그를 바라보며 말했다.

"마리오는 입만 열면 당신 얘기만 했어요."

그는 웃음을 터뜨렸고 우리는 집 안으로 들어갔다. 귀도는 내부 공간과 가지런히 배치된 물건들을 보았다. 나는 내 삶이 그에게 첫눈에 어떻게 비칠지 궁금했다. 그 전염적인 집중력으로 나 또한 그의 표정을 관찰했다. 강아지 템도 호기심에 차서 귀도의 발목을 잘근거렸다.

마르티나가 우리를 식탁으로 데리고 가서는 접시 가득 음식을 담을 것을 고집했다. 그녀는 귀도에게 모든 음식이 우리가 직접 재배한 결실이라고 말해주었다. 우리가 농작물을 재배하는 방법을 배우는 동안 저지른 어처구니없는 실수에 대한 몇 가지 이야기를 들려주었다. 귀도는 미소를 지었다. 그녀와 생기 있는 이야기 솜씨가 마음에 든 것이 분명했다.

우리는 음식을 먹고 이웃의 농부 래지가 만든 시큼하지만 신선한 와인을 마셨다. 우리 사이의 분위기는 점점 더 친밀해졌고 이야기꽃이 피었다. 귀도는 레스보스에서 떠난 후 어떻게 자네트, 닉과 루이제와 런던에 갔는지 말해주었다. 그와 루이제는 거의 바로 짝을 이루었고 그녀와 함께 이것저것 허드렛일을 하며 살았다. 그러다 결국 그녀가 보스턴으로 돌아가기로 결심하자 그녀를 따라갔다. 그는 미국에 처음 막 도착했을 때 자기가 얼마나 열광했는지 설명해주었다. 길과 자동차와 광고판과 사람들과 말소리와 음악 하나하나가 정신없이 떠오르는 영감과

도 같았다고 그는 말했다. 하지만 일단 자기 고향으로 돌아가자 루이제는 귀도에 대한 흥미를 잃기 시작했다. 그는 1월 중순에 보스턴에 홀로 남겨진 자신을 발견하고 얼마나 당황했는지 런던으로 돌아가기 전 여섯 달 동안 그 나라를 떠돌아다니며 일하는 동안 그가 느꼈던 완벽한 절망감에 대해 이야기했다.

그는 샌프란시스코에서 정원사로 일했고 냉장고 배달도 했다. 뉴욕에서는 전보 배달부와 개 돌보는 일이나 급사 일을 했다. 결국 그는 밀라노를 증오했던 것처럼 그 도시들을 혐오하게 되었다. 귀도는 그 특유의 공감 가는 어조와 놀라움과, 분개와 재미를 양념처럼 곁들여서 등장인물과 배경을 대조하여 강조하고 등장인물의 배경을 암시하며 모든 이야기를 해주었다. 그의 이야기가 어떻게 전개될지를 예측하기는 어려웠다. 그건 그가 이야기의 시점과 속도를 계속 바꾸며 몇 달 동안의 이야기를 단 몇 마디로 정리해버리는가 하면 몇 초 동안 일어났던 일을 영원히 지속될 것처럼 보이게 길게 풀어 설명하기도 했기 때문이다.

마르티나는 그의 이야기에 흥미를 가지고 귀를 기울였고 그의 자유분방한 매력에 감탄했다. 나는 그녀가 내가 설명한 그의 모습에 재미있어 하던 것만큼이나 관심을 보이는 것에 만족을 느꼈지만 동시에 찌릿한 질투심을 느꼈다. 그러나 아무 원한이 없는, 마치 관객이 영화 속 배우에게 느끼는 감정이었다. 그렇다고 서로의 입장을 바꾸고 싶은 건 아닌 유형이었다. 나는 마르티나와 함께 조금씩 만들어온 작은 세계에 너무도 오랫동안 집중하고 있었다. 이제 귀도가 완전히 낯선 외부의 감각과 이미지에 우리를 푹 빠지게 만들고 알 수 없는 향수로 가득 채웠다.

그의 생활은 쉽지 않았던 게 분명했다. 런던에서조차 그는 카페에서 접시닦이로 일했고 사라라는 여자와 불법체류자로 살았다. 그들이 점유하던 집에는 전기도 난방도 들어오지 않았다. 식탁 위에 놓아둔 우유마저 밤사이에 얼어버리곤 했었다. 나중에 매달 지급해야 할 삯을 깎는 복잡한 이유를 만들어 내곤 하던 현악기 제작자의 조수로 일했던 때나 그 후에 간질병을 앓던 예술가와 템스 강에 띄워놓은 바지선에서 살았던 때도 마찬가지였다.

나는 그가 살았던 모든 장소를 상상해 보려고 했다. 창문과 문, 그와 함께 지냈던 여자들의 옷과 머리카락, 거리를 오가는 사람들의 모습, 하늘 색깔, 날씨, 공기 중에 떠도는 냄새, 상점의 분위기, 일터의 주변 풍경을 상상했다. 그리고 지난 몇 년 동안 우리의 삶이 얼마나 달라졌는지 그러나 한편으로는 여전히 비슷한지를 깨달았다. 똑같은 갈림길에서 시작한 두 가지 가능성의 여정 중 각각 다른 두 길로 각자 걸어간 것이다.

그는 자신의 이야기 중 어떤 얘기도 길게 끌지 않았다. 고를 수 있는 인물과 상황이 너무도 다양해서 어떤 이야기를 골라야 할지 알 수 없는 것 같았다. 그는 콘서트에서 만난 한 여자와 어떻게 오슬로까지 갔으며 어느 날 양로원에 살던 그녀의 할머니를 몰래 빼내 시골로 짧은 여행을 갔던 일화를 말해주었다. 그들은 시냇물이 흐르는 아름다운 계곡에 다다를 때까지 계속 운전을 해 갔다. 그리고 할머니가 편안하게 앉아 흐르는 물을 바라볼 수 있도록 접는 의자에 앉혀주었다. 둘은 가까운 숲 속을 거닐다가 사랑을 나누었다. 다시 돌아온 그들은 이미 죽어 있는 할머니를 발견했다.

"나는 할머니가 순수한 탐미적인 기쁨 때문에 죽은 거라고 믿어. 작고 완벽한 계곡과 수정처럼 맑은 시냇물이 끝없이 펼쳐졌거든. 오랜 세월 동안 요양소 벽만 바라보며 살다가 그런 멋진 풍경을 보신 거잖아.

우리는 어떻게 해야 할지 몰랐어. 그래서 차 뒷좌석에 할머니를 눕히고 침낭을 덮어드린 다음에 시내로 향했지. 가는 길에 집에 있는 가족들에게 할머니의 죽음을 알리기 위해 카페 옆에 차를 세우고 전화를 걸었어. 그런데 카페에서 나와 보니 차가 사라진 거야. 누가 차를 훔쳐간 거지. 뒷좌석의 할머니와 함께."

나는 그가 우리에게 들려준 이 모든 일이 실제로 일어난 일인지 일부 자신의 이야기에 실제와 환상을 뒤섞어 다른 사람에게서 훔친 이야기를 집어넣어 만들어낸 것인지 궁금했다. 하지만 별 상관은 없었다. 중요한 것은 그가 말에 불어넣은 에너지가 듣는 사람에게 감정적인 반응을 불러일으킬 때까지 계속해서 이야기를 전하는 그의 화법이었다.

그는 홀짝거리며 와인을 조금씩 마시고 마르티나와 나를 번갈아 보며 고개를 끄덕였다. 나는 그의 존재가 우리 집을 풍요롭게 만들어 주고 새로운 종류의 전기로 충전하는 것 같았다. 하지만 그와 동시에 그때까지 한데 묶여 있던 단순한 평화에 충격을 주는 것 같았다. 나는 우리가 손수 만든 가구 하나하나에 쏟은 정성어린 수고를 생각했다. 그리고 마르티나의 눈에 떠오른 표정은 그것들이 더 이상 그녀에게 중요하지 않다고 말하는 것 같았다. 그녀는 그런 가구들 없이도 모든 것을 쉽게 해냈을 것이다.

귀도는 런던에서 낡은 올리베트 타자기를 샀고 밤이나 일을 하지 않을 때 글을 쓰기 시작했다고 말했다. 마르티나가 무엇에 대해 쓰는지 물었다.

"거의 그 당시에 나에게 일어난 일들이죠. 그리고 머릿속에 떠오른 생각들도요."

마르티나는 더 말해보라고 절대 독촉하지 않는 우리 사이의 오래된 규칙을 알지 못했다. 그녀는 더 자세한 이야기를 들려달라고 계속 질문을 했다. 귀도는 변하지 않았다.

"언젠가 읽게 해줄게요."

그는 벽에 걸려 있는 내 아버지의 작은 그림에 대한 이야기를 꺼내며 화제를 돌렸다.

마르티나가 왜 이탈리아로 돌아왔는지 묻자 그는 모르겠다고 했다. 그냥 어느 날 갑자기 돌아가고 싶다는 생각이 떠올라서 다음 달에 떠나는 비행기 표를 샀다고 했다. 막상 떠날 시간이 되자 귀국 의지가 없어졌지만 그냥 왔다고 했다.

"밀라노에 도착해서 그 길과 사람들의 얼굴을 보고 이탈리아의 오래된 악취를 맡으니까 정말 자살하고 싶더라."

그러고는 그는 방을 둘러보았다.

"너희 둘은 정말 훌륭하다. 여기서 이 모든 걸 정성껏 만들고 이제 아기까지 갖다니 말이야."

그의 목소리에는 감탄이 서려 있었지만 또한 약간의 슬픔도 어려 있었다. 나는 그에게 언제까지라도 있고 싶은 만큼 머물라고 말했다. 그는 그럴 거라는 걸 이미 알고 있다고 말했다. 나도 그가 알고 있었다고 생각했다.

5

귀도는 닷새 동안 머물렀다. 우리는 그에게 다른 집과 무성해져가는 포도밭과 메밀을 심고 곡물을 심으려고 하는 밭을 보여주었다. 우리가 농작물을 재배하는 방법과 미래의 과제를 설명해주었다. 그는 주의 깊게 이야기를 경청하고 이 모든 것을 이렇게 짧은 시간 내에 우리 힘으로만 해냈다는 것에 놀라고 감탄했다. 나는 이 모든 것이 진정으로 그의 덕분이라고 말해주었다. 시골이야말로 우리가 구원받을 유일한 길이라고 나에게 말해준 사람은 그가 처음이었다.

"그건 그렇게 독창적인 생각도 아니었는걸."

그는 그 누구를 위해서도 책임을 지고 싶어 하지 않았다. 자신이 옳았다는 걸 발견하는 것도 좋아하지 않았다. 그는 주위를 둘러보고 파종 준비가 된 밭을 물끄러미 바라보았다. 하지만 그의 생각은 이미 그를 다른 곳으로 이끌고 있었다.

어느 날 아침 식탁에서 귀도가 자기는 이탈리아에 남을 생각이 없다고 말했다. 외국에서 체류하는 동안 이탈리아 신문을 읽을 때면 어김없이 희화화된 정계의 가십, 가상의 원칙과 음침한 냉소주의, 그저 소음만을 만들어내는 그 치들의 공허한 말의 수렁에 빠져드는 것만 같다고 했다.

"참 변함없이 개 같은 옛날 마피아 사진만 찍어내더라. 살아있는 동안에는 이탈리아에 기생해 피를 빨아먹을 게 분명해. 개네 다 총으로 쏴버리고 싶어. 이미 누군가에게 총을 겨누는 사람이 지금보다 끔찍한 세상을 생각하고 있지만 않으면 진작 그랬을걸. 아마 다른 나라도 잘 보면 우리나라와 같이 끔찍하고 나쁘고 정체되고 낡아빠졌겠지. 문제는 이런 걸 볼 때마다 그냥 지나칠 수가 없다는 거야."

나는 여기 시골에서는 거의 그런 건 의식하지 못한다고 말했다. 몇 년 내로 우리는 충분히 자급자족해서 이탈리아를 완전히 잊을 정도로 충분히 독립할 수 있을 것이며 그저 우리 인생에만 초점을 두는 게 가능해질 것이라고 했다. 나는 만약 그가 원한다면 우리와 함께 이리로 와서 두 번째 집에서 살아도 된다고, 그렇게 된다면 마르티나와 나도 기쁠 거라고 덧붙였다. 함께 집을 수리하고 12헥타르 전체에 과일나무를 심고 흥미로운 새로운 농사법을 시험해 볼 수 있을 것이다. 우리는 숲을 보살피고 더 많은 가축을 구입하고 야생동물도 키우면서 행복한 하나의 대가족을 이루어 우리 아이들을 함께 키울 수 있을 것이다. 그는 다른 집을 바라보며 내 생각에 솔깃해 하는 듯했다.

"나는 아직 세상으로부터 분리되지 않았어. 아니면 충분히 행복하지 못한 건지도 몰라. 나는 가족도 없고 은행 잔고 같은 것도 없어. 그런 걸 원하는지조차 모르겠어."

같은 날 나중에 그는 호주에 가기로 결정했다고 말했다. 충분히 돈을 모을 때까지 밀라노에 있을 계획이라고 했다.

"왜 굳이 호주예요?"

마르티나가 물었다.

"제가 생각할 수 있는 가장 멀고 개방적인 나라거든요."

그의 말은 마치 도전처럼 들렸다. 마치 우리가 그건 미친 생각이라고 그를 설득시키든지 아니면 머물라고 강권하기를 기대하는 것처럼 말이다. 그러는 대신 나는 그에게 뭔가 도움이 될 방법이 있는지 물어보았다. 그가 필요 없다고 거절할 것을 알고 있음에도 불구하고.

다음 날 나는 그를 역까지 태워다 주었다. 기차에 오르기 전 귀도는 우리가 살고 있는 집 말고 다른 집에 와서 살라는 제안이 아직도 유효한지 물었다. 마르티나는 그의 남은 생애 동안 유효하다고 말해주었다. 그는 그녀를 포옹한 다음에 나를 끌어안았다. 그러고는 더 이상 아무 말도 하지 않고 떠났다.

나는 때때로 그에게 전화를 걸기 위해 이른 아침이나 저녁에 외출을 했다. 그는 여전히 호주로 갈 비용을 모으고 있었다. 그렇게 쉽지는 않다고 그가 말했다. 때로는 그가 집에 없어서 그의 어머니가 전화를 받기도 했다. 그녀는 귀도의 계획이 무엇인지 아냐고 내게 물었다. 그녀는 그가 왜 다른 사람처럼 자기 고향에서 직업을 갖고 일하며 살 수 없는지 알고 싶어 했다.

마르티나와 나는 출산 준비를 시작했다. 그녀는 여전히 하루 종일 일을 하기는 했지만 쉽게 피곤해졌고 이제 해산이 멀지 않았다는 것을 깨달았다. 우리는 점점 숙면에 어려움을 겪었다. 우리는 규칙적인 식사를 하지 않았고 더 급한 관심거리에 집중했다. 나는 추운 겨울을 대비하느라 많은 시간을 보냈다. 창문에 단열장치를 설치하고 마른 땔감을 쌓아올렸다. 굴뚝을 조정해서 연기가 좀 더 잘 빠지게 만들었다. 침실에 더 작은 나무 난로를 하나 들여놓고 부엌에는 가스 조리기가 있던 자리에 아궁이를 설치했다. 전기 충전기를 교환하고 발전기를 정비했다. 나는 자기 새끼를 위해 굴을 준비하는 동물처럼 새롭게 솟아나는 에너지를 느끼며 일했다.

우리는 임신과 출산 과정에서 차가운 눈을 한 의사를 배제하기로 한 생각을 고집했다. 그렇게 카 페르사에서 지오반나라고 불리는 늙은 산파를 찾아냈다. 그녀는 집에서 마르티나의 출산을 도와주겠다고 동의했다. 우리는 신이 났지만 또한 지오반나가 매우 경험이 풍부하고 별로 어려움이 없을 거라고 안심을 시켜주어도 뭔가 잘못되는 건 아닐까 겁이 나기도 했다. 시간이 흐르고 분만이 가까워올수록 꼬리를 물고 쌓여가는 의심과 불안에 대해서 우리는 계속 이야기를 나누었다. 우리는 우리가 직접 선택한 형태와 색깔과 재료들 사이에서 아이가 탄생한다는 것이 얼마나 자연스럽고 아름다우며 평온한 일인지 상상했다. 하지만 곧 연이어 갑작스런 출혈이라든가 눈으로 길이 막힌다든지, 아무리 가까운 병원도 수 킬로미터는 족히 떨어져 있다는 등의 극적인 상황들이 뒤를 이어 떠올랐다. 종국엔 마르티나가 나보다 더 결단력이 있었다. 그녀는 우리가 처음 맞는 난관 앞에서 바로 도망친다면 세상으로부터 떨어져 사는 의미가 없다고 말했다. 늘 그렇듯이 그녀의 태도는 신념을 강화해주고 더 힘을 북돋아 주었다.

어머니가 우리를 도와주러 밀라노에서 왔다. 마지못해 설득당한 운전사가 위험을 무릅쓰고 우리 집으로 들어오는 길을 따라 몰고 온 택시를 타고 도착했다. 처음에는 이런 내 영역 침범이 거슬렸지만 마르티나가 기뻐한다는 것을 깨닫고 나자 나 또한 긴장을 풀고 어머니가 계신 것에 편안함을 느끼도록 마음을 열었다. 어머니는 아주 활기차고 자유분방해 보였다. 아마도 아버지를 만났을 때가 지금과 더 비슷했을지도 모른다고 나는 상상했다. 이제 어머니의 가련한 두 번째 남편에게서 받았던 영향에서 어느 정도 벗어나 정상적으로 돌아온 것 같았다. 어머니는 바로 우리 덕분에 자기 삶에 쌓여 있는 대부분의 잡다한 것들이 쓸모없다는 것을 깨달았고 그 깨달음이 변화를 가져오는 계기가 되었다고 말했다.

어머니가 도착한 다음 며칠 동안 아기 얘기는 꺼내지도 않았지만 출산이 임박해온다는 사실은 우리의 몸짓과 표정 하나하나에 영향을 주었고 긴장감을 형성했다. 어느 날 저녁 마르티나는 갑자기 울음을 터뜨리더니 여기에 자기 부모가 없는 것이 안타깝다고 말했다. 하지만 다음 날 아침 그녀는 나에게 자기가 그저 감상적이 되었을 뿐이었고 실제로는 괜찮으며 아무도 필요하지 않다고 말했다. 그럼에도 불구하고 나는 가게로 차를 몰고 나가 밀라노로 전화를 걸었다. 하녀가 퀴만디세트 부부는 티에라 델 푸에고로 휴가를 떠났고 그 달 말까지는 돌아오지 않을 거라고 설명했다. 집에 있는 가족은 언니인 치아라뿐이었다. 나는 그녀를 한 번도 만난 적이 없었지만 통화하고 싶다고 부탁했고 상황을 설명했다. 치아라의 목소리는 마르티나와 비슷했지만 좀 더 차분했다. 그녀는 내게 몇 달 동안이나 동생 소식을 듣지 못했다고 하고는 만나러 오고 싶다고 했다. 나는 우리 집에 오는 방법을 알려주었고 자세한 방향을 설명해 주었다. 집으로 돌아와서 마르티나에게는 아무 말도 하지 않았다.

치아라는 다음 날 도착했다. 집 뒤의 풀이 무성한 빈터에 프랑스제 소형차를 주차하고 우리 집까지 오기 위해 찾아와야 했던 험하고 헷갈리는 길 때문에 당황한 듯했다. 그녀는 스물다섯 살이었고 마르티나보다 약간 키가 컸다. 그녀는 젊은 코스모폴리탄 여성 같은 차림과 화장을 했다. 트위드 슈트에 실크 블라우스를 입고 버클이 달린 영국 로퍼를 신고 있었다.

우리는 좀 뻣뻣한 채로 인사를 나누었다. 마르티나는 내게 치아라를 존경하는 언니이며 부모와 사이가 좋다고 언급했다. 아마 치아라는 나를 처녀를 낚아채서 결혼도 안 하고 야만인처럼 살도록 강요하는 불한당처럼 볼지도 모를 노릇이었다. 하지만 그녀와 마르티나가 어린 시절부터 얼마나 가까웠는지를 알게 되고 그들이 얼마나 서로 닮았는지를 보자 내 편견은 사라져버렸다. 나는 집 안으로 그녀를 안내하기 전에 텃밭과 우리가 곡물을 파종한 벌판과 거위, 오리, 암탉들과 풍력 발전기를 보여주었다. 그녀는 자기 손을 핥으려고 덤벼드는 뎁을 손으로 휘저어 쫓아보려 했다. 그녀는 모든 것이 정말 아름답지만 춥다고 했다.

우리가 들어오자 마르티나는 매우 놀랐다. 그녀의 놀라움은 곧 눈물과 섞여 흘렀다. 치아라도 울컥했다. 그들을 서로를 끌어안고 눈물을 흘렸다. 나는 죄책감을 느껴야 할지 기뻐해야 할지 몰랐다.

5분이 지난 후 마르티나는 팔걸이의자에 앉으며 배에 손을 올려놓았다. 그녀는 아마도 진통이 시작되는 것 같다고 말했다.

어머니와 치아라는 물잔을 들고 왔다 갔다 하며 그녀에게 부채질을 해주고 그녀 옆에 서서 긴장을 풀라고 말했다. 마르티나는 침착했고 조그맣게 속삭이며 깊이 숨을 쉬었다. 두려움으로 그녀의 동공이 확장되었다.

나는 그녀에게 다가가 어깨를 흔들며 서둘러 지오반나를 데리고 바로 돌아오겠다고 소리를 질렀다. 어머니는 나에게 뭔가를 말하려는 몸짓을 했지만 무엇인지 알아챌 시간이 없었다. 나는 미친 사람처럼 밖으로 뛰쳐나가 차에 뛰어올랐다. 언제 어떻게 기어를 바꿨는지조차 기억하지 못했다. 액셀러레이터를 밟으며 울퉁불퉁한 좁은 길을 내달렸다. 카 페르사가 끔찍하게 먼 곳으로 느껴졌다. 전에 본 기억조차 없는 언덕과 구부러진 길과 배수로가 연이어 나타났다.

지오반나는 나를 보자마자 진정하라고 말했다. 자기는 길바닥에서 차 사고로 죽고 싶은 생각이 없다고 했다. 나는 마르티나의 증세를 설명했다. 그녀는 모든 것이 정상처럼 보이니 걱정할 필요가 없다고 안심시켜주었다.

우리가 집에 도착했을 때 마르티나는 여전히 팔걸이의자에 앉아 언니와 어머니의 보살핌을 받고 있었다. 지오반나는 마르티나의 배를 만져보고 몇 가지 질문을 했다. 그러고는 우리에게 그녀를 침실로 데려가 눕히고 수건과 따뜻한 물을 준비하라고 지시했다.

우리는 몇 마디 말을 나누고 서로 안심시키는 눈빛을 주고받고 손을 잡으며 잠깐 동안 기묘한 상태 속에 머물러 있었다. 그리고 나서 마르티나가 신음소리를 내며 숨을 헐떡이기 시작했다. 지오반나는 갑자기 매우 활동적으로 모든 사람에게 명령을 내렸다. 나는 할 수 있는 한 최대로 도우려고 했지만 생각처럼 몸이 잘 움직여주지 않았다. 사방에 부딪히고 계속해서 물건을 떨어뜨렸다. 마침내 지오반나가 내게 밖으로 나가서 개 짖는 소리나 멈추게 하라고 했다.

나는 집 앞의 잔디밭으로 뎁을 데리고 나왔다. 유리창 문을 통해 여자들의 목소리가 들렸다. 마르티나의 신음 소리는 점점 더 커지고 잦아졌다.

마침내 나는 다시 방으로 들어갔다. 방은 수증기와 모두의 열띤 간호로 공기가 후덥지근해졌다. 나는 치아라가 푸른빛이 도는 사내 아기의 몸을 닦아주고 있는 것을 보았다. 나는 가까이 다가갔고 지오반나가 두 번째 아기를 받아내는 것을 보았다. 나는 거의 정신을 잃을 지경이었다. 방을 빙글빙글 돌며 태어난 아기들의 숫자에 대해 혼란스러워하며 어쩔 줄을 몰랐다. 지오반나가 말했다.

"맞아요, 마리오. 쌍둥이예요."

마르티나는 기진맥진했음에도 불구하고 나에게 미소를 지어 보였다. 치아라와 어머니도 미소를 지었다. 나는 한 명이 아니라 두 아이를 얻었다는 생각에 완전히 충격에 빠져 있었다. 아기들에게서 눈을 뗄 수가 없었다. 다행히 일란성 쌍둥이는 아니었다.

지오반나는 마르티나의 배 크기와 모양으로 쌍둥이가 아닐까 의심을 했었지만 확실하지 않았기 때문에 말을 꺼내지 않았다고 했다. 지오반나는 빵을 굽거나 채소밭을 손질하는 것처럼 익숙한 솜씨로 모든 일을 자신 있고 체계적으로 처리했다. 일을 다 마치고 수건과 물통과 그녀가 사용했던 물건들을 모두 치우고 나서 그녀는 나에게 좋은 와인이 있냐고 물었다. 나는 농부 래지의 독한 건포도 와인을 따고 마르티나도 한 모금 마시게 해 주었다.

갑자기 지난 아홉 달간의 기대가 모두 무색해 보였다. 이제 우리는 두 명의 새로운 작은 사람을 가족의 일원으로 맞이하게 되었다. 어떻게 사람이 그렇게 한순간에 결정적이고 완전한 존재로 모습을 드러낼 수 있는지, 이전의 공허한 고요를 그 작고 가냘픈 울음소리로 채울 수 있는지 믿을 수 없었다. 나는 자꾸 방에서 잠든 마르티나를 살펴보러 갔다. 다시 나왔을 때 나는 내가 모든 걸 상상한 것이라고, 아무도 없을지도 모른다고 생각했다. 하지만 거기에는 쌍둥이가 나만큼이나 놀라워서 어쩔 줄 몰라 하며 그들을 내려다보는 어머니와 치아라의 팔에 안겨 있었다.

6

산파 지오반나는 나보고 구비오 등기소에 가서 아기들의 출생신고를 해야 한다고 했다. 그러지 않으면 그 아이들의 존재를 아무도 알지 못할 것이라고 했다. 그러나 나는 아이들의 출생 신고를 하지 않겠다고 생각했다. 나는 아이들이 신원 증명이라든가 시민의 의무 따위에 얽매이지 않고 자유롭고 행복하게 자라도록 해주고 싶었다. 하지만 어머니와 마르티나와 치아라는 내 생각에 반대했다. 종국에는 문제가 될 것이고 학교에도 가지 못하고 외국에도 나갈 수 없으며 언젠가 그들이 성인이 되었을 때 할 수 있는 일이 거의 아무것도 없을 거라고 했다.

그래서 우리는 아기들의 이름을 빨리 지어야 했다. 우리는 흔한 이름들을 쭉 읊어 본 후 그 중 평범하지 않은 것과 우리가 지은 이름을 몇 개 비교해 보았다. 결국 마르티나가 여자아이는 치아라라고 부르고 싶다고 결정했다. 나는 남자아이에게 귀도라는 이름을 붙였다. 우리가 이 사실을 말하자 치아라는 기뻐서 어쩔 줄 몰랐다. 도회적인 감각이 넘치는 멋진 스타일에도 불구하고 그녀는 여리고 섬세했다. 마르티나가 설명하길 치아라는 몇 주일 전 사귀던 남자와 헤어졌고 그 때문에 매우 괴로워하던 중이라고 했다.

나는 카 페르사로 나가 귀도에게 전화를 걸었다. 그에게도 이 소식을 알려주고 싶었다. 그러나 그의 어머니가 전화를 받았다. 귀도가 얼마 전에 호주로 떠났다고 했다. 쪽지 한 장 남기지 않았고 시드니에 도착했는지 멜버른으로 갔는지 아직 모른다는 것이었다.

"그렇게 먼 곳에서 아무것도 없이 어떻게 살 작정인지 모르겠구나. 그 애는 달랑 가방 하나만 메고 갔어. 가방에는 고작 셔츠 두 장하고 신발 한 켤레랑 책이 한 권 들었을 거야."

지금 호주는 여름이고 어머니가 더 잘 아시겠지만 귀도는 많은 것이 필요치 않을 거라고 나는 말했다. 나는 그가 또다시 아무 소식도 없이 떠났다는 것과 얼마나 오랫동안 떠나 있을지 알 수 없다는 사실에 슬펐다.

어머니는 마르티나가 다시 기운을 회복하고 쌍둥이가 잘 먹고 잘 자라는 것을 보고 만족하자마자 떠났다. 기차역까지 차를 몰아가는 중 어머니는 오랫동안 내게 예술적인 경향이 부족했던 점이 슬펐다고 했다. 하지만 지금은 나 때문에 매우 기쁘다고 말했다. 내가 삶을 살아갈 방식을 찾았다는 것이 훨씬 더 중요하다고 말이다. 나는 어머니가 왜 하나를 가지면 하나는 버려야 한다고 생각하는지 이해할 수 없었다. 아마도 아버지와 함께 사는 동안 형성된 어머니의 신념 중 하나일 것 같다는 생각이 들었다.

치아라는 계속 밀라노로 돌아가야 한다고 말했다. 하지만 막상 떠날 때가 오면 온갖 핑계를 대며 다음으로 미뤘다. 마침내 마르티나가 충고했다.

"그렇게 갈팡질팡하지 말고 확실하게 정해."

그러자 치아라는 요즘엔 정말이지 죽고 싶은 마음밖에 없다고, 자기에게는 친구도 없고 할 일도 관심거리도 세상과의 긴밀한 연대감도 없는 것 같다고 했다. 우리와 함께 지낸 이즈음의 몇 달 동안 처음으로 편안함을 느꼈고, 지금은 전과 같은 상황으로 돌아가야 한다는 생각만 해도 몸서리가 쳐진다는 것이었다.

나는 그녀에게 원한다면 언제까지라도 우리와 함께 있어도 된다고 말해주었다. 그리고 그녀를 진정시키기 위해 그녀를 품에 안고 머리를 쓰다듬어 주었다. 이상한 것은 잠시이긴 했지만 그러는 동안 내가 귀도가 된 듯한 기분이 들었다는 것이다. 이런 역할을 맡은 그를 한 번도 본 적이 없는데도 말이다. 나는 다른 사람에 대한 책임을 거부하는 그의 태도 앞에서 긴장했던 기억밖엔 없었다. 우리는 치아라의 방을 그녀가 더 오래 머물 수 있도록 다시 꾸며 주었다. 푹신한 침대와 책상, 조그만 탁자를 놓았다. 이제 날씨가 많이 추워지기 시작해졌기 때문에 방을 데울 테라코타 스토브를 찾아내 설치해 주었다.

곧 한겨울에 접어들었다. 우리는 대부분의 시간 동안 불을 지피고 요리를 하고 크고 작은 집 안 수리에 전념했다. 어쩌다가 생기는 고장이나 갑작스러운 날씨 변화에 의해 가끔씩 중단될 뿐 생활은 길게 늘어진 리듬 속에 흡수됐다. 쌍둥이는 마르티나의 젖을 빨거나 내가 그 애들을 위해 이불을 쌓아서 자리를 만들고 벽을 다듬어서 거친 면이 없게 만든 거실 한쪽 구석에 누워 천장을 바라보곤 했다. 나는 자주 아이들의 생김새와 그들이 노는 모습을 보고는 반응을 보고 싶어서 일손을 내려놓는 일이 잦아졌다.

밤에는 젖을 달라거나 추워서 또는 그저 관심의 손길이 필요해서 우는 아기들 때문에 잠에서 깨고는 했다. 아이들이 존재하기 전에 있었던 고요함은 이제 단 몇 시간도 지속되지 못했다. 두 녀석 중 한 아기가 째지는 듯한 소리로 울다가 겨우 그치면 이번엔 다른 녀석이 시작을 하는 것이다. 그 째지는 작은 목소리는 나와 마르티나가 비몽사몽 상태로 요람으로 다가가서 자리를 봐주고 자신을 얼러 주도록 강요했다. 낮에는 머리가 멍한 채 눈만 깜박거리며 일을 해야 했다.

치아라는 도시에서 막 도착했을 때 가지고 있던 옷이나 화장에 대한 관심을 곧 접어버렸다. 그녀는 집안일을 꾸려 나가는 데 필요한 일을 금방 배워 나갔다. 내가 미처 상상도 못 했던 열정으로 일에 몰두했다. 날카롭고 예민했던 성격도 부드러워졌다. 치아라와 마르티나는 어린 시절의 그 친밀감을 다시 회복했다. 우리 둘만 있었을 때의 극단적인 생활은 사라졌다. 그 자리에는 새 가정의 풍요로움이 들어섰다. 우리는 이제 어떤 추위도 이길 수 있다는 자신감이 생겼다.

나는 처음으로 재정 상태를 검토하다가 깜짝 놀랐다. 집 구입, 수리 작업, 풍력 발전기, 난로 구입, 파종 비용과 지난 2년 반의 생활비 지출로 새아버지가 남긴 돈이 이제부터 1, 2년가량 살아나갈 정도밖에 남지 않은 것이었다. 처음부터 나는 아무에게도 도움을 청하지 않으리라고 결심했다. 이제 와서 그 결심을 깬다는 것은 상상도 할 수 없었다. 우리의 생활 기준은 이미 너무나 단순해져서 실질적인 면에서 어떻게 바꿀지도 알 수 없었다.

쌍둥이가 자는 동안 마르티나와 치아라에게 그런 얘기를 했다. 마르티나는 나만큼이나 경제 원리에 무지했다. 그녀는 어깨를 으쓱하더니 자기 생각으로는 뭔가 사러 가게에 나가는 일을 중단하고 언젠가 쌍둥이가 젖을 뗄 때를 대비하여 젖소를 키워야겠다고 말했다. 그러나 채소밭과 과수원에서 수확하는 양은 너무나 적었고 그것도 1년 중 특정한 시기뿐이었다. 거위와 닭들은 자기 알을 숨기려고 했다. 그렇다고 그것들을 잡아서 먹어치운다는 것은 꿈도 꿀 수 없었다. 또 저 자그마한 밀밭이 우리에게 충분한 빵을 제공해줄 것인지는 아직 알 수가 없었다. 우리는 긴 겨울을 대비할 영양분도, 단백질원도 가지고 있지 않았다. 빵과 치즈와 다랑어 통조림과 레몬 말고도 매일매일 살아나가는 데 필요한 것을 거의 다 카 페르사의 가게에 의존하고 있었다.

다행히도 치아라는 우리와 달랐다. 그녀는 그래도 꽤 합리적인 용어를 써가며 상황을 분석했다. 자기는 우리의 선택에 동의하긴 하지만 쟁기로 땅을 갈고 우물에서 길어 날라 물을 주고 며칠을 꼬박 버려가며 쓸모없는 낡은 난로와 씨름하는 등의 고생이 참으로 우습게 보인다고 말했다.

"경작지를 효과적으로 일구고 수확량을 늘리는 데 필요한 기술을 습득하는 건 어때요? 종자나 거름 같은 거요. 수확물 중 일부를 판매할 통로를 개척해서 번 돈으로 필요한 것을 사는 거죠."

그리고 자신도 동력장치로 된 도구를 좋아하지는 않지만 최소한 무거운 쟁기를 끌 소라든가 말 한 마리 정도는 갖고 있어야 할 것이라고 했다. 구석기 시대처럼 살려는 노력은 중지해달라는 것이었다. 치아라의 말투는 꽤 공격적이었고 우리 입장에서는 기분이 거슬릴 정도였다.

마치 자신의 도회적 감각이 자연적인 본능보다 우세하다고 하는 것처럼 보였다. 그러나 그녀의 의견이 옳다는 것을 우리도 곧 깨달았다.

그 무렵 우리는 한 개뿐인 12볼트짜리 전등의 후광 속에서 난로 옆에 바짝 붙어 앉아 한 걸음씩 더 현실적인 계산과 계획을 세워나가기 시작했다. 우리는 한 독일 청년을 자주 만났다. 그는 우리 집에서 6킬로미터쯤 떨어진 언덕 부근 해변의 조그만 돌집에서 살고 있었다. 그는 자동차도 없이 긴 보폭으로 성큼성큼 걸어 다녔다. 가끔 가다 흙먼지 이는 길에서 걷는 그를 만나는 일이 종종 있었다. 그럴 때면 나는 차를 태워주겠다는 제의를 했다. 그러나 그는 매번 고개를 잠시 저어 보이고는 리듬을 흐트러뜨리는 일 없이 제 갈 길을 가곤 했다. 또 어쩌다가 카페르사의 가게에서 그를 만나게 될 때도 과거에 내가 그랬던 것처럼 약간 홀린 듯한 얼굴을 하고 있었다. 그리고 역시 이전의 나와 같이 자기 나름대로는 그 자리에서 사람들과 어울리고 싶은 것 같아 보이면서도 그냥 배낭을 둘러매고 휑하고 사라져버리곤 했다.

1월 초순 진눈깨비 내리는 어느 날 저녁 우리는 문 두드리는 소리를 들었다. 그 독일 청년이었다. 그는 허술한 옷차림새에 얼어붙은 꼴을 하고 서툰 이탈리아어로 양초를 빌려줄 수 있냐고 물었다. 실제로 그가 추위와 고독과 배고픔에 지쳐 있다는 것을 알아차리는 데는 많은 말이 필요하지 않았다. 우리 부부는 그에게 수프 한 접시를 주었다. 그는 예의상 잠깐 사양하다가 머리를 숙인 채 손을 덜덜 떨면서 몇 분 만에 그것을 해치워버렸다. 마르티나와 치아라는 다른 음식을 가져다주었다. 그의 이름은 베르너였다. 그는 도시가 싫어 농촌에서 땅을 갈며 살겠다는 꿈을 꾸며 프랑크푸르트에서 도망쳐나갔다. 여름에는 돌집을 빌려서 살았는데 빛도 물도 난로도 없이 지냈으며 거기에다가 이탈리아의 겨울이 이렇게 혹독하리라고는 상상도 못 했다고 했다.

그의 말은 우리 부부의 동정심을 자극하기에 충분했다. 마르티나는 내게 상의도 없이 그에게 봄까지 함께 지내자고 제안했다. 그리고 우리와 함께 일하고 도우면서 서로 친구처럼 따뜻하게 지내자고 말했다. 그녀는 도움이 필요한 사람에게 언제나 손을 내미는 너그럽고 따뜻한 마음을 가진 여자였다. 그러나 나는 우리 가정의 따뜻한 보호막 속으로 이방인이 끼어든다는 생각에 표정이 딱딱하게 굳었다. 그녀의 제안에 동의한다는 어떠한 표현도 하지 않았다. 내 마음을 눈치 챈 마르티나는 내 등 뒤로 오더니 잠깐 부엌에 같이 가자고 했다. 그리고 그녀는 그 독일 청년과의 만남을 기쁘게 받아들이자고 설득했다. 나는 그녀의 너무도 투명하고 맑은 눈빛에 이의를 제기하지 못하고 고개를 끄덕였다. 그리고 곧 나의 인색함에 부끄러운 생각이 들었다. 그렇게 베르너는 우리와 함께 살게 되었다.

그리고 하얀 눈이 언덕과 들판을 뒤덮었다. 우리는 쌍둥이를 배낭에 넣어서 밖으로 데리고 나가기도 하고 어떤 소음도 닿지 않는 머나먼 꿈속처럼 흰 눈 속을 걸어 다니기도 했다. 그 외에는 난로와 벽난로의 불이 꺼지지 않게 주의를 기울이면서 나른한 상태로 집 안에만 있었다. 그리고 우리는 틈틈이 봄이 오면 할 일을 의논했다.

7

봄이 되자 시드니에서 귀도의 편지가 날아왔다. 편지봉투 속엔 타자기로 빽빽하게 친 얇은 종이가 세 장이나 들어 있었다. 그는 벌써 두 번씩 집과 직장을 바꾸었다. 많은 다양한 사람을 만났으며 도시 북쪽의 유칼립투스 숲속을 며칠 동안이나 돌아다니기도 했다. 지금은 유리닦이를 하며 젊은 여류 사진작가와 살고 있다고 썼다. 그의 편지는 사람들과 장소와 상황을 치밀하게 그러나 때로는 고통스런 문체로 그려내면서 읽는 이에게 생생한 분위기를 자아냈다. 그러나 그는 어디에서도 세상의 틀 속에 있지는 못했다. 그는 끝없는 우연 속에서만 존재할 뿐이었다. 그의 감정을 발견하기 위해서는 속도감 있는 문장과 그 문장에 숨어 있는 동사와 형용사의 움직임을 탐색하는 것이 필요했다. 그러다 보면 그가 미래를 눈앞에 둔 당혹감과 세상에서 정말 멀리 떨어져 있다는 생각에 지배받고 있다는 느낌이 들었다. 그리고 귀도의 편지를 마르티나에게 전했다. 편지를 다 읽고 나서 마르티나가 물었다.

"되게 불행해 보여. 스스로 유배 간 것 같아."

우리는 함께 긴 답장을 썼다. 거기에 태어난 쌍둥이와 그 애들의 이름과 치아라와 베르너 그리고 앞으로 우리가 살아갈 계획을 써나갔다. 편지에 우리가 겪은 일들과 어떻게 느꼈는지를 그가 자신의 편지에 적은 것만큼 세세하게 적었다.

우리는 새로 경작하려는 밭을 위해 중고 트랙터를 한 대 샀다. 말이나 소는 구하기가 어려웠다. 게다가 힘든 일을 위해 가축에 멍에를 씌우는 것이 기름 발동기를 사용하는 것보다 좋지 않다는 생각도 들었다. 베르너는 우리에겐 메탄가스 트랙터가 편리할 거라고 얘기했다. 일주일을 돌아다닌 끝에 양 옆에 커다란 가스통이 하나씩 달린, 제멋대로 생겼지만 제법 잘 움직이는 트랙터를 구해가지고 왔다. 그는 기계 다루는 일에 남다른 재능을 가졌기 때문에 나와 마르티나가 어쩔 수 없는 것으로 체념하고 살아왔던 문제의 대부분을 말끔히 해결해주기도 했다.

베르너는 풍력 발전기를 정비하고 축전기의 용량을 보완했다. 아무리 비가 내려도 침수되지 않도록 지하실에 맨홀을 장치했다. 그와 치아라 덕분에 우리는 더욱 체계적인 친자연적 생활을 수립할 수 있었고 우리와는 여전히 상관없는 것 같았던 계획을 실행할 수 있었다. 트랙터를 가지고 개간하지 않은 풀밭 4헥타르를 갈고 소똥으로 거름을 주고 보리와 스펠트 밀 그리고 메밀을 파종했다. 채소밭과 과수원의 면적을 거의 세 배로 늘렸고 같이 자라지 않는 다양한 종류의 나무와 채소를 심었다. 우물에 전기 펌프를 설치해서 물통을 메느라 등허리가 떨어져 나갈 듯한 고통을 겪지 않고도 밭에 물을 댈 수 있도록 했다. 또 염소를 한 마리 사서 그 젖으로 요구르트와 신선한 치즈를 만들어낼 요량으로 우선 자그마한 외양간부터 지어두었다. 두 달이 지나는 동안 나는 남은 돈의 대부분을 썼지만 어떤 일이 일어날지 몰라도 안전망을 남겨두고 싶진 않았다.

쌍둥이는 네 발로 기어 다니기 시작했다. 또한 우리의 목소리에 보다 사람 같은 반응을 했다. 우리는 채소밭 주변에 울타리를 조그맣게 치고 아이들을 거의 온종일 밖에 내놓아 길렀다. 교대로 아기들을 돌봄으로써 마르티나는 양육에 대한 무거운 책임에서 벗어날 수 있었다. 그들은 또한 우리가 하나의 진정한 대가족으로 성장할 수 있도록 해 주었다.

귀도가 또 편지를 보내왔다. 늘 그랬듯이 애써 드러내진 않고 있었지만 우리가 아이들 중 하나에게 그의 이름을 붙였다는 사실에 매우 놀란 것 같았다. 나름대로 자신의 관점에서 볼 때 우리의 생활이 믿을 수 없을 정도로 순수하게 보인다고 했다. 또 자기에게 권했던 집을 흐르는 물 가운데의 섬처럼 생각하고 있다고 했다. 그는 벌써 사진작가와 헤어졌고 지금은 어떤 맥주회사 상표 개발을 위한 시장 조사 기간 동안 알게 된 여자와 함께 살고 있다는 것이었다. 그가 적은 글의 깊은 밑바닥에는 그곳에 대한 실망이 자리하고 있었다. 우리는 현재 살아가는 모양과 가족과 농사일의 현대화와 진보에 대한 내용으로 답장을 적었다.

그는 다시 편지를 보냈다. 그때부터 그는 매달 혹은 사는 곳이 바뀌거나 일정이 달라지는 등 때에 따라서는 더욱 자주 편지를 보내왔다. 우리는 연재소설마냥 그의 편지를 기다리게 되었다. 우리 생활의 규칙적이고 느릿느릿한 흐름에 예측할 수 없는 새로운 리듬이 끼어들기를 어느덧 바라게 되었다. 귀도를 한 번도 본 적이 없는 치아라나 베르너조차도 나와 마르티나와 똑같은 관심을 기울였다. 집배원이 길에 모습을 보일 때면 어김없이 똑같이 흥분이 퍼져나가곤 했다.

날이 갈수록 애정 어린 하나의 작은 독자층을 가지고 있다는 생각이 귀도로 하여금 좀 더 편지를 자주 쓰게 만들었다. 그것은 마치 구경꾼의 시선이 줄타기를 하는 사람에게 용기를 북돋을 수 있는 것과도 같았다. 그는 편지에 좀 더 마음을 터놓고 이야기하기 시작했다. 점점 더 자신의 모습을 중요하게 만드는 방식으로 묘사했다. 이제 그의 글은 책의 각 장이라기보다는 일기 같아졌다. 그러나 다른 사람에게 읽히기 위해 쓰인 일기였다. 계속해서 지우고 고친 흔적이 그의 문체가 대충 쓴 것이 아닌 정리된 것이라는 점을 증명해 주었다.

그는 쉬지도 않고 자신이 찾는 것이 무엇인지도 확실히 몰랐다. 한 여자에게서 다른 여자로, 이 집에서 저 집으로 전전하고 있었다. 그는 이미 기간이 지난 관광 비자를 가진 외국인의 위치에서 할 수 있는 일을 찾아 헤매고 있었다. 쓰레기를 수거하고 상업 서신도 번역했다. 가스 실린더에서 가스가 새는 바람에 불이 나기 전까지는 용달차에서 핫도그와 햄버거를 팔기도 했다. 불법적인 일도 했다. 한번은 시드니에서 캔버라까지 차를 운전해준 적이 있는데 그것이 도난 차량임을 알게 되었다. 또 베트남 난민을 위한 가짜 서류를 중개하는 일도 했다. 그는 상당히 위험하고 최소한의 보호망도 없는 상태로 자신을 밀어 넣고 있었다. 이제는 원해도 이탈리아로 돌아올 표를 살 돈도 없었고 누군가에게 돈을 빌릴 가능성도 없었다. 그러나 그는 생존에 대해서 특별히 걱정을 하는 것 같지 않았다. 그가 걱정하는 것은 살면서 뭘 하는 것이 좋을까, 어떤 길을 따라가는 것이 좋을까 하는 것이었다. 이제 그는 스물네 살이었다.

그는 중요한 결정을 내릴 때마다 자연스럽게 이어지는 결과를 거스르지 않으려고 애썼다. 그는 기묘하고 변덕이 심한 운명론자였다. 저항 없이 어떤 상황 속에 끌려 들어가다가 갑자기 반응을 해서 상황의 모든 요소를 재빨리 재배치해 버리곤 했다.

마르티나는 항상 새로운 감상에서 헤어나지 못하는 어리석은 그의 욕망에 다소 불만을 가졌다. 그러나 얼마 후 아마도 그를 이해할 수 있을 것 같다고 말했다. 그녀는 귀도에게 여자란 밖에서 다른 삶의 모습이 어떨지 상상하는 데 멈추지 않고 관계의 면면을 경험할 수 있도록 해주는 열쇠 같은 존재라고 주장했다. 그녀의 생각으로는 귀도는 여자를 인간으로서 좋아하는 것이고 분명히 여자들도 그를 좋아하는 게 확실했다. 그녀는 그가 끊임없이 뭔가를 찾아다니는 것은 겪지 못할 무한한 삶의 가능성에 대한 집착 때문일 거라고 했다.

일주일도 채 안 되는 기간 동안 귀도의 성질을 그녀가 이해했다는 것과 그러한 주의력과 집요한 관심이 있었다는 것에 놀랐다. 때로 언니와 귀도에 대한 대화를 나눌 때 가만히 들어보면 치아라의 의견도 점점 신중하고 적극적으로 변해갔다. 귀도는 그의 작은 독자층 속에서 이렇게 특별히 여성들의 관심을 끌고 있는 것을 느꼈는지 편지에서 완곡한 표현으로 우리를 놀렸고 여자들의 관심을 유지하는 데 신경을 쓰는 듯 느껴졌다.

그의 편지 덕분에 나는 전보다 그의 생각을 더 잘 이해할 수 있게 되었다. 여태까지 전혀 납득할 수 없었던 그의 독특한 행동 방식의 양상을 추적해볼 수 있었다. 물론 그는 내가 상상하는 것보다 훨씬 더 명석했다. 그는 어떤 한 사람의 모습이나 한마디 말소리에 마음이 끌리다가도 조금 시간이 흐르면 그것들에 거리를 두고 바라볼 수 있었다. 그는 나에게 마르티나의 존재가 가지는 의미처럼 자신이 쉽게 만날 수 없는 상대를 알게 되었다고 썼다가도, 한 달 정도가 지나면 그 여자에게서 확인한 결점을 잔인하게 목록으로 작성해서 마치 슬픈 소설을 끝맺듯 이야기를 늘어놓았다. 이제 막 만난 친구나 금방 시작한 일에 대해서도 비슷했다. 호주에 있다는 사실도 시간이 지남에 따라 그에게 짙은 공허감만을 안겨주는 듯했다. 그의 희망은 지극히 무분별한 인생 설계와 뒤섞여 시간이 흐르는 동안 그를 상실감과 좌절감 속에 내던졌다. 그러나 그는 또 어김없이 잃어버린 영역을 대신할 만한 것을 찾아내고 지속적으로 사물을 보다 정확히 판단하고 겉으로 드러나는 모습 너머를 볼 수 있는 능력을 연마해나갔다.

나는 안정된 울타리 안이라는 위치에서 나를 귀도와 동일시하고 있다는 걸 깨달았다. 그의 편지를 읽으며 나의 또 다른 면을 투영하고 있었다. 두려움 또는 재능의 부족 때문에 한 번도 발현하지 못했던 나의 반대편을 간접 경험하는 느낌이었다.

마르티나는 이것을 잘 이해하고 있었다. 이제 그녀는 호기심을 가질 두 가지 이유가 생겼다.

8

1977년 말 우리의 농사일이 처음으로 적자를 보지 않았다. 곡물 추수도 순조롭게 진행되었다. 우리는 우리가 먹기 충분한 양을 남겨두고 남은 몇 백 킬로그램은 페루지아의 유기농 제분소에 팔았다. 우리는 염소젖 치즈 만드는 법을 배웠고 숙성하도록 두었다. 과일과 토마토를 저장하는 방법도 배웠다. 암탉들은 필요한 달걀을 전부 제공해주었다. 우리는 자급자족에 가까워져 가고 있다는 생각에 몹시 기뻤다.

쌍둥이는 이미 걷기 시작했다. 그 아이들은 건강한 모습과 시골 아이의 끝없는 에너지를 가지고 자라났으며 활기 있는 목소리와 익살스러운 행동으로 집을 가득 채웠다. 아이들은 어른 네 명 모두에게 동일한 애착을 느꼈고 모두 함께 있을 때 특히나 더 행복해했다. 우리는 자유시간 전부를 아이들과 놀아주고 자라나는 모습을 살피며 교육시키는 데 쏟았다. 아이들을 외부세계로부터 떨어진 우리만의 작은 세상이 얼마나 훌륭하게 돌아가는지를 보여주는 살아있는 증거로 키우고자 애썼다.

1978년 귀도는 당시의 여자 친구와 집을 떠나 멜버른으로 가는 버스에 올랐다. 멜버른은 아마도 귀도가 호주라는 나라에 품고 있는 이국적이고 모험적인 비전에 시드니보다도 더 어울리지 않을 것 같은 도시였다. 멜버른은 하나의 거대하고 지루하고 공허한 식민지 도시의 교외처럼 보인다고 귀도는 편지에 적었다. 우리 네 명은 그가 자신이 찾는 것을 과연 찾을 수 있을까 의문을 갖기 시작했다. 우리는 그의 시도를 따라가는 그 순간부터 벌써 귀도가 필연적으로 부딪히게 될 실망의 파도에 대해서 소회를 털어놓을 거라는 걸 이미 예상하고 귀도의 이야기를 들을 준비를 하고 있었다.

그는 멜버른에서 살아남기 위해 다시 허드렛일을 시작하고 임시 거처에서 다른 곳으로 옮겨가기를 전전했다. 그의 이야기 속에서 쌓여가는 권태와 피로가 배어 나오기 시작했다. 때로 쓸쓸함과 의혹의 그림자가 드리울 때도 있었다.

그러던 어느 날 저녁 음악을 들으러 한 바에 갔던 귀도는 로리라는 여자를 만났다. 이 뒤의 편지의 말투가 바뀌기 시작했다. 그녀는 스물세 살이고 로큰롤 가수가 되고 싶어 했다. 멜버른의 시끄러운 도시에 있는 한때 삼류 호텔이었던 건물을 구입해서 살고 있었다. 그녀는 부자고 미성숙하고 기묘했으며 비행기 사고로 죽은 아름다운 부동산 투자자 여인의 외동딸이었다.

그들은 만난 첫날 함께 잤다. 둘 다 술과 마리화나에 취했다. 그 이후로 며칠이나 서로 다시 만나지도 이야기를 나누지도 못했지만 귀도의 머릿속은 그녀 생각으로 가득 차서 마침내 그는 그녀를 찾아 나섰다. 로리가 그에게 눈곱만큼의 관심도 보이지 않아서 당연히 귀도는 그녀에게 더 끌리게 되었다. 귀도는 버릇없이 행동하는 그녀의 방만한 생활방식과 태도에서 희미하게 비치는 푸르스름한 정맥 같은 슬픔, 장기적인 관계 맺기를 피하는 모습에 매료되었다. 귀도는 그가 누구에게든 그토록 반할 것이라고 내가 상상해본 적이 없을 정도로 그녀에게 깊이 빠졌다.

로리는 귀도에게 자기의 호텔 집에 와서 머물라고 권했다. 그가 그렇게 하자마자 그녀는 그를 일종의 작은 수행원 무리처럼 거느리고 다니는 여남은 명의 록 음악가들이나 예술가인 척하는 놈팡이들과 똑같이 취급했다. 때로 그녀는 귀도를 잠자리에 불러들였지만 그보다 더 자주 귀도는 그녀의 방문이 잠겨 있는 것을 확인하곤 했다. 그녀의 방은 맨 꼭대기 층에 있었다. 벽과 가구는 강렬한 분홍색으로 칠해져 있었고 인형과 데이비드 보위의 실물 크기 포스터가 빼곡했다. 귀도는 견딜 수 없이 화가 났지만 동시에 그녀가 하는 모든 행동에 매료되었다. 그는 한두 번 그녀를 떠나려고 시도했지만 번번이 다시 돌아왔다.

그는 가능한 한 독립적인 생활을 유지하려고 애를 썼다. 호주 원주민인 애보리진 부족의 미술 전문가인 골동품상에 취직을 해서 유칼립투스 껍질 그림을 이 창고에서 저 창고로 옮겨주며 일주일에 몇 달러씩 벌었다. 아침에 그가 일을 하러 나갈 때면 그 호텔의 다른 손님은 그제야 잠자리에 들곤 했다. 저녁에 귀도가 돌아오면 그들은 부엌에서 코카인을 쿵쿵 들이마시거나 다락의 녹음실에서 악기를 조율했다.

로리는 귀도가 자기 노래를 듣는 걸 원치 않았다. 부끄러워서인지 아니면 충분히 잘하지 못한다는 두려움 때문인지는 분명치 않았다. 그녀는 밤이면 자기 그룹과 녹음실에 틀어박혔다. 아래층으로 여과되어 흘러나오는 음악 소리는 영국 펑크록의 재탕 같았다. 그녀의 목소리는 새되고 불분명했다. 그녀와 친구들은 본인의 국적에 전혀 관심이 없어 보였다. 그들 부모를 본받은 듯 음악도 행동 양식도 외국에서 수입된 모델에 기반을 둔 것에만 끌렸다. 그들은 저녁 일곱 시면 모든 것이 문을 닫고 불이 꺼져 어두운 작은 도시 외곽에서 복잡 미묘한 보헤미안 예술가인 양 굴었다. 그들은 가난한 영국 청년인 척하는 것을 즐기는 부유한 호주 젊은이였다.

그러나 이런 모든 요소 중 어떤 것도, 그토록 짜증나고 경멸하는 것과 상관없이 귀도가 로리에게 느끼는 매혹을 감소시키지도 못했다. 귀도 특유의 그 무자비한 비판의식도 로리에게는 전혀 발휘되지 않았다.

마르티나와 치아라는 베르너와 나를 위해서 귀도가 로리를 묘사할 때 어떤 형용사를 썼는지 일일이 짚어가며 알려주었다. 그 형용사를 보면 마치 귀도는 그녀의 행동에 대한 모든 측면을 분석할 수밖에 없는 듯했다. 거의 과학적 숭배로 착각할 정도였다.

로리의 아버지는 그녀에게 극단적인 질투심을 가졌다. 로리가 죽은 어머니의 유산으로 독립해서 살 수 있다는 사실에 분노했다. 그는 수시로 전화를 걸어 그녀를 괴롭혔다. 그녀의 연애사업을 자세히 캐내려 했다. 때로는 한밤중에 불쑥 방문하기도 했다. 귀도는 한 번 그들이 함께 있는 것을 본 적이 있었다. 로리의 아버지는 다부지고 공격적으로 보였다. 얼굴에는 심술보가 덕지덕지 붙은 모습이었다. 딸은 금발에 연약하고 실내에서만 보내는 탓에 창백했다. 귀도는 로리가 내린 거의 모든 선택이 아버지에게 어떠한 반응을 이끌어내기 위한 도발이라고 느꼈다. 록, 친구들, 난잡함, 불규칙적인 식습관 이 모두가 그랬다. 귀도를 향한 그녀의 행동은 변덕스러웠다. 그녀는 순간적인 공황에 빠져 귀도에게 달라붙으며 그가 간절히 필요하다고 맹세했지만 다시 안정감을 느끼자마자 분개로 가득 차곤 했다. 그건 아마도 그녀의 아버지에게 분출하고 싶은 감정인 것 같았다. 그녀가 삼키는 알약과 가루약은 그녀의 행동을 더 예측 불가능하게 만들었다. 점점 그녀와 의사소통하는 것이 더 힘들어졌다.

귀도는 마침내 그 관계에서 탈출해야만 한다고 결정했다. 가능한 한 그녀로부터 멀리 도망쳐야겠다고 결심했다. 그는 북쪽 지방을 여행하기 위해 충분한 돈을 모았다. 그는 우리에게 주방에서 있었던 우스꽝스러울 만큼 비통했던 작별을 묘사해주었다. 자칭 예술가인 척하는 치들이 먹을 것을 뒤지러 냉장고를 둘러싸는 동안 코카인으로 정신을 잃은 로리는 울부짖으며 비명을 질러댔다. 그가 겨우 가방을 들고 문까지 갔을 때 로리는 만일 떠나면 손목을 긋겠다고 했고 결국 떠나지 못하도록 설득했다.

귀도는 점점 더 자주 편지를 쓰기 시작했다. 때로는 일주일에 두 번씩 편지를 보낼 때도 있었다. 각 편지들은 로리와의 관계에 대한 이야기로 빼곡했다. 그는 그녀를 사랑했다. 그녀의 예측할 수 없는 기분의 그물에 사로잡힌 것만큼이나 그는 그 호텔 집의 불건전한 분위기 속에 사로잡혀 있었다. 그녀는 낮에는 종일 잠을 잤고 밤새 깨어 있었다. 마치 그렇게 하면 그녀가 모방하고 싶어 하는 사람들과 더 비슷해 보이게 된다는 듯이 흥분제와 진정제를 먹어댔다. 때로 귀도는 손에 새로운 약병을 든 그녀를 발견했다. 그러면 그녀는 그걸 숨기며 순진한 척했다. 그는 그녀의 광적인 행동 속에서도 어린 시절 청교도적인 식민지의 영향이 여전히 드러나고 있다는 것에 놀랐다. 현재의 꼬인 마음 상태에서도 이런 생각에 마음이 움직였다. 때로 그는 로리에게 이미지에 덜 신경을 쓰고 음악에 더 몰두하라고 제안했다. 그들은 격렬하게 싸우고 서로에게 물건을 집어 던지고 나무 계단 아래로 거칠게 밀쳐버리기도 했다.

로리는 결코 낮 동안 밖에 나가지 않았다. 아마도 햇볕에 검게 그을린 자기 동포와 피부 톤이라도 다르게 보이려고 그런 것 같았다. 귀도는 함께 어디라도 가자고 그녀를 설득하는 데 애를 먹었다. 언젠가 한 번 그들은 펭귄들의 귀환을 보러 필립 아일랜드로 함께 갔다. 다른 때는 정신 나간 조각가가 양치류 나무 사이에 자기가 만든 호주 원주민 애보리진과 토종 동물 조각을 여기저기 세워둔 질롱 언덕에도 갔었다. 로리는 귀도가 흥미를 갖는 호주의 민속을 민망해했다. 자연이나 멋진 야외 또는 유칼립투스 숲 따위에도 전혀 흥미가 없었다. 이들의 드문 외출은 항상 온갖 감정의 찌꺼기를 폭발시키는 싸움으로 치닫게 되는 언쟁의 기회가 되기 일쑤였다. 결국 외출의 끝은 차 안에서 서로 물고 때리고 손목을 비틀고 난폭하게 엎치락뒤치락하는 것이었다.

귀도가 확실하게 말하지는 않았지만 편지를 쓰는 방식과 어조에서 그 또한 로리의 호텔 하우스에 널린 마약에 취하기 시작했다는 것이 명백해 보였다. 그의 감정 기복이 더 난폭해져서 그의 이야기는 충동적인 환상의 폭발에서 쓸쓸한 현실의 진술을 넘나들었다. 마르티나와 치아라와 베르너와 나는 그의 말 너머의 상황을 재구성하고 모든 각도에서 논의하느라 몇 시간씩을 보내곤 했다. 때로는 그의 말이 뭔가 병적인 행동처럼 느껴지기도 했지만 편지를 쓰는 것은 귀도였다. 그가 계속 편지를 보내는 건 분명 그에게는 그래야 하는 이유가 있었기 때문이었다. 그래서 우리는 그를 향한 충실하고 깊은 애정 때문에 걱정을 하지 않을 수 없었다.

1978년 12월 로리는 자기가 거느리던 음악가들과 싸웠다. 귀도는 이 기회에 그녀를 호텔에서 끌어내 오랫동안 가고 싶었던 북쪽 지방으로 함께 여행을 떠나자고 설득했다.

브리즈번까지 버스를 탄 그들은 거기서부터는 더 편하게 여행하기 위해 차를 빌렸다. 귀도는 호주 북부에 흥미가 많았다. 시드니의 가식적이고 범세계적인 분위기나 멜버른의 인공적인 영국 느낌보다 더 독특하고 호주만의 고유성을 간직하고 있을 것이라고 믿었다. 그는 탁 트인 푸른 공간, 멀찍이 떨어진 집과 집 사이, 위로 올라갈수록 더 울창하고 이국적으로 변하는 무성한 초목에 매료되었다. 로리와의 관계는 전처럼 불안정한 패턴을 유지했다. 때로는 경치를 자세하게 묘사하며 말을 아꼈다. 로리와의 관계 얘기로만 빼곡할 때도 있었다.

그들은 로리가 얼굴도 본 적 없는 그녀의 먼 친척과 함께 지냈다. 친척은 보다 더 멀리서 살았다. 그들의 생활방식에 로리는 당황해 했다. 그러나 곧 뒷마당에서의 바비큐, 지역사회에 대한 가십, 확인되지 않은 편견, 한 손으로 맥주를 마시고 다른 손으로 배를 두드리는 버릇 따위와 자신은 관련이 없음을 확실히 했다. 그녀는 호텔에 머무르고 싶어 했지만 귀도는 그녀의 돈에 의지하지 않고 여행하고 싶었다. 또한 유럽인이나 미국인인 척하지 않는 진짜 호주 사람과의 만남에 흥미로워 했다. 그는 투움바(호주 동부 퀸즐랜드 주 동남부에 위치한 도시-역주)에서 그들이 신세진 로리 어머니의 사촌에 대해 적었다. 말뚝 위에 지은 집과 정원에 심은 이국적인 과일나무, 늘 만취해 있는 남자들과 우아한 데라곤 없는 소박한 여자들에 대한 얘기였다. 로리는 한밤중에 몰래 떠나자고 귀도를 설득했다. 그들은 밤새 차를 몰아서 가까스로 프레이저 섬으로 가는 배를 잡았다. 귀도는 그녀의 변덕스럽고 미성숙한 행동에 짜증이 났다. 하지만 그 점에 그녀에게 빠진 터라 맞서진 않았다.

그들은 종려나무 가지로 만든 방갈로에서 마리화나를 피우고 사랑을 나누며 일주일을 보냈다. 밤에 나가서는 느리게 차를 몰면서 캥거루쥐, 왈라비, 붉은 캥거루가 겅중거리며 헤드라이트 불빛으로부터 도망치는 것을 구경했다. 마침내 머무르다 지치면 북쪽으로 향했다. 나무가 우거진 산과 구릉을 타다 샛길로 빠져 탐험하기도 했다. 그들은 옹달샘에서 수영하기 위해서 혹은 나무 사이로 날아오르는 형형색색의 앵무새를 발견하고 차를 멈추곤 했다. 그럴 때면 로리는 여행을 즐기는 것처럼 보이다가도 갑자기 흥미를 잃었다. 온갖 약과 허브가 그녀를 초조하게 만들어 그녀는 차를 돌려 돌아가고 싶어 하거나 지구를 한 바퀴 돌 기세로 몇 백 마일이고 차를 몰고 가길 원했다.

그리고 우기가 되었다. 록햄프턴(호주 동부에 위치한 도시-역주)을 지나자 해안가 도로는 범람한 흙탕물로 막혔다. 언덕 꼭대기는 섬이 되어 도시와 도시 사이를 오갈 수 없게 차단했다. 귀도와 로리는 차선책으로 사막처럼 황폐한 지역을 통과하는 내륙 쪽 길을 택할 수밖에 없었다. 로리는 결코 선글라스를 벗지 않았다. 그늘에서도 기온이 35도까지 치솟을 때조차 로큰롤 스타가 입는 검은 새틴 재킷도 계속 입었다. 때로 그녀의 무기력함이 귀도를 화나게 했다. 하지만 그 또한 그 무기력함에 굴복하곤 했다. 그들은 한마디도 하지 않고 몇 시간이고 차를 몰았다. 마치 대륙의 최북단에 도착하는 것이 의무라도 되는 듯 혹은 마치 그렇게 하는 것이 그들 사이의 긴장에 대한 해결책이라도 되는 것처럼 계속 나아갔다.

하루는 페루지아에서 베르너가 호주 지도를 사왔다. 우리는 귀도와 로리의 여정을 추적하며 그들이 이미 지나간 장소들을 연필로 표시했다. 우리는 시간과 거리를 계산하고 그들이 다음에 어디로 향할지 추측해보았다.

때로 그들의 여행은 비밀스런 행성에서의 탐사 임무처럼 보이기도 했다. 또 어떤 때에는 깊은 황야 속으로 가는 순례여행 또는 상호적인 도전이나 추구처럼 보였다. 그들의 기분이 어떤지는 편지 속 귀도의 풍경 묘사에 반영됐고 언제나 미묘하게 다른 빛으로 표현하고 있었다. 한 편지에서 귀도는 원시 숲의 신선함 속을 산책하는 것을 이상적으로 묘사했다. 다음 편지에서는 같은 풍경이 자신을 공허하고 고립되고 고통스럽게 만드는 것처럼 보인다고 했다. 그는 왜 로리가 자기 나라 사람들을 싫어하는지 이해하기 시작했다고 말했다. 정확히 말하자면 그녀는 다듬어지지 않은 거친 악센트와 생존을 위한 원초적인 본능 외에 다른 문화적 배경도 없어 보이는, 품질을 평가해서 선택할 능력과 취향도 없이 산업문명의 찌꺼기와 공존하는 방식을 배척했다.

그와 로리는 때로 쿵짝이 잘 맞아 어린아이들처럼 장난스러웠다. 어쩔 때는 서로 둘도 없는 원수가 되어 있었다. 그들의 식습관과 수면 패턴은 점점 더 불규칙해졌다. 마약 복용으로 신진대사가 치솟았다가 으스러졌다가 널을 뛰었다. 귀도는 이런 얘기를 마치 남 일처럼 말했다. 그들은 다른 방랑객의 차에 치인 캥거루 사체가 버려진 완전한 직선 도로를 따라 몇 백 킬로미터를 운전해 달리다가 별다른 이유 없이 어딘가에 멈춰 서서 일주일 내내 머무르곤 했다.

마르티나와 치아라와 베르너와 나는 귀도가 여전히 우리에게 편지를 쓸 의지를 가지고 시간을 낸다는 것에 놀라워했다. 매번 그의 편지를 받을 때마다 우리는 이것이 마지막일 것이라고 확신했다. 우리 가정생활의 안락함을 공유하면서 때로 우리가 읽는 편지를 이해하기 힘들어하기도 했다. 그 편지들을 읽으면 마치 우리도 로리와 귀도가 경시하는 단순하고 반복되는 따분한 삶에 안착한 호주 개척자와 마찬가지인 것 같다는 느낌이 들었다. 그러다가도 또 우리 중 누군가가 갑자기 행간에서 공감할 수 있는 무언가를 발견하면 예기치 못하게 거기에 휩쓸려서 떠다니는 욕망과 예측 불가능과 놀라움으로 가득한 이야기에 사로잡혔다.

그들은 쿡 타운을 지나 길이 닿는 데까지 케이프요크 반도를 올라갔다. 뉴기니아 해안선을 볼 수 있는지 확인하려고 차에서 내렸지만 눈에 보이는 것은 맹그로브뿐이었다. 이제 그들은 대륙의 가장 북쪽 끝에 도달했다. 막상 도착하니 여기까지 운전해서 달려온 이유가 갑자기 사라져버린 듯했다. 그래서 그들은 다시 남쪽으로 향했다. 홍수 때문에 어쩔 수 없이 다른 길을 택해 어딘지 알 수 없는 작은 마을에 멈춰 서야 했다. 내내 싸우면서 그들은 알약을 삼키고 가루약을 흡입하고 화를 내듯이 사랑을 나누었다. 귀도는 이제 우리에게 편지를 쓸 때 아무것도 감추지 않았다. 꼭 일기를 쓰는 것처럼 보였다. 자신의 시점보다 더 객관적인 시각으로 고찰해 볼 수 있도록 정보를 모아 보내는 것 같았다. 마르티나는 둘 사이의 긴장감이 둘 중 누구도 그들의 인생에서 또는 호주에서 뭘 원하는지 알지 못한다는 사실 때문에 생긴다고 생각했다. 그녀의 의견으로는 그들이 그렇게 다르다는 사실에도 불구하고 둘 다 규정되지 않은 열망을 가졌기 때문에 어디를 가든지 무엇을 발견하든지 그다지도 불행한 것이라고 했다.

귀도의 편지는 짧아지기 시작했다. 황급히 다시 차로 돌아가기 전에 휘갈겨 쓴 글씨로 몇 줄을 적어 급히 봉투에 구겨 넣어서 보낸 것 같은 쪽지의 형태가 되어버렸다. 갑자기 쏟아진 폭우가 길을 강으로 만들었다. 그와 로리는 작은 호텔이나 빌린 방에서 피난민 신세가 되어 대부분의 시간을 창밖을 바라보거나 서로에게 시비를 걸며 보냈다. 다시 해가 어느 때보다 강렬하게 내리쬐었다. 열기와 습기로 그들은 마치 온실에 갇힌 것 같이 느꼈다. 남쪽으로 향하는 그들의 여행에서 상황이 더 나빠졌다. 귀도는 가진 돈을 다 써버렸고 로리의 신용카드에 의존해야 했다.

크리스마스 날 그들은 입스위치에서 둘이 함께 편지를 적어 우리에게 보냈다. 그들은 흔들리는 필체로 그들의 소망과 함께 간단한 말을 적었다. 그것이 우리가 받은 마지막 편지였다. 마르티나와 치아라와 베르너와 나는 계속 기다렸다. 그러나 더 이상 편지가 도착하지 않았다. 우리는 무슨 일이 생겼는지 왜 더 이상 소식이 없는지 그들의 귀향길에 무슨 일이 벌어졌는지 궁금했다. 마르티나는 영화를 보는 도중에 갑자기 영사기가 꺼진 것 같다고 말했다.

9

2월 초에 우리는 로마에 있는 호텔 전화번호와 함께 귀도에게서 전보를 받았다. 나는 서너 번 시도를 한 끝에야 그와 통화를 할 수 있었다. 마침내 그와 통화를 하게 되었을 때 나는 너무 놀라서 인사조차 못할 지경이었다. 나는 그저 이탈리아로 돌아와서 뭐 하는 거냐고 물었다. 그는 내게 갑작스런 결정이었다고 말했다. 그와 로리는 지금 이탈리아로 온 지 이틀째라고, 만약 우리만 원한다면 저녁쯤에 우리 집으로 오겠다고 했다. 나는 몇 시 기차를 타고 올 건지 물었다. 그는 걱정하지 말라고 자기들이 알아서 찾아오겠다고 했다.

마르티나, 치아라 그리고 베르너는 나만큼이나 놀라워했다. 그들은 전화할 때 귀도의 목소리가 어떻게 들렸는지 로리와도 통화했는지 알고 싶어 했다. 우리는 그 둘이 이탈리아에서 호주의 거리보다 훨씬 더 먼 곳에 동떨어진 완전히 다른 차원에서 존재한다고 상상하는 데 익숙해져 있었다. 그래서 우리가 사는 세계에 그들이 숨 쉬는 차원을 겹쳐 상상하기가 어려웠다.

우리는 그들이 도착하기 전에 미리 준비하기 시작했다. 손님방을 치우고 쌍둥이를 씻겨 옷을 갈아입히고 집 안 여기저기 어질러진 잡동사니를 치웠다. 마르티나는 벽에 알록달록한 새로운 직물을 걸었다. 치아라는 예쁜 야생화를 한 다발 꺾어서 화병에 꽂았다. 베르너는 발전기를 확인하러 갔다. 두 친구의 방문이라기보다 마치 전문가의 감사를 기다리는 것 같았다.

차츰 날이 어두워졌지만 그들은 여전히 도착하지 않았다. 우리는 정문 앞을 서성이고 5분마다 창밖을 내다보았다. 가끔씩 멀리서 희미한 자동차 엔진소리를 듣고 뛰쳐나갔지만 언덕 너머로 사라지곤 했다. 그럼 다시 안으로 들어가 스토브에서 가볍게 끓고 있는 냄비를 확인했다. 우리는 쌍둥이를 재우고 와인을 한 병 따서 몇 잔 마셨다. 모두 배가 고프고 매 순간 점점 초조해졌다. 열 시 반경에 치아라가 집 뒤의 풀밭에 택시의 헤드라이트 불빛이 어른거리는 것을 보고 그들이 도착했다고 소리를 질렀다.

귀도가 택시에서 내렸다. 그는 추운 저녁이었음에도 불구하고 가벼운 면직물 옷을 입고 있었다. 그는 마르티나, 그다음엔 나, 치아라, 베르너와 포옹했다. 우리는 택시 주변에 옹기종기 모여서 쭈뼛거리며 호기심이 어린 눈초리로 운전사가 트렁크에서 꺼내는 엄청난 수의 다양한 가방과 슈트케이스를 홀린 듯 보았다. 그리고 나서 로리가 차에서 내렸다. 그녀는 짧은 금발과 연약한 몸매를 하고 귀도가 편지에 묘사한 검은 새틴 재킷을 입고 있었다. 우리는 모두 그녀와 악수를 했다. 그녀는 우리가 자기를 연예인이나 이국적인 존재처럼 뚫어지게 응시하고 있다는 사실을 알아챈 게 분명했다. 택시는 그들을 오르비에토부터 여기까지 100킬로미터도 넘는 거리를 태워왔다. 운전사는 엄청난 액수의 돈을 서비스의 대가로 요구하고는 밤 속으로 사라졌다.

집 안으로 들어오자 베르너가 와인을 따랐다. 귀도는 우리만큼이나 어리둥절한 것처럼 보였다.

"난 네가 이렇게 사는 게 아직도 실감이 안 난다."

그가 말했다. 그는 늘 그랬던 것처럼 나에게 걸어와 어깨를 두들겼다. 마치 그렇게 함으로써 나와 다시 연결된다고 믿는 듯했다. 그는 로리에게 영어로 말했다.

"우리는 어릴 적부터 알고 지냈어."

그의 영어 실력은 이제 꽤 자연스러웠다. 더 이상 미국식이나 영국식 악센트에 구애받지 않았지만 그의 목소리는 내가 기억하는 것보다 거칠었다.

로리는 거의 나를 보지도 않고 긴장한 미소를 지었다. 집의 여주인으로서 지극히 평온하고 차분한 마르티나 옆에 선 그녀를 보는 건 정말 이상했다. 귀도도 그것을 깨달았다. 그는 그들을 번갈아 보면서 그들 사이의 차이를 확인했다. 그는 여행으로 피곤해 보였다. 기후의 변화와 시차와 환경의 변화에 충격을 받은 듯 보였다.

그는 쌍둥이를 당장 보고 싶어 했다. 우리는 한 줄로 서서 계단을 살금살금 올라가 쌍둥이의 방으로 갔다. 귀도는 조심스럽게 두 개의 작은 침대로 다가가 희미한 램프 불빛으로 그들을 보려고 애썼다. 그는 그저 거기 서서 방 안에 아무도 없는 것처럼 5분 동안 쌍둥이가 쌕쌕 잠든 모습을 꼼짝 않고 바라보았다. 나는 그가 두 어린아이를 보고 이렇게 깊은 감명을 받을 수 있으리라고 결코 생각하지 못했다. 과거에 그가 가지지 못했고 지금도 가지고 있지 않는 것에 대한 향수가 그 어떤 대상으로부터도 거리를 두려고 하는 귀도의 무심한 태도를 압도해 버릴 것이라고 예상하지 못했다. 로리는 별 감흥이 없었다. 그녀는 계속 주위를 둘러보며 하품했다.

우리는 그들에게 스웨터를 빌려주고 식사하기 위해 아래층으로 내려왔다. 보통 이 시간보다도 훨씬 전에 잠자리에 들었지만 우리는 이제 졸리지 않았다. 귀도와 로리의 존재가 흥분으로 심장을 뛰게 했다. 나란히 앉아 있는 그들의 모습은 마치 같은 환경에서 태어난 것처럼 보였다. 처음에 그들에 서로에게 끌리게 만들었고 또 거의 1년 동안이나 머나먼 이국땅에서 수없이 서로 다투고 헤어졌다 다시 만나기를 반복하게 만들었던 두 사람의 차이가 그들을 결속해주고 있었다. 둘 다 외국인처럼 보였다. 그들이 주고받는 눈길이나 너무 오랜 여행으로 지친 목소리로 내뱉는 모든 말에 외국인처럼 다른 점이 역력히 보였다. 나는 내 두꺼운 회색 스웨터를 입고 앉은 귀도를 바라보며 그가 과연 소외감을 떨쳐버릴 수 있을지 궁금해졌다. 그가 이야기를 시작하자마자 나는 그가 그러지 못했다는 것을 깨달았다. 어쩌면 그 누구도 완전히 변할 수는 없을지도 모르겠다는 생각이 들었다.

그는 우리가 듀 카세에서 살면서부터 일어난 모든 일을 소상히 알고 싶어 했다. 쌍둥이의 탄생과 치아라와 베르너를 어떻게 만났는지, 밭일이 어떻게 돌아가는지, 가축과 곡식에 대해서 궁금해 했다. 분명 그는 우리가 편지에 적어 보낸 긴 설명을 읽지 않은 게 틀림없었다. 우리가 말했던 것의 일부를 기억해 내는 듯 보였지만 다른 이야기는 마치 처음 들은 것처럼 깜짝 놀랐다. 그는 우리가 이제 거의 자급자족할 수준에 이르렀다는 사실에 흥분했다.

"정말 대단해!"

그는 계속 감탄했다. 내가 이룩한 것을 그에게 보여줄 수 있다는 것이, 상대적으로 행복한 상태에 도달하는 것이 실제로 얼마나 단순한지를 증명한다는 게 기묘하게 느껴졌다. 나는 내 손으로 지은 집의 주방에 앉아 내 가족에게 둘러싸여 여전히 삶을 받아들이지 못한 누군가에게 기본적인 사실을 설명해주고 있었다. 우리 둘 사이의 차이는 더 이상 클 수 없었다.

그는 자주 끼어들어 성급한 질문을 던지며 내 이야기에 귀를 기울였다. 마르티나와 치아라와 베르너에게도 관심을 보이려 애썼다. 그의 초조함에는 일종의 체념이 엿보였다. 나는 그의 눈 주위와 입가에서 미묘한 신호를 감지했다. 대화를 할수록 내 이야기를 그가 이해하지 못한다는 인상을 받았다. 내 말은 그저 그를 스쳐 지나갈 뿐이었다.

로리는 미네스트론 스프를 물끄러미 바라보며 수저로 저었지만 입에 대지는 않았다. 나는 마르티나의 스웨터를 입고 있어도 그녀가 춥다는 것을, 이탈리아어로 나누는 대화에서 모두 귀도에게 집중하는 바람에 관심을 받지 못해 소외감을 느끼고 있음을 알 수 있었다. 마르티나와 치아라는 자신들이 아는 영어 몇 마디를 사용해 그녀와 대화를 나눠보려고 시도했다. 하지만 그녀는 상호적인 의사소통을 위해 노력하지 않고 거의 입을 열지 않았다. 그녀와 귀도도 거의 말 한마디 나누지 않았다. 비록 애정이 어린 시선은 아니었지만 계속 서로를 응시했다. 그것은 마치 서로를 계속해서 확인하려는 것 같았다. 마침내 그녀가 일어서며 말했다.

"실례할게요."

그녀는 10분도 넘게 자리를 비웠다. 돌아와서는 우리를 쳐다보려 하지 않고 여전히 아무것도 먹지 않았다. 마르티나와 치아라는 그녀를 주의 깊게 보았다. 아마도 귀도가 그녀에 대해 우리에게 적어 보낸 얘기를 떠올리고 있는 것 같았다. 조금 뒤에는 귀도가 일어나더니 꽤 오랫동안 사라졌다. 그가 다시 돌아왔을 때 나는 그의 얼굴에 떠오른 표정을 판단하기 힘들었다.

저녁 식사를 마친 우리는 함께 접시를 치우고 벽난로 앞에 모였다.

우리는 저녁에 난로에 둘러앉아 책을 읽고 이야기하거나 불을 바라보며 음악을 듣는 습관이 있었다. 나는 문득 이 광경을 귀도의 눈으로 바라본다고 상상했다. 우리의 느긋한 의식은 시골마을 어르신이나 옛날 사람을 연상케 했다. 나는 잠시 머뭇거리다가 마음을 다잡았다. 이건 내 삶의 일부였다. 그의 히스테릭하고 무자비한 시선이 가진 힘은 더 이상 나를 불편하게 하지 못했다. 나는 내가 어떤 사람인지 찾는 방황을 마쳤다. 왠지 귀도가 이를 감지했다는 느낌이 들었다. 그가 그의 생활과 거리가 먼 가치와 생활방식에 익숙한 나이 많은 친척에게 쓸 말투로 호주에 대한 그의 모순적이고 복잡한 감정을 설명하기 시작했기 때문이었다.

마르티나와 치아라와 베르너가 대화에 참가하긴 했지만 그들은 이 대화가 귀도와 나에 관한 것임을 깨달았다. 그래서 그들은 터놓고 말하지 않았다. 얼마 후 그들 세 명은 피곤하다고 자러 들어갔다. 로리도 몇 분쯤 더 머물다가 잘 자라는 인사말을 웅얼거리고는 반항적인 피터 팬처럼 거실을 쏜살같이 지나갔다.

이제 귀도와 나 둘만 남았다. 우리는 완전히 지쳐 진이 빠졌다. 마치 상대가 어떤 카드를 쥐고 있는지 궁금해 하는 것처럼 서로 조심스러웠다. 그는 딱 국외자가 사용할 법한 말투와 어조로 이탈리아를 비난하기 시작했다. 그는 더 이상 조국에 아무 연관성을 느끼지 못하고 다시 여기 살 생각조차 할 수 없다고 말했다. 내 생각에 그는 내가 논리적으로 설명하기를 기대하는 듯했다. 하지만 그러한 그의 술책이 너무 뻔히 들여다보여서 나는 미끼를 물지 않았다. 나는 아마 그가 옳을 거라고 말했다. 그러자 귀도가 벌인 게임의 판이 깨졌고 그의 목소리는 날이 무뎌졌다. 그는 장작 하나를 벽난로 안에 넣으려고 했지만 손가락을 데이고 말았다.

"에이, 진짜!"

나는 그의 재정 상태에 대해 물었다. 그는 이제 무일푼이고 로리가 지난 한 달 동안 모든 경비를 지불했다고 말했다. 호주에서 돌아오는 표를 살 돈도 없었다. 어쨌든 돌아오고 싶은 건지도 확실히 몰랐다고 했다. 그는 어떻게 먹고 살 돈을 벌지, 무엇을 하며 살아야 할지 모르겠고, 어딘가에 있을 영감을 찾기 위해 사방을 떠돌아다니는 것에 완전히 질려버렸다고 했다. 나는 로리와는 어떻게 되어 가는지 물었다.

"우리는 가능한 한 최대로 서로를 상처주려고 하고 있어. 하지만 둘 중 하나가 떠나려고 하면 남겨진 쪽이 한심한 피학성 변태 성욕자처럼 따라가며 매달려. 출구가 없어."

나는 혹시 약물 사용이 그런 상황에 영향을 미치는 건 아닌지 물었다. 그는 그저 시선을 피했지만 내 말이 맞는 것이 명백했다. 내가 즐길 수 있는 유일한 자극제는 집 뒤 포도밭에서 나온 와인뿐이었다. 그러나 나는 그와 그 주제를 논의할 수밖에 없다고 느꼈다. 나는 정확히 어떤 약물을 사용하는지 물었다.

"전부 다. 수면제, 흥분제와 진정제, 마리화나, 아편, 코카인."

나는 혹시 헤로인도 흡입하는지 물었다. 하지만 그는 마치 이 질문은 전혀 상관이 없고 완전히 다른 주제라는 듯이 말했다.

"아니야."

그는 멜버른에서의 마지막 한 달 동안에 대해 들려주었다. 그리로 돌아가자마자 그들은 모든 것이 너무도 혼란스러워져서 결국 함께 이탈리아로 떠나기로 결정했다.

"하루는 산책을 나갔는데 너무 공허해서 마치 내가 존재하지도 않는 것 같았어. 나는 집 벽에 가만히 기대어 서서 내가 완전히 사라지지 않았다는 걸 확인하려고 입술을 깨물어야 했어."

그는 웃음을 터뜨렸지만 나는 여전히 그런 공허한 느낌에 사로잡혀 있다는 분명한 느낌을 받았다.

그는 내게 지난 2년 동안을 연옥에서 보냈다며 무엇을 해야 할지 고통스러웠지만 그 어떤 결정을 내릴 수 있을 만한 이유나 근거를 찾을 수가 없었다고 했다.

"나는 더 이상 내가 거기서 뭘 하고 있는 건지 알지 못했어. 세계의 다른 여러 곳 중에 굳이 거기에 있어야 할 이유가 뭔지 말이야. 나는 그저 돌아오지 않기 위해서 머물렀을 뿐이야."

나는 이제 그의 계획이 무엇인지 알아내려 했다. 그는 모르겠다고 말했다. 그는 팔걸이의자 위에서 계속 자세를 바꾸며 뒤척이고 불을 살피러 일어났다가 훌쩍거렸다. 나는 만약 그가 원한다면 두 번째 집은 여전히 그의 것이라고 다시 한 번 말해 주었다. 이번에는 훨씬 더 현실적인 제안이었다. 그는 2년 전과 똑같은 방식으로 미소를 지으며 말했다.

"고맙다."

하지만 내 제안을 정말 진지하게 받아들이지는 않았다.

나는 사위어가는 마지막 불씨를 쿡쿡 뒤적거리고 자러 위층으로 올라갔다. 둘 다 당혹감을 느꼈다.

다음 날 아침 일찍 나는 베르너와 밖으로 나갔다. 가장 먼저 외양간으로 가서 새끼를 밴 염소를 살폈다. 양봉을 위한 벌집을 바람이 덜 부는 장소로 옮겼다. 볏단 위에 익도록 놓아둔 모과 열매를 뒤집어 주고 나중에 페인트칠하기 위해 창고의 문을 사포질했다. 그러고 나서 선반을 두어 개 만들기 위해 버팀목을 자르고 술통 속의 와인을 확인했다.

언제나 할 일들은 너무 많았고 그 모든 것을 다 할 충분한 시간은 결코 없었다. 하나의 일이 끝나면 바로 다른 일이 이어졌다.

우리가 집으로 돌아왔을 때 마르티나는 쌍둥이를 먹이고 있었다. 치아라는 잼 병에 붙일 이름표를 준비하고 있었다. 귀도와 로리는 아무 반응도 보이지 않았다. 우리는 모두 오전 일곱 시에 일어나는 것에 너무 익숙해져 있어서 열두 시 반까지 잔다는 것이 불가능해 보였다. 한 시에 우리는 어색함을 느끼며 점심 식탁에 앉아 계속해서 비어 있는 두 자리와 문을 힐끔거리며 낮은 목소리로 이야기를 나눴다. 우리는 귀도와 로리에 대해서 이야기하고 의견을 나누고 전날 밤 그들의 도착과 함께한 저녁 식사 그리고 그 후의 대화에 대해 이야기를 하고 싶었지만 그럴 수 없었다. 거실에서 노는 쌍둥이조차도 뭔가 불안한 것처럼 보였다. 몇 분마다 우리 쪽으로 와서 확인을 하며 평소와 다른 조용한 행동에 의아해 하는 듯이 보였다.

귀도와 로리가 주방으로 내려왔을 때 우리는 식탁을 치우던 참이었다. 그들은 밖을 내다보며 우리가 빌려준 스웨터를 입고도 부르르 몸을 떨었다. 이제 화장을 하지 않은 얼굴의 로리는 어린 소녀처럼 보였다. 자기 주위의 공간과 사람들과 어떻게 어울려야 할지 모르는 것 같았다. 귀도가 도와주겠다고 나섰지만 작은 찻주전자를 떨어뜨려 산산조각이 나서 흩어졌다. 쌍둥이가 다가와 호기심과 의심의 눈초리로 바라보았다. 귀도는 홀린 듯이 작은 귀도를 안아 올리려고 했지만 아이는 그 팔을 빠져나가 제 누이와 거실로 도망쳤다.

귀도와 로리는 식탁에 앉았지만 둘 다 배가 고프지 않다고 하며 우리가 권하는 모든 음식을 거절했다. 치아라는 그래도 쐐기풀을 곁들인 파스타를 재빨리 준비해 차려주었다. 하지만 그들은 한두 입 정도밖에 먹지 않았다. 이제 낮이었고 우리는 어떤 것에 대해서도 얘기를 할 수 없을 것 같았다. 귀도는 치아라가 준비하고 있는 잼에 대해서 몇 마디 질문을 했지만 정말 관심을 가지고 있지 않다는 것은 뻔히 보였다. 그는 전날 밤 잠자리로 갈 때보다 지금 오히려 더 피곤하고 신경이 날카로워 보였고 자기가 무슨 질문을 하는지 의식하지 않았다.

베르너는 두 번째 집에 대한 우리 계획을 설명하려고 했지만 그의 어휘력으로 묘사할 수 없는 연이은 세부 사항에 막혀버리고 말았다. 거실에서 쌍둥이가 부엌으로 돌아가지 않겠다고 마르티나에게 말하는 소리가 들려왔지만 웃음을 터뜨려서 살얼음 같은 분위기를 깨뜨릴 기회를 잡아챈 사람은 아무도 없었다. 치아라와 나는 우리의 제한된 영어 실력을 사용해서 로리와 대화를 나누려 시도했지만 그녀는 거의 대답하지 않았다. 그녀와 귀도 사이의 공기는 너무도 팽팽하게 긴장해 있어서 우리가 어떤 말을 해도 입 밖으로 나오는 순간 얼어버리는 것 같았다.

우리는 그녀에게 따뜻한 외투 두 벌을 주고 경작지를 보여주려고 밖으로 나왔다. 로리는 풍경에 별 감흥을 받지 못한 듯 보였고 계속해서 몸을 떨더니 몇 분 만에 안으로 들어가 버렸다. 귀도는 나와 치아라와 베르너와 함께 이미 얼마 전 새로 경작해 밀을 파종한 밭까지 갔다. 그도 추워했고 잠에서 막 깨서 강제로 군대훈련에 동원된 사람처럼 어리둥절해 보였다. 나는 그를 이리저리 끌고 다니며 우리가 그토록 열심히 일한 구체적인 성취를 모두 보여주고 싶다는 충동을 느꼈다. 그가 땀을 흠뻑 흘릴 정도로 언덕을 걸어 다니게 하고 싶었다. 그가 뭐라도 한 가지에 집중하지 못하게 방해하는 그 병적인 초조함이 다 사라져버릴 때까지 말이다.

그는 밤나무에 기대어 오늘 저녁 전에 밀라노로 떠날 생각이라고 했다. 그의 눈 속에는 너무도 낯선 지친 기색이 보였다. 그를 향한 공격적인 감정이 순간 휘발해 버리며 내가 속 편하게 생각하는 주제넘은 도덕군자처럼 느껴졌다. 나는 10분 넘게 더 머무르라고 그를 설득하려 했지만 어떤 말로도 그를 설득할 수 없었다.

나는 다섯 시에 그들을 페루지아까지 차로 데려다 주었다. 뒷좌석에서 로리가 꾸벅꾸벅 조는 동안 귀도와 나는 창밖 풍경을 바라보았다. 풍경은 도시에 가까워질수록 점점 더 과잉되고 왜곡되고 황폐해졌다. 터무니없는 4차선 인터체인지와 육교, 거대한 상자 같은 시멘트 구조물이 타일 공장과 가구 공장과 햄 공장 사이에 서 있었고 변두리의 집들은 그저 사람들이 살아갈 공간과 재료와 형태와 인생을 위한 돈을 벌도록 지어졌다.

"우리는 도망치고 이런 똥덩어리는 계속 퍼지고 있어. 아무도 이것을 멈추려고 하지 않아."

그는 유일한 방법은 아마도 내가 했던 것처럼 피난처를 찾아 최대한 오래 그것을 지키는 것일 거라고 말했다. 나는 내 집은 그저 피난처가 아니며 유독한 화학물질이 없는 곡물을 키우는 것은 어쩌면 세계에 작은 영향을 미칠 수도 있을 거라고 말했다. 그는 이중 시멘트벽으로 둘러싸인 볼품없는 전구 공장의 조악한 둥근 지붕으로 내 주의를 돌리며 말했다.

"여기에 뭐라도 영향을 주려면 이것들을 다이너마이트로 다 날려버리는 수밖에 없어. 고작 밀가루만으로는 세계를 못 바꾸지."

"고작 밀가루만으로도 세상을 바꿀 수 있어."

여정이 좀 더 길었다면 우리는 몇 시간이고 계속 이야기를 했을 것이다. 나는 그와 어떤 형태든 다시 의사소통을 할 수 있었다는 것이 너무 기뻤다. 귀도는 우리가 도시에 도착할 때까지 쉬지 않고 떠들었다. 나는 왜 밀라노로 돌아가려 하냐고 물었다.

"아마도 거기에서라면 우리 자신에게 그렇게 집중하지 않아도 될 것 같아서 말이야."

그는 대답하고 뒷자리 쪽으로 몸을 돌려 옆으로 누워서 자는 로리를 바라보았다.

우리가 역에 도착했을 때는 표를 사고 모든 짐을 플랫폼에서 옮겨 실을 시간조차 부족할 정도였다. 기차가 도착했을 때 귀도는 가방에서 커다란 노란 봉투를 꺼내어 내게 건넸다.

"기분이 내키면 한번 봐봐."

도착하고 떠나는 여행객으로 붐비는 사이에서 나는 봉투 속에 타자로 친 종이 뭉치가 담긴 것을 보았다. 귀도는 마치 자리를 찾는 것만이 머릿속의 유일한 생각인 듯 찻간을 살펴보았다. 자신을 너무 드러내보였다고 느끼는 것이 분명했다. 아무 질문에도 답하고 싶지 않아 한다는 것은 의심할 여지가 없었다. 기차에 오르기 전 그와 로리는 우리가 빌려주었던 스웨터와 재킷을 건넸다. 나는 그냥 가지라고, 적어도 추위에서 몸을 보호하려고 노력은 해보는 게 좋겠다고 했다.

10

집에 돌아온 나는 귀도가 역에서 건네준 원고를 읽었다. 그 이야기는 밀라노의 변두리에 사는 스무 살 청년에 관한 이야기였다. 그의 별명은 '머신 독'이고 기계공 가게에서 일한다. 도시의 폭력에 젖은 그는 밀라노의 시장과 시 의원 일당을 모조리 죽이겠다고 결심한다. 이야기는 1

인칭 주인공 시점으로 서술되며 그의 시야를 통해 보이는 행동으로 전개되었다. 그의 견해와 분리된 객관성이나, 중간 매개자의 의견, 외부의 견해 또는 확인을 받고자 하는 시도 따위는 조금도 없었다.

원고를 다 읽고 난 후 나는 누가 산소용접기로 내 평온한 존재를 둘러싸고 있던 보호막을 도려내서 구멍을 내버린 것 같았다. 그곳으로 무서운 불꽃과 금속의 날카로운 소리 그리고 오래전 기억 속에서 완전히 지워버렸다고 생각했던 고뇌에 찬 관계들과 그로 인한 무수한 감정이 쏟아져 들어오는 것처럼 느꼈다. 나는 귀도가 호주에서 살면서 밀라노의 분위기를 그토록 강렬하게 재창조했다는 사실에 감탄했다. 점점 짧아지고 덧없는 사건들을 적어 보낸 그의 편지 속에서 낭비될 운명이었다고 생각했던 그의 재능이 거의 이백 쪽이나 되는 소설 속에 담겨 있었다. 등장인물과 상황에 대한 그의 묘사는 편지나 고등학교 때 읽었던 것보다 더 정교하게 윤곽을 드러냈다. 장소 묘사는 너무도 강렬해서 감당하기 힘들 정도였다. 그러나 작업이 완전히 끝난 것은 아니었다. 일부 주제는 다뤄지기도 전에 버려졌다. 복잡한 대화는 채 형태를 갖추기도 전에 이야기의 빠른 전개에 휩쓸려버렸다. 글을 읽으며 나는 그 글을 쓰는 귀도의 모습을 떠올릴 수 있었다. 분노에 가득 차서 몰입하다가 갑자기 다른 생각에 빠져버리는 귀도.

나는 아무 말도 하지 않고 마르티나에게 그 원고를 건넸다. 그녀는 밤늦게까지 계속 읽더니 다음 날 아침에 다 읽었다. 귀도의 스타일은 그녀에게 내가 느낀 것보다 더 깊은 인상을 주었다. 특히 그녀는 아무 감정이 없는 인물을 묘사하면서도 그의 시야를 통해 경멸을 불러일으키는 방식에 감탄했다. 그녀는 이렇게 사악하면서도 내밀한 이야기를 읽은 것이 너무 오랜만이라고 했다. 그가 살아가는 인생의 과정 동안 귀도가 쌓아올렸음이 분명한 모든 분노와 괴로움을 이런 형식으로 전부 고백했다는 사실에 그녀는 강렬한 인상을 받았다.

치아라도 원고를 읽고 싶어 했다. 그녀는 쉬지 않고 오후 내내 장을 넘겼다. 그리고는 저녁까지 단숨에 소설을 읽었다. 그녀는 매우 흥미롭지만 그의 문체가 약간 지나치게 건조하게 느껴진다고 했다. 그녀와 마르티나는 자매였지만 서로 매우 달랐다. 치아라의 극단적인 민감함은 어떤 갈등도 회피하게 만들었고 형식 속에서 안정을 구했다. 귀도의 이야기에 낙관적인 신호가 전혀 없다는 점이 그녀를 두렵게 했지만 그 때문에 계속 그 주제를 계속 언급하며 이야기하고 싶어 했다. 그녀는 호주에서 온 편지로 귀도에게 관심을 갖게 되었다. 그가 방문했을 때 실제로 만나고 약간은 실망했지만 이제 그를 또 다른 각도에서 보게 되었다.

베르너는 이탈리아어로 된 글을 읽는 게 어려웠다. 그는 며칠이나 귀도의 특이한 단어 선택이나 모호한 형용사의 사전적인 의미를 설명해 달라며 우리를 귀찮게 했다. 어쨌든 그는 그 책을 마음에 들어 했다. 프랑크푸르트에서 살 때 귀도와 같은 느낌을 자주 받았다고 했다. 그리고 귀도가 개인적인 반응을 자세하게 재창조한 글이 자신에게 깊은 감명을 주었다고 했다.

우리는 우리끼리 그 원고를 "책"이라고 불렀다. 그 원고가 아직은 타자기로 친 뒤 떨리는 손으로 지우고 고쳐 쓴 자국이 가득한 종이뭉치라는 사실에도 불구하고 제대로 장정되고 저작권을 가진 출판물로 취급했다. 마르티나는 귀도가 출판사에 원고를 보내야 한다는 의견이었다. 처음에는 의심스러워하던 치아라를 포함한 나머지도 그 의견에 동의했다.

마르티나와 나는 그의 소설이 우리에게 얼마나 큰 감동을 주었는지 말해주려고 카 페르사로 차를 몰고 나갔다. 그러나 그의 어머니는 그가 집에 없고 호주인과 함께 시내에 있는 어느 호텔에 머물고 있다고 말했다. 그녀의 목소리는 이 부분에서 불안하다기보다는 분개하는 것처럼 들렸다. 그녀는 더 이상 그의 걱정을 하고 신경을 쓸 여력이 없다고, 그가 정상인처럼 행동하리라는 희망을 버렸다고 했다. 내가 전화를 했다고 전해달라고 부탁하자 그녀는 소리를 지르며 오래전에 그에게 어떤 말이든 하는 것을 포기했다고 했다.

듀 카세로 돌아오는 길에 마르티나와 나는 계속 전화기 없이 살아갈 수는 없다고 결정하고 전화를 한 대 놓기로 했다.

나흘 뒤 나는 가게에서 귀도에게 온 메시지를 발견했다. 그는 자기가 머물고 있는 호텔의 전화번호를 남겼다. 나는 그에게 전화를 걸었고 그의 소설에 대한 모두의 감상을 기억해내려 했다. 전화를 받았을 때 그의 목소리는 긴장한 것 같았다. 그는 내게 이제 로리와 완전히 헤어졌고 그녀는 로스앤젤레스로 떠나버렸다고 했다. 그는 또 지금 바로 짐을 싸서 호텔에서 나가야 하는데 더 이상 묵을 돈이 없기 때문이라고 했다. 말하는 중간에 그는 감정을 주체하지 못하며 이렇게 말했다.

"문제는…… 뭘 하면 좋을지 아무 생각도 없다는 거야."

나는 그가 힘겹게 울음을 참으며 말을 내뱉는 것을 들을 수 있었고 그를 둘러싼 짙은 고뇌를 느꼈다.

호텔 밖으로 발을 내딛는 순간 밀라노가 그에게 얼마나 끔찍할지 나는 잘 알고 있었다. 그 도시는 그가 밀라노에 대한 책을 쓴 대가로 앙갚음을 할 것이다. 암울하고 추운 2월 날씨로 그를 벌할 것이었다. 나는 그에게 다음 기차로 우리에게 오라고, 그러지 않으면 내가 직접 차를 몰고 가서 그를 끌고 가겠다고 했다. 그는 내 어조에 놀란 듯했고 언제 어떻게 이리로 올 수 있는지도 모르겠다고 했다. 그의 말소리는 계속 잠깐씩 침묵으로 끊기면서 들렸고 말소리가 들리자마자 더 조용한 침묵으로 끊겼다.

나는 다음 기차 시간 두 개를 읽어주고 알아들었는지 확인하기 위해 다시 말해보라고 했다. 그의 목소리의 불확실함과 굴절된 어조를 보상이라도 하듯이 크게 소리를 지르고 있는 나를 발견했다. 나는 그에게 지금 곧장 역으로 갈 거고 네가 도착할 때까지 거기서 꼼짝 않고 기다릴 거라고 말하고는 그가 핑계거리를 찾아내기 전에 전화를 끊었다.

전화 부스에서 나오자 나는 당황하기 시작했다. 가게를 운영하는 여인이 놀라서 나를 바라보았다. 그를 알고 나서부터 나는 암초 주위를 맴도는 작은 배처럼 그의 주위에서 어슬렁거리는 일에 익숙해져 있었다. 우리의 역할이 뒤바뀔 수도 있다는 생각에 너무도 당혹스러웠다.

마지막 기차가 역에 멈춰 섰을 때는 얼어붙을 것 같은 칼바람이 몰아치고 있었다. 플랫폼에서 기다리는 사람들은 모두 목도리와 장갑을 끼고 있었다. 나는 반쯤 얼어붙은 채로 서서 기다리는 것에 지쳐 있었다. 그가 이제 나타나지 않으리라고 거의 확신하고 있었다.

하지만 막차에서 내리는 승객들 사이에서 그가 모습을 드러냈다. 내가 빌려준 외투를 입고 어깨에 낡은 캔버스 가방을 둘러매고 있었다. 그는 완전히 지친 것처럼 보여서 나에게 거의 인사도 하는 둥 마는 둥 하며 늘 하던 대로 어깨를 두드리는 시늉조차 하지 않았다. 그는 차로 가면서 정면을 바로 보고 있었다. 그는 지구상 어디에 있든지 알 바 아니라는 듯했다.

집으로 가는 길의 4분의 3 정도에 왔을 때까지도 우리는 말 한마디 꺼내지 않았다. 우리는 어두운 언덕길을 천천히 올라갔다. 나는 침묵을 깨뜨릴 단 한 가지 방법도 떠오르지 않았다. 배가 꽉 막힌 기분이었다. 그저 헤드라이트 불빛을 따라 가는 데 집중할 수밖에 없었다. 바람은 휘몰아치며 차를 뒤흔들었다. 닫힌 유리창 사이로 얼음장 같은 바람이 새어 들어왔다.

큰 길을 벗어나 국도로 가는 길로 접어들었을 때 귀도가 말했다.

"잘 모르겠어. 어쩌면 내가 신경쇠약에 걸리거나 뭐 그런 건지도 모르겠다. 더 이상 의미 있는 것이라곤 아무것도 없는 것 같아."

나는 그에게 나에게도 그런 일이 일어났다고 말해주었다. 그저 불리는 이름이 아니라 사물의 진짜 의미를 이해하고 싶어 애쓰는 사람이라면 누구든 겪을 수 있는 일이다. 나는 그것이 현실을 있는 그대로 받아들이기를 거부하고 자기 마음에 차는 현실을 찾아 헤매는 사람에게도 일어날 수 있다고 말해주었다. 이런 생각에 너무 깊이 몰두한 나머지 차가 길을 빗겨나가 자갈이 깔린 갓길로 나갔다. 나는 언덕으로 떨어지기 직전에 겨우 다시 핸들을 바로 잡았다. 귀도는 그 사실도 거의 눈치채지 못했다.

"네가 그렇게 말하니까 긍정적으로 들린다."

그가 중얼거렸다. 나는 그의 입가에 미소의 흔적이라도 남아 있는지 보려고 그를 살펴보았다. 다시 한 번 차가 길 밖으로 튕겨 나갈 뻔했다.

집에 도착했을 무렵에는 바람이 너무도 세차게 불어대서 문까지 가기 위해 우리는 몸을 잔뜩 웅크리고 걸어야 했다. 나는 휴식과 온기와 빛을 간절히 바라며 문을 두드렸다. 마르티나와 치아라와 베르너는 꽤 자연스럽게 귀도를 맞이했다. 마치 그가 고작 몇 시간 정도밖에 자리를 비우지 않았다는 듯이 말이다.

그들은 하던 일을 잠시 멈추고는 호기심을 감춘 채 가능한 한 늘 하던 대로 일을 계속하려고 했다. 강아지 뎁만이 지나치게 흥분해 펄쩍펄쩍 뛰며 귀도를 맞이하며 그의 손을 핥았다. 마르티나는 여행이 어땠냐고 물었다.

"그저 그랬어요."

두 사람 몫의 식사가 차려져 있었다. 베르너가 오븐에서 파스타 접시를 꺼냈다. 마르티나는 포도주를 내왔고 치아라는 야채를 가져왔다. 나는 염소 치즈를 조금 꺼내러 갔다 왔다. 귀도는 그저 앉아서 이 모든 집안일을 지켜보았다. 그는 완전히 지친 기색으로 아무 말도 하지 않았다. 부엌은 따뜻하고 아늑했다. 우리는 굴에 웅크린 포유동물처럼 밖의 추위와 유리창에 맞부딪혀 덜덜 흔드는 바람을 의식했다. 귀도는 말없이 아무도 쳐다보지 않고 우리의 존재에 아무 반응도 보이지 않고 조용히 먹었다. 우리는 그에게 어떤 식으로든 부담을 주지 않으려 노력했다. 가지치기와 비료 주기, 나무를 옮겨 심는 것에 관해 가벼운 대화를 이어나갔다. 마르티나와 치아라는 그를 보살피며 와인을 따라주고 빵을 권했다. 그들은 그의 표정을 살피며 예기치 못한 그의 연약함에 마음이 움직이고 끌리는 듯했다.

마르티나와 나는 열한 시쯤 그를 위층의 그의 방으로 데려가서 여분의 이불과 뜨거운 물통을 가져다주었다. 우리가 문 앞에 있을 때 그가 말했다.

"너희 둘 다 얼마나 친절한지."

갑자기 그의 눈에 눈물이 차올랐다. 하지만 곧바로 그는 자신의 나약함에 화가 나서 말했다.

"너희는 만신창이를 집안에 들인 거야."

그리고 미소를 지었다. 기묘하고 복잡하며 어쩔 수 없는 상황에 격분한 미소였다.

다음 날 아침 일곱 시에 일어났더니 눈이 내리기 시작한 것을 볼 수 있었다. 눈송이가 들녘의 묵직한 침묵 속으로 가볍게 내려왔다. 그해 처음 내리는 눈이었다. 보통과 달리 꽤 늦은 첫눈이었다. 나는 가축을 외양간에 넣고 스토브에 불을 땔 일과 나머지 세상과 우리 사이의 거리가 더 멀어질 것에 대해 생각했다.

몇 시간도 채 지나지 않아 듀 카세를 둘러싼 주위 풍경이 전부 하얗게 변했다. 굴곡은 더 부드럽고 완만해졌다. 쌍둥이와 개는 유리창에 코를 대고 창밖을 바라보며 흥분으로 꼼짝 않고 있었다. 우리는 모두 밖으로 나갔다. 공기는 너무도 맑고 조용하고 쾌적해서 우리는 소리를 지르며 서로를 쫓아 다니기 시작했다. 엎치락뒤치락하며 땅 위에서 데굴데굴 구르기도 했다.

아마 우리의 고함 소리에 깬 귀도가 밖으로 나왔을 때 치아라가 그에게 눈덩이를 던졌다. 그는 특별히 재미있어하는 것처럼 보이지는 않았지만 그래도 놀이에 동참했다. 그는 계속 날아오는 두어 번의 공격을 피하고 맨손으로 눈을 뭉치며 응전 태세를 갖추었다. 우리는 있는 힘을 다해 이 아수라장 속에 뛰어들었다. 이것은 귀도의 우울함을 쫓아내려 하는 우리 나름의 방식이었다. 그를 둘러싼 우울과 좌절의 그림자를 흔들어 떨쳐버리고 보다 행복하고 현실적인 감정으로 대체해주기 위해서 말이다. 우리는 모두 땀에 흠뻑 젖고 완전히 진이 빠져 녹초가 될 때까지 계속했다. 우리는 눈이 나무와 집들과 밭과 주위 언덕의 떡갈나무

숲을 두텁게 덮는 것을 지켜보았다.

집 안으로 들어왔을 때 귀도는 덜 괴로워 보였다. 운동이 그의 몸을 덥혀주고 뺨에 혈색이 돌게 했으며 숨이 차게 만들었다. 우리는 난로에 새로 장작을 더 집어넣고 냄비를 올렸다. 베르너가 전기 장치를 손보고 여자들이 쌍둥이를 위한 아침을 장만하는 동안 우리 둘은 함께 거실에 앉아 있었다.

그는 나에게 밀라노에서 로리와 함께했던 시간들에 대해 말해주었다. 끝도 없이 반복되는 말다툼과 협박, 짧은 화해, 종잡을 수 없이 변덕스런 감정의 변화와 갑작스런 동요, 침을 뱉고 눈물을 흘리고 한바탕 지쳐 잠드는 낮 시간의 수면, 가리지 않고 삼켜버리는 알약과 호텔의 점잖은 손님과 종업원 앞에서의 볼썽사나운 장면들. 그는 이야기를 하면서 난롯불을 응시했다. 그의 목소리에 담긴 에너지는 그에게 속한 것이라기보다는 그의 이야기에 속해 있는 것처럼 보였고 그가 만들어낸 이야기와 마찬가지로 그를 저버릴 수밖에 없는 운명인 것 같았다.

그의 눈 속에 황량함이 다시 차올랐다.

"난 이 모호한 충동을 계속 쫓아 다녔어. 그것이 더 나은 곳으로 나를 이끌어줄 것 같았거든."

"그랬겠지. 어쩌면 너는 이미 네가 찾아 헤매던 것을 찾았는지도 몰라. 그저 그걸 깨달을 시간이 필요한 것뿐일지도 모르지."

나는 이런 말을 하는 내 목소리와 음색이 마음에 들지 않았다. 내가 무슨 수도사라도 된 것처럼 들리는 것이 거슬렸다. 하지만 그는 어차피 내 말을 듣고 있지 않았다.

"어떤 단어를 떠올릴 때랑 비슷해. 그 단어가 하나의 소리에 지나지 않게 될 때까지 계속 그걸 생각하고, 생각하고, 또 생각하는 거지. 다만

나는 내 인생 전부를 대상으로 그렇게 해온 거야."

나는 길고 복잡한 설교를 늘어놓으려던 참이었지만 그만두기로 결심했다. 나는 팔걸이의자 뒤에 숨어서 숨바꼭질 놀이를 하는 꼬마 치아라와 꼬마 귀도에게 아빠들이 흔히 하는 장난스럽게 나무라는 소리를 질렀다.

일주일 후 귀도와 나는 개를 데리고 눈 덮인 언덕의 산등성이를 따라 산책을 갔다. 새하얀 순백색에 햇빛이 반사되고 더 밝아져서 눈이 부셨다. 우리는 천천히 걸어 사람이 거주하거나 활동하는 흔적이 거의 보이지 않는, 듀 카세가 점처럼 작게 보이는 지점까지 도달했다. 우리는 심호흡을 했고 개는 눈 속에서 수영이라도 하듯 주위를 뱅글뱅글 돌았다.

나는 귀도에게 그의 책이 얼마나 마음에 들었는지 말해주었다. 마르티나와 치아라와 베르너에게도 읽게 해주었고 그들 모두 똑같이 감동을 받았다고 전했다. 내가 그 이야기를 꺼낸 것은 마치 그것이 우리 사이를 불편하게 만드는 것처럼 회피하는 대신 터놓고 의논하고 싶어서였다. 귀도는 고개를 저었다.

"내가 그런 걸 썼다니 진짜 창피하네. 쓸모없는 야망이나 좌절을 쏟아낸 건데 감동까지 받았어? 그냥 내 마음 편하자고 쓴 거야."

그의 말을 들으며 내 조심스러운 태도는 분노로 바뀌었다. 나는 그에게 이제 그 자기 파괴적인 허무주의를 당장 내다 버릴 때라고, 마치 다른 사람들이 모두 네가 너무 예민하거나 순진하다고 추궁할 거라고 여기듯 자기감정 표현을 두려워하는 마음도 떨쳐버려야 한다고 했다. 그는 내 목소리에 담긴 분노에 놀라서 나를 가만히 바라보았다.

"너 왜 그렇게 화가 났어?"

"너 때문에, 인마. 네가 그 따위로 사는 꼴을 못 봐주겠어서 그런다!"

나는 소리를 질렀다.

"재능이 있으면 좀 써먹어. 나한테 그런 능력이 있었으면 진작 뭐라도 해냈겠다. 어떻게 살지 모르겠다고 그렇게 멍하니 있진 않았을 거라고!"

말을 하면 할수록 나의 분노는 우리 사이에 놓인 모든 다른 감정과 함께 뒤섞였다. 13년 어치의 애정과 질투, 경탄과 호기심과 실망과 신뢰와 우정이 뒤범벅이 되어 이제 무엇이 무엇인지를 구별하기가 불가능했다. 그러는 동안 나는 마르티나와 치아라도 그렇게 너에게 매력을 느끼고 있지 않으며 무엇보다 그들은 너를 가엾어 한다고 고함을 질렀다.

만약 다른 때였다면 귀도는 내가 한 말을 받아칠 방법을 찾았을 것이다. 하지만 그는 단지 이렇게 말했다.

"그럼 내가 어떻게 하면 좋겠어?"

우리는 밝은 빛과 끝 간 데 없이 형태를 구별할 수 없는 풍경과 우리의 감정에 압도당하고 낭패감을 느꼈다. 나는 제일 먼저 누군가에게 그 책을 읽게 하고 출판을 해야 한다고 말했다. 그리고 계속해서 글을 써야 한다고 말했다.

"하지만 그건 미완성이야. 여전히 손볼 게 많아."

"그럼 작업을 해. 네가 만족할 때까지 계속 써."

"그럼 그동안 나는 어떻게 살아?"

나는 그의 목소리에서 치밀어 오르는 분노를 느낄 수 있었다. 그러자 엄청나게 안심되는 기분이 들었다.

"봄이 오면 우리랑 같이 밭에 나가서 일하든지. 매일 서너 시간 일하는 대가로 잠자리와 식사를 제공할게. 아니면 네 책이 나오고 나서 수

익의 일부로 갚을 수도 있고."

귀도는 웃음을 터뜨렸다. 그는 몸을 돌려 손바닥으로 내 어깨를 두드렸다. 나 역시 그렇게 했다. 이제 눈에 눈물이 고인 사람은 나였다.

11

귀도는 마르티나의 낡은 타자기를 빌릴 수 있는지 묻고 원고를 달라고 했다. 그러더니 아침 식사가 끝나자마자 자기 방에 틀어박혀 한 시까지 나오지 않았다. 다음 날도 그랬고 그 다음 날도 마찬가지였다. 그는 밖에서 들으면 마치 화난 것처럼 들리는 리듬으로 몇 시간이고 타자기의 자판을 두드렸다. 마침내 방에서 나오면 그는 자신에게 몰두해 있는 듯 보이면서 생기 있고 다른 종류의 긴장감으로 가득한 듯 보였다. 우리는 가능한 한 그에게 좋은 환경을 만들어 주기 위해 애썼다. 쌍둥이를 그의 방에서 멀리 하고, 복도에서는 목소리를 낮추었다. 또한 그의 식사는 우리 시간에 맞추지 않아도 되도록 따로 준비해서 남겨두곤 했다.

그의 회복과정은 그리 단순하지 않았다. 그는 한 문장을 쓰다가 중간에 불안하게 흔들리기도 했다. 창밖을 멍하니 바라보거나 아무 말도 없이 집을 나가는 모습도 볼 수 있었다. 처음에 우리는 그가 자기 파괴적인 충동에 사로잡힐까 두려움에 먼발치에서 그를 따라가곤 했다. 하지만 그는 단지 지칠 때까지 눈 덮인 오솔길을 오르락내리락했다. 조금씩 그의 눈 속에 표정이 되살아났다. 이야기를 할 때 내가 너무 잘 기억하는 분개와 놀람과 아이러니한 어조가 살아나기 시작했다.

마르티나와 치아라와 베르너와 나는 실내 겨울 작업을 마무리했다. 가구와 벌통을 받칠 버팀목을 잘랐다. 전기 장치의 전선을 교체하고 다가올 봄을 위해 계획을 더 발전시켰다. 귀도도 도와주겠다고 나섰다. 그는 실질적인 일에 그다지 소질이 없었지만 우리가 하는 모든 일의 기술적인 측면에 매료되었고 가능한 한 빨리 많은 것을 배우려고 애썼다. 그는 베르너와 어울려 벌집 안의 생태나 수압 펌프의 내부 작동 원리에 대해 끝없는 이야기를 나누기도 했다. 그는 이 모든 것이 각각의 특정한 관계와 조건과 가치로 구성된 미지의 우주를 엿보는 것 같다고 말했다. 이런 우주가 얼마나 더 많이 존재하는지에 대해 생각하는 것으로도 그는 두려웠다.

그는 자주 쌍둥이를 돌봐주었다. 몇 시간씩 그들과 이야기를 나누고 놀며 시간을 보냈다. 그는 아이들이 놀라운 식견과 창의성을 가지고 있다고 생각했고 어른이 아이를 미성숙한 존재로 보기 위해서 이런 특징을 무시하는 경향이 있다고 주장했다.

"어른의 잣대가 얼마나 오만하고 불합리한지 알아? 그런 시선으로 아이를 판단하지 마. 애들이 얼마나 흥미로운 존재인데. 사회성 어쩌고 하면서 아이의 복잡 미묘함을 단순화하지 말자는 거야."

우리 중 누군가가 아이들이 이상한 표현을 해서 고쳐주는 것을 볼 때마다 그는 말했다.

"애들 좀 내버려둬. 서커스 조련사 같이 굴지 말고."

우리는 물론 가장 관습적인 가족은 아니었지만 그렇다고 현대적인 가치관을 가지고 있지도 않았다. 귀도는 그 어떤 체면치레도 거부했고 항상 그가 찾아낼 수 있는 가장 복잡 미묘한 각도에서 모든 것에 접근했다.

그리고 그는 또한 치아라를 좋아했다. 나는 그가 예의와 형식을 갖추려는 경향을 얼마나 자주 놀려먹는지, 그녀와 농담을 할 때 얼마나 어린애처럼 고집을 부리는지를 눈치 챘다. 나는 그가 로리와의 재앙 같은 관계 이후에 다시 사랑에 빠지고 싶어 하지 않을 거라고 생각했다. 아마도 내 생각이 맞았을 테지만 듀 카세 안에서 일어나는 애정의 화학작용은 불가피한 조합에 기반하고 있었다. 오래지 않아 그와 치아라는 서로 상대의 감정을 가지고 노는 위험한 게임에 빠져 거기에 휩쓸려 떠내려갔다.

나는 그들이 점점 더 자주 부엌이나 귀도의 침실 문 앞, 집 밖에서 함께 있는 것을 목격했다. 대부분 그들은 그저 이야기를 나누고 있었다. 항상 깊은 대화에 푹 빠져 있는 것처럼 보였다.

나는 치아라의 행동이 약간 달라졌다는 것도 눈치 챘다. 지난 3년 동안 그녀는 시골에 사는 젊은 여성으로서의 그녀의 역할에 익숙해져 생존을 위한 기본적인 활동에 몰두하고 있었다. 이제 그녀의 본성 중 더 밝고 경박한 면이 다시 한 번 드러나기 시작했다. 이전에 한 번도 그녀가 떠올리지도 못했던 문제에 대해 이야기하면서 목소리에 경쾌함이 더해졌다.

자매 사이에 종종 그렇듯이 이 거의 알아채기 힘든 변화는 마르티나에게도 영향을 주기 시작했다. 그녀는 귀도와의 복잡한 토론에 끌렸고 더 자주 웃었으며 다시 한 번 고개를 한쪽으로 갸우뚱하기 시작했다. 익숙함으로 우리 관계가 밋밋해지기 전, 우리가 처음 만났을 때 그랬던 것처럼 말이다. 그녀는 귀도에게 끌리는 치아라의 공범이었다. 그 둘 사이의 미묘한 경쟁심이 나를 불안에 떨게 만들었다. 그 어떤 것도 당연하게 여길 수 없으며 변하지 않을 수 없다는 것을 일깨워 주었다.

베르너는 뒤늦게까지 이러한 변화를 알아차리지 못했다. 그러다 마침내 알아차리고 나서는 이전까지 한 번도 그러지 않았던 방식으로 소유혹을 나타내기 시작했다. 그는 방에서 방으로 아래층에서 위층으로 밖에서 안으로 치아라를 따라다니며 계속해서 그녀의 확인을 구했다. 치아라는 곧 그의 행동에 숨이 막혀 했다. 그녀는 그를 피할 평계를 만들어 내기 시작했다. 그가 카 페르사나 구비오로 갈 때 집에 남았다. 식사 시간에도 가능한 한 그에게서 가장 멀리 떨어져 앉으려 했다. 그녀는 그를 반박할 기회를 찾아냈고 그의 단순함과 모든 문제를 기술적인 측면으로 접근하려는 태도에 짜증냈다. 귀도의 이야기를 들을 때는 얼굴을 밝게 빛내다가 베르너가 입을 여는 즉시 무표정해지는 얼굴을 보는 것은 괴로운 일이었다. 베르너는 너무도 빤히 예측 가능한 이야기를 해서 그녀가 대신 해도 상관없을 정도였다. 나는 그녀가 여전히 그를 사랑하지만 진정한 본성에 휩쓸리고 있다고 생각했다. 귀도가 한 것이라고는 오랫동안 보호해온 시골에서의 생활 속에서 잠자던 그녀를 일깨운 것뿐이었다.

베르너는 이것을 받아들일 수가 없었다. 그는 이제까지 그들을 유지시켜 온 규칙을 강화하고 더 많은 에너지를 쏟으면 될 것이라고 생각했다. 그는 단순한 성격의 소유자였고 그가 만나본 지중해 지역의 여자라고는 치아라뿐이었다. 자기가 무엇을 하고 있는지 깨닫지도 못한 채 그는 치아라를 오히려 귀도의 품 안으로 떠밀어 넣는 꼴이 되고 말았다. 그녀는 그가 글을 쓰는 동안 차나 와인을 가져다준다는 평계로 그의 방에 갔다. 그녀는 결코 오래 머무르지 않았고 항상 방문을 열어 두었다. 하지만 다시 방 밖을 나올 때면 마치 따뜻한 구름 위를 떠다니듯 복도 위를 스쳐 지났고 그녀를 보려고 하는 그 누구의 시선도 지나쳐 버렸다.

난롯가에서 보내는 저녁 시간에는 긴장된 말과 시선이 그물처럼 얽히고설키기 시작했다. 매번 누군가 다른 누구에게 가까이 다가가거나 멀어지는 것조차 극적이 되었고 모두의 주목을 받았다. 베르너와 귀도 또한 누가 먼저 항복할 것인가 하는 시합에 빠져 있는 것처럼 보였다. 의자에 앉은 채로 잠에 빠질 때까지 계속 책을 읽고 이야기를 하며 상대가 먼저 잠자리에 들기를 기다리는 것이었다. 치아라는 둘 사이에 앉아 거북한 듯이 이전에 한 번도 보지 못한 창이라도 발견하길 바라는 것처럼 방을 둘러보았다.

마르티나와 나는 둘 다 이 문제의 시비를 객관적으로 판단하기엔 두 사람을 너무 잘 알고 있었다. 우리는 책임감과 죄책감과 불가피한 감정 사이에서 동요했다. 우리는 밤늦게나 아침 일찍 침대에서 의논했다. 우리 가정의 균형과 평화가 과연 언제 깨질 것인지 그 다음에는 어떤 일이 일어날지 궁금했다. 우리는 그들 셋 모두의 성격을 논하고 그들 각자를 위해 무엇이 최선일지를 객관적으로 결정해 보려고 애썼다. 귀도와 치아라가 서로에게 불가피하게 끌리는 것과 똑같이 그들 쪽으로 마음이 기우는 경향을 어쩔 수 없었다.

때때로 베르너가 집 안에서 체계적으로 집중해서 바쁘게 일하고 있는 것을 볼 때면 나는 귀도의 예측 불가능한 불안정함에 비해 그가 얼마나 한 여자에게 안정감을 줄 수 있을 것인지를 생각하곤 했다. 그러다가 복도 끝에서 치아라가 귀도에게 이야기를 하는 것을 보면 그가 십대에 읽었던 모든 책에서 배운 18세기적인 용맹함과 야생적인 긴장감을 볼 수 있었다.

추위는 3월 중순까지 계속되었다. 그러다가 하루하루 지나 봄이 왔다. 갑자기 동시에 해결해야 할 실질적인 문제가 여러 가지 생겼다. 새로 경작하고 비료를 주고 파종해야 할 땅이 있었다. 제초하고 나뭇가지를 치고 접목을 해주어야 했다. 환절기라 가축에 더욱 신경을 쓰고 보살펴주고 원기를 북돋아 주어야 했다. 다시 한 번 우리는 매일 아침 새벽같이 일어나 밭으로 떠났고 정오가 돼서야 배가 고프고 피로에 지쳐 돌아오는 생활을 다시 시작했다.

귀도는 자기 방에서 계속 글을 써나갔다. 때때로 쌍둥이를 돌보거나 채소밭에서 잔일을 하거나 식사를 하러 내려오느라 글쓰기를 멈추곤 했다. 그는 항상 더 힘든 일을 도와주겠다고 나섰지만 우리는 그가 글을 쓰는 것을 방해하고 싶지 않았고 그가 없어도 괜찮다고 설득했다.

우리는 그의 작업에 대해 이야기하는 것을 늘 피했지만 때로는 어떻게 되어 가는지 물었다.

"나쁘진 않아."

우리 중 치아라만 나머지 사람들보다 좀 더 잘 알았다. 귀도가 가끔씩 그녀에게 몇 장씩 읽어보라고 주고는 자문을 구했기 때문이다. 그녀는 마치 귀도의 책이 일부는 자기 것이라도 되는 것처럼 소속감을 가지고 마르티나에게 책에 관한 이야기를 했다. 마르티나가 나에게 다시 그 이야기를 전해줄 때 그녀에게서도 그런 감정의 흔적을 느낄 수 있었다. 때로 나는 귀도와 치아라 사이의 끌림이 그저 정신적인 수준의 것이고 상흔을 남기거나 실연의 아픔 없이 계속 유지될지도 모른다는 가능성에 대해서 생각해보곤 했다.

하지만 봄이 깊어지면서 얼음이 녹듯 자유롭게 풀린 감정은 통제 불능이 되었다. 베르너는 계속 치아라를 감시하기에는 밭일이 너무 바빴다. 어차피 그가 더 바짝 경계했어도 그녀는 빠져나왔을 것이다. 일하는 동안 나는 멀리서 베르너가 뭔가를 들으려는 듯 집 쪽을 향해 고개를 돌리고 선 모습을 볼 수 있었다. 우리가 저녁에 집으로 돌아가면 문이 닫히고 급히 복도를 지나는 발소리가 들렸다. 마르티나는 거북하고 불편해 그 상황을 외면했다. 우리는 조용히 식사를 하거나 별로 중요하지 않은 문제로 열띤 토론을 벌였다. 저녁 식사 후 분위기는 더 악화되었다. 귀도는 작업을 하러 자기 방으로 갔다. 치아라는 아홉 시에 자러 들어갔다. 낮 동안 쌍둥이는 우리를 주의 깊게 살피며 이 안에 기묘한 긴장감이 거품처럼 표면에 떠오르는 것을 느꼈다.

어느 날 아침 나는 일찍 아침을 먹으러 아래층으로 내려왔다가 식탁 위에 놓인 베르너의 쪽지를 발견했다.
"모두들 잘 있어요. 나는 노력했지만 다 소용없었어."
나는 위층으로 뛰어올라가서 그의 방문을 두들겼다. 치아라가 아직 반쯤 잠에서 덜 깬 채로 문을 열었다. 내가 무슨 말을 하는지 이해하기까지는 잠시 시간이 걸렸다. 그리고 그녀는 당황해서 방을 둘러보았다. 그녀가 떠준 스웨터와 마르티나와 내가 선물했던 신발 한 켤레를 제외하고 베르너의 얼마 안 되는 옷가지가 사라지고 없었다. 그는 낡은 배낭과 쌍둥이를 위해 가끔 불어주었던 리코더도 가져갔다. 그는 밤사이에 고양이처럼 살그머니 빠져나간 것이 분명했다. 치아라도 아무 소리를 듣지 못했다.
우리 가정의 이 침묵 속의 파열은 내가 한동안 각오했던 폭력적인 장면보다 더 큰 충격을 주었다. 나는 깊은 상실감을 느꼈다. 나는 베르너가 듀 카세를 위해 한 모든 일에 대해서 생각했다. 언제나 자신이 하는 모든 일에 보여주던 그의 열성, 말이 별로 필요 없는 우리의 우정을 떠올렸다. 이 모든 것에도 불구하고 만약 내가 그와 귀도 둘 중 하나를 선택해야 한다면 어떤 망설임도 없이 귀도를 선택했을 거라는 점에 대해서도 생각했다. 치아라도 그랬겠지만 그녀도 반이 비어 있는 옷장 앞에 서서 흐느꼈다.

귀도 역시 기분이 몹시 좋지 않았다. 그는 나와 함께 카 페르사와 카칠리오네, 구비오까지 동행하겠다고 고집을 부렸다. 그리고 마지막으로 페루지아 역으로 가보자고 했다. 우리는 거의 아무 말도 하지 않고 사방을 뒤지며 수 킬로미터를 운전해갔다. 베르너와 비슷하게라도 보이는 사람을 보면 즉시 차를 세웠다.

우리가 집으로 돌아갔을 때는 마치 강아지 템과 염소들과 오리와 거위조차 왠지 듀 카세를 지탱해온 균형과 조화가 깨졌다는 사실을 알아차린 것처럼 보였다.

"내가 너희 생활을 망쳐버렸나 봐."

귀도가 말했다. 마르티나는 그의 잘못이 아니라고 말했다. 치아라는 오가다 처음 만난 남자에게 빠지는 어리석은 여자가 아니라고 위로했다.

귀도는 그녀가 자기 상황에 놓이고 자기가 그녀였다면 아마 자신도 똑같은 말을 했을 거라는 걸 알았다. 그는 주머니에 손을 넣고 풀밭으로 걸어 나갔다. 치아라는 부엌 창문을 통해 몇 분 동안 그를 바라보다가 밖으로 나가 그에게 다가갔다. 그는 몸을 돌렸고 그들은 서로를 꼭 끌어안았다.

12

우리의 생활은 불확실해졌다. 너무도 오랫동안 우리를 지배해온 관계와 역할과 리듬이 흐트러져 버렸다. 수일 동안 실질적인 문제에 대한 공황감과 미래에 대한 걱정과 이전처럼 모든 것을 유지해갈 우리의 능력에 대한 회의에 사로잡혀 괴로운 시간을 보냈다. 우리는 기묘한 시간에 식사를 했고 휴식을 취해야 할 때 산책을 나갔다. 끝없이 많은 주제를 가지고 지치지도 않고 떠들어댔다. 우리는 모든 것을 처음부터 다시 생각하고 실행하고자 하는 일들에 대해서 새로운 동기를 찾아야 한다는 감정으로 방황하고 있었다.

처음에 귀도는 이런 상황을 만든 큰 책임이 있다는 것을 알면서도 옆에서 상황을 관찰하며 행동을 삼갔다. 그는 계속 책을 썼고 우리가 어떤 문제에 대해 논쟁을 할 때마다,

"아마 이렇게 하는 게 좋지 않을까?"

"나라면 이렇게 할 거야."

라는 식으로 그 어느 때보다 불확실하고 거리를 둔 어조로 말했다. 마치 자신은 이미 다른 장소, 다른 상황에 있다는 듯했다. 치아라는 이런 상상 속에 자신이 포함되어 있는지를 확신할 수 없었다. 그녀는 마치 할 수 있을 때 즐기겠다는 듯이 그에게 붙어 있으려고 했다. 마르티나와 나는 둘 다 장기적인 관점에서 귀도가 우리와 함께할 거라고 장담할 수 없다는 것을 알고 있었다. 의식적으로 우리 가족은 두 명의 성인과 두 명의 자녀로 이루어져 있으며 가축과 곡식이 있다고 생각하려고 노력했다.

하지만 조금씩 귀도는 자신의 책 쓰는 작업을 멈추고 의논하는 데 끼어드는 등 우리 일에 좀 더 관심을 기울이기 시작했다. 우리는 언덕이나 시골길을 함께 거닐었다. 그가 말하는 방식으로 나는 그가 스스로를 우리 가족의 일원으로 여기고 있으며 자신도 우리 미래에 대한 계획의 일부라고 생각하고 있음을 깨달았다. 그는 나에게 자급자족이 얼마나

중요한지를 깨달았지만 단지 생존한다는 생각만으로 계속할 수는 없다고 했다.

"우리는 우리가 사랑하는 일을 해야 해. 하면 즐겁고 바깥 세계에도 영향을 줄 수 있는 일로 말이야. 언제까지고 도망자처럼 여기에 숨어 살 수만은 없어. 사람들이 연민 말고 분노할 생활 방식을 만들어야 해. 너희 네 식구로는 부족하고 더 충실하고 복잡한 게 필요해. 여기를 다른 사람들이 올 수 있는 곳으로 바꾸는 거야. 서로 가깝게 지내면서 농사 말고도 에너지를 쏟을 만한 다양한 활동을 하고 싶어 하는 사람을 위한 곳으로 말이지."

그는 11년 전의 모습을 상기시키는 목소리로 이야기를 했다. 그는 그때 우리가 사는 세상에 대해서 이야기했다. 이 세상이 어떻고 또 앞으로 어떻게 될 것인지에 대해서도 말했다. 그는 여전히 언어를 그 한계까지 밀어붙이는 방식을 고수했고 생생한 이미지를 그려내어 설득하는 능력도 여전했다. 그의 이야기를 들으며 마르티나와 치아라와 나는 멀리서 우리의 두 집을 응시하며 이미 복잡하고 놀라운 관계들로 생동감이 넘치는 모습을 그려볼 수 있을 것 같았다.

"세상이 강요하는 의무적인 결정에서 탈출해서 그저 자신의 인생을 살고 싶어 하는 사람이 분명히 있을 거야. 하지만 어떻게 해야 할지는 몰라. 아마도 일부는 너무 좌절해서 비밀 종교단체 같은 데에 가입하고 다른 이는 부자가 되려고 애쓰다가 자살하고 또 다른 이는 그냥 포기하겠지. 세상에서 자기만 돈과 산업과 자동차와 권력을 증오한다고 생각하거나 자기가 뭔가 잘못된 게 분명하다고 의심하는 사람을 떠올리면 얼마나 훌륭하고 예민한지 안타까워서 미칠 것 같아. 그들은 세상에 적응하려고 노력하지만 세상은 그들을 짓뭉개 버려. 그들을 찾을 방법을 강구해야 해. 전 세계 신문에 광고를 내든 어떻게든 소문을 내서 연락망을 구축하는 거야. 두 번째 집도 수리해야 해. 그리고 똑같은 재료로 더 많은 집을 짓는 거야. 그리고 공동체를 위한 공간도 만들어야지. 공공 극장과 작업실, 또 아마도 인쇄소와 녹음실도 필요할지 몰라. 우리가 직접 책이나 앨범, 그림을 만들어낼 수 있어. 우리가 원하는 것은 무엇이든 제작해서 전 세계에 배포하는 거야. 그럼 모든 사람이 우리가 만든 공동체 같은 곳을 만들려고 덤벼들겠지. 우리는 돈을 완전히 없애버리고 물물교환을 할 수 있어. 생산자를 존중하고 금융기관이나 관료, 행정 직원과 연을 끊는 거야."

"하지만 우리를 가만히 내버려두지는 않을 거야. 취업 허가증, 세금 감사, 자격증과 나머지 일은 어떻게 될지 상상할 수 있겠어?"

치아라는 우리 세 명 중 가장 현실적이었다. 벌써 울퉁불퉁한 길을 달려 올라오는 경찰차가 보인다는 듯이 걱정스러운 표정을 지었다.

"그럼 저항해야지. 계곡 주변에 함정과 울타리를 설치하고 유엔에 특사를 보내서 이탈리아 정부로부터의 분리를 요청할 거야. 그리고 우리처럼 하려는 다른 모든 공동체를 지원하고, 세상에 흩어진 무정부주의 동맹을 규합해서 모든 국가와 위정자와 군대와 은행을 거부하는 거야. 후계 세력이 없다면 그대로 끝나겠지만 기존의 무서운 질서를 파괴한 하나의 사례를 만들 수는 있을 거야."

우리는 꼼짝도 하지 않고 우리의 계곡을 바로 보았다. 귀도의 말은 선명한 이미지로 나와 마르티나와 치아라를 감동시켰다. 너무 강렬한 나머지 우리는 더 이상 말을 꺼낼 수가 없었다.

마르티나는 트랙터 운전에 숙달되어 나보다 더 노련하게 밭을 누비고 다녔다. 치아라는 채소밭과 과수원 일에 전념했다. 나는 낫질을 하고 가지를 치고 씨를 뿌렸다. 그리고 첫 번째 집을 꾸밀 때와 똑같은 공을 들여 두 번째 집을 위해 달구지에 벽돌과 돌을 실어 날랐다. 쌍둥이는 모두가 번갈아 가며 돌보았다. 템은 양몰이 개처럼 쌍둥이 주위를 돌면서 자기가 설정해 놓은 구역을 벗어나면 즉시 멍멍 짖어댔다.

귀도는 반나절 내내 두 번째 집을 꾸미는 나를 돕고 나머지 반나절은 글쓰기 작업을 했다. 그는 목수 일과 벽돌공 기술을 배우는 데 애를 먹었다. 그러다가 자기 방에 틀어박혀서 오후 내내 타자기 자판을 두들겨댔다. 저녁마다 일을 끝내면 한 꾸러미의 꾸깃꾸깃한 종이 뭉치를 휴지통에 쏟아 부었다. 그러고 나서도 나와 마르티나와 치아라와 대화를 할 충분한 힘이 남아 있었다. 쌍둥이들과 놀아주거나 옛날이야기를 들려주곤 했다.

그와 치아라는 행복해 보였다. 언제나 서로 많은 대화를 했고 시간이 날 때마다 서로를 찾았다. 베르너가 있던 시절에 몰래 그랬던 것처럼 치아라는 그가 작업 중일 때 찾아가서 조언을 해주곤 했다. 늦게까지 책에 대해 토론하는 그들의 목소리를 자주 들을 수 있었다. 등장인물이나 문장의 구성, 형용사 하나하나까지 가능한 모든 변수에 대해 이야기하는 것 같았다. 귀도가 기운이 빠지면 치아라는 슬럼프에서 그를 구출해주려 애를 썼다. 이제까지 그 누구도 그러지 못했을 아주 직접적인 방법으로 그에게 이야기했고 그러면 그는 귀를 기울였다. 그는 그녀의 관점을 신뢰했다. 그들이 함께 있는 모습은 보기 좋았고 나는 최소한 일부는 내가 그들의 만남에 기여한 바가 있다는 것이 기뻤다.

7월의 어느 아침, 마르티나와 내가 아침을 먹는 동안 귀도가 주방으로 내려왔다. 그는 식탁 위에 그의 책을 올려놓았다.

"보기보단 그렇게 길지 않아. 그냥 종이가 좀 두꺼운 것뿐이야."

그는 이미 더 이상 글이 자기와는 별 상관이 없다는 듯이 덤덤하게 말했다.

당연히 우리가 그의 책을 읽게 만드는 데는 아무 설득이 필요 없었다. 마르티나와 나는 누가 먼저 읽을 것인지 동전을 던져 결정을 했다. 그녀가 이겼지만 그래도 내가 먼저 읽도록 양보해 주었다. 나는 저녁을 먹고 난 뒤 곧바로 읽기 시작해 더운 여름밤을 꼬박 지새웠다. 마르티나는 일부러 불을 끄자고 하지 않았다. 그저 머리끝까지 시트를 끌어올리기만 했다.

그 이야기는 초고보다 열 배는 더 훌륭했다. 구조적인 결함이나 줄거리의 빈틈, 흥미를 끊는 흐름이 더 이상 없었다. 넘칠 정도로 많은 형용사와 동사는 하나하나 다듬었고 불필요한 시간의 연결이나 묘사는 없애버렸다. 재구성 과정에서 그의 분노가 줄기는커녕 증가했다. 밀라노와 밀라노 같은 도시들, 그 도시를 지금과 같은 상태로 만든 메커니즘과 사람들에 대한 날카로운 비판의식이 담겨 있었다. 그것은 유년기와 청소년 시절 내내 그를 괴롭혀 왔던 모든 것과 모든 부정적인 느낌을 향한 귀도의 단호하고 신중한 복수였다.

다음 날 아침 나는 침대 곁에 흩어진 종이 뭉치를 가지런히 정리해서 마르티나에게 넘겨주었다. 귀도에게 말을 꺼내기 전 다시 한 번 생각해 보고 싶었지만 치아라와 함께 그가 부엌으로 내려오자마자 책이 아주 마음에 꼭 든다고 말했다. 그런 이야기를 하는 동안 적어도 겉으로 보기엔 그의 모습이 자기가 글을 쓰는 몇 달 동안 강력하게 사로잡혔던 힘에서 한걸음 벗어나 있다는 것을 알 수 있었다. 그것은 하나의 진정한 작품이었다. 그것을 쓴 귀도의 개인적인 분노와 나에게 읽으라고 했던 개인적인 호기심을 넘어 존재하는 하나의 작품임을 깨달았다.

그것은 확실히 유려하거나 낙관적인 글은 아니었다. 하지만 그 잔혹함은 이야기에 필요한 것이었다. 독자가 당연하거나 불가피하다고 받아들이는 모든 것에 정면으로 맞서 분노를 불러일으키고 충격을 주기 위해서였다. 또한 보통은 부연설명을 덧붙이지 않고서는 설명하기 어려운 산업화된 도시의 맹목적인 공포가 각 장마다 명료하게 느껴졌다. 귀도는 그 오류를 지금 그대로, 그러니까 그곳에 사는 사람들은 거의 자각할 수 없는 방식으로 이리저리 얽히고설킨 일상생활의 한 부분으로서 형상화했다. 그의 소설은 독자가 쉽게 떨쳐버릴 수 없는 강렬한 감각을 일깨웠고 진한 여운을 남겼다.

내가 이야기를 하는 동안 귀도는 자신의 무관심을 증명하기 위해 우유를 따르고 선반 위의 꿀단지에서 꿀을 꺼냈다. 하지만 나는 그가 움직이는 모습과 나를 쳐다보지도 않고 가볍게 던지는 질문들을 통해서 내 반응을 기다리며 초조함을 숨기고 있음을 알 수 있었다. 조금씩 그런 모습이 드러났다. 그는 소설의 특정한 부분에 대해, 부수적인 등장인물들과 사건에 대해 내가 어떻게 생각하는지 궁금해 했다. 나의 본능적인 느낌과 좀 더 신중한 의견을 물었다. 점차 그는 더 구체적인 질문을 던지기 시작했다. 가장 좋았던 점과 반대로 설득력이 없다거나 미심쩍어 보이는 것 또는 불필요한 부분에 대해 질문을 했다. 치아라는 가만히 듣고 있었다. 마르티나는 벌써 탁자 앞에 앉아 그 원고를 읽기 시작한 상태였다. 그러다가 쌍둥이가 보채면 건성으로 팔을 흔들어 어르곤 했다.

나는 내 관점을 극히 조심스럽게 전력을 다해 재구성했고 내 판단 하나하나를 할 수 있는 한 최대한 정확하게 정의하려 애썼다. 내가 좋아하거나 관심 가는 것 앞에서 일어났던 감흥을 이성적인 용어로 옮기려고 하니 자꾸 말이 막혔다. 그러나 귀도는 좀 더 명확하게 말하라고 자꾸 재촉했다.

"그건 무슨 뜻이야? 구체적으로 네가 말하려는 요지가 뭐야?"

우리는 결국 몇 시간 동안 계속 논의를 했다. 부엌에서 또 밖에 나가 내리쪼이는 햇빛 아래에서, 참나무 그늘 아래로 다시 집 안으로 자리를 옮겨가며 계속 이야기를 이어 나갔다. 이것은 결과적으로 귀도가 내 의견에 관심이 있는지, 신경 쓰지 않는 척하는 그의 모습 너머에 얼마나 많은 우려와 걱정을 품고 있는지를 확인시켜주었다.

마르티나는 저녁 때 원고를 다 읽었다. 자기가 보기에는 처음 원고보다 훨씬 더 효과적이며 기술적인 문제들이 모두 잘 마무리되었다고 했다. 그녀는 그 소설을 자유로운 창작품이라기보다 어떤 목적을 지닌 하나의 장치인 것처럼 이야기했다. 귀도 역시 이에 동의하는 듯했다. 귀도는 그것이 자기가 의도했던 바라고 말했다. 우리의 대화를 혼란스럽게 했던 긴장감이나 이중적인 의도가 없이 그는 마르티나와 간단명료하게 의견을 주고받았다.

마르티나는 우리가 출판사를 선정해야 한다고 말했다. 귀도는 결정을 내리지 못했다. 확실히 우리만 읽으라고 쓴 것은 아니지만 누군가에게 뭔가를 요구한다는 생각에 경직된다고 했다.

"놈들은 죽은 사람의 책만 출판해. 아니면 나이 많은 사람이나 외국인의 책만 낸단 말이지."

마르티나와 치아라와 나는 어쨌든 시도할 만한 가치가 있다고, 그들이 뭐라고 대답하는지 한번 들어보자고 고집을 부렸다. 결국 그도 동의했다. 마르티나가 페루지아의 서점에서 일하던 때부터 가지고 있던 수

첩에서 주요 출판사들의 주소를 옮겨 적었다. 나와 귀도는 구비오에 나가서 여덟 개의 사본을 만들어 여덟 개의 봉투에 넣었다. 봉투를 막 봉하려고 할 때 책에 아직 제목을 붙이지 않았다는 사실이 떠올랐다. 귀도에게는 몇몇 아이디어가 있었지만 그중 아무것도 마음에 쏙 들지 않았다. 우리는 복잡하고 후덥지근한 오래된 우체국에서 논의를 시작했다. 몇 가지 다른 제목을 떠올렸지만 모두 딱 어울리지 않았다. 반시간 정도 후에 내가 주인공의 이름을 제목으로 쓰자고 제안했다. 귀도는 나를 가만히 쳐다보았다. 우리는 각 사본의 앞장에 〈머신 독〉이라고 적고 간단한 소개 편지를 넣어 봉투를 봉한 다음 원고를 부쳤다.

여름이 끝나고 귀도는 회신을 기다리고 있었다. 우리 모두 회신을 기다렸다. 마르티나와 치아라와 나는 그보다 기다림을 감추기 어려웠다. 매번 우편 배달차가 자갈길을 달려오는 소리가 들릴 때면 우리 셋 중 하나가 혹시 귀도에게 온 우편물이 있지 않을까 기대하며 밖으로 뛰어나가곤 했다. 그러나 그동안 우리에게 도착한 것은 안부를 묻는 어머니의 편지와 서명과 몇 마디 쥐어짜낸 듯한 인사말과 함께 파리나 보르네오에서 보내온 퀴만디세트가 부모님의 엽서뿐이었다. 귀도는 우리가 실망감을 보이는 것에 짜증을 냈다.

"원고를 돌려보내기라도 하면 다행이지."

그들은 원고를 돌려보내지도 않았다. 마르티나는 출판사가 원고를 검토하는 데 얼마나 시간이 오래 걸리는지 모른다고 말했다. 그들이 원고를 읽게 되기까지만 해도 몇 달씩이나 걸리기 일쑤고 결정을 내리기까지 또 몇 달은 족히 필요하다고 설명했다. 귀도는 그런 이야기를 하고 싶어 하지 않았다. 그는 화제를 바꾸려고 했고 다른 곳을 보기도 했다. 하지만 그도 분명 그에 대한 생각을 하고 있었다. 자기 방에 틀어박혀 타자기를 두드리는 것을 멈춘 뒤부터 그의 관심을 끄는 일은 아무것도 없었다. 그는 내가 두 번째 집을 복구하는 것을 도왔지만 고통스러울 정도로 느린 진행 속도가 그를 폭발하게 만들었다. 하루 온종일 힘들게 일하고 난 뒤 그는 우리가 전날 작업한 양보다 겨우 몇 센티미터 올라간 벽을 바라보며 중얼거렸다.

"분명 다른 방법이 있을 거야."

나는 그에게 글쓰기도 이와 마찬가지로 더딘 작업이라는 사실을 환기시켜주고 싶었다. 하지만 곧바로 말하지 않는 편이 낫겠다는 생각이 들었다. 그는 지쳐서 전처럼 여위어 있었다.

때로 그는 내가 건네주는 벽돌 짐을 떨어뜨렸다. 그러면 그는 너무도 화가 나서 벽돌을 발로 걷어차기 시작했다.

그가 그렇게 밀라노를 증오하는 것에도 불구하고 그가 근본적으로 얼마나 도회적인 사람인가 하는 생각은 새삼 충격적이었다. 닭장에서 그가 모이를 뿌리면 탐욕스럽게 날개를 퍼덕이는 닭들에 성질을 내는 모습에서 알 수 있었다. 나는 시골에 대한 그의 열정이 대부분 추상적인 자연에 대한 애착이며, 그가 자연에서 산다는 생각이나 언젠가 우리가 건설하게 될 마을만큼이나 자급자족적인 가족의 일원이 된다는 생각을 마음에 들어 했다. 하지만 실제로 그는 결코 땅과 오래도록 안정적인 관계를 구축할 수 없다는 것을 깨달았다. 그는 단조로운 일상의 반복성을 받아들이기에는 너무 불안정했고 장기적인 계획을 세우는 것에 관심을 가지기에는 예측할 수 없는 경험에서 얻는 짜릿함에 목말라 했다.

때로 저녁에 우리는 불 앞에 앉아 이야기를 나누었다. 그는 대화에 참여하는 것처럼 보였다. 하지만 순간순간 그의 눈에는 초조한 빛이 떠올라 벌떡 일어나 선반으로 걸어가서 책을 뒤적거리곤 했다.

나는 종종 그가 언젠가는 과연 어느 곳에서든 현실 속에서 깊이 있고 영속적인 관계를 구축할 수 있을 것인지 궁금해졌다.

귀도와 내가 원고를 부치고 나서 몇 달이 지나갔다. 우리는 아무 회신도 받지 못했다. 치아라와 마르티나는 어디에서도 거절의 편지조차 보내주지 않는 것에 의아해했다. 그들은 전화를 걸어 해명을 요청하고 다른 출판사에도 한 번 더 시도해보라고 귀도를 설득했다. 귀도는 그런 일은 별 의미가 없다고 말했다. 글쓰기는 마음이 병든 자가 삶의 좌절감을 책 속에서 고양시키는 것으로 위안을 얻기 위한 활동일 뿐이라는 그의 말은 날카롭고 분명해서 1년 내내 본인이 혼신을 다해 책 쓰는 작업을 했다는 사실을 망각하고 쉽게 설득되게 만들었다. 나는 이 점을 그에게 상기시켜주려고 시도했지만 이런 내 말은 그를 더 짜증스럽게 만들 뿐이었다.

"그러니까 사실은 나도 그런 우쭐대는 환자 중 하나였던 거야."

12월의 처음 며칠이 지나서야 우편배달부는 밀라노에 있는 체리아치라는 출판사에서 보낸 편지를 배달해주었다. 치아라는 그의 손에서 편지를 낚아채서 귀도에게 주려고 뛰어갔다. 그가 떨리는 손으로 무심한 척 편지를 뜯는 동안 우리는 모두 그 주위에 빙 둘러서 있었다.

그것은 거절의 편지가 아니었다. 편지는 그 소설이 흥미로우며 몇 가지 뛰어난 점이 있다고 했다. 특히 주인공의 복잡한 성격과 직접적인 서술 방식이 좋다고 말했다. 또한 몇 가지 심각한 결점도 있다고 했다. 조연들의 묘사가 충분한 대조를 이루지 못했고 주인공의 분노에 대한 묘사는 있었지만 잘 설명되지 않았으며 밀라노의 개념화가 이런 종류의 이야기 구조에서는 지나치게 종말론적으로 보인다고 했다. 특별하게 사실적이지도 않지만 판타지로도 안 보인다고 했다. 이외에도 최소한 50페이지 정도는 잘라내도 아무 문제없을 만큼 너무 길다고 했다. 또 나아가서 시 공무원과 경찰에 대한 직접적인 비난은 너무 거칠고 별로 목적이 없어 보이며 대단원은 이야기의 결말을 맺지 못한 채 소설의 흐름을 중간에서 잘라버린 것 같다고 했다. 제목도 적절치 않다고 했다. 하지만 약간의 인내를 가지고 몇 가지를 수정하면 소설이 훨씬 좋아질 것임이 확실하고 출판사는 기꺼이 출판을 고려해보겠다는 것이었다.

편지를 다 읽고 나자 귀도는 화를 내며 공 모양으로 구겨버렸다.

"지들이 무슨 상아탑 위에서 망원경으로 아래를 내려다보는 줄 아네."

마르티나는 그런 통상적인 말과 사려 깊지 못한 어조에도 불구하고 그들이 책에 관심을 보였으며 만약 귀도가 그들의 조언을 받아들인다면 아마도 책을 출판해줄 것이라는 점을 지적했다. 하지만 귀도는 거기에 대해서 논의조차 하려 하지 않았다.

"이 사람이 어떤 얼굴을 했을지 상상할 수 있겠어? 비서에게 이런 내용을 받아 적게 하는 그 목소리를 상상할 수 있겠냐고?"

우리가 다시 편지를 읽어보려고 옥신각신하는 동안 그는 방으로 올라갔다. 20분쯤 후에 그가 한 쪽짜리 긴 회신을 가지고 돌아와서 보여주었다. 서면이지만 누군가를 칼로 찌르는 것 같다는 인상을 주었다. 그의 원고를 평가한 읽는 이에 대한 귀도의 공격은 너무도 사나워서 퀴만디세트 자매가 중재를 바라며 나를 바라볼 정도였다. 치아라가 경고 했다.

"그 편지 보내면 이탈리아 문학계에서 매장돼서 평생 책 한 권 못 낼 거야."

"이탈리아 문학계가 뭐? 내 알 바야? 글 못 쓴다고 안 죽어."

그는 봉투를 가지고 와서 겉면에 대문자로 출판사의 주소와 이름을 적었다. 치아라가 봉투를 낚아채려고 하자 그는 그녀를 떠밀어 버렸다. 이제 그 어느 때보다 더 화가 나 있었다. 그는 너무도 야위었고 홀로 세상과 맞서고 있었으며 그는 거기에 너무 익숙했다. 그는 자기가 아는 유일한 방법으로 자신을 지키기로 결심했다. 그는 나에게 그 편지를 부칠 수 있도록 카 페르사까지 태워달라고 했다. 그래서 나는 그렇게 했다.

돌아오는 길에 그는 그의 책을 그들에게 맡긴다는 것이 얼마나 화가 났는지 말했다.

"개자식들! 나는 그 개자식들을 증오해. 놈들이 출판하는 그 가식적이고 죽은 따분한 책도 싫어! 매년 사람들의 목구멍에 그런 걸 쑤셔 넣고 말이야. 그런데 그들에게 조언을 구걸한다니…… 승인을 간청하는 학생 꼴이잖아."

나는 그는 결코 아무것도 구걸하지 않았으며 자기 책을 출판하려고 시도하는 것은 전혀 부끄러워할 일이 아니라고 확인해 주었다. 그는 이 모든 사건을 잊어버리고 싶다고 말했다. 다 끝난 일이라고 말이다.

우리가 집에 돌아오자 그는 원고를 집어서 휴지통에 던져 넣고 바닥에까지 꾹꾹 눌렀다. 나중에 마르티나와 나는 몰래 그걸 꺼내서 편 후에 우리 방 서랍에 안전하게 보관해 두었다.

귀도는 다시 자기의 소설에 대한 이야기를 언급하지 않았고 우리도 하지 않았다. 적어도 그가 있을 때는 하지 않았다. 그러나 늘 충동적으로 바뀌는 그의 머릿속에서도 소설 생각이 여전히 남아 있다는 사실은 확실했다. 때때로 다른 생각에 젖어 있을 적에는 그래도 낙관주의자처럼 보였다. 우리가 세우려고 하는 마을이 어떤 형태를 갖추게 될 것인가 하는 생각이었다. 그는 마을에 어떤 이름을 붙일지, 건축 문제는 어떻게 할지 조직 구성은 어떻게 하면 좋을지 우리와 논의했다. 그는 이렇게 말했다.

"공동체가 되어야 해. 아니면 신비주의 집단이 될 수도 있겠지. 아마도 어쨌든 영적인 장소가 될 거라고 생각하지만 말이야."

그러나 시간이 지날수록 점점 더 그는 전반적으로 세상에 대해 슬픔에 찬 적대적인 태도를 보였고 그 특유의 어조로 부정적인 말을 했다. 마치 온 세상이 그의 적인 것처럼 들렸다. 그는 두 번째 집에서 나와 함께 하는 작업에도 점점 의욕을 잃어갔다. 눈이 내려서 일을 빨리 끝내야 할 때도 그는 월동 준비로 바쁜 우리에게 전혀 신경을 쓰지 않았다. 반나절 동안 자기 방에서 책을 읽으며 보내다가 혼자서 오랫동안 산책을 나가곤 했다. 몇 시간이고 계속 밖에 있다가 들어오면 우리에게 한마디도 하지 않았다. 치아라는 어떻게 그의 기분을 나아지게 해줄지 알지 못했다. 그녀가 지나치게 애를 쓸 때마다 그는 자기를 내버려두라고 말했다. 쌍둥이는 그가 흥미를 갖는 우리 삶의 유일한 측면이었다. 때로 그는 이야기를 만들어내서 거친 목소리로 들려주며 복잡한 요소를 자세하게 덧붙였다. 쌍둥이는 이야기를 들으며 마치 자기들만 있는 것처럼 최면에 걸린 듯이 아무 말도 하지 않고 가만히 귀를 기울였다.

13

귀도와 내가 원고를 부친 지 일곱 달이 족히 지났다. 귀도는 다른 출판사로부터 편지를 받았다. 답장이 왔을 때 귀도는 밖에서 눈 속을 걷고 있어서 내가 확인하는 것이 자연스럽게 느껴졌다. 편지의 어조는 첫 번째 편지와 비슷했다. 편지를 쓴 사람은 그것을 받을 사람의 행동을 높은 데서 내려다 볼 수 있다는 듯한 태도였다. 하지만 그가 제기한 문제들은 보다 단순했고 거의 상냥한 분위기였다. 그는 소설의 구조적인 결함이 실제로 고증 면에서 소설을 더 중요하게 만들어 주고 있다고 제시했다. 그는 또한 수정에 대한 제안 목록을 보냈는데 그중에는 제목도 포함되어 있었다. "지극히 부적절하고 아무것도 떠오르게 하지 않는다."라고 했다. 두 번째 읽고 나서야 나는 이 편지가 실제로 수락의 의미라는 것을 깨달았다.

나는 마르티나와 치아라에게 편지를 보여주었다. 그들도 나에게 동의했다. 수정 요구도 첫 번째 답장 편지보다 훨씬 더 타당해 보였다. 하지만 그럼에도 귀도가 여전히 요청을 수용하려고 하지 않을 것임을 알았다. 우리는 그가 돌아올까 몇 분마다 창문 쪽을 힐끔거리며 낮은 목소리로 의논을 했다. 우리는 그에게 편지를 보이지 말고 전에 그의 원고를 숨겨 놓았던 서랍에다가 감추어 두기로 결정했다.

마르티나와 나는 밤중에 그 편지에 대한 이야기를 멈출 수 없었다. 귀도의 책을 출판할 수 있는 가능성을 처음부터 포기해버린다는 것은 멍청한 짓처럼 보였다. 하지만 만약 이 새로운 편지를 읽는다면 그의 반응이 전과 똑같을 것임을 확신했다. 우리는 한 시까지 이 문제를 여러 각도에서 검토했다. 더 이상 제대로 생각을 할 수가 없게 되었을 때 우리는 내가 밀라노로 가서 편집자와 의논을 해보는 것이 최선이라고 결정을 내렸다.

나는 꼬박 5년 동안 밀라노로 돌아가지 않았었다. 기차에서 내려 첸탈레 역 앞의 광장으로 나서자 아직 생생하게 되풀이되는 오래된 악몽 속으로 한발 내딛은 느낌이었다. 나는 가방을 들고 대로를 걸어 내려갔다. 끝없이 꼬리를 물고 달리는 자동차가 지나치며 공기를 휘갈기고 찢고 빨아들이며 작은 소용돌이 속으로 흩뿌리고는 숨도 못 쉬게 꽁무니에서 매연을 토해냈다. 길은 기름얼룩과 거무칙칙한 먼지와 개똥과 사람들이 뱉은 가래침으로 지저분했다. 건물 벽 바로 앞까지 삐뚤삐뚤 주차해놓은 차들 때문에 몇 걸음마다 차도로 내려서야 했다. 찐득찐득하고 추운 날씨였다. 드문드문 눈에 띄는 나무들은 아주 야만적인 방법으로 맨숭맨숭한 말뚝처럼 가지가 다 잘린 채 차량의 행렬을 두 갈래로 갈라놓으며 외로이 서 있었다.

시내에 들어서서 어머니 집 근처에 이르자 여성복점과 정육점, 속성 재배된 과일 가게와 완구점과 여행사들의 쇼윈도가 가득했다. 산에서 주말을 보내느라 검게 그을린 시민의 얼굴과 생활고에 찌든 행인의 시체 같은 얼굴들, 몸집은 크지만 마치 원숭이처럼 고정된 생활 패턴 속에 돌아가는 사람들, 차량의 배기관 사이로 이리저리 손을 잡힌 채 끌려 다니는 무표정한 아이들. 내 아이들도 이런 곳에서 살 수도 있었다는 생각에 끔찍했다.

어머니는 백금발로 염색하는 일을 그만두고 회색빛 머리를 그대로 내버려 두었다. 그것이 훨씬 더 잘 어울렸다. 어머니의 집은 이제 질서정연한 모습을 잃었다. 더 이상 그런 식으로 집을 유지하려는 관심을 기울이는 사람이 아무도 없었다. 더 이상 아무도 어머니와 새아버지가 수년 동안 사들였던 네덜란드제 도자기와 조그만 청동 기마상과 석판화 사이의 간격을 주의 기울여 조정하는 사람이 없었다. 어머니는 이제 가정부도 두지 않았다. 작업실처럼 꾸민 방에서 거의 하루 종일 내내 그림을 그리며 시간을 보내고 있었다. 어머니에게 밀라노로 온 이유를 설명하자 어머니는 귀도에 관한 이야기를 전부 들려달라고 했다. 어머니는 귀도를 잘 기억하고 있었고 그처럼 강렬한 표정을 지난 사람을 한 번도 만나본 적이 없다고 말했다.

저녁 식사 후 어머니가 잠자리에 들고 나서 나는 마르티나가 챙겨준 봉투에서 〈머신 독〉을 꺼내 옛날에 공부하던 책상에 앉아 다시 읽기 시작했다. 낯설어진 차량의 소음과 창문 바로 너머의 표독한 공기로 둘러싸인 밀라노에서 이 책을 읽자니 시골에서 읽었을 때보다 확실히 더 강렬한 느낌이 들었다. 글을 쓴 사람의 분노가 훨씬 더 설득력 있게 다가왔다. 나는 밤이 깊어서야 책 읽기를 끝냈다. 책이 일깨운 모든 감정, 좌절과 공포와 충격에 압도당했다. 나는 어떤 대가를 치르더라도 이 책의 쉼표 하나 고치는 일 없이 그대로 출판하도록 귀도를 도와야 한다는 것을 알았다.

북 메이커 출판사 사무실은 차량의 거대한 흐름으로 뒤덮인 대로와 주차장으로 사용되는 좁은 골목들로 둘러싸인 시내 중심가 언저리의 오래된 빌딩에 자리 잡고 있었다. 내부는 대부분의 집보다 어두침침하고 더 책이 빼곡히 들어차 있을 뿐 중산층이 사는 흔한 아파트처럼 보였다. 비서가 빛이 별로 들지 않는 복도 끝으로 나를 데려가서 귀도에게 편지를 쓴 편집자의 사무실에 들여보내주었다.

그는 악수를 하는 둥 마는 둥 하고 책상 뒤의 푹신한 의자로 돌아가 앉아 자기 파이프와 그를 둘러싼 전화기, 서류철, 원고들, 이미 출판된 책들, 공책과 메모지에서 안정감을 되찾았다. 그의 이름은 살바토레 포드레고였다. 내가 편지에서 받은 인상처럼 피곤하고 무관심해 보였다.

"왜 작가님이 직접 안 오셨는지요?"

"작가님은 사업차 출장 중이셔서 제가 대리인으로 왔습니다."

나는 그의 눈 속에 야유의 기색이 스치고 지나가는 것을 눈치 챘지만 그가 나를 위협하도록 내버려 두지 않을 작정이었다. 나는 귀도가 그 방에서 내 말을 듣고 있다고 상상했다.

"귀사가 〈머신 독〉에 관심을 보인 것은 기쁩니다. 하지만 원고는 절대 수정할 수 없습니다."

포드레고는 나를 바라보며 고개를 좌우로 움직였다. 나는 그가 내 겉모습, 수염과 긴 머리 그리고 시골 사람의 옷차림으로 나를 분류하는 것을 알 수 있었다. 그는 편집자에게는 그들이 출판하는 것이 무엇이든 도의적 예술적 책임이 있다는 짤막한 강의를 늘어놓았다. 마치 어린아이나 교육받지 못한 무식한 사람을 대하는 말투였다. 나는 체리아치 출판사에서도 귀도의 책에 관심을 보였다고 말했다. 그러자 그의 말투가 바뀌었다.

우리는 함께 편집장실로 가서 30분 동안 계약 조건을 논의했다. 나는 일반적인 계약 조건과 뭘 물어봐야 할지도 몰랐다. 그러나 그들의 무관심한 척하는 직업적인 태도에도 불구하고 그들이 귀도의 책에 진심으로 흥미를 가지고 있다는 것은 명백했다. 협상에 대한 내 경험은 페루지아에 가서 곡물을 팔 때 제분소 사장과 협상을 해본 것이 전부였기에 그 경험에 의존해야 했다. 나는 그들이 먼저 제안하도록 하고 더 나은 제시안을 내놓을 때까지 버텼다.

밖으로 걸어 나왔을 때 내 손에는 귀도가 서명만 하면 되는 계약서가 들려 있었다. 믿을 수 없었다. 몇 걸음마다 나는 이게 진짜라는 것을 확인하기 위해 계약서를 들여다보았다.

마르티나는 페루지아 역에서 나를 기다리고 있었고 잔뜩 흥분해 있었다. 우리가 신청한 지 몇 년이 지나서야 마침내 전화를 설치하러 사람들이 왔기 때문이었다. 나는 그녀에게 그들이 귀도의 책을 받아들이도록 설득하는 데 성공했다고 말해주었다. 처음에 그녀는 내가 무슨 말을 하는지 이해하지 못했다. 그리고 나서는 어린 소녀처럼 얼굴에 활짝 미소를 머금고 나를 차로 끌고 갔다.

귀도는 거실에서 치아라와 쌍둥이에게 이야기를 들려주고 있었다. 그는 우리가 들어갔을 때 거의 돌아보지도 않았다. 나와 마르티나는 그들에게 다가갔다. 귀도에게 얘기를 꺼내길 기다리며 마르티나가 나를 쳐다보았다. 나는 어떻게 말을 꺼내야 할지 몰랐다. 벌써 몇 달 동안이나 책 얘기를 하지 않은 상태였고 어머니를 만나러 밀라노에 간다고 말해둔 터였다. 내가 그를 대신해서 밀라노에 갔다는 것을 그는 상상조차 할 수 없었다. 나는 그가 내 행동을 자신에 대한 간섭이나 원하지 않는 친절로 생각할까 두려웠다. 어쩌면 그는 내가 선의에서 한 행동임에도 자신의 사생활을 침범했다고 생각할지도 몰랐다. 그래서 그냥 쌍둥이 곁에서 가만히 서 있었다. 어떻게 말을 시작해야 할지 몰랐다.

마침내 마르티나가 말을 꺼냈다. 귀도는 그녀를 쳐다보고 나를 쳐다보며 우리가 그를 놀리는 건지 궁금한 표정이었다. 나는 주머니에서 계약서를 꺼내어 그에게 보여주었다. 그리고 달리 수정할 필요가 없으며 지금 원고 그대로 출판될 것이라고 설명했다. 그가 계약서를 읽는 동안 나는 그가 지난 몇 달 동안 자신의 작품을 둘러싸고 세운 방어 기제의 일부를 해체하려고 노력하고 있다고 상상했다.

그러고 나서 그는 미소를 지었다. 치아라가 그를 껴안았다. 우리는 모두 얼싸안았다. 우리는 포옹하고 소리를 질렀다. 쌍둥이와 개가 정신없이 우리 주위를 빙빙 돌며 뛰어다녔다. 축하하기 위해 와인 병을 땄지만 첫 한 모금을 마시기도 전에 이미 취해 있었다.

14

귀도와 나는 그해 봄에 두 번째 집 수리를 마쳤다. 그의 원고가 수락되고 난 후에 그는 계속 기분이 좋은 상태였고 열정적으로 일을 해왔다. 우리는 자질구레한 일을 마무리하고 연장을 치우고 나서 치아라와 마르티나와 쌍둥이를 데려와 집 안을 둘러보았다. 지금 우리가 살고 있는 집보다는 훨씬 작았지만 방들은 더 재미있는 형태를 하고 있었다. 글을 쓰는 사람에게 어울려 보였다. 치아라는 기뻐 어쩔 줄 모르며 사방을 둘러보았다.

그러나 그들은 그 집으로 이사하지 않았다. 귀도는 자꾸 연기할 이유를 찾아냈다. 다른 생각과 일로 이사 계획을 잊어버리곤 했다. 치아라는 계속 이사를 하자고 그를 재촉했다. 그녀는 자신만의 장소를 원했고 또 필요로 했다. 하지만 귀도는 왜 그렇게 서두르는지 어째서 마르티나와 나와 쌍둥이와 함께 사는 게 싫은지 이해하지 못했다.

그녀는 점점 더 강경해졌다. 귀도는 우리와 사는 것에 익숙해졌고 비록 50미터도 채 안 되는 거리지만 다른 지붕 아래에서 산다는 생각이 그를 슬프게 만든다고 했다. 치아라는 이것이 귀도가 그녀와의 독점적인 관계를 거부하는 방식이라고 받아들였다. 마르티나와 나는 귀도가 생각하는 방식을 그녀에게 이해시키려고 애썼지만 별로 도움이 되지 않았다. 그가 오직 일시적인 상황에서만 살고 싶은 것처럼 보인다는 사실이 그녀를 초조하게 만들었다.

그녀는 계속해서 이사를 가자고 귀도를 설득하려 했다. 거의 분노에 가까운 상태에 이르렀지만 귀도는 수동적인 태도를 취하며 그녀가 지치기를 기다렸다. 그들의 본질적인 차이가 함께 살기 시작한 이래 처음으로 극명하게 드러났다. 그들의 성격 차이는 서로 반대 입장을 고수하도록 만들었다. 둘 사이의 팽팽한 긴장감 때문에 사소한 불화로 감정이 폭발하는 것을 볼 수 있었다.

마침내 그들은 그것에 대한 이야기를 중단했다. 두 번째 집은 우리 집 옆에 빈 채로 서 있었다. 가끔씩 쌍둥이가 가서 놀았다.

여름이 끝날 무렵 밀라노에서 〈머신 독〉의 교정본이 도착했다. 귀도가 그토록 여러 달을 들여 쓰고 다시 써내려간 모든 문자가 마침내 인쇄된 것을 보니 기분이 이상했다. 그는 마치 시간 속에 냉동된 자신의 생각을 다시 발견한 것 같다고 말했다.

그는 다시 한 번 방에 틀어박혀 즉시 작업을 시작했다. 단어를 바꾸고 쉼표와 마침표를 옮기고 펜으로 작은 기호를 추가했다. 가끔씩 그는 나나 치아라 또는 마르티나의 의견을 물었다. 우리 말고 누가 자기 글을 읽으리라는 확신이 없었던 때 이전에 보였던 과묵함은 더 이상 볼 수 없었다.

그가 교정을 마치자마자 모두가 최종 원고를 확인했다. 우리는 더 이상 뺄 것도 추가할 것도 없다는 데 동의했다. 귀도는 교정지를 봉투에 넣어 조심스럽게 봉했다. 우리는 쌍둥이 이후 듀 카세에서 생산해낸 가장 소중한 물건인 양 그것을 바라보았다. 그리고 그것은 쌍둥이와 마찬가지로 생명의 원동력으로 가득 차 있었다.

북 메이커의 편집장은 귀도에게 제목을 바꾸자고 마지막으로 설득했다. 그는 모든 사람이 '머신 독'이라는 이름이 냉혹하게 들리며 "세대"나 "젊음"이라는 단어를 넣는 것이 훨씬 나을 거라고 했다.

"그 책은 냉혹한 겁니다. 독자들도 처음부터 그 점을 잘 알 거고요."

나머지 우리와 마찬가지로 귀도도 개인 전화기에 말하는 것에 익숙하지가 않았다. 그는 카 페르사의 가게에 있는 전화 부스에서 하듯이 송화기에 대고 고함을 질렀다.

책은 10월 초에 출판됐다. 우편으로 다섯 부의 책이 배달되었다. 책 표지는 보기 흉했고 이야기와 아무 상관이 없었다. 미국의 마천루로 보이는 배경으로 커다란 턱을 가진 만화 주인공처럼 보이는 두 사람이 서 있었다. 귀도는 별로 신경 쓰지 않았고 더한 것도 상상했다고 했다. 그는 책날개의 문구에 오히려 더 짜증을 냈다. 책날개의 홍보 문구는 "가치와 희망과 환상 따위 없는 젊은이의 역경에 대한 끔찍한 초상", "스스로의 의지로 고아가 된 세대의 자화상"이라고 소설을 소개하고 있었다.

"개자식들. 내 이럴 줄 알았어."

그러나 제본한 책을 손에 쥐었다는 사실에 그는 나와 치아라와 마르티나만큼이나 기뻐했다.

일주일이 지나서 북 메이커 출판사에서 귀도에게 전화를 걸어 밀라노에서 《머신 독》에 대한 강연을 해달라고 요청했다. 그는 말하고 싶은 모든 것은 이미 책에 다 쓰여 있고 더 보탤 것은 아무것도 없다고 말했다. 하지만 출판사 대표가 그에게 조금이라도 책의 선전을 도와주지 않고 자기 책을 그냥 저버리길 원하느냐고 묻자 그는 흔들렸다. 결국 밀라노로 가기로 했다.

우리는 기차 시간표를 알아보고 어머니에게 전화를 걸어 귀도와 치아라를 이틀 정도 재워줄 수 있는지 물어보았다. 그러자 마르티나가 다 함께 밀라노로 가자는 의견을 내놓았다. 농사일은 2, 3일 정도 미룰 수 있다. 가축이 훨씬 더 오랫동안도 버틸 수 있도록 베르너가 만들어 놓은 사료와 물 공급기도 있었다. 우리는 서로 얼굴을 마주보고 고개를 끄덕이며 그러기로 결정했다. 귀도는 눈에 띄게 마음을 놓은 듯이 보이며 다행이라고 되풀이해 말했다.

우리는 모두 한때 어머니의 단정한 집이었던 곳에 짐을 풀었다. 시골에 살던 습관 때문에 어머니의 생활에 남은 마지막 질서조차도 완전히 망그러뜨렸다. 쌍둥이와 개는 거실의 물건들을 쓰러뜨렸다. 우리가 말릴 새도 없이 포르셀린 도자기와 유리로 만든 장식품을 몇 개나 깨뜨렸다. 그들은 도시의 아파트를 처음 보았고 지면에서 분리된 기묘하게 인공적인 공간이 아이들을 가만히 있지 못하게 만들었다. 어머니는 그냥 내버려두라고, 그 물건들은 이제 자기에게 아무 필요가 없고 어린아이들이 자유롭고 천진난만하게 뛰노는 것이 보고 싶다고 했다. 마르티나는 우리가 가져온 채소를 들고 부엌을 점령해 거의 휑하니 비어 있던 대형 냉장고를 싱싱한 뿌리채소와 푸성귀로 가득 채웠다. 치아라는 목욕탕에 틀어박혀 나올 줄을 몰랐다. 귀도가 서서 문을 두드리자 치아라는 따뜻한 물이 나오는 수도라는 사치에 다시 익숙해지려고 애쓰는 중이라고 말했다.

나는 TV를 켰다. 쌍둥이는 너무 놀라 놀이를 멈추고 조각상처럼 가만히 서 있었다. 마르티나가 와서 TV를 꺼버렸다. 아이들의 표정이 그녀를 두렵게 했다는 것이다. 그녀는 결코 마음이 좁은 사람이 아니었다. 5분 후에 내게 와 우리가 세상에서 이토록 분리된 채로 아이들을 키우는 방식에 대한 확신이 있냐고 물었다. 나는 확실히는 모르겠지만 내가 어렸을 때 아파트 안을 채우던 황량한 침묵을, 이 도시의 중심부에서 슬프고 냉담하게 쳇바퀴를 돌았던 나의 존재를 아주 잘 기억하고 있다고 말했다.

귀도는 어머니가 바구니에 담아놓은 잡지를 뒤적거리다가 일어나서 창문 쪽을 바라보고 벽에 걸린 그림들을 둘러보았다. 그는 하루만 지나면 자기 책이 세상에 등장한다는 사실에 신경이 날카로워진 듯했고 아무것도 하고 싶지 않은 것 같았다.

"나는 모피를 두른 아줌마에게 그냥 내 책을 사라고 하려고 책을 쓴 게 아니야."

나는 거기에는 책에 흥미를 가진 사람도 있을 것이고 독자들이 어떤 사람인지도 알 수 있을 거라고 말했다. 그는 전혀 이해가 안 간다는 듯이 책장에 꽂힌 책들을 건성으로 훑어보았다. 그리고 자기 어머니에게 인사를 드리려고 전화를 했다. 하지만 그는 한 손을 전화기 후크에 얹은 채 자기가 밀라노에 있다는 말은 하지 않았다.

다음 날 마르티나와 치아라는 이전에는 본 적도 없을 만큼 예쁘게 화장하고 우아하게 옷을 차려입었다. 귀도와 나는 어머니의 옷장 안에서 10년 이상 살아남은 낡은 내 웃옷을 걸치고 안에는 흔해빠진 셔츠를 입었다. 그리고 농부가 신는 투박한 신발을 신었다. 어머니는 가지 않겠다고 했다. 이제 세속적인 상황이 지긋지긋하다는 것이었다. 귀도는 자기도 함께 집에 남아도 괜찮은지 물었다. 우리는 그를 밖으로 끌어내야만 했다. 약속시간에 늦은 상태였다. 우리는 북 메이커 출판사 사람들이 기다리고 있는 서점을 향해 바삐 걸었다. 유리창 안쪽에 《머신독》이 몇 권 진열되어 있었다. 치아라가 찍어준 귀도의 사진도 붙어 있었다. "작가 강연 7시"라는 사인도 보였다. 귀도가 발꿈치로 땅을 파며 말했다.

"너희가 가서 내가 자살 기도했다고 말해줄래?"

우리는 서로 팔짱을 끼고 사람들의 관심이 귀도에게 쏠리지 않도록 쌍둥이와 개를 앞장세워 들어갔다.

그 장소는 텅 비어 있었다. 한쪽에는 점원들이 서 있고 계산대 주위로 서너 명의 사람들이 서성였다. 카메라 가방을 둘러멘 사진 기자 한 명과 책장 사이로 드문드문 흩어져 있는 손님들뿐이었다. 귀도는 너무 당황해서 움직이지도 못했다. 나는 그를 끌고 가서 편집장과 영업부장, 서점 주인과 살바토레 포드레고, 금목걸이와 팔찌를 늘어뜨린 출판사 대표인 여성과 인사를 시켜야 했다. 뒤쪽에는 카나페 쟁반과 와인 병 그리고 플라스틱 잔들이 보였다. 두 명의 남자가 바닥에 무릎을 꿇고 방송용 카메라를 설치하고 있었다.

우리는 출판사 직원들이 반쯤 텅 빈 거대한 공간을 둘러보고 귀도가 입술을 잘근거리는 몇 분 동안 기다렸다. 곧 출판사 직원이 말했다.

"이제 시작해도 될 것 같습니다."

서점 주인이 몇 명 있는 손님들을 우리 쪽으로 몰고 왔다. 여기에는 마르티나와 치아라와 쌍둥이와 개를 포함한 모든 사람이 입구 쪽에 몰려 있었다. 실제로 방청객은 아무도 없었지만 강연은 격식을 갖추고 신중하게 계획된 것이었다. 카메라맨이 이리저리 움직이며 조명을 재배치했다. 사진사는 잘 차려입고 꼿꼿하게 서서 팔짱을 끼고 있는 출판 관계자들을 찍었다. 살바토레 포드레고는 소설의 문체와 구조와 등장인물에 대한 자세한 분석으로 시작했다. 그는 계속해서 20분 동안 마치 잘 알려지지 않은 원시문명의 발굴 보고서를 통해 찾을 수 있는 것을 논하듯 떠들어댔다.

얼마간 모인 손님들은 대개 50대의 중년이었다. 이들 중 한 사람은 귀도의 예상대로 모피를 두르고 있었다. 살바토레 포드레고의 말에 나와 귀도와 여자들과 무심한 시선을 던지고 있는 쌍둥이와 개목걸이에서 벗어나려고 안간힘을 쓰고 있는 개에 대한 그들의 태도가 변하는 것이 보였다.

30분은 족히 지났을 무렵 살바토레 포드레고는 산발적인 박수를 받으며 연설을 끝냈다. 출판사 사장은 무슨 말이든 하라고 귀도를 쿡쿡 찔렀다. 귀도는 할 수 있는 데까지 저항을 했지만 모두가 기다리는 눈치였다. 게다가 촬영 스태프가 바로 코앞에 카메라를 들이대는 통에 마지못해 입을 열었다.

"사실 별로 할 말이 없습니다. 저는 돌아다니면서 폭탄을 설치하고 싶지는 않았기 때문에 이 책을 썼습니다. 아무 죄 없는 행인을 다치게 한다는 건 언제나 너무 두려운 일이죠."

출판사 직원들과 살바토레 포드레고와 몇 안 되는 손님들은 마주보며 웃어야 할지 심각하게 받아들여야 할지 판단을 하지 못하고 어쩔 줄 몰라 했다. 아무튼 그의 연설이 벌써 끝났다는 것에 실망한 듯했다. 출판사 사장이 박수를 유도했다. 그리고 나서 뒤쪽의 다과와 술병을 가리켰고 모두들 거기 달려들어 먹고 마시기 시작했다.

나와 치아라와 마르티나는 귀도 곁으로 가고 싶었지만 몇몇 남자가 그를 에워쌌다. 서점 주인이 입에 피자 조각을 하나 가득 물고서 외투에서 과자 부스러기를 털어내며 심오한 질문을 하느라 애쓰는 그 몇몇 남자를 위해 《머신 독》에 사인을 해달라고 부탁하고 있었다. 귀도는 귀를 기울이지도 않고 대답했지만 아무도 그것을 알아채지 못했다. 그가 자꾸 우리 쪽을 쳐다보았다. 그에게는 너무 큰 내 낡은 푸른 웃옷을 입은 귀도는 죄수 같은 분위기마저 풍겼다.

곧이어 퀴만디세트 부부가 도착했다. 치아라가 고개를 돌리고 몸을 사렸다. 마르티나도 어느 정도 비슷한 태도를 취했다. 나는 그들을 한 번도 만난 적이 없었지만 마르티나가 여러 번 내게 말해준 바 있는 시선과 걸음걸이가 다가오는 것이 보였다. 마치 이탈리아보다 더 엄격한 어느 나라의 대사 부부 같았다. 아버지는 어머니보다 약간 키가 더 컸고 완벽한 잿빛 정장은 끝단까지 주름이 잘 잡혀 있었다. 어머니는 반쯤은 고상해 보이고 반쯤은 천박해 보이는 조그만 안경을 코에 걸고 있었다. 젊었을 때는 분명히 딸들처럼 매력적이었을 것임을 알게 해주는 얼굴이었다.

마르티나와 치아라가 인사를 했다. 물리적인 친밀감의 표시는 없었다. 이웃집 사람과 인사하듯 악수를 했다. 치아라가 귀도를 소개하고 마르티나가 나를 소개했다. 동작이 점점 더 어색해지고 거북해지는 것 같았다. 마르티나가 내 다리 사이에 숨어 있는 쌍둥이를 가리켰다. 쌍둥이를 처음 본 그녀의 부모는 예의바른 웃음을 엷게 지었지만 아이들을 만져보려 한다든지 하는 관심의 표시는 보이지 않았다.

퀴만디세트 부인은 그들이 오후에 비엔나에서 돌아와서 기념회 기사를 신문에서 읽고 급히 달려왔다고 말했다. 그녀는 이 말을 하면서 서점이 텅 빈 것에 놀라며 주위를 두리번거렸다. 그녀의 눈은 마르티나와 치아라와 닮았다. 하지만 그들과 사뭇 동떨어진 정신이 그 눈에 어리는 것을 보자 이상한 느낌이 들었다. 퀴만디세트 씨는 오늘날 출판이 얼마나 중요한지에 대해 이러쿵저러쿵 장광설을 늘어놓았다. 무심한 사절단 같은 태도 너머로 나는 그가 결혼식도 올리지 않고 어떤 보장된 사회적 위치도 없이 그의 딸들과 함께 살고 있는 귀도와 나에게 경멸을 느끼고 있음을 감지할 수 있었다. 그의 부인은 계속해서 곁눈질로 우리 신발이나 촌스러운 바지, 몸에 잘 맞지 않는 외투 등을 힐끗거렸다. 치아라와 마르티나는 나무 판때기처럼 딱딱하게 굳었다. 귀도는 그냥 사라져버리고 싶은 것처럼 보였다. 출판사 직원이 나와서 식당으로 갈 시간이라고 말했을 때 우리는 겨우 한숨을 돌렸다.

초대도 받지 않았지만 퀴만디세트 부부는 다른 약속이 있다고 하고 자리를 떴다. 그들은 딸들과 귀도와 나에게 똑같이 열의 없이 작별인사를 했다. 쌍둥이는 계속 그들을 피해 숨었으며 별 흥미를 보이지 않고 그들을 지켜보았다.

그리고 우리는 아르누보 스타일로 꾸며진 창문 하나 없는 레스토랑의 한 방에 갇혀버렸다는 것을 깨달았다. 히터는 최고 온도로 틀어져 있었고 거의 모든 사람이 담배를 피웠다. 모든 메뉴에 고기류가 포함되어 있었다. 귀도는 우리와 멀리 떨어져 편집장과 영업부장과 출판사 대표와 쉬지 않고 떠들어대는 서점 고객 한 사람 사이에 끼어 있었다. 얼굴에는 순수한 괴로움의 표정이 역력했다. 그는 그들의 질문에 대답을 웅얼거리며 하는 둥 마는 둥 했고 잔이 채워지자마자 빠르게 와인을 들이켰다.

마르티나는 우리 채식주의 가족들이 먹을 만한 음식을 고르다가 웨이터가 지쳐서 돌아버릴 지경에 이르게 만들었다. 그곳은 그녀가 참아줄 수 없는 장소일 뿐이었다. 그녀는 앞뒤를 쏘아보며 주최자의 심기를 거스를까 걱정하는 기색도 없이 계속해서 "여기 정말 숨 막히네요."

라고 말했다. 아이들은 자꾸만 자기 자리에서 미끄러져 개와 함께 탁자 밑으로 기어들어가 식탁보를 잡아당기고 깔깔거리며 웃고 새된 비명을 지르면서 우리와 식사를 함께 하는 모든 사람을 성가시고 짜증나게 했다. 마르티나와 나는 아이들을 나무라고 싶지 않았다. 우리는 아이들만큼이나 꽉 막힌 공간에 질식할 지경이었고 귀도와 그의 시선에 너무도 강렬한 동질감을 느끼고 있어서 어떻게 해도 식사를 즐기기는 불가능했을 것이었다.

치아라만이 그 상황에 잘 적응해서 대처했다. 그녀는 편집장 옆에 단정히 앉아 귀도가 듣지도 않는 정감어린 농담에 재빨리 대꾸를 했다. 그녀는 마르티나와는 아주 달랐다. 그녀는 대중 앞에 나가고픈 욕망이 있었다. 그런 기회가 생기자 이런 행사에서조차 눈이 반짝였다. 그녀는 도시에 오자 활짝 꽃을 피우는 것처럼 보였다. 그녀의 동생과 나를 불편하게 만드는 똑같은 긴장감이 그녀의 사회적인 페르소나를 재가동시켰다. 귀도는 마치 좀 더 사람과의 접촉이 필요한 것처럼 그녀를 자꾸만 바라보았다. 하지만 그가 찾는 건 치아라가 흥미를 보이는 사람과는 매우 다른 사람이었다.

마침내 방은 연기로 가득 찼다. 쌍둥이는 잔을 깨고 개는 탁자 밑에서 짖기 시작했다. 마르티나는 돌아갈 시간이라고 결정했다. 우리는 모두 자리에서 일어섰고 다른 손님도 한시름을 놓은 듯했다. 귀도는 공황장애가 온 듯한 표정으로 자기도 가야겠다고 말했다. 그는 모든 사람과 악수를 하고 계속 기꺼이 대화를 나누고 싶어 하는 치아라를 끌어냈다. 출판사 대표가 그를 잡으려 했지만 그는 그녀의 말을 못 들은 척 문으로 향했다.

우리는 밖으로 나와 도로 위에 섰다. 매연으로 찌든 밀라노의 공기마저 그 숨 막히는 레스토랑 공기에 비하면 신선하게 느껴졌다. 귀도가 말했다.

"자 가자, 가자고!"

그는 새롭게 찾은 해방감으로 기뻐서 펄쩍펄쩍 뛰었다.

우리는 걸어서 집으로 돌아갔다. 자동차들은 마치 깊고 탁한 물속에서 헤엄을 치며 헤드라이트 불빛으로 날카롭게 찌르는 사나운 심해의 포식자처럼 보였다. 어머니는 어땠는지 궁금해 했다.

"말도 마요. 다시는 그딴 거 안 할 거예요."

15

듀 카세로 귀환한 후 귀도는 북 메이커 출판사의 부탁을 받은 마이너 매체 기자 두어 명으로부터 연락을 받았다. 그들은 순전히 책임감으로 몇 가지 질문을 던졌다. 치아라는 아침마다 일찍 일어나 신문을 사러 나갔지만 《머신 독》에 대한 비평은 어디에도 없었다. 단지 몇몇 작은 광고만 페이지 속에 파묻혀 있었다. 그마저도 곧 자취를 감추고 말았다. 나는 밀라노에 있는 출판사 편집장에게 전화를 걸기로 결심했다. 그는 족히 5분은 지나서야 전화를 받았다.

"무명작가를 홍보하는 것은 쉽지 않아요. 특히 이렇게 불쾌한 이야기로 가득하고 자기 책을 홍보할 의지가 없으면 더더욱 그렇죠."

내가 계약을 논의하러 갔을 때 그가 보였던 열정은 이제 사라지고 없었다. 내가 새로운 소식은 없는지 묻자 열의가 사라진 자리에는 짜증만이 남아 있었다.

귀도는 그는 책을 썼고 이제 다 끝난 일이며 더 이상 할 수 있는 일은 없고 이제 어떤 일이 일어나는지 더 이상 신경 쓰지 않는다고 말했다. 하지만 그 또한 소설에 대한 반응이 철저히 아무것도 없다는 사실에 우리만큼이나 난처해하고 있었다. 그는 선언하기 위해 소설을 썼고 가능한 한 가장 직접적이고 강력한 방법을 썼다. 하지만 아무도 그 의도를 알아채지 못하는 것처럼 보였다.

"그냥 있는 그대로 썼을 뿐이야. 이 나라가 지우개로 만들어졌다고 알려주는 거라고."

마르티나와 나는 한 때 그녀가 일했던 페루지아의 서점으로 차를 몰고 갔다. 계산대 점원은 《머신 독》을 한 권도 판매한 적이 없다고 말했다. 우리는 책을 두어 권 구입하고 창가의 진열대에 한 권을 놓아달라고 설득했다. 보기 흉한 책 표지가 다른 책들 사이에 끼어서 잘 보이지 않았다.

우리는 거리를 돌아다니며 우리가 산 책을 선물할 두 사람을 찾았다. 지나가는 사람들을 지켜보다가 책을 줄 만한 사람을 고르고는 그 사람이 우리를 의심하고 본성을 드러낼 때까지 따라다녔다. 마침내 가장 마음에 든 날씬한 청년과 한쪽 다리에 깁스를 하고 개를 산책시키는 여자를 골랐다. 우리는 그들에게 각자 책을 주고 친구가 쓴 책이라고 말했다.

귀도는 이 사실을 알아내고는 정말 친절한 행동이었지만 한심한 일이라고 했다. 그는 이런 종류의 감정을 불러일으키는 사람이 되는 것이 싫다고 했다.

시간이 흘렀고 우리는 《머신 독》에 대해 이야기하는 것을 그만두었다. 그리고 모두 이 주제를 피하게 되었다.

어느 이른 아침 치아라가 카 페르사로 오렌지를 사러 나갔다가 돌아왔다. 우리는 멀리서부터 그녀의 작은 경차가 미친 듯이 경적을 울리며 다가오는 것을 들을 수 있었다. 그녀는 오렌지 봉지와 신문을 손에 들고 구르듯이 집으로 뛰어왔다. 봉지가 뜯어지고 오렌지가 떨어져 경사진 잔디밭을 데굴데굴 굴러갔다. 치아라는 오렌지는 무시하고 급히 마르티나와 내게로 달려와 손에 든 신문을 흔들었다.

신문 일면에 '잃어버린 세대'라는 제목의 필리포 렌티의 기사가 실려 있었다. 귀도의 책에 관한 기사였다. 글쓴이는《머신 독》이 "우리의 문명화된 사회가 기초하고 있는 그 어떤 철학에서부터 광년의 거리만큼 떨어진, 그 어떤 긍정정인 가치도 완전히 사라진 세대의 무의식적이지만 소름을 끼치게 하는 사진과 같다"고 평했다. 더 나아가 그는 "이 책을 처음 본 독자의 본능적인 반응은 책의 첫 몇 페이지만 읽고 덮어서 던져버리는 것이겠지만 당신이 만약 지난 몇 년 동안 수많은 젊은이의 머릿속에서 어떤 생각이 들끓었는지 알고 싶다면 끝까지 단숨에 읽어 보아야 한다."라고 적고 있었다. "이 책을 읽는 것은 유익한 경험이 될 것이다."라고 그는 결론을 내렸다. "왜냐하면 2000년대의 문턱에서 이제 이 잃어버린 세대가 이 세상을 물려받게 될 것이기 때문이다."

우리 셋은 모두 집 안으로 달려가 귀도에게 신문 기사를 보여주었다. 그는 재빨리 기사를 읽어 나가며 얼마나 눈에 띄는 자리에 났는지 그리고 자신의 책을 설명한 렌티의 어조에 깜짝 놀랐다. 기사를 다 읽고 나자 그는 웃음을 터뜨리며 말했다.

"이 사람은 미쳤어. 머리가 완전히 돌았나봐."

5분 후에 북 메이커 출판사 대표가 전화를 걸었다. 치아라는 전화를 받도록 귀도를 질질 끌고 와야 했다. 전화선 너머로 들려오는 목소리는 너무 커서 몇 미터 떨어져서도 다 들을 수 있을 정도였다. 전화를 끊고 나서 귀도는 말했다.

"정말 웃기네. 모두가 아주 흥분했어. 근데 내 책에 대해서는 한마디도 안 하더라. 나는 밀라노를 비판하는 이야기를 쓴 거지 아마추어 사회학자가 분석하라고 십대일 적 일기를 쓴 게 아닌데."

다음날 북 메이커 출판사는 다시 전화를 걸어 책이 핫케이크마냥 날개 돋친 듯 팔리고 있고 최대한 빨리 대량으로 2쇄를 찍어내는 중이라고 했다. 그리고 다시 그 다음날 국내 3대 주요 일간지에 신문 반면을 차지하는 책표지와 귀도의 사진이 포함된 《머신 독》 광고가 실렸다. 커다랗고 두꺼운 글자로 "등골 서늘한 잃어버린 세대의 증언"이라고 박혀 있었다.

《머신 독》에 대한 서평이 사방에서 나타났다. 새로운 평이 등장할 때마다 매번 북 메이커 출판사에서 전화를 걸어 알려주었다. 그러면 치아라는 신문과 잡지를 사러 카 페르사로 차를 몰고 갔다. 거의 모든 기사가 이 책이 "무의식적인" 절망적이고 끔찍한 분위기라는 것과 "텔레비전 언어" 또는 "만화적 스타일" 또는 "거리의 속어"로 쓰였다는 사실을 강조했다. 아무도 이 책의 삐딱한 관점과 스타일이 건전한 생각을 가진 사람에 의해 결정된 것이라는 사실을 깨닫지 못한 것처럼 보였다. 그리고 어디에서도 밀라노에 대한 언급을 하지 않았다. 귀도는 분개해서 다시 며칠이 지난 후에는 우리가 보여주려는 기사 읽기를 아예 거부했다. 그는 신경 쓰지 않는 척 추위에 밖에서 일을 했다.

더 많은 전화 인터뷰 요청이 북 메이커 출판사에서 나에게로, 나에게서 치아라에게로, 치아라에게서 귀도로 복잡하게 전달되었다. 귀도는 매번 빠져나갈 궁리만 했다. 그의 협조를 얻기 위해 우리는 이것이야말로 그가 책을 쓴 진정한 동기를 설명할 수 있는 유일한 방법이라고 말해주었다. 하지만 곧 결코 그렇진 않다는 것을 알게 되었다. 인터뷰의 목적은 그저 이미 정해진 내용에 약간의 다채로운 화젯거리를 더하려는 것이었다. 그들은 그를 설정해둔 틀 안에서 귀도가 조금이라도 벗어나려고만 하면 귀를 막았다. 치아라, 마르티나와 나는 그가 이야기를 하는 동안 방에서 나가 있었지만 밖에서 계속 반복되는 똑같은 질문들에 대답하는 것을 들을 수 있었다. 책에 묘사된 일들을 언제 했나요? 당신 세대를 어떻게 정의하십니까? 섹스에 대한 본인의 의견은 무엇이며 또 미래에 대해서는 어떠합니까? 귀도는 산업 문명과, 도시의 타락과 도시 속에서의 인간관계에 대한 자신의 의견을 피력하려 했다. 하지만 전화선 너머의 인터뷰하는 사람은 어김없이 귀도의 말을 끊어버리고 66년과 77년 중 어느 쪽에 속해 있다고 생각하는지를 물어봐서 귀도는,

"제가 제일 좋아하는 건 69년도인데요."

라고 빈정거렸다. 이런 말들은 기사화조차 되지 않았다.

귀도에게 자기 쪽으로 와달라고 설득하느라 이틀을 허비한 안토넬라 살비오니라는 유명 저널리스트가 사진사를 대동하고 밀라노에서 찾아왔다. 그녀는 약속한 시간보다 세 시간 늦게 도착했다. 밀짚 빗자루 같은 금발의 뚱뚱하고 볼품없는 여자였다. 그녀는 문 안으로 들어서자마자 담배에 불을 붙이더니 그것이 산소 튜브라도 되는 듯 필사적으로 빨아대기 시작했다. 귀도는 그녀를 거실의 낡은 팔걸이의자로 안내했다.

그녀는 자리에 앉자마자 여기까지의 여정과 날씨와 계절과 우리가 이렇게 불편한 장소로 도피했다는 사실에 대해 불평을 늘어놓기 시작했다. 자신이 인터뷰를 하러 온 사람이기라기보다 유명인사라고 여기

는 듯했다. 자기 말에 도취되고 과시하는 듯한 어조로 단어를 발음했다. 그러는 동안 사진사는 구석구석을 둘러보았다. 창밖을 내다보고 마르티나에게 물을 좀 달라고 하더니 다시 커피를 달라고 하고는 물을 좀 더 달라고 했다. 개는 지치지도 않고 계속 짖어댔다. 쌍둥이는 장난감을 여기저기 내던지기 시작했다. 우리는 어쩔 수 없이 그들을 부엌에 격리해야 했다. 나머지 사람들은 옆쪽에 빙 둘러 앉아 마치 포식자에게 둥지를 습격당한 짐승처럼 불안한 얼굴로 최대한 방해가 되지 않도록 애쓰며 인터뷰를 엿들었다.

안토넬라 살비오니는 귀도에게 쌍둥이가 그의 자녀인지, 두 여자 중 누가 귀도의 짝인지 물었다. 하나의 대가족이라는 개념입니까 아니면 분리된 두 가족이라고 여깁니까? 이곳이 일종의 공동체인가요? 집은 임대인가요 구입한 건가요? 누가 돈을 주었죠? 그녀는 팔걸이의자에 앉아 계속 몸을 뒤척였다. 담배연기와 끈적거리는 달콤한 향이 그녀에게서 풍겨 나와 공장에서 뿜어져 나오는 연기처럼 우리 집 공기를 오염시켰다.

그녀의 어조 때문에 귀도는 신경이 곤두섰다. 대답은 점점 더 짧고 냉담해졌다. 그녀는 그를 향해 소형 녹음기를 겨누었지만 그가 이야기를 하는 동안 다른 곳을 쳐다보았다. 그가 여전히 대답을 하는 중간에 끼어들어 새로운 질문으로 말을 끊어버리곤 했다. 그녀의 직업이든 개인사든 외모든 간에 그녀를 독에 취하게 만든 것처럼 그녀가 내뱉는 말 한마디 한마디에 분노가 느껴졌다.

귀도는 짜증이 났다. 대답은 점점 더 짧아지고 태도도 딱딱해지기 시작했다. 그녀는 눈치조차 채지 못했다. 그녀는 더 많은 질문을 던지고 나서 "이제 됐어요." 하고는 프라이팬처럼 생긴 둥글고 납작한 핸드백에 자기 물건을 챙겨 넣었다.

사진사는 귀도에게 거실과 부엌 그리고 두 집 사이의 잔디밭에서 포즈를 취하게 했다. 그는 계속해서 미소를 지으라는 둥 이마를 짚거나 턱을 받치라는 둥, 손가락으로 머리를 쓸거나 고개를 살짝 기울여 보라는 둥 특정 자세를 취해보라고 귀도를 구슬렸다. 하지만 귀도는 내키지 않아 했고 신경이 곤두서서 뻣뻣하게 양손을 주머니에 찔러 넣고 협조를 하지 않았다. 사진사는 치아라와 함께 있는 귀도의 사진을 찍어야 한다고 고집했다. 그러고 나서는 치아라와 마르티나, 쌍둥이, 개 그리고 나도 함께 자신을 찍어야 한다고 했다. 우리는 두 집을 배경으로 하고 포즈를 취했다. 바보가 된 기분이 들었지만 한편으론 뭔가 기쁘기도 했다. 안토넬라 살비오니가 우리의 이름을 물어보고 자기 수첩에 적었다. 그러고는 화장실에 들어가 문을 잠그고 15분 정도 틀어박혔다.

그들이 떠나고 그들의 차가 자갈길 너머로 사라지자 귀도가 내뱉었다.

"짜증나!"

화가 났다기보다는 지치고 피곤한 목소리였다. 그 여자는 갔지만 그녀의 냄새는 아직도 집 안에 맴돌고 있었다. 우리는 환기를 시키기 위해 창문을 활짝 열어두었다.

일주일 뒤 귀도의 인터뷰 기사가 안토넬라 살비오니가 일하는 일간지에 대서특필되었다. 마르티나, 치아라, 쌍둥이와 개와 함께 찍은 사진이 실렸다. 어찌된 일인지 나는 사진에서 잘려나갔다. 아니면 내 모습만 현상이 안 된 것 같았다. 사진 설명에는 "귀도 라레미와 그의 '가족'"이라고 적혀 있었다. 치아라는 큰 소리로 기사를 읽었다. 맨 첫줄부터 누군가가 이렇게 노골적인 방법으로 진실을 왜곡할 수 있다는 것을 믿기 어려웠다. 살비오니는 우리 집을 이렇게 묘사했다.

"마약 중독으로 고생했던 것이 분명한 소심하고 연약한 젊은이들의 공동체다. 그들 중 한 사람이 가진 상당한 재산 덕분에 이들은 외부 세계의 압력에서 벗어나 그들이 도피할 수 있는 안식처를 만들 수 있었다. 바로 여기, 젖소를 방목하고 벌거벗은 아이들이 뛰어다니는 곳, 그들 중 누구와도 정확히 무슨 관계인지를 판단하기 어려운 이 혼란스러운 가정에서 귀도 라레미는 그의 대도시에서의 경험을 재구축했다. 북메이커 출판사의 현명한 사업 전략에 따라 이 책은 단숨에 판매 순위 1위로 뛰어 올랐으며⋯⋯."

"대체 어디에서 무슨 젖소를 봤다는 거야?"

마르티나가 물었다.

"벌거벗은 아이들은 뭐야?"

내가 덧붙였다. 치아라가 기사를 읽어나가는 동안 장난으로 꾸며내는 건 아닌지 확인하기 위해 우리는 가끔 기사를 보여 달라고 했다. 우리는 웃음을 터뜨릴 수밖에 없었다.

"그 추하고 사악한 고래 같은 여자가⋯⋯."

살비오니는 귀도를 이렇게 묘사했다.

"이 깡마른 스물여덟 살 청년의 파란 눈은 인터뷰를 하는 사람에게 주의를 기울이기에는 지나치게 자신에게만 몰두해 있었다. 다 헤진 추레한 옷을 걸치고⋯⋯."

우리는 잘 알지도 못하는 사람을 향해 이토록 악의적일 수 있다는 것, 자신의 사회적인 좌절감과 감상적인 불행 때문이든 그녀를 심란하게 만들고 좀먹는 그 무엇 때문이든 간에 이토록 진실을 왜곡할 수 있다는 사실에 아연실색했다. 그 다음에 나온 인터뷰에서 귀도의 대답은 완전히 조작되었다. 실제 인터뷰에서는 아예 묻지도 않았던 질문에 대한 답으로 붙여놓고 마치 귀도를 그의 책 주인공처럼 보이게 만드는 어조로 편집되었다. 게다가 최대한 그를 불쾌한 사람으로 보이게 만들었다. 치아라는 몇 마디마디 읽는 것을 멈추고 분개한 표정으로 우리를 쳐다보았다.

"아니 그때 대체 뭘 녹음한 거야? 녹음기는 장식이었어?"

귀도는 한마디도 하지 않았다. 그녀의 함정에 빠져서 바보멍청이가 된 기분인 것 같았다.

나중에 그는 북 메이커 출판사에 전화를 걸어 신문사에 기사 철회 요청을 해달라고 말했다. 하지만 그들은 그 인터뷰에 대해 믿을 수 없을 만큼 열광적인 반응을 보이며 귀도에게 아무 짓도 벌이지 않겠다는 다짐을 받아냈다. 그들은 귀도에게 《머신 독》이 미친 듯이 팔리고 있으며 2쇄가 벌써 서점에 깔렸고 이미 3쇄 준비로 바쁘다고 했다. 그들은 책에 관해 떠들어 대기만 한다면 무슨 말이든 상관없다고 했다. 또한 독자들은 작가의 배경에 대해서 어느 정도 흥미진진하고 파란만장한 이야기를 좋아한다고 했다. 게다가 조만간 그를 TV 프로그램에 초대 손님으로 섭외되게 이제 막 작업을 끝내놓았다는 것이었다. 천오백만 명에 달하는 시청자를 보유한 〈슈퍼 새러데이〉라는 프로그램으로 출연 자체가 엄청난 성공이라고 했다.

귀도는 머뭇거리며 매우 우유부단한 태도로 수화기를 내려놓았다. 그는 자기가 쓴 소설이 그걸 쓰는 동안에는 한 번도 떠올리지 않았던 미지의 영역으로 끌려가고 있다고 말했다. 그는 더 넓은 독자층을 확보하고 싶었지만 그들이 원하는 게임에 참여하는 게 역겹기도 했다.

"걔네는 내가 뭘 하든 그 끔찍한 살비오니처럼 다 망쳐버린단 말이야."

 우리도 각자 의문을 가졌다. 그에게 어떻게 조언해야 할지 알 수 없었다. 마르티나는 〈슈퍼 새러데이〉는 형편없는 프로그램이고 거기에 어떤 식으로든 관심 있는 사람의 품위를 깎아먹는다는 의견이었다. 난니 탐바라는 쇼 진행자는 우리나라 연예인 중 국민MC라는 불변의 위치를 유지하고 있었다. 그는 거의 태곳적부터 우리를 다스리고 있는 정치인만큼이나 굳건하게 자리를 지키고 가식적이었다.

 치아라는 한편 천오백만 명의 시청자에게 노출된다는 것은 모든 부정적인 측면을 상쇄하고도 남는다고 했다. 그녀는 TV생방송 출연은 그가 진짜 무슨 말을 했는지 입증할 수 있는 사람이 아무도 없었던 못된 리포터와 했던 인터뷰보다 훨씬 더 귀도가 자신을 잘 대변할 수 있는 기회라고 했다. 이 문제에 대해 내 생각은 이랬다저랬다 흔들렸지만 결국 나는 치아라의 편을 들었다. 신문이 그에 대해 퍼뜨린 온갖 거짓말을 생각해 볼 때 나는 텔레비전에서는 적어도 그가 자기 입으로 하는 말을 사실 그대로 보여줄 수 있을 거라고 판단했다.

 귀도는 거실을 왔다 갔다 하며 마음을 정하지 못했다. 처음으로 나는 우리가 학교에 다닐 때 내가 생각했던 것처럼 그가 그렇게 간단하게 바로바로 결정을 내리는 일이 결코 없었다는 걸 깨달았다. 그때 나는 귀도의 결정이 매우 자연스럽고 본능적인 거라고 해각했다. 오히려 그는 언제나 그를 혼란의 상태로 유혹하고 사소한 생각을 구석구석까지 뒤흔드는 의심에 시달리고 있었다. 그가 일단 마음을 정하고 나서는 단호하게 보였던 모습들이 실제로는 그가 스스로 부정했던 다른 가능성들에 대한 후회의 흔적을 감추는 그만의 방식이었던 것이다.

 마침내 그는 우리에게 〈슈퍼 새러데이〉에 나가겠다고 말하고는 자신의 결정을 통보하기 위해 북 메이커 출판사에 전화를 걸었다.

프로그램이 방영되기 전날 저녁 우리는 모두 밤늦게까지 난롯가에 둘러 앉아 천오백만 명의 시청자에게 귀도가 무슨 말을 하는 것이 좋을지 의논했다. 마르티나가 말했다.

"만약 당신이 이 나라를 상대로 엄청난 사기를 치는 모든 정치인에게 일갈을 날리기 시작하면 어떨지 상상해볼 수 있어?"

"그럼 방송을 중단하겠지."

치아라가 놀라서 재빨리 말을 끊었다.

"얼마나 빨리 하느냐에 달렸지만."

"내 생각엔 그들이 반응하는 데 몇 초 정도는 걸릴 거라고 생각해. 그 정도면 프로그램은 정당과 그들이 고용한 마피아 단원이 들고 있는 거대한 파이고 사람들은 모두 파이조각을 원한다고 말하기 충분한 시간일 거야. 그러고는 시청자에게 TV를 꺼버리라고 말할 거야."

"너 콩밥 먹고 싶어?"

치아라가 그가 실제로 그런 짓을 할지도 모른다는 생각에 겁에 질려 말했다. 귀도는 그 계획을 진지하게 고려하고 있었다.

"사실 나는 몇 마디만 말하면 충분해. 친절하고 침착하게, 소리를 지르거나 극적인 장면을 연출하지 않고도 말이야."

그가 너무 크게 말해서 위층에서 잠들어 있던 쌍둥이가 깨어나 나는 아이들을 재우러 올라가야만 했다. 마루를 통해 나는 여전히 아래층 거실에서 어떻게 생방송 쇼를 탈취할지에 대한 계획을 의논하는 모두의 목소리를 들을 수 있었다.

다음날 아침 일찍 귀도와 치아라는 그녀의 낡은 르노 자동차를 끌고 로마로 떠났다. 마르티나와 나와 쌍둥이는 작은 길이 끝나는 데까지 그들을 따라가며 손을 흔들어 배웅했다. 우리는 그들보다도 더 떨리는 기분이었다.

그리고 나서 우리는 구비오로 텔레비전 세트를 빌리러 갔다. 가게에 남아 있는 건 커다란 상자처럼 보이는 오래된 27인치 텔레비전뿐이었다. 우리는 임대 계약서에 서명을 하고 보증금을 냈다. 기술자가 밖에 있는 차까지 TV를 싣는 걸 도와주었다.

하지만 우리 집에는 안테나가 없었다. 거실에서는 단지 지지직거리는 소음과 백색화면밖에 나오지 않았다. 쌍둥이가 어쨌든 그래도 매우 신이 나서 주위를 빙글 빙글 돌며 뛰어 다니는 바람에 전파 신호를 잡으려는 시도를 더욱 어렵게 만들었다.

우리는 그날 오후 텔레비전을 부엌으로 끌어다 놓고 멀리 보이는 산에 있는 송신탑 쪽을 향해 창 가까이의 의자 위에 올려두었다. 그럼에도 불구하고 우리가 잡을 수 있었던 몇 안 되는 채널마저 마치 방송의 유령인 양 희뿌연 베일에 가려진 듯한 화면만 보일 뿐이었다. 곧 〈슈퍼 새러데이〉가 방영할 시간이었다. 마르티나와 나는 점점 초조해졌다. 나는 점점 더 조급하게 긴 철사로 안테나 소켓 안을 헤집었다. 마침내 화면을 볼 수 있을 만큼 전파를 잡아낼 수 있었다. 이미 프로그램이 시작한 지 15분이나 지났을 때였다. 나는 마르티나와 화면에 바싹 붙어 앉아 쌍둥이가 조용히 입을 다물고 가만있게 하려고 애썼다.

난니 탐바는 양가죽을 입은 사르데냐 전통 무용단을 소개했다. 그들은 소 방울 소리에 맞춰 원을 그리며 뛰어오르기 시작했다.

그 프로그램은 내가 어렸을 때 보았던 기억 속 방송과 똑같았다. 춤과 노래 그리고 배우들이 손님으로 출연하는, 우리나라에서 동원할 수 있는 모든 전형이 함께 똘똘 뭉친 그런 프로그램 말이다. 심지어 난니 탐바조차도 언제나 그랬던 것처럼 완전히 똑같은 모습이었다. 표정, 몸짓, 스튜디오의 한쪽 끝에서 다른 쪽 끝으로 걸어가는 방식, 그가 소개하는 모든 손님에 대한 지칠 줄 모르는 열성까지도 그랬다.

사르데냐 무용수들은 박수를 받으며 퇴장했다. 그리고 난니 탐바는 은퇴한 여배우를 소개했다. 나이든 여자가 눈물을 흘리며 자신이 등장하는 옛날 영화에 대한 이야기를 했다. 그녀가 무대를 떠나고 탐바는 외쳤다.

"요즘 뜨는 책이죠.《머신 독》작가님을 모셔보겠습니다!"

텔레비전 카메라가 그의 동작을 따라 조작된 박수 소리가 더 크게 울려 퍼지는 동안 가짜 문을 통해 등장하는 귀도 쪽으로 무대를 훑으며 돌아갔다. 마르티나와 나는 이제 TV 앞으로 최대한 바싹 다가가 쭈그리고 앉았다. 우리는 거의 TV 안으로 들어갈 기세였다. 귀도가 저 옛날 여배우와 사르데냐 무용수와 모든 나머지 출연자처럼 저 똑같은 쇼의 일부라는 사실을 믿기가 어려웠다. 우리는 흐릿한 유백색 유리 속 영상을 응시하며 그가 무대를 가로질러 가는 모습을 눈으로 쫓았다. 그는 마치 뭔가 기묘한 전기적 현상에 사로잡힌 포로처럼 보였다.

귀도는 긴장한 모습이었다. 그는 쇼 진행자 중 한 사람이 안내한 작은 팔걸이의자에 앉았다. 난니 탐바가 그에게 몇 살인지 물었다. 아마도 TV 등장인물처럼 그를 포장하기 시작하려는 의도인 것 같았다.

"제가 중년이어도 같은 질문을 하셨을까요?"

귀도의 말에 난니 탐바는 깜짝 놀랐지만 그건 단지 1초도 안 되는 짧은 순간이었다. 그는 얼굴에 재빨리 기계적인 미소를 띠며 나이든 사람에 비해 귀도처럼 젊은 사람에게 나이 묻는 게 훨씬 쉽다며 농담을 던졌다.

"이야, 어른이라는 사람이 아직 순진한 사람한테 꼰대짓이나 하고 대단하네요."

난니 탐바는 그 말에 제대로 귀를 기울이지 않고 있었다. 다시 한 번 그는 이 거북한 순간을 전형적인 반응으로 구성된 그의 레퍼토리 속에서 대수롭지 않게 흘려버렸다. 그는 계속해서 한순간은 귀도의 친구인 것처럼 행동하다가 다음 순간에는 방청객의 먹잇감 취급을 하며 준비한 질문을 했다. 귀도는 그가 학교 집회에서 했던 것처럼 건방지거나 잘난 체하지 않으면서 최대한 자연스럽게 말하고자 애썼다. 하지만 이번에는 확성기를 움켜잡으려는 네오스탈린주의자 대신에 자생적인 리듬과 규칙에 따라 가차 없이 돌아가는 텔레비전이라는 장치가 있었다. 질문과 대답 사이의 짧은 침묵에 모든 토론을 단지 몇 마디로 정리해버리는 난니 탐바의 회유와 안심시키는 듯한 어조가 곁들여졌다.

귀도는 자기 책에서 말하고자 했던 바를 설명하려고 애썼다. 밀라노를 비롯한 모든 도시는 단지 사람들의 인생을 산산이 조각내고 갈아버리는 기계가 되어버렸으며 더 폭넓고 다양한 구성요소가 여기에 기여했지만 각각의 요소를 하나씩 짚어볼 수도 있다고 그는 말했다. 밀라노의 시장 휴고 맘말리처럼 헤로인 과용으로 인한 수많은 젊은이의 죽음, 폐암으로 인한 수많은 노인의 죽음, 차량과 기업과 건축가에게 먹혀버린 나무와 녹지가 전혀 없는 도시 생활에 질병과 우울증에 빠져 살아가는 중산층에 대한 책임을 져야 마땅한 사람이 있으며 이 모든 것은 결국 냉소적인 이탈리아 정치인과 그들의 도둑질 때문이라고 말이다.

하지만 그것은 완전히 시간 낭비였다. 마르티나와 나를 제외하고 시청자 누구도 귀도가 무슨 이야기를 하는지 이해하지 못한 것 같았다.

난니 탐바는 얼굴에 시종일관 그 특유의 가짜 미소를 얼굴에 장착한 채 귀도가 조금이라도 위협적으로 들리는 말을 하면 가로막고 말을 끊어버리거나, 끼어들어 말을 돌리거나, 마무리하며 그 말이 의미하고자 하는 것을 유야무야 얼버무리기 위해서라면 뭐든지 했다. 그러기 위해 꽤 고전을 해야 했지만 그것이 바로 그의 일이었다. 그는 자신의 일을 훌륭하게 해냈다. 리듬을 잃지 않고 몇 번의 짧은 대화가 오가는 것으로 그는 《머신 독》을 지나가는 신간으로 소개해 버렸다. 귀도는 목소리를 높이고 자신이 말하고자 하는 바를 피력하려고 시도했다. 난니 탐바는 이에 대한 보복으로 방청객 중 귀도의 책이 정말 재미있었다는 남자 둘과 여자 둘을 무대로 초대했다.

    귀도는 이제 함정에 빠진 것처럼 보이기 시작했다. 조명과 움직이는 TV카메라 그리고 스튜디오의 방청객과 가정의 시청자 사이를 계속해서 오가는 난니 탐바의 시선에 갈피를 못 잡고 있었다. 귀도는 뭔가를 말하려고 마지막 시도를 했지만 짜인 각본의 새장 속에 갇힌 그는 자신의 푹신한 의자 속에 갇힌 죄수였다. 그 전의 등장인물이 그랬던 것처럼 또 그의 자리에 앉기 위해 다음으로 자기 차례를 기다리는 사람들이 그렇듯이 그저 난니 탐바의 프로그램의 또 다른 계책일 뿐이었다.

    그리고 마침내 끝이 났다. 난니 탐바는 마치 모두의 완벽한 만족감을 대변하듯이 외쳤다.

    "북 메이커 출판사에서 낸 귀도 라레미의 《머신 독》이었습니다!"

    귀도는 자리에서 일어섰다. 방청객은 지시받은 대로 박수를 쳤다. 그는 카메라가 컴퓨터 형태의 단상 뒤에 선 세 명의 퀴즈 참가자에게 초점을 옮기기 일보직전 화면 밖으로 빠져나갔다.

    마르티나와 나는 텔레비전의 변함없이 거침없는 상투성에, 모든 말과 사람들과 감정과 생각을 균질하게 해버리는 방식에 역겨움을 느끼며 서로 얼굴을 마주보았다. 쌍둥이가 울며 불평하기 시작했지만 마르티나는 텔레비전을 꺼버렸다.

"월요일 아침에 가게 문 열자마자 반납할 거야."

우리는 거대한 이미지 박스를 문까지 질질 끌고 가서 거기에 내버려두었다. 쌍둥이는 화면에 또 다른 전기적인 유령이 등장하기를 바라며 텔레비전 주위를 계속 서성거렸다.

귀도와 치아라는 그날 밤 열한 시 쯤 집에 돌아왔다. 여행으로 완전히 지치고 굶주린 상태였다. 우리는 먹을 것을 데워 내놓고 그들이 식사하는 동안 함께 자리를 지켰다. 귀도는 프로그램 진행 방식에 분노했다. 또한 우리 기대에 못 미친 것에 부끄러워하고 있었다.

"그 자식들 내 입을 막으려고 발악하드만. 난 놈들이 깔아놓은 판에 힘없이 옮겨지는 장기짝이 돼버렸어. 방송국 놈들이 시키는 대로 끌려갔다고."

마르티나와 나는 우리는 충분히 이해한다고 그를 안심시켰다. 우리는 그에게 그가 최소한 뭔가를 말할 수 있었다고 말해주었다.

그는 음식과 와인으로 스스로를 달래고 나서 곧 기운을 냈다. 그는 난니 탐바의 머리를 가까이서 보니 옮겨 심은 염색한 머리가 삐죽삐죽 튀어나와 마치 사막에 심은 야자수 같더라고 설명했다. 우리는 웃기 시작했고 와인도 좀 마셨다. 귀도는 그 쇼의 더 끔찍한 세부사항을 맘껏 털어놓았다. 그는 기분이 최고로 좋아져서 눈이 반짝였고 목소리는 유머와 흉내로 생기가 넘쳤다. 나는 그가 자신의 특성을 눈에 띄게 드러내기 위해서는 특정한 분노의 대상이 필요했다는 것을 깨달았다.

우리는 밤늦게까지 그의 이야기를 들었다. 누구도 더 이상 자러 가고 싶은 마음이 내키지 않았다.

16

귀도의 〈슈퍼 새러데이〉쇼 출연 이후 그의 책 판매는 폭발적이었다. 일주일 후 《머신 독》은 모든 일간지와 주간지의 베스트셀러 리스트를 장식했다. 북 베이커 출판사는 계속해서 전화를 걸어 4쇄와 5쇄 출판에 대한 새로운 소식을 알려주었다. 그를 인터뷰하고 싶어 하는 저널리스트의 이름을 알려주거나 젊은이 사이의 낭만적 연애나 음악 또는 패션에 관한 기사에 사용할 '인용문'이나 짧은 의견을 물어왔다. 사진사들은 렌즈와 조명을 가득 싣고 귀도를 촬영하기 위해 로마나 밀라노에서부터 찾아왔다. 그들은 귀도에게 트랙터에 앉거나 가축과 포즈를 취해달라고 요청했다. 그리고 그저 자연스럽게 보이게 행동하라고 했다. 그들 거의 대부분 냉소적이거나 산만했다. 아무 호기심도 없이 그저 질문만 퍼부었다.

귀도는 그들에게 단도직입적인 답을 하거나 그 순간 그의 기분에 따라 질문을 회피하기도 했다. 그는 그들이 자신을 일종의 "젊은 현자"로 꾸미려는 방식에 분노했다. 때로 그는 자신에 대해서 기사들이 만들어내는 다양한 허위적인 인상에 놀라워하고 재미있어 하기도 했다. 그들 중 하나는 귀도를 "그가 만들어낸 주인공의 복사판"이라고 하는가 하면 또 다른 매체는 그를 "청년 위주 문화가 만들어낸 응석받이 악동"이라 부르기도 했다. 또 다른 매체는 그가 "호주에서 자라난 고아"라고 주장하기도 했다.

인터뷰를 하는 동안 귀도는 최대한 명료하고 짧게 답했지만 그의 책과 비슷한 스타일로 귀도의 대답을 재가공하고자 하는 유혹에 맞선 기자는 극소수였다. 그때그때 상황에 따라 귀도의 말을 무례하게 또는 순진하게 또는 오만하게 들리게 만들었다. 그들 중 일부는 귀도가 야생 암소와 벌거벗은 아이들이 자유롭게 뛰어다니는 장소에 살고 있으며 규정할 수 없는 관계를 맺고 있다는 안토넬라 살비오니의 묘사를 그대로 인용했다. 그들은 우리가 자가 재활원에 살고 있거나 부랑자 무리인 것처럼 만들었다. 이 일이 발생했을 때 나는 그 잘못된 오류에 속하게 된 것에 신경 쓰지 않았다. 내가 귀도의 짐을 함께 지고 가는 듯한 느낌이었다.

우리가 잘못된 정보의 탄생과 확산을 직접 목도하기는 처음이었다. 한편으로는 대단히 흥미롭기도 했다. 저절로 일어나 마구잡이로 흘러가고 달리 악의가 없는 그 과정에 강한 흥미를 느꼈다. 마르티나는 매일 사람들에게 떠넘겨지는 말과 사실의 거대한 규모를 생각해 볼 때 더 큰 규모로 이런 일이 일어나고 있음이 명백한 것에 겁이 난다고 했다.

귀도는 그의 책을 둘러싸고 벌어지는 것과 비슷한 현상을 부추기는 행동에서 멀리 떨어져 시골에 사는 것이 행복하다고 주장했다. 하지만 실제로는 세상에서 너무도 멀리 떨어져서 살아가는 우리의 생활을 점점 더 견디지 못하고 있었다. 겨울이고 가축을 돌보고, 난로에 불을 때고, 전기 발전기와 다른 중요한 기기가 제대로 작동하는지를 확인하는 것 외에는 할 일이 많지 않았다. 우리는 책을 읽고 이야기를 하며 시간을 보냈다. 지난해가 어땠는지 돌아보고 이번 봄에는 어떤 일을 할지 의논하며 쌍둥이와 놀고 음식을 준비하고 준비한 음식을 먹고, 잠을 잤다. 가끔 귀도가 혼자 거실에 앉아 있는 것을 보았다. 그의 표정은 우리에 갇힌 짐승을 떠올리게 했다. 나는 그에게 어째서 새 책을 시작하지 않는지 물었다. 그는 소설은 권태에서 탄생하는 것이 아니라고 말했다. 소설은 삶의 더 강렬한 감정으로부터 탄생하는 것이라고 주장했다.

  우리 가족은 새해에도 느린 속도로 일상을 진행했지만 표면적으로 보이는 잔잔한 일상의 수면 아래에 그 안정감은 이미 다시 한 번 쇠락하기 시작했다.

  어느 날 저녁 식탁에서 마르티나가 치아라에게 시골 생활에 진정한 열정이 없다고 몰아붙였다. 그녀는 치아라가 시골생활을 하고 있지만 뭔가 더 나은 것을 그저 기다리기만 하는 사람처럼 행동하고 있다고 했다. 그녀는 특별한 이유를 대지 않았지만 자기 언니와 귀도가 불안정한 본성에 이끌리고 있는 것을 의식하고 있었다. 내 생각에 아마도 마르티나는 자기 언니가 그 말을 부인하길 기대한 것 같았다. 하지만 오히려 치아라는 그것이 사실이라고 인정했다. 그녀는 시골이 너무 우울해서 가끔 자살하고 싶을 정도라고 했다.

  귀도가 그녀의 편을 들며 대로는 자기도 견딜 수 없을 만큼 공허감을 느낀다고 했다. 마르티나는 그에게 만약 그가 시골에 살지 않았다면 결코 소설을 끝낼 수 없었을 거라고 상기시켰다. 그는 시골에서만 살았더라면 처음부터 쓸 이야기가 아예 아무것도 없었을 것이라고 대꾸했다. 나는 그의 말투에 모욕감을 느꼈고 그에게 그렇게 오만하게 굴지 말라고 했다. 몇 초 만에 대화는 말다툼이 되었고 서로 분노의 말을 내뱉으며 우리는 모두 서로의 방식에 대해 비난을 퍼부었다.

  우리가 진정했을 때 귀도는 현실적으로 이렇게 오랫동안 고립된 작은 집단에서 사는 것이 건강하지 못하다고 말했다. 그는 자급자족하며 사는 마을에 대해서 이야기했을 때 더 역동적이고 확장된 마을을 염두에 둔 것이지 그저 네 명의 성인과 두 아이 그리고 개가 구비오 언덕에 숨어 사는 것을 생각한 것이 아니었다고 했다. 그는 인간은 많은 층위에서 어울리며 살도록 창조됐다고 했다. 그의 생각은 도시에서 도망치려는 것이 아니며 매년, 매일 일상의 모든 것이 뻔한 그런 삶이 아니라 사람들이 즐겁고 고무될 수 있는 삶을 영위할 수 있는 장소로 도시를 변화시키는 것이라고 했다.

그의 무심하고 외견상 객관적인 어조는 방금 그가 나에게 퍼부은 모든 모욕보다도 더 나에게 상처를 주었다. 나는 그에게 물었다.

"미친놈이, 그렇게 불만이면 왜 계속 여기서 살아?"

"여기서 계속 살고 싶지 않아. 내일 떠날게."

그는 치아라를 바라보았다. 그들의 얼굴에 떠오른 표정은 이 논쟁을 끝냈다. 마르티나와 나는 상황을 돌이킬 수 있는 방법은 아무것도 없다는 것을 알았다.

다음날 아침은 꽁꽁 얼어붙을 만큼 추웠다. 마른 겨울 언덕에 회색빛이 드리웠다. 우리는 부엌에서 다함께 아침을 먹었다. 전날 밤에 오고 간 말들이 여전히 공기 중에 떠돌았다. 귀도와 치아라는 짐을 싸두었다. 그들의 짐이 계단 아래 놓여 있었다. 나는 그들의 마음을 돌리려고 노력하지 않았다. 그들이 어차피 떠날 거라는 걸 알았다.

"그냥 잠깐 환경을 좀 바꿔보고 싶어."

귀도의 목소리는 침착하고 슬픈 기색이었다. 나는 어디로 갈 생각이냐고 물었다. 그는 북쪽을 향해 가볼 계획이며 북 메이커에서 받을 돈을 가불할 수 있으면 아마도 파리나 런던으로 갈 거라고 했다.

그때 마르티나가 쌍둥이와 계단을 내려왔다. 그녀는 슈트케이스를 못 본 체하려고 했지만 자신의 감정을 숨기지 못했다. 귀도는 우유잔을 내려놓고 다가가 그녀를 포옹하며 말했다.

"제기랄, 우리는 너희 둘을 정말 많이 사랑해."

"그런데 왜 떠나는 거야?"

마르티나가 물었다. 이제 그녀는 눈물을 흘리고 있었다. 치아라도 울면서 냅킨으로 눈가를 찍어댔다. 귀도는 마르티나의 팔을 꼭 잡았다.

"어떤 상황이라도 빠르건 늦건 끝나기 마련이니까. 그게 삶의 끔찍한 불완전성이야."

우리는 아침 식사를 접고 밖으로 나가 차까지 그들을 따라갔다. 나는 치아라가 트렁크에 짐 가방 싣는 것을 도왔다. 귀도는 그 사이 쌍둥이에게 치아라와 그가 언젠가 다시 돌아올 것이라고 설명하고 있었다. 우리는 어떻게 해야 할지 몰랐다. 계속 시선을 주고받으며 뭔가 할 말을 떠올리려 애쓰며 서성였다. 추위에 날숨이 얼어붙어 공기 중에 작은 구름을 만들어냈다. 마침내 귀도가 마르티나와 아이들과 나를 차례로 포옹하고는 차에 올랐다. 치아라도 돌아가며 우리를 껴안았다. 말을 할 수 없을 정도로 심하게 울었다. 그녀는 우리를 돌아보지 않고 운전대에 미끄러져 들어가 앉았다.

그녀가 공터에서 차를 돌리는 동안 우리는 꼼짝 않고 가만히 서서 쌍둥이의 손을 잡고 있었다. 차는 천천히 멀어져갔지만 20미터 정도 가다가 멈췄다. 귀도는 창문으로 몸을 내밀고는 소리쳤다.

"어젯밤에 내가 한 말들 말이야, 진심이 아니야."

그리고 낡은 르노는 자갈길에 튕겨 오르며 언덕 너머로 사라져갔다. 마르티나와 나는 가만히 서서 차가 사라지는 것을 보았다. 우리를 둘러싼 시골의 공허함 속에서 우리는 끔찍할 정도로 외로움에 사무쳤다.

17

 봄이 되자 이제 오직 둘이서만 엄청난 양의 일을 처리해야 했다. 우리는 우리 앞에 놓인 집안일에 모든 힘을 다하고 귀도와 함께 꿈꾸었던 모든 계획을 잊어버리기로 결심했다. 우리는 엄격한 일정을 세웠다. 하나의 일을 마치고 다른 일을 하는 사이에 쉬는 시간을 최소화했다. 아이들에게도 간단한 일을 가르쳤다. 그러나 매일매일 매 순간마다 얼마나 열심히 일하든 상관없이 노력의 무의미함이 기운을 빠지게 했다. 우리가 하는 모든 일이 우리를 지치고 힘들게 했다. 우리는 밤에 침대에 누워 이에 대한 이야기를 나누었다. 귀도가 듀 카세에서 우리가 다시 행복해질 수 있는 능력을 아예 앗아가 버린 것이 아닌가 생각했다.

 자식들이 다 자라 제 갈 길을 찾아 집을 떠난 중년 부부 같았다. 이런 느낌은 점점 더 강렬해졌다. 마침내 하루 중 어느 순간도 그 느낌에서 벗어날 수 없는 지경에 이르렀다. 우리는 들판에서 일하며 마치 그것이 교도소라도 되는 듯 두 집을 멀리서 바라보았다. 지하수에서 올라오는 축축한 습기를 느낄 수 있듯이 두 집이 발산하는 외로움을 감지할 수 있었다. 도시의 압박감에서 멀리 떨어져 살면서 너무나 행복했었다. 이제 그 거리가 우리를 두렵게 했다. 우리는 밤이면 문과 창문을 걸어 잠그기 시작했다. 이전에는 한 번도 하지 않았던 행동이었다.

 우리의 안정감은 약화되었다. 시골에서 사는 7년 동안 억누르고 있던 회의감을 더 이상 무시할 수 없었다. 자급자족 마을에 대한 귀도의 생각은 이 시점에서 매우 비현실적으로 보였다. 우리의 재정 상태는 그 어느 때보다 위기 상황이었다. 아이들이 어른이 되었을 때 선택의 자유를 보장해줄 수 없을지도 모른다는 생각, 그들이 충분한 돌봄을 받지 못했다고 느끼거나 취약한 기분을 느낄지도 모른다는 생각, 우리가 조심스럽게 회피해왔던 모든 물질적인 것에 끌릴지도 모른다는 생각에 걱정이 되었다.

때로 우리는 세상의 그 어떤 두 사람의 의견보다도 서로의 의견이 일치함에도 말다툼을 했다. 마르티나는 아이들의 미래에 대해 걱정을 하며 이렇게 말했다.

"지금은 괜찮아. 애들이 고작 다섯 살밖에 안되었으니까. 하지만 아이들이 열세 살이 되면? 아이들이 뭐든 할 수 있게 되자마자 페루지아로 도망가서 헤로인이나 맞으면 어떡해?"

나는 최소한 아이들이 어찌되었든 생의 시작을 건강하게 했다고, 매연으로 인한 만성 기관지염에 걸리지도, 부족한 공간 때문에 신경증에 걸리지도 않았고 도시의 끔찍한 냄새와 시야와 형태에 시달려 돌이킬 수 없게 미적 감각이 손상되지도 않았다고 대꾸했다. 그녀는 내 말에 거의 귀를 기울이지도 않았다. 그녀가 비난하는 것은 내가 아니었다.

"시골에 사는 것은 선택이야. 만약 아이들을 여기서 키운다면 당신이 애들에게 시골 생활을 강요하는 거라고."

"그렇다면 아이를 낳는 건 아이들에게 생을 강요하는 거로구만."

우리는 마치 귀도처럼 말하고 있었다. 둘 다 그것을 깨달았다.

하지만 우리는 어쨌든 머물렀다. 봄을 지나고 난 후 뜨거운 더위와 벌레가 득실거리는 여름은 매일 밤늦게까지 탈곡하고 채질을 하고 곡식을 부대에 담으면서 보냈다. 우리는 옷을 벗을 기운조차 없이 침대 위로 쓰러지곤 했다. 우리는 도시로 나갈 수 있는 다리를 완전히 불태워버렸다. 이제 도시로 돌아가는 것은 불가능했다. 가진 돈을 모두 써버렸고 도시에서 생존하는 법을 잊어버렸다. 쉽게 포기할 수 없을 새로운 습관이 몸에 배었다. 얼마 동안 마르티나와 나는 콘크리트 벽과 우리 사이에서 걷는 쌍둥이와 함께 밀라노로 돌아가는 꿈을 반복해서 꾸기도 했다. 그러다가 더 이상 그런 꿈을 꾸지 않았고 그에 대해서 더 이상 생각하지 않았다.

떠나는 대신 땅에 더 깊이 뿌리를 내리고 도전을 받아들였다. 우리와 우리 주위의 모든 것과의 대결이었다. 우리는 모든 여가 시간을 농사기술과 작물의 종류를 공부하는 데 보냈다. 단기 계획과 장기 계획을 세웠으며 도달해야 할 목표를 설정했다.

또한 도움이 없이 우리끼리만 계속 해나갈 수는 없다고 결정했다. 페루지아 대학에 가서 현관 게시판에 우리와 함께 살고 일할 사람을 찾는다는 공지를 붙였다. 일주일 사이에 네댓 명의 전화를 받았다. 거기에는 우디네에서 온 농과학생 파올로가 포함되어 있었다. 바로 그가 마음에 들었다. 그는 키가 크고 덩치가 건장했지만 동안이고 카페에서 일하는 리비아라는 자그마한 여자와 함께 살고 있었다. 그들은 꽤 오랫동안 시골에서 살고 싶다는 꿈을 꾸어왔었다. 우리가 그들을 데려와 듀카세를 보여주자 그들은 매우 신이 나서 자신들이 게시판 광고를 본 것은 운명의 신호였다고 말했다.

우리는 적어도 귀도와 치아라가 돌아올 때까지만이라도 그들이 두 번째 집에서 살 수 있도록 하자고 결정했다. 이틀 후에 그들은 짐을 챙겨 페루지아로부터 이사를 왔다. 파올로와 나는 침대를 옮겨 두 번째 집의 방 하나에 놓았다. 저녁이 되자 그들은 기분이 좋아 보였다. 어느새 자리를 잡은 듯해 보였다. 그러나 다음 날 아침에 건너와서 우리 집에서 함께 살면 안 되겠냐고 물었다. 두 번째 집이 너무 휑뎅그렁하고 임시거처 같다고 하며 밤새 한숨도 못 잤다고 했다. 마르티나는 이해한다고 그 집이 아름답지만 살기에는 힘들 것이라고 했다. 나마저도 거기에 사는 것은 뭔가 이상해 보인다고 인정할 수밖에 없었다. 아마도 좁고 각진 방의 형태 때문이거나 불편하게 3층으로 나뉜 구조 때문인지도 몰랐다. 아니면 우리가 살기에 충분한 공간이 있어서 두 번째 집이 그냥 필요하지 않았던 것일 수도 있었다. 그래서 쌍둥이가 처음엔 약간 저항감을 가졌고 우리도 그랬다. 하지만 어쨌든 파올로와 리비아는 귀도와 치아라가 쓰던 방으로 이사를 왔다. 두 번째 집은 다시 한 번 빈집이 되었다. 우리는 항상 그 집을 깨끗하게 유지하고 자주 창문을 열어 환기를 시켰다. 하지만 보금자리라기보다 물리적인 의미의 집이 되어간다고 한 마르티나의 말이 옳았다.

귀도와 치아라는 런던에서 살 곳을 물색하는 중이라고 엽서를 보냈다. 그리고 《머신 독》을 영화로 만들고 싶어 하는 세 명의 다른 제작자와 협상하기 위해 이틀 동안 머물렀던 로마에서도 또 다른 엽서를 보내왔다. 치아라가 글을 쓰고 귀도는 단지 "제작자"란 단어를 가리키는 화살표를 그리고는 "교활한 도둑들"이라고 적어 넣었을 뿐이었다. 그러고 나서는 더 이상 아무 소식도 듣지 못했다. 오랫동안 우리는 그들이 어디 살고 있는지를 알려주는 전화나 편지가 오길 기다렸다. 그러나 그들에게 소식을 전해 듣는다는 생각조차 매일 머릿속을 채우는 수많은 다른 것에 잊혀졌다. 그들에 대해 생각할 때마다 모욕당했다는 모호한 감정이 느껴졌다. 그들의 행동을 이해하고 합리화하려는 노력에도 불구하고 배신감과 버림받았다는 느낌이 들었다.

9월 말이 되자 쌍둥이는 학교에 입학하기 충분한 나이가 되었다. 몇 주간 마르티나와 나는 아이들을 학교에 보내야 할지 말아야 할지 의논을 했다. 귀도의 표현처럼 아이들이 "균일화" 과정을 겪게 만드는 것은 끔찍한 일처럼 느껴졌다. 하지만 동시에 아이들을 외부세계에 충분히 노출시키지 않은 것을 나중에 후회하게 될지도 모른다는 생각에 두려웠다. 우리는 이 문제를 파올로와 리비아와 상의했다. 그들의 태도는 귀도의 의견보다 훨씬 더 현실적이었다. 그들은 중요한 것은 아이들이 또래의 다른 아이와 격리되어 있다는 느낌을 받지 않도록 키우는 것이라고 설득했다.

하지만 작은 치아라와 작은 귀도는 둘 다 자연의 아이들이었다. 주위와 스스로를 돌보는 것에 익숙했다. 그들은 오전 내내 교실에 갇혀 책상 앞에 앉아 있고 싶어 하지 않았다. 매일 아침 일곱 시 반 마르티나와 나는 번갈아 가며 아이들을 집에서 끌어내서 억지로 차에 태웠다. 학교에 도착해서는 아이들을 다시 한 번 강제로 차에서 끌어내려야 했다. 아이들을 두고 집으로 돌아올 때면 우리는 마치 변절자가 된 기분이었다.

조금씩 아이들은 저항을 포기하기 시작했다. 교사는 아이들이 점점 더 문명화되어 가고 있다고 말했다. 우리는 아이들이 새로운 환경에 적응하기 시작했다는 것을 알 수 있었다. 우리는 아이들이 말하고 움직이는 방식에서, 아이들의 그림과 놀이에서 변화의 초기 신호를 눈치 챘다. 다시 한 번 우리는 성인과 아이들에 대해서 귀도가 하곤 했던 말을 기억했다. 우리는 우리 자신의 인생에서도 올바르고 합리적인 선택을 하지 못하면서 아이들의 인생에 관해 성숙하고 균형 잡힌 선택을 하려고 애쓰는 것은 우리 소관이 아니라는 결정을 내렸다. 우리 자신도 받아들이기를 거부했던 일반적인 표준에 따르도록 강요할 수 없었다.

나는 학교 교장에게 가서 말하기로 결정했다. 교장은 내게 자녀들이 초등학교 교육을 받지 않는 것에 대해 부모로서 도덕적 법적 책임을 질 것이며 국가고시를 통해 학습 수준을 확인할 수 있도록 개인 교습을 제공하겠다는 확인서에 서명하게 했다. 며칠 되지 않아 치아라와 귀도는 길들여지지 않은 상태로 돌아왔고 야생동물이 포획되었다가 도망쳤을 때 보이는 분노의 흔적을 보였다. 마르티나와 나는 현실적인 조언이 언제나 최선은 아니라는 것을 깨달았다.

우리는 마지막으로 남아 있던 4헥타르의 유휴지를 경작하고 파종을 했다. 페루지아의 제분소와 더 나은 조건으로 계약을 하고 우리 생산물에 보증상표를 붙여서 팔 수 있도록 유기농 농장 협회 가입 신청서를 냈다. 리비아와 마르티나는 우리 과수원에서 딴 배와 모과로 새로운 잼 제조법을 실험해보기 시작했다. 몇 시간이나 펄펄 끓는 냄비에 몸을 굽히고 보내지 않도록 대량으로 동시에 커다란 병을 준비할 수 있는 소독기도 구입했다.

마침내 겨울이 왔을 때 지난 몇 년 중 가장 추웠지만 거의 추위를 느끼지도 못했다. 우리 집은 난방이 아주 잘 되어 있었다. 우리가 의지할 수 있는 사람들과 활동과 계획으로 따뜻했다. 파올로와 리비아는 낙관주의자였다. 그들은 결코 우울해하거나 언젠가 갑작스럽게 우리를 떠날지도 모른다는 기색을 비치는 법이 없었다. 때로 나는 내가 거의 분노의 감정으로 귀도와 치아라를 그들과 비교해보곤 한다는 사실을 깨달았다. 그들의 불안정함과 예측 불가능성은 매일 그날이 그들과의 마지막 날인 것 같은 기분에 휩싸여 살게 했었다.

마르티나와 나는 밤에 침대에 누워 이야기를 나눌 때면 이전의 그 어느 때보다 평화로운 기분이었다. 한때 우리를 그토록 불안하게 만들었던 모든 의심과 두려움은 거의 잊혀졌다.

18

1984년 초 우리는 나와 마르티나 그리고 리비아와 파올로를 조합원으로 하는 "듀 카세 협동조합"을 설립했다. 지방 법원이 그 엄청나게 느린 과정을 통해 신청을 처리하고 나서 우리는 공식 인증을 받은 마카로니용 밀, 박력분, 과일 잼, 치즈 및 생물기능농법 와인 생산자가 되었다. 우리는 이제 암염소 두 마리가 더 있었고 숫염소 한 마리를 더 구입했다. 포도밭에도 서향 비탈을 따라 새로 여덟 고랑을 일구었다. 과수원과 채소밭과 곡식밭은 최고의 상태였다. 7월 수확량은 전년에 비해 두 배로 늘어났다. 페루지아의 제분소에 곡물 가마를 실어 나르느라 트럭이 네 번이나 왕복해야 했다. 지하실 선반은 살구, 복숭아, 자두와 체리를 꿀이나 가공되지 않은 사탕수수 설탕으로 절인 잼을 담은 병으로 가득 찼다. 잼의 라벨은 쌍둥이의 도움을 받아 전부 손으로 색칠했다. 밀라노에 있는 유기농 식품 소매상은 우리가 생각할 수 있는 모든 밀가루, 와인과 잼을 팔았고 수요가 계속해서 늘어나고 있다고 말했다.

우리는 지쳤지만 미래는 조금 더 보장된 것처럼 보이기 시작했다.

가을에 귀도에게서 편지가 도착했다. 런던에서 보내온 그 편지는 다시 교류를 회복하고 싶지만 동시에 처음에 그것을 끊은 것에 대한 죄책감을 느끼는 사람의 어색한 어조로 쓰여 있었다. 그와 치아라는 어느 조각가가 뉴욕에 가 있는 2년 동안 그의 집에 살게 됐다고 했다. 치아라는 화랑에서 일을 했다. 그는 어떤 예술적 흐름을 따라야 할지 잘 모르겠고 가끔 글 쓰는 것을 직업으로 삼는다는 생각 자체가 터무니없다고 느끼긴 하지만 어쨌든 하루 종일 글을 쓴다고 했다. 그는 제도적인 틀 안에 비집고 들어가고자 하면서 결과를 만들기를 기대하는 지나치게 병적인 활동이라고 했다. 아마도 그렇게 할 수 있는 사람은 상업적인 쓰레기를 만들어 내거나 유사 실험을 할 수 있는 냉소적인 작가뿐일 거라고 말이다.

그는 처음 거기 갔을 때만큼이나 런던을 좋아하지 않았다. 밀라노에 비해 약간 더 영감을 주긴 했지만 이제 그것은 자동차로 가득한 또 하나의 슬픈 대도시로 보일 뿐이라고 느꼈다. 처음 몇 주 동안 치아라와 그는 서점과 박물관과 영화관과 극장과 록 콘서트를 돌아보며 매일을 보냈지만 더 이상 외출을 하지 않는다고 했다. 치아라가 일을 마치고 귀가하면 비 때문에 집에 있거나 책을 읽거나 텔레비전을 보며 저녁 시간을 보낸다고 했다. 그들은 거기에 얼마나 머물지 다음엔 어디로 향할지 잘 모르겠다고 했다.

그는 그녀가 자라온 배경 때문에 치아라가 자신보다 훨씬 영국 생활을 편안해 한다고 전했다. 이 점이 때로 자신은 어디에서도 진정 행복할 수 없을 거라는 생각이 들게 한다고 했다. 그는 또한 밀라노의 잔혹한 산업화가 지나치게 익명의 사회를 만들고 거기서 성장한 누구든 그다지 뚜렷이 구별되는 행동을 장려하지 않았다고 했다. 때로 그저 우리나라에 만연한 부패를 생각하는 것만으로 혐오감으로 구역질이 차오를 정도였단다. 또 때로는 영국인의 뻔함이 더 감정적이고 충동적인 사람을 그리워하게 만든다고 했다. 그러면 고국에 대한 향수를 느끼지만 아마도 그건 그가 상상하거나 아주 멀리서만 엿볼 수 있는 달콤하고 따뜻한 지중해와 인접한 이탈리아일 것이라고 했다.

그의 문체는 혼란스럽고 피곤해 보였다. 호주를 여행하는 동안 자신이 거친 모든 장소와 사람을 우리에게 보고해야만 한다고 느꼈던 편지 속 흥분감은 흔적조차 찾을 수 없었다. 그의 일기장의 한 페이지를 읽는 것 같은 기분 대신에 마치 누가 그것을 받는지 실제로 진짜 신경도 쓰지 않는 사람이 적은 병 속에 넣은 편지처럼 느껴졌다.

나는 그에게 농장의 진척 상황과 새로운 계획을 적어 보냈다. 내 답장은 삶에 대해 그가 보이는 그 모든 회의감과 극명한 대조를 이루고 있었다. 나는 오만하게 보이려는 의도는 없었지만 어쩌면 내 글에는 복수의 손길이 숨겨져 있었다고 할 수 있을지도 모르겠다. 나는 그가 그와 치아라가 우리를 버리고 간 후에 우리가 어떻게 살아남았는지 알기를 원했다.

그는 다시 편지를 쓰지 않았다.

래지와 다른 지역 농부 두 명이 우리의 유기농 재배 방법을 물어보기 위해 들렀다. 그들은 어떻게 해야 자기들 땅도 유기농으로 전환할 수 있을지 알고 싶어 했다. 화학공업 대표자와 지방 농업협동조합의 조무래기 마피아는 땅을 일구려면 땅에 독약을 뿌리는 것이 유일한 방법이라고 계속 설득해 왔고 이를 통해 자신들이 짜낼 수 있는 모든 것을 거둬 가곤 했다. 그러나 이제 그들과 다른 방식으로 키운 우리 수확물이 가격을 배로 받는 것을 똑똑히 보았다. 나와 파올로는 우리 기술을 확산시키고 주위 농부들이 유기농으로 농지를 전환하면 우리 조합원으로 받아들이기로 결정했다. 그럴 즈음 우리는 카 페르사에서 10킬로미터쯤 떨어진 곳에서 다 쓰러져 가는 제분소를 하나 발견했다. 그리고 그것을 다시 정상화시켜 중개상 없이도 밀가루를 생산하려는 계획을 세우기 시작했다. 우리는 정말 오랫동안 스스로 만족해왔던 좁은 단계를 넘어서서 농부로서의 삶을 확장하고 싶다는 바람을 가지고 있었다.

1984년 4월, 치아라가 런던에서 전화를 걸어와 마르티나에게 자신이 임신을 했다고 말했다. 마르티나가 흥분에 차서 질문하고 대답하는 것을 듣고 나는 혼자 그 놀라운 소식이 뭔지를 알아챘다. 그들이 오랜 이야기를 마치고 나서 나도 치아라와 통화를 했다. 그리고 귀도를 바꿔줄 수 있는지 물었다. 우리가 이야기를 나눈 건 너무 오래전이었다. 나는 때로 우리가 다시는 서로 말을 안 할지도 모른다고 생각했다. 치아라의 소식은 우리 사이에 새로운 소통 경로를 열어주었고 귀도와 나는 둘 다 이 기회를 이용하고 있었다.

나는 그에게 기쁘냐고 물었고 그는 물론이라고 대답했다. 나는 아무리 최고의 상황에서도 그가 기쁘다고 인정하는 말을 이전에 단 한 번도 들어본 적이 없었다. 하지만 그의 목소리 톤은 일곱 달 전에 그가 나에게 편지를 보냈을 때와 똑같이 당혹스럽고 지쳐 있었다. 그에게 일은 어떻게 되어 가냐고 물었다. 그는 내게 글쓰기에 어려움을 겪고 있으며 2년 동안 소설 작업을 해왔지만 진전이 없다고 말했다. 그는 그 이야기는 하고 싶지 않아 했다.

"그것보다 네 얘기나 해봐."

그는 쌍둥이가 어떻게 지내는지 이제 글을 읽을 수 있는지 알고 싶어 했다. 나는 그에게 매번 아이들의 코앞에 소설을 들이밀지만 지금은 아이들이 그림책에 더 흥미를 보이는 것 같다고 말해주었다. 귀도는 웃음을 터뜨렸다.

내가 그와 이야기를 마치고 수화기를 내려놓았을 때 마르티나는 자신이 이모가 된다는 사실이 얼마나 신나는지 모르겠으며 귀도와 치아라가 너무 걱정된다고 말했다. 그녀는 내게 귀도와 치아라가 행복하게 지내는 것처럼 들리더냐고 물었다. 나는 그들이 행복한지는 말하기 어려운 일이라고 했다.

19

1984년 6월 귀도와 치아라는 레리치에 집을 빌렸다. 마르티나는 나만큼이나 놀라서 어쩔 줄 몰라 했다. 그녀도 이탈리아로 돌아올지도 모른다는 그들의 이야기가 계획이 아니라 그저 막연한 생각이라고 여겼다. 하지만 귀도는 늘 그런 식이었다. 마침내 내가 그에 대한 고정적인 이미지를 떠올릴 수 있게 되면 그는 예고 없이 그것을 산산조각 내버렸고 나는 다시 새로운 상을 만들기 위해 조각을 맞춰 나가야 했다.

전화로 그는 이제 하루 종일 글을 쓰고 있지만 쉬는 동안에는 오랫동안 산책을 한다고 했다. 그들은 런던에 있는 중개소를 통해서 집을 찾아냈다. 어느 날인가 그가 마치 모든 불이 꺼져 있는 수족관에서 사는 것 같은 기분으로 깊이 우울감에 빠져 있었을 때였다. 중개소에서 조약돌이 깔린 작고 아름다운 바닷가에 위치한 집을 소개했다. 올리브, 가시나무, 월계수, 딸기, 오렌지, 레몬나무가 있는 진짜 지중해식 개인 정원이 딸린 집이었다.

북 메이커 출판사는 그의 새 책에 지대한 관심을 보였다. 그건 그들이 어쨌든 한 2년간은 재정적 어려움을 겪지 않을 거라는 의미였다. 마치 아직 잡히지도 않은 곰의 가죽을 판매한 것과 마찬가지인 처지라는 사실을 깨닫기는 했지만 말이다. 그는 우리를 초대했지만 연중 그 시기에는 하루 이틀만이라도 농장을 비우기에도 너무나 할 일이 많았다. 나는 그에게 추수를 마치고 나면 나중에 가보겠다고 했다.

치아라는 7월 중순에 전화를 걸어 그들이 그 달 말에 결혼을 할 것이며 우리가 증인이 되어주기를 바란다고 했다. 내가 들에서 돌아온 어느 날 마르티나가 이 소식을 말해주며 그녀가 농담 하는 게 아니라는 것을 납득시키느라 10분이 걸렸다. 그리고 나서도 나는 여전히 의심스러웠다. 나는 귀도에게 전화를 걸었고 그는 그 말이 사실이라고 확인해주었다. 치아라가 벌써 서류작업을 다 처리했고 레리치 타운 홀에 결혼을 공표했으며 그녀의 부모님께도 알렸다고 했다. 귀도조차 뭔가 사건이 돌아가는 것에 놀란 듯했다.

"제발 와줘. 나 혼자 두지 마."

7월 28일 마르티나와 쌍둥이와 나는 차에 올랐다. 곡식은 이미 자루에 담겼다. 포도 넝쿨에는 마늘 우린 액을 뿌려두었다. 그럼에도 나는 여전히 연중 이 시기에 농장을 떠난다는 것에 마음이 놓이지 않았다. 파올로와 리비아가 계속해서 괜찮을 거라고 말하는데도 나는 며칠 동안 둘이서 잘 해낼 수 있는지 여러 번 되물었다. 리구리아로 가는 여정은 길었고 날씨는 무척 더웠다. 우리는 매 시간마다 멈춰서야 했다. 쌍둥이는 그토록 오랫동안 깡통 같은 차 안에 갇혀 있는 것을 못 참았다. 그들은 배가 고프다거나 목이 마르다고 혹은 오줌이 마렵다고 칭얼거렸다. 레리치에 도착했을 무렵 우리는 완전히 지쳐 있었다. 태양이 바다 너머로 지기 시작했다.

우리는 귀도와 치아라의 집으로 가기 전에 레리치를 한 바퀴 걸으며 돌아보기로 했다. 그리고 리조트 타운에 얼마나 준비가 안 된 채 왔는지 깨달았다. 10년 동안 꼬박 마르티나와 나는 듀 카세에 머무르며 피땀 흘려 일하고 관계를 쌓고 농장을 떠나지 않으며 문제를 해결해왔다. 우리가 사는 곳에 너무도 밀접하게 있어서 우리가 도망쳐 나온 도시를 제외하고는 다른 장소가 존재한다는 사실조차 잊어버리고 있었다.

피서객은 우리가 지나갈 때면 고개를 돌려 빤히 쳐다보았다. 우리 표정, 우리가 입고 있는 옷, 우리 피부색을 오렌지 빛으로 물들이는 진흙같이 달라붙는 먼지에 충격을 받은 것이 분명했다. 그런 충격적 감정은 상호적인 것이었다. 쌍둥이는 얼기설기한 천 사이로 보이는 여자들의 구릿빛 피부와 성인남자들이 반바지를 입고 있는 모습, 모든 이가 하루 종일 자기만족을 위해 느긋하게 돌아다니는 모습에 눈이 휘둥그레졌다. 마르티나와 나는 아이들보다는 아주 조금 더 자제하는 모습을 보일 수 있었다.

귀도와 치아라가 머물고 있는 집은 마을에서 1킬로미터쯤 떨어져 있었다. 정원에 반쯤 파묻힌 60년대 초기 양식의 커다란 진짜 해변 빌라였다. 우리가 초인종을 누르자 대문이 자동으로 활짝 열렸다. 구불거리는 길을 따라 계단을 내려가자 귀도가 전화에서 묘사한 털가시나무와 월계수 사이를 통과하는 길이 나왔다. 그는 문에서 우리를 기다리고 있었다. 그렇게 태양이 찬란한 곳에 있는 데도 그는 항상 유지해왔던 대로 창백한 얼굴이었다. 그는 우리 둘을 포옹하고 쌍둥이를 놀란 눈으로 쳐다보았다. 아이들이 얼마나 바뀌었는지 믿을 수가 없다는 표정이었다. 치아라가 밖으로 나오자 밝은 색의 여름 드레스 아래로 5개월 된 둥그런 배가 보였다. 우리는 강렬한 기둥과 미국식 가구로 꾸며진 한때 현대적이고 고급스러웠던 빌라의 현관과 거실 사이에 선 채로 소식을 주고받았다.

귀도는 팔을 들어 주위를 휘 두르며 말했다.

"봐, 마침내 나는 내가 속했다고 느끼는 곳을 찾았어."

마르티나와 나는 웃음을 터뜨렸지만 치아라는 웃지 않았다. 그녀는 마치 귀도 가까이에도 가지 못하며 쳐다보지도 못하게 만드는 어떤 긴장감에 사로잡힌 듯 보였다. 식사를 하고 쌍둥이를 재우고 난 뒤 우리는 풀밭으로 난 베란다에 앉아 이야기를 나누었다. 아래쪽으로는 바다가 희미하게 내려다 보였다. 치아라가 마르티나에게 부모가 오후에 도착해서 지금 마을 여관에 묵고 있다고 했다. 그들의 아버지는 음식과 음악과 하객이 있는 정식 결혼식을 올리게 하고 싶었지만 귀도는 이전보다 더 그런 일들을 못마땅해 했다. 결국 그렇게 하지 못하게 했다. 그래서 아무것도 준비하지 못했고, 텔라로의 식당에서 그저 우리와 베르실리아에서 가까운 가족 친구 몇 명만이 참석한 가운데 식사를 하는 것으로 대신하려 한다는 것이었다.

치아라는 금세라도 푹 꺼져버릴 듯한 어조로 말했다. 어떻게 해서 그렇게 즉흥적이고 불안정한 귀도와의 사이에서 아이를 가지고 법적 절차를 밟을 생각을 하게 되었는지 자기 자신도 잘 알 수 없다는 듯한 느낌이었다. 그리고 귀도는 예상 외로 이를 잘 받아들이고 있었다. 아마도 가지 못할 삶의 무수한 가능성들 사이에서 이런 절차를 개척하는 기회 자체에 끌렸는지도 몰랐다. 그러한 가능성은 실제적인 자료로 변형되었고 둘 다 대립적인 역할 속에서 수인처럼 머물러 있었다. 치아라는 확신을 얻는 대신에 파멸의 새로운 전조에 둘러싸이게 되었다. 이제 그 전기는 치아라로 하여금 기댈 언덕을 찾으며 마르티나를 바라보게 만들었다.

귀도는 이 모든 것에 전혀 신경을 쓰지 않는다는 듯이 굴었다. 마침내 그는 몸을 일으키더니 바다 쪽을 향해 난 경사진 풀밭으로 내려가 이리저리 거닐었다. 나는 깊이 대화에 몰입한 두 자매를 두고 그를 따라 작은 스포트라이트로 반짝이는 레몬과 오렌지 나무 덤불 속으로 그를 따라갔다.

나는 그의 책에 대해 물었다. 그는 집필 작업은 거의 끝냈지만 《머신독》과 전혀 다른 내용이어서 출판사에서 아마도 실망할 것이라고 말했다.

그는 그들이 막 결별하려고 하는 참에 치아라가 임신했다고 말했다. 하지만 그들 사이의 기묘한 감정의 뒤섞임이 오고가는 동안 둘 다 아기를 낳는 것이 좋겠다고 느낀 것 같다.

그들의 관계는 한동안 불안하게 흔들렸다. 어느 시점에서 귀도가 완전히 무방비상태일 때를 포착한 치아라는 자신의 의심과 요구사항을 담은 긴 목록을 들이댔다.

"사람들은 시시각각 변하는 것처럼 보여. 하지만 그건 우리가 진짜 그들의 모습 그대로 보지 않고 우리가 바라는 모습으로 보았기 때문이야. 나는 언제나 그녀가 나처럼 불안정하고 뿌리가 없다고 생각했어. 그녀는 내가 자기를 바라볼 수 있도록 소리를 지를 수밖에 없었어. 그때서야 가정과 살 곳과 의지할 남자가 필요한 서른 살 여자가 보였지. 완전히 얼이 빠지는 줄 알았어. 처음부터 신호를 계속 보냈던 거야. 단지 내가 보고 싶어 하지 않았을 뿐이지."

나는 치아라에게도 같은 일이 일어난 것일지도 모른다고, 처음부터 귀도가 실제로 어떤 남자인지에 대한 모든 정보를 그녀도 볼 수 있었을 거라고 말해주었다. 하지만 귀도는 치아라를 비난할 자기편을 찾는 게 아니었다.

"나는 결코 그 누구에게도 내 자신에 대한 정보를 별로 주지 않았어. 그걸 숨기려고 애쓰며 인생의 절반을 보냈다고!"

우리는 갑자기 땅이 휙 꺼지는 잔디밭이 끝나는 지점까지 이르렀다. 절벽은 좁고 지그재그로 난 시멘트 계단으로 해변과 연결되어 있었다.

이토록 훈훈하고 향기로운 저녁에 잘 다듬어진 잔디에 발이 푹 파묻힌 채로 서서 이렇게 복잡한 문제를 논의하는 것은 기묘한 기분이었다.

"문제는 내가 그녀의 요구를 완전히 이해할 수 있을 만하고 자연스러운 것이라고 생각했다는 거야. 하지만 만족시켜줄 수 없을 거라는 생각에 내가 무너질 정도로 죄책감이 들었어. 병역도 피하고 고등학교도 자퇴해놓고 이제 와서 내 감정 문제에 국가가 그 역겨운 코를 디밀고 참견하도록 내버려 두고 있단 말이지."

우리는 계단 맨 위에 앉아 자갈이 깔린 해변을 훑고 다시 밀려가는 작지만 거센 파도를 내려다보았다.

"이런 곳에서 한 달 월세를 내려면 우리 어머니가 얼마나 오래 일해야 하시는지 상상이나 할 수 있겠니?"

다음 날 아침 쌍둥이는 새로운 환경에 신이 나서 평소보다 일찍 일어나 우리 둘을 침대에서 끌어내렸다. 치아라와 귀도는 여전히 자고 있었다. 빌라 안에는 아무 소리도 들리지 않았다. 가구나 커튼마저도 수년 동안 소금기 어린 습기로 뻣뻣해 보였다. 우리는 아침을 먹고 식물을 좀 더 자세히 보기 위해 정원을 둘러보러 나갔다가 해변으로 내려갔다. 물은 차가웠고 특별히 깨끗해 보이지는 않았다. 쌍둥이는 난생 처음 수영을 하고 싶어서 안달을 했다. 우리는 다함께 물에 뛰어 들었다. 얕은 물에서 서로 물을 튕기고 즐거운 비명을 질렀다. 작은 치아라는 물에 둥둥 떠 있는 내 기술을 흉내 내려고 애썼다. 작은 귀도는 팔과 다리를 마구 움직여대는 기세로 물에 뜨는 것에 성공했다. 마르티나와 나는 수영하는 방법이 잘 기억나지 않았다. 그래서 우리는 해안선 가까이에 머물렀다.

우리가 집으로 돌아왔을 때 귀도와 치아라는 말다툼을 하고 있었다. 그들이 서로 화가 나 소리를 질러대며 방에서 방으로 돌아다니며 물건을 집어던지는 소리를 들을 수 있었다. 우리는 안으로 들어가서 그들을 진정시켜야 할지 아니면 싸움이 끝날 때까지 밖에서 기다려야 할지 몰랐다. 그들이 각각 그런 식의 감정을 느낄 때는 그럴만한 이유가 있을 거라고 느꼈기 때문에 우리의 참견이 아무에게도 이롭지 못할 거라고 생각했다. 우리는 수영을 하고 와서 여전히 기분이 고조되어 있었고 그들의 목소리가 커졌다 작아졌다 하는 것이 들리는 밖의 풀밭에 앉아 있기로 했다.

그러다가 치아라가 베란다 밖으로 나왔다. 그녀는 짧은 흰 면 드레스를 입었고 배를 가리려는 시도조차 하지 않았다. 눈은 파란 아이라이너로 강조되어 있었다. 그리고 그녀는 여전히 신부처럼 보였다. 그녀에게는 뭔가 특별한 우아함이 있었다. 그녀가 인생의 이 중요한 순간에 부여한 의미로부터, 또 이 자리에 오기까지 그녀가 견뎌내야만 했던 모든 논쟁과 고통과 저항으로부터 우러나온 것 같은 우아함이었다.

귀도는 부엌에서 백포도주를 병째 들이켰다. 그는 내게도 포도주를 권했다. 그는 전날 입었던 것과 똑같은 색이 바랜 파란 셔츠와 오래된 청바지를 입고 낡은 테니스 신발을 신고 있었다. 그를 알게 된 이후부터 나는 그가 옷차림에 신경 쓰는 것을 본 기억이 별로 없다. 그가 쇼핑하러 가는 모습이나 자기 결혼식을 위해 잘 차려입는 모습조차도 상상할 수가 없었다.

마르티나와 나는 우리가 보증하는 한 쌍에게 부부로서의 모범이 되었다. 우리는 입으려고 생각했던 재킷을 가방에 넣은 채 그대로 두었다. 마르티나는 화장실 거울 앞에서 재빨리 옅게 화장을 했다. 귀도는 계속해서 병째 백포도주를 마셔댔고 결혼식 이후 순서에 대해 치아라를 놀려댔다.

"당신 아버지가 첫 왈츠를 추기 위해 당신 손을 잡고 바닥을 휩쓸고 다닐 모습이 선하구만."

그는 웃음을 터뜨렸다. 치아라는 그의 행동에 격분해 책을 집어 던졌다. 책은 아슬아슬하게 빗나갔다.

우리는 레리치를 향해 출발했다. 차들이 쌩쌩 우리 곁을 지나치는 동안 우리는 해변 도로를 따라 걸었다. 귀도는 지나는 차를 향해 무례한 몸짓을 해 보이며 천천히 가라는 신호를 했다. 곧 쌍둥이가 그를 흉내 내며 작은 야만인처럼 손짓을 해대고 자기들이 아는 모든 욕설을 고래고래 외쳐대기 시작했다. 아이들은 아기였을 때부터 귀도에게 홀딱 빠져 있었다. 아이들은 내 말은 들은 척도 하지 않았고 나를 포함해서 누구도 아이들에게 별 영향을 끼치지 못했다는 것을 생각할 때 그것은 참 이상했다.

우리는 작은 무리를 지어 마을을 가로질러 걸었다. 귀도는 쌍둥이가 퍼부어 대는 모든 질문에 계속 답을 해주었다. 하지만 그가 원하는 만큼 아이들과 농담을 하며 어울리기에는 너무 긴장한 상태였다. 치아라는 입술을 깨물고 있었다. 어쩌면 그녀의 부드럽지만 고집스러운 감언이설로 그를 강제로 결혼까지 끌어들였다는 것을 후회하고 있는지도 몰랐다.

"모든 걸 너무 극적으로 확대하지는 말자. 이건 그냥 형식일 뿐이야."

마르티나의 격려에도 아무도 미소를 짓지 않았다. 우리는 처형장으로 가는 것처럼 그냥 계속 걸어갔다.

우리는 결혼식이 예정된 시간보다 20분 전에 시청에 도착했다. 퀴만디세트 부부는 아직 어디에도 보이지 않았다. 치아라는 아래층에서 그들을 기다리고 싶어 했지만 귀도가 "나는 올라간다."라고 말했다. 그래서 우리는 그를 따라 문 안쪽으로 들어갔다. 치아라는 우리 뒤를 따라 급히 계단을 뛰어올라왔다. 시장 집무실 밖에서 멈춰 머리를 매만지며 여동생 옆에 딱 붙어 서 있었다. 귀도는 얼굴이 너무도 창백해서 정말 사형수라도 된 것 같았다.

어쨌든 안쪽에는 총살형 집행대는 없었다. 작고 뚱뚱한 시장은 책상 뒤에 앉아서 비서인지 조수인지 하는 여자와 뭔가를 의논하고 있었다. 그는 이렇게 우리가 빨리 온 것에 놀란 듯했다. 그는 3주 전에 시장으로 선출되었고 이 마을 주민은 거의 다 교회에서 식을 올리기 때문에 이전에 한 번도 결혼식 주례를 맡아본 적이 없다고 했다. 그의 책상 위에는 비닐 종이에 싸인 거대한 글라디올러스 꽃다발이 놓여 있었다. 그는 자꾸만 꽃다발을 쳐다보았다. 그의 비서는 이탈리아 국기의 색인 빨강, 하양, 초록 삼색 시장 띠를 두르는 것을 도왔고 그의 앞에 민법 책을 놓아두었다. 그는 아마도 보통 생략하기 마련일 것 같은 법 조항 전체를 낭독하기 시작했다. 그는 끊임없이 계속 읽고 또 읽었다. 귀도와 치아라는 그의 맞은편에 서서 서로의 시선을 피하고 있었다. 마르티나와 나는 그들 뒤에 세 걸음 정도 떨어져 벽에 등을 기대고 있었다. 쌍둥이는 작은 포식자처럼 방 안을 빙빙 돌아다니고 서랍을 열고 서류를 엉망으로 만들었다. 나는 낮은 소리로 아이들을 혼내고 멈추라고 위협적인 자세를 취했다. 시장은 주의가 흐트러져서 문장 중간에 말을 멈췄다가 다시 뒤로 돌아가거나 똑같은 문장을 몇 번이고 다시 읽고는 했다. 사무실 안은 찌는 듯이 더웠고 창문은 모두 닫혀 있었다. 비닐에 싸인 글라디올러스 꽃다발은 마치 무덤에 놓을 준비가 된 것 같았다. 시장은 땀으로 뒤범벅이었다. 가능한 한 부지런히 절차를 따르려고 노력했지만 그건 끔찍한 고역의 시간이었다.

그러던 중 귀도가 웃기 시작했다. 처음에는 소리 죽여 웃었다. 그 웃음은 전염성이 있었다. 마르티나와 나도 키득거리기 시작했고 시장의 비서도 합세했다. 쌍둥이는 폭소를 터뜨렸다. 다행히 시장은 유머 감각이 있었다. 그는 읽기를 멈추고 귀도와 치아라에게 결혼을 원하느냐고 물었다. 그들은 둘 다 그렇다고 대답했다. 귀도는 무심한 태도로 마치 그 질문에 신경조차 쓰지 않는다는 태도로 대답했다. 치아라는 웃음 때문에 기분이 상해서 화가 난 목소리로 대답했다. 시장이 그들에게 반지를 교환하라고 했을 때 그녀는 반지를 하나만 꺼내 아주 우아하고 진지한 태도로 자기 손가락에 꼈다. 우리는 불안한 키득거림을 멈췄다. 갑자기 웃은 것이 매우 무례한 태도로 보였다. 우리는 모든 서류에 서명했다. 시장과 그의 비서에게 감사 인사를 한 뒤 글라디올러스 꽃다발을 들고 가능한 한 빨리 쌍둥이를 계단 아래로 끌어내렸다.

정문 밖에 퀴만디세트 가 사람들이 서 있었다. 퀴만디세트 씨는 다가오는 작은 무리의 사람들에게 손을 흔들었다. 그들은 모두 몸을 돌려 우리를 바라보았다. 귀도의 출간 기념회에서 그랬던 것처럼 딱딱하고 격식을 차리는 태도와 경멸의 그림자가 표정에 드리워져 있었다. 우리는 모두 악수를 했다. 마르티나와 치아라는 귀도와 나만큼이나 당황했다.

그들의 아버지는 손목시계를 힐끗 보고는 말했다.

"자, 준비하자!"

마르티나는 결혼식이 이미 끝났다고 설명했다. 그들은 기묘하게 당혹한 듯이 보였다. 내가 본 그들의 얼굴에 드리운 그림자가 경멸보다는 상처받기 쉬운 연약함일 수도 있을까 궁금했다. 그러고 나서 그들의 아버지가 귀도와 치아라에게 시청 문 앞에 서보라고 했다. 그는 갈색 가죽 케이스에 싸인 오래된 레이카 사진기로 스냅 사진을 두어 장 찍었다. 그는 무기력하게 맥을 못 추는 아마추어 곤충학자처럼 보였다. 내가 처음에 생각했던 것보다 더 무심해 보였다. 귀도는 냉소적인 눈으로 그를 살폈다. 아마도 나와 같은 선상에서 생각하는 것으로 보였다.

작게 무리지은 사람들이 마침내 우리 쪽으로 다가왔다. 그들 중에는 치아라와 마르티나의 오빠인 마르지오가 있었다. 그는 나보다 약간 더 나이가 많았지만 옷차림이나 행동으로는 마치 아버지 세대 정도로 보였다. 나머지 사람들은 퀴만디세트 부부의 친구들이었다. 그들은 동정이 어린 시선으로 치아라를 바라보았다. 그녀가 임신한 상태였고 전통적인 방식의 결혼식을 올리지 않았기도 했지만 결혼식에 하객이 없는 것 때문인 듯 했다. 그들은 비밀리에 자신의 결혼식이나 자기 딸과 딸의 결혼식을 떠올리며 지금 이 결혼식에 견주어 보고 있었다. 치아라는 그것을 잘 알고 있었다. 그녀는 그들의 미소 띤 가식적인 질문에 미소와 감사의 인사로 답하려고 최선을 다해 애를 썼다. 귀도와 마르티나와 쌍둥이와 나는 계속 옆쪽에 서서 우리끼리 이야기를 나누고 있었다.

마르지오가 다가와 귀도의 팔을 꽉 쥐며 말했다.

"내가 계속 자네를 지켜볼 걸세. 알았나?"

마르티나는 나에게 어릴 때부터 그녀의 오빠가 항상 자신과 치아라에게 부모처럼 굴었다고 설명했다. 아버지 역할을 감당하기에 지나치게 자기도취적이고 유약했던 아버지 대신에 그 역할을 맡았다고 했다. 그는 나와 마르티나에게 결혼할 거냐고 물었다. 남학생 사교클럽이나 병영 생활관에 더 어울릴법한 가볍게 비꼬는 어조에 깔린 힐난의 기색이 명백했다. 나는 내가 생각하는 한 우리는 이미 결혼을 한 상태라고 설명했다.

우리는 시청 앞에서 계속 서 있었다. 태양빛이 머리 위로 쏟아져 내렸다. 쌍둥이는 수영을 하러 가고 싶어 했다. 치아라는 장례식 꽃다발 같은 글라디올러스 꽃다발을 어떻게 하면 좋을지 몰랐다. 그들의 아버지는 루가노 호수의 난파선에 대한 이야기로 친구들을 재미있게 해주고 있었다. 어머니는 마르지오에게 다음 계획이 뭐냐고 물었다. 마르지오는 걸어가서 귀도에게 질문을 돌렸다.

"글쎄요. 다 같이 수영을 가거나 손목을 그어버릴 수 있겠죠. 고르세요."

그 대답은 또다시 치아라가 그에게 격분하도록 만들었다. 그녀는 글라디올러스 꽃다발을 땅바닥에 패대기쳤다.

우리는 그들의 집으로 돌아가서 뭐든 좀 먹고 마시기로 결정했다. 퀴만디세트 일가와 그들의 지인들, 치아라, 마르티나와 쌍둥이 그리고 귀도가 출발했다. 마르지오는 나를 강제로 한 바로 끌고 가서 차가운 샴페인 몇 병을 사고 카나페를 준비해달라고 했다. 기다리는 동안 그는 나에게 듀 카세에 대해 물었고 내가 생물기능농법에 대해 이야기를 하자 냉소적인 미소를 지었다. 그는 피아트 그룹 계열사 중 한 곳의 컨설턴트였다. 나는 아무리 노력해도 우리 사이에 공통점을 찾을 수는 없을 거라고 생각했다.

빌라로 돌아가면서 몇 발자국 나를 앞서서 걸으며 샴페인 봉지를 들고 가는 그의 모습을 바라보았다. 그는 마치 자신이 세계를 소유하고 있는 양 회의하는 모습이라고는 전혀 없이 너무도 스스로에 대한 확신에 차 있었다. 문득 바람직한 남자의 모습에 대한 치아라의 생각이나 기대가 최소한 일부는 그의 이미지에서 비롯되었으리라는 생각이 떠올랐다.

집으로 돌아와서도 귀도는 손에 병을 들고 퀴만디세트 일가와 그 지인과의 대화로 점령당한 거실 주변을 어슬렁거리고 있었다. 그가 내게 말했다.

"마르티나랑 애들 데리고 나가. 여기 확 불 질러버리게."

불을 지르는 대신 그는 계속 술을 마셨다. 더 이상 그렇게 차갑고 독한 백포도주를 마시는 것에 익숙지 않았음에도 나도 그와 함께 술을 마셨다. 우리는 잔디밭으로 나가서 낮은 담 위에 나란히 걸터앉았다. 그는 아마도 지겨워 죽을 것 같은 이야기를 길게 늘어놓고 있는 듯한 부모의 지인 중 한 명의 이야기를 예의바르게 경청하고 있는 치아라를 바라보았다. 잠시 후에 귀도가 말했다.

"나는 그녀를 떠날 수가 없었어. 하지만 말이야, 이거 알아? 우리가 탈옥하려고 계획하고 수년 동안 어떻게 하면 철창을 뚫고 나갈까 노심초사를 해서 마침내 벽까지 갔는데 한 명이 다른 한 사람을 뒤로하고 혼자 탈출한 것 같아. 그녀가 수년 동안 나를 참아준 그 모든 인내와 우울증에서 나를 끌어내 작업을 하도록 격려하느라 쏟은 에너지를 생각하면 그녀를 떠난다는 생각 자체가 내가 배신자가 된 것 같은 기분이 들게 해."

나는 완벽하게 이해한다고 나 또한 마르티나를 떠난다는 걸 상상조차 할 수 없다고 말했다. 이제 여기까지도 헤치고 왔으니 그들의 관계가 나아질 수도 있을 거라고 말했다.

"우리는 지난 몇 달 동안 서로에게 적이 돼버렸어. 만약 작업할 책이 없었다면 무슨 짓을 했을지 모르겠어."

그는 소설이 우리가 사는 장소들의 균형이 해체되는 것에 관한 이야기지만 《머신 독》보다 훨씬 더 무심한 관점의 이야기라고 말했다.

"기본적으로 이 책 속에 모든 것에 대한 내 생각을 적었어. 그리고 나는 그걸 어떻게 정의해야 할지 모르겠어. 산문이라고 하기엔 너무 내 마음대로지만 또 소설이라고 하기엔 너무 깔끔하단 말이지."

우리의 대화는 마르지오에 의해 중단되었다. 그의 부인과 치아라와 마르티나가 그의 뒤를 따라왔다. 그들은 샴페인 병과 유리잔과 카나페를 들고 왔다.

"신랑 들러리가 결혼 축하 축배 제안도 안 하나?"

귀도는 미소조차 짓지 않았다. 그저 그 말이 그를 몸서리치게 만들었다. 퀴만디세트 가 사람들과 그 지인들이 그들 바로 뒤에 있었다. 그들은 수영복으로 갈아입었지만 완벽하게 옷을 갖춰 입고 있을 때만큼이나 바르게 보였다.

우리는 모두 정오의 태양이 내리쬐는 가운데 가파른 계단을 내려갔다. 그리고 자갈이 깔린 해변에 다다르자 여기저기로 흩어졌다. 아침에는 우리 눈에 보이지 않았던 플라스틱 병과 다른 파편이 파도에 쓸려왔다. 천천히 썩어가는 해초의 악취가 풍겨왔다. 작은 만을 둘러싼 나무들에 매미가 달라붙어 우는 소리가 시끄럽게 주변 공기를 가득 채웠다. 마르지오가 잔을 나눠주고 샴페인 병을 따서 따라주기 시작했다. 가족의 지인들은 칵테일파티에라도 온 듯 둘러서서 여기저기 널린 타르로 얼룩진 자갈과 눈부시게 반짝이는 해면을 바라보았다. 귀도, 마르티나, 쌍둥이와 나는 별도의 작은 무리를 이루며 얼마 안 되는 나무 그늘 아래 함께 모여 앉았다. 작은 치아라는 퀴만디세트 사람들을 가리키며 나에게 물었다.

"아빠, 저 사람들은 뭘 원하는 거예요?"

우리는 샴페인을 마시며 그들의 표정과 동작을 관찰했다. 우리는 그들이 더운데도 이어가고 있는 대화의 드문드문 들었다. 치아라는 자기 부모 옆에 서 있었다. 임신으로 가볍게 부풀어 오른 듯한 부드러운 곡선이 그녀를 더 아름답게 보이게 만들었지만 그녀는 딱히 행복해 보이지는 않았다. 하지만 우리도 마찬가지였다. 우리는 그녀에게 말조차 걸 수 없었다.

쌍둥이가 물속으로 들어가고 싶어 해서 마르티나와 나도 아이들과 함께 갔다. 일단 해변의 그 격식을 차린 분위기에서 벗어나자 분위기는 깨져버렸다. 마르지오는 튀어나온 바위에 기어 올라가 물속으로 다이빙했다. 그는 자신의 능력을 과시하러 몇 번이나 반복했다. 그리고 자신의 접영 자세를 보여주며 모두가 볼 수 있도록 활기차게 앞뒤로 헤엄을 쳤다. 그는 해변으로 헤엄쳐 돌아가 억지로 치아라의 기분을 띄우려 애썼다. 그는 그녀를 들어 올려 물에 던지고 팔을 휘저으며 그녀를 쫓아갔다. 그건 효과가 있었다. 치아라는 비명을 지르며 웃기 시작했다. 그를 피해 만의 중심부를 향해 헤엄을 치다가 헤엄쳐 돌아와 그에게 물장구를 치며 물을 튕겼다. 마치 어째서 그렇게 슬퍼했는지 생각하기를 멈춘 것처럼 보였다. 그리고 그녀의 아버지와 어머니 그리고 지인들도 모두 바다에 뛰어들었다. 그들의 뻣뻣함도 물에 닿자마자 녹아버렸다. 태양과 바다는 그들이 스스로에 대해 생각하는 어떤 의견보다도 강력했다. 이제 우리 사이에 어떤 중요한 차이나 방해 또는 우리 중 누구든 다른 누구에 대해서 그토록 걱정을 해야 할 이유 따위를 구별하기가 어려웠다. 우리는 한때는 아름다웠지만 더 이상은 아닌 그저 물속에서 첨벙거리는 비슷하지 않은 사람들의 무리였을 뿐이었다. 이 장면의 전적으로 완벽하지 않았기 때문에 오히려 그 광경은 거의 감동적이기까지 했다.

그리고 나는 여전히 해변에 가만히 서 있는 귀도를 보았다. 이 순전한 즉흥적인 순간에서조차 나머지 우리와 어울리는 데 참여하지 못하는 그에게 갑작스럽게 짜증이 치밀어 올랐다. 나는 그를 소리쳐 부르며 물에 뛰어들라고 거의 성을 내는 듯 손으로 마구 물을 튕겼다. 그는 머리를 들거나 아주 살짝 고개를 흔들었다. 그제야 나는 그가 수영을 못한다는 것을 기억했다.

20

듀 카세로 돌아오자 공기가 침체되어 있었다. 아마도 다시 집에 돌아와서 마음이 놓이지 않은 것은 처음인 것 같았다. 세상의 복잡한 작용에서 너무 멀리 떨어져 귀머거리처럼 단절된 상태로 중립적인 평온함 속에 침잠하는 것 같았다. 메마른 들판에는 아직 열기가 남아 있었다. 멀리서 들리는 마지막으로 돌리는 탈곡기와 곤충의 윙윙거리는 소리만이 정적을 깼다. 시골의 무거운 그림자가 우리를 짓눌렀다. 마르티나와 나는 파올로와 리비아가 우리에게 제시한 쉽게 해결할 수 있는 문제들에 흥미가 없었다. 우리는 레리치의 긴장감이 그리웠다. 심지어 쌍둥이조차 안절부절못하는 듯 보였다. 마치 이렇게 익숙한 주변 환경 속에서는 찾기 어려운 뭔가 놀랄 만한 일을 찾는 것처럼 주위를 서성였다.

집중하지 못하고 정신이 딴 데 가 있는 상태는 며칠 동안 지속되었다. 하지만 우리는 서서히 규칙적인 일상에 대한 통제력을 회복했다.

아니 어쩌면 규칙적인 일상이 우리에 대한 통제력을 회복했는지도 모르겠다. 우리는 8월의 느린 속도와 가을을 위한 계획 그리고 구입해서 새로 보수하려고 하는 제분소에 대한 논의 속에 몸을 맡겼다. 마르티나는 언니에게 매주 안부전화를 걸었다. 치아라는 그녀에게 여전히 귀도와 문제가 있다고 말했다. 그는 계속해서 소설을 퇴고하고 있지만 결코 만족하는 법이 없었다. 북 메이커 출판사 사람들이 매일 전화를 걸어 이제 원고를 넘기라고 독촉한다고 했다. 나는 두어 번 그에게 직접 이 문제에 대해서 통화를 했다. 귀도는 회의에 사로잡혀 있었다. 그는 결혼식과 치아라의 임신이 그가 쓰려고 했던 것의 의미를 완전히 망가뜨려버렸다고 말했다.

"내 주위의 세계가 갑자기 너무 작아진 것처럼 보여. 어쩌면 바로 그것에 대해서 쓰는 것이 나을지도 모르겠어."

9월 말에 치아라와 귀도는 밀라노로 이주했다. 그녀는 거의 임신 8개월에 접어들었고 시설이 잘 갖추어진 병원과 가족 곁에 있고 싶어 했다. 귀도의 책 또한 막 출간을 앞두고 있었다. 북 메이커 출판사는 그에게 출간 기념회와 인터뷰에 참석할 것을 요구했다. 이번에는 그의 계약서에 명시해 두었다. 그들은 일주일간 호텔에 머물렀다가 치아라의 친구 중 한 명이 소유한 아파트를 임대했다. 나는 귀도가 세상의 그 어느 장소보다 증오하던 곳에서 거주하는 것에 동의했다는 것을 믿기 어려웠다. 나는 그가 자기 파괴적인 생각에 이끌렸는지 아니면 치아라의 요구에 굴복한 것인지 궁금했다. 그것도 아니라면 아마도 산업문명에 대한 그의 경멸이 어디서 기원했는지 탐구해볼 계획이 있는 건 아닐까 하는 생각마저 들었다. 이때 나는 그에 대한 정보를 치아라가 전화 통화를 통해 마르티나에게 전달하여 걸러진 소식으로밖에 알지 못했다. 귀도는 결코 본인이 전화를 걸지 않았고 나는 그만의 이유가 있을 것이라고 생각했다. 나도 그에게 전화를 걸지 않았다.

10월 20일경 즈음 집배원이 소포를 배달했다. 귀도의 신간 《변조》였다. 표지는 내 생각에 《머신 독》을 떠올리게 하려고 한 것 같았다. 이번에도 귀도나 그가 쓴 내용과는 아무 상관도 없는 것이었다. 마르티나와 나는 번갈아가며 서로 책을 빼앗아 가며 책장을 두어 번 넘겨보다가 헌정사를 발견했다.

"마리오와 마르티나, 내가 찬미하는 유일한 평화의 농부들에게."

우리는 그에게 전화를 걸어 고맙다는 말을 할까 생각했지만 그가 기뻐할지 아니면 당혹해 할지 확신이 서지 않았다. 마르티나는 그의 헌사가 응답을 요구하는 것 같지는 않고 거기 이미 답이 담겨 있다고 생각했다. 나도 동의했다.

이번에는 그녀가 먼저 책을 읽고 싶어 해서 그날 저녁 벽난로 앞에 앉아 책을 읽기 시작했다. 나는 너무도 궁금해서 그녀 주위를 빙글빙글 돌며 책이 어떠냐고 물어보았다.

"좀 읽게 내버려 둬."

그녀가 대답했다. 그녀는 진지하게 집중에서 책을 읽었지만 나는 그녀의 얼굴에서 어떤 감정의 흔적도 볼 수 없었다. 《머신 독》을 읽을 때처럼 미소를 짓거나 슬픈 표정을 볼 수 없었다. 나는 계속 해서 그녀의 손에 들린 책에 대해 위험한 추측을 해보았고 다른 누군가의 작업에 이토록 몰두하는 것이 정상일까 자문해보기도 했다.

그녀는 다음 날 저녁 책을 다 읽었지만 다 읽고 나서도 책에 대해 어떻게 생각하는지 말하려 하지 않았다.

"생각을 좀 더 해봐야겠어. 그렇게 쉽지가 않아."

"생각을 해봐야 한다니?"

나는 그녀의 손에서 책을 낚아채며 물었다.

"그렇게 쉽지 않다는 건 또 대체 무슨 뜻이고?"

그녀는 정말 곰곰이 생각했지만 마침내 말했다.

"사람을 확 끌어당기는 책은 아니야. 물론 아주 깊이 있고 복잡하고 솔직한 관찰로 가득하기는 해. 하지만 무심한 자세로 거리를 두고 있어. 귀도가 쓴 것 같지가 않아."

나는 그녀의 말에 약이 올라 즉시 책을 읽기 시작했다. 늘 그랬듯이 그녀가 옳았다. 문장이 《머신 독》의 반대선상에 서 있었다. 화자의 시선을 외부에 두고 줄거리와도 멀찍이 떨어진 묘사였다. 줄거리는 사건과 상황을 중심으로 전개되며 사실과 감정이 거의 기하학적인 정교함으로 구축되고 해체되었다. 마치 귀도 스스로가 자신이 쓰는 글로부터 거리를 두려고 결정한 것처럼 보였다. 등장인물을 극단적으로 자세히 묘사해서 고성능 망원경으로 관찰하라고 강요당한 줄 알았다. 저 위에서 그들을 내려다보며 독자가 더 가까이 다가가는 것을 허용하지 않음으로써 결과적으로 독자를 실망시켰다. 너무 높은 곳에서 내려다보며 추상이 되어 버린 생각의 그물망 속에서 줄거리는 단지 한 장면에서 다른 장면으로 넘어가기 위한 도구인 것처럼 계속해서 중단되었다가 다시 시작했다가 유기되었다. 그 이야기는 때때로 어지럼증을 불러일으켜서 나는 자주 읽기를 멈출 수밖에 없었다. 나는 런던이나 레리치나 밀라노의 어느 방에서 세상과 정상적인 관계를 맺을 수 없는 자신의 무능력에 낭패감을 느끼는 귀도를 상상했다. 그러자 그의 책의 추상적인 강렬함이 갑자기 내게 받아들일 수 있는 것으로 다가왔다.

나는 《머신 독》을 읽을 때처럼 하룻밤 만에 끝까지 돌파할 수 없었다. 다음 날 책의 마지막장에 이르렀을 때 나는 마르티나가 그랬던 것처럼 복잡한 감정이 들었다. 그건 단순한 책이 아니었고 나 또한 그 책에 대해 이야기하기 전에 소화할 시간이 필요했다.

그래서 우리는 결국 책에 대해 이야기를 나누지 않았다. 마르티나는 치아라에게 두세 번 전화를 했지만 항상 주제를 회피할 방법을 찾아냈다. 우리는 귀도가 우리에게 뭔가 물어보거나 우리 생각이 나름 정리될 때까지 시간을 벌고 있었다.

마침내 귀도가 전화를 걸었다. 하지만 완전히 다른 이유 때문이었다. 그는 병원에 있고 치아라는 이미 분만실에 들어갔으며 아기가 막 태어나려는 참이라는 거였다. 마르티나는 그에게 침착하라고 곧 가겠다고 했다.

우리는 흥분하여 기차 시간표를 검토했다. 오후까지는 기차가 없었지만 그렇게 오래 기다릴 수가 없었다. 쌍둥이를 파올로와 리비아에게 맡기고 최소한의 필요한 물건만을 가방에 쑤셔 넣고는 차에 뛰어올라 최대한 빠른 속도로 고속도로로 향했다.

낡은 엔진은 굉음을 냈다. 차체의 삐걱거리는 소리와 휘몰아치는 바람 때문에 소음이 너무 커서 대화를 나눌 수조차 없었다. 몇 시간이나 완전히 소음의 터널 같았던 시간을 통과했다. 앞차에 바짝 붙어 따르는 차들과 자기 진로를 방해하는 모든 다른 차를 받아버릴 기세인 도로의 무법자들이 우리를 추월하며 매연의 구름 속에서 속도를 내며 멀어져 갔다. 이런 유의 기계적인 공격성이 너무도 낯설었다. 포 평원에 다다랐을 즈음에는 익숙한 듯 방관하는 그 모습에 겁이 났다.

밀라노에 도착하자 우리는 자동차의 물결을 따라 병원 쪽으로 향했다. 마르티나는 너무도 불안해하며 난산의 가능성을 걱정했다. 나는 보도 위에 비스듬히 차를 주차하고 회색 빌딩의 계단 위로 서둘러 뛰어 올라 병원 안으로 갔다.

안내 창구의 남자가 "라레미 씨"는 3층 개인병실에 있다고 알려주었다. 귀도를 그렇게 부르는 걸 들으니 기분이 이상했다. 그들의 결혼이 가지는 공식적인 함의를 처음으로 목도한 것이다. 우리는 승강기를 바로 지나쳐 계단을 달려 올라가 복도를 따라갔다. 병원의 조명과 냄새는 귀도가 스스로 걸어 들어가 감금당했던 정신병원과 삶의 동기가 없어 신경쇠약에 걸린 내가 회복했던 병원을 떠올리게 했다. 나는 반사적으로 고개를 높이 들고 들판에서의 노동으로 발달된 근육을 의식하며 활기차게 걸음을 걸으려고 했다. 나는 내 옆에서 걷는 마르티나를 바라보았다. 그녀의 생기 있고 건강한 얼굴에 다시금 안정감을 되찾았다.

치아라의 방문 위에는 파란 리본이 달려 있었다. 아마도 병원 측의 일반적인 의례인 듯했다. 우리는 고개를 디밀고 안을 들여다보았다. 사람들과 마루에서 소독약 냄새가 났다. 침대에 누워 매우 창백한 기색의 치아라가 보였다. 그녀의 부모들이 가까이 앉아 있었고 귀도는 창가에 서 있었다. 그는 돌아보았다. 그의 얼굴에 번지는 안도감의 표정이 너무도 강렬해서 400킬로미터를 운전해온 현기증을 뚫고 그대로 내 가슴에 박혔다.

우리는 치아라에게 키스를 하고 일상적인 칭찬과 축하 인사를 했다. 그녀는 완전히 지쳐서 희미한 미소를 지었다. 그녀는 한 시간 안에 다른 층에 있는 아이를 데리고 올 거라고 했다. 퀴만디세트 부부가 늘 그렇듯이 정중하지 못한 태도로 우리를 맞았다. 이제 나는 더 이상 그들의 태도가 나에 대한 개인적인 감정이 아니라는 것을 깨달았다. 그건 우리나 그 어느 누구와도 상관이 없었다. 그들은 너무도 낮은 목소리로 말해서 그들이 하는 말을 거의 들을 수가 없었다. 귀도와 나는 우리끼리의 관습으로 서로의 어깨를 두드렸지만 평소보다 차분하게 인사를 주고받았다. 방은 각기 다른 감정의 과잉으로 포화 상태였다. 소독약 냄새만큼이나 강렬하게 공기 속에 침투해서 몸짓을 느리게 하고 표정을 과장되게 하며 소리가 웅얼거리게 만들었다. 난방은 최고 온도로 맞춰져 있었다. 두꺼운 울 재킷을 입은 마르티나와 나는 땀을 흘렸다. 마르티나는 언니 옆자리의 침대에 앉아 그녀에게 속삭이며 이야기를 걸었다. 나는 귀도 옆에 서서 어디에 앉아야 할지 뭐라고 해야 할지 몰랐다. 나는 의자에 못 박힌 듯 꼿꼿이 앉아서 어쩔 줄 모르는 듯 보이는 퀴만디세트 부부를 바라보았다.

"잠깐 밖에 나가자."

귀도가 말했다. 그는 침대 쪽으로 몸을 돌려서 잠시 밖에 나갔다 오겠다고 다시 말했다. 마치 방에 있는 사람에게 말한다기보다는 방에 말하는 것 같았다.

복도로 나오자마자 나는 재킷과 스웨터를 벗었다. 너무 더워서 질식할 것만 같았다.

"너희가 도착했을 때 나는 막 창문에서 뛰어내리려던 참이었어."

귀도가 말했다. 그는 피로하고 지쳐 보였다. 면도도 하지 않았고 눈에는 핏발이 서 있었다. 그는 분만 시에 치아라와 함께 있기 위해 의사와 말다툼을 해야 했다고 말했다. 나는 그가 분만의 순간에 함께 있으려고 했다는 자체만으로도 놀라웠다.

"왕진 5분에 20만 리라야. 근데 영수증도 안 줘. 그리고 뭐라도 감히 물어볼라치면 그들의 야비한 오만함으로 대하지. 어쨌든 자기가 전문가니까. 그들은 말해주는 것만으로도 대단한 은혜를 베푸는 듯이 행동한단 말이야. 아마 좋아서 그 일을 택한 사람은 백 명 중 한 명도 안 될걸. 나머지는 그저 BMW와 볼보를 살 수 있는 정도의 돈벌이에만 관심 있어. 자기가 돌봐야 마땅한 환자에 대한 감정은 눈곱만큼도 찾아볼 수가 없단 말이야."

간호사 두 명이 서둘러 지나가며 그중 하나가 입술에 손가락을 갖다 대며 귀도에게 공모의 신호로도 받아들일 수 있을 만한 시선을 보냈다. 귀도는 목소리를 낮추지 않고 말했다.

"당신들도 마찬가지야. 이 겁 많고 무심한 것들. 당신들은 환자를 감자 포대로 보잖아."

복도의 밝은 조명 속에서 왔다 갔다 하면서 그는 지난 며칠 동안 쌓여온 것이 분명한 긴장을 표출하기 시작했다.

"이런 나라에서 살게 되면 꼭 건강을 유지해야 해. 아니면 돈을 충분히 가지고 있든지. 그래야 뭔가 필요해지는 대로 자기가 어디에 있는지를 깨달을 거거든. 일부는 도시가 이렇게 바뀐 탓을 할 수 있겠지. 살면서 다른 사람과 한 번은 접촉할 수 있지만 결코 다시 만날 수는 없단 말이야. 나는 이 개자식들이 자기가 안다고 생각했던 곳에 살게 되면 뭘 할지 보고 싶어. 만약 환자 중의 한 명이 잘못돼도 다음 날 길을 걷는 그를 다시 보게 될지도 몰라. 그리고 그 다음 날도. 이 세상은 그저 익명이야. 자기 역할 뒤에 숨어서 마치 자신이 기계속의 톱니바퀴인 양 행동하는 게 너무 쉬워."

나는 그에게 동의한다고 말했다. 하지만 그가 그렇게 싫어하는 장소에 왜 머물고 있는지 궁금했다. 아마도 그의 증오가 너무 강렬해서 그를 분노의 원천에 가까이 머물게 하는 것 같았다.

앞서 우리를 지나갔던 간호사 두 명이 복도의 다른 쪽 끝에서 적대적인 눈빛으로 쏘아보았다. 그들과 맞서는 것을 피하기 위해 나는 귀도에게 그의 아들을 볼 수 있느냐고 물었다. 그의 표정이 갑자기 바뀌었다. 그는 나에게 아기가 두 층 아래에 있다고 하며 계단 쪽으로 길을 안내했다.

우리는 또 다른 복도를 지났다. 복도 끝에 수족관에서나 쓸 유리벽이 있었다. 벽 너머에는 열두 명 정도 되어 보이는 신생아들이 요람 속에 누워 있었다. 나는 신생아실 풍경에 깜짝 놀랐다. 탄생에 대한 공장 조립라인 같은 접근법은 집에서 아기를 낳은 마르티나의 분만과 너무도 달랐다. 아기들이 줄을 맞춰 한 줄로 죽 누워 있는 것을 보니 이상했다. 각각의 아기들을 젊은 간호사가 드문드문 확인하고 있었다.

귀도는 그의 아들을 가리켰지만 확신을 하지는 못했다. 그는 노트에 휘갈겨 적은 숫자와 요람 옆에 붙여져 있는 번호를 대조해서 확인해야 했다. 우리는 아기를 좀 더 잘 보려고 유리벽에 얼굴을 바짝 붙이고 일상적인 말은 하지 않으려고 했다. 다른 아기들도 자세히 살펴보았다. 모두 주름이 쪼글쪼글하고 보랏빛을 띠고 있었지만 각자의 독특한 생김새를 가지고 있었다. 아기들 중 일부는 잠을 자고 있었고 나머지는 눈을 뜨고 있었다. 그들은 작은 팔 다리를 움직이며 머리를 아주 약간씩 이리저리 돌렸다.

"이 아기들이 어디서 왔는지 누가 알까? 이전에 어디에 있었고 여기까지 오는 데 얼마나 먼 여행을 했는지 아무도 모를걸."

아기들을 자세히 보고 나는 그들이 정말 아주 먼 세계에서 온 여행으로 지치고 여정에서 상처를 받은 작은 여행자처럼 보인다는 것에 동의했다. 쌍둥이를 처음 보았을 때 똑같은 인상을 받았지만 그때는 내 생각을 말로 표현할 수가 없었었다.

"그리고 아기들 얼굴이 다 너무 늙어 보여. 나오자마자 갑자기 비명 지르는 엄마와 돌 같이 굳은 얼굴의 의사와 차가운 금속 기기와 눈부신 조명과 끔찍한 냄새에 둘러싸인 자신을 발견하는 거잖아. 그건 분명히 기분 좋은 탄생일 리 없겠지."

우리는 움직이지도 않고 약 20분 동안 요람 속의 작은 존재에 대해 경이로운 감정에 빠져 있었다. 가끔 아기들 중 하나가 갑작스럽게 울기 시작하더니 얼굴을 일그러뜨리고 더 진한 보랏빛이 되었다. 큰 소리로 울려고 입을 벌리면 우리 쪽에서는 유리를 통해 그저 아기의 울음소리가 어떨지 상상만 할 수 있었다. 젊은 간호사가 1, 2분 쯤 지나서 요람 사이에 얼굴을 내밀고 다니며 아기들의 이불을 매만져 주었다.

"곧 아기는 정보를 모으는 데 익숙해지고 암호를 통해서 자기가 느끼는 감정을 표현하는 방법을 배우기 시작하겠지. 그러다가 마침내 그토록 덧없고 불분명한 차원에 존재했다는 것조차 잊어버릴 때까지 말이야."

아기를 보러 온 아빠들, 조부모들, 삼촌과 가족의 지인들이 귀도의 어조에 깜짝 놀라고 당혹해하며 그를 바라보았다. 젊은 간호사가 아기를 한 명 씩 안아 올려서 엄마에게 젖을 물리기 위해 유모차에 태웠다. 귀도와 나는 자리를 떴다. 나는 더 이상 그의 소설에 대한 이야기를 피할 수 없을 거라는 걸 알고 있었지만 어떻게 말을 꺼내야 할지 아무 생각도 나지 않았다. 계단으로 들어가는 문에 다다랐을 때 내가 말했다.

"《변조》를 읽었어."

그는 눈을 치켜뜨고 내 눈을 보았다. 그리고 나는 그가 내 어조에서 내가 어떤 생각을 했는지 감지했다는 것을 알 수 있었다. 그는 바로 대답했다.

"그 책 전체를 다 합쳐서 괜찮은 부분이 최대한 열 장 정도는 있는 걸 알아."

나는 그에게 열 장은 훨씬 넘는다고 말해주었지만 그는 말했다.

"나는 치아라의 요구와 북 메이커 출판사의 요구랑 아기 생각이랑 결혼식이랑 온갖 나머지 모든 것 때문에 현실에 못 박혀 있었어. 언제고 글을 쓰려고 앉으면 가능한 한 아주 멀리로 도망치고 싶은 생각밖에 없었지."

나는 그에게 그의 책이 전에는 찾지 못했던 독창적이고 복잡한 생각으로 가득한 것을 발견해서 책을 읽고 난 다음에도 아주 오랫동안 계속 그 책에 대해서 생각하게 되었다고 말하려 애썼다. 그는 시선을 돌렸다. 친구인 내 의견에 영향을 받기에는 그 주제에 대한 그의 의견이 너무 명백했다.

21

듀 카세 뒤의 잔디밭에 주차를 하자 파올로와 리비아가 서둘러 우리를 맞으러 뛰어나왔다. 그들은 둘 다 걱정으로 얼굴이 빨개져 있어서 마르티나와 나는 즉시 쌍둥이에게 무슨 일이 생긴 게 분명하다고 생각했다. 놀라서 차에서 뛰어내렸지만 바로 그 순간 쌍둥이가 염소 우리에서 달려 나왔다. 아주 멀쩡해 보였다. 파올로가 강풍 때문에 발전기가 고장 났다고 말했다. 순간 순전히 기계 상의 문제 때문에 누군가가 그렇게 걱정을 할 수 있다는 것이 화가 났다. 마르티나를 보니 그녀도 같은 생각을 하고 있다는 것을 알 수 있었다. 그리고 우리 둘 다 귀도와 치아라의 삶에 얽힌 문제들이 훨씬 더 해결하기 어렵다는 것을 느꼈다.

하지만 마찬가지로 발전기를 원상복구하기까지 꼬박 일주일이 걸렸다. 그동안 우리는 촛불에 의지해 생활하면서 보통 때보다 일찍 자고 끝없이 널린 늦가을 일에 몰두했다. 게다가 제분소에 대한 계획에 대해서도 고민해야 했다. 파올로와 나는 매일 몇 시간씩 우리가 얼마나 많은 양의 밀가루를 언제까지 생산해야 은행 융자금을 갚고 투자한 비용을 회수해 다시 우리 일에 재투자할 만큼 이윤을 남길 수 있을지 계산하며 보냈다. 하지만 여전히 은행의 대출 승인을 기다리고 있었다. 우리 계획은 지방 의회의 인가와 모든 허가를 승인 받아야 했다. 가끔씩 우리는 이 모든 것이 너무 복잡하고 위험부담이 큰 것처럼 느껴졌고 계획을 포기하고 싶은 유혹이 생길 때도 있었다. 그러나 밀의 파종에서 밀가루 포장까지 전 생산 과정을 우리 손으로 할 수 있다는 생각이 계속 전진할 수 있는 동기를 부여해 주었다.

마르티나는 치아라와 가깝게 연락을 지속했고 거의 매일 저녁 전화를 걸었다. 치아라는 출산 후 회복되었으며 아기 줄리아노도 무럭무럭 자라고 있다고 했다. 치아라와 귀도와의 관계는 그다지 나아지지 않았지만 말이다. 그는 신간 간행에 안절부절못했고 그들이 살고 있는 아파트를 싫어했으며 밀라노에 사는 것을 참을 수 없어 했다. 그는 아침부터 술을 마시고 더 많이 마시기 시작했다. 이런 음주는 오로지 그를 더 우울하고 전반적으로 세계에 대해 비관적이 되도록 만들 뿐이었다. 때로 그와 치아라는 서로 말 한마디 않고 며칠씩 보냈다. 귀도는 말없이 나갔다가 들어오고 거의 식사를 하지 않았다. 그는 줄리아노에게 깊은 애정을 보이고 요람 안에 누운 아기를 몇 시간씩이나 바라보곤 했지만 여전히 한밤중 아기의 울음소리나 계속되는 칭얼거림이나 당연히 아무것도 이해하지 못하는 무능력을 견딜 수가 없었다. 치아라는 완전히 화가 치밀어 올랐고 상황이 어떻게 나아질 수 있을지 알지 못했다.

11월 중순에 귀도의 책이 서점에 나왔다. 우리는 신문 광고에서 "《머신 독》의 작가가 다시 우리에게 충격을 안겨주었다."라고 적은 카피를 보았다. 우리는 이 슬로건을 귀도가 뭐라고 생각할지, 또 그가 이 글을 읽었을 때 그의 얼굴에 떠오른 표정이 어떨지 상상할 수 있었다. 우리는 다음 며칠 동안 이런 광고를 몇 개나 더 보았다. 마르티나와 나는 매번 얼굴을 찡그렸다. 매일 아침 우리 중 하나는 귀도의 책에 대한 다른 정보를 찾아서 신문과 잡지를 뒤적였고 매일 저녁 치아라에게 전화를 걸어 새로운 소식을 물었다.

그리고 어느 날 주요 일간지에서 귀도의 책에 대한 서평을 실었다. 그 기사의 저자 살바토레 포드레고는 책을 산산조각 냈다. 그는 《변조》가 《머신 독》과는 아무 공통점이 없다는 것을 명백하게 하면서 시작했다. 그 다음에는 귀도 라레미의 야심이 그의 문학적 위상보다 훨씬 크다는 것을 보여주었다. 행간에서조차 아무 회의의 흔적이나 소설 자체의 그 어떤 요소에 대한 호기심이나 관심의 어렴풋한 빛도 찾아볼 수가 없었다. 귀도는 가련하게 화형당한 과거의 소시오패스로 소개되었다. 이 기사는 대중매체의 위력이 얼마나 위험한지에 대한 고찰로 끝을 맺고 있었다.

"한 젊은이에게 세계를 심판할 능력이 있다고 생각하게 만듦으로써 그 젊은이의 타고난 재능을 가볍게 파괴할 수 있었다. 동의하기는 훨씬 더 괴롭지만 확고한 생각이다. 하지만 그건 그런 존재일지도……."

마르티나와 나는 포드레고의 글에 담겨 있는 개인적인 악의에 충격을 받아 서평을 두세 번 되풀이해서 읽었다. 마치 그 텅 빈 서점에서 출간한 《머신 독》 때부터 귀도를 향해 차곡차곡 쌓아올린 적대감을 불어

넣어 그의 글을 생생하게 살아나게 만든 것 같았다. 그가 속으로 쌓아온 난폭성이 폭발할 기회만 노리고 있었던 것 같았다. 우리는 대체 어떤 이유가 이 뒤에 있을 수 있을까 궁금했다. 단순히 귀도가 그와 그의 동료를 무시했기 때문일까? 아니면 그의 나이와 외모 때문일까? 개인적으로 나는 《변조》에 대한 귀도의 접근법이 그 남자를 그렇게 발끈하게 만들었을 거라고 믿었다. 귀도가 자신이 어디서 왔고 어디로 향하고 있는지도 말하지 않고 그들이 지정해준 울타리를 벗어나 더 넓은 곳을 찾아 나섰다. 그럼에도 불구하고 자기가 찾아 헤매는 이상에 도달하지 못했다는 사실이 그를 분노하게 만든 것 같았다. 마르티나와 내가 둘 다 당황했던 《변조》에서의 명확함의 부재가 포드레고에게는 용서할 수 없는 모욕으로 보인 것이 분명했다.

다른 모든 비평도 첫 번째를 메아리처럼 되풀이했다. 가장 빈번하게 반복되는 것은 귀도의 "지나친 야심" 또는 "당황스러운 시도"였다. 다른 이들은 "잃어버린 순수함"을 운운했다. 마치 지루함으로 심술궂게 변한 어린 소년들이 무리를 지어 등 뒤로 돌과 몽둥이를 들고 도둑고양이가 열린 공간으로 나올 때를 노리고 있는 것처럼 그들 3년 동안 꼬박 귀도를 숨어 기다린 것 같았다. 그들이 쓴 글에는 경쟁심리가 보였다. 그들은 누가 더 심술궂은 말을 하는지 누가 더 단호하고, 더 냉소적인지 누가 더 오만한지를 겨루고 싶은 것 같았다.

그들의 개인적인 적대감이 그들의 글을 객관적으로 보이게 한다는 것이 기이했다. 하지만 귀도가 자신의 책에 적용했던 문체보다 더 외부적이고 정제된 것이었다. 그들 중 누구도 직접적으로 "이런 식은 마음에 들지 않다."라거나 "이건 싫다."라고 말하지 않았다. 대신 그들은 자신들의 잣대에는 반론의 여지가 없다는 듯 거의 과학적인 용어를 사용해 말했다.

귀도는 전화로 나에게 그는 전혀 신경 쓰지 않으며 그들의 반응은 전형적인 관음증 환자의 좌절감이라고 했다.

"그들이 나에게 진짜 바라는 건 천진한 소설을 쓰는 거야. 아니면 그 멍청한 오락거리가 된 내 첫 번째 작품 이후로 내가 아예 사라져버리면 더 좋겠지."

《변조》는 독자들에게 큰 호응을 얻지 못했다. 부분적으로는 부정적인 서평이 줄을 이은 탓이기도 하지만 책 자체 때문이기도 했다. 치아라는 책이 너무 안 팔려서 북 메이커 출판사가 손해를 줄이기 위해 광고를 취소하기로 했다고 말했다. 마르티나는 자신이 일했던 페루지오의 서점에 전화를 걸어 내부 정보를 얻을 수 있는지 살펴보았다. 그들은 아무도 귀도의 책을 찾지 않는다고 확인해 주었다. 단 두 권만이 팔렸는데 한 권은 깡마른 소년이 다른 한 권은 절름발이 개를 데리고 다니는 할머니에게 팔았다고 했다.

치아라는 귀도가 이를 잘 받아들이지 못하고 있으며 스스로를 이전보다 더 세상과의 전쟁을 하는 중이라고 생각한다고 했다. 나는 그와 좀 더 차분하게 이 일에 대해 이야기하고 싶었다. 하지만 전화를 걸 때면 번번이 내 목소리에 마치 조문을 표하는 것처럼 동정의 어조가 서려 있음을 느낄 수 있었다. 그래서 하려던 말을 끝맺을 수가 없었다. 마침내 우리는 책에 대한 언급을 멈추었다. 이야기 주제가 그쪽으로 흐를 때마다 화제를 돌리곤 했다.

1월에 시청에서 제분소의 예비 인증서가 배달되었다. 우리가 대출을 요청한 은행은 현지 실사 조사를 위해 젊은 직원을 파견했다. 파올로와 내가 그곳에 데려갔을 때 그는 차에서 내리려고도 하지 않았다.

"이건 폐허로군요."

나는 20년 동안 들에 버려져 방치되었던 시골의 제분소에 그가 뭘 기대하는지 알 수 없었다. 그는 도시에 돌아가 즉시 부정적인 보고서를 제출했다. 곧바로 우리의 계획은 현실적이지 못하다는 통보를 받았다. 두 번째, 세 번째 은행도 똑같은 반응을 보였다. 그들은 회신하는 데 더 오래 걸리긴 했지만 모두 거절의 답장을 보내왔다.

파올로와 리비라와 마르티나와 나는 왜 그런지 알 수가 없었다. 제분소는 내가 처음 발견했을 당시의 듀 카세보다도 양호한 상태였기 때문이었다. 가구, 타일, 세면대 생산업자가 평원에 짓는 조악한 창고에는 수백억 씩 뿌리는 은행이 우리가 정상화하려는 역사적인 가치를 지닌 작은 건축물에는 한 푼도 대지 않는다는 사실을 믿을 수 없었다.

우리는 계속 이에 대해 생각을 했다. 어떤 논의를 하든지 몇 마디도 나누지 않아서 제분소 이야기가 나왔다. 우리는 문제를 약간 다른 각도에서 접근해 보려고 노력했다. 신경이 곤두섰고 사업을 다음 단계로 확장하기로 결정할 때마다 느꼈던 것처럼 예민했다. 난관은 우리의 용기를 꺾지 못했다. 이 과정은 귀도가 글을 쓰게 된 과정과 비슷하다는 생각이 떠올랐다. 이미 존재하는 내용에 형식을 부과하려는 똑같은 욕망이 있었다. 기나긴 기간에 모든 에너지를 투자한다는 것도 똑같았고 최종적인 결과물에 대한 성공은 보장할 수 없다는 것도 똑같았다.

나는 전에 꺼려했던 밀라노 은행장에게 전화를 걸었다. 그는 전화로 얘기할 시간이 없다고 말하며 그래도 내가 원한다면 계획을 설명하러 와도 좋다고 했다. 나는 필요한 모든 서류와 사진, 허가서, 허가 요청서, 계산서와 계획서를 꾸렸다. 마르티나가 기차역까지 배웅해 주었다.

저녁 때 쯤 밀라노에 도착했다. 역의 공중전화에서 귀도에게 전화를 걸었다. 그는 외출 중이었지만 치아라는 자기 집에 와서 묵으라고 고집을 피웠다. 어머니에게 그런 내용을 알려드리자 어머니는 많은 시간을 나와 함께 보낼 수 없을 거라고 전시회를 준비 중이라고 말했다. 우리는 이제 정말 좋은 관계를 맺고 있었지만 어머니는 오랫동안 가져보지 못했던 혼자만의 생활을 원했던 것이다. 내가 탄 택시는 귀도와 치아라의 집을 두 블록 남겨놓고 차량 속에 꼼짝도 못 하고 멈췄다. 운전수는 혼잣말로 중얼거리고 머리를 흔들며 핸들을 손으로 두들겼다. 나는 내려달라고 했지만 그는 안 된다고 소리를 버럭 지르며 내 팔을 붙잡았다. 나는 미터기에 찍힌 요금의 두 배를 지불해야 했다. 택시에서 내려서 나는 차량으로 붐비는 길을 뛰어서 건넜다. 운전수는 창을 열고 계속해서 나에게 욕을 퍼부으며 고함을 질러댔다.

귀도와 치아라의 아파트는 도시의 중심부 가장 외곽에 있는 파시스트 스타일로 지은 견고한 건물이었다. 현관은 백록색 대리석으로 치장되어 있었다. 그늘에서 자라는 무화과가 화분에 심어져 있었고 수위실 유리창에는 천막형 휘장이 달려 있었다.

치아라가 나와 문을 열었고 우리는 반갑게 서로 포옹했다. 나는 그녀의 어깨 너머로 아파트를 볼 수 있었다. 전부 흰색에 밝게 빛나고 거실에는 기다란 소파가 있었고 어린 줄리아노가 쿠션에 등을 기대고 누워 천장을 노려보며 발을 차대고 있었다. 아기는 귀도와 내가 병원 유리벽 뒤에서 봤을 때보다 벌써 통통하게 살이 올라 있었다. 이제 훨씬 더 어려 보였다.

치아라는 나를 데리고 안주인다운 순수한 자긍심으로 욕실과 가전제품으로 가득한 넓은 주방을 보여주며 아파트를 구경시켜주었다. 하지만 그녀는 행복하지 않았다. 그녀의 얼굴 표정과 말에는 긴장감이 서려 있었다.

귀도는 한 시간 정도 후에 돌아왔다. 내가 2, 3년 전에 시골에서 그에게 주었던 낡은 재킷을 입고 있었다. 그는 내가 밀라노에 왔다는 걸 전혀 모르고 있었다. 나를 보자마자 그의 얼굴은 열정으로 환히 밝아졌다. 그가 보인 그 열광은 너무도 전염성이 있었다. 그는 내게 줄리아노를 보았냐고 묻고는 다가가 아기를 들어 올리고 치아라가 제발 그만두라고 애원할 때까지 아기를 안고 빙글빙글 돌았다.

그는 치아라는 쳐다보지도 않고 아기를 소파에 뉘였다. 그리고 부엌으로 가서 포도주를 한 병 가지고 왔다. 그는 집 안에 놓여 있는 사물과 공간이 그에게 전혀 낯설다는 듯이 움직였다. 병따개가 어디 있는지도 몰랐고 잔도 찾을 수가 없었다. 그는 계속해서 초조하게 서랍과 찬장을 열었다 닫았다. 치아라는 내게 의미심장한 시선을 보냈지만 나는 어떻게 그녀를 도울지 또는 그를 도와야 할지 몰랐다. 그는 포도주잔을 두 개 들고 돌아와서 맛도 음미하지 않고 단숨에 자기 잔을 비워버렸다. 그는 알코올의 효과에만 관심이 있었다. 그는 마르티나와 쌍둥이의 소식을 물었지만 내 대답을 듣는 동안 다른 생각에 잠겨 있는 게 명백히 보였다. 그는 자신의 아들을 보았다. 방을 둘러보고는 일어났다가 다시 앉기를 계속 반복했다. 대화가 쉽지 않았다.

좀 지나서 우리는 부엌에서 치아라가 아래층 식료품점에서 사온 완제품으로 저녁을 먹었다. 그들은 집주인으로서 나를 편하게 해주려고 노력하며 내 접시와 잔을 계속해서 채워주고 질문을 던졌다. 나는 제분소를 복원하려는 우리의 계획에 대해 이야기해주려고 했지만 그들이 계속 서로를 바라보는 시선에 주의가 흐트러졌다. 귀도는 나에게 더 자세히 이야기 해보라며 다시 자기 잔을 채웠고 내가 말리는데도 내 잔에도 술을 따랐다.

자리에서 일어났을 때 우리는 둘 다 취해 있었고 치아라만이 여전히 정신이 말짱했다. 귀도는 엉망으로 자동세척기에 그릇을 집어넣고 포크와 나이프를 엉뚱한 자리에 억지로 넣으려고 안간힘을 썼다.

"이 부엌 꼭 영안실 같지 않아?"

그는 내가 물었다. 나는 너무 넓은데다가 바닥과 벽이 흰색 타일로 덮여 있어 꽤 으스스하다는 것에 동의했다. 그러나 귀도의 목소리는 억울함과 분노로 가득했다. 자신이 거기 살고 있다는 사실과 그를 거기 있게 강요한 모든 이유에 화를 냈다.

치아라는 아무 대꾸도 없이 그것을 다 참았다. 그녀는 아마도 이제 그의 이런 말에 익숙해진 것 같았다. 둘은 서로 간접적인 방식으로만 의사소통을 하는 것처럼 보였다. 방에 대해 이야기하는 것은 그들 사이에 커져만 가는 마찰에 대해 이야기하는 그들만의 방식이었다.

귀도와 나는 산책을 하러 밖으로 나갔다. 나는 그에게 그와 치아라가 서로를 계속 고문하는 것은 미친 짓이라고 말했다. 이런 식으로 함께 사는 것보다 헤어지는 게 그들을 위해서 좋을 거라고 말이다.

"하지만 우리 사이에는 너무나 많은 끈이 있어. 애정과 습관과 고통과 순수한 슬픔이지."

"그래 그럼, 같이 살아. 같이 살되 서로의 인생을 좀먹는 짓은 그만 둬."

"너무 늦었어. 너도 봤잖아. 우리는 더 이상 어떤 것에 대해서도 평범하게 대화를 나눌 수 없어. 그녀가 필요한 안정감을 줄 수 없어서 내 자신이 괴물처럼 느껴져. 그렇지만 그건 사실이야. 나는 정말 그렇게 할 수가 없어. 내가 지금부터 두 달 안에 뭘 원하게 될지도 잘 모르겠어. 내 일생에 걸쳐 이곳에서 벗어나려고 애쓴 다음에 여기에 뿌리를 내릴 수는 없어."

"하지만 넌 어디든 원하는 곳에서 살 수 있어. 바닷가 옆이나 아니면 산꼭대기든 집을 빌릴 수 있잖아. 너와 네 일에 긍정적인 작용을 하는 장소를 찾아봐."

우리는 안개 속을 걸었다. 차가 쌩 지나가는 텅 빈 도로 위에 파시스트 빌딩들이 회색 그림자를 드리웠다.

"내가 무제한으로 재원을 가지고 있는 건 아니야. 이번 책이 망하고 북 메이커 출판사가 지불한 선금을 환불하라고 하지 않은 게 놀라울 정도지."

하지만 그는 진정한 문제는 돈이 아니란 것을 알고 있었다. 다른 이유가 그를 무력하게 만들고 있다는 것을 인지했다.

우리는 한번 블록을 한 바퀴 돌며 걷고는 다시 들어갔다. 너무 오래 밖에 머물고 싶은 기분이 아니었다. 귀도는 현관 자물쇠와 씨름을 했다. 그는 문을 열 수가 없어서 화가 나 거칠게 열쇠를 돌려댔다. 그러고 나서는 자신을 쳐다보고 있는 나를 보더니 웃기 시작했다.

"이 빌딩 관리자 혹시 봤어? 그 여자는 카나리아로 가득한 새장을 세 개 가지고 있는데 입주자들에게 방해가 될까 겁을 먹어서 지하 저장고에다가 처박아둬. 거긴 아주 작은 창이 딱 하나 있어서 하루에 두 시간도 채 볕이 들지 않지. 그리고 새장 바로 옆에 말이야, 아주 완벽하게 보관된 방공호가 있어. 피난민을 위해서 지하실 잠금장치와 벤치가 갖춰진 방공호가 있단 말이야. 개 같은 파시스트인 시체 애호가 건축가가 이 빌딩을 아예 처음부터 그런 식으로 설계한 거야."

그는 마침내 문을 열었다. 우리는 안으로 들어가 승강기를 타고 말없이 올라갔다. 치아라가 나를 위해 소파에 잠자리를 만들어 주었고 신경 써서 이불을 덮어주었다.

"이제 우리 때문에 걱정하지 마. 극적인 일은 전혀 없을 테니까."

나는 잠이 들기를 기다리는 동안 지하실에 있는 방공호와 어둠 속에 갇혀 있는 카나리아들에 대한 생각을 떨칠 수가 없었다.

다음 날 아침 나는 은행 담당자와 이야기를 하러 갔다. 그는 나를 30분가량 기다리게 했다. 나와 만나는 동안에도 계속 연이어 걸려오는 전화로 방해를 받았다. 그는 마침내 듀 카세를 담보로 내놓는다면 대출을 해줄 수 있다고 말했다. 그는 나에게 당연히 위험의 여지가 있으니 먼저 신중하게 생각해 보라고 조언했다. 나는 이미 생각해 보았다고 확인해 주었다. 나는 2년쯤 전에 불확실성의 기간을 벗어났다. 나는 이제 내 결정을 완벽하게 확신하고 있었다.

나는 내 가방을 챙기고 작별인사를 하기 위해 귀도와 치아라의 아파트로 돌아갔다. 내가 탈 기차는 한 시 반에 출발이었다. 내가 그렇게 빨리 떠난다는 것에 그들은 깜짝 놀라 낭패한 듯 보였다. 최소한 하루만이라도 더 있다 가라고 설득하려 했다. 하지만 나는 듀 카세로 돌아가고 싶어 너무 안달이 났다. 나는 그들에게 가능한 한 빨리 우리를 만나러 오라고 했다.

일단 기차에 오르자 더 오래 머무르지 못했다는 생각 때문에 슬픔에 가득 찼다. 기차에서 뛰어내려 돌아가 그들과 좀 더 이야기를 하고 싶었다.

22

제분소를 위한 은행 대출이 3월에 나왔다. 바로 그 직후 우리가 기다려온 마지막 승인이 났다. 우리는 즉시 일에 착수했다. 리비아, 마르티나와 쌍둥이는 농사일에 전념했다. 파올로와 나는 거의 모든 시간을 공사장에서 보냈다. 우리는 석공 네 명을 고용해서 함께 작업하며 빨리 공사를 마치고 싶어 너무 초조한 마음에 종종 그들보다 앞서 작업을 해나가기도 했다. 쉽지 않을 거라는 것은 알았지만 어떻게 해서라도 가을까지 제분소가 돌아가게 만들고 싶었다. 건물 그 자체가 아름다웠고 듀 카세의 집들과 같은 종류의 돌과 벽돌로 지은 건물이었다. 제분소가 매일매일 원래의 모습으로 재건되는 모습을 보는 것은 우리에게 기쁨을 안겨주었다.

때때로 귀도나 치아라와 전화 통화를 했다. 귀도는 다시 글을 쓰기 시작했지만 어떤 이야기가 될지는 확실치 않았다. 치아라는 아기를 돌봤다. 가끔씩 그들이 함께 생활하는 일종의 합의 방식을 찾은 것처럼 보일 때도 있었고 또 어떤 때는 매우 불행해 보이기도 했다. 마르티나와 나는 계속해서 그들에게 우리를 보러 듀 카세에 오라고 했지만 이제 반복된 초대는 마치 판에 박힌 말처럼 들리기 시작했다.

6월의 어느 저녁 귀도가 전화를 걸어왔다. 보기 드물게 기분이 좋은 상태였다. 우리는 오랫동안 전화 통화를 했다. 그는 내게 그의 이웃에 대한 이야기를 쓰고 있다고 했다. 그의 의견에 의하면 그들은 자연적인 열린 공간에 대한 전쟁의 결과로 건설된 도시의 거주자와 그들의 연약함을 보여주는 이상적인 사례라고 했다. 그는 때로 그들과 함께 승강기를 타는데 그들이 직업과 사회적 가면 뒤에 숨는 방식, 불과 몇 미터 떨어진 곳에 살고 있는 사람과 어떤 종류의 접촉도 맺지 못하는 그들의 방식에 놀라움을 느낀다고 했다. 귀도는 그들을 시험했다. 승강기 안에서 거울이나 승강기 버튼 판을 보는 대신 그들을 계속 정면으로 바라보았다. 그는 과장된 친밀함으로 인사를 건네며 악수를 청했다. 이 시점에서 그들은 어떤 반응을 보이는 대신 더 딱딱하게 굳어버렸다. 그들이 자기 층에 도착하면 귀도는 그들을 위해 문을 잡아 주었고 그들은 그림자 속으로 미끄러지듯 사라졌다. 그는 그들이 아파트 안으로 들어가는 것을 지켜보았다. 그들이 그의 면전에서 묘지기 같은 근엄한 표정을 하고 문을 닫아버릴 때까지 그들의 현관에 숨을 짓누르는 가구들이 불빛 속에 보이는 것을 응시했다.

 귀도는 우리에게 그의 이야기가 이런 종류의 인간 유형에 초점을 둔 연구 형식을 하고 있다고 말해주었다. 그는 다양한 상황 속에서 그들이 어떻게 행동하는지를 기록하려고 하고 있었다. 때로 그는 그들의 일상에 예기치 못한 요소를 끌어들여 어떻게 반응하는지 보고 싶은 유혹에 빠지기도 했다. 예컨대 4층 층계참 벽에 말끔하게 타자로 친 공지를 붙이는 식으로 말이다.

 "모든 4층 거주자에게 이제부터 승강기 사용이 금지되었음을 알립니다."

 또는 한 거주자에게 다른 거주자의 변호사인 척하고 전화를 걸어서 늘 씻는 시간에 샤워를 하지 말라든가 늘 차를 대는 곳에 주차를 하지 말라고 요구하기도 했다. 거주자들은 모두 의사, 변호사나 은행 관리로 귀도가 자랐고 귀도의 어머니가 아직도 여전히 관리인으로 일하고 있는 그 빌딩에 살던 사람들과 매우 비슷했다. 그는 그들을 어떻게 다루어야 하는지 알고 있었다.

나는 전화에 대고 웃음을 터뜨리고는 더 자세한 내용을 알려달라고 했다. 하지만 마음 깊은 곳에서 나는 그가 현재 처한 상황의 괴로움을 떨쳐버리려고 애쓰고 있다는 걸 알았다. 그래서 원하는 만큼 재미있어 할 수가 없었다.

또 언젠가는 귀도가 그저 자기 아파트에서 들리는 자동차 소음을 설명해주기 위해 전화를 걸었다. 그는 누군가가 오케스트라 음악을 분석하기 위해 할 듯한 방법으로 각 개별 요소의 음역과 빈도를 쫓아가며 분석했다. 그는 다양한 범위의 불협화음의 놀랄 만큼 많은 진원지를 파악하고 그 소리들을 음역과 강도로 구분해 냈다. 그는 또한 밤낮으로 소리의 리듬이 어떻게 증가하고 사라지는지에 대한 패턴을 파악했다. 그는 나에게 언젠가 짐승이 길거리에서 도살되고 피와 내장이 길에 흐르고 사람들은 창밖으로 쓰레기와 요강의 내용물을 버리곤 했다는 17세기 런던에 대한 묘사에 깊이 매혹되었다고 말했다. 그는 우리 도시도 그보다 별로 나아진 것이 없다고 했다.

"우리가 그냥 익숙해진 것뿐이야. 아무도 버스가 역겨운 디젤 엔진을 달고 도시를 돌아다니면서 집 벽을 더럽히고 창문이 부르르 떨게 만들고 길가는 행인은 기침을 하게 만드는 것이 전혀 잘못된 것이라고 생각하는 사람은 아무도 없어."

그의 아파트 건물 한 측면은 끝임 없는 소음의 지원지인 대로에 접해 있었다. 가끔씩 그가 잠을 이루려고 애쓸 때 귀도는 그 소음을 시각화해보곤 했다. 자동차, 트럭, 오토바이가 빠르게 다가올수록 소음은 흰 배경에 더 넓고 깊은 줄기를 남긴다고 했다.

그는 그 끝없는 차량의 물결을 멈추기 위해 한밤중에 일어나 창밖으로 폭탄을 던지는 상상을 해보곤 했다. 폭탄이 아스팔트에 분화구를 남기면 어떤 차도 그 위를 운전해서 지나갈 수 없을 것이었다. 그는 이미 최대한 창문에서 멀리 침대를 밀어 두었다. 베개 아래에 머리를 푹 파묻고 잠을 잤지만 아무것도 별로 도움이 되지 않았다. 아침이면 그는 책상 표면을 손가락으로 쓸어보고는 수백만의 엔진이 도시의 대기 속에 뱉어 놓은 끈적이는 발암성 회색 퇴적물이 묻어나는 것을 확인했다. 그것은 번번이 매번 그를 충격에 빠뜨린다고 그는 말했다. 그는 그것이 자기 상상의 산물이 아닌지 확인하기 위해 자꾸만 다시 확인을 해야 했다.

그의 말투에서 나는 밀라노가 그를 서서히 죽이고 있다는 것을 느낄 수 있었다. 나는 그에게 치아라와 아기를 데리고 떠나라고 아니면 혼자서라도 떠나라고 조언했다. 만약 듀 카세로 와서 우리와 머무는 것이 내키지 않으면 어딘가 다른 곳을 찾아볼 수도 있다고 말이다. 그는 고작 두세 달 버틸 돈만 남았을 뿐이었다. 더 이상 뭔가를 선택할 수 있는 입장이 아니라고 했다. 치아라는 일자리를 찾고 있었고 만약 그녀가 취직하면 그가 육아를 시도해 보려고 한다고 했다. 그는 이웃에 대한 이야기가 막혀서 진전이 되지 않고 출판사가 계약서에 사인을 하게 만들 만큼 흥미로운 새 아이디어도 없다고 했다. 그것도 만약 출판사에 조금이라도 그에 대한 관심이 남아 있다면 말이다.

그는 내 목소리에서 괴로움을 감지했음이 분명했다. 이렇게 말하면서 목소리 톤을 바꿨기 때문이다.

"하지만 어쨌든, 좋은 쪽으로 본다면 이건 꽤 흥미로운 상황이야."

여름이 왔다. 제분소 공사는 시간과의 싸움이 되었다. 파올로와 나는 밭과 공사장과 듀 카세 사이를 왔다 갔다 뛰어다녔다. 마르티나와 리비아도 그 어느 때보다 열심히 일했다. 쌍둥이도 채소밭과 과수원에서 일을 도왔다. 일을 하면서 마르티나는 쌍둥이에게 지리와 역사에 관해 이야기를 해주었다. 저녁 시간에는 아이들에게 소설과 시를 소리 높여 읽어주었다. 또 기회가 있을 때마다 쓰기와 산수를 연습하도록 격려했다. 즐거움에는 책임이 수반되고 안이 있으면 밖이 있고 그림과 글이 함께 있듯이 우리는 아이들의 수업을 다른 활동과 분리하려고 하지 않았다. 그들은 배우고 있었고 분명히 교육을 받지 못한 채 자라고 있지 않았다.

귀도와 치아라와의 통화는 점점 더 뜸해졌다. 우리는 뭔가 중요한 일이 생길 때만 통화를 했다. 치아라는 여행 책자를 전문으로 하는 작은 출판사에 일자리를 얻었고 아기를 돌봐줄 여자를 구했다. 귀도는 도움을 주기엔 너무 우울함에 빠진 상태였다. 그는 여전히 아무것도 쓰지 못하고 아예 시도를 할 흥미조차 잃어버렸다. 그는 오래전부터 그래왔던 것처럼 자신을 분리하고 거리를 두는 전략을 다시 구사하고 있었다. 단지 이번에는 그것을 자기 일에 적용하고 있을 뿐이었다. 나는 그가 계속 이런 식으로 한다면 그 손실을 회복할 수 없으리라는 것을 알았다. 나는 직접 밀라노에 가서 그를 억지로라도 듀 카세로 끌고 내려오는 것 외에는 그를 어떻게 도우면 좋을지 몰랐다. 나는 심각하게 이 방법을 고려했지만 마르티나와 상의하자 그녀는 귀도야말로 본인의 의지에 반하는 일을 억지로 하도록 설득하는 것이 불가능한 사람이며 아마 세계에서 가장 고집 센 사람일 것이라고 상기시켜주었다. 그를 도울 수 없다는 생각에 너무 속상해서 나는 그에게 전화 걸기를 그만두었다.

그리고 그가 내게 전화를 걸어와 로마의 어느 영화 제작자가 《머신독》의 판권을 사겠다는 제의를 다시 해왔다고 말했다. 그리고 그는 자기가 만난 모든 제작자 중에 가장 악당 같고 사기꾼일 것 같지만 그럼에도 그 제안을 받아들일 생각이라고 했다. 판권 계약으로 그는 2년 정도는 충분히 먹고 살 수 있는 돈이 생길 것이었다. 그들은 또한 각본에 대한 통제권을 주고 신세대 최고 중 하나로 꼽히는 감독을 섭외해 영화의 성공이 보장될 것이라고 했다. 그는 계속해서 자기에게 어차피 별로 선택의 여지가 없다고 되풀이해서 말했다. 잡지에 얘깃거리나 쓰게 되는 대신 자기 책을 파는 편이 낫다고 말이다.

이 일은 전부 7월 말에 일어났다. 우리는 그 후 다시 이야기를 하지 못했다. 나는 제분소 공사와, 추수 그리고 농장의 다른 중요한 일이 겹쳐서 너무 바빠 귀도의 생각은 희미하게 사라져갔다.

9월이 되고 제분소가 완공되었다. 우리는 첫 밀 부대를 갈았다. 제분소에서 생산한 밀가루는 페루지아에서 빻은 것과는 완전히 달라 보였다. 우리가 직접 밭에 심고 자라는 것을 지켜보고 몇 달 동안 보살펴온 곡물로만 온전히 만들어진 밀가루라는 것을 확인할 수 있었다. 아무도 거기에 첨가물을 넣거나 대충 취급하지 않았다는 것을 직접 볼 수 있었다. 저녁이면 마르티나와 파올로, 리비아와 나는 미래를 위한 장기적인 계획을 세웠다. 우리는 언젠가 유기농 파스타를 생산할 수 있을 거라는 생각을 가졌다. 그러므로 전체 생산 과정의 처음부터 끝까지를 우리가 전부 통제할 수 있을 거라는 생각이었다. 우리에게 불가능한 것처럼 보였지만 농사를 지으며 사는 생활과 우리의 제분소를 소유한다는 것도 전부 안 될 것 같던 생각이었다.

마르티나는 이 소식을 전하려고 치아라에게 전화를 걸었다가 귀도가 《머신 독》의 영화화 판권을 팔았다는 걸 들었다. 귀도는 제작자에게 영화 준비를 함께 하고 대본 각색을 총괄할 수 있도록 로마에 방을 빌려 달라고 요청했다. 치아라는 그건 단지 집을 떠나려는 핑계에 불과하다고 주장했지만 그 시점에서는 그녀 또한 거의 해방감을 느끼는 것처럼 보였다.

마르티나와 나는 얼마 동안 귀도와 치아라에 대해서 제자리를 맴도는 논의를 계속했다. 우리는 각자가 직접 얻은 정보를 기반으로 하여 추측을 했지만 그 내용을 서로 공유하지는 않았다. 마침내 반쪽이었던 각자의 이야기를 털어놓고 조합을 해서 비교를 해보니 귀도와 치아라가 헤어졌다는 것이 명백해졌다. 언젠간 이런 일이 일어날 것이라고 예상은 했지만 막상 그렇게 되니 충격이었다. 그 동안 우리가 그들에 대해 고심하고 추측해온 모든 것이 아무 소용없어졌다는 생각에 패닉에 빠졌다. 갑자기 그들에 대한 우리의 친밀감이 허상인 것 같고 우리가 가졌던 그들에 대한 이미지가 먼 거리를 통해 여과되고 가려져 있던 것처럼 느껴졌다. 마치 그들에 대해 우리가 가졌던 인상은 어느 샌가 퇴색해버린 것 같았다.

나는 치아라에게 로마에 있는 귀도의 전화번호를 묻지 않았다. 우리 우정의 가까워지고 멀어지는 변화의 과정은 마치 자연 현상이라도 되는 것처럼 순환적인 패턴을 따르는 것 같았다. 나는 그런 자연적인 순환 주기에 손을 대는 것이 위험할지도 모른다고 생각했다.

23

3월의 어느 날 귀도가 나에게 전화를 했다. 목소리가 명랑해서 여덟 달 전에 우리가 마지막으로 나누었던 대화와는 사뭇 달랐다. 그는 시내 중심부에 멋진 아파트를 찾았다고 했다. 날씨가 정말 근사하고 그는 잘 지내고 있었다. 그의 책을 원작으로 한 영화 촬영은 몇 주 전에 시작되었지만 지금 시점에서 그는 더 촬영에 관여하지 않고 있었다. 영화제작자 모라는 원작의 이야기를 얼마나 바꿨는지 이제 영화는 일종의 이류 스릴러물이 되어 버렸다. 그나마 남아 있던 원작의 요소들도 제작 예산을 절감할 수 있는 한 어떻게든 바꿔버렸다. 예를 들어 영화의 배경을 밀라노에서 로마로 바꾸는 식이었다. 감독인 본니니는 조작에 혀를 내두르고 무력한 상태가 되어버렸다. 그는 모라가 영화를 자신이 원하는 대로 밀고 나가는 동안 대부분의 시간을 트랙 시스템이나 짐수레 그리고 프레임을 조몰락거리며 시간만 낭비했다. 귀도는 그들의 회의에 몇 번 참여했지만 항상 분노에 찬 논쟁으로 끝났다. 마침내 그는 이것들이 다 그들의 게임 규칙이라는 것과 돈을 받는 순간 자신이 그 규칙을 수락했다는 것을 깨달았다.

"소재가 뭐든 흥측하고 쓸데없는 영화 만드는 데는 도사야. 사실 꽤 경이로워. 사기 같은 영화 제작에 착수하려고 판권을 사놓고 남겨두는 건 제목밖에 없어. 믿기지 않게 파렴치하고 약속을 지키는 법이 없지. 근데 이게 그 자식들에게는 자연스러운 일이야. 몇 세대가 지나도록 똑같은 강령을 따라 온 거지. 돈만 벌면 비용도 부풀리고 고용인을 속여도 그딴 쓰레기를 만드는 게 합법이라니."

하지만 그는 그 부드럽고 달콤한 모호함과 권태에도 불구하고 로마에 있는 것을 좋아했다. 그는 로마에 있는 것이 오히려 더 이탈리아에 사는 것 같은 느낌을 준다고 했다. 그는 로마를 배경으로 한 소설의 새로운 착상을 한두 개 떠올렸지만 지금은 뭔가 다른 작업을 하고 있었다. 나는 언제쯤이 될지 상상하긴 힘들지만 그를 방문하겠다고 약속했다. 작별인사를 나누면서도 우리는 둘 다 조금 더 이야기를 계속 하고 싶었다.

4월에 나는 중개상과 분노에 찬 말싸움을 했다. 우리는 종종 듀 카세 밀가루나 잼, 와인을 산 구매자들에게 편지를 받았다. 그들은 제품의 질은 매우 좋지만 가격이 믿을 수 없을 만큼 비싸다고 전했다. 나는 이 상업적인 작용과 우리 제품이 소비자의 손에 도달하기까지 가격이 네 배나 비싸진다는 사실에 분노했다. 마르티나 또한 유기농 식품점이 당근 두 개에 오천 리라를 지불하는 것에 별 신경을 쓰지 않는 사람을 위한 부티크가 돼 버린 것에 분개했다. 매번 이런 이야기를 나눌 때마다 우리는 뭔가 다른 방도를 시도해봐야 할 것 같은 심정이었다.

중개상은 나에게 우리가 믿을 수 없이 순진하며 이것이 언제나 그래 왔던 시장의 법칙이고 단지 수요와 공급의 문제일 뿐이라고 했다. 나는 내가 순진하다는 사실은 인정했지만 여전히 유독성분을 피하고 싶다는 사람들의 욕망을 통해 그가 부를 축적하는 것을 도우려고 이 일을 시작한 것은 아니라고 말했다. 그는 기분이 상해서 소리를 지르기 시작했다.

"이탈리아에 유기농업자가 당신들만 있는 줄 아쇼? 다른 데랑 거래하면 그만이야!"

"그럼 그러시든가요!"

마르티나는 내가 말할 때 표정으로 나를 격려했다.

우리는 파올로와 리비아와 이 일을 상의했다. 그들은 둘 다 우리가 제품이 최종 소비되는 곳이 어딘지 결정하는 데 직접 관여해야 한다고 동의했다. 나는 중간상을 최대한 줄이고 우리와 같은 식으로 생각하고 정직하게 이윤을 남길 판매자와 직접 접촉해야겠다고 생각했다. 도시를 돌며 그런 판매상을 찾기로 결심했다.

로마에서 기차에 내리자마자 후텁지근한 공기가 나를 덮쳤다. 그곳의 계절은 우리 집이 있는 언덕 지역보다 한 달은 더 빠른 것 같았다. 나는 귀도에게 전화를 걸기 위해 멈춰 섰다. 짐을 잔뜩 짊어진 여행객들, 역 주변의 부랑자들과 지친 가족들, 급히 서두는 출퇴근 하는 사람들, 아프리카의 자질구레한 물건을 파는 장사꾼들, 경찰과 마약중개상의 물결 속에서 나는 엄청난 이질적인 인파의 일부와 목소리와 소음에 둘러싸였다.

그가 집에 있을 거라고 생각지 않았지만 그는 집에 있었다. 내 전화로 잠에서 막 깨어난 듯한 목소리였지만 내 목소리를 듣고 기뻐했다. 그는 내가 진짜 로마에 왔다는 것을 믿기 힘든 거 같았고 당장 오라고 했다.

그는 구 시가지의 자갈길에 위치한 19세기 건축물처럼 보이는 곳에 살고 있었다. 과거에 영화로운 시절을 보냈을 법한 호화로운 현관에서 수위가 오른쪽을 가리켰다. 위층으로 올라가는 넓은 계단은 지붕까지 가파르게 올라가며 좁아졌다.

귀도는 마지막 층계참에서 나를 기다리고 있었다. 나는 우리가 1년 반 동안이나 만나지 못했다는 것을 깨달았다. 우리는 안으로 들어가 서로를 바라보며 서로 얼마나 바뀌었는지를 바라보았다.

"20년은 더 늦지 않았어?"

귀도가 물었다. 나는 아니라고 했다. 그건 정말 사실이 아니었다. 또 다른 20년 안에는 그렇게 될 것이 분명했지만 말이다. 거실은 테라스로 난 유리창을 통해 쏟아져 들어오는 빛으로 가득했다. 나는 불규칙한 지붕과 테라스와 둥근 지붕이 희미하게 펼쳐진 풍경을 보려고 밖으로 나갔다.

그러다가 다리가 긴 여자가 의자에 앉아 책을 읽고 있는 것을 발견했다. 그녀는 선글라스를 쓰고 헤드폰으로 스테레오 음악을 듣고 있었다. 귀도는 걸어가서 그녀의 헤드폰을 벗겼다. 그녀는 깜짝 놀랐지만 안경 너머로 나를 바라보았다. 그녀는 몸집만 큰 지중해의 어린 소녀 같았다. 짧고 짙은 머리에 아름다운 둥근 입술을 가지고 면 티셔츠 외에는 아무것도 걸치고 있지 않았다. 귀도는 그녀를 단순히 "블랑카"라고 소개했다. 그는 그녀가 자신과 함께 있다는 사실이 자랑스럽기도 하고 놀랍기도 한 것 같았다. 나는 선 자리에서 살짝 손을 흔들어 보였다. 이렇게 갑자기 한 번에 귀도의 새로운 삶을 마주하게 된 것에 압도당한 기분이었다. 블랑카가 강한 스페인 억양으로 "안녕"이라고 말하더니 내 곁을 스쳐지나 집 안으로 들어갔다.

귀도와 나는 테라스에서 둘 다 뭔가 어색한 감정을 느끼며 무슨 말을 할지 모르고 있었다. 그는 안으로 들어가 와인 한 병과 유리잔 두 개를 가져왔다. 나는 내가 로마에 온 이유와 중개상의 가격 정책에 대해 설명했다. 그는 내 말을 듣고 와인을 한 모금 마시고는 자꾸 몸을 돌려 문 너머를 바라보았다. 나는 이야기를 하면서 그가 얼마나 알코올에 중독됐는지 궁금했다. 우리 대화는 생각의 궤적을 따라 이리저리 흔들렸고 귀도는 잔을 세 번이나 다시 채우고는 비웠다. 그러고 나서 그는 블랑카의 스테레오를 집어 들더니 안으로 들어가고 싶은지 물었다.

작은 아파트는 몇 가지 필수적인 가구를 제외하고는 텅 비어 있었다. 벽에는 그림 한 장 걸려 있지 않았고 선반에도 장식품 하나 없었다. 귀도는 내 생각을 읽고는 말했다.

"이사 왔을 때 여기는 17세기 판화와 도금한 액자로 가득 차 있었어.

부유한 외국인한테 임대하는 가구를 구비한 아파트를 가득 채우는 그런 장식품으로 말이야. 내가 주인장한테 그것들을 다 지하실에 치워달라고 부탁했지."

이건 완벽하게 그가 살고 싶어 하는 방식이었다. 그는 절대로 영구적으로 어디 묶였다는 느낌을 받고 싶어 하지 않았다. 만약 그가 완전히 떠나야 한다면 그의 모든 짐을 싸는 데 5분 이상 걸리지 않을 것이었다. 블랑카가 조금 전 걸치고 있던 같은 셔츠에 오래된 자른 청바지를 입고 침실에서 걸어 나왔다. 귀도를 바라보는 그녀의 얼굴에는 의미심장한 표정이 떠올랐고 그의 잔에서 와인을 한 모금 마시더니 말했다.

"난 가요."

"언제 돌아올 거야?"

귀도가 문 쪽으로 따라가며 물었다. 그는 그녀의 허리에 손을 두르고 자기 쪽으로 잠시 끌어당겨 안았다. 나는 그의 행동에서 약간의 초조한 기색을 감지했다. 마치 그녀가 그를 홀로 두고 가는 것이 속상한 것 같았다.

"모르겠어. 나중에."

그녀는 해가 거의 지고 있었는데도 다시 선글라스를 썼다. 그리고 가버렸다.

귀도는 미국식의 자그마한 부엌에 더러운 접시를 쌓았다.

"체육관에 가는 거야. 아니면 무용 수업에 가거나. 여기 근처에 자기 집이 있어."

"귀엽네."

그녀는 치아라와 정 반대선상에 서 있었다. 나는 그가 어떻게 이렇게 완전히 다른 누군가를 찾아낼 수 있었는지 놀라웠다.

그는 그녀가 배우라고 했다. 모라는 그녀에게《머신 독》의 배역을 하나 주려고 했고 그들은 모라의 사무실에서 만났다고 했다.

"그녀와 내 책에 대해서 얘기했어. 버스 여행을 하는 동안 읽었는데도 그 책에서 내가 뭘 말하는지 정말 이해하더군. 그녀가 왔을 때 모라랑 보니 감독이 그 애의 긴 다리랑 엉덩이 모양이랑 가슴 크기에 대해서 떠들어대기 시작했지. 말 중개상이 품평하는 것도 아니고. 결국 그들은 배급사의 비위를 맞추려고 그녀 대신 미국 여자를 골랐어."

그는 계속해서 술을 마셨다. 알코올 때문에 말의 리듬이 느려지는 것처럼 보였지만 생각에는 전혀 지장을 받지 않는 것 같았다. 나도 그와 말동무를 해주기 위해 술을 마셨다. 그는 듀 카세의 최근 소식을 물었다. 나는 친구 관계의 어떤 지점에서 서로의 역할이 바뀔 수 있는지 아니면 시간이 흘러 각자의 위치가 서서히 변하는데도 영원히 그대로 머무를 수밖에 없는지 궁금했다. 어째서 우리 대화의 흥미로운 부분은 항상 그를 둘러싸고 일어나는 것일까 생각했다.

곧 우리는 귀도와 그의 생활에서 일어나고 있는 일로 화제를 되돌렸다.

"난 블랑카가 뭘 먹는 걸 본 적이 없어. 드라마와 춤을 공부하고 드럼을 연주해. 손에 잡히는 것은 뭐라도 다 읽어치우지. 십자군의 역사부터 바이런의 인생, 15세기 중국 소설까지 말이야. 이제 열아홉 살 인데 열일곱 살 때 스페인을 떠났어. 그 애가 아무도 그리워하는 것 같지 않아. 가끔 거울에 비친 자기를 들여다보고는 살찐 것 같다며 울기도 해. 그녀는 내가 쓴 건 모두 다 읽는데 걔 의견은 언제나 나를 놀라게 해. 나조차 포착하기 어려운 생각이거든."

"그녀랑은 잘 지내고 있어?"

내가 물었다. 아마도 그렇게 매력적인 어린 여자와 산다는 것에 약간 질투를 느꼈던 것 같기도 하다. 나는 그를 내가 아는 사람 중에 가장 규정하기 어려운 사람이라고 생각하는 것에 익숙해져 있어서 누군가 다른 사람이 그에게 그런 인상을 준다는 생각이 너무 놀라웠다.

"뭐 그렇다고 할 수 있지. 근데 파트너보다는 보호자가 된 것 같아. 맹수 조련사나 소아 정신과 의사가 된 기분이야. 가끔씩 치아라가 정말 그립고 당장 그녀가 있는 집으로 돌아가고 싶기도 해."

"그럼 왜 그러지 않아?"

결국 내가 이런 질문을 하게 만든 건 그였다.

"왜냐하면 우리는 함께 너무 고통스러웠거든. 그 사람 잘못이 아니야. 아마도 내 잘못도 아닐 거야. 아마도 우리가 아무리 조심해도 그냥 삶이 우리 감정을 닳아 없어지게 만들고 함정에 빠뜨린 것뿐일지도 몰라."

이제 장밋빛 저녁노을이 마지막으로 방을 비추었다. 하지만 귀도의 표정은 어두웠다. 나는 그의 상념의 방향을 바꾸기 위해 무슨 말이라도 하려고 했다.

"모든 것은 너무 빠르게 사라져. 우리는 우리도 모르게 벌써 인생의 반을 써버렸어."

나는 블랑카가 읽고 있는 그의 글이 뭔지 물었다. 그는 대답을 하지 않았다. 알코올이 우리의 대화를 어긋나게 하고 있었다. 우리는 각자 옆길로 빠져 다른 생각에 잠겼다. 그는 선반에 놓인 작은 텔레비전을 가리키면서 말했다.

"TV에 나오는 광고를 30초만 봐도 글 쓰는 걸 멈추고 싶어져. 사람들의 감정을 가지고 노는 비겁하고 냉소적인 방식이랑 광고 회사 회의실 탁자를 둘러싸고 앉아서 가짜 감정을 시연해보는 저 살인자들 때문에. 정원에 있는 저 행복한 가정의 모습으로 도시의 죄수에게 세제를 팔지. 세제 산업으로 오염된 도시에 말이야. 그러고는 자동차 광고를 찍으러 아일랜드나 사하라로 간단 말이야. 그들이 열린 공간에서 자유롭게 달리는 차를 찍을 수 있는 장소라곤 하나도 남겨두지 않고 이 나라를 아주 끔찍하게 파괴해 버렸거든."

우리는 이야기를 멈추고 어두워지는 방 안의 고요 속에서 함께 술을 마셨다. 그러다가 귀도가 불을 켰고 자기가 읽고 있는 책들에 대해 말하기 시작했다.

나중에 블랑카가 돌아와서 감자와 잣을 섞고 생강과 흰 후추 그리고 다른 향신료를 듬뿍 뿌린 기묘한 요리를 만들었다. 귀도는 그녀 가까이에 서서 요리하는 것을 보며 그녀의 창의성을 칭찬했다. 와인과 여행과 분위기로 인해 정신이 없어진 나도 이 게임에 가담을 했다. 우리는 그녀가 요리를 마칠 때까지 양 옆에 왕을 보필하는 조신들처럼 서 있었다. 젊은 스페인 여배우를 떠받드는 서른네 살의 두 주정뱅이.

우리는 식사를 하면서도 계속 술을 마셨다. 귀도는 기분이 최고였다. 재치가 넘치고 따뜻하고 원기왕성하게 대화를 나눴다.

그러다가 그가 옛날이야기를 하기 시작했다. 지난 20년 동안의 일을 거슬러 연결되지 않은 장면을 회상했다. 인물과 사건, 마음의 상태가 아무 순서 없이 마구 뒤섞였다. 나는 시간을 거슬러가는 그의 뒤죽박죽 여행을 따랐다. 우리가 공유하는 기억의 어두운 지점은 실제로 그 일을 겪을 때보다도 더 생생하게 빛과 색과 명암을 띠고 살아나는 것처럼 보였다. 우리는 오래된 드라티, 아블론디와 파르보에 대해 대화를 했다. 무정부주의자 그룹, 그리스로 떠났던 여행, 우리가 입었던 옷과 귀 기울여 들었던 음악들, 우리가 나눈 이야기와 생각, 우리 심상 속에 남아 있는 이미지에 대해서 이야기를 나누었다.

어느 한 시점에 귀도는 지난 세월 동안 우리가 공유하는 추억은 블랑카의 전 생애보다도 1년이 더 길다고 했다. 우리는 둘 다 이 생각에 놀라워했다. 반쯤은 귀 기울이고 반쯤은 자기 생각에 잠겨 있던 블랑카도 놀랐다. 그가 인생에서 여전히 모든 것이 가능할 것만 같았던 때를 회상하자 내가 귀도의 향수에 그렇게까지 전염되기 시작한 것이 기묘했다. 누가 내 머리에 총을 들이민다고 해도 결코 과거로 돌아가지 않을 거라는 걸 알고 있음에도 말이다. 나는 여전히 내 인내심 부족 때문에 얼마나 괴로움을 겪었는지 인생의 불규칙적인 모호함 속에 길을 잃었는지 그리고 미래가 어떤 감정을 불러일으켰는지 너무도 명확하게 기억하고 있었다. 나는 이와 똑같은 요소가 귀도의 회한의 뿌리에 자리하고 있다는 것을 깨달았다. 명확해지고 성숙해지는 과정은 나를 자유롭게 했던 것만큼이나 그를 함정에 빠뜨렸던 것이다.

아마도 그도 똑같은 생각을 했던 모양이다. 갑자기 그가 모든 회상을 멈추고는 이렇게 말했으니 말이다.

"블랑카가 지겨워 죽기 전에 늙은 귀환병 한 쌍처럼 과거를 파헤치는 건 그만두자고."

그는 화제를 바꿔서 로마의 서쪽에 있는 시골에 자기가 아는 장소에 대해서 이야기하기 시작했다. 들판에 서 있으면 비행기가 착륙하기 직전에 바로 머리 위를 스치고 지나간다고 했다. 나는 너무 피곤하고 졸린다고 했지만 귀도의 오래된 리더십이 막 발동되기 시작했다.

"우리 일생 중 유일한 기회일 수도 있어."

그는 고집을 부렸다. 블랑카도 흥미를 보였다. 나는 이제 그들 사이의 미묘함을 볼 수 있었다. 그들은 수다를 떠는 동안 서로 어울려 신발을 꿰어 신고는 나에게도 강제로 신을 신게 했다. 그러고는 문을 열고 나가 계단을 내려가게 만들었다.

일단 길에 나서자 귀도는 보도 옆에 주차해 둔 낡은 알파 로메오로 곧장 다가갔다. 나는 처음에 그가 나를 놀리며 장난을 치는 거라고 생각했지만 그건 정말 그의 차였다. 그는 네 번에 나눠 받기로 한 모라와의 계약금 중 1차 계약금으로 그 차를 샀다. 그는 운전면허도 없고 도로사용료도 내지 않았으며 소유권 이전조차 마치지 않은 상태였다. 그것은 낡아빠진 차로 오래전에는 공격적으로 보였을지 모르지만 지금은 녹이 슬고 여기저기 긁히고 찌그러져 있었다. 어쩌면 그가 소유해도 좋을 유일한 자동차일지도 몰랐다.

귀도는 생전 처음 운전하면서 기본적인 원칙조차 배우길 거부한 사람처럼 운전했다. 그는 계속해서 엔진을 부릉부릉 울려댔다. 기어를 계속 잘못 바꿨으며 클러치를 드르륵거리고 매 교차로마다 브레이크를 끼익 밟아댔다. 그는 마치 눈으로 보이는 것들 너머를 볼 수 있다는 듯이 운전을 했다. 바로 앞에 펼쳐진 도로에 집중하는 대신 다음 모퉁이를 돌면 뭐가 있을 거라는 걸 예상하고 있다는 듯이 차를 몰았다. 그런데도 그는 별 탈 없이 이동했다. 우리는 너무 취해서 그 자체만으로도 기적이었다.

우리는 도시를 가로질러 바다로 이어지는 고속도로를 탔다. 로마의 아스라한 불빛이 왼쪽에서 어둠 속으로 사라져갔다. 앞에 앉은 블랑카는 아마도 어머니에게서 배웠을 법한 오래된 프랑스 노래를 흥얼거렸다. 귀도는 때때로 그녀의 머리를 손으로 헝클어뜨리곤 했다. 늘 그랬듯이 그는 내가 소외감을 느끼지 않게 하려고 신경을 썼다. 우리 세 명이 모두 그 순간의 분위기를 공유할 수 있도록 노력했다. 우리는 낱말 게임과 자유 연상 게임을 하고 블랑카가 가져온 백포도주를 병째로 돌려 마시며 짧은 노래를 만들어 불렀다. 수정같이 맑은 밤이었다. 해안으로 가는 길에는 거의 차가 없었다.

고속도로를 벗어나자 귀도는 시골로 접어드는 국도로 차를 몰면서 비행기가 착륙하는 장소를 기억해내려고 애썼다. 하지만 그는 거기에 단 한 번 그것도 낮에 갔고 다시 그 장소를 찾을 수 있을지 확신하지 못했다. 그는 교차로에서 유턴했을 때 낡은 차가 거의 닳아빠진 충격 흡수 스프링 위에서 출렁거렸다. 그는 무심하게 운전하며 길 양쪽의 도랑을 겨우 피해갔다. 아마도 늦은 시간과 알코올의 효과 그리고 우리가 가는 여정의 알 수 없는 거리가 호기심을 꺾어버릴 가능성이 더 걱정스러운 듯했다.

"지금 나 내버려두고 자지마. 10분만 더 견뎌봐."

그는 분위기를 살리기 위해 모든 에너지를 쏟아 부었다. 계속해서 대화를 하고 우리의 관심을 유지하고 호기심을 자극하려고 애썼다.

결국 그는 그 장소를 찾아냈다. 관제탑의 현란한 색의 조명과 철조망 너머로 활주로를 표시하는 하얀 불빛이 보였다.

"바로 여기야!"

우리는 차에서 내렸다. 셋 다 휘청거렸지만 기대감으로 가득 찼다. 우리는 뭔가 불법적인 일을 하고 있다는 알 수 없는 흥분을 느끼며 주위를 둘러보았다. 몇 발자국 떨어진 활주로의 첫 번째 조명은 점점이 이어진 긴 선을 이루며 멀어지고 있었다. 길 건너편에는 곡식이 자라는 밭이 있었고 공기는 가까운 바다의 습기로 눅눅하고 미지근했다.

귀도는 하늘을 올려다보며 말했다.

"정말로 머리 위를 날아가. 먼저 작고 반짝이는 점이 보여. 곧바로 너를 향해 와서 바로 머리 위에 말이야. 그 번쩍이는 조명과 시끄러운 소리! 거대하고 믿을 수 없을 정도로 무겁고 미친 듯한 진동이 느껴져. 그러고는 바로 울타리 너머에서 착륙을 해. 그 안에는 승객이 앉아 있어. 그들의 그 모든 생각과 표정과 그런 노력으로 가꾸어온 행동양식이 다 비행기를 타고 이동한단 말이야. 다들 그 똑같은 컨테이너에 꽉 차서 공간을 가로질러 수천 킬로미터를 이동해온 거라고."

블랑카와 나는 하늘을 바라보았다. 우리 둘 다 머리 위로 지나가는 폭음을 내는 거대한 쇳덩어리를 본다는 생각에 이미 겁에 질렸다. 우리는 벌써 기름타는 냄새를 맡을 수 있었다. 공기가 난폭하게 빨려 들어가고 배출되는 것을 느낄 수 있었다. 이토록 시끄럽고 공격적인 존재가 어디인지 알 수 없는 곳에서 날아와 밤의 적막한 고요 속에서 형태화된다는 사실이 너무도 놀랍게 느껴졌다. 그 작고 깜박이는 불빛이 점점 커지고 가까워지고 그 광폭하게 진동하는 금속의 소음이 우리 귀를 가득 채운다는 것이 말이다.

한 시간 정도 기다렸지만 비행기는 도착하지 않았다. 귀도는 왔다 갔다 하면서 하늘을 쳐다보고 블랑카와 나를 바라보았다. 그는 그가 만들어낸 그 분위기가 와해되려 한다는 사실과 어찌해볼 도리가 없다는 것을 깨달았다. 이미 밤 두 시였다. 우리의 흥분과 기대감은 피로 속에 무뎌지기 시작했다. 그리고 공기도 이전의 온기를 잃었다. 귀도는 자꾸 우리에게 추운지 아니면 피곤한지 물었다. 블랑카와 나는 그를 실망시키지 않으려고 계속 아니라고 대답하면서 우리를 향해 다가오는 빛나는 빛을 찾아서 밤하늘을 주시했다.

그러다가 블랑카가 몸을 떨기 시작했다. 귀도가 말했다.

"집으로 돌아가자."

우리가 막 차에 타자 반대편에서 비행기의 불빛이 다가와서 더 멀리 떨어진 다른 활주로를 향해 내려오는 것이 보였다.

우리는 고속도로로 접어드는 지점에 갈 때까지 거의 내내 침묵 속에서 차를 몰았다. 귀도는 운전하기에 너무 지쳐 있었다. 차는 위험하게 계속 흔들렸다. 그래서 내가 대신 운전하겠다고 제안했다. 우리는 차를 세우고 내가 운전석에 앉았다. 블랑카는 자기 팔로 허리를 끌어안고 웅크린 채 잠이 들었다. 이제 정말 그냥 어린 소녀처럼 보였다. 그녀를 덮을 만한 것이 아무것도 없어서 그저 계속 바라보기만 했다.

차를 똑바로 몰기 위해 안간힘을 써야만 했다. 너무 피곤해서 차를 아주 천천히 몰았다. 나는 백미러를 통해 계속 귀도를 힐끔거렸다. 그는 자고 있지 않았다. 어느 순간 그가 말했다.

"사실은 말이야 뭐든지 너무 자세하게 상상하면 절대 안 돼. 왜냐하면 너의 상상은 그 일이 실제로 일어날 수도 있는 공간을 다 잡아먹기 마련이거든."

다음 날 나는 유기농 식품점 다섯 군데의 주인들과 이야기를 하러 갔다. 그 중 하나는 자신이 하고 있는 일에 진정한 신념을 가지고 있는 호감 가는 여자였다. 나머지는 모두 사치스러운 부티크의 욕심 많은 주인이었다. 그들은 내가 공정한 이윤에 대한 이론을 설명하려고 하자 나를 의심스럽게 바라보았다. 나는 친절한 아가씨의 가게에 우리 제품을 직접 보내주기로 합의를 보았다. 다른 사람들에게는 모두 없던 일로 하자고 했다.

귀도의 집에 돌아왔을 때 그는 기분이 나빠져서 이미 술을 마시고 있었다. 블랑카는 외출하고 없었다. 나는 하루나 이틀 정도 더 머물지 고민했지만 그는 권하지 않았다. 내가 떠나야 한다고 말했을 때도 잡으려고 하지도 않았다.

그가 배웅하러 아래층까지 함께 걸어 내려왔을 때 나는 그의 무관심한 태도에 모욕감을 느끼기 시작했다. 그는 버스 정류장까지 바래다주겠다고 했지만 버스가 도착하자 나와 함께 올라타더니 역까지 함께 갔다. 우리는 말없이 창문 밖의 차량과 도시 그리고 움직이는 사람들을 바라보았다.

그는 역 안까지 함께 걸어왔다. 플랫폼에서 우리는 곧 다시 만나자고 약속했다. 나는 그에게 그의 것인 두 번째 집을 비워두는 것이 안타까운 일이라고 말했다. 그는 동의했지만 즉시 이렇게 덧붙였다.

"그게 거기에서 나를 기다리고 있다는 것을 생각하면 너무 슬퍼져."

그리고 내가 탄 기차는 움직이기 시작했다. 창문 밖으로 몸을 내밀고 나는 그가 주머니에 손을 넣은 채 군중 속으로 걸어가는 것을 보았다.

24

6월에 치아라가 아기 줄리아노를 데리고 듀 카세로 왔다. 우리는 그녀가 휴가를 얻는 8월까지 줄리아노를 맡아주기로 동의했다. 그동안 그녀는 가능하면 언제든 주말마다 찾아오기로 했다. 치아라는 그 어느 때보다 예의 바르고 활발하게 행동했다. 그녀는 확실히 자신이 고통 받고 있다는 것을 다른 사람에게 알리는 유형이 아니었다. 아마도 귀도의 부재에 대한 보상이겠지만 그녀와 줄리아노는 매우 강한 물리적 연대감을 형성했다. 줄리아노는 예민하고 지적인 어린 소년으로 놀랄 만큼 아빠를 쏙 빼닮은 눈을 가졌다.

치아라는 줄리아노가 이모와 사촌들과 익숙해지는 동안 이틀만 머물렀다. 친해지는 건 어렵지 않았다. 아이가 시골의 탁 트인 넓은 공간에서 쌍둥이와 노는 것을 좋아했기 때문이다. 두 번째 날이 되자 우리는 이미 아이를 돌아오게 하려면 뛰어가서 잡아야 할 정도였다. 아이는 밀라노에서 벗어난 아이들이 그러듯이 빠르게 변했다. 안색과 입맛이 좋아지고 곧 주위의 자연 환경과 관계를 구축하기 시작했다. 어른들보다 훨씬 더 빠르고 더 쉽게 일어나는 과정이었다. 이 현상은 언제나 어김없이 감탄을 불러일으켰다. 그건 도시인이 그들의 가장 깊숙한 내면의 감정을 숨기기 위해 얼마나 많은 장벽을 쌓아야 하는지를 생각하게 했다.

치아라와 나는 처음 이틀 동안 거의 아무 말도 나누지 않았다. 나는 그녀에게 기묘한 단절을 느꼈다. 아마도 도덕적인 공동의 책임감과 관련된 죄책감을 느꼈기 때문인 듯하다. 그녀가 떠나기 전날 아이 셋이 모두 잠들고 집이 마침내 조용해졌을 때 우리는 마침내 대화를 나눌 수 있었다. 나는 듀 카세의 생산물을 출하하는 다른 방식에 대한 계획을 설명하기 시작했다. 대화는 로마에 갔던 일 그리고 마지막으로 귀도를 보았던 때까지 이르렀다. 그녀는 내 말 사이에 생략된 내용까지 짐작했다. 반짝이는 작은 거실에 블랑카와 함께 있는 귀도를 상상한 것이 틀림없었다.

"그래서 네가 보기엔 그가 뭘 원하는 거 같아?"

"잘 모르겠어."

나는 그녀가 상상한 것이 확실한 그의 이미지를 덮으려고 애쓰며 말했다.

"그가 매우 혼란스러워하는 것 같아. 자기 일과 그밖에 다른 모든 것에 대해서 말이야."

나는 그에게 느끼는 것만큼이나 치아라에게도 애정을 가지고 있었다. 그리고 내가 저절로 귀도 편이라고 여겨지는 게 싫었다.

치아라는 시선을 돌렸다. 나는 그녀가 눈물을 흘리기 직전이라는 것을 알 수 있었다. 그녀의 얼굴은 마르티나보다 더 미묘하고 섬세했지만 생김새는 몹시 비슷했다.

"최소한 전보다는 더 행복해 하고 있어?"

"내가 그를 알고 지내는 20년 동안 그가 행복해 보인 적이 두 번 정도라고 기억하고 있어. 그나마 잘 떠올리지 않으면 그 기억조차도 미래의 행복에 대한 기대에 더 가까울 거야. 실제로 행복했다기보다는 상상일지도 모르지. 그는 언제나 그랬어. 어느 누구도, 심지어 귀도조차도 뭘 어쩔 수 없을 것 같아."

하지만 치아라는 귀도의 성격에 대한 내 고찰을 더 듣고 싶어 하지 않았다. 그녀는 아마도 이미 오래 전에 혼자 나름대로의 생각을 끝냈을 것이었다.

"끔찍한 세상에 희생된 무력한 지식인 같네."

"하지만 사실이야."

나는 본능적으로 귀도를 변호하며 대답했다.

"현실은 그를 겁에 질리게 해. 그는 삶의 현실을 있는 그대로 받아들이지 못해. 그는 세상이 자기 상상처럼 유연하기를 바라. 그래서 매번 현실이 얼마나 융통성 없고 제한적인지 깨달을 때마다 그렇게 크게 실망하는 거야."

그녀는 미소를 지었다. 나는 그녀가 지금의 낙담에 굴복하지 않기를 바랐다. 그녀는 단호하고 용기 있는 여자였다. 이 모든 시간 동안 혼자

서 일하고 어린 아들을 키우고 현실적인 문제를 해결하면서 스스로 잘 해내왔다. 여린 외모에도 불구하고 그녀는 귀도보다 천 배는 더 세상일에 맞서 잘 헤쳐 나갈 수 있는 능력이 있었다.

"귀도가 어떤지 잘 알아. 어느 순간까지는 최소한 변할지도 모른다고 생각했어. 하지만 이제 그게 가능하다고 믿지 않아. 어쨌든 나는 더 이상 그에 대해서 생각조차 하고 싶지 않아. 내가 원하는 건 이혼뿐이야."

그녀의 눈에는 눈물이 가득 고였지만 그것은 안도의 눈물이었다. 그녀의 말은 빈말이 아니었다. 마르티나가 들어와 우리 옆에 앉았다.

"그이가 마지막으로 밀라노에 왔을 때 그는 굉장히 다정하고 따뜻하게 행동했어. 우리 사이에 책임감이나 감정적인 연대가 없는 한 나를 다시 만난 것이 정말 기뻐 보였어. 내가 다시는 보고 싶지 않다고 책장에서 책을 치워 달라고 말했더니 끔찍한 말을 들은 것처럼 노려보더라. 그는 아기처럼 모든 것을 그렇게까지는 중요하지 않다는 듯이 대해. '일을 극적으로 만들지 말자'거나 '그건 인생에서 별로 심각한 문제가 아니야' 같은 말이나 하지. 하지만 만약 이혼이 중요하지 않다면 뭐가 중요하겠어?"

"하지만 그게 정말 그의 생각이야. 내가 알고 난 뒤로 그는 언제나 그랬어. 마치 액자에 그림을 넣듯이 자기감정을 정의해야만 하는 걸 못 견뎌해."

치아라는 내가 계속해서 그를 변호하는 것에 점점 분노가 치밀어 오르고 있었다.

"그가 무슨 생각을 하든 안 하든 상관 안 해. 지금 시점에서 내가 신경 쓰는 유일한 일은 그가 나를 미치게 만들지 못하게 하는 거야."

마르티나는 전에 치아라가 이런 이야기를 하는 것을 몇 번 들은 적이 있는 게 분명했다. 그녀의 얼굴에 떠오른 표정에는 언니에 대한 지지가 엿보였다. 나는 그것이 불가피하다는 것을 깨닫고 미안해졌다. 나는 다시 그 누구의 마음을 바꾸어 보려고 설득하지 않았다.

치아라는 밀라노로 떠나며 2주 내로 돌아오겠다고 했다. 매주 오기에는 그녀에게 너무 먼 거리였다. 그리고 아마도 그녀 나름대로 계획을 세울 준비가 된 것 같았다.

줄리아노는 치아라가 떠난다고 하자 엉엉 울었다. 쌍둥이는 우리에 있는 염소를 보여준다고 데리고 가서 바로 그의 주의를 딴 데로 돌렸다. 줄리아노는 적응이 빠른 아이였다. 작은 치아라와 작은 귀도가 자기보다 훨씬 나이가 많았지만 그들과 재미나게 잘 어울려 놀았다. 마르티나는 아이를 데리고 있는 것을 기뻐했다. 아마도 우리 아이들이 줄리아노만 했을 때의 향수에 젖는 것 같았다. 기회만 생기면 아이를 들어 올려 꼭 끌어안고 옷을 입혀주고 머리를 빗겨주었다. 쌍둥이는 벌써 몇 년 전에 벗어났지만 대신 조카를 품에 안고 달래고 귀여워해 주었다.

귀도는 아들과 이야기하기 위해 더 자주 전화하기 시작했다. 우리는 줄리아노를 거실로 불렀다. 아이는 수화기에서 입을 멀리 뗀 채로 전화기를 들고 작은 목소리로 귀도의 질문에 대답했다. 아마도 뭘 하고 지내는지 어떤 기분인지를 묻는 질문이었을 것이다. 아이는 몇 분 동안 "네" 또는 "아니요"라고 대답을 하고는 전화를 끊거나 수화기를 마르티나나 내게 넘겨주었다. 귀도는 아이에게 몹시 신경을 썼다. 그는 계속 아이가 뭘 먹는지 뭘 입고 있는지 하루 종일 뭘 하는지 물었다. 우리는 그를 안심시키려고 최선을 다했지만 아들을 위해 곁에 있어주지 못한다는 생각 때문에 몹시 불안해했다. 그에게 우리가 말로 해줄 수 있는 것은 한계가 있었다.

어느 날 저녁 식사 후 우리는 뒷마당에 차를 세우는 소리를 들었다. 파올로가 무슨 일인지 알아보러 밖으로 나갔다. 그는 낯선 사람이 나타나면 영역 보호를 하려는 경향이 강했다.

"귀도예요. 여자랑 같이 왔어요."

우리는 모두 밖으로 나갔다. 따뜻하고 다정한 재회는 아니었다. 우리는 최근 똑같은 자리에서 치아라와 작별을 했다. 마르티나와 파올로나 리비아가 어색함을 느끼지 않기에 그 기억은 여전히 너무 선명했다. 나는 다른 사람들이 마치 나를 감시하듯이 뒤에 서 있는 동안 앞으로 나섰다. 귀도는 우리의 당혹감을 감지했다.

"급하게 오느라고 연락을 못 했어."

그는 변명처럼 말했다. 블랑카는 나를 반갑게 껴안았다. 주위를 둘러보는 모습이 이국적으로 보였다. 이 순간에 가장 마음 편해 보이는 유일한 사람이자 이 장소와 아무 인연도 없는 유일한 사람이었다.

마르티나와 파올로와 리비아가 가까이 다가와서 낯선 암컷의 냄새를 맡는 작은 동물 떼처럼 그녀에게 조심스럽게 인사를 했다. 귀도는 줄리아노에 대해 물었다. 내가 아이가 자고 있다고 하자 실망한 듯이 보였다. 그가 술을 마셨다는 것을 알 수 있었다. 차 뒷좌석에 버번위스키 병이 보였다.

우리는 별말 없이 그들을 두 번째 집으로 데려갔다. 마르티나가 타월과 시트를 가져다주었다. 2층에는 여전히 파올로와 리비아가 처음 도착한 날 하룻밤 묵은 적이 있는 침대가 놓여 있었다. 블랑카는 아무도 살고 있지 않은 방의 휑뎅그렁함에 놀란 것 같았다. 나는 귀도가 두 번째 집에 대해 그녀에게 뭐라고 말했는지 알 수 없었다.

그들은 오는 길에 피자를 먹어서 배가 고프지 않다고 했다. 그리고 쉬고 싶으니 나중에 우리와 합류하겠다고 했다. 그들의 행동에는 그들을 행복하고 즐겁게 보이게 만드는 친밀한 측면이 있었다. 짧게 시선을 주고받고 반쯤 미소를 짓고 거의 눈치 챌 수 없는 몸짓에서 그런 면이 엿보였다.

우리 집으로 돌아오자마자 마르티나는 말했다.

"저 여자는 왜 데리고 왔담."

그녀의 어조에 담긴 무언가가 나를 화나게 하고 깜짝 놀라게 했다. 나는 그녀가 무의식적으로 외부의 방해로부터 우리만의 친밀한 관계를 보호하려는 작고 고립된 사회의 관습과 도덕규범을 발전시킨 것 같다고 생각했다. 나는 마르티나에게 이런 내 생각을 말했다. 그녀는 모욕감을 느꼈고 우리는 결국 말다툼을 하고 말았다.

우리는 거실에서 한 시간 정도 귀도와 블랑카를 기다렸지만 그들은 나타나지 않았다. 파올로와 리비아는 자러 들어갔다. 다음엔 마르티나도 자러 갔다. 나는 그녀를 따라 자러 가기 전에 밖으로 나가 불이 환히 켜져 있는 귀도의 집을 바라보았다. 그 집에 그렇게 불이 밝혀진 모습을 얼마나 많이 상상했는지 그리고 내가 상상했던 것과 얼마나 다른지에 대해서 생각했다.

다음 날 아침 귀도는 일찍 일어나 닭장에서 닭을 내모는 나를 찾아왔다.

"우와, 마리오, 넌 정말 아주 완벽한 삶을 살고 있구나."

그는 마지막으로 로마에서 그를 보았을 때보다 훨씬 더 안 좋아 보였다. 하지만 3개월 만에 그렇게 갑작스럽게 바뀐다는 것은 불가능해 보였다. 그의 눈 아래에 그늘이 드리워 있었다. 흐트러진 곱슬머리 사이로 회색 머리카락이 보였다. 나는 그의 표정에서 우리가 알고 지낸 그 모든 시간 동안 내가 목격했던 그 어떤 감정보다 더한 환멸을 보았다.

나는 그의 음주에 대해서 이야기를 나누고 술이 그를 죽이고 있다고 말해주고 싶었다. 하지만 나는 그가 정확히 뭐라고 대답할지 이미 잘 알고 있었다. 그리고 술은 그에게 자기 파괴의 도구일 뿐 원인이 아니라는 것도 깨달았다. 만약 알코올이 아니었다면 다른 것이었을 거다.

그는 아들을 품에 안고 싶어서 기다리지 못할 지경이었다.

"한동안 그 애를 보지 못하면 이렇게 손이 막 떨리는 기분이 들어. 그냥 그 애를 꼭 끌어안고 공중에 띄우고 마구 뛰어오르고 싶다."

나는 그가 어떤 느낌인지 정확히 알겠다고 말했다. 그가 모든 사람과의 관계 속에서 신체 접촉을 통한 의사소통에 얼마나 의지하는지를 알고 있어서 그 느낌을 쉽게 상상할 수 있었다.

"아니, 넌 몰라. 넌 내가 어떤 감정인지 상상도 못 해. 넌 이틀 이상 쌍둥이와 떨어져 있어 본 적이 없잖아."

우리는 안으로 들어갔다. 어린 줄리아노는 사촌들과 부엌에서 아침을 막 먹고 나서 의자 사이로 서로 잡으려고 아 다니고 있었다. 그는 자기보다 훨씬 크지만 아직도 어린애들인 이 두 존재에게 완전히 홀딱 빠져 있어서 그들이 험한 놀이를 하는 동안 장난감 역할을 하는 것을 별로 신경 쓰지 않고 받아들였다.

귀도는 아이를 향해 곧장 다가갔다. 아이를 본다는 기쁨과 신체적인 접촉에 대한 갈망에 가득 차 있었다. 하지만 귀도가 아이를 안아 올리자 줄리아노는 겁에 질려 울기 시작했다.

"놔 줘요!"

그는 발로 차고 몸부림치며 귀도의 손을 물려고 했다. 귀도가 놓아주지 않자 비명을 지르기 시작했다. 귀도는 아이를 꼭 끌어안았다.

"이것 봐 이것 봐!"

그는 상황을 바꿔보려고, 아들이 애정과 신뢰를 보여주게 만들려고 간절하게 노력을 했다. 하지만 이제 줄리아노는 히스테리를 일으키기 시작했다. 귀도는 결국 아이를 내려놓을 수밖에 없었다. 줄리아노는 울면서 도망쳐서 안아 올린 마르티나에게 착 달라붙었다. 쌍둥이는 옆에 서서 이 광경을 모두 지켜보며 줄리아노의 눈물에 어쩔 줄 몰라 했다. 그리고 그가 모든 관심을 받고 있는 것에 질투하고 있었다.

"애정 어린 환영이구만."

귀도가 말했다. 마르티나는 그에게 이건 완전히 자연스러운 반응이며 수개월 동안 못 본 뒤에 그렇게 갑자기 어린아이와 관계를 형성할 수는 없다고 설명하려고 했다. 줄리아노는 계속 울면서 귀도에게 비명을 질렀다.

"저리 가요!"

마르티나는 아이를 진정시키기 위해 밖으로 데리고 나갔다. 쌍둥이도 그녀를 따라갔다.

귀도는 주머니에 손을 찔러 넣고 창가로 가서 밖을 바라보았다. 나는 나도 몇 번 비슷한 일을 겪었을 때 정말 속상했다고 말했다. 하지만 내 말은 그를 위로하려는 서툰 시도처럼 들렸다. 그는 내게 마실 게 있냐고 물었다. 나는 우리 농장에서 만든 포도주를 따라 주었다. 그리고 그가 평소에 마셔온 것보다는 최소한 이 포도주가 덜 해로울 것이라고 생각했다.

그는 몇 모금 만에 잔을 비웠고 비통해 보였다.

"마비된 것 같은 기분이야. 불쌍한 멍청이처럼 그저 모든 게 내 곁을 스쳐지나가는 것을 가만히 서서 보고만 있어. 나에겐 아무것도 없어.

블랑카도 내 것이 아니야. 난 그녀를 정말 잘 모르니까. 그리고 치아라도 없어. 그녀를 너무 잘 아니까. 나는 아들도 없어. 그 애를 만나지 못하니까. 나는 여기에도 집이 없고 로마에도 집이 없어. 내 일도 없고 심지어 현실의 이 끔찍한 어리석음 때문에 질식하거나 내 존재가 쓸모없지 않도록 글을 쓸 착상조차 하나도 없어."

그가 가지지 못한 것을 후회하는 것을 들은 건 이번이 처음이었다. 나는 기묘하게 공황으로 가득 차서 말했다.

"결국 그건 네 인생이야. 네가 스스로 선택한 인생이잖아."

"나는 아무것도 고르지 않았어. 나는 밀라노에 태어나길 선택하지 않았고 부모님도 선택하지 않았어. 내가 한 모든 일은 내 선택이 아니야."

나는 그에게 이렇게 유치하고 운명론적인 태도로 상황의 희생자로서 빠져나가려고 하는 것은 아무 소용이 없다고 말했다. 아침에는 절대 술을 마시지 않지만 나도 이미 포도주 한 잔을 따라 마신 터였다. 나는 일련의 뒤죽박죽된 생각들, 모두 다른 상황에서 다른 시간에 깨어 나왔지만 결국 전부 그에게서 비롯된 생각에 흥분하고 있었다.

"나 또한 과거에 같은 함정에 빠졌을 거야. 하지만 그게 그저 지나치게 자기 파괴적일 뿐이라는 것을 깨달았어. 그래 맞아. 너는 세계와 아무 관계도 맺지 못하다가 망가지는 놀랍고 낭만적인 인물에 이입하면서 스스로를 위안하려 해볼 수 있겠지. 하지만 그건 이렇게 네 자신을 내던져 버리는 게 정말 멍청하다는 사실을 조금도 바꾸지 못해."

나는 이제 아마도 모든 슬픔과 우정과 아마도 질시의 감정으로 불타오르고 있는 순수한 분노의 물결에 휩쓸려 있었다. 왜냐하면 나는 그를 질투하기 때문이었다. 심지어 부엌을 왔다 갔다 하며 그에게 소리를 질러대고 있는 지금도 시샘하고 있었다.

그는 나만큼이나 내 어조에 놀라 나를 물끄러미 바라보았다.

"물론이지. 너는 가치 있는 것들이 너에게서 도망치기 전에 적절한 장소에 잡아둘 수 있었어. 그리고 이 놀라운 정원을 그 주위에 지었어. 네 아이들과 심지어 내 아이도 놀 수 있고 행복할 수 있는 곳이지. 하지만 너는 첫걸음부터 제대로 시작했잖아."

나는 막 조금 전과 같은 어조로 반박하려던 참이었지만 갑자기 나 자신을 보았다. 그가 길 저 아래에서 회한에 갈가리 찢기고 망설임으로 고통 받는 동안 꽤 행복한 내 인생이라는 단상 위에 서서 그에게 설교를 늘어놓는 모습이었다. 나는 말을 멈추고 와인을 두 잔 더 따랐다.

블랑카가 조금 후에 우리와 합류하러 왔다. 귀도는 여전히 술을 마시고 있었지만 약간 기분이 나아졌다. 아름다운 6월이었다. 산들바람이 부드럽게 불어오고 하늘은 구름 한 점 없이 맑았다. 계속 비관적이기는 어려운 날씨였다.

며칠 뒤 귀도는 아들과 더 나은 관계를 맺을 수 있었다. 아이는 때로 몇 분 정도는 그가 안을 수 있게 허락했다. 쌍둥이와 노느라 바쁘지 않을 때는 귀도가 그림책을 읽어주었다. 귀도는 이런 느린 과정을 참아내기엔 너무 인내심이 없었다. 줄리아노를 안아 올리거나 꼭 끌어안으면서 제일 친한 친구인 양 굴고 그와 가깝게 붙어 있음으로써 더 빨리 친해지려고 했다. 그러면 줄리아노는 팔에서 빠져나가려고 덫에 걸린 작은 짐승처럼 몸부림치며 비명을 질렀다. 귀도는 다시 몹시 속상해했다.

"시간이 필요해."

마르티나는 반복해서 그에게 상기시켜 주었다. 귀도는 대답했다.

"하지만 나는 시간이 없어."

그러면 줄리아노는 쌍둥이와 개와 함께 도망갔다. 집 안에 있을 때는 이모의 안심시키는 눈빛에 안전을 느꼈다.

블랑카는 짧은 시간 동안 듀 카세의 어린이들과 어른들의 의심을 극복해냈다. 그녀의 밝은 성격이 모두를 포섭했다. 귀도는 내가 전에 치아라에게 하는 행동에선 한 번도 보지 못했던 인내심과 보살핌으로 그녀를 대했다. 그는 인내심을 가지고 오랫동안 특정 원리에 대해 설명하거나 자신의 견해를 그녀가 이해할 수 있도록 설명하려고 노력했다. 그녀는 나이와 사고방식의 차이 때문에 그가 말하는 모든 것을 이해하지는 못했지만 앞서 나갔다. 자신을 둘러싼 세상에 대한 호기심과 에너지로 가득 차 있었다.

귀도는 그녀와 함께 행복해 보였지만 그녀와의 관계는 그의 지속적인 단절감을 사라지게 만들지도 못했고 하루 종일 술을 마시는 걸 멈추게 하지도 못했다. 블랑카에게서 찾은 만족감은 어느 정도는 그의 생각을 밝혀준 것 같았지만 더 싶은 어두운 그림자 속까지는 닿지 못하는 것이 분명했다. 나는 매일 그를 주의 깊게 살펴보았지만 그의 뺨에는 그의 아들이 그랬던 것처럼 혈색과 식욕이 돌아오지 않았다. 여전히 나는 시골에 있는 것이 그에게 뭔가 좋은 영향을 줄 거라고 확신했다. 그가 다시 떠나겠다고 결심하지 않기를 바랐다.

어느 날 아침 블랑카가 아직 자는 동안 연장을 사러 구비오로 가는 나를 귀도가 따라왔다. 우리는 포장하지 않은 울퉁불퉁한 자갈길의 끝까지 운전을 해가서 도시로 향하는 포장도로에 접어들었다. 우리 주위로 크고 작은 공장과 평원에 드문드문 솟아오른 다양한 높이의 건물이 양쪽으로 보였다. 나는 이런 도시의 풍경에 대해 귀도가 어떤 감정을 느끼는지 알고 있었다. 그래서 가능한 한 빨리 도달하기 위해 속력을 높였다. 귀도는 창밖을 바라보았다. 그러나 그의 얼굴은 하나도 놓치지 않겠다는 병적인 표정이었다.

"도시가 우리 골짜기까지 도달해서 다 삼켜버리는 건 시간문제야."

나는 오래된 돌과 벽돌로 지은 시내 중심부에 도착하기 위해 절망적인 노력을 했지만 트럭 한 대가 참호 같은 창문이 달린 거대한 콘크리트 빌딩을 짓는 자리에서 길을 막고 있었다.

"그들을 막기 위해 우리가 뭘 할 수 있을까? 슈퍼마켓 주차장에서 분신이라도 할까? 그럼 도움이 될 거 같아?"

나는 그런 것은 책에서 이야기할 문제로 남겨서 가능한 한 더 많은 사람이 그것을 읽게 하는 게 좋겠다고 제안했다. 이제 구비오에 도착했다. 차를 세운 후 우리는 차에서 내렸다. 귀도가 불평을 했다.

"하지만 메시지는 항상 똑같은 방법으로 포장된단 말이야. 흔적도 없이 잡아먹히고 사라진다고. 무슨 말을 하든 소용없이 매일 쏟아져 나오는 수백만의 다른 정보 속에 뒤섞여 버린다니까. 네가 휘저어 올리고 싶어 하는 감정은 전부 너무 많은 가짜 경보 때문에 사그라져서 더 이상 아무 반응도 할 능력이 없어."

우리는 좁은 자갈길을 따라 올라갔다. 귀도는 우리가 힐끗 쳐다본 실내의 파편 같은 조각에 놀라워했다. 그 작은 정원, 항상 태양을 향해 아니면 골짜기나 우리 위의 산을 향해 창문이 나 있는 방식에 감탄했다.

"옛날에는 사람들이 자기 도시를 자랑스러워하곤 했지. 그들은 경치가 그들의 유기적인 부분이라고 느껴. 그리고 마치 벽을 만든 재료처럼, 특정한 견해나 지붕이 있는 휴식 공간처럼 자신도 그 일부라고 느끼는 거야. 옛날에는 각 도시의 부자나 권력자가 도시를 보살폈지. 왜냐면 그들은 도시가 자신의 확장이라고 여겼으니까. 그리고 대중에게 보이는 전체적인 아름다움은 뭔가 개인적인 자긍심을 느낄 만한 것으로 보이는 거야."

그의 목소리는 기묘하게 열정적이고 향수에 찬 것 같았다. 마치 그가 오래전 언젠가 도시를 알고 있었고 도시를 지은 사람이 누군지도 알고 있다는 듯이 기묘하게 열정적이고 향수병에 찬 것처럼 들렸다.

"지금 도시는 그저 사람들의 에너지를 빨아들이는 장소일 뿐이야. 부유하고 힘 있는 주민은 그런 도시의 쓰레기 사이에서 자신이 만든 것을 볼까 두려워서 자기 눈을 가리고 가능한 한 빨리 또 멀리 도망치려고 해. 모두가 상황에 적응해야만 한다는 세계관을 바꾸고 그들이 원하는 건 단지 자동차, 옷, 전자제품과 쓸모없는 장난감 따위밖에 없게 될 때까지 자연스러운 욕망을 억누르지. 세계가 실제로 어떻게 바뀌었는지 잊어버리게 도와주는 거라면 뭐든지."

그는 보통 때보다도 훨씬 더 불규칙한 속도로 걸으며 사람들이 그가 누군지 궁금해 하며 돌아서서 그를 노려보는 걸 원하는 것처럼 목이 쉰 소리로 크게 말했다.

귀도와 블랑카는 다음 날 떠났다. 블랑카는 영화 오디션을 봐야 했지만 귀도도 어쨌든 더 오래 머물 거라고 생각하지 않았다. 그는 시골을 좋아했지만 시골은 그가 삶에서 놓친 모든 것을 너무 많이 생각하게 만든다고 했다. 그는 우리에게 더 이상 두 번째 집이 그의 집이고 항상 그를 기다린다는 생각은 그만하겠다고, 대신에 다음번엔 손님으로 이곳에 돌아오고 싶다고 했다. 우리는 아마도 몇몇 가구와 집을 더 아늑하게 만들 물건으로 꾸미면 될 거라고 말했지만 사실 어차피 별 차이가 없을 거라고 생각했다.

우리는 언제나 그랬듯이 차를 세워둔 집 뒤의 빈 풀밭으로 다 함께 걸어갔다. 우리는 그들의 낡은 난파선 같은 알파 로메오에 오를 때까지 돌아가며 포옹을 했다. 귀도는 아들을 안아 올렸지만 이번에는 그가 몸부림을 치기 전에 내려놓았다. 그는 안전하게 마르티나의 품으로 돌아가는 줄리아노에게 눈을 떼지 못했다. 우리는 모두 서로 포옹하고 입맞춤을 했다. 내가 기억하는 그 어떤 작별과도 다른 마지막이라는 기묘한 분위기가 무겁게 주위를 감쌌다.

그들의 차가 천천히 멀어져가자 나는 그들을 따라 풀밭 위를 달라가서 다시 한 번 작별인사를 하고 싶은 순간적인 충동이 일었다. 하지만 나는 망설였다. 그리고 너무 늦었다. 차는 처음 꺾이는 길을 돌아 사라져버렸다.

25

길고 더운 여름이 이어졌다. 바람도 거의 불지 않았다. 다행히도 우물이 마르지 않아 우리 모두가 마시고 가축과 채소밭에 대기에도 충분한 물을 제공했다. 어쨌든 1년 중 가장 힘든 계절이었다. 들은 온통 메마르고 황량했으며 최소한의 움직임도 땀의 대가를 치러야 하는 때였다. 힘든 일은 이른 아침 시간이나 저녁 시간에 하곤 했다.

치아라는 8월 초에 와서 그 달 내내 우리와 함께 지냈다. 하루 중 대부분의 시간을 책을 읽으며 보냈고 마르티나가 자기 아이를 돌보도록 내버려 두었다. 줄리아노는 이제 쌍둥이와 너무나 죽이 잘 맞아서 불볕이 내리쬐는 풀밭을 달음박질치며 나무에 올라갔다. 건초 창고에서 쫓고 쫓기는 놀이가 다 끝나는 저녁때가 돼서야 제 어머니의 응석받이 노릇을 했다. 치아라는 이혼 수속을 시작했다. 귀도는 필요한 서류를 보내주었다. 가끔 가다 그녀와 이야기를 나누어 보면 위안과 슬픔 사이에서 싸우고 있는 듯이 보였다. 아마도 여전히 언젠가 귀도가 돌아올지도 모른다고 생각하는 듯했다.

그러나 귀도는 돌아오지 않았다. 전화도 하지 않았다. 8월 말 경에 치아라는 밀라노에서 살 무렵 귀도가 쓰던 물건이 들어 있는 봉지를 내밀며 다시는 보고 싶지 않다고 말했다. 여남은 권의 책과 몇 장의 낡은 디스크, 셔츠 두 벌이었다. 이 물건들 중 귀도의 것이라는 표시나 필체나 그의 눈에 들 만한 것은 하나도 없었다. 나는 그의 흔적이 이렇게 없는 그의 물건을 처음 보았다. 아마도 시간을 보내기 위해서라든지 돌이킬 수 없는 상황에 대한 강박관념 때문인 듯했다. 가끔 오래된 편지나 사진이나 끼적거려 놓은 종이를 발견할 때 그의 가장 첫 번째 충동은 그것을 없애는 것이었다. 그런 것들은 자기를 슬프게 한다고 말하곤 했다. 선물을 받는 것도 그를 속상하게 했다. 선물에서 배려와 정성을 감지하면 할수록 그의 슬픔도 깊어졌다. 어렸을 때부터 그랬다고, 어쩔 수 없다고 그는 말하곤 했다. 나는 그의 물건이 든 봉지를 받아서 기회가 오는 대로 돌려주려고 장 속에 넣어두었다.

치아라는 두 주일쯤 더 줄리아노를 우리에게 맡겨두었다가 9월 중순에 데리러 돌아왔다. 아이를 어린이집에 등록하고 상황을 생각할 때 가능한 한 가장 규칙적이고 안정적으로 그의 일상을 조정하고 싶어 했다. 그녀는 마르티나에게 그녀가 일하는 작은 출판사의 편집자 중 한 명과 사귀고 있다고 말했다. 엄청나게 가슴이 뛰는 것처럼 보이지는 않았지만 최소한 그녀는 귀도와 지냈던 마지막 몇 년처럼 불행해 보이지는 않았다. 그녀의 바람 중 가장 소박하고 정당한 것조차 이루어지지 않는 것처럼 보였던 때였다. 그녀는 귀도가 몇 번 전화를 걸었지만 줄리아노를 밀라노에 살게 하고 어린이집에 보낸다는 사실 때문에 말다툼으로 끝났다고 했다.

"자기가 줄리아노랑 함께 살겠다네? 당장 내일도 자기가 어디서 살지 모르면서. 말이 돼?"

나는 그녀와 마르티나에게 줄리아노를 기쁘게 맡겠다고 했지만 그녀는 말했다.

"나는 아이가 나와 함께 살았으면 해. 적어도 한쪽 부모라도 있는 것처럼 보여야지."

그녀는 완고하거나 아니면 냉철하게 굴지 않았다. 그저 자신을 지키고 할 수 있는 한 자신의 감정을 보호하려고 했을 뿐이었다.

다음 날 줄리아노를 안고 밀라노로 돌아가자고 하자 아이는 비명을 지르고 몸부림을 치기 시작했다. 아이를 강제로 차에 태운 치아라는 떠나는 것을 보는 우리만큼이나 속상해 했다.

우리는 그 후로 라레미 가족의 소식을 별로 많이 듣지 못했다. 마르티나는 자주 자매에게 전화를 걸어 새로운 소식과 중요한 정보를 모으곤 했다. 아이는 괜찮았고 다시 얼굴이 창백해졌으며 지나치게 TV를 많이 본다고 했다. 그녀의 일은 흥미롭지만 힘들고 밀라노의 공기는 늘 그렇듯이 숨쉬기 힘들다고 했다.

귀도는 로마에서 한두 번 전화를 걸었다. 그는 내게 더 이상 지불할 돈이 없어서 테라스가 딸린 그 작은 아파트를 떠나 당분간 블랑카와 살고 있다고 했다. 그는 새로운 책을 쓰기 시작했고 제대로 방향을 잡은 것 같다고 했다. 과정은 좀 느렸지만 첫 번째 열 페이지의 장벽은 넘었다고 했다. 블랑카는 영화에 캐스팅됐지만 매일 저녁 불안감에 휩싸여 귀가한다고 했다. 그녀를 위로하는 게 기분이 좋다고 그는 말했다. 오랫동안 그가 느껴보지 못한 안정감을 느끼게 해준다고 했다.

우리는 결코 오랫동안 통화하지 않았다. 나는 그의 무심하고 태평한 어조 밑에 숨은 감정을 결코 알아낼 수가 없었다.

26

10월의 어느 날 나는 정오경에 밭에서 돌아왔다. 마르티나는 문에서 나를 기다리고 있었다. 그녀는 얼굴에 기묘한 표정을 떠올렸다. 집안도 평소와는 다르게 조용했다. 리비아와 파올로와 쌍둥이가 복도에서 나를 쳐다보지도 않은 채 자리를 피했다.
"귀도가 죽었어."
나는 문에 들어서자마자 뭔가 잘못된 것이 틀림없다는 걸 깨달았다. 마르티나가 말하기도 전에 똑같은 말을 들은 기분이었다. 나는 그 문장이 네온사인처럼 내 앞에서 깜박거리는 것을 보는 듯했다. 밀라노 교외에서 전신주를 들이받아 뭉개진 낡은 알파 로메오 안에서 그가 발견됐다고 마르티나가 설명했다. 그녀의 말은 극단적으로 천천히 아니면 너무 빠르게 다가오는 것 같았다. 내가 이미 알고 있는 사실에 아무것도 추가되는 것 같지 않았다.

나는 거실을 서성이며 창밖을 내다보았다. 작은 정사각형 나무 조각으로 만든 마루를 살펴보았다. 내가 보는 물체와 의미를 연결 지을 수 없었다. 나는 마룻바닥에 무너져 내렸다. 여러 가지 감정의 파편이 다른 속도로 머릿속을 빙글빙글 돌았다. 거의 모두가 귀도에 대한 것이었다. 사진 조각처럼 모두 뒤섞여 여기저기 흩어져 있었다. 아무리 애를 써도 완전한 이미지로 그것들을 짜 맞출 수도, 주위에 흩날리지 않게 멈출 수도 없었다. 마르티나가 내 옆에 와서 쪼그리고 앉았다. 그녀는 울면서 아무 말도 하지 않고 나를 바라보았다. 나는 귀도가 죽었다는 사실에서 조금이라도 거리를 두고 물러나려고 했다. 간신히 성공한 듯 하다가 바로 다시 그 음울한 소용돌이의 한가운데로 다시 휩쓸려 들어갔다. 그것은 외부의 사건을 대면하고 받아들이는 문제가 아니었다. 내 깊은 내면에서 일어나는 일이었다. 내면의 평온이 깨져버리고 영원히 사라져 버렸다고 느꼈다. 나는 두 집 사이의 풀밭으로 걸어 나갔다. 대기 중에서마저 친숙한 냄새와 온도를 느낄 수가 없었다. 확실한 생각은 하나도 없이 울퉁불퉁한 길을 따라서 몇 시간을 걸었던 게 분명했다.

내가 집으로 돌아왔을 때 마르티나가 뜨거운 스프를 가져다주었다. 그녀는 치아라가 전화로 한 이야기를 말해주었다. 자세한 이야기를 다 들을 필요도 듣고 싶지도 않았지만 그래도 들었다. 내 주의력이 끊어졌다 이어지며 그녀의 말을 이미지로 치환하고 그 의미를 지워버렸다.

치아라는 귀도가 밀라노로 가는 길이었다는 걸 전혀 모르고 있었다. 경찰이 그녀에게 전화를 걸어 그를 발견했다고 말했다. 동이 튼 직후였다. 도시 내 차도 중 가장 곧고 넓은 도로에서 다른 차도 전혀 없는 시간에 어떻게 사고를 냈는지 부검과 조사가 이어졌다.

나중에 치아라, 블랑카, 귀도의 어머니에게 전화를 걸어야 했다. 나는 감정과 생각을 가장 그 의미와 가깝게 들리는 말로 골라 전환하려고 시도했다. 누구보다도 블랑카는 너무 놀라 얼이 빠진 것 같았다. 그녀는 계속해서 귀도가 그렇게 쉽게 죽을 그런 사람이 아니라고 주장했다. 나는 그녀에게 그는 이런 세상에서 매우 잘 살 수 있는 사람도 아니었다고 말해주었다.

귀도의 어머니와 치아라는 둘 다 비통했지만 그들에게는 다른 종류의 슬픔과 분노가 뒤섞여 있었다. 그들은 다른 방식으로 그것을 표현했다. 그들은 둘 다 그가 그럴 수 있었음에도 불구하고 행복해지길 원하지 않았다고 했다. 나는 내가 알았던 그 누구보다 귀도는 행복을 열망했던 사람이라고 말해주었고 그것이 그의 고통의 뿌리에 자리했다고 말해주었다.

우리는 장례식에 대해 의견이 맞지 않았다. 나는 귀도가 장례식을 결코 원하지 않았을 거라고 그들을 설득하는 데 애를 먹어야 했다. 그의 어머니는 내가 그를 듀 카세 근처의 시골에 매장하려고 생각한다는 말을 듣자 소리를 지르며 울기 시작했다. 그녀는 이제라도 그를 가까이에 두고 싶다고 흐느꼈다. 그녀의 울음이 너무 처절하고 간절해서 나는 결국 무너지고 말았다. 그러나 밀라노의 공동묘지에는 자리가 없었다. 긴 대기 명부에 올리고 오랜 수속을 밟고 엄청난 비용을 지불해야 하는 것으로 밝혀졌다. 결국 우리 어머니가 해결책을 내놓았다. 당분간 우리 집안의 가족 묘지에 그를 묻자고 했다. 하지만 곧 그럴 필요가 없어 졌다. 신문들은 내가 예상한 그대로 보도했다. 짧고 다채로운 기사들과 함께 전부 《머신 독》에 대해, 그들 스스로가 만들어낸 사회학적 현상에 대해서 이야기를 했다. 귀도가 만취해 무면허로 운전하다가 교통사고를 냈다는 콘셉트는 이미 구성한 그들의 이미지와 그의 삶의 "비극적인 궤적"을 설명하는 뻔한 안내 책자를 만드는 것으로 끝났다.

밀라노에서의 장례식은 모든 면에서 그 문 밖에서 살아남은 거주자를 받아들이는 도시처럼 황량한 묘지에서의 짧고 엉성한 절차였다. 귀도의 어머니는 비통했지만 마르티나와 나에게 위로를 받으려는 생각도 전혀 없었다. 우리가 자기 아들과 아주 밀접한 관계를 맺으며 삶을 공유했다는 사실이 그의 죽음에 우리도 책임이 조금 있다는 결론에 이르게 만든 것 같았다. 치아라가 흐느껴 우는 것을 보며 나는 그녀의 슬

품에서 안도의 흔적을 감지한 것처럼 생각했다. 블랑카는 오지 않았다. 그녀는 이런 상태에서 혼자 여행하기엔 견딜 수 없다고 내게 설명했다. 나는 이해한다고 말했다. 그녀가 귀도에게 느끼는 감정과 귀도가 그녀에게 느낀 감정이 어떤 것인지 안다고 말했다.

마르티나와 나는 장례식 이후 곧바로 집으로 떠났다. 역에서 우리는 다시는 밀라노에 돌아가지 않겠다고 맹세했다.

얼마간의 뒤숭숭한 기간이 지나자 듀 카세에서의 생활은 바쁘게 돌아가는 여러 가지 일 속에서 계절의 리듬을 따라 다시 자리를 잡아갔다. 나는 해야 할 일에 모든 에너지를 쏟으려 했다. 그 어떤 생각도 너무 오랫동안 하게 스스로를 내버려 두지 않으려고 했다. 그러나 나는 다시 전과 같을 수 없다는 걸 알았다. 마치 내 생각의 한 부분이 영원히 사라져버린 것 같았다. 한곳에 있으면서도 다른 곳을 상상하고 내 관계망을 단련시키고 논의하고 안정을 찾고 여전히 뜻밖의 것을 기대하는 능력도 함께 사라져버린 것 같았다. 이제 나는 그저 나일뿐이었다. 하던 일만 할 뿐이었다. 더 이상 의심도, 환영도, 제어되지 않은 기대도 없었다. 나는 내 삶을 형성한 경계선을 명확히 볼 수 있었다.

그러나 그건 내 인생이었다. 나는 그것이 마음에 들었다. 나는 내 스스로의 의지로 그 삶을 선택했다. 조금씩 많은 노력과 열정과 즐거움으로 하나하나 구축해왔다. 나는 그 누구와도 내 삶을 바꾸지 않을 것이다.

귀도의 죽음 후 일주일 동안 우리는 이제 그가 살지 않을 두 번째 집을 어떻게 할지 의논했다. 리비아는 항상 잼과 치즈를 만들 새로운 공간이 필요했으니 작업장으로 개조하자고 했다. 파올로는 농사 도구를 위한 목공소와 작업장으로 적절한 것 같다고 제안했다. 마르티나는 그냥 그대로 내버려 둘 수도 있지 않느냐고 했다. 누구든 다른 사람이 와서 우리와 함께 살지도 모르는 일이고 리비아와 파올로가 아이를 가질 수도 있을 테니 말이다. 우리는 부엌 유리창으로 계속 그 집을 바라보았다. 그러나 한동안 어떤 결정도 내리지 못했다.

그러던 어느 날 저녁 불현듯 한 생각이 떠올랐다. 나는 아무와도 의논하지 않고 그 생각을 실행에 옮겼다. 기름 발전기가 있을 때부터 남아 있던 커다란 가솔린 탱크를 들고 두 번째 집으로 들어가서 방마다 들이부었다. 그리고 돌아 나오는 길에 성냥으로 불을 댕겼다.

불꽃이 창문 밖으로 널름거리며 급속히 타올랐다. 파올로와 마르티나와 리비아가 놀라서 소리를 지르며 우물 쪽으로 달려갔다. 내가 의도적으로 불을 질렀고 바람이 우리 쪽으로 불어오지 않기 때문에 별 위험이 없다는 것을 설명하고 나서야 그들은 멈춰 섰다. 쌍둥이는 갑자기 축제라도 벌인 듯 신이 났다. 파올로와 리비아는 놀라서 얼이 빠졌다. 마르티나는 기대한 대로 내 편이었다.

우리 주위의 공기는 뜨거웠다. 갑자기 태양 근처로 근접한 것처럼 붉은 빛이 우리를 에워쌌다. 엄청나게 강렬한 하나의 분위기가 빠른 속도로 우리 모두에게 전염되었다. 우리는 눈물을 흘리며 벅찬 가슴으로 불꽃놀이에 참여했다. 아무도 말 한마디 하지 않았다. 우리는 웃고 울었다. 아이들은 즐거워 소리를 지르고 개는 짖어댔다. 눈앞에 펼쳐진 장관은 감정에 생생하게 살아 움직이는 이미지가 되었다. 나는 이것이 귀도가 상상한 남한테 말하기 창피하지 않을 장례식이라고 생각했다.

두 번째 집은 저녁과 밤에 걸쳐 계속해서 타올랐다. 불이 꺼지는 듯하다가도 곧이어 다시 되살아났다. 타닥타닥하는 소리와 세찬 바람과 함께 더욱 더 강한 열로 건물 전체를 집어 삼켰다. 농부 래지가 그 순간 도착했다. 화재 진압을 도우러 달려온 것이었다. 우리가 일부러 불을 지른 것이라고 설명하자 그는 믿지 못했다. 다시 한 번 우리를 예전에 도시에 살던 정신 나간 사람이 분명하다고 생각한 게 틀림없었다. 그러나 그는 금세 그 광경에 매료되어 꽤 오랫동안 우리와 함께 서서 그 광경을 바라보았다.

나무 대들보가 타버리자 지붕이 2층으로 무너져 내렸다. 2층은 1층으로 무너져 내렸다. 귀도와 내가 정성을 기울여 함께 복구했던 벽이 깨져 잿더미로 변했다. 돌과 벽돌이 아직도 불이 붙어 있는 무더기 위로 굴러 떨어졌다. 그리고 연기만이 남았다. 우리는 풀밭으로 옮겨 붙을지 모를 남은 불꽃을 끄기 위해 삽과 물통을 들고 뛰어들었다. 우리는 밤늦게까지 일을 했다. 불은 완전히 꺼졌고 우리도 에너지가 고갈되어 기진맥진했다.

그 후로 며칠 동안 파올로와 나는 검게 그을린 돌과 벽돌을 해체했다. 언젠가 필요할 때를 대비해서 염소 우리 뒤쪽에 가지런히 쌓아올렸다. 우리는 땅을 파고 재와 쓰레기로 거름을 주었다. 그리고 마르티나가 한동안 심고 싶어 했던 라벤더와 로즈마리를 심었다. 일을 마치고 나서 나는 혼자 산책을 갔다. 나는 수년 전에 눈 내리는 날 함께 올라가서 풍경에 감탄했던 언덕 꼭대기까지 걸어갔다. 그리고 귀도와 내가 멈춰 섰던 정확한 지점을 찾았다. 거기서 우리가 전에 그랬던 것처럼 똑같이 아래를 내려다보았다. 한때 두 집이 있던 자리에 이제는 단 한 채만 남은 모습이 기묘해 보였다.

무정부주의자 친구

Due di Due
by Andrea De Carlo
Copyright ⓒ (2019) Andrea De Carlo

초판 발행 | 2019년 6월 20일

지은이 | 안드레아 데 카를로
옮긴이 | 정란기

발행인 | 정란기
편 집 | 김혜린, 정나겸
디자인 | 이보아
인 쇄 | 갑우문화사

펴낸곳 | 본북스
출판등록 | 2015년 9월9일(제2016-000208호)
전화 | 02-595-3670, 02-575-3670
팩스 | 02-575-3666
페이스북 | https://www.facebook.com/buonbooks
블러그 | https://blog.naver.com/italiabook
전자우편 | italiabook@naver.com

ISBN 979-11-87401-23-0 (03880)

* 이 책의 외래어는 국립국어원 이탈리아 표기 원칙에 따랐습니다.
* 잘못된 책은 구입한 서점에서 교환해 드립니다.
* 책값은 뒤표지에 있습니다.